吉本隆明全集

11

1969−1971

晶文社

＊「都市はなぜ都市であるか」口絵＊

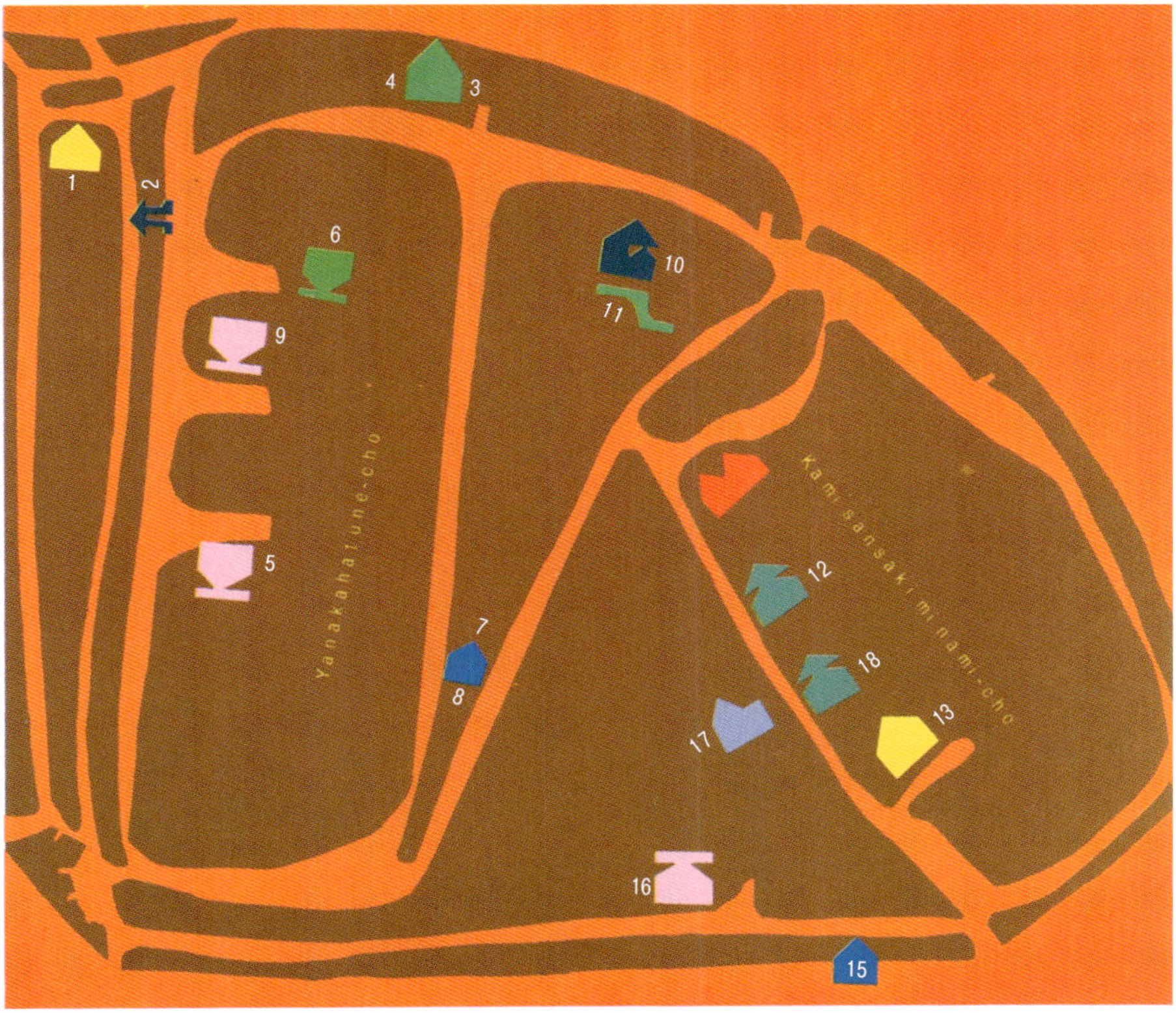

谷中地帯変形略図（著者作成）

＊以下、「色彩論」口絵＊

基本色相（hue）

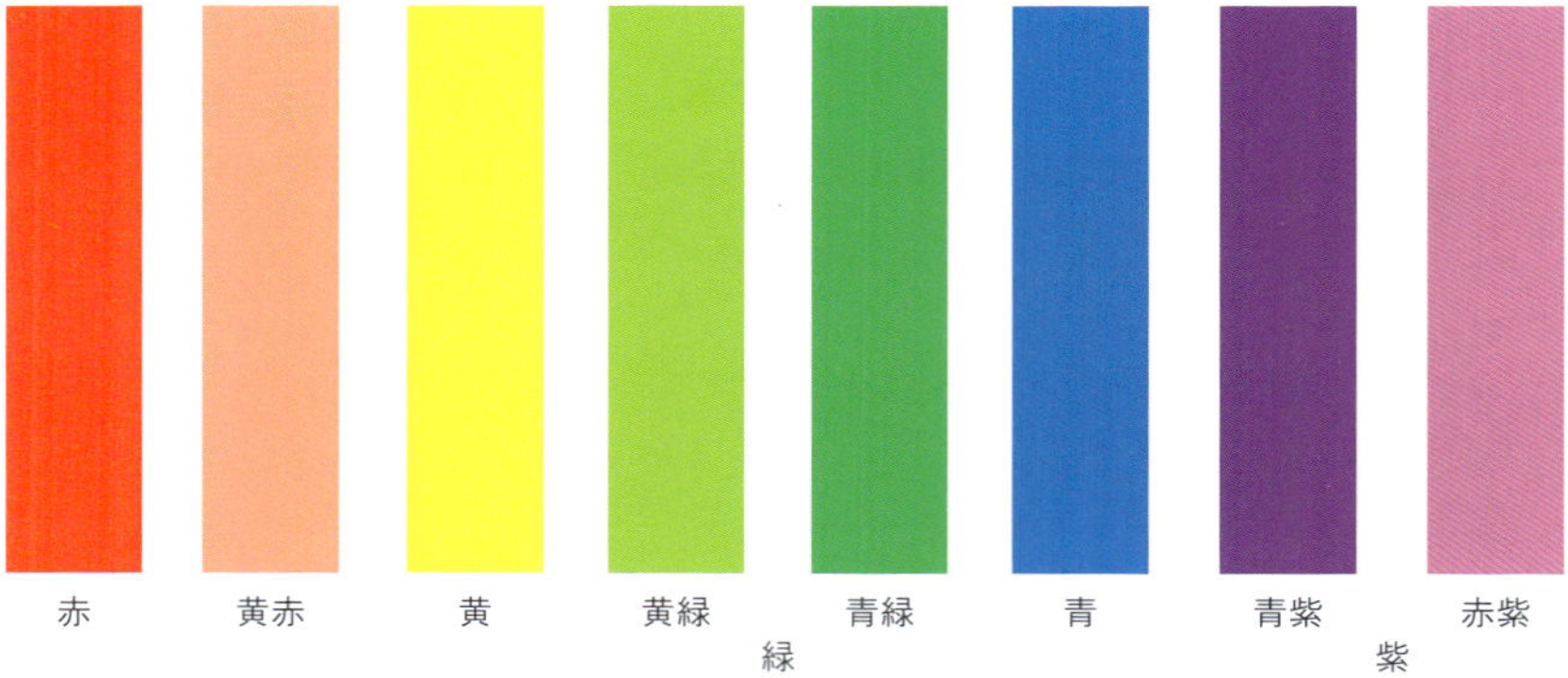

無彩色明度（value）

彩度（chroma）

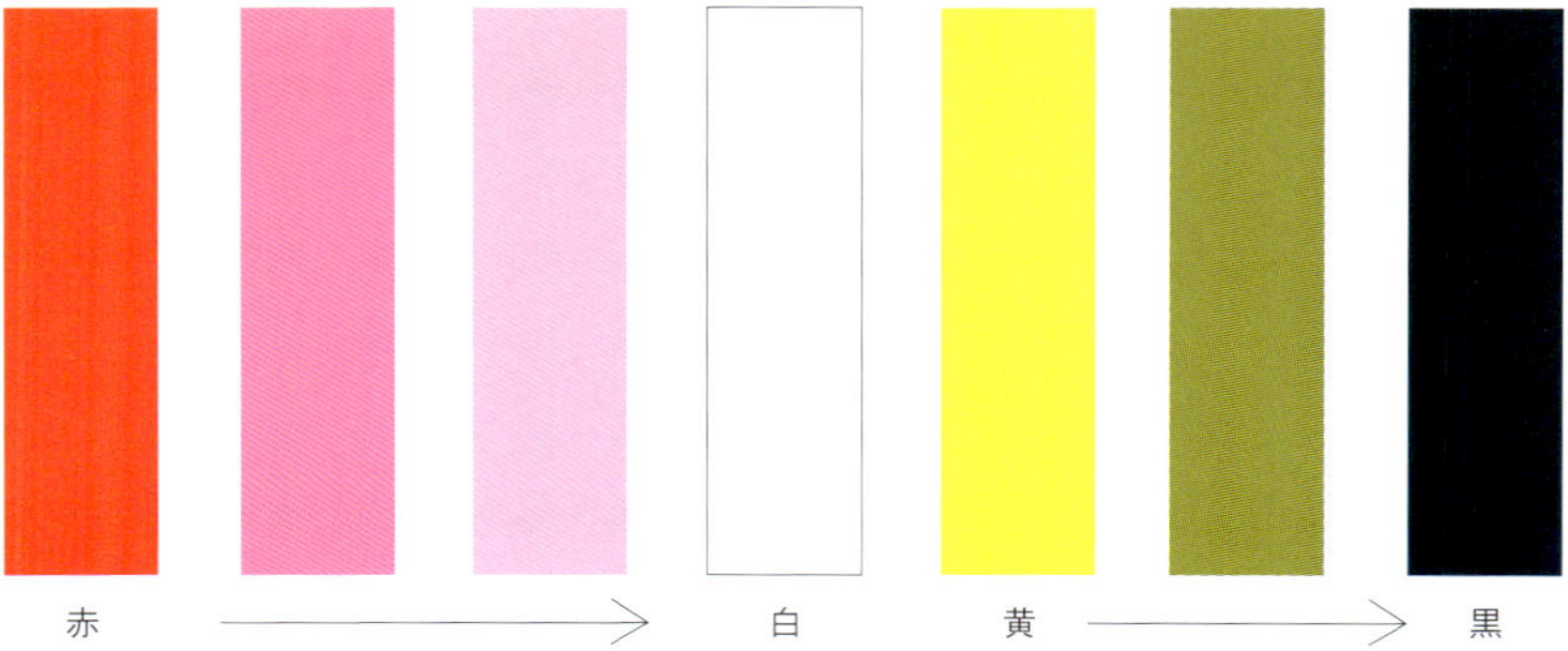

市販水彩カラー比較表

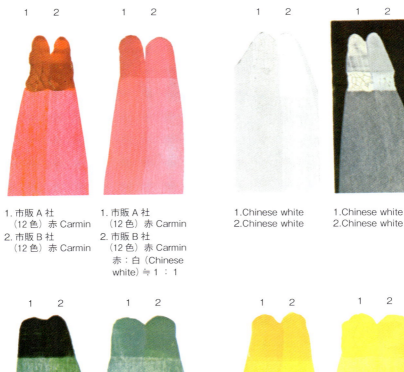

1　2

1. 市販 A 社
（12 色）赤 Carmin
2. 市販 B 社
（12 色）赤 Carmin

1　2

1. 市販 A 社
（12 色）赤 Carmin
2. 市販 B 社
（12 色）赤 Carmin
赤：白（Chinese white）≒ 1 ： 1

1　2

1.Chinese white
2.Chinese white

1　2

1.Chinese white
2.Chinese white

1　2

1. 市販 A 社
Viridian 114
2. 市販 B 社
Viridian（31）

1　2

緑：白 ≒ 1 ： 1

1　2

1. 市販 A 社
Yellow 103
2. 市販 B 社
Lemon yellow（ 2 ）

1　2

黄：白 ≒ 1 ： 1

油絵具比較表

2　1

2　1

1. 国産 A 社
   Emerald green neo
2. 外国製 B 社
   Emerald green nova

緑：白≒1：1
1 ：Zinc white
2 ：Titanium white

2　1

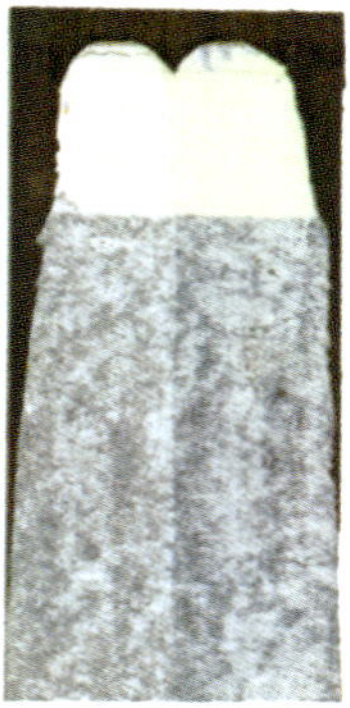

1. Zinc white
2. Titanium white

2　1

2　1

1. 国産 A 社
   Cadmium red light
2. 外国製 B 社
   Cadmium red deep

赤：白≒1：1

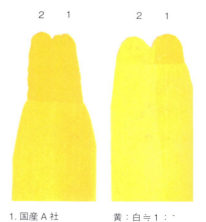

2　1

2　1

1. 国産 A 社
   Chrome yellow citron
2. 外国製 B 社
   Chrome yellow lemon

黄：白≒1：

錯視表Ⅰ

錯視表Ⅱ

錯視表Ⅲ

対比色

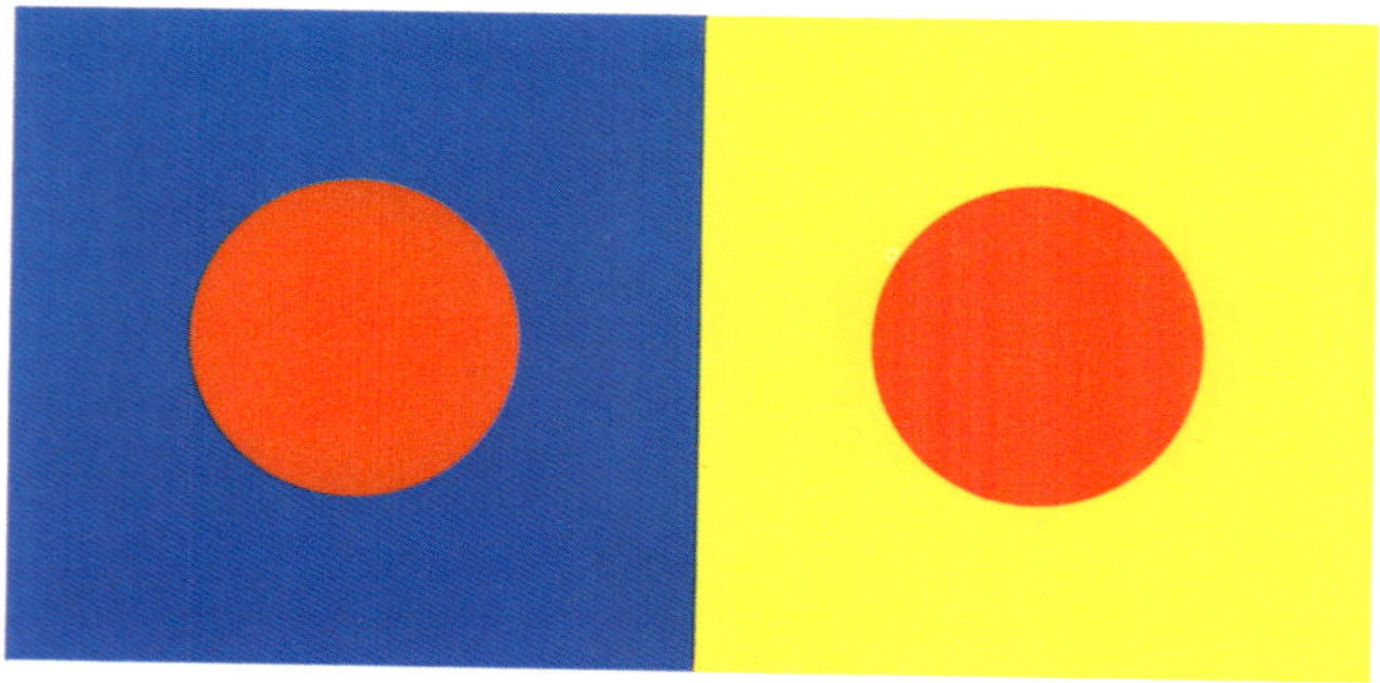

錯視表Ⅳ

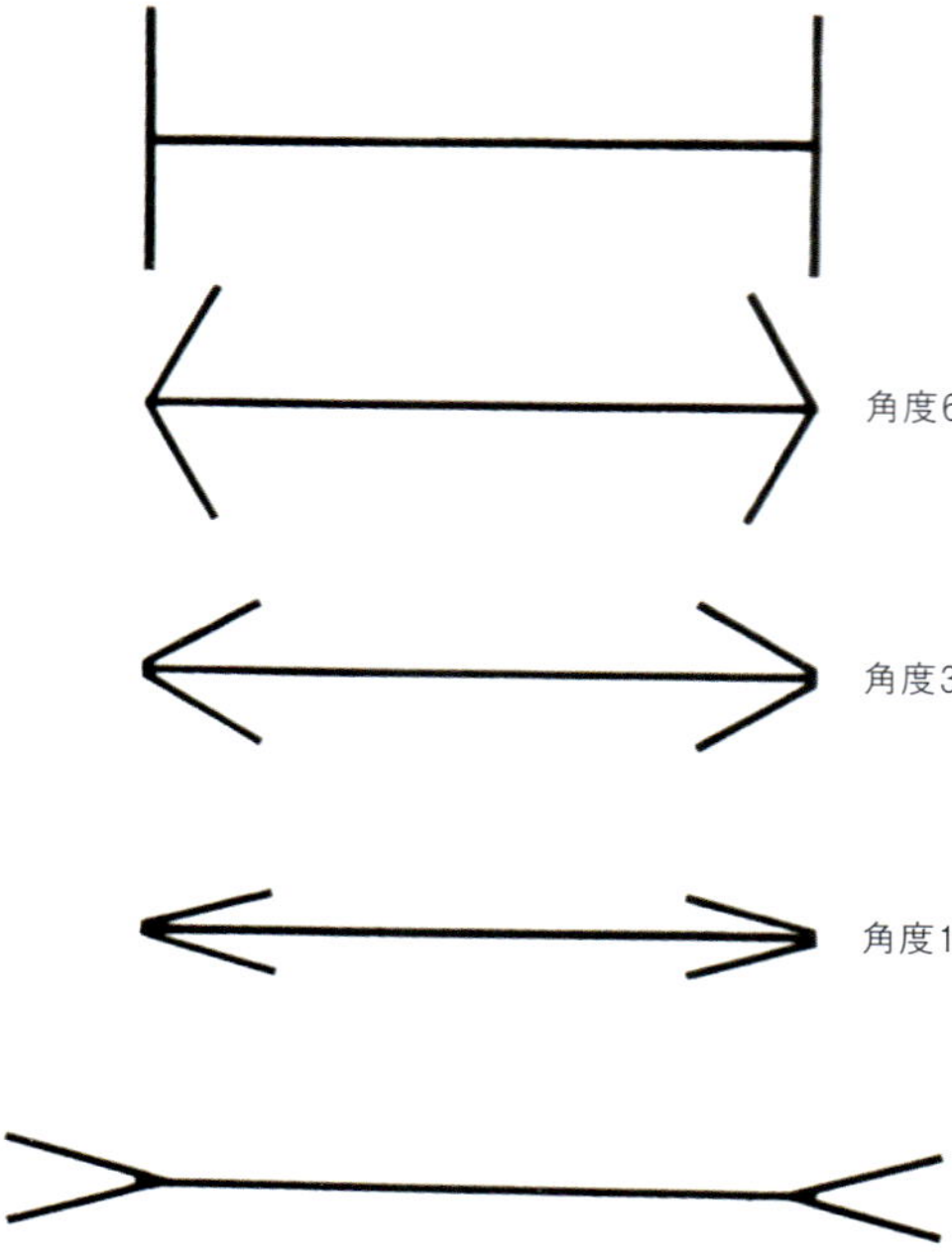

錯視表V

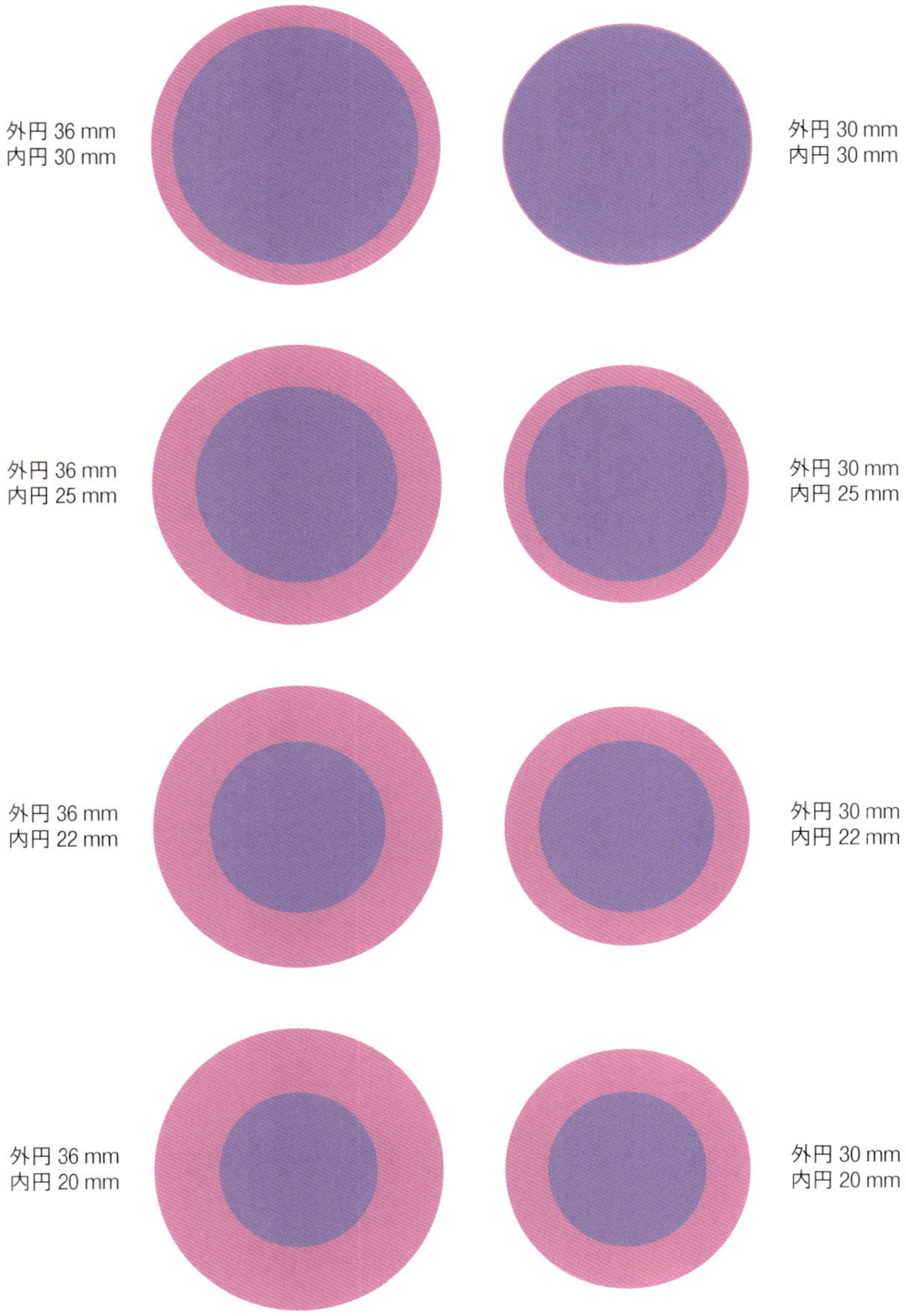
外円 36 mm
内円 30 mm
外円 30 mm
内円 30 mm
外円 36 mm
内円 25 mm
外円 30 mm
内円 25 mm
外円 36 mm
内円 22 mm
外円 30 mm
内円 22 mm
外円 36 mm
内円 20 mm
外円 30 mm
内円 20 mm

錯視表Ⅴ（続）

外円 36 mm
内円 18 mm

外円 30 mm
内円 18 mm

外円 36 mm
内円 16 mm

外円 30 mm
内円 16 mm

外円 36 mm
内円 6 mm

外円 30 mm
内円 6 mm

錯視表Ⅶ

錯視表Ⅵ

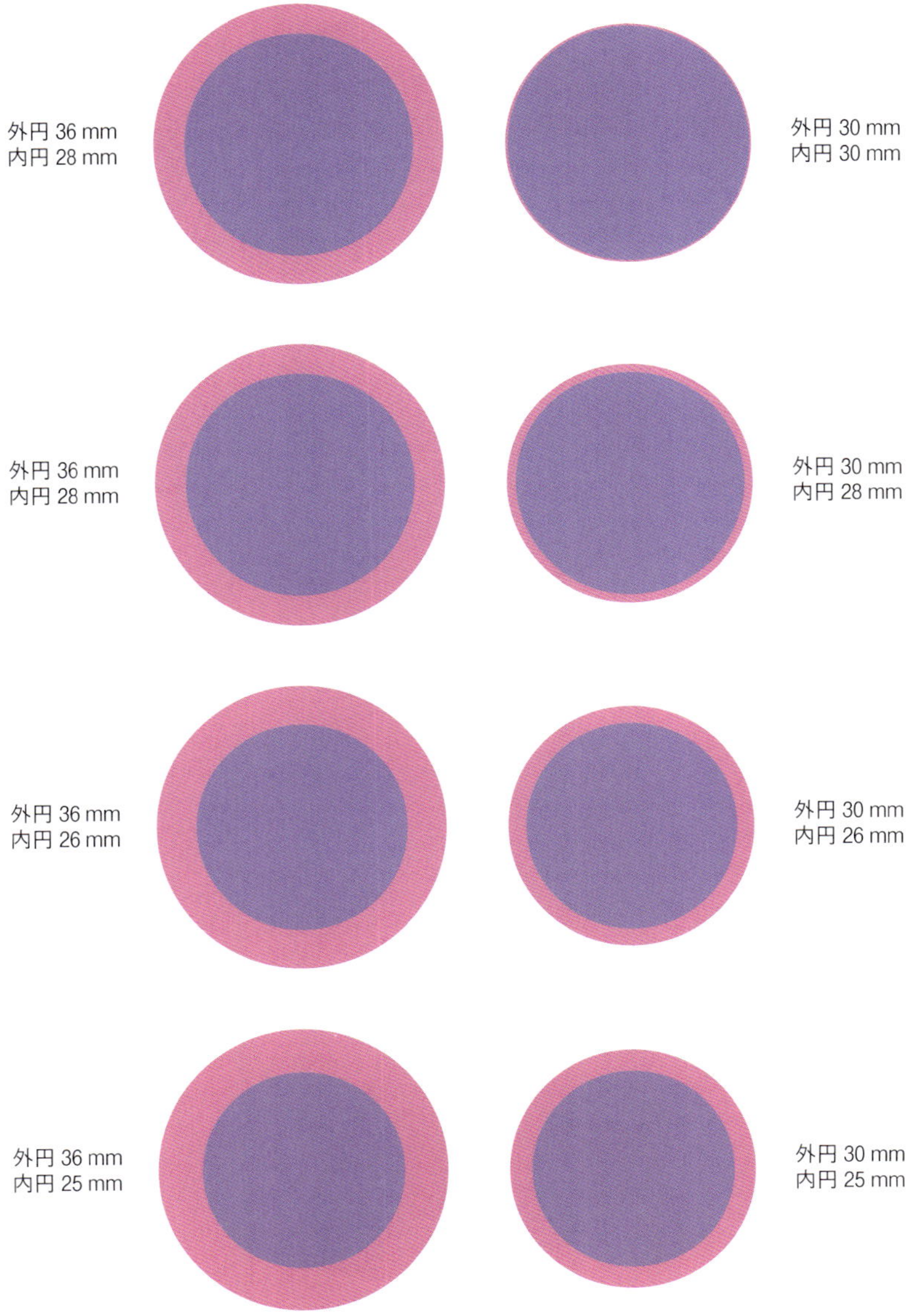
外円 36 mm
内円 28 mm
外円 30 mm
内円 30 mm
外円 36 mm
内円 28 mm
外円 30 mm
内円 28 mm
外円 36 mm
内円 26 mm
外円 30 mm
内円 26 mm
外円 36 mm
内円 25 mm
外円 30 mm
内円 25 mm

錯視表Ⅶ（続）

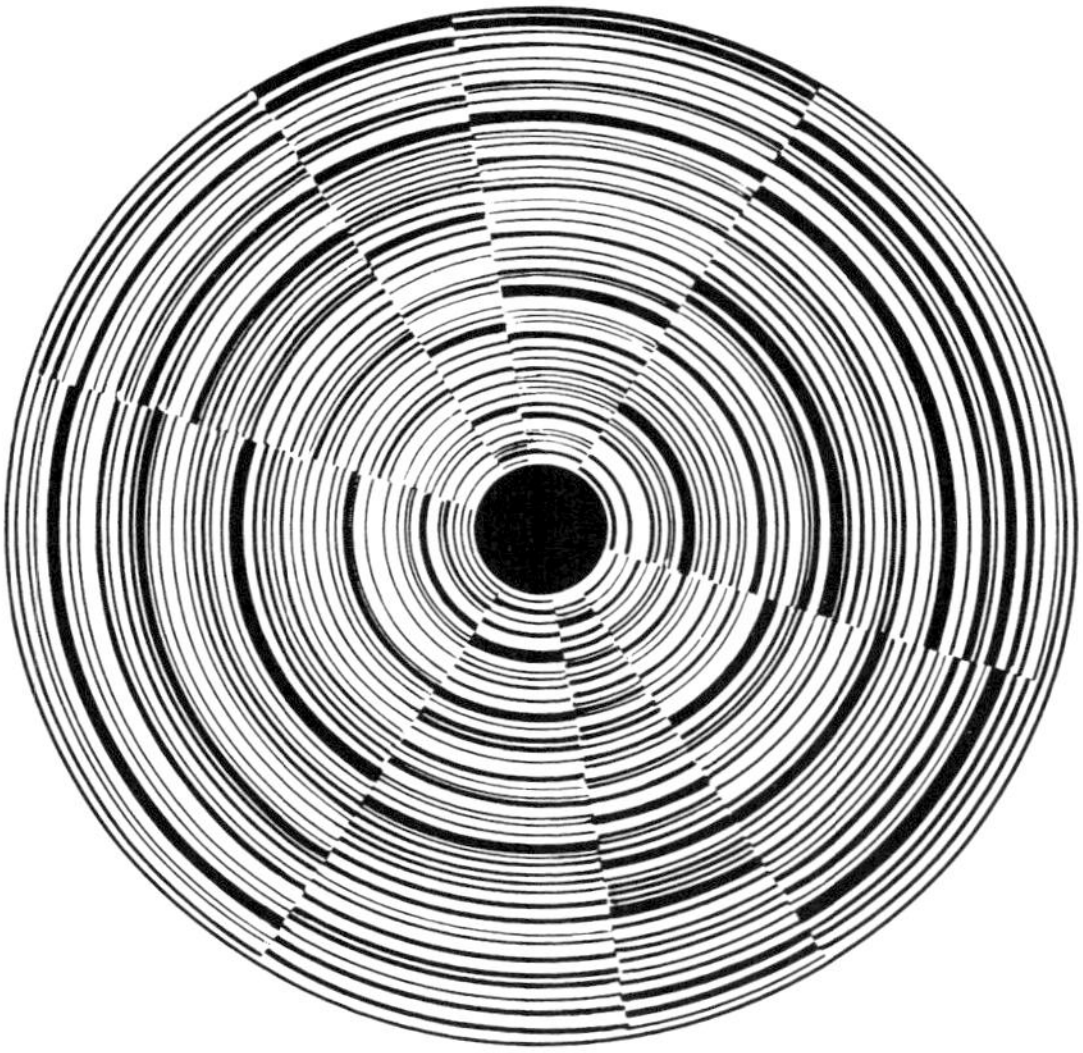

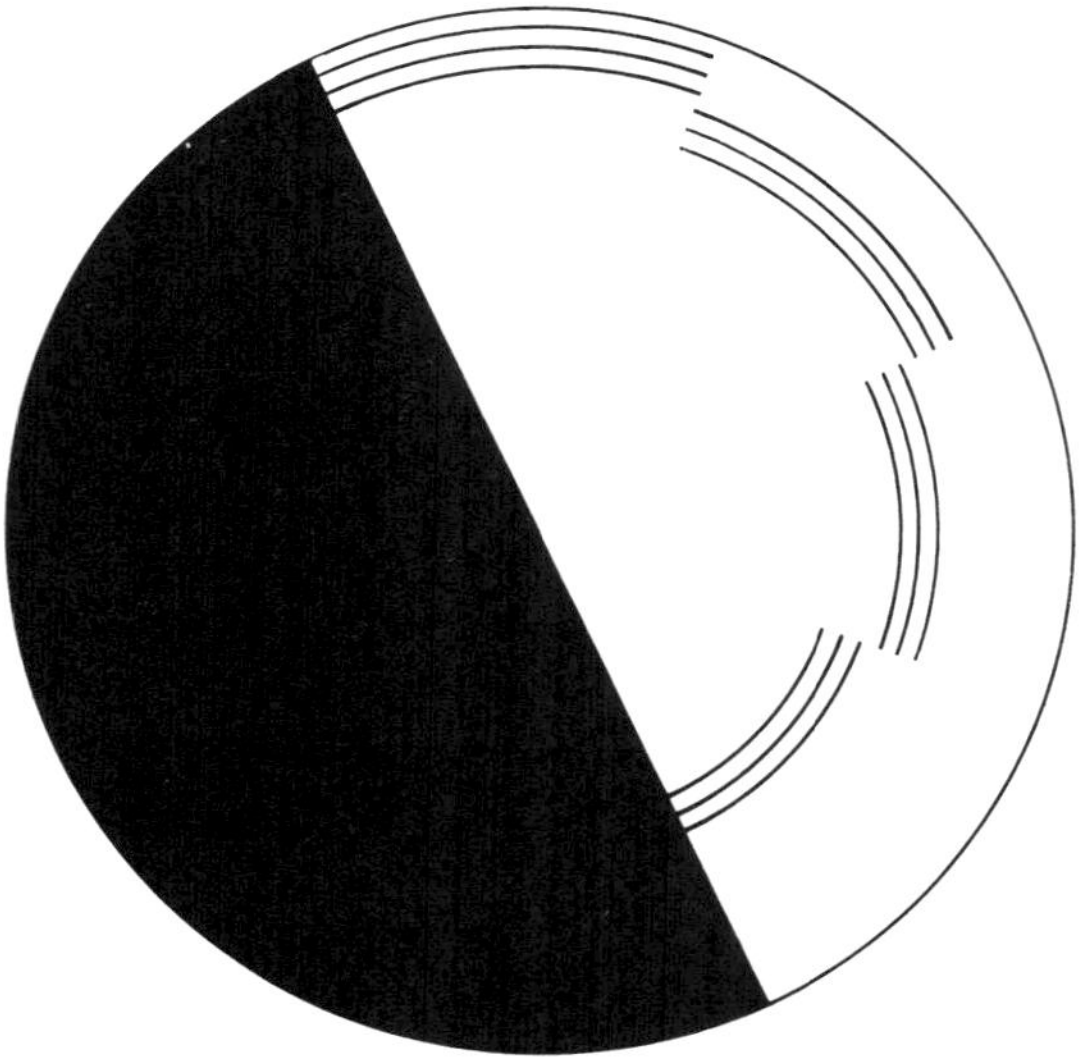

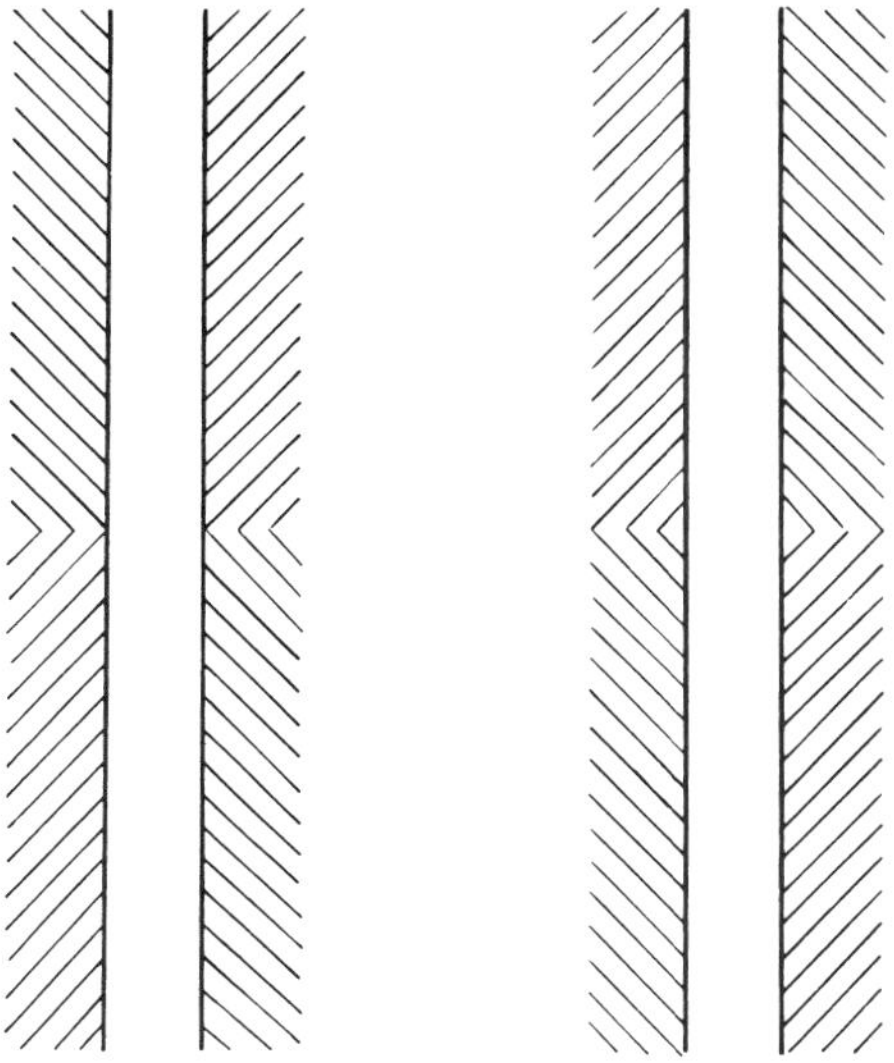

「色彩論」口絵解説

●基本色相（hue）

色相の基本となるものを８種掲げたもので、若干の個別差がありうる。

●無彩色明度（value）

明度の概念をはっきりさせるために、彩色なしに、黒と白とその中間の灰鼠を掲げたものである。

●彩度（chroma）

彩色の度合を７種掲げたもの。明度という概念との相異と関連をはっきりさせるために表示した。

●市販色材の比較表（市販水彩カラー比較表・油絵具比較表）

市販の水彩絵具と油絵具の着色力と品質とを知るために表示した。簡単に比較的はっきりと結果が示される。

●錯視表Ｉ

右側の図を凝視したあとで、左側の白色地に視線を移すと、残像が右側の補色の色相で表われる。

●錯視表Ⅱ・Ⅲ

背後色との対比で、同じ色彩が異なって視える。

●錯視表Ⅳ

同じ長さの線分の両端に矢印を付けるとき、矢印が内側を指す場合と、外側を指す場合で異なった長さに視える。内側に開いた矢印は、内側に閉じた矢印よりも、線分の長さを短かく視せる。次に問題となるのは、同じ長さの線分が、矢印の角度で異って視えるかどうかである。

●錯視表Ｖ・Ⅵ

同じ大きさの内円が、外円の大きさによって異って視える。二つの問題がある。外円に比べて内円が極端に小さいときと、大きいときには、この錯視は生じない。もう一つは、外円と内円との比率のある範囲で、この錯視は成立しないことである。

●錯視表Ⅶ

波長順に重ねられた色彩は凝視すると混融し、滲色を生ずる。黒・白の接近した細線は凝視あるいは回転すると彩色を生ずる。

同一の幅をもつ二線分が、外側の細線の角度によって、異った幅に視える。また、黒いマス目に囲まれた縦横の白い道は十字路のところで、黒い方形が視える。

吉本隆明全集11　目次

凡例

一、本全集は、著者の書いたものを断簡零墨にいたるまですべて収録の対象とし、ほぼ発表年代順に巻を構成した。
一、一つの巻に複数の著作が収録される場合、詩と散文は部立てを別とした。散文は、長編の著作や作家論、書評、あとがき類など形がそろうものは、さらに部立てを別にしたが、おおむね主題や長短の別にかかわらず、発表年代順に配列した。
一、巻ごとに、収録された著作の発表年代を表示した。
一、語ったものをもとに手を加えたものも、書いたものに準じて収録の対象としたが、構成者や聞き手の名前が表示されているものは収録しなかった。
一、原則として、講演、談話、インタヴュー、対談は収録の対象としなかったが、一部のものは収録した。
一、収録作品は、『吉本隆明全著作集』に収められた著作については『全著作集』を底本とし、そのうち『吉本隆明全集撰』に再録されたもの、あるいはのちに改稿がなされた著作は、『全集撰』あるいは最新の刊本を底本とした。また『全著作集』以後に刊行された著作については最新の刊本を底本とした。それぞれ他の刊本および初出を必要に応じて校合し本文を定めた。また単行本に未収録のものは初出によった。
一、漢字については、原則として新字体を用いた。芥川龍之介など一部の人名について旧字に統一したものもあるが、人名その他の固有名詞は当時の表記を底本ごとに踏襲した。また一般的には誤字、誤用であっても、著者特有の用字、特有の誤用とみなされる場合は、改めなかったものもある。
一、仮名遣いについては、原則として底本を尊重したが、新仮名遣いのなかにまれに旧仮名遣いが混用されるような場合、詩以外の著作ではおおむね新仮名遣いに統一した。
一、新聞・雑誌・書籍名の引用符は、二重鉤括弧『 』で統一したが、作品名などの表示は底本ごとの表記を踏襲した。
一、独立した引用文は、引用符の一重鉤括弧「 」を外し前後一行空けの形にして統一した。

吉本隆明全集11

1969—1971

表紙カバー＝「佃んべえ」より
本扉＝「都市はなぜ都市であるか」より

I

島はみんな幻

〈きみ〉に誘われて幻の島へと
走る　島と島の無数は海の亀裂である
その無数には地図がなかったので
走行にも日程がなかった　と
ある歳の秋に島へ
誘惑した〈きみ〉はたれか？
〈きみ〉の名は神話に録されていない
上陸したおれは孤りだ

海は柱を立て　たえず島を埋めようとしている
ここはとても住みつけない岩礁のはずだった
けれど　事実は土くれのむこうにみしらぬ同族の耕作者がいる
島の鼻で墓石が海を視ている
〈墓石とならべ〉
足がいまにも地面から離れ

墓石といっしょにうしろから視られている
〈むごたらしい祖霊よ〉おまえは
背後の畝山に在る
不安は背中からおれを視ており
脚にやわらかい海の風と太陽が和んでいる
おれはとうとうきた
夕刻　幻の島にたしかに佇っていることを意識し
翌晨　未明に島を去る

ところで〈きみ〉はたれか?
おれの旅食の半分を喰べ
うまそうにも　まずそうにも　小魚の骨を吐きだし
おまえはいう
〈ひさしく　おいしい魚があがらない
　ここはもうじきまあるい海に埋葬される
　ひとつの南方　卒塔婆の島だ
　すでにおれが見捨てたあと
　どんな時間も流れよらない〉

それからおれがいう
《どうして〈きみ〉などに誘われたか?

おれにはすでに〈クニ〉はない
父のセクスと母のセクスに接合された感傷もない
〈きみ〉に誘われる弱さは
どこからくるのか?
土のほこりが舞いあがる街道から
こりた貌もせずこちらへやってくる
鳥打ち帽にもも引すがたの自転車の男
血が濃かったころの父が
〈よか日和《ひより》のう〉と声をかけ
おれの傍をすれちがう》

おれは不安だ
島の老婆がいった
〈まあだこげんこまかござったとき……
あんたん生霊《いけりょう》ば抱いて守《も》りしたことがござる
あんたばえ
兄んしゃんじゃなかったばえ
あんたIしゃんじゃろ
Jしゃんじゃなかじゃろ〉
〈おれにはおぼえがない〉
だいいちはじめて〈きみ〉といっしょに

幻の島にわたり
いま幼いＩ《あい》や
壮年のＪ《じえい》をしっている
老女たちにかこまれている
おれはどこへきたのか？
ほこりのあがる海べの街道を
トレーニング・シャツすがたの少年たちが走ってくる
若さもじぶんの過去も喪って
海べの墓標にのぼりつめてゆく
死者の白衣の群れにみえる
やがて幻にかわって
街道を走りぬけ
路がのぼりつめたところから
海上はるかに去ってゆく
異邦の童《わらし》可《か》奈《な》志《し》のようだ
生きている兆のない少年たち
この世界は欠けている

かりに島の最大の音響が
山火事の半鐘か船腹に打ちこまれるのかヽみの音だ
としても　おれにとどくまえに

耕地や天空に吸いこまれ
けっきょく　なにも聴かなかったことになろう
この無声の島がおれの〈過去〉とおもえない
生誕の地ともおもえない
もちろん旅に〈未来〉はない　と
ある歳の秋
島へやってきたニライ・カナイの神でもない
おれはさびしい声をあげる
《ここは父の島　母の島
父の父の島　母の母の島
それからさき二代が分明だとして
そのさきはどこからきたか？
もともと島に住みつく奴は
時間と系譜よりも
空間と土くれのすきな奴だ
〈きみ〉はどこへいったのか？
たのまれもしないのにおれを誘惑して
幻の島へと上陸させた
それからふりかえると
もういなかった
街道のほこり　まあるい海からの光

沈むよりほか掟てのない島を
踏まずに　〈きみ〉は時間へ視えなくなる
〈きみ〉は畝山のむこうから
おれをおびやかす　祖霊とやらを叩きおこし
おれにけしかける
あのさびしい幻にかわっている》

おれはいま
故郷であるようなないような
家系の代理でもあるようなないような
よそものでもあるようなないような
あいまいな表情で　昔を抱きしめた老女やかなしい亜熱帯と
必死になってわたりあっている
おれの所有はわずかなはにかみと　ふるまわれた酒の酔い
と　父や父の父が施した余韻しかない
ここでひけらかせるのは
けっして口にできない妄想と
妄想が島連中《しまんちゅう》にわかるはずがないという確信と　不安の
海上を通ってやってくるこの世界の　みんな
にたいする拒絶だけだ

〈きみ〉はしるまい
〈きみ〉が〈クニ〉と称して恨んだりよろこんだりしているもの
が　じつは幻の島にすぎないこと
〈きみ〉はしるまい
〈きみ〉が島と称して辺境にうかがうもの
が　じつはさびしいひとつひとつの〈クニ〉であること

〈不可解なもの〉のための非詩的なノート

きみは不可解なものに　出遇ったことは
ないか　たとえばそれは女《おんな》
あるとき喰べかけの蜜柑の皮のひとかけら
を床にちらかしていただけなのに　きみは
全人格を疑われることになる　そういう
クモの糸を口から吐くことができる存在だ　けれど
きみの全人格は　きみの
確信するところによればきみの全生涯の
労作である　ことによると
傑作であるかもしれない
きみがたったひと言《こと》をいえなかったために
〈女ったらしでもいえるようなことを〉
喪うものは　きみの全疲労に匹敵する
きみの確信によれば　きみの全疲労は　たんに
生活のひだからやってくるのではない　全世界との

抗いからくるものだ
きみは全世界から否定されることをおそれはしない　しかし
喰べた蜜柑の皮のひとかけらの在り方から否定されることを拒絶する

ところで
きみはあるいはまちがっているのかもしれない　蜜柑の皮の
ひとかけらの在り方のほうが全世界の
在り方よりも重要なのではないか？

きみがきみの内部にひとつの神判制度をもっている
として　この不可解な問いをどう裁定するか
もちろん探湯《くがだち》も骨占《ほねうらない》も採用しない　ただ
人間はじぶんが当面している事柄をもっとも重要とかんがえる
ようにできており　その事柄がなんであるかは無関係である
と裁定すればよろしいか？
〈どうもちがうような気もする　きみのほうに
奇妙な不透明さがあるときに
あらゆる対象は重さや大きさの序列をうしなって
ただ際限もなく浮動しはじめるのではないか？〉

われわれは〈異議あり〉をみとめる　ちいさな

眼ざしの動きが世界を革《あらた》めることがありうることもみとめる
けれど〈不可解なもの〉が世界を支配する
ことをみとめがたい
はじめに相互の〈愛〉があり
なかほどに〈意志〉の持続があり
おわりに皮膚のすみずみまでに触知される変形自在な
滲透の支配がある

fatigue,
fatigue,
fatigue,
l'homme de fatigue.

II

情況

収拾の論理

私がいうのは、おそろしく「抽象的」な術語や象徴をつかいながら、「具体的」には街頭や集会ですぐ肉体的に激突するような傾向、（笑）或いは、実現可能性からいえば、いろんな時間的な幅をもっている闘争目標が、すべて資本主義社会における疎外の回復といった雄大な目標に目盛がセットされ、その結果、絶対革命主義が結果としては絶対現状維持になっちゃうような傾向ですね。なぜそういう純粋主義が受けるか、という問題です。もちろん、こういう「抽象派」あるいは「具象派」（笑）が輩出したのは、前にも論じられましたように、伝統マルクス主義ないしは前衛神話の崩壊という歴史的背景があるわけです。ただもう少し微視的に個々人を見てみると、こういうラディカルは政治的ラディカルというより、自分の精神に傷を負った心理的ラディカルが多いですね。その心の傷は、ある場合には党生活のなかでの個人的経験に根ざしているし、ある場合には戦中派の自己憎悪に発しているし、ある場合は、俺は一流大学を出て本来は大学教授（?）とか、もっと「プレスティジ」のある地位につく能力をもちながら、「しがない」「評論家」や「編集者」になっているという、自信と自己軽蔑のいりまじった心理に発している。学生の場合は、現代の、とくに大都会でマス・プロ教育を受ける環境に当然ひろがる疎外感と孤独感が下地になっているでしょう。

（『現代日本の革新思想』丸山真男の発言より）

ほぼ三年ほどまえ、かけあい漫才よろしく、談笑のうちに丸山真男にこう規定された「純粋主義」の学生の末裔たちは、丸山真男の属する東大法学部の学館になだれこみ、丸山真男を研究室から追いだした。新聞の報道では、丸山真男は封鎖する学生たちの群れにむかって、再三「肉体的に激突」（?）をくりかえし、〈君たちのような暴挙はナチスも日本の軍国主義もやらなかった。わたしは君たちを憎みはしない、ただ軽蔑するだけだ〉といったことを口走った。学生たちは〈われわれはあんたのような教授を追い出すためにきたのだ〉とこたえた。

そこでこんどは、三年まえに、丸山真男によって「俺は一流大学を出て本来は大学教授（?）とか、もっと『プレスティジ』のある地位につく能力をもちながら、『しがない』『評論家』」になっているという「自信と自己軽蔑」のいりまじった心理から「純粋主義」に走った、と失笑に価いする言葉で勘ぐられたものが、口をひらく番である。

丸山真男は「街頭」や「集会」や大学構内で、「すぐ肉体的に激突するような傾向」が、けっして「純粋主義」や「しがない」「評論家」の特性ではなく、人間の社会的な存在の仕方が、ある局面で強いられる本来的な行動様式のひとつであることを、こんどはかれ自身の行為によって、身をもって立証したのだ。しかし丸山は「肉体的に激突」した瞬間にも、しがない評論家とちがって、「大学教授」が社会的に「プレスティジ」のある地位だ、という無意識の錯覚からは、自由ではなかった。そうでなければ、たかがじぶんの研究室に、じぶんの大学の学生たちから踏みこまれたくらいで、このような暴挙はナチスも軍国主義もしなかった、などと大げさなせりふを口走れるはずがない。「しがない」「評論家」は、いつも延々とならんでいる図書館の入館者の列にはいって、調べ物をしたり、生活費をかせぐ仕事の合間をつかって研究をつづけている。まったくこういった文化的な環境の貧困と、いわれのない「プレスティジ」の差別は、戦後民主主義社会に特有な〈暴挙〉のひとつである。かりに、わたしの〈研究室〉であり〈仕事部屋〉である部屋に、学生たちが踏みこんで追い出したり、蔵書を無茶苦茶に荒らしたとすれば、わたしは、丸山とちがって〈軽蔑〉するだけではおさまりがつかず、〈憎悪〉するかもしれない。また、「肉体的に激突」するくらいではおさまらず、菜っ切り包丁のひとつもふりまわして、学生たちとわたりあうかもしれない。あるいはただ黙ってさせておくかもしれない。ただ、確実なことは、わたしが〈ナチスも日本の軍国主義もやらなかった暴挙だ〉というセリフは、決して口走らないということである。なぜならば、この問題は、どうかんがえても、〈私的〉な問題にすぎないからである。丸山はじぶんの〈研究室〉が荒らされたということが、まったく私的なことであるか、まったく公的なことであるかのいずれかであり、混同された公私の問題ではない、ということがわからなくなっている。

たしかに丸山真男のいうように、日本軍国主義は、丸山の労作『日本政治思想史研究』の執筆をさまたげなかったし、丸山が内心では戦争を嫌いながら、兵士として銃を担うこともさまたげはしなかった。しかし丸山真男は、日本軍国主義の、この見事な〈寛容さ〉からうけた負債を、どうやって戦後に思想的に返済したのか？　もしも戦後を、学問思想の自由と、言論の自由が保証される社会がふたたび蘇った平和な社会とおもいちがえて、軍隊から復員し、そのまま大学の〈研究室〉に滑り込んだとすれば、すでに現在の奇妙な公私混同の錯覚は、戦後の出発のはじめにあったというべきである。なぜならば、丸山真男はじしんが思想的に至上のものに祭りあげた戦後民主主義社会に生み落された鬼っ子の学生たちから〈ナチスも軍国主義もしなかった暴挙〉を強いられているからである。論理的な糸をたどれば、丸山の研究室を封鎖した学生たちの行動が、丸山のいうようにナチスも軍国主義もしなかった〈暴挙〉だとすれば、丸山の評価する戦後民主主義社会は、ナチスや軍国主義時代の社会よりも劣悪でなければならないはずである。そしてこの評価に虚偽がひそんでいるならば、丸山の研究室を封鎖した学生たちの行動が、〈ナチスも軍国主義もしなかった暴挙〉だという丸山の評価に虚偽がなければならない。

わたしは大学制度はどうあるべきかといった論議に、かくべつ関心があるわけではない。わたしもたしかに大学を通過したが、その体験の主調音は、いい年齢をしてあてもなく金もなく、しかも出発を禁止されてぷらぷらしているのが苦痛であるということであった。しかし、このぜいたくな苦痛を逆用することから沢山のことを学んだ。そして大学の意義はこのぜいたくな苦痛の体験にあるとしかかんがえられなかった。なぜならばそれ以後、このぜいたくな苦痛を味わうような心身の余裕は、わたしの生活からまったく消えてしまったからである。こういう大学体験からは、制度としての大学問題はみちびきようがない。大学は、青年にぜいたくな苦痛を味わわせることを目的とするといえば、わたし個人の「学校教育法第52条」は成立したのである。もともと大学は敵役《かたきやく》としてしか存在しえないし、敵役としてはじめて意義がある存在だとしかおもえない。この社会の矛盾がもっとも鋭い形で象徴されているからこそ、大学を通過することに意義があるのだ。これを解体しようという発想は、体験上わからないことはないが、これを良くしようなどという発想は、わたしにはまったくわからない。それは、わたしがアカデミズムの学者を志したことがないせいである。

大学の教授研究者にとっては、大学は学問思想研究の自由と設備が保証され、社会から「プレスティジ」のある地位として評価されることが必要にちがいない。そして大正期のリベラル・デモクラシイの思潮のなかで、この願望はある程度実現された時期があったのである。そして十五年戦争に突入する過程で、この虫のいい幻想はかれら自身の手によって、また政治的強制によって崩壊した。学生たちは動員されるか軍隊にかり出され、教授たちは思想的にまたは行動的に軍国主義に従属した。

敗戦によって思想的な二重底の仕掛けをとり払われたかれらは、戦場から、あるいは研究室に居据わったまま、一夜にして楽天的な戦後民主主義者に変貌した。そして学問研究の自由、思想言論の自由という、すでにかれらも手をかして葬ったはずの死滅した理念で、大学を復興できるものと錯覚したのである。学問研究の自由、思想言論の自由を葬った罪責は、すべて軍国主義の必然悪になすりつけられた。このとき、大学は、そして大学の担い手である教授研究者たちは、日本軍国主義の〈寛容さ〉に二重の負債を負ったというべきである。ひとつは、すでに死滅したはずの学問研究の自由、思想言論の自由という幻想を、大学の理念として復元したことによって、もうひとつは自身の手も汚して扼殺した学問研究の自由、思想言論の自由にたいする思想的な責任を、ことごとく軍国主義になすりつけて、そしらぬ貌をきめこんだことによってである。

ここ数年来火をふきだした大学紛争の過程で、大学教授研究者たちが、ジャーナリズムと戦後社会から過剰に甘やかされて育てられた、社会常識以下の判断力しかもたない過保護な嬰児にすぎないことが暴露された。急進的な学生たちを先頭とする〈学閥支配体制を解体せよ〉・〈学問研究の専門的な分野以外のところでは、教授研究者と学生とは人間的に対等であるという原則を認めよ〉というような、それ自体きわめて感性的な要求から発して、大学制度改革の項目をつきつけられたとき、かれら大学教授研究者たちは、まったく不可解な人種の言葉を耳にしたときのように、為すすべを知らず右往左往した。かれらのうちただ一人も、大正リベラル・デモクラシイの原理が戦争期になめた苦渋な体験と、戦後二十数年のあいだ磨きをかけてきたはずの市民民主主義思想に根ざして、急進的な学生たちの前面に立ち、まさに思想原理的に対決する姿勢をしめしたものはいなかった。また学生たちから不信任をつきつけられ、〈おまえ〉呼ばわりされたとき、学生たちと人間的対等の立場に駒をすすめて、自力でこれを粉砕しようとする者もいなかった。また、〈おれはこんな頓馬な学生たちに教えるのは御免だ〉と公言して辞表をたたきつける者もなかったのである。かれらが社会に身をもって示したのは、怯懦・女々しさ・小狡さ・非常識、ようするに特権的な知識人が共有する最大の悪徳だけであった。かれらは戦争期とまったくおなじように、思想と感性との二重底を使いわけることで、ただ当面する事態を巧みにすりぬけようとする態度を公然としめした。それは戦後市民民主主義の思想が、戦争体験を忘れ、戦後二十数年をただ徒食のうちに空費しただけであることを見事に露呈した。安保条約を論じ、日韓問題を規定し、ベトナム反戦を唱和しているあいだは、どうせ他人事であるため、ただ現実認識のお粗末さを露呈しただけで、かれらの醜悪な本性はまだ覆われていた。しかしかれらが、じかに足もとから市民民主主義思想を問いつめられたとき、完膚ないまでにその思想的な根柢の脆さをさらけだしたのである。

現在、大学紛争の根柢にあるのは、戦後の大学の理念として潜在してきた市民民主主義思想のなか身の問題である。かれらは学問研究の自由、思想の自由という名目のうちにある特権を、じっさいに大学が温存してきた前近代的な学閥支配体制の解体のために行使せずに、「プレスティジ」のある地位を保守するために逆用してきたのである。総体的な社会の大衆のなかに、どんな自由も自治も存在しないときに、大学の自由や自治などが現実に存在しうるはずがない。ただ理念としてだけ自由と自治の仮象が大学構内に流通しうるにすぎない。したがって大学紛争の本質は、大学理念の担い手である教授研究者たちの市民民主主義思想が、理念と現実性のあいだに口をあけている裂けめの問題である。制度としての大学がどうあるべきかなどということは、もともとわたしの知ったことではない。わたしは現在の大学紛争のなかで、試練に立たされている市民民主主義理念が、どのように思想的な原理を貫きつつ、急進的な学生たちに押しまくられて果敢に沈没するか、あるいは急進的な学生たちをおさえきって公然と本来の面目にたちかえるかにもっとも関心をいだいた。現在、スターリン主義として世界的に展開されたロシア・マルクス主義が、思想的には問題にならない以上、市民民主主義思想の去就は全情況の象徴でありうるといえる。わたしは大学の教授研究者の挙動のうちに、市民民主主義の思想原理が確乎として貫徹される姿をどんなに願ったか知れない。それはわたしにとっていつも思想的な敵対物であり、批判と反批判の対象であったが、どんな思想も敵対する思想の媒介なしにじぶんを成熟させることはできない。もともと戦後の市民民主主義の思想が、ろくでもない戦争体験に蓋をして出発したもので、ときに応じて体制と反体制の補塡物として機能する双頭の蛇であることはわかりきっていた。しかしわが国では思想の根柢が問われるときは、体制的か反体制的かが問題なのではない。思想がその原則を現実の場面で貫徹できるだけの肉体をもっているかどうかが問題なのだ。

わずかひとりの大学知識人の挙動によってでもよいから、戦後民主主義が思想として定着した姿をみることができれば、というわたしの願望は空しかった。大学教授研究者たちがみせたのは、戦後民主主義の予想できる最悪の姿だったといっていい。かれらは急進的な学生たちのごくあたりまえの要求を、まるで異邦人の言葉のように仰天してきき、はじめは脅しによってなだめようとし、それが不可能と知ると、なし崩しに学生たちの要求をうけいれるようなポーズをとり、それが拒否されると臆面もなく機動隊のもつ武装した威圧力を導入して、事態を技術的にだけ収拾しようとしたのである。おそらく急進的な学生たちが、大学教授研究者たちに本質的につきつけたのは、学問の知的な授受以外の場面では、教授するものと教授されるものとは、いかなる特権的な学閥体制も人間関係をももつべきではないという感性に根ざした要求であったとおもえる。そしてこの感性的な要求は、感性的であるがゆえに教授研究者たちにとってもっとも受けいれがたく、また了解しがたいものであった。なぜならば、かれらが知的優位と知的特権とを、社会的優位と社会的特権に無意識のうちにすりかえて保ってきた心性は、急進的な学生たちのこの感性的な要求によってのみ転倒され得るもので、大学の制度的な改善の具体的項目によっては、けっして侵害されないものだからである。学生処分のやり方と原因とが紛争の過程で固執されたのは、おそらく、それが教授研究者たちと学生たちの感性的なせめぎ合いの焦点として大きな意味をもつものだったからである。

東大紛争の過程で、加藤一郎、大内力、坂本義和、篠原一、寺沢一らは、かれらの思想的な同類とともに、戦後民主主義の思想原理をじぶんの手で最終的に扼殺したといいうる。かれらは東大入試決定の期限切れという、それ自体が全社会的には三文の価値もない問題を焦慮するあまり、学生同士の流血の衝突を回避するため、という名目をつけて、機動隊の武装力を要請して全共闘の急進的な部分を制圧し、日共系学生たちの寝返りにたすけられて、機動隊の保護下に学生集会を開き、事態を技術的に処理しようと試みた。入試を実施するか否かという問題は、東京大学の学内問題ではありえても、大学紛争の本質とはなんのかかわりもないことである。またそこには一片の思想原理的な課題も含まれえないことは明瞭である。はじめに、大学紛争の本質的な課題を解決するポーズで登場したかれらは、束の間のうちに東京大学さえ存続すれば、ほかのことはどうなってもいいという、なりふりかまわぬ破廉恥漢に変貌した。封建時代の寺子屋の師匠でさえ、じぶんの教え子を権力の手をかりて排除して寺子屋の存続をはかるような真似はしなかった。むしろ教え子が権力の手に引きさらわれるならば、それをじぶんの痛みとする倫理をもちあわせていた。また教え子に背かれたときには、師たる資格をじぶんの手ではく奪するだけの器量をもっていた。しかし、かれら戦後民主主義的な教授たちのやったことはまったく反対のことである。かれらはじぶんの学生の一部を、じぶんの手で処分することも説得することもできないと知るや、武装した官憲にこん願して、これを武装力によって拘置所におくったのである。

それ以後、かれらの採用した態度は、すでに社会的な非常識を超えて、精神病理学上の廃疾者の態度であった。かれらは戦後民主主義の思想的原理を、じぶんの手で扼殺することで、じぶんで幻想した大学の理念を扼殺しただけではない。おおよそ人間的な感性を喪失した人格崩壊者としての本質をさらけ出したのである。一月十八日、かれらは持ち込まれた危険物を排除するという名目で、ふたたび八千余の機動隊の導入をこん願し、安田講堂に籠った全共闘主導下の学生たちを武装暴力の攻撃の手にゆだね、みずからはこれを傍らで見物していた。学生たちの果敢なそして節度のある抵抗が、機動隊の完備された装備のまえで徐々に追いつめられていったとき、かれらは平然として眉をひそめるふりをした〈良識的な〉ジャーナリズムとかけ合いで、学生暴力談義にうつつをぬかし、加藤一郎のごときは〈学生諸君、無駄な抵抗をやめて下さい〉などと臆面もなくマイクで呼びかけさえしたのである。このとき、かれらを支えたのは、日共の支持であるのか、偽造された世論であるのか、東京大学エゴイズムであるのか、自己保身であるのか知らない。かれらはただ入試の存廃、授業の再開という大学の本質の問題とも全社会的な問題ともかかわりない一連の事態収拾の論理のうえを走ったのである。東京大学の入試が実施されようと、授業が再開されようと、そんなことは社会的には三文の値打もない問題で、もちろんわたしの知ったことではない。また、つまらぬ一国立大学の存廃などは、当事者以外には社会的な考察に価しはしない。ただ、安田講堂に籠った急進的な学生たちの抵抗が、機動隊の装備と威圧力のまえに次第に追いつめられ排除されてゆく姿と、無量の思いでそれを傍観しているおのれの姿のなかに、全情況の象徴をみていたのである。もし東大紛争のなかに、貴重な社会的、政治的、思想的課題が含まれているとすれば、この光景と、これをとりまくさまざまな思想的または政治的位相のなかに集約されていた。この場面で、すでに、大学教授研究者たちにより喧伝され、流布されてきた戦後民主主義の理念は、自身で破産して、〈情況〉から退き、機動隊の武装威力に自身を肩代りさせていたのである。

そのあと加藤一郎、大内力らがやったことは、たんに保守権力によってのみではなく、全社会的大衆によって正常な神経を疑われるような、まったくの茶番であった。かれらは全共闘主導下の急進的学生たちを、機動隊の手に引きわたしたあと、その汚れた掌の乾かぬうちに、政府に暴力学生は始末したから入試の復活をしたいと申し入れたのである。現在の保守政府の政治委員会が、どんなに頓馬の集まりであっても、加藤一郎らの打った破廉恥な猿芝居が見抜けないはずがない。かれらは政府から自治能力の無さと精神的な頽廃を指摘されて、入試復活どころのさわぎではないではないかと拒まれたのである。わたしと一緒になりたいなら、ほかの女と手を切って頂戴などと女に言われて、手を切ったまではよかったが、女のほうでは、いっこうにぐうたら男の意を迎えてくれなかった、というのが加藤らと政府の関係である。加藤らと追従する教授研究者たちが、入試問題に干渉するのは、大学自治の侵害だなどといまさらのように騒いでも、なんの意味もあるわけがない。かれら自身が、先ずじぶんの手で、大学正常化を武装暴力にゆだねた張本人であり、かれらこそ戦後民主主義思想をみずから扼殺した元凶だからだ。新聞ジャーナリズムにあらわれた偽装された世論なるものは加藤らの処置を是認しているようにみえたかもしれない。しかし真の社会的な大衆の世論は、加藤ら大学教授研究者たちを、じぶんの大学の学生たちすら統御できない無能力者と見做して、紛争の最大の責任を、古風な教師像にてらして加藤らの処置に集中していたのである。

いうまでもなく、大学教授研究者たちの挙動から実証された戦後民主主義理念の終末は、戦後大学の理念の終焉である。そのあとの空洞が、より保守的なまたはより反動的な大学理念によってみたされたとしても、責任はかれら大学教授研究者たちが負うべきである。わたしたちは愚者の楽園などに三文の社会的な値うちも認めないのだ。そしてこの現在の全社会の〈情況〉が、大学紛争のなかで鏡にうつされているのだとすれば、その〈情況〉については、かれら大学教授研究者たちの判断をいっさいたたき出しても、〈情況〉の本質を固執しなければならない。かれらが愚者の楽園から首をだしてふたたびジャーナリズムのうえで進歩的幻想をふりまきにかかったとき、かれらは苛酷にその本質を粉砕されなければならない。

加藤一郎らは、大河内一男の退場のあとに登場するにあたって「従来のいきさつにとらわれず、学生諸君の提起した要求項目について討議する」全学的な集会を開催するポーズをしめした。ところが、紛争が長びき入試中止かどうかを決定すべき期限の問題が、公然と保守政府と新聞ジャーナリズムによってとりあげられるようになると、わが国のいかなる大学教授研究者たちの類型にも当てはまらないような、凄まじい豹変ぶりをしめした。そこでは民主的思想原理を貫ぬき、紛争の解決のために、急進的な学生たちによって提起された大学の制度的改革と、大学知識人の感性的な変革を要求する声の、矢表てに、悪びれずに直面するポーズは突如かなぐり捨てられ、しゃにむに事態を収拾し入試を強行し、大学が存続する社会的条件を名目だけでもとりそろえる目的のために、大学そのものを機動隊の武装威力の管理下に置くという最悪の手段を思いついたのである。このすさまじい豹変の論理と、鉄面皮な手段は、わが国の知識人のとりうる態度のうちでも、最低のものであったといえる。かつてわたしたちが共通に所有している知的な慣行例のうち、これほど無惨な手口を厚かましく行使した知識人たちは、皆無であったといっていい。じぶんの大学の学生たちから、行動について一片の信任をもえられていない教授研究者たちの執行首脳部が、学生の信任をえられていないことにすこしも責任を感ずることもなく、平然と積極的に機動隊の武装威力によってのみ事態を収拾しようとする厚かましさ、無神経さをまざまざとみて、怪奇な化けものをみたときのように、しばらくぼう然としたといってよい。

こういう鉄面皮な挙動ができる加藤一郎とはいったい何者なのか？　また、こういうことを加藤一郎、大内力、坂本義和などになすことを許している講壇マルクス主義者、講壇民主主義者とはどんな神経の持主であるのか？　大学とはどんな神経の持主と、どんな人格だけが棲息を許されている場所なのか？

東大紛争の過程で、わたしたちは改めてこういった初歩的な疑問につきあたり、伏魔殿を眺めるような卑俗な感興をそそられたといっていい。

加藤一郎の主要な論文のひとつに「日本不法行為法の今日的課題」というのがある。ひと口にいえば判例主義（いいかえればその都度主義）的なアメリカの不法行為法を参照しながら、不法行為をできるだけ多くの個々の具体的な事例によって類型化し、それによって具体的な不法行為事件の態様に則して、妥当な現実的な解決をもとめることの必要を説いたものである。この論文のなかにつぎのような個所がみえる。

契約法においては、一定の法的効果を目指して契約を締結するのであるから、そのあとで判例が変更され、はじめに意図したのと異なる法的効果が生じたのでは困ることになる。そこでは主観的にいえば予測可能性、客観的にいえば法的安定性が重要な価値をもち、判例の変更は容易には行なわれない。これに対して、不法行為法は、主として、偶然に発生した事故の事後的処理を目指すものであり、そこでは、予測可能性あるいは法的安定性の考慮はほとんど必要がなく、したがって、その事件に具体的に妥当な解決を心ゆくまで探求することができるのである。（『法律時報』昭和三十九年二六巻五号）

「その事件に具体的に妥当な解決を心ゆくまで探求」したかどうかはべつとして、この個所は、東大紛争の過程におしだされて登場した加藤一郎らの、思想的な貫徹性のひとかけらもない豹変の論理を裏づけるにかっこうな資料を提供している。この実務的な法プラグマチズムは、もしはじめに思想的な原則性がないばあいは、刻々に流動する事態の過程で、どんな態度の変更をも許容するものだからである。ただ刻々に流動する事態のなかで「具体的に妥当な解決」という判断に叶うものでありさえすれば、どんな行動でも許されてよいことになる。ところで、「具体的に妥当な解決」であるか否かを判断する規準とはなんであろうか？　それは加藤によれば主観的な予測可能性の原則に合致するかどうかではない。ここで登場するのは不法行為法では陪審員を参加させたうえでとられる裁判所の判決である。だが東大紛争の過程では、学生大衆のマジョリティに名目的に裏うちされたじぶんたちの執行部の決定である。それ以外に「具体的に妥当な解決」であるか否かを、現象的に判定する基準はかんがえられそうもないからである。

　東大紛争にとって、たれが現在の大学問題の本質をはじめに提起し、たれが精力的に提起した問題を貫徹しようとしたか、それはどんな思想原理と行動によってしめされたかは、加藤一郎らにとってはどうでもいいことである。紛争を収拾するためには、なにを排除し、なにが紛争の収拾をさし迫られた時点で、マジョリティの条件でありうるかだけが重要だったのだ。加藤一郎らが、学生大衆のマジョリティの支持という名目をうるために、日共およびそのシンパと共謀して、機動隊の保護下にうった猿芝居は、学生大衆のもっとも劣悪な心性の部分をくすぐることによって、名目的に成就したかにみえた。問題なのは名目的な手続きに遺漏がないかどうかだという考え方は、一般に実務的な法家に共通した心性であるといえるが、加藤一郎らは、もっとも露骨にこの実務的法家の心性を発揮したのである。

　法的な言語がどのように表現され、どのように解釈されているかは、いうまでもなくその法のもとでの社会の幻想的な諸形態の水準を測る尺度である。法的な言語がプラグマチックに表現され、解釈されるところでは、社会の幻想的な諸形態のマジョリティは、プラグマチックな形で流通するということができる。また法的な言語の意味が、宗教的な感性を挑発するような社会では、人間の観念的な形態は、神秘的に潤色されてあらわれる。また、法的な言語が本質的に提出されるだろう社会では、人間の観念的な形態は、ただ本質的条件によってのみ支配される。

加藤一郎らの実務家的な法プラグマチズムは、一方では社会的な諸階層の大衆の感性と激しく矛盾するものであった。なぜならば、社会的な大衆の感性は、かれらのような観念的な法プラグマチズムの代りに、現実的な具体的なプラグマチズムを行動の条件とするか、かれらのような近代法的なプラグマチズムの代りに、風俗的な慣行律的なプラグマチズムに就くからである。他方では、かれらの法的なプラグマチズムは、急進的な学生たちの本質的な、あまりに即自連結的に本質的な、感性的要求と行動にも背反するものであった。加藤一郎ら大学執行部と急進的な学生たちのあいだの、すべての規範的な言語は、まったく通じあわない異次元で交錯したといいうる。

急進的な学生たちにとっても、社会的大衆にとっても、加藤一郎らの豹変する態度、機動隊の威力をかりずには何ごともなしえない破廉恥な責任無能力、またかれらの同僚（林健太郎）が人権を侵害されたと主観的に判断したとき、駈けつければすぐにその場にゆける大学構内にいながら、声明や間の抜けたシュプレヒコールによってしか同僚を救出する行動を表現しえない片輪な態度（ごくふつうの大衆ならば、たれでも〈同僚〉や〈友人〉が人権にかかわる軟禁をうけていると判断し、しかも救出したいとかんがえたら、身体を動かして救出にでかけるにきまっている）などは、ことごとく人間的感性を喪った知的変質者たちとしか映らなかった。

また、加藤一郎、大内力、坂本義和たち執行首脳部や、それに追従する講壇マルクス主義者や進歩的民主主義者たちにとって、全共闘の急進的な学生たちの行動は、狂気の沙汰としかかんがえられていないのである。

万が一の無事を祈って自分の研究室にはいった丸山真男教授は、しばらく声も出せなかった。「部屋の中央にあった本ダナが、そっくりなくなっちまった」――やっと口を開いてがっくり肩を落とす。「学生は研究室を教授がすわっている部屋ぐらいにしか思っていないんだ」といいながら、小さな懐中電灯で薄暗くなった研究室を照らし、床にばらまかれ、泥に汚れた書籍や文献を一つ一つ拾いあげ、わが子をいつくしむように丹念に確かめながら「建物ならば再建できるが、研究成果は……。これを文化の破壊といわずして、何を文化の破壊というのだろうか」とつぶやいていた。押えようとしても押えきれない怒りのため、くちびるはふるえていた。(『毎日新聞』昭和四十四年一月十九日)

各国の外交文書などをフィルムに写しとった四階のマイクロ・フィルム室のフィルムは約四千巻にのぼり、来訪の外人学者も「本国にすらない」とうらやむほど。それが十八日にほとんど焼かれた。わずかに残ったフィルムも踏みにじられ、使うことのできぬクズとなった。政治学専攻の篠原教授は「原爆ドームのように東大紛争の記念として末長く保存すべし、という声すらある。金に換算できないが、あえてすれば、被害は三億円を越す」としぼり出すような声。かたわらで若い助教授は「私たちの学問を共闘派の諸君はプチブル的という。しかし学問研究の資料はブルジョアのものでもプロレタリアのものでもない。資料自体の価値すら認めないとは一体どういう精神の持ち主なのか」と叫ぶような口調で語っていた。(『読売新聞』昭和四十四年一月十九日)

これくらいで引用をやめておくが、話半分の記事としてみても、これらの教授、研究者たちは、じぶんの責任（学生たちを統御できないということだけでも、それ自体でかれらの責任と大学知識人失格の根拠は問われ得るのだ）についての内省力の無さと、大げさな身振りや思い入れで学問研究者のポーズをとっていることでは、共通している。君たちの公表された研究業績のどれが、このような思い入れに価するのかなどとはいうまい。じぶんの個人的な研究室をそれ自体としては不作為な類災として荒らされたくらいで、「文化の破壊」などとはふざけたせりふである。また、貴重な（三億にものぼる！　そしてその三億はだれから集めたのだ！）資料の損失を嘆いてみせたりするが、かつてその貴重な資料なるものは、かれら自身の口から、自由なる市民や在野の研究者たちに差別なく解放される共有財産であると宣言されたことなどはないのだ。たしかに学問的資料にブルジョア的もプロレタリア的もありはしない。それとともに学問的資料には、私有や占有を超えた公開許容性の原則もまた存在しなければならないのである。

ここに垣間見られる大学教授、研究者たちの感性は、無作為のうちに、じぶんの特権的な位相にたいする無自覚さをあらわにしている。そしてその無自覚な特権は、新聞ジャーナリズムによって甘く感傷につつまれて擁護されている。現在のわが国家の社会において、AがBよりも特権的であり、BがCよりも特権的であるという制度的な連環が存在することは、もちろんこれらの大学教授、研究者の責任ではなく、資本制社会そのもののなかに責任の客観的な根拠をもっている。しかしじぶんの特権性にたいして、自覚的であるか否かの責任は、かれらの思想そのものの問題である。特権性を拒むかどうかは、個人にとってはたかだか自己倫理の問題にすぎないが、特権性にたいして自覚的であるか否かは、感性的な変革の政治的課題でありうるのである。かれらがそのことに気づいていたら、大学紛争の政治的な解決に関するかぎりは、急進的な学生たちと共通の基盤に立ちえたはずだといっていい。しかし、加藤一郎らを先頭とする大学教授、研究者たちはこの方法をえらばず、大学そのものを政治的国家の貧弱な、だが本質的な武装力の制圧にゆだねたのである。大学構内に保護されたまま、戦後二十数年をジャーナリズムで囀ってきた心情のスターリン主義者、心情の市民民主主義者は、この法的プラグマチズムの支配下でいま何処にいるのだ？　「わたしは君たちを憎みはしない、ただ軽蔑するだけだ。」そして君たちに知的な能力があるならば、いままでもそうしてきたように、これからも君たちとたたかうことを約束しよう。

基準の論理

〈右翼〉に対する寛容と〈左翼〉に対する寛容とのバランスが、寛容の解放的機能を回復するために、根本から取り戻されねばならないという命題は、非現実的な空論にしかすぎなくなった。じっさい、そのようなバランスを取り戻すことは、転覆に至るまでの「抵抗権《ライト・オブ・レジスタンス》」を確立するにほとんど等しく非現実的であるように思われる。全住民の大多数に支持されている合法的な政府に反対するいかなる集団、あるいはいかなる個人にとっても、そのような権利はないしあり得ない。しかし、抑圧され圧倒されている少数者には、もし合法手段が適切でないと判ったならば、非合法手段を使ってよい抵抗の「自然権」があるとわたしは思う。法と秩序は、つねに、どこでも、確立されたヒエラルヒーを保護する法と秩序なのである。それゆえ、個人的な利益や報復のためでなく人間性を担うために、ヒエラルヒーに苦しみそれに対抗して闘っている人びとにたいして、この法とこの秩序の絶対的権威を発動するのは無意味である。官憲、警察および自分たち自身の良心以外に、抑圧され圧倒されかつそれに対して闘っている少数者には裁判官はない。もし彼らが暴力を使うならば、彼らは新しい一連の暴力を始めるのではなく、体制化された暴力を打破しようとするのである。彼らは罰せられる以上、その危険を知っており、しかも彼らがすすんでそれをひきうけようとしているとき、いかなる第三者も、とりわけ教育者や知識人は、彼らに自制するよう説教する権利はないのだ。（H・マルクーゼ「抑圧的寛容」大沢真一郎訳）

この論文の結びには心をそそるものがある。ここではマルクーゼのアジテーションは、思想的展開をうわまわっているようにみえる。わたしが、かれのいう「知識人」の資格をもっているとしてのことだが、まったくお説のとおり「彼ら（急進的学生たち――註）に自制するよう説教する」つもりはない。ただし、この教授のように、抑圧され圧倒されている少数者には非〈寛容〉な抵抗の「自然権」があるとかんがえるからではない。「自然権」とその行使とのあいだの関係は、どこの世界でもそんな簡単な論理にはしたがわないのだ。わたしが「自制」などすすめる気がこれっぽっちもないのは、現に展開されているわが国の大学紛争で、伝統的な反体制運動の様式からはみだした〈新しさ〉がみつかるとすれば、急進的な学生たちの行動的ラジカリズム以外には見当らないとかんがえるからである。この行動様式の〈新しさ〉をのぞけば、かれらを支配している思想の大部分は、直輸入された陳腐な古道具としかいいようのないものである。

ついでに〈寛容〉という言葉を使えば、どんな体制化された社会でも、抑圧がすこしでも存在するかぎり、文化（文学、芸術）の領域では〈抑圧的寛容〉が、いいかえれば多様な民主的原則が、かんがえられる唯一の鉄則である。なぜならば、このばあい〈寛容〉とは、文化の創造が〈恣意〉的であるほかないという〈不可避性〉を意味するからである。だから文化の内部では〈右翼〉にたいする〈寛容〉と〈左翼〉にたいする〈寛容〉とはバランスがとれることになる。そしてこのバランスを統御するものは、どんなに逆説的にきこえても、〈まだ存在している社会的な抑圧〉そのものであり、政治的な強制や撰択ではない。

かつて、新約聖書についてかいていたとき、わたしはこのマルクーゼとおなじような問題につきあたった。

原始キリスト教と、ユダヤ教旧派やローマ帝国的秩序のあいだの苛酷な思想的な抗争において、いずれの側が真理を掌中におさめているのか？　そして任意の抗争するふたつの思想のうち、ひとつが真理の側であることを保証する基準はなんであるのか？

　もちろん、新約聖書には、原始キリスト教の党派的な倫理と思想しかかかれていない。苛酷な言葉とつよい説得力で、ユダヤ教旧派の偽善をあばきたてたロギアにちりばめられている。けれど歴史が語るところでは、その程度の偽善ならばキリスト教もまた束の間のうちに虜《とりこ》になってしまったものである。当時、わたしは、現在のマルクーゼ教授のように、社会秩序から抑圧されている少数者は、〈抑圧的寛容〉をつきやぶる「自然権」として、真理を保証されているとかんがえることはできなかった。マルクーゼのような論理には、いつも空洞が口をあけている。この空洞は、いったん命題を、抑圧された少数者相互の思想的な抗争において、いずれが真理の側かを決める基準はなにか、という問いにおきかえてみれば、はっきりしてくる。毛沢東的な、マルクーゼ的な形式論理が、スターリン的な圧政自在の論理としてのさばってくるのは、この空洞につけこむからである。

　この問題をきりぬけるために、毛沢東があみだした論理は、支配者と人民のあいだの矛盾は敵対的な矛盾であり、人民内部の矛盾は非敵対的な矛盾であるというものであった。マルクーゼの論理は、現存する社会で〈寛容〉もまた受動的であり、体制的である以外にないかぎり、〈寛容〉は真実の〈寛容〉と虚偽の〈寛容〉とに区別されなくてはならず、この区別をはっきりさせるという課題は、現在あるどんな法あるいは規範にも優先すべきものだという点にある。スターリン主義的な論理は、いつも同義循環の論理である。社会主義的な体制を防衛するためには、どのような侵犯も究極的にはゆるされるべきである。なんとなれば、社会主義は抑圧された大衆の現実的な解放を志向するものだから、どんな別の課題にも優先しなければならない。そしてこの〈志向〉は、歴史的な必然にまたがった宗教的な至上物であり、この至上物が現実にはまったくうらぶれた結果しか生みだしていないとしても、具体的なやり方がわるかっただけだから、やがていつかは修復されるはずのもので、決定的な悪ではないということになる。

ところで排中律的にしか二分されない〈矛盾〉とか〈寛容〉とかいう概念は、概念として成立しないから放棄するより仕方がないし、うらぶれた結果しかもたらさない宗教的な〈志向〉などは、虚偽として却けるほか方法がない。そして、ふたたび、抗争するふたつの思想において、いずれが真理であるかを保証する基準はなにか、という当初の問いにたちかえる。

これについて、すべて〈党派〉的な思想をささえている根拠はただ〈確信〉だけだというのは体験的に既知といっていい。そしてまたこの〈確信〉をささえているのは、〈確信の確信〉であり、行動的な跳び超しであるにすぎない。〈確信〉が崩壊すれば、〈党派〉的な思想は崩壊する。これは、保守であるか穏健であるか急進であるかにかかわりない。そして〈確信〉が思想の真理を保証するなど、けっしてありえない。この種の〈確信〉は、いつも共同性と個人性のあいだの亀裂に陥ちこんで、もみくちゃにされる。そして、人間の社会的な存在の仕方によれば、それぞれの個人の現実にたいする感性的な識知は、たえず、共同性をもとにしたこの種の〈確信〉を、分裂させてはなし崩しにするような働きをする。

新約聖書では、すべての〈党派〉的な思想が自前の論理を屈折させてしまう領域で、原始キリスト教の反抗的な倫理の軌跡もと絶えてしまっている。そして当時のわたしもその領域でたちとまってかんがえこむほかなかった。〈確信〉が思想の真理を保証しないということは、すでにわたしにとって体験としてははっきりしていた。すると思想の真理を保証するのはなにか。なにかわからないとしても、それが思想の数だけ恣意的にあらわれる主観的な〈確信〉や〈正義〉ではないことだけは確かである。これははっきりつかめなかったが、〈関係の絶対性〉と名づけることができるようにおもわれた。ここであらわれる〈絶対性〉という言葉は、観念の問題でないとすれば〈客観性〉とよぶべきところであった。そこで、わたしにとって、人間の社会的な存在の仕方のなかにあらわれるこの世界との関係の総体はなにか、それはどのような基軸によって構造的に把えることができるかという問題が、おぼろげながらあらわれたのである。もしこれが解きつくせるとすれば、それは〈関係の絶対性〉の具体的な内容となりうるはずであり、それは思想の党派性の彼岸にある人間と世界との関係の絶対性として、すくなくともあらゆる思想が現実のさまざまな場面でつきあたる接点の領域に関するかぎりでは、思想の真理性の基準となりうるはずである。この問題が幻想論の領域として確定されるために、すでにわたしは十数年を使ってしまった。

ところで老マルクーゼ教授は、これより遥かに悲惨な思想的な経路をたどってきているようにみえる。かれは『ユートピアの終焉』のなかで、こういう問いを発している。

社会主義の概念は、それ自体われわれの念頭においては、なおまだ生産力の発展の枠内、労働の生産性向上という枠内でしか理解されていない。そのような理解は、科学的社会主義の理念が基礎づけた生産性の発展段階についてなら、単に頷けるというばかりでなく、必然でもあったであろう。しかし、そのような理解の仕方は、今日では少なくとも検討を必要とする要素を含んでいる。さらに、自由な社会としての社会主義社会と、大胆な仮説と思われるかも知れないが、いかなる抑圧もなくなった現行のままの社会との間にある質的差異をわれわれは今日、敢えて討議し、規定するよう試みなければなるまい。さて、社会主義社会のもつ新しい質的差異の全体を述べるべき何か一つのスローガンを、というのなら、まさにここで私は美的－エロス的質という概念が常に私の念頭に浮かんできているということを申し述べておきたい。まさにこの両概念にこそ――そのさい美的なる概念は、感覚（Sensitivität）の発展として、人間存在のあり方として、その言葉本来の意味に受取らるべきであるが――自由な社会の質的特殊性がある。そしてまたこのことは、再び言うが、技術と芸術、労働と遊びの一致を暗示もしているのである。（清水多吉訳）

ここでマルクーゼ教授を追いつめているのは、高度に発達した資本制社会（アメリカ）の現実である。そこでは日常に見かけるままでいえば、豊富な生活財にかこまれて労働者たちは結構うまくやっているようにみえる。このままいけば、ほっておいただけで「いかなる抑圧もなくなった現行のままの社会」にいつかは滑りこんでいきそうにおもわれる。そうだとすれば、経済社会的な範疇を人類史の第一義的な与件とみなす科学的社会主義の目指す〈社会主義社会〉とどうちがうことになるのか？

わが国ではまだいままでのところ、このような課題から深刻な意味で追いつめられたことはない。いまのところ〈もう変化がいやになった〉革新政党やよほどのお先走りでないかぎり、こういう課題をもちあげてみたものはない。しかし、マルクーゼにとってこの問いは切実であったにちがいない。

ただここで望みを託しうる差異は、「現行のままの社会」では、芸術とかエロス的な関係は、ビートやヒッピー族に象徴されるように、無定型な反抗や浮浪者的な自閉症状や、架空の幻覚がつくりだす天国として流布され、それは反抗の衣裳をよぎなくまとっているようにみえる。そうだとすれば、人間の感性的な発達と成熟のまっとうな延長線のうえに描かれる「美的‐エロス的質」によってしか「いかなる抑圧もなくなった現行のままの社会」と、科学的社会主義が目指す〈社会主義社会〉とは区別されないのではないか。それで社会主義の社会像を、経済的な範疇のなかに封じこめてしまう考え方は、改訂されなければならないのではないか。そうでないかぎり「現行のままの社会」は、科学的社会主義の目指した社会とあたうかぎり近似したところまで、物質的には到達するにちがいないから、社会主義という概念自体が無意味なものになるのではなかろうか？

この種の問いかけが、わが国では、いまのところどんなに滑稽にみえようとも、マルクーゼにとっては、急迫した呼吸で追いつめられた必然の問いかけとかんがえられていることは確かである。わたしの言葉でいい直せば、マルクーゼはここでやはり、対立し抗争するふたつの思想（資本主義と社会主義）において、いずれの思想に真理は加担するか？　そしてこのばあい真理を保証する基準はなんであるか？　こういう疑問を提起し、それに応えようとしているのだ。ただ、マルクーゼは思想をそれ自体としてではなく、それが志向する社会の存在の仕方の問題として提出している。そして真理を保証する基準は、物質的な生産の場面の解放に結びついた「美的－エロス的質」の問題であるとこたえている。ところで「美的－エロス的質」という言葉で、マルクーゼはじっさいになにをおもい描いているのだろうか？　これについて、マルクーゼは、目撃したデモの光景を提供している。

それは、バークレーにおける大規模なベトナム反戦デモの一つの中で起こったことである。（中略）何千という学生のデモ隊が、そこより先は禁止区が始まる地点まで近づいた時、黒い制服にヘルメットをかぶり、重武装をした、およそ十列ほどからなる警官隊のバリケードに行手を阻まれた。デモ隊は警官隊のバリケードに近づいた。例のごとく、デモ隊の先頭に二、三人の学生がとび出した。その学生たちは叫んだ、止まるな、警官隊の警備線を突破せよ、と。――もちろんそうすれば、目標地点にたどり着くことなく、流血の惨事が起こっていたことであろう。デモ隊自身もまた警備線をもっていた。それゆえ、警官隊の警備線を打ち破るためには、まず第一にデモ隊自身の警備線を乗り越えなければならなかったのだ。もちろん、そのような事態は起こらなかった。不安な数分間が流れ、何千というデモ隊は路上に坐りこんだ。ギターを抱えた者、ハーモニカを鳴らした者が前面に出てきて、ペッティングをしたり、愛撫をしたりし始めた。そのようにしてデモは終わった。多分、あなた方はばかばかしいと思われるだろう。しかし私はそれでもなおお信じているのである。この光景にはまったく自発的かつアナーキーに、道徳的―性的反抗と政治的反抗とが結合されていること、そして多分最後の光景に対するあなた方の印象は、決して敵意に満ちたものでないことを。

（「学生反乱の目標、形態、展望」清水多吉訳）

いったい、話はどういうことになっているのか？　わたしたちは、マルクーゼの思想的な核心をおあつらえむきに実演している学生のデモ隊の光景に立会っていることになる。思想はいつも壮大であるが、それを実現する現実の光景はいつも貧弱である。マルクーゼにおいて思想の基準である「美的－エロス的質」も、学生たちの政治行動にあらわれたペッティングや愛撫によってしか表現されない悲惨な事実をそのまま許容してもいい。しかしペッティングや愛撫と政治行動とをなにか関係があるかのように直かに結びつけている論理を認めるわけにはゆかない。デモ隊のなかで演ぜられても、密室のなかで演ぜられても、ペッティングや愛撫は男女の性的な現実の行為であり、また、街頭で身体的に行動されようと、一室で観念的に行動されようと、政治行動の本質は共同的な幻想の行為である、ということは忘れられるべきではない。

〈政治的〉という概念の本質は幻想の領域に属するために、全体的で、統合的に把握しうるもののようにあらわれる。〈政治的〉というとき、それが保守的であったり進歩的であったり、体制的であったり、反体制的であったりというような区別はみとめられようが、それはそのものずばりであるというように一挙に把握されるあるものである。わたしたちは〈政治的〉という概念を一望のもとに把握されるものとして誤解の余地はないといってよい。

ところで〈社会的〉という概念の本質は、いつも具象的なある場所あるいはある具体的な局所とむすびつくものである。それは具体的な物や物どうしの関係が、具象的な人間どうしの関係をともなって多重に錯綜しているあるところである。

そこで〈社会的〉ということは〈政治的〉にくらべていつも局所的であるようにみえながら、それが具象的であったり、具体的であったりするために、いつも〈政治的〉からはみだしてしまう要素をもっている。

マルクーゼ教授は誤解している。かれは〈社会主義の社会〉と「いかなる抑圧もなくなった現行のままの社会」を比較してしまったのだが、もともとこんな比較には意味がなかったのである。まず「いかなる抑圧もなくなった」社会という概念は、真っさきには全体的な一挙に把握される〈政治的〉という概念のなかでしか成立しない。現在でいえば、政治的な国家の存在がその書き変えを終了して、つぎに局所的なそして具体的な〈社会的〉な書き変えの個々の場面におりてゆき、やがて政治的な国家が消滅してゆくという過程のなかにしか成立しない。また〈社会主義社会〉という概念は、はじめに全体的な〈政治的〉という概念の現実的な書き変えがあり、つぎに具体的な〈社会的〉な個々の場面に書き変えがおりてゆくという過程としてしか成立しない。そこでこのふたつの概念を比較することにはどんな意味もふくまれていないのだ。このような過程のなかで、いずれにせよマルクーゼ教授の〈切り札〉である「美的－エロス的質」の書き変えもいくらでもおこりうるかもしれない。けれどそれはどんな意味でも〈切り札〉ではなくて、個々の性的にみられた人間、いいかえれば男女のあいだの対になった関係のなかで、恣意的におこりうるにすぎない。そしてこの程度の「美的－エロス的質」の書き変えなどは、「現行のままの社会」でもおこりうるのである。もっとはっきりいえば、個々の男女の「美的－エロス的」な感性や意識が、全社会的な基盤のいかんとは関係なしにふるまえる丁度その度合においておこりうるのである。

マルクーゼ教授は、いくらか自分でも気にしているように、フーリエやプルードンの思想を復権させているようにみえる。わたしはフーリエやプルードンの思想が、ロシアで展開され、中国その他で世界的に変形されているスターリン主義よりもつまらぬものだなどとすこしもかんがえていない。だからマルクーゼ教授がゆきづまりになったロシア・マルクス主義に、ためらいがちの異議をとなえていることを、現在、無意味だなどとはおもわない。いずれにしてもこのフーリエやプルードンの復権が、「現行のまま」の、高度に技術化された社会の深部から衝きあげられ、追いつめられてあみだされたことにはちがいないからである。マルクーゼが、世界の後進国家における大衆の反乱や、先進国家における急進的な学生運動の反抗におおきな望みを託しているのは論理的な必然である。高度に発達した技術社会では、労働者は「解んねえなー俺は万事うまくいっているんだ」とかんがえるようになるだろうからである。

ほんとうをいえば〈政治的〉な書き変えは、どんな社会的勢力に望みをかけてもよいわけである。もちろん学生や労働者よりも、無定型の大衆に望みをかけてもたれからもとがめられる筋合いはない。マルクーゼは急進的な学生運動に望みをかけるといっても、その運動が、現在、〈政治的〉な書き変えを成し遂げるだけの力をもっていないから、〈起爆剤〉の役割しかふりあてられないという保留をつけている。つまり急進的な学生たちの勢力の弱小さや孤立性にその理由をもとめてきている。しかし問題はそうではないだろう。マルクーゼのように〈社会的〉と〈政治的〉のあいだの本質的な差異と質的な構造のちがいをかんがえない思想にとっては、どんな書き変えを構想しても実現の可能性はないというべきである。最大限にみつもっても〈社会的〉な局所的な書きかえの総和は〈政治的〉な書きかえに転化するはずだという馬鹿気た〈期待の論理〉が、のこされるだけである。

ところでマルクーゼによって期待をかけられている急進的な学生たちのほうでは、マルクーゼの思想をどうかんがえているのだろうか？　ダニエル・コーン＝ベンディットら、ヨーロッパの学生運動の理論家たちはこうこたえている。

H・ブルジュ――あなたがたは、フランスのなかそのもので、左翼知識人によって支持されたと思うか？

三月二十二日運動――彼らはいくぶん事件の外側におかれた。これは良い傾向である。彼らは自分の場を見出さなかった、口をはさむ機会をもうもたなかった。というのも、いっさいのものを否認しようとしている運動の前に立たされたからである。ここには、普通、進歩的な学生が否認する習わしのなかった知識人、たとえばサルトルもふくまれている。ところで、彼は運動にいかなる影響をおよぼしたか？　いかなる影響もおよぼしていない。ソルボンヌに話しにやってくるとしても。H・ブルジュ——あなたがたが、思想上の導き手をもたない（ではないかと私は想像しているのだが）にしても、知識人とのつながりをいっさい否定するのか？

三月二十二日運動——人々は、思想の導き手としてマルクーゼをわれわれに《対比》しようとした、冗談ではない。われわれのなかの誰もマルクーゼを読んだことはない。ある者はむろんマルクスを読んでいる。おそらく、バクーニンも。現代の著者のなかでは、アルチュセール、毛沢東、ゲバラ、ルフェーヴルだ。三月二十二日運動の政治的な活動家はほとんどすべてサルトルを読んでいる。しかし、どの著者をも、運動の鼓吹者と考えることはできない。（「三月二十二日運動の思想と行動」海老坂武訳）

いくらか自惚れ屋で、無智だという意味でも、行動力と指導力と急進性に、過剰な自信をもっているという意味でも、学生運動の指導者というものは、世界のどこでも似たりよったりのでき具合であることがわかる。冗談ではない。どんな思想的な営為も、この連中のあぶくのように浮きあがって束の間のうちに消えてしまう運動を「鼓吹」するためになされるのではない。そういう継ぎはぎだらけの応急の思想を提供しているのは、わが国では、エンゲルスの『家族・私有財産及び国家の起源』一冊をアンチヨコにして、しかもアンチヨコを部分的に曲解して『都市の論理』という著作をつくりあげている羽仁五郎だけである。かれはまことに明治維新の研究家にふさわしく、現在の国家と地方自治体との関係を、江戸幕府と藩国家のあいだの関係のように類推し、自治体にできるかぎり財政的な独立権をあたえて、行政的な中央への独立性をたかめ、そのうえで自治体機関を進歩的な勢力に掌握させれば、国家は書き変えられるかのような馬鹿気た考えを鼓吹している。地方自治体なるものは、かりに最大限に進歩的勢力によって掌握されたと仮定しても、その限度にきたとき政治的国家の制圧と直かに抵触するように、はじめから法的にまた制度的につくられている。だからこの国家的な制圧の壁を突破することは、先験的に不可能であり、この不可能が可能に転化するためには、この老人の処方箋とはまったく逆に、政治的国家自体がまずはじめに書き変えられる以外に方法はないのである。

もちろん、マルクーゼ教授は、この著作家などと比較にならないほど優れた持続的な思想的営為に根拠をおいて発言している。ただその理論の本質にしたがって、急進的な学生運動のうち、ビート的な、あるいはヒッピー的な傾向をはらんだアモルフな部分にしか影響をもたらさないにちがいない。「三月二十二日運動」の学生指導者たちとおなじ口調をつかえば、思想的な営為が、学生運動にも政党にも依存しないということは、現存する「いっさいのものを否認しようとしている」自立的な思想にとってとうぜんの前提である。思想はそれ自体の力で、現実的になにを擁護すべきでありなにを擁護すべきでないかを充分に知っている。しかし、現実的な運動のうちなにを支援するか、またなにに支柱をもとめるかという問いかけは、思想にとってはいつも第二義以下のことである。そんなことが第一義となりうるのは、政治的ななにものでもないのに、政治運動家ぶっている例によって例のごときよろめき知識人のあいだにおいてだけである。

行動力と指導力に、過剰な自信をもっている学生運動の指導者たちは、どんな〈政治的〉な構想をもっているだろうか？

そのとき私が受けた印象、いまにいたるも消えない印象では、われわれは、権力掌握を事実上中央権力に限定したうえで、権力の奪取とはいかなるものでありうるかを考える非常に図式的な発想に毒されていたようだ。われわれはここで、レーニン主義のひからびた、意味のない遺産を支払っているのだと私は思う。つまり、ブルジョアジーの権力の問題は、ブルジョア国家機関の問題になり、革命問題の第一はその奪取の問題、したがってその奪取に必要な組織の問題になってしまうのである。そうすると、議会の道を放棄したすべての者にとって、いかにして国家機構を奪取するのかという問題が提起されるわけだ。

われわれの大部分の発言のなかに浮びあがっているように思ったのは、かなり漠然とした全面蜂起への期待、一九一七年のペテルブルグ奪取のひどく貧困なヴィジョンのたぐいである。私の見るところでは、これは、「左翼一揆主義」という言葉で特徴づけることができるものである。逆に私が非常に重要に思うのは、一九一七年の蜂起のときにはもはやすでに権力は——あるいはその大部分は——国家機関の掌中になかったということだ。むしろ国家機関、諸制度は、もはや権力の場所ではなくなっており（統制のとれない各地方、国家業務の解体、国会《ドゥーマ》の無力ぶり）、弾圧の最後の中心（軍隊、警察）になっていたということだ。（3月22日運動著『五月革命』西川一郎訳）

ここから学生運動における持続的な異議申立（拒否権）の意義と、労働運動における工場の自主管理の意義との結合が行動的な指針として登場してくることになる。

マルクーゼ教授のばあいのフーリエやプルードンの思想とちがって、ここではアナルコ・サンディカリズムの影響が「ひからびた」レーニン主義のかわりに復権している。このばあいも、おそらくヨーロッパ社会の現状からつきあげられた現実的な要請の必然的な帰結という意味あいが、つよく論理を支配しているようにみえる。みんな「資本主義の後に、硬直した社会主義がくること」を歓迎したくないのだ。かんばしくないモデルは、ロシア・マルクス主義の分流として世界中のどんな国家のもとでもふんだんに陳列されている。そうならば、かれらは学生運動における永続的な拒否権と、労働者運動による工場の自主管理を結合させるパイプをつくって、辛抱づよく待つより仕方がない。現在のヨーロッパで、国家権力を書き変える力はどんな組織ももっていないし、そんな情勢もないことは、かれら自身がよく知っているようにみうけられる。

しかし、思想の原則にかぎっていえば、かれら学生運動の指導者たちは〈永久〉に待つより仕方がないようにみえる。待っているあいだにトンビに油揚げをさらわれなかったらみつけものということだ。わたしは「ひからびた」レーニン主義を擁護する気はすこしももちあわせていない。たしかに学生運動における持続的な異議申立が成立する可能性は、現在の大学が学問・思想研究の自由という〈宗教〉をかかえこんでいるかぎり、いつでも存在しているにちがいない。しかし労働者運動における工場の自主管理の可能性は、どんなに見積っても原理的には半数までの可能性しかない。自主管理が半数を突破すれば、直かに政治的国家の制圧と接触することになる。だからこの問題は、いぜんとして政治的国家のもんだいである。つまりアナルコ・サンディカリズムは原因ではなく結果であり、逆説的なことをいえば、すでに政治的国家の書き変えをやった〈社会主義〉国家において、はじめてその本来的な機能を発揮するものだというほかはない。

ところで、こういった一連のサンディカリズムの傾向は、現在の情況で、世界的にかなり深刻で切実な課題として提起されているようにみえる。それは伝統的な左翼政党が名実ともに国家の体制内の存在になってしまい、いっぽう生産技術の高度な社会的な発達が、労働者の像を〈単純な手による生産を繰りかえす者〉という古典的な像から遠ざけてしまって、かつての技術労働者の像に近づけているといった世界的な情況に根拠をおいている。そうなると伝統的な左翼政党の縄張りを、理論は迂回しながらよけて通らなければならないし、知識人、小市民（その予備校生徒である学生）といった、かつては資本家からも労働者の像からもはずされて、動揺つねなき存在としてあつかわれてきた社会的中間層も、急進化の可能性があるかぎり、労働者とワン・セットであつかわれなければならなくなる。そしてこのワン・セットは、どれかひとつでも欠けてしまえば、ほとんど無力なものと見做されている。J＝P・サルトルもまた、この種の傾向に加担している。

労働者と知識人が共同の行動をとり、共同の生活をするという前提においてのみ、理論に裏づけられた行動は可能なのです。といって、別に知識人が労働者に物を教えるというのではなく、労働者階級と一体化した知識人が理論と全般の構想をしっかり学び、それを労働者階級の中にも持ちこむのです。

フランスで創られたもので最も意義の大きいのは、知識人ばかりではなく急進化した小市民たちによっても創られた行動委員会です。これらの行動委員会はストをおこなっている労働者たちと連絡するために創られたものですが、時としてうまく行かず、行動委員会を受けつけることさえしない一部の組合もありました。行動委員会の人々がやってくると「またおれたちの邪魔をしに来やがった!」と労働者たちが言った、というケースもあり、わたしにはその労働者たちの気持がよくわかります。労働者たちもこういう同盟の必要性を悟らなければならぬことは、もちろんです。(「チェコ問題とヨーロッパ左翼」『展望』一九六九年三月号所収)

ここではラサール主義が復権しているというべきだろうか。一八六〇年代に、すでにラサールはベルリン刑事裁判所における弁護演説のなかで、学問と労働者との同盟によって、どんな文化的な障害も粉砕されるものだと説いている。そしてこういう結びつけ方は、学問、思想研究の自由がうたわれているどこの社会でもつくりだされるごくふつうの考えかたである。

同伴的な知識人は、その都度つっかえ棒を発見し、そのもたれかたを発明する。しかし知識人の行動委員会が、なにを労働者に持ちこんでも、それは本質的には〈社会的〉なものの水準にあるもので、どんな〈政治的〉意味あいもふくまれていないということだけは確かである。

わたしたちは、現在、奇妙な思想的傾向につきあわされている。そしてこの傾向は、ビート族やヒッピー族の感性的な解放天国の思想から、アナルコ・サンディカリズム的なものをへて、大衆を無智にとどまらせることでしか成立しない毛沢東思想にまでわたっている。情況はどれだけの深さで世界的な変化を体験しているのか。こういう問いかけにたいして、思想的な目測の読みを、どれだけの重さと範囲で設定すべきか確定することができない。ただたくさんの解明すべき問題をかかえこんでいることはたしかである。

機能的論理の限界

シャプサル　あなたはいつから《意味》を信じられなくなったのですか。

ミシェル・フーコー　レヴィ＝ストロースが社会について、またラカンが無意識について、《意味》とはおそらく一種の表層現象、きらめき、泡のようなものにすぎぬこと、そして、われわれを深く貫き、われわれに先行し、時間と空間の中にわれわれを支えているのは体系《システム》であることを示した日に、――その日に断絶が起こったのです。

シャプサル　体系ということばで何を考えておられるのですか。

ミシェル・フーコー　体系ということばによって理解すべきものは、それが結びつけている事物とは無関係に存続し、また無関係に変化するような関係の総体です。たとえば、ローマ、スカンジナヴィア、ケルトの神話には、互いにまったく異なった神々や英雄が登場しますが、それらの神々や英雄を結びつけている構造（これらの文化は、互いに無縁のものなのですが）、すなわち、彼らの間にある上下関係《ヒエラルキー》や対立関係、彼らの裏切り行為や契約や冒険、こうしたものは唯一の体系に従っていることが示されました。先史時代研究の領域における最近の発見によれば、洞窟の壁に描かれた形象の配置もまた、ある種の体系的構造に支配されていると予測できます。生物学では、ご存知のように、将来の生物の成長を可能にするあらゆる遺伝的因子が、〔その成長を律する〕規則《コード》として、すなわち一種の暗号として、染色体になわれています。ラカンの仕事が重要な意味をもつのは、彼が精神病患者のことばや、その神経症の徴候を通じて語っているのが——被験者という主体ではなくて——、言語の構造、まさに言語という体系それ自体だという、そのメカニズムを示したからです。あらゆる人間存在、あらゆる人間的思考に先だって、すでに一つの知識《サヴォアール》、一つの体系が存在し、人間はそれを再発見するものだということになりましょう。

シャプサル　しかし、それでは誰がその体系を分泌するのですか。

ミシェル・フーコー　主体をもたず名をもたぬこの体系は、いったい何でしょうか。何が思考するのでしょうか。《私》が解体し、飛散し（現代の文学をごらんなさい）——《そこにある》が発見されたのです。そこに無人称のもの（on）があるのです。ある意味でわれわれは十七世紀の観点に戻るのですが、神のいた場所に人間を置くのではなく、ある無名の思考、主体なき知識、身許不明の理論を置くところがちがいます。

シャプサル　これらすべてのことは、哲学者でない私どもにはどう関係するのでしょうか。

ミシェル・フーコー　あらゆる時代において、人々が考え、書き、判断し、話すときのやり方（街角での会話や、もっとも日常的な書きことばまでを含めて）から、人々がものごとを感じる感じ方、その感性が反応する反応の仕方に至るまで、人々の行動はすべて一つの理論的な構造、一つの体系によって支配されており、この体系は時代や社会によって変わりはするが——いかなる時代や社会でも必ず存在しているということです。

シャプサル　サルトルはわれわれに自由を教えましたが、あなたは思考のほんとうの自由はないといわれるのですか。

ミシェル・フーコー　人は、ある時代の思考形態という無名で拘束力をもつ思考形態の内部で思考し、ある言語の内部で思考するのです。この思考形態とこの言語には、それなりの変化の法則があります。今日における哲学や、先にあげたすべての理論的学問の任務は、この思考以前の思考、あらゆる体系に先立つこの体系を明るみに出すことです。それはわれわれの《自由な》思考が出現して、しばしのきらめきを見せる、その背景をなしているのです。（「ミシェル・フーコーとの対話」佐々木明訳『パイディア』創刊号所収）

いまのところ、わが国に輸入された構造主義者によるもっともはっきりした構造主義についての宣命である。わが国の構造主義の紹介者たちを買いかぶったおかげで、わたしたちは、構造主義者の主要な著作すらホン訳されないうちに、構造主義についての批評文や論争文のほうがさきにホン訳されている、といった奇妙な事態に立ち会っており、また紹介者たちの構造主義についての著作や論文を、いやおうなしに読まされるといった情況につきあわされている。つまり、またもや文化的な猿芝居をみている観客といった位相におかれている。これにはたれでもがうんざりさせられるだけである。〈またか〉という嘆息に思いを入れているうちに、寝首をかかれてしまう。たれから寝首をかかれることになるのかといえば、〈非創造〉の習慣という魔神からであり、苦労して手製で創りあげてしまえという決断よりも、金さえだせば、ふところ手をしていても輸入品を手にいれることができるのだという〈撰択〉の安直さからである。

そこで、わたし（たち）のように、思想の創造に賭けたものは、いつも蛮勇をふるわなければならなくなる。これは〈創りだそうとしている〉ものの責任ではなく、〈紹介しようとしているもの〉あるいは〈研究しようとしているもの〉の責任であることをはっきりさせておかなくてはならない。じぶんの怠惰を棚上げにして、〈素人〉のくせになんでも知っているようなふりをするな、などといってもらってはこまるのである。

まずはじめに、構造主義の術語にでてくる諸概念の混乱をさけるために、言語の理論が当面している〈情況〉について言及しておかなければならない。もっともこの〈情況〉というのも、もし気に障るのなら、〈わたしの主観的な判断によれば〉、という限定をつけても、わたしのほうは差支えない。いままでのところ、言語についての理論は、世界中どこを探しても、言語についてかんがえている人物の数だけ存在する状態にあるといっていい。つまり、言語についての理論的な考察はまだ未明の段階にあるため、Aという言語の研究家が〈意味〉とよんでいるものは、Bなる研究家にとっては〈価値〉のことであり、またCなる研究家にとっては、言語の指示的な〈内包〉または〈外延〉であるといった案配で、そのあいだを相互に対応づけようとしても、あまり巧くいかない状態にある。そこで、たれでもが〈言葉とは〉とか〈意味というのは〉とか主張することができるし、また勝手に振舞っても、たれからも絶対的な異議が提出されるといった気づかいはない。言語学では、論理をはこぶための用語の概念に、はっきりとした普遍的な市場がなく、諸概念は〈孤立〉した秘儀のような観を呈している。

　そこで、ミシェル・フーコーが「体系《システム》」とよんで、あらゆる人間存在や思考に先だって存在しているとかんがえているものが、なにを意味しているのか、まずはじめからたちどまらざるをえない。

　言語についての、わたしの理論的な用語では、フーコーがここでつかっている「体系《システム》」という概念は、〈共同規範としての言語〉という概念に、いちばん似ているようにおもわれる。しかし、この「対話」だけでは、微細につきつめていったばあい厳密に重なりうる概念であるのか、あるいは細部で微妙に喰いちがう概念であるのか推定することはできない。

　言葉は、その都度ひとりひとりの個体によって発せられたり、書きとめられたりする。しかし、いったんなんらかの形で表現されたあと、言葉は〈共同規範としての言語〉という性格を獲得するようになる。そしてこの性格の内部では、言葉はある時代ある社会に特有な水準と位相を想定できるような共同的な規範に転化する。その文法、その用法、その感性的な属性、その概念について、ある社会、ある時代、ある言語に共通した性格を想定できるようになる。もともと、言葉がひとりひとりの個体によって表現されるとき、ひとりひとりの個体は、意識するにしろ、そうでないにしろ、その瞬間における〈共同規範としての言語〉の水準をふまえている。もちろんそのとき表現された言葉が、個体の存在にさきだって存在すると想定される既存の〈共同規範としての言語〉に吸収されてしまうものか、あるいは既存の言語の規範をやぶって、新たななにかをつけくわえるものであるかは、その都度まちまちでありうる。しかし、言葉は、ひとりひとりの個体によってその都度表現されながら、表現されたあとでは〈共同規範としての言語〉という領域に必然的に参加させられるのである。

そこで、わたしの言語理論的な用語である〈共同規範としての言語〉という概念は、「あらゆる人間存在、あらゆる人間的思考に先だってすでに一つの知識《サヴォアール》、一つの体系が存在し、人間はそれを再発見するものだ」という意味で、フーコーのいう「体系《システム》」という概念に、ほとんどよく似かよっているといえそうにおもわれる。また「神のいた場所に人間を置くのではなく、ある無名の思考、主体なき知識、身許不明の理論を置く」という意味でもフーコーの「体系《システム》」は、わたしの〈共同規範としての言語〉という概念と類似しているといえる。

しかし、フーコーは「今日における哲学や、先にあげたすべての理論的学問の任務は、この思考以前の思考、あらゆる体系に先立つこの体系を明るみに出すことです。」と語っているとき、わたしのいう〈共同規範としての言語〉という概念の在り方と遠くへだたってしまうのである。

わたしは〈言語表現としての文学〉について理論的な考察をやっているとき、つぎのようなことに気づいていた。

文学史にのこされている作品を、同時代的に言語表現の頂きに位する作品によって、史的にむすびつけてたどってみると、その表現の移りゆきには、ひとつの法則性がみつけられるようにおもわれた。しかし、かんがえればすぐにわかるように、ある時代のひとりひとりの作家は、べつに同時代の他の作家の作品を横眼で睨みながら作品をつくりだすわけでもないし、文壇の界隈をさまよいながら、作品をうみだす作家ばかりがいるわけでもない。まったくひとりひとりの個体として、じぶんのその都度おとずれる私的な関心と切実さ、によって作品をうみだすだけである。それにもかかわらず、のこされた作品の連鎖を史的にたどってゆくと、あきらかに言葉の表現方法や手段に、あたかも作為されたように、変遷と高度化と法則性のようなものが存在するようにみえるのはなぜか？　ひとりの作家、ひとつの作品が、このような史的な連鎖のひとつの環として存在するようにみえるのはなぜか？　また、ひとりの作家、ひとつの作品が、ある時代のある時期に言語表現としての頂点を占めているようにみえるのは、その作家のその作品がどういう条件を具えているときであるのか？

　ひとりの作家、ひとつの作品は、それに先立って存在する〈共同規範としての言語〉を、無意識のうちにふまえて存在し、作品をつくりだす。そして〈共同規範としての言語〉の水準に新たになにかをつけくわえたとき、その作家、その作品は、この水準をつぎの水準に移すことによって文学史に参加してゆく、とかんがえるべきではないのか？

　そこで哲学やあらゆる理論のなすべきことは、フーコーのいうように「体系《システム》」を明るみにだすことではなく、「体系《システム》」に新たななにかをつけくわえることにあるというほかはない。このような考察からは、無名の思考、主体なき無人称としての「体系《システム》」を解明することが重要なのではなく、この思考の結果として、のこされた無人称の共同的な規範に、その都度くわえられてゆく個々の主体のちいさな創造の斧のあとが重要なのだということになる。

　フーコーのいう「体系《システム》」という概念、またひろく構造主義者によって提出されている〈構造〉という概念は、〈言葉〉と、その言葉が発生の当初にはもっていながら、現在では失われて疎遠になってしまっている〈事物〉との濃密な関係をつなぎとめるため、またかつては〈人間〉とそれをとりまく〈自然〉とのあいだにあった直接の密着した関係、そしていまでは眼にみえない障壁をとおしてしか見つけられなくなったその関係を、中継するためにつくりだされているようにみえる。そして残念なことに、現在のところこれが、構造主義についてわが国で言及しうる唯一のことであるというほかはないのである。

現代はひどい知的な荒廃を体験しているらしい。かつて祖父の世代の外国文学者や外国哲学者は、死にものぐるいで西欧の文物を輸入し、しゃにむにその方法を身につけてなにかに追いつこうとした。他者にたいする啓蒙的な意欲は、どうしても追いつかなければという自己意欲と別ものではなかった。そこからどんな文物を輸入すべきであり、どんな文物はトリヴィアルなものであり、どんな文物がわが国家のもとにおける思考の風俗や慣習と、どこで衝突するかという問題は、かれらにとって切実に凝視すべき課題としてうけとめられたのである。

ところで現在の外国文学者や外国哲学者や知的な専門家たちはどうなのか？

かれらは構造主義者の主著をホン訳し紹介する労をとるまえに、構造主義についての批評文や紹介文のほうを先にホン訳し、そしてみずからは構造主義について論文や著作を書きあげるという芸当をやってのけている。かれらがじぶんの思想も方法も体系ももたない紹介者や研究者にすぎないというのは、それでもよい。もともとそれほどかれらを買い被っているわけではないから。しかし構造主義者の主著さえもホン訳し紹介しないまえに、構造主義についての批評文や紹介文をホン訳し紹介するという神経は、いったいどういうことなのだろうか？　まして、そういう段階で構造主義について論文や著作をつくりあげるという神経はどういう神経なのだろうか？　悪意に解釈すれば、構造主義者の主要な著作がホン訳され紹介されて、衆目にふれるまでの束の間を盗んで、はかない知的独占を味わっているとでもかんがえなければつじつまがあわないのである。こういう連中が知的な前衛を気取っている情況では、ほんとうに営々と思想的な営為をもちこたえてゆくものたちは、どんなにきつくても泣き言を訴える場所がないのである。

そこでわたし（たち）は暗い顔つきをするほかはない。外国文学者や外国哲学者が知的ペテンをやれば、かれらに教授される急進的な学生たちは〈神田をラテン区に〉とか〈造反有理〉とかいう輸入標語をかかげて行動的ペテンをやる。

わたしたちはいったいどうすればよいのか？

わたし（たち）が、フーコーのかなり決定的な座談の発言からうかがうことができるのは、フーコーが「体系《システム》」とよび、また一般的に構造主義が〈構造〉とよんでいるものは、さまざまな位相におかれている言語や思惟や感性や思想を、さまざまな水準をもった〈共同規範〉として切りとった側面をさしているらしいということである。この〈共同規範〉という概念は、もちろん人間的でもなければ人間主義（ヒューマニズム）的でもない。なぜなら〈共同規範〉のなかに貌をだす人間はさかさまになった〈人間〉であり、そこでは人間は〈幻想〉や〈観念〉をあたかも〈身体〉であるかのようにわりこませてゆくよりほかに参加の方法がないからである。この〈共同規範〉のなかでは人間の生ま身の〈身体〉のほうは、逆に幽霊のように〈幻想〉や〈観念〉のような役割を演ずるほかはない。フーコーの喋言っているように、〈構造〉という概念が、「人間という観念そのものを無用にする方向に向かっている」わけではなく、もともと〈構造〉とか「体系《システム》」とかいう概念を、至上物として祭りあげれば、人間という概念は、その祭壇へむかう段階をのぼろうにも、のぼってゆくことはできないのである。

構造主義者がいうように「体系《システム》」や〈構造〉は、哲学や理論が追及し明確にするに価する至上のものであろうか？　また人間や自然の歴史にあらわれる諸概念の実体を、〈共同規範〉という側面で切りとることは、構造主義者のいうように決定的な課題でありうるだろうか？

このような問いかけは、構造主義者がつかっている概念を、わたし（たち）の概念におき代えてみたときに、はっきりしてくる問題である。もちろん、わたし（たち）は、現在まで追及してきたじぶんの問題意識に照らして即座にこの問題に応ずることができる。

第一は、「体系《システム》」あるいは〈構造〉という概念を設定することによって、ふつう〈法〉や〈政治〉や〈制度〉や〈宗教〉のようなものだけを〈共同規範〉としてかんがえてきた、という思想的な慣行は拡張されて、人間の観念や観念がうみだしたものは、すべて〈共同規範〉としての側面からとりあつかうことができることになる。ここでは言語や思惟や感性や思想や、また習俗でさえも、〈共同規範〉として〈法〉や〈政治〉や〈制度〉とおなじようにみなして、その水準で取扱かうことができるようになる。これはちょっとした魅力である。もともとひとりひとりの個体によって表現された言葉や、ひとりひとりの個体によって主張された思想的な、感性的な、心情的な、政治的な表現は、かならず〈共同規範としての何々〉と逆立し、矛盾するはずなのに、ひとりひとりの個体（つまり人間存在）は捨象されて、のっぺらぼうな〈構造〉あるいは「体系《システム》」として、すべて〈共同規範〉のワン・セットのなかにくくりだされることになる。〈構造〉あるいは「体系《システム》」のなかで、わたしたちは未開から文明にわたる人類学的な、民俗学的なあるいは民族学的な眠りにつくことができるわけだ。喜ぶのは人類学や民俗学や民族学だけで、〈共同規範〉はどんな位相にあるものでも、ひとりひとりの人間存在の現実的な在り方と矛盾し、逆立するものだという透徹した識知をもっているものにとっても、識知なしにそういう在り方を生活しているものにとっても、それほど喜ばしいものではない。

第二に、これは「体系《システム》」や〈構造〉という概念の欠陥を直かにしめすものとなるわけだが、このような概念を至上のものとみなすことによって、個体としての〈人間〉は窒息させられるということである。個体としての〈人間〉は、微小な、すぐに飛散してしまう要素としてしか〈共同規範〉のなかに登場しない。なぜならば個体としての人間は、〈共同規範〉のなかでは幻想としてしか登場しえないからである。現在、個人とか個性とかいう概念は、他の個人とか個性とかから際立った特色で区別できなくなっている、という意味で危殆に瀕しているといえる。この状態は、新しいものでもなければ、すぐに古びてしまうものでもない。いわば持続の状態を本質としている。したがって、疲れたら投げだして別の概念でくくればすむわけでもなく、また、この持続の状態に疲れない個性などが存在しうるわけでもない。そこでただ諸概念は〈解体〉の劇として人間をとらえるだけである。「体系《システム》」または〈構造〉の概念が意義をもちうるとすれば、ただ〈解体〉の表現としてだけである。しかし、個人または個性の概念は、いまもなお、〈持続〉の状態にあり、ほんとうは解体もゆるされなければ、積極的な存在権を主張するわけにもゆかない状態を本質としていることにかわりはない。

構造主義的な概念の欠陥は、〈共同規範〉の一般化や普遍化が、観念の〈うみだす〉世界のすべての領域に進行し、この進行の過程で、もともと個々の人間によってしかうみだされなかった〈共同規範〉が、いったん至上のものとみなされるようになると、個々の人間の営為の結果という側面は痕跡を消されてしまうことになる点にあらわれる。そして重要なのは人間ではなくて、「体系《システム》」や〈構造〉であるかのようにみなされてゆく。あるいは逆に人間が重要なのは〈共同規範〉としての人間という側面をもつからだというかんがえに導かれてゆく。〈共同規範〉としての人間という領域では、人間は血も涙も倫理や反倫理ももちえない。ただ〈関係の絶対性〉が基準となりうるだけである。これは格別にそれ自体で不都合なわけではなく、いわば論理的な必然にほかならないのだが、ただ人間が人間であるという理由は、いつも〈共同規範〉をはみだす現実性のうちにあるという本質に背反するから不都合なのだ。

人間は〈共同規範〉であるとともに、〈共同規範〉の下で存在する現実的な家族の一員であり、また恣意的な個体でもありうる。そして現実的な家族としての人間も、恣意的な個体としての人間も、たえず〈共同規範〉にたいして異議を申し立て、じぶんの恣意性を発揮することによって、これをつき破ろうとする本来的な存在である。そしてこの本来的な存在によって、はじめて〈共同規範〉をある時代、ある時期ごとに新たな位相に転化させるのである。この転化はきわめて微弱にしかあらわれないため、ことさらとりあげるのはおっくうなことだと云えば云えるにちがいない。だが、この微弱な徴候に、人間が現在おかれている〈持続〉の状態があらわれることはたしかである。

構造主義的な概念が、その特長と欠陥を最大限に発揮している例は、アルチュセールのばあいによくあらわれている。

これらの諸矛盾は、矛盾の項目の一つであり同時に矛盾の存在条件でもある生産関係に依存し、また上部構造、つまり生産関係に由来するとはいえ、独自の堅固さと効力をもつ次元に依存し、さらには特殊な役割を演ずる決定因として介入する国際的変動それ自体に依存する。つまり、活動中の諸次元のそれぞれを構成する「差異」(これはレーニンが語る「集積」のなかに現われる)は、かりにそれが現実的な統一のなかに「融合」されるとしても、単なる矛盾の内的統一体のなかでの一個の純粋な現象として「消え失せる」ものではない。それらの「差異」が革命的切断というあの「融合」のうちに構成する統一性は、それらの差異に固有の本質と有効性にもとづいて構成されるのであり、それらの差異が何であるかによって、また、それらの作用の特殊な様式のいかんによって構成される。

レーニンの実践と考察が証明しているように、ロシアにおける革命的状況がまさしく階級の基本的な矛盾の緊密な重層的決定という性格にもとづいているというのが真実であれば、おそらくこの「例外的な状況」の例外性がなににもとづいており、またあらゆる例外と同様に、この例外はその規則に照明をあたえはしないか、——規則のあずかり知らぬことであるが、例外が規則そのものではないかどうかを自問する必要がある。じっさい、けっきょくのところわれわれはつねに例外のなかにいるのではないだろうか?　一八四九年のドイツの挫折という例外、一八七一年のパリの挫折という例外、一九一四年の排外主義者の裏切りに先立つ二十世紀初頭のドイツ社会民主党の挫折という例外、一九一七年の成功という例外……。さまざまな例外、だがそれらはなににたいしての例外なのだろうか?　純化された、単純な「弁証法的」図式の、抽象的ではあるが気持のよい、人を安心させるある種の理念にたいする例外ではなかろうか?(ルイ・アルチュセール『甦るマルクス』河野そしてこのあとに〈日本という例外…〉とでもつけくわえたい誘惑を感ずるところである。じじつはアルチュセールのいうようなものではない。わたしたちのあいだではマルクス主義者における単純な決定論はすこしも例外ではないし、強固な政治的前衛に嚮導された基幹的な組織労働者による政治的な「切断」という図式も例外ではない。このようにしてわが国では、世界におけるすべての政治的なまた思想的な負債を、ことごとく背負いこまされる借財の保証人という位相だけが、成功から永続的にはずされるかもしれぬ例外となっている。

アルチュセールのマルクス主義では、重層的な決定因の無数の要素の骨組みと、それらの要素間にあるさまざまなディメンションの「差異」とが、どこまでもついてまわる〈構造〉とかんがえられている。〈政治的な事態はいつも理論どおりいったためしはない〉という歴史的な体験に照らして、なぜ事態はいつもそういかないのか？　社会の上層的な構造をつくっている重層的な諸要素が、〈構造〉として固有性と有効性をどこまでも存続させるものだ、ということを勘定にいれない理論は改訂されなければならないのではないか？　そうでなければ、事態はいつも「例外的な」事態としてしか存在しえなくなるのではないか？　アルチュセールはつまりそう答えたいらしい。

アルチュセールの『資本論』にたいする考察を検討しなければ、決定的なことはいえないが、かれは弁証法的唯物論と史的唯物論にたいして総体的な異論を提出しているとみられる。この異論のモチーフは尊重されるべきである。国家とはなにかが問題なのではなく、どのような国家がどうかんがえられるべきかと問われるべきであるのに、いつまでたっても〈国家とは……〉という一般論的な問いしか発しようとしない思想的慣行は、まったく不毛であるし、経済社会的な構成が、歴史の第一次的な要因であり、究極のところ歴史を決定するのはこの土台であるというマルクスの晩年の定式を、たんなる前提におきかえて出発するロシア・マルクス主義の論議は、どんなに微細にうがっていっても、かくべつの成果をもたらすはずがないからである。

ここでも、アルチュセールがつかっている「重層的決定」という概念は、わたし（たち）の〈共同幻想の構成《ゲシユタルト》〉という概念に対応するようにおもわれる。もしそうだとすれば、この構成《ゲシユタルト》が土台とどういう関係におかれるべきかは、すでにわたし（たち）によって、はっきりさせられている。ただ理論がはっきりさせうるのは、いつも両端であり、その中間の状態はどんな場合でも実証的に解明されるよりほかはないのだが。

この理論的におさえられる関係では、〈共同幻想〉が土台の直接的な反映であるという事態を一つの極とし、〈共同幻想〉が土台とは無関係であるかのように独立しているという事態を他の一つの極とし、このふたつの極にはさまれて存在するあらゆる相互の〈関係〉がこのばあいわたし（たち）のいう〈構成《ゲシユタルト》〉である。ここにはどんな〈政治的〉な「例外」もない。アルチュセールが「例外」とかんがえている事態は、わたし（たち）の概念では観念的な上層である〈共同幻想〉の変動が、いつも大なり小なり土台と無関係であるかのようにみえるというひとつの例をさしているにすぎない。

土台と上部構造という概念が、マルクスにおいて、経済的な範疇の考察にのめりこんだ時期にでてきたということに注意しなければならない。そこでは時間的な了解の尺度は、五十年とか百年とかいう巨視的な目盛でかんがえられている。遠くからはなれてみたら高層ビルのなかは人っ子ひとりいない静まりかえったすがたで視られた。しかしビルのなかにはいってみたら、ビジネスマンが地下にも各階にもいっぱいにつめこまれていてランダムに動きまわっていた。これがマルクスにおける土台と上部構造という定式の概念を語るにふさわしい比喩である。ところでアルチュセールにおける「重層的決定」という概念では、本来的にビルの地下や、各階で動きまわっている人間は登場しない。それはかれの理論が高層ビルに近づこうとしないからというよりも、高層ビルの外郭を詳細に解析しようとはするが、高層ビルの内部に主体的に立ちいろうとはしないところからきているようにみえる。

アルチュセールにおいて、マルクスはすこしも〈甦っていない〉。マルクス〈主義〉はいくらかでも〈甦る〉ようにみえるとしても。〈構造〉は、ここでは記号論理的な抽象の水準をもった仮象にすぎないようにみえる。たんに〈身体〉をもった具体的な人間が、この理論に現実的に登場しないから仮象だというわけではなく、〈構造〉という概念の抽象度と位相とがちょうど仮象の水準をもっているからである。

レヴィ＝ストロースは「料理の三角形」という論文のなかで興味ぶかい考察をしめしている。

さて、我々に比較的身近かな種類の料理について、いろいろな熱処理の仕方を考えてみよう。そこには確かに二つの主要なものがあり、数多くの社会で、その対比を引き立たしている神話と儀式がそれを証明しているとおりである。すなわち、それは《焼いたもの》と《煮たもの》である。この違いはどこにあるのだろうか？　焼いた食物は火に直接かざされ、火と媒介のない結合を実現しているのに対し、他方、煮た食物は二重の媒介を受けている。すなわち、それは食物を浸す水によってであり、また水と食物がそれぞれ入っている容器によってである。

従って、二重の意味において、——現実的に、また象徴的に、——《焼いたもの》は《自然》に属し、《煮たもの》は《文化》の側に属しているといえる。現実的には、《煮たもの》は容器、すなわち文化的な物体の使用を要求しているからであり、象徴的には、文化が人間と世界との関係の媒介物であり、沸騰によって料理されたものは、焼く場合にはなかったような、食物と火との間の関係の（水による）媒介を必要としているからである。（西江雅之訳）

ここで〈技術〉の問題に立ち会っている。〈技術〉は観念的な上層のひとつとしてかんがえることができる。それはここでいわれている「媒介物」として人間と自然のあいだに、また人間の観念とそれをとりまく世界のあいだに介在する。そして、〈技術〉ははっきりした実体を具えている。それは人間の観念としてここでいう「文化」に所属するとともに、介在する〈物質〉としては「自然」のがわに帰属しているという本性をもっている。このような二重性はこの世界にあるすべての人間的な対象についてあてはまるといってもよい。

ところでアルチュセールが提出している〈構造〉としての「重層的決定」は、このような存在条件をもっていないようにみえる。「重層的決定」という〈構造〉は、いつも〈物〉に属するか〈観念〉に属するかのいずれかであって、その存在理由は排中律的である。このような排中律にしたがう概念の系は、記号論理的な系に属している。はじめに基礎的な公理系を設定しなければ、抽象された仮象としても、単独ではとりだせないものというべきである。

一般に機能的な論理によって設定された諸概念は、すべて〈有効〉な設定という意味をもって発生するのだが、この〈有効〉性の背後にある空間は、いつも透明な無色な均質な空間である。いいかえれば、かならずしも無意味な空間であるとは、いえないが、〈無価値〉な空間であるとはいえる。なぜならば〈価値〉という概念は、かならずしも〈有効〉か〈非有効〉かという次元とはかかわらなくてよいが、その背景となっている空間の非均質性なしには設定できない概念だからである。機能的な論理がおわるところで〈構造〉の概念もまたおわるようにおもわれる。あとに残るに価するのは、レヴィ＝ストロースのような優れた民族学者の、実証的な、またフィールド・ワークによって整序された探求の成果だけではないのだろうか？

機能的論理の位相

それでは意識の機能は何でしょうか。明らかに――私は「明らかに」と申しましたが、それは私に明らかな為です――意識の機能は行動を導くことです。この重要な点を私自身にとってばかりでなく皆様にも明白に示すことができますかどうか、一つ試みてみましょう。

さて、ある不可能なことを行うドゥルイド派の魔術によって新しい種類の木が創造されたと想像して下さい。その木は動物のように感覚器官をもち、それが感覚神経によって大きくよく組織された頭脳に連絡しています。しかしこの木は運動神経も筋肉も腺も全然持っていません。他の木が常に立っていると同じようにこの木も動かずに立っていなければなりませんし、風と共に揺れ動くだけです。さて、ここに問題があります。この驚くべき木は普通の木にくらべて何か利点をもっているでしょうか。

（中略）

しかしこれだけでも充分です。何かを知るということは木にとってどんな利益になるのでしょうかと私は質問したいのです。たとえ木が、皆様や私だけが天から与えられているような驚くべき程複雑な受容器官の機構、神経や腕をすべてをもったにしましても、木は何か知識をもつと言われても私は納得できません。相違は私達は動くことができるということ――単に欲するものに近づき恐れるものを避けるばかりではなく――私達は感覚器官を一つの場所から他の場所へ動かすことがで

きるということです。〈ジョージ・ミラー「思考・認知・学習」佐々木徹郎訳〉

現在の世界思想を主導している機能的論理のさまざまな変種を巡回しようとするばあい、行動主義がわたしたちに強いるのは、行動ではなく非行動である。しかしこの非行動は、現在の世界思想が制度を超えて融着する方向を典型的にしめしている。ジョージ・ミラーにならって「ここに問題があります」というべきなのだ。

わたしたちは〈意識の本質とは〉とか〈意識とは〉とか〈意識の発生とは〉という問いにならされている。しかし、ミラーのように〈意識の機能とは〉という問いには、それほどしたしんでいない。〈意識〉には機能というようなものがあるのだろうか？　もっと極端にいって〈意識〉というようなものが在るのだろうか？　〈意識〉が在るというためにはどんな前提がいるのだろうか？　こういう問いを発し、こういう問いに答えるためには、それ相当の手続きが必要である。しかし大切なのは〈意識〉には機能があるかどうか、〈意識〉は在るかどうかを問いただすことではなく、ある種の観察される対象的変化は〈意識〉が在るとしなければ理解できないし、〈意識〉の機能の結果とかんがえなければ、つじつまがあわないということである。たとえば動きとか場所の移動とかいうものがそうである。まず〈意識〉が志向し、それによって動きがおこなわれる。しかし、下等動物でも趨向性があり、それにのっとって動きがある。そこで〈意識〉の〈機能〉をおもい描くには、〈意識〉と動きとが志向として組織化されていなければならない。

こういうことはありうるだろうか？

マルクスにとって〈意識〉とは意識された現実にほかならなかった。だから在るのは〈意識〉ではなく現実のほうであった。そして〈知識〉とは意識の動きであった。また、フロイトにとって、〈意識〉は記憶痕跡のかわりに発生するもの（Das Bewußtsein entstehen an stelle der Erinnerung-spur.）であった。だが〈意識の機能〉とはという問いは、マルクスにもフロイトにも疎遠なものであった。それには理由がある。あるものの〈機能〉がはじめに問われるには、〈意識〉はあらかじめ実在の次元になければならない。手や脚や胴体が実在するように〈意識〉もまた実在するとかんがえることはできない。そこで〈意識〉をあたかも実在するものであるかのように扱うためには（そしてこのように扱うことは、ある場合やむをえないのだが）、まず〈意識とは〉とか〈意識の発生とは〉とかいうような、それ自体の根拠を問うことが必須の条件でなければならない。つまり、はじめに〈意識〉を実在するものであるかのようにつなぎあわせる公準が必要になってくる。

ところで、いったん〈意識とは〉とか、〈意識の本質とは〉という問いを発すると、〈意識の機能とは〉という問いは無意味なものとなる。なぜなら〈意識〉がどんな機能をはたしたようにみえても、その機能は〈意識〉に属するものとしてはあらわれず、〈意識〉が目ざした対象に属する変化としてあらわれるだけだからである。はじめに、それ自体はなにかという公準の上にとりだされる〈意識〉は、もともとその公準の系からは無意味である〈機能〉という概念と結びつきようはないようにみえる。

そこで「意識の機能は行動を導くことです」というジョージ・ミラーの言葉は、複雑な虚偽ともいうべき性格をもっている。この言葉は本来的にいえば二つの命題の混合である。ひとつの命題は〈意識は行動する〉（その軌跡は知識と呼ばれる）であり、もうひとつの命題は〈身体は行動する〉である。そして〈意識は行動する〉という命題と〈身体は行動する〉という命題は、〈意識〉と〈身体〉とが関係づけられる丁度その度合と性質に応じて、結びつけることができる。この度合と性質が〈機能〉という概念に適合しないとすれば、ミラーがここで述べている「意識の機能は行動を導くことです」という言葉は虚偽を意味していることになる。そして、じじつここでみているように虚偽としかいいようがないのである。ていねいに言えば〈身体の機能は意識をうみだすことである〉という命題も、〈意識の機能は身体をうみだすことである〉という命題も、虚偽を意味しているから、ミラーの言葉は虚偽としてしか成立しようがないのである。ミラーのいう魔術で創造された「新しい種類の木」が、人間のように複雑な器官や神経系統や脳をもっているとかんがえれば、この木は、すぐに〈動くことのできない〉あるいは〈身体的行動を禁ぜられた〉人間の比喩としての意味をもつといっていっこうに差支えがない。そこでミラーの問題はつぎのようにおきなおすことができる。

もし、人間が心に感じたり、思考したりする過程を、けっして外界での行動であらわさずに、樹木のように不動であったとすれば、この人間にとって「何かを知るということは」どんな利益もないのだろうか？　また、このような人間が「何か知識をもつと言われても私は納得でき」ないだろうか？

このばあい、ミラーのいうところは滑稽におもわれてくる。

たしかにこういった状態におかれた人間に〈意味〉をあたえることは難かしい。それにもかかわらず、外傷をうけてベッドに身うごきならずに臥している状態のように、人間にしばしばやってくる状態であることも確かである。この状態で思考し、感覚している人間にとって「何かを知るということは」利益をもたらさないはずがないし、また、このような人間が「何か知識をもつと言われても納得でき」ないというミラーのような人物をかんがえることは不可能である。ミラーは行動科学の原理をやさしく説明するために、〈行動〉の概念を、身体的な動きという意味で誇張して比喩をつかっている。そこで魔法の木が、たとえ人間とおなじように考え、感じることができたとしても、風や光に動く以外にはその場所を動くことができないかぎり、ふつうの木とすこしもかわらないとしか判断できないという〈落ち〉になっている。現在、行動主義とよばれて概括されている組織的なかんがえかたと、その有効性は、ミラーのいうように単純なものではない。ある意味では、行動主義は思想的勇気ともいうべきものの産物である。それほど根拠があるともおもわれない原則から出発して、さまざまな分野を統括し、それによって現代的な成果をあげるまでの展開はなされてきた。その意味では、たれでもその原則を嗤うことはできるが、その現代的成果を嗤うことはできないという結果になっている。

いま、行動主義の原理をもっと徹底的な思考類型としてかんがえてみる。

行動主義者はこうたずねる。「われわれは、観察できるものを、なぜ心理学の真の分野にしないのか（中略）」と。さて、われわれは、何を観察できるのか。われわれは、**行動**——生体がなし、あるいは言うこと——を観察できる。そこで直ちに、こう強調しよう。しゃべるということは、すること、すなわち行動することだと。人の目につくようにおおっぴらにしゃべること、あるいは自分自身にむかってしゃべること（つまり考えること）は、野球と同じく、客観的な行動の一つの型である。

行動主義者がもっている物差、あるいは測量桿は、つねにこうである。すなわち、私が見ている行動のこの一片は、「刺激と反応」ということばで記述できるかと。（ジョン・B・ワトソン『行動主義の心理学』安田一郎訳）

行動 behaviorとは、公共的に観察可能な筋や外分泌腺の活動であり、身体の部分の運動や、涙、汗、唾液などのかたちであらわれるものである。

（中略）

心 mind **および心的** mentalということは、行動における、高次のレベルの機構を規定しているところの、頭の内部における過程をさしている。（ヘッブ『行動学入門』一九六四年三月版　白井・鹿取・平野・金城・今村共訳）

〈行動〉の概念は、すでに場所の移動の意味を超えて、〈意識〉の、あるいは〈心的〉な領域にまで拡大されている。そしてこんどはミラーのつくった不完全な比喩とちがって、この行動概念の当否をあげつらうことは、大切な問題を提起することになる。

　たんに挙げ足とりでいなすのではなく、もっと〈高次〉の心身相関の領域の問題に足をふみこむほかない。この問題を端的に問うため、極端なばあいを想定してみる。

「刺激と反応」というパブロフに負っている記述概念が、あらわに危うくされるのは、なんらかの意味で〈異常〉な行動がとりあげられるときである。このばあい、〈刺激〉と〈反応〉との対応関係は喪失するようにみえる。「人間の主観的世界の歪みは、脳の高位部の解剖的生理的傷害とあきらかにむすびついている」（パブロフ「生理学と心理学」）というパブロフの確信は通用しそうもないのである。このばあい「脳の高位部の解剖的生理的傷害」があれば、まちがいなく「人間の主観的世界の歪み」があらわれるとかんがえてよい。しかし、逆に「人間の主観的世界の歪み」があるとき「脳の高位部の解剖的生理的傷害」をかならず発見することができるだろうか？

　現在のところこの対応が肯定されるのは、てんかん症のばあいにかぎられるだろうが、しかし将来にはあらゆる心的な〈行動〉の歪みについて、この対応が見出されることになりうるだろうか？　どうもそうではないらしくおもわれる。このような対応がみつけられるのは、かなり長期にわたって心的な行動の〈異常〉が繰返されて慣習となったため、逆に脳の解剖的生理的な構成が不完全な行使と過剰な行使の位部を、観測によって認別できるまでに、解剖的・生理的に固定したときに限られるもので、そのときどきにあらわれる心的な行動の〈異常〉が、脳の高位部の解剖的生理的な傷害と対応するとはかんがえにくい。そこでは、心的な行動と脳の解剖的生理的状態とは、集合的にちがった〈ノルム〉に統御されているとかんがえたほうがよいようにおもわれる。

　かつてベルグソンはその主著『物質と記憶』のなかで、人間の記憶が、行動と対応づけられない段階のあることを指摘した。たとえば幼児期に、しばしば特定のことがらについて異常に強大な記憶力をあらわすことがありうる。たとえば地名とか駅名とかマンガにでてくる怪獣の種類や特徴について、また暦の日付と七曜表の対応関係について、ある種の幼児は、おどろくような記憶力を発揮して〈びっくりショー〉の舞台に登場する天才児になる。しかしこの幼児が天才であるのはショーの舞台にのぼるときだけである。こういう強大な記憶力は、ただその幼児が、記憶と行動のあいだに対応づけができない未開の心を、特定のことがらにたいして保存していることの証拠をしめしているにすぎないからである。こういう幼児にとって、特定のことがらについての心身の〈行動〉は、つねに、その都度ごとの即興であって、慣習のパターンに代理された〈記憶〉によって組織化されていない。そのため、〈記憶〉は特定のことにだけ解き放たれた恣意性に支配され、〈行動〉は、その都度ごとに無制約になるほかない。

　ベルグソンにとって、〈記憶〉という概念は、〈時間〉のなかだけをゆききする心的な〈行動〉、いいかえれば〈了解作用〉そのものを意味しているから、かれは心的な行動と身体的な行動とがアプリオリに対応関係をもたないことを指摘していることになる。

　行動主義者のいうように、〈意識〉とよばれるものは〈行動〉を導く機能をもっているのではなく、なにかの理由から、心的な行動と解剖的生理的な身体行動のあいだに、ずれをもたざるをえなかったという体験の累積から、〈意識〉は生みだされたものとかんがえるべきである。だから〈意識の機能〉をとりあげるときは、心的な行動と、身体的な行動のあいだにずれをもたらす役割をもつというのが、意識に与えうる唯一の機能だというほかはない。

　心的な行動と、身体的な行動のあいだにずれを生みだすことに、どんな意味があるのだろうか？　こういう問いに答えをあたえられないと仮定しても、このずれの拡がりと異質さによって、人間は、他の動物とはちがった高次な心身の機構の世界をつくりだしている、という〈事実〉をさしだすことはできよう。

　行動主義の〈行動〉という概念は、どこまでいっても意味論的である。行動主義は、この〈行動〉にはどんな意味があるか、この〈行動〉とべつのあの〈行動〉とは、どちらによりおおくの意味があたえられるかといった問いを発し、それに答えることはできる。けれどこの〈行動〉にはどんな〈価値〉があるのか、この〈行動〉とあの〈行動〉とはどちらに重味があるのか。あるいはどちらが〈価値〉あるものか、という問いには答えることができない。そこでただどちらの〈行動〉が機能的に〈有効〉であるかという問いとそれへの答えが、このばあい〈価値〉の概念を代行するものとなる。

行動主義の原則では〈行動〉のよしあしを決定するのは〈機能〉がどうであるかである。〈機能〉という言葉にはたくさんのちがった概念があたえられているが、たとえ〈機能〉が有効性という意味でつかわれても、役割という意味でつかわれても、橋渡しという意味でつかわれても、〈行動〉が、くりかえしくりかえし行われて慣習に化する過程で、精錬され純化されていった極限を意味しているのはたしからしくおもわれる。〈機能〉の概念は、経験のつみかさねの次元に基礎をおきながら、経験のパターンがしだいに純化されて、高次になったものという意味あいをふくんでいる。そこで行動主義は興味ぶかく、そして奇妙な概念をみちびいている。

言語が人間の経験に関係することの研究は、操作主義哲学の主たる関心事である。操作主義哲学は、言語を〈経験を構成する一方法〉であるという見解をとる。この見解は言語の形式面よりも、心理的・文化的力面に力点をおく。

（中略）

こうして、「雪は白い」という真理を実証するには、われわれは雪を見て、断言を見ることはしない。しかし「もしジョンがマリーの夫であれば、マリーはジョンの妻である」という断言の確実性を証明するには、われわれはジョンやマリーを見るのでなく、断言の述べることに注目する。

（A・ラポポート『操作主義哲学』真田淑子訳）

ある〈言語〉を複数の人間が了解できるのは、けっしてそれぞれの民族語がもっている共同の規範ではなく、言語的な体験の共通性であるとされる。たとえば、Aはあるひとつの民族語をしゃべる地域の化学者であった。Bはまったくちがった民族語圏の化学者であった。このばあい言語の了解がAとBとのあいだに成りたつのは、AとBとが化学的な研究体験で共通しているからであり、これにくらべればおなじ民族語をしゃべる人々でも、共通の体験がない者どうしの方が、了解できない度合ははるかにおおきい。そこで民族語の規範が共通であるかどうかは、言語の背景にある体験が共通であるかどうかにくらべれば、重要な要素ではないとかんがえられることになる。

事実の問題として、こういう考えかたは、言語の共通性を、それぞれの民族語の規範によって区分けせずに、たとえ異った民族語でも、体験の共通性があるかぎり、言語の共通性がありうると考えることを意味している。たとえば、化学的な問題について化学的な術語をまじえて話しあうAとBとは、ちがった言語圏に属していても了解しあえるが、おなじ言語圏の農夫たちとは相互の了解にたっしにくいといったことは、ありうる。こういう考えかたは、たしかに、経験する事実と合致する点がたくさんある。しかしそのために、言語体験が共通する保証となっている社会の〈職業〉的な共同性とか、〈階層〉とかは、固定したものとしてしかつかまえられない。

けっきょく、どこからはいっていっても、行動主義の原理についてつきあたるところはひとつであるようにみえる。それは〈行動〉がおこなわれる〈場〉〈行動空間〉の問題である。行動主義では行動空間は無造作に均質な空間とみなされている。

ほんとうは、ラポポートの、「雪は白い」という言語表現が、真理として保証されるのは、雪をみて白いことが体験として確かめられるからではない。この命題の背景をなす〈空間〉が、〈自然〉そのものであるために、〈自然〉体験によって真理がたしかめられるというにすぎない。また、「もしジョンがマリーの夫であれば、マリーはジョンの妻である」という言語表現が、命題として真理であることが保証されるのは、その背景をなす〈空間〉が、〈性的行動〉の〈場〉（いいかえれば〈家族〉の〈場〉）として認識されるからである。

そこで、わたしたちはあらゆる人間的な〈行動〉の〈場〉はけっして均質的な〈行動空間〉とはかんがえにくいという問題につきあたる。これは行動科学的な原理が、単純化のためにみてみぬふりをしているもっともおおきな問題である。

ワトソンの古典的な著作（『行動主義の心理学』）が、行動主義の心理学は、内観心理学ではなくて、「人間の心理学の主題は、人間の行動だ、と主張する。」というときに、もっともなおざりにされているのは〈行動〉の〈場〉の考察である。そこでは〈行動〉の〈場〉は、均質な〈空間〉とみなされているか、あるいはそれとまったくおなじことだが、〈行動〉がその都度あとづけてゆく固有の軌跡空間とみなされている。この種の意識的なあるいは無意識的な作為が、どんな不都合をうみだすかを指摘するのに、行動主義は結局のところ体制順応的だから怪しからんという大なたをふりかざす必要はない。現在のソ連でも、パブロフの条件反射学は、本質的に体制順応的であるにすぎない。

ジョーン・C・ホーマンズの講話である「小集団」では、〈行動〉の〈場〉はつぎのように想定されている。

それでは、何故それが小集団における行動と呼ばれているのでしょうか。まあ、二種の社会交渉の網の目social networkを考えてごらんなさい。開放的な交渉網open networkでは、Aという人がBという人と交渉を保ちまたBはCと交渉していますが、CはAと交渉していません。このため私共は開放的な交渉網と呼ぶわけです。封鎖的な交渉網closed networkではAはBと交渉し、BはCと交渉し、CはBやAと交渉します。これで封鎖的交渉網と呼ばれるわけです。基本的な社会行動は、この二種の交渉網において起ることとは明らかであります。（『行動科学入門』佐々木徹郎訳）

なにも、すこしも明らかでない。ＡがＢと交渉を保ち、またＢはＣと交渉をもっているが、ＣがＡと交渉をもっていないとき、わたしたちは前者を直接的な〈関係づけ〉とよび、後者を間接的な〈関係づけ〉とよぶだけで、けっしてＡとＣとが「交渉をもっていない」とはかんがえないのである。だからＡがＢと交渉をもち、ＢがＣと交渉をもち、ＣがＡと交渉をもっているばあいと、ほんとうはすこしも区別さるべきではない。

つまりここでホーマンズの「開放的な交渉網」と「封鎖的な交渉網」という区別は、共同社会のなかの個々の成員のあいだの〈関係づけ〉を〈機能〉的にかんがえるところから導きだされたもので、どんな意味でも本来的な〈関係〉概念にもとづくものとなってはいない。それにもかかわらず、なぜこの種の錯誤が成り立つかといえば、ホーマンズにおいて、人間の〈行動〉の〈場〉が無意識のうちに〈均質な空間〉とかんがえられているからである。〈行動空間〉はいつも起伏のある地形のようなものだということは無視されている。この無視は〈抽象化〉作業としての意味をもっていない。〈抽象化〉するばあい、〈行動空間〉の起伏ある地形はその骨格が保存されたまま抽象されなければならないはずだからである。

そこで、わたしたちは〈行動空間〉の質的な差異を、きわめて単純なモデルではっきりさせておかなければならない。

人間の集団的な共同性の最小の単位は、三人から成るものとかんがえることができる。Ａという人物とＢという人物の関係、Ｂという人物とＣという人物の関係が想定されれば、ＣとＡとの関係が直接的であっても間接的であっても、人間の共同的な集団にあらわれる問題のすべての原型は、このなかで典型的に推定することができる。だからもしそう呼びたければ、三人の集団をそれ以上の集団にたいして原型集団とよぶことができよう。すべての多数からなる集団は、この原型集団にあらわれる関係以外の関係によって誘導されることはない。そしてこの集団的な共同性のなかでは、個々の成員は、かならず全人間的に登場することはできない。共同性であるという特質は、そのなかの個々の成員にとっては、人間的な〈行動〉をいつも部分化されてしまうものとしてあらわれる。そしてこの部分化は極度におしつめられてゆけば、ついに〈逆立〉というところまで到達してゆく。共同性のなかで個々の成員がしめす〈部分的な登場から逆立へ〉といたるすべての過程的な構造が、いわば集団的な〈行動空間〉と、個々の人間の〈行動空間〉とのあいだにかんがえられる質的な差異の構造を意味している。

ところで、二人からなる集団をかんがえても、この集団のなかで、個々の成員は部分的にしか登場することができない。しかし、この場合の部分性を、わたしたちは〈性《セックス》〉とよぶのである。いいかえれば、二人からなる共同的な集団のなかでは、個々の人間は〈性〉として登場するのである。そこでは、人間は男性であるか女性であるかのいずれかである。人間はけっしてアプリオリに男性であるか、さもなければ女性であるのではない。解剖的生理的に個々の人間がどのような性的に特徴ある表象をもっているとしても、人間は人間であるだけである。ただ二人からなる集団の共同性のなかで、はじめて人間は男性または女性とよばれるようになるのである。ここでの人間の〈行動空間〉は、個々の人間の〈行動空間〉とも、三人以上の集団の〈行動空間〉とも質的にちがっている、ということが認められなければならない。

この考え方は、いままでの経験では、しばしば〈性行動〉そのものの概念を、不当に拡大しすぎるという疑義に出あってきた。しかし〈性〉的な〈行動空間〉を人間の共同的な〈関係〉についてのある普遍的な〈場〉とみなすために、このように拡張するよりほかにないようにおもわれるのである。

たまたま眼にふれた、河合逸雄の論文「大脳上側頭回後方の除去によるニホンザルの社会行動の変化」は、サルの「マウンティング」Mounting Behaviour について、つぎのようにのべている。

サルの一個体が他個体に対し、後方からうまのりになる姿勢で、元来はオスがとる性交姿勢である。一方、この姿勢は、順位に関する行動としても重要である。順位およびそれによって作られた順位制は、ニホンザル社会（一般に高等動物の社会）において、最も重要な社会的秩序である。順位に関するマウンティングは一般にオトナのオスに限られている。河合雅雄はこの行動が行なわれる状況を分析して、当行動が(i)順位の確認、(ii)許容と儀礼、(iii)示威のために用いられ、そこに行動の記号化の存することを指摘している。一般にマウンティングをする方のサルが優位個体であるが、特殊な事情の下では、劣位個体のサルが上にのる逆マウンティングも稀に見られる。

二、三マウンティングの行なわれる例をあげると、劣位個体のサルが反抗的態度をとるとき、優位個体に攻撃を受けた後に、マウンティングが行なわれる。また、リーダーとワカモノが急に出くわしたような時、ワカモノは歯をむきだして防禦の表情を示しながら、尻を向ける（これをプレゼンティング Presenting という）。リーダーはきわめて形式的にマウンティングをするが、これで緊張した状況は解消する。あるいはサルの自然群に大きいオスザルを入れたケージをおくと、群のリーダーが自己の強さを誇示するために周囲のサブリーダーにマウンティングをする。（『精神神経学雑誌』六七巻・九号・一九六五年）

ひとつのサルの個体と他の個体とのあいだの〈行動〉を、人間の〈行動〉概念から類推しているが、ひとつの個体と他の個体とからなる〈行動空間〉が、順位・許容・示威というような概念を〈性〉的な概念の周辺におなじ水準で付加させていることは注目すべきである。なぜならば、個体と他の個体のつくる共同性が、人間のばあいのように、それ自体として独自の位相を獲取していくにつれて、順位・許容（儀礼）・示威という概念は、この共同性から疎外されてゆくとかんがえることができるが、そのような周辺概念の消失にともなう空白を充たすものは、より複雑になった心的な、または身体的な〈性〉

的〈行動空間〉いがいにはかんがえられないことが示唆されているからである。

今西錦司は「人間家族の起源」（『民族学研究』第二五巻・第三号）のなかで、「マウンティング」現象と近親姦、とくに母親－息子姦の関係について、つぎのようにのべている。

徳田は京都動物園のサル島に飼われたアカゲザルとカニクイザルの混成コロニーを観察して、その中に含まれたアカゲザルのメス、ヒミコと彼女の息子のバンダルとの間に、発情期間を通じて一回も性交を認めることができなかった。これは一発情期間だけの観察ではあるが、incest の問題に関して、いろいろな示唆を与えるものであった。サルは大きくなっても母親をおぼえている。母親は彼が赤ん坊のときも子供のときも、終始して彼の保護者であり、彼は母親にいつも従ってきた。これをサルの社会のおきてである順位ということで表現するならば、母親はつねに優位にあり、彼はつねに劣位にあった。そしてそのコンディショニングが母親をおぼえているかぎり、彼と母親とのあいだにつづく。

それでも彼は母親に対し、ときとして欲望を感じることがあるかもしれない。しかし、徳田もいっているごとく、サルにおける性交の姿勢は、一方ではまた優位者が劣位者に対し自己の優位を示すときの姿勢でもある。そうとすれば、母親のヒミコの優位に対し、赤ん坊のときから劣位に甘んじてきたバンダルが、どうしてヒミコの上にマウンティングできるであろうか。しかもバンダルの場合には、他にいくらも相手にしうるメスがいたのだ。

今西錦司の論文は、重要な問題を、ランダムに繰りだしていて興味深いが、なにも理論的な準備がなされているわけではない。ここでも、サルの集団の観察からは、母と男性の子とのあいだには、近親姦がおこなわれていないと観察されるが、それはサルの性交体位である「マウンティング」が、同時に集団内の「順位」を表象するものであるため、「順位」的な劣勢を赤ん坊のときから条件づけられている子ザルは、母ザルに「順位」的な優勢を表象することなしには行いえない性交をなしえない、というふうにかんがえられている。

今西がいいたいことのひとつは、もともとタブーの意識がない前人間社会でも、タブーがあるのと結果的にはおなじことが行われているので、フロイトの考え方はうたがわしいということである。これは今西がフロイト理論に何回もこだわっているところからすぐにわかる。だが、フロイトはタブーについて、そんな単純なことをいっているわけではない。サルでも人間でも、もし母親が〈女〉として、じぶんの生んだ〈男〉の子供と日常的に接触するところでは、性行為はおこなわれることは云うまでもない。だが、サルでも人間でも、本能的に〈男〉の子供にたいしても〈女〉の子供にたいしても自己分割した〈性〉、つまり分身としての〈性〉、したがって自己が自己に対するという側面をふくむ観念的な性、あるいは自覚のない〈性〉として振舞う公算のほうがはるかにおおいのである。このことは今西やその学派のいうように〈順位〉の問題ではない。

今西やその共同研究者たちは、〈順位〉という概念を、集団的〈社会〉的につかって、母サルは子供にたいして優位であるというふうにつかっている。ところで、母サルは、じぶんの生んだ子サルにたいして、集団的に優位であるのか、〈性〉的に優位であるのかについてまったく無造作である。「リーダー」、「サブリーダー」というような言葉がつかわれているところをみると、集団的〈順位〉が問題になっているかとおもうと、母と男の子供とのあいだの〈性〉的な関係についても〈順位〉という概念は適用されている。そこで混乱がおこる。今西たちが研究対象としているサル集団は、これを広義の〈性〉的な集団とみなすか、あるいは公的な群れとみなすか、そのいずれかに規定しなければ、この混乱は、避けることができない。もっと云い切れば、広義の〈性〉的な集団（群れ）とみなすよりほかはなく、したがって「マウンティング」現象は、広義の〈性〉的行為とみなすより仕方がないようにみえる。ただ、やがて〈性〉的な概念から分離されるべき周辺概念を未分化に包括しているというだけである。

ところで、サル集団の母と男の子供のあいだに近親姦がないということは、本能的な〈性〉行為の〈撰択〉の問題ではあっても、なんら近親姦タブーの問題ではない。〈タブー〉という概念は、純然たる心的な概念であるが、生物学的な〈撰択〉行為ではないからだ。もちろん、フロイトのタブーの概念は、なんら生物学的な事実に制約されるものではないから、今西らの観察研究は、フロイトの理論に関与する問題ではない。

フロイトはすくなくとも、サルの群れの行動に、人間的概念から〈命名〉し、しかも〈命名〉された人間的概念から、サルの行動を観察し、それにもとづいて人間社会集団の行動を推論するという、無造作な、そして二重の虚偽をやってはいない。この虚偽は方法的虚偽であり、優れた観察者や研究者はけっしてやらない。人間の行動は、サルの行動の原型になるが、サルの行動は、人間の行動の原型にはならない。だからこそ、人間がわりあいに高度な動物（たとえばサル）の行動を観察するとき、〈似ているな〉という感じをたれもがもつのである。この〈似ているな〉という感じは、今西たちが無造作に誤解しているように、サルの集団〈社会〉が、前人間的であるからではない。

人間の〈行動〉の〈場〉としての〈行動空間〉は、〈行動〉がさまざまでありうるように、そして丁度その度合で、さまざまでありうる。行動主義はこのことを認める代償として、〈行動空間〉を均質なものとみなしているのである。しかし、わたしたちは、無限に多数の行動が人間には可能であるということに、幻惑されることもなければ、あわててその背景の空間を均質化して単純にすることもいらない。個々の人間の〈行動空間〉と、二人からなる集団の〈行動空間〉と、三人からなる集団の〈行動空間〉の質的な差異と関連の考察のなかに、人間の無限に多数にわたるすべての〈行動〉の質的な差異は原型として包括されるものとみなすことができるからである。

機能的論理の彼岸

法律は通信及び通信の一形態としての言語の倫理面として定義することができる。特にこの規範的部面が或る権威の制御の下にあり、その決定が社会に十分是認されるほど権威が安定している場合にそうである。法律とは、諸個人間の行動を、我々が正義と呼ぶところのものが履行され、また紛争が避けられるか、少くとも裁定されうるような仕方で結合する「連結」の調整術である。かくして法律の理論と実際は二組の問題を含んでいる。即ち、その一般目的及びその正義の概念の問題と、これらの正義の概念を有効ならしめることのできる技術の問題とである。

私は、かかる自由主義の見地に与する一人として単に私自身と私の周辺の人々が、正義の存在の為に何が必要と考えているかを述べることが出来るにすぎない。かかる要求を表現する最もよい言葉はフランス革命の言葉、即ち、自由・平等・博愛である。これらは次のことを意味する。即ち各人が自己に附与された人間としての可能性を、その思うままに残るくまなく展開させる自由、AとBに対し正当であることはAとBの位置を取り換えてもやはり正当であるような平等性、人間《ヒューマニティ》の真情に限界を認めぬ人と人との間の善意である。これらの正義の大原理が意味し、要求することは、何人といえども、自己の地位の個人的勢力によって強迫による苛酷な取引契約を強要することを許されねということである。社会と国家がいやしくも存在するために必要であるような強制にしても、自由の不必要な侵害を決して生じないような仕方で行われなければならぬ。(ノーバート・ウィーナー『人間機械論』池原止戈夫訳)

サイバネティックスのすさまじい自信、いいかえれば、人間的過程を刺戟伝達機械と共通のメカニズムのもとに考察することで得られる成果に過剰な自信をもっているのにくらべて、この創始者の〈法律〉にたいする見解は、あきれるほどひかえめで、陳腐である。

もともと理論には理論自体の本性から不得手な分野というものはある。〈法律〉や〈社会〉の考察も、サイバネティックスにとって不得手な領域に属するといっていい。ウィーナーはサイバネティックスとしてよりも、ひとりのリベラリストを混えてものを云っている。ウィーナーが設定している〈正義〉の概念、いいかえれば自由・平等・博愛は、個体としての人間の意志の彼岸にある客観的な条件によって制約される概念であること、したがって「各人が自己に附与された人間としての可能性を、その思うままに残るくまなく展開させる自由」や、「AとBに対し正当であることはAとBの位置を取り換えてもやはり正当であるような平等性」や「人間の真情《ヒューマニティ》に限界を認めぬ人と人との間の善意」とかは、それ自体がすでにそれ自体の概念の内部では不可能であることは、あらためて言及する必要もないほどである。ここには、複数の人間に承認されるあるひとつの原則が設定できることと、その原則が、おなじく複数の人間に実現されるかどうかは、別次元の問題だという亀裂ばかりがあるのではない。複数の人間に承認される原則それ自体のなかに、すでに客観的な制約がありうるという問題がふくまれている。〈あれはバラの花である〉という言明は、〈バラの花〉という命名に普遍性があるかぎりは、複数の人間によって承認されうる原則である。このばあい〈バラの花〉という命名に無制限な普遍性がありうるかどうかは、バラの花という実在の草花が存在するかぎり、いつでも検証可能であるため、トリヴィアルな問題でしかない。

こんどは〈あのバラの花は美しい〉という言明を設けてみると、はじめから複数の人間に承認される原則とはなりえないことがわかる。複数の人間のうちある人間がバラの花を嫌っていて、すこしも美しいとおもわない、ということがありうるからではない。〈バラの花〉がやがて蝕ばまれ黄変してゆく事態が、原則の内部でおこりうるため、〈バラの花は美しい〉という言明は、複数の人間の恣意的な感性の外側で、客観的な条件によって制約されるものだからである。

ウィーナーのいう〈正義〉の内容である自由・平等・博愛は、ちょっとかんがえると万人に文句のつけようのないようにみえて〈積極的に支持しないまでも、とくに反対する理由がみつからないようにみえて〉、じつはそれ自体のなかに、蝕ばまれ、黄変する因子を内包しているものといえる。このばあい、一般にかんがえられているように、自由・平等・博愛の原則を承認した複数の人間のうち、ある部分が、この原則に違反する実際行為をやるから蝕ばまれるのでもなければ、自由・平等・博愛の具体的な内容が、個人によってか、あるいは地域や制度や種族によって異るという混乱のために蝕ばまれるのではない。そういうことはあっても大した障害ではない。ほんとうの要因は、自由・平等・博愛という概念が、もともとこの概念の外部にある世界から、客観的な条件によって制約されているからである。

ここで〈あのバラの花は美しい〉という言明を外部から制約している〈客観的な条件〉と、自由・平等・博愛という〈正義〉の概念を外部から制約している〈客観的な条件〉とは、質的にちがっているという問題にふみこんでみるとする。

この種の性質をもった概念はたくさんみつけられる。ウィーナーがここで言及している〈法律〉もまたその典型的なひとつである。だがウィーナーは、意識せずに〈法律〉と、それをささえている〈権威〉を固定したものにしてしまっている。もちろん、はじめから固定したものとかんがえているわけではないから、固定したものとかんがえるのとおなじ結果になっているというべきかもしれない。

ウィーナーが〈法律〉を固定的にかんがえると同じ結果をひきおこし、また、〈正義〉を自由・平等・博愛というそれ自体の内部では規定不可能な概念に帰属させている理由は、いくつかの〈非厳密〉さに帰着させることができる。

第一は、人間が対象となしうるすべてのものは、概念によって把握するかぎり、現に把握されるものを、その対象の本性とみなしうるものと、みなしえないものとのふたつがありうるということである。眼のまえの〈時計〉とか〈風景〉とかは、現に把握されるものを本性とみなしうる。たとえ、すこし以前にその〈時計〉や〈風景〉が、現に眼のまえにあるものとすこしちがっていたとしても、いずれも、単純な累積あるいは削減の操作によって、概念として再現できるとかんがえてもさしつかえがない。

ところが〈法律〉とか〈制度〉とかは、眼のまえにあるものを本性とみなすことができない。この意味は現にある〈法律〉とか〈制度〉とかが、過去においては異った〈法律〉とか〈制度〉とかであったという意味ではない。時間の経過による変化という意味でならば、〈法律〉も〈制度〉も〈時計〉や〈風景〉とすこしも別のものではない。〈法律〉とか〈制度〉とかが、現にあるものを本性とみなすことができないという意味は、現にあらわれている〈条文〉とか〈機構〉とかを、本性とみなすことができないという意味である。だから、ウィーナーのように「法律は通信及び通信の一形態としての言語の倫理面として定義する」ことができないということである。〈法律〉や〈制度〉の本性は、観念の共同性であって、このようなばあい〈刺戟〉や〈通信〉ははじめから一定のフィードバックに支配されるが、このフィードバックはほんとうはウィーナーが思いもかけなかった軸からあらわれるといっていい。

こういう視座をおしすすめてゆくと、しまいには概念として成りたたない概念が、意外におおくありえていることに気づく。

そこで第二の〈非厳密〉さがかんがえられる。すなわち、人間が対象となしうる概念によって把握されるもののうち、その概念の外部に制約する客観的条件をもつものは、本来的には概念の言明として

〈意味〉をなさないということである。

たとえば〈石〉とか〈樹木〉とかいう言明で表現される概念は、概念として〈意味〉をもっている。しかし、ウィーナーの〈正義〉の内容をなす〈自由〉とか〈平等〉とか〈博愛〉とかは、本来は概念として〈意味〉をなさない。その概念の外部に制約する客観的条件がいつも想定できるからである。このような概念は、その概念の外部にある条件をいつも伴うことによって、はじめて概念として成立するから、概念自体としては〈意味〉をなさないといってもおなじである。

このような**無制約概念**と**制約概念**との存在は、人間の言語活動と身体行動が、そのままでは刺戟の伝達と通信と応答の機構に組みいれられない理由を、先験的にもっていることを示唆しているようにみえる。人間の言語活動と身体行動が、刺戟の伝達と通信と応答の機構に還元されるためには、そのような代行機構は、いつも、無制約概念をいくぶんか制約概念に、制約概念をいくぶんか無制約概念に統御するものであるほかはない。そしてこのような統御は、〈機構〉そのものによって不作為に遂行されている、とみなすことができよう。この〈機構〉は、それ自体で〈意味〉ある概念にいくらかの緩和をほどこし、またそれ自体では〈意味〉のない概念にいくらかの緊迫をあたえるものといっていい。

ところで制約概念が存在する理由、いいかえれば、その概念の外部にあって、その概念を制約する〈客観的な条件〉は、厳密にいえば質のちがった**二つの類**にわけることができる。

ひとつは、客観的な条件が究極には〈実在〉する対象物に対応づけられるという性質をもっている〈条件〉である。もうひとつは、その客観的条件が、どんな〈実在〉する対象物に対応づけられなくても、ある〈共同性〉の内部でだけ成立するという〈条件〉である。このあとの場合では、〈共同性〉自体が、あたかも〈実在〉の対象物のように、制約概念をささえる客観的な条件をなすとみなすことができる。

ウィーナーは、一般的にはサイバネティックスは、刺戟の伝達と通信と応答の機構を作りあげるさいに、二重に不作為の統御をおこなっていながら、これを統御の条件とみなしていないようにおもわれる。この二重とは、ひとつは〈実在〉にささえられた制約概念の問題であり、もうひとつは〈共同性〉にささえられた制約概念の問題である。そこで〈法律〉を言語的な刺戟の伝達と通信と応答の倫理的な側面とみなそうとするウィーナーの近似は、近似として冪乗された誤差、いいかえれば虚偽をふくんでいるとしかいいようがない。

いわゆる〈ゲーデルの不完全性定理〉について解釈しているナーゲル、ニューマンの著書は、ここでかんがえている〈非厳密〉さと異った（？）非厳密さの存在についてのべている。

ゲーデルの結論は、数学的能力の点で人間の脳と競争できるような計算機がつくれるかどうか、という問題に関連しています。今日の計算機には、固定された一組の指令が組みこまれています。これらの指令は、形式化された公理的方法における、固定された推論規則に対応するものです。計算機は一歩一歩順序をふんで作動し、問題の答えを提供してくれます。おのおののステップは組みこまれている指令によって制御されています。しかし、ゲーデルがその不完全性定理で示したように、初等数論（算術）には、固定的な公理的方法の限界のなかに納まりきれないような、そしていかに複雑、巧妙なメカニズムを内蔵していても、またその動作がいかに速くても、計算機には解答できないような問題が無数にあるのです。一定の問題が与えられたとき、それが解けるように機械をつくりあげることはできるかもしれません。しかし、あらゆる問題を解く機械をつくることは不可能です。（『数学から超数学へ』はやしはじめ訳）

計算機にあたえられた「指令」による制約というのは、あきらかに数概念にたいして、数概念の外部から制約をあたえる〈客観的な条件〉という意味をもってつかわれていない。ただの計算の〈志向性〉

として演算を統御するものを指している。しかし〈ゲーデルの不完全性定理〉が、ここでかんがえてきた〈非厳密〉さと関係があるかどうかはそう手易く確定できないようにおもえる。

わたしには、「あらゆる問題を解く機械をつくることは不可能」かどうかは、形式論理の内部では解答することができない問題のようにみえる。

サイバネティックスによって当面している問題はもっと単純で強力なことではないのだろうか？

ここで初歩的な体験をおもいうかべる。それはいまも覚えている体験である。

いま簡単な自然数の加法と乗法をかんがえる。自然数が承認されやすいのは、〈実在〉の対象物との対応が容易につけられるという理由によっているようにみえる。また、自然数の加法や乗法が理解されやすい理由も、経験的な作業と対応されやすい点にあるようにみえる。自然数は、日常世界をとりまいている〈実在〉の対象物と、直かにみえない糸でつながっているといってよい。もちろん、未開的思考の段階ではこのつながりはもっと具象的であったにちがいない。そこではたんに数の〈1〉がもんだいなのではなく、〈木の実〉の〈1〉か、〈魚〉の〈1〉か、または外敵の〈1〉か、どのような状態の〈1〉かが問題であった。だから〈1〉は、現在かんがえられるほど自明の〈1〉でなく、たくさんの〈1〉が可能であり、また必要であったとおもわれる。現在すんなりとうけいれられている自然数は、こういった具体的な対象の多様性が、いまも痕跡をひきずっている最後の数的抽象であるといえる。そこで、自然数に対応する多様な具象物のあいだを規正する〈ノルム〉については、わりにうまく適応できている。いま、自然数のあいだのありふれた加法と乗法をかんがえてみる。

2 + 2 = 4
2 + 3 = 5
3 + 3 = 6

2 × 2 = 4
2 × 3 = 6
3 × 3 = 9

この加法や乗法は、難なくうけいれることができる。公理主義でいえば、加法とはこういう操作であり、乗法とはこういう操作であるということを、初等教育いらい、学習でたたきこまれているため、自然数の間の加法と乗法とを難なく承認できるのだ、ということになるかもしれない。しかし経験的にいえば、そうではない。あたかも自然数を経験とむすびつけるとおなじく、加法や乗法の操作を、しらずしらず具体的な経験にむすびつけている。リンゴ2個とミカン2個を買ったとき、4個になるとか、リンゴ2個入りの袋が2つあれば、4個になるとかいう体験が、加法や乗法の操作の確からしさを承認する根拠となっているとかんがえるほうがかんがえやすい。リンゴ2個とミカン2個を合せると4個になるという量体験のばあい、リンゴとミカンという果物の種類のちがいは、〈数量〉概念にたいしては気にならない。〈果物〉という抽象の仕方では、両者は共通にくくられるものとうけとられており、しかも〈果物〉という抽象の仕方は、体験（たとえば喰べる）として、もっとも現実的に強力だからである。

こんどは自然数列を〈偶数〉と〈奇数〉とにわけるとする。〈偶数〉と〈奇数〉という概念も、また経験的には承認されやすい。経験では、ひとつのリンゴを二人でわけるのに半分にして喰べるのはできやすいが、三つに公平にわけて喰べるのは難しいといったことはよくある。これは〈偶数〉や〈奇数〉の概念とむすびつけることができる。

いま〈偶数〉を任意にD(2)とあらわし、〈奇数〉をD(3)とあらわすとする。すると、さきの自然数の加法と乗法はつぎのようにかきかえられる。

D(2)＋D(2)＝D(2)

D(2)＋D(3)＝D(3)

D(3)＋D(3)＝D(2)

D(2)×D(2)＝D(2)

D(2)×D(3)＝D(2)

D(3)×D(3)＝D(3)

いままでの説明に矛盾なくいえば、自然数の概念は経験的に承認されやすく、〈偶数〉と〈奇数〉の概念も承認されやすいはずであった。しかし右のような加法と乗法のかきかえはけっして承認されやすくない。そしてこの承認されにくさは、抽象代数学にはじめて接したときに感ずる困惑に通じている。この承認されにくさはなにに由来するのか？　この問いがいまさしあたって提起される問いである。すぐにかんがえられることは、ここで、〈偶数〉と〈奇数〉の〈加法〉と〈乗法〉が、経験の糸とのつながりを断ちきられていることである。ここではすでにＤ(2)とＤ(2)を加えたら２Ｄ(2)とならなかったのである。

つぎに、ここで問題としなければならないのは、このような特定の性質にわけた自然数のあいだの加法と乗法の〈操作〉が、経験とつながった加法と乗法の〈抽象〉になっているかどうかである。形式論理でいえば、たしかに〈抽象〉にはちがいないようにみえる。しかし、この〈抽象〉には構成《ゲシュタルト》が保存されていない。いいかえればこの〈抽象〉は、経験則からの〈離脱〉ではあるが、構成《ゲシュタルト》の〈平準化〉を意味する。いままでは自然数のあいだの加法と乗法は、経験とつながった操作であるとかんがえてきた。そして経験のほうには、いつも具体的な場面のイメージがつきまとっていた。しかし、ここでは経験が純化されてはいるが、具体的な場面のイメージもまた破壊されてしまっている。

ここでサイバネティックスの本質的な課題とおなじ問題に直面しているようにみえる。

サイバネティックスによれば、動物（人間）が、外界からなんらかの刺戟をうけとって、外界へ応答するまでの過程は、〈外界からの刺戟〉→〈受容器官（感覚器官）〉→〈中枢神経器官〉→〈効果器官（行動器官）〉→〈外界への応答〉のようにモデル化される。そしてこの過程をつなぐものは、刺戟（インパルス）の伝達と通信と応答である。この過程をできるだけ精密に再構成するとして、将来さらに生理学的な研究がすすめば、いかようにも精密に再構成できるものとして、このモデル化は承認されるだろうか？

どうも承認されないようにおもえる。こういうモデルにはすでに無作為のうちに、いままで述べてきた〈平準化〉の操作がまぎれこんでいるとかんがえられるからである。そして、動物（人間）の外界からの刺戟と、それに応ずる外界への応答が、けっして生活のなかで当面する経験則から切断できないとすれば、このばあい〈平準化〉もまた、けっして許容されないというほかはない。これはさらに考察をすすめることができる。

ミカエル・A・アービブは『頭脳・機械・数学』のなかで、蛙の視覚系の挙動に関する研究についてのべている。

彼らの研究には普通のアメリカの蛙Rana pipiensが使われた。その蛙を一方の眼が実験の視界を構成する直径14インチの半球の中心にくるように置いた。1本の電極を蛙に刺し（視神経中の細胞の軸索上に電極の先端をおいて）、単一神経節細胞の動作と丘の細胞の動作を検知できるようにした。アルミニュームの半球は蛙の視界の約⅔に相当する。蛙を適当な方向に向けることによって視界のうち所要の部分をカバーでき、研究しようとしている細胞の受容域を完全に調整できた。刺激を与える物体は外側から磁石で吸引し、それを動かすことによって球の内面を動かした。いろいろの形や種類の物体が使われた。たとえば、黒い円盤、黒い小片および黒い四角形である（色には刺激されないことがわかっている）。（甘利省吾監訳）

そして、神経節細胞の反応はつぎの5つに分類できる機能をもつことが判明したとのべている。

群Ⅰは輪郭検出器で受容域内の灰色の影2体間の輪郭を感じる。

群Ⅱは運動および凸体検出器で、輪郭が曲っていて暗い領域が凸状であるときと、輪郭が動いているか、動いていたかのときにのみ反応する。

群Ⅲは運動中およびコントラスト変化検出器で、永続性のある反応ではないが、コントラストが変化または移動している場合のみに興奮する。

群Ⅳは暗部検出器で、受容域の中心からの距離によって荷重された全領域の暗さに反応する。

群Ⅴは平均的照明の強さに反比例する周波数で興奮する。

いまのところ人間の視覚系の生理的な機構について、これほど精密な研究はなされていないから、これは動物の視覚系の生理的な機能について、もっとも詳細な実験であるとかんがえてよい。

蛙の網膜にうつった対象物の像は、これらの群によって荷われた刺戟の質と量に翻訳されて視覚中枢に伝達される。

ところで、ある群の神経節は輪郭についての刺戟を脳の視覚中枢に伝達した。またある群の神経節は運動と形について、またある群の神経節はコントラストについて、また別の群の神経節は明暗についての刺戟を視覚中枢に伝達した。いいかえれば視覚の対象物の形や明暗や質量について分担された刺戟の全条件は完備された情報を視覚中枢に通報した。しかしこれらの分岐的な情報を構成して、その対象物がそのような形態と動きと明暗をもったそのものであることを視覚的に認知させるものはなんであろうか？　それはどの神経節細胞によって行われるのであろうか？

これはちょっとかんがえると、蛙（動物）のばあいにはさして重要でないようにみえる。なぜならば、この分肢的な刺戟情報は、ただ反射的な外界への応答をひきおこしさえすればよいようにみえるからである。蛙（動物）にとって、ある対象物がその対象物の輪郭と形態と動きと明暗によって、まさにその対象物のように視えるかどうかは、さして重要なことではないといえばいいえる。ただその対象物からえられた刺戟が累加されたうえで、生命活動に必要な程度の対象物の識別をあたえるだけの、反射的な対応行動をひきおこしさえすればよいようにおもわれるからである。

しかし人間のばあい、この問題は重要になってくる。経験的にいっても、ある対象物を視るとき、その対象物がまさにそうあるべき輪郭と形態と動きと明暗をもって、そのように視えるということを知っているからだけではない。このようにある対象物を視たとき、わたしたちの外界への応答は、かならずしも反射的な身体行動をひきおこすとはかぎらないからである。

　ここで人間の外界へ応答する行動は分裂し、〈時間〉的なずれをうみだす。いま極端な挙動の例をあげれば、蛙（動物）とおなじように、とにかく反射的身体行動によって外界へ応答することである。これと対極にあるもうひとつの極端な挙動は、たんなる視覚的な対象物の〈了解〉という心的な行動だけによる応答である。この〈了解〉作用は、眼にうつった対象物が、まさにその対象物がそうであることを輪郭や形状や動きや明暗によって〈識知〉することを意味している。この〈識知〉を反省的な識知とかんがえる必要はないとしても、分肢的な神経節による刺戟の伝達が綜合されなければならないだけではなく、この綜合を所定の〈時間〉のずれのなかで対象として構成しなければならないといえる。このような操作は、すでに神経節による刺戟の伝達の〈彼岸〉にある問題である。そしてこのような〈超刺戟〉の問題がおこりうるのは、外界からの刺戟をうけとるのも、その刺戟をうけとったことを識知するのも、おなじ器官機能によって共時的に行わねばならないというゲーデルのω矛盾にもにた矛盾をもっている存在においてだけである。つまり人間においてだけである。

　しかし、おなじ器官機能によって、共時的に、外界からの刺戟の伝達をうけとり、綜合的に構成するとともに、その刺戟の伝達をうけとったことを〈識知〉するということが可能であろうか？　これが生理的に可能であろうとなかろうと、この操作の可能性が、人間の心身相関の世界を形成してきたことは、疑うことができないようにおもわれる。

　そこで、〈了解〉作用、いいかえれば刺戟が伝達されたことを〈識知〉する作用は、神経節による伝達作用という〈空間的な充足〉からはみだして、〈時間〉的な作用とならざるをえない。そして〈時間〉的な伝達作用としてわたしたちがしっている例は、たとえば〈記憶〉のような作用だけであり、このような作用は〈実在〉の刺戟の〈実在〉的な神経伝達とはちがって、いわば〈架空〉の作用としてのみ存在しうるということである。

このような〈了解〉作用が、サイバネティックスによるモデル化の〈彼岸〉にあるとおなじ度合で、人間的存在は、サイバネティックスの〈彼岸〉にあるということは、技術の発達によって動揺しない人間的本質であるというべきである。

非芸術の論理

客　モシモシ、ぼくは大学の建築科に在学しながら建築事務所で働いているものですが、いろいろわからないことがあるので、四五人でおうかがいしてお話をききたいのですが。

主　ぼくは建築のことなどぜんぜんわかりませんから、きても無駄ですよ。

客　建築のことについてききたいというわけではないのです。建築科に在学しながら建築事務所に勤めていてかんがえると、建築を専攻してゆくということに、いろいろな矛盾を感じてどう理解したらよいかわからなくなってくるのです。

　ぼくの郷里でそんなことがあったのですが、建築家が地方の自治体から依頼されて、公共建築を設計しつくりあげるとします。できあがった公共の建築は、その地域の住民に威圧力をあたえるものになってしまい、住民のほうでもその建物からうける威圧感を地方自治体の政治的権威として感じてしまい、あるばあいには従属感に慣らされ、あるばあいには逆にわがことのように誇ったりするようになる、ということが建築にはあります。そうすると建築を専攻し、大学をでてから建築の仕事にたずさわることが、権力に力をあたえる仕事にすぎないとおもえて思い悩んでしまうわけです。そういうことについて意見をききたいのです。

主　（すこし苛立ちながらも、のってくる感じ）そんなことが悩みのたねなら、公共体の予算でやる公共建物の建築とか、建築会社が企業として建てるビルの建築などやらないで、小住宅建築だけやったらいいじゃないですか。簡単なことだよ。

客　それはそうかも知れませんが、大多数の建築家は一流だと世間でいわれている著名な建築家もふくめて、みんなそういう大きな傾向のなかで仕事をしています。それをみていると批判を感じ、どうしたらそれとたたかってゆけるかを考えずにいられなくなります。

主　そんなことかんがえるのは余計なことだよ。

大多数の建築家の傾向を統御しているのは建築家自身ではない。そのときどきの政治社会的な支配体制そのものだよ。そういう建築家を少数派にしたり、叩きだしたりするという課題は、建築の問題でもなければ、建築家の問題でもなく、たいへん高度な政治的な問題ですよ。建築家になろうとするものがそんなに苛立ったり、騒いだりするのは余計なことなんだ。貴方が建築を専攻し、これから将来建築をやってゆこうとおもい、なおかつそういう建築界の主流の傾向に従いたくないなら、じぶんの生活と実力の及ぶかぎりで、すぐれた小住宅建築の様式をじぶんでつくりだし、そういう小住宅を一戸ずつでも建ててゆくという方法をとるよりほかないでしょう。そういうことは、原理的にとっくに解かれている問題ですよ。

客　小住宅建築にしても資本家の建築企業としてやられているわけでしょう。おなじことではないでしょうか。

主　それはおなじことかもしれない。けれど、住宅建築は、もとをただせば、住宅難にあえいでいるひとたちが、零細な金を長年月かけて蓄積して、住んで生活するために必要な家をもとうとする動機にねざしています。

建物自体の空間を、企業の対象にしようとか、公共体の機関につかおうという動機とはまったくちがうものだ。そして住居を所有しようとして、高額を支払って、お粗末な家屋しか手に入れられないというのが大多数のひとたちの現状でしょう。

客　そんなことで、現在、建築家が一流になるほど、公共建物や巨大な企業ビルの建築にわれもわれもと殺到してゆくような傾向を黙視してよいのでしょうか。丹下健三や谷口吉郎やおなじ傾向の若い建築家たちと批判的にたたかわなくていいのでしょうか。

主　どうも貴方のいうのをきいていると、建築を専攻し、将来建築家としてやっていこうという貴方自身の意志とはかけはなれたところでものをいっているような気がする。だれだって丹下健三や谷口吉郎などの造りちらす醜悪なグロテスクな建築物に批判をもっているさ。ただ、しがねえ個々の建築家などをやっつけたってなんの解決にもならないとおもっているから黙っているだけさ。

貴方のいだいている疑問は、羽仁五郎とかジャーナリズムや左翼文壇に巣くっている学生運動あがりとかにぶつければ、好意的に迎えてくれる疑問じゃないのかな。

そういう連中は、ぜんぶ理論的に駄目なんだ。

貴方が建築物という建築物のガラス窓を破壊しようとかんがえたとする。そのためには、即物的に一枚一枚の窓ガラスを叩きわってゆくのが唯一の方法ですよ。けれど貴方が公共の建築物や大企業ビルの威圧力や物神性を叩きこわして、それに吸収されてゆく建築家たちのイメージを破壊しようとかんがえたとする。そのときには個々の建築物や建築家を破壊しても無効なんだ。唯一の方法は、ただひとつの政治的な上層観念を破壊する以外にないんだ。それは高度な政治的課題で、建築家の問題ではありませんよ。

また、建築技術や建築美学の内部で丹下健三や谷口吉郎を破壊するためには、貴方が建築の技術、創造性、芸術性で、かれらをかけ値なしに抜き去る以外に方法はないのです。それは貴方に生涯の研鑽を強いるはずです。

つまりぼくが貴方にいいたいのは、観念に属するものを破壊したいときには個々の観念にかかずらわずに、最上位の観念に打撃をあたえるのが唯一の方法であり、具体的な何かを破壊したいときには、即物的に個々に破壊するほかに全体にわたる方法はないということです。万博にたいして反万博をなどといっている連中にはそれがわかっていないんだ。しかしこういうことは、じっさいにやってみるまでもなく、すでに原理的にはっきりしていることなんですよ。

ぼくはもう一度貴方にすすめますが、もしこれから生涯にわたって建築家としてやってゆくつもりがあり、しかも公共建築や大企業ビルの建設を商売として割りきれずに疑問をもつのなら、じぶんの技術と経済力でできる範囲から出発することで結構だから、安上りで創造的でしかも生活に適した機能をもつ小住宅をじぶんの手で設計して、ひとつでもふたつでも造ってゆくようにしたらいいとおもいますよ。大衆はだれもそういう住宅がつくられることを望んでいるのです。丹下健三や谷口吉郎が設計した建築のくだらなさや、建築家としての卑しい態度を批判することなんか、第二義以下の問題で、貴方にとってほんとうはどうだっていいことです。

貴方のいうように、貴方たちと話しあってもいいけれど、なんだか問題の出され方が場ちがいであるような気がします。もっとおたがいに問題を煮つめた頃合いをはかって会いましょう。

（「或る晩の電話による対話」）

或る晩、かかってきた電話口にでて、これくらいの内容を話しあうのに小一時間かかった。この種の不意打ちの電話は、べつに珍らしいことではない。しかし問答のあいだに、わたしはだんだん苛立ち腹がたってきた。もちろん電話の向う側にいる建築科の学生にたいしてではない。量産の新建材をつかっているため、入居した途端に、気管支が弱く、もともと過敏性の体質をもった家族が喘息に悩まされるハメになったような、ちゃちな住宅のために、膨大な（わたしにとって）借金を背負っているじぶんの姿が道化じみてみえてきたからだ。そして入居したとたんに、喘息様の発作や慢性気管支炎の症状を呈するようになった入居者のことは、ほかにもいくつか直接に見聞して知っていた。まず、わたしの素人判断の経過を開陳してみる。なぜに家族の一人が喘息症状を呈するようになったかについてである。

はじめに、わたしは引越しによる環境の変化の影響をかんがえてみた。過去におおよそ一年半くらいに一回の割合で転居してきた体験があるが、この種の喘息様の症状になったことは一度もなかった。それからかんがえても、環境の変化の影響はいくら誇大にみつもっても、ネグレジブル・スモールであるとおもわれた。つぎに壁や押入れの不完全乾燥のためにおこる湿分過剰の影響を勘定にいれてみた。そこで乾燥を促進させるために、押入れにはスノコを敷くというようないくつかの対策を実行した。しかし、この影響もたとえあったとしてもネグレジブル・スモールであるとしかかんがえられなかった。対策を実行したあとでも家族の喘息の発作はおこったからである。また、心因もかんがえてみたが、定期的な借金返済の圧迫感をのぞけば、それ以前とべつに変化はないとしかいえない。そこで最後に思いあたったことは、新建材の強化や、壁とはり板の塗装につかわれている人造高分子物質や溶剤が、暖房によって徐々に蒸発したり化学変化を起したり、また、身体に接触したりするからではなかろうかということであった。そして冬期に部屋を閉めきっているとき、廃ガスがのぼる二階にいると、調子がよくないということをふくめて、この最後の原因がもっともありうべきことにおもわれた。

こういう住宅建築上の公害（？）について、住宅建築用塗料や接着剤の適性基準すら設定しえないで、国家や地方自治体の予算や、大企業の支出をかりて、自己満足としかいいようがない醜悪でグロテスクな建築を設計している建築家たちは批判さるべきではないのか。

もちろん、わたしは建築家たちが国家や地方自治体や建設企業と結託していること自体を批判しようというのではない。住宅建築は人間がそこに生存するために、外界の変化と身心の変化の仕方との誤差を緩和するためのものであり、公共建築はごくふつうのひとびとに奉仕するために、奉仕する機関の成員が管理しているだけのものだということすら理解しようとしないため、奇妙な美学に凝っていることを批判すべきだといっているのだ。

黒川紀章の『行動建築論』をみるとつぎのようなことがかいてある。

休みの日だから、からだを休めてごろごろするとか、都心へ映画を見にいったり、公園で散歩するという消極的な過し方とは違った、もっと積極的なレクリエーションの生活がはじまるだろう。そのころには、東京・名古屋間の高速道路をはじめ、全国の主要な道路も整備され、さらに、生産的、地域経済的な意味とはまた違ったレクリエーション道路網も完備するだろう。そうなると、レクリエーションの週ともなれば人々は本格的な自然を楽しむために、山に海にと出かけることになる。そして金持ち趣味のぜいたくな別荘という意味ではなく、第二の週、レクリエーションの週の生活のための第二の家（セカンド・ハウス）が出現する。

国も当然、休養住宅融資制度をつくることにもなるだろうし、量産方式のプレハブ・レクリエーション・ハウスも市販されるだろう。レクリエーションともなれば一年ごとに、あるいは数年ごとに、山から海へと場所をかえたり、毎週自家用車でひっぱっていけるような軽量の組立て式のものとか、トレーラー・ハウスが便利になる。

以前、スウェーデンで、自動車会社が軽量コンパクトなトレーラー・ハウスを売り出していたのを見たが、わが国でも自動車会社がこの分野に進出してくるだろう。セキスイハウスが試作した、プラスチック製のセキスイキャビンもレクリエーション・ハウス向きのプレハブ住宅として注目されたが、いずれにしても動くものである以上、軽量さと精度が要求され、プラスチック、アルミニウム、薄鋼板といった軽い材料が使われることになるだろう。

わたしは、「プラスチック、アルミニウム、薄鋼板といった軽い材料が使われることになるだろう。」というところにきて、ぞおっとした。ここではレクリエーション・ハウスだからまだしも、こんな建材の家屋で、長年月のあいだ煮たきしたり暖房をとったり、寝起きしたりしたら、人間の身体はいったいどうなるだろうか。居住者の健康をいったいたれが保証してくれることになるのだ。

黒川紀章の『行動建築論』は、理論的な骨組みを、情報理論と行動主義からそっくり頂戴したきわもの的な意味しかもっていないが、こうもかっこいいことばかりを楽天的にならべられると、さきの建築科の学生でなくても、ちょっと待ってくれといいたくもなろうというものだ。なぜならば、黒川紀章がこの著書で描いている十年後や半世紀後の構想は、ほんらいはもっとも絶望的な十年後や半世紀後の姿であるのに、〈なにもかも便利で愉しくてよくなるぞ〉というふやけた貌しかみつけることができないからだ。べつに建築家や政治家の御託宣をいただかなくても、技術の発達が自然にもってきてくれるものを、人間はことさら有難がって利用しなければならないいわれはない。わたしは科学技術の発達の成果をだまって頂戴するときは、人間はいつも意志的に不愉快な貌をしているべきだとかんがえている。黒川紀章の描いている十年後の構想は、こう書きかえられるべきである。

〈わたしたちは、十年まえに、住宅難にあえいでいるひとびとが、個性的で創造的で機能的なひとつひとつの住宅に住んで、都市の裾野を果てしなく拡げている膨大な光景を構想していた。しかし、こと志と反して、国家や地方自治体や住宅会社の企画した安上りで量産される新建材でつくった共同納骨堂のようなマンモス団地やマンションや、墓標のような高層ビルの職場にひとびとを送りこむハメになってしまった。化学知識にとぼしい建築家と、もうかれば多少の人体に危険な建材でもかまわずにおしつけてしまう建材会社とが合作して、居住者の大半を喘息もちや不安神経症にしてしまった。そこで居住者は、どうしても一定期間、のんびりと海や山の自然に触れて休息する必要がでてくる。こういうレクリエーションは、本来の目的からして、歩いてゆくか、列車でゆくか、自動車でゆくか、セカンド・ハウスを曳きずってゆくかは、それぞれの家族または個人の恣意にゆだねられるべきであるのに、ここでも人間の全生活過程や欲求について無智な建築家と、もうかれば何にでも手をだす自動車会社や合成化学会社が介入して、警察の留置所送りの車のようなトレーラー・ハウスを月賦で曳きずって、海や山へゆくハメにひとびとをおとしいれてしまった。十年まえに描いたバラ色の未来はいまいずこだ！〉

すでに、東京都内や近郊に、共同納骨堂のようなマンモス団地やマンションが建ち、構内にはあらゆる種類の商店が併設され、子供の遊び場まであり、城郭のように街並から隔離されているといった建築風景に出遭うことができる。それを設計したのは現代の建築家であり、それを造らせたのは国家や自治体や建設会社である。

ここでなにが不愉快に感じられるのだろうか？

建築家が社会的な評価をうければうけるほど、公共の建築物や大企業の建築物の設計と建設に手をだし、御用をつとめたがるようになるという傾向にたいしてだろうか？　そうではない。そんなことがたいした問題にみえるのは、さきの建築科の学生や、万博にたいして反万博をなどといっている連中だけである。わたしたちは建築家を、とくに優れた人種のあつまりだなどと買いかぶって、特別あつかいする理由などもっていない。レオナルドやミケランジェロの昔から、また奈良朝の仏師の昔から、建築家の依代《よりしろ》と方法はすこしもかわっていない。

住宅難から直接の打撃をこうむっているひとびとが、個性的で創造的で機能的で安上りの住宅をもつというユートピアが実現するまえに、国家や、自治体や、建築企業によって、劃一的な共同納骨堂のような集団住宅が、はやい速度で都市を区劃してしまうことが不愉快なのだろうか？

体験的にいえばたしかにこれは愉快ではない。また、こういう共同納骨堂に入居するにも、一定額以上の収入があることが前提条件だということも決して愉快ではない。しかし、エンゲルスがいうように、住宅難が資本制生産様式の派生的な問題であり、農村と都市との対立が消滅すれば消滅するものだし、資本制の消滅以外に住宅難の本質的な消滅はありえないとすれば、住宅建築についてのユートピアの敗北は先験的であるにすぎない。なにもそれだけとりだして不愉快がる必要はない。また、エンゲルスのいうように、現在のままでも住宅難が立ちどころに解決される方法はただひとつあり、それはありあまるほどの敷地に数人の家族しか住んでいないといった余白に、住宅難のひとびとを割りあてることだとすれば、これは高度の政治的課題に帰着するだけで、かくべつ住宅難だけをとりあげて不愉快がる必要もない。

それならば、わたしたちは、あとにのこったなにが不愉快なのだろうか？

建築たちの貌が、場所が、その眼のような窓が不愉快なのだ。その納骨堂が、墓標が、留置所おくりのトレーラー・ハウスが不愉快なのだ。

住宅難の問題は高度の政治的なそして社会的な問題であり、そこには牧歌がはいりこむ余地はないといっていい。しかし住宅そのものの問題には牧歌の余地がのこされていないわけではない。たしかにエンゲルスがいうように、土地や家屋の所有から切り離されて、よぎなく都市の雑沓のなかにまぎれこみ、職場がかわるごとに借り部屋をかえてわたりあるくひとびとの存在は、政治的なまた社会的な激動の荷い手をつくりだしたといえるかもしれない。しかし、かれらは失うべきなにものももたない以前に、感性的には郷土をはなれて都市にあつまってきたとき、すでにまっすぐに納骨堂にはいった感性の〈死者〉または〈死者〉の感性であった。しかし感性の〈死者〉または〈死者〉の感性も、また現実的には生きて生活しなければならない。〈住宅〉自体の問題はエンゲルスのいうようなものではない。土地所有とも住宅難の問題ともちがった位相の問題である。〈家族〉の問題が、共同体の問題とも個人の問題ともちがった位相の問題としてありうるちょうどその度合いにおいて、〈住宅〉自体の問題はありうるのだ。それゆえ住宅難にあえいでいるひとびとは、住宅問題の大勢を、国家や地方自治体や建築企業に制圧されながらも、零細な個別的な蓄積をたよりにして、個々に豆粒のような住宅を手に入れようとする試みによって、この大勢に抗うのである。もしも建築家が、創造的にこの大衆の抗いに加担するならば、たとえわずかな絶望的な度合いであっても、この抗いは功を奏するというべきである。

　わたしの住んでいる近所には〈江戸の裏店《うらだな》〉の名残りをとどめているような露路がある。一間ほどの路幅をへだてて、両側に低い傾いた軒並がつづいている。現在、東京でみうけられるどんな格子戸よりも目のこまかい格子をもったガラス戸がはまっていて、その奥はすぐにせまい上りかまちである。そしてこの裏店の特徴は、玄関の格子戸の敷居が地面と同じ高さにあることである。そんな馬鹿なことはないといっても事実だから仕方がない。つまり文字通り〈敷居が高くない〉のである。

　この裏店の露路をとおりぬけるとき、いまもわたしは慰安を感ずる。住人たちは、玄関わきや窓のところに台をつくって、ミカン箱に土を入れただけの植木鉢をおき、都わすれ（朝鮮よめな）や、朝顔や、ペンペン草や、毒だみなどをおなじ鉢に雑多に植えこんでいる。季節がくると、その裏店のせまい露路や低い格子戸の家先を賑やかにする。

　なぜこの露路裏の住人は、ほんとうは手間がよくかかっている手作りの野原の草をあつめたような鉢をつくるのだろう？　この世界が惨苦にみちているので、ほっと一息入れる時間をもちたいからだろうか？　それとも子供のときはまだ残っていた〈江戸〉を、手作りの鉢のなかにだけ残したいからだろうか？　それとも、この世界で丹精するに値いするのは、この野草を雑多に植えこんだ鉢植だけだとかんがえているからだろうか？

　わたしはこういう露路うらをとおりながら陰惨な感じをうけたことがない。わたしには荷風のような反時代思想としての江戸趣味もなければ、おぞましいまでの江戸文人的な家系意識もない。（もっとも家系もないのだが）。だがこういう店子たちに、モダンな共同納骨堂のようなマンモス団地やマンションを、無料提供するから移住しないかとすすめたとしても、この露路うらの店子たちが、とびついてゆくとはとうてい思えないのである。こんな裏店には、非衛生的な、非機能的な、不健康なといったような、現代的な基準からは、あらゆる否定的なレッテルを貼ることができるだろうが、なにかわからぬ不羈なたたずまいが、ある。そしてこの不羈なたたずまいこそが、現在の住宅難にあえぐひとびとが個別的にもしもちうるならば持つべき個々の住宅の様式であるとおもえる。

　荷風は『下谷叢話』のなかで、江戸末の詩人大沼枕山にふれてこうかいている。

> 弘化二年の夏梁川星巌が江戸を去り、菊池五山、岡本花亭、宮沢雲山等寛政文化の諸老が相継いで淪謝するに及び、枕山はおのづから江戸詩壇の牛耳を執るに至つたのである。然し嘉永安政の世は文化文政の時の如く芸文に幸なる時代ではなかつた。枕山が時世に対する感慨は「春懐」と題する長短七首の作に言はれてゐる。其の一に曰く、「化政極盛ノ日。才俊各々声ヲ馳ス。果然文章ハ貴シ。奎光太ダ照明。上下財用ハ足ル。交際心ハ誠ヲ存ス。宇内円月ノ如シ。十分ニ善ク盈ヲ持ス。耳ハ只歌管ヲ聴キ、目ニ甲兵ヲ見ズ。余沢花木ニ及ビ、名墅春栄ヲ争フ、人非ニシテ城郭ハ是ナリ。我モ亦老丁令。」

わたくしは枕山が尊王攘夷の輿論日に〳〵熾ならむとするの時、徒に化政極盛の日を追慕して止まざる胸中を想像するにつけて、おのづから大正の今日、わたくしは時代思潮変遷の危機に際しながら、独旧時の文芸にのみ恋々としてゐる自家の傾向を顧みて、更に悵然たらざることを得ない。

荷風は枕山のなかにじぶんを発見した。枕山が、かたくなにいわゆる〈御一新〉に背をむけたように、荷風はかたくなに大正末のヒューマニズムとマルクス主義の擡頭に背をむけた。しかしながら荷風はたんに江戸を回顧しただけでは不安であった。そこでじぶんの家系にたいする自負のようなものにすがろうとして、まんざら自家の系譜と関係がないわけではない大沼枕山をとらえたのである。荷風の家系意識が奇妙な熱気をもってくる分だけ、『下谷叢話』は卑しくされている。

わたしはもともと、フィジカルな意味でもメタフィジカルな意味でも家系意識などというものを好まない。文人気質などというものも好まない。そういう連中はおおく俗物的なにせ隠者である。

わたしが〈江戸〉をみるのは裏店の〈江戸〉である。ごく常識的にかんがえて、江戸の裏店の素町人たちは、もし商家や細工屋に丁稚奉公にでかけ、十年の奉公と一年の礼奉公のはてに、のれんわけされるまでの忍従にたえなければ、巷のあんちゃんになって、日々かつぎ商いやその他のその日ぐらしを業とするよりほかに道がなかった。また、家がはじめから一人欠ければその日の手内職にもさしつかえるといった窮迫状態にあれば、丁稚奉公も叶わなかった。そうだとすればかれらはふてくされて地廻りになるか、かつぎ商いや縁日の香具師になって生活をたてるより仕方がなかった。これらの住む裏店もまた、かれらのおそまつな納骨堂であったという理由で、現在のマンモス団地やマンションとすこしもかわらないといっていい。けれども江戸の裏店の住人には希望も絶望も陳腐であったとおもえる。しかし新建材や、新塗料や、新接着剤や、現代の建築家の新技術によってつくられた建売住宅や、マンモス団地や、マンションの住人は、ただ明るくほがらかに絶望しうるだけであるようにみえる。

修景の論理

第三条　都市公園法（以下「法」という。）第二条第二項第二号の政令で定める修景施設は、植栽、芝生《ふ》、花壇、いけがき、日陰たな、噴水、水流、池、滝、つき山、彫像、燈籠《ろう》、石組、飛石その他これらに類するものとする。

2　法第二条第二項第三号の政令で定める休養施設は、休憩所、ベンチ、野外卓、ピクニック場、野営場その他これらに類するものとする。

3　法第二条第二項第四号の政令で定める遊戯施設は、ぶらんこ、すべり台、シーソー、ジャングルジム、ラダー、砂場、徒渉池、舟遊場、魚つり場、メリーゴーラウンド、遊戯用電車、野外ダンス場その他これらに類するものとする。

4　法第二条第二項第五号の政令で定める運動施設は、野球場（もっぱら職業野球団の用に供されるものを除く。）陸上競技場、蹴《しゅう》球場、庭球場、バスケットボール場、バレーボール場、ゴルフ場、水泳プール、漕《そう》艇場、スケート場、すもう場、弓場、鉄棒、つり輪その他これらに類するもの並びにこれらに附属する観覧席、更衣所、控室、運動用具倉庫、シャワーその他これらに類する工作物とする。

5　法第二条第二項第六号の政令で定める教養施設は、植物園、温室、分区園、動物園、動物舎、水族館、野外劇場、野外音楽堂、図書館、陳列館、屋外ラジオ聴取施設、天体又は気象観測施設、記念碑その他これらに類するもの並びに古墳、城跡、旧宅その他の遺跡及びこれらを復原したもので歴史上又は学術上価値の高いもの（以下「遺跡等」という。）とする。

6　法第二条第二項第七号の政令で定める便益施設は、売店、軽飲食店（料理店、カフェー、バー、キャバレー、旅館その他これらに類するもの以外の飲食店をいう。以下同じ。）、簡易宿泊施設（ヒュッテ、バンガロー、旅館等もっぱら宿泊の用に供される施設で簡素なものをいう。以下同じ。）駐車場及び便所並びに荷物預り所、時計台、水飲場、手洗場その他これらに類するものとする。

7　法第二条第二項第八号の政令で定める管理施設は、門、さく、管理事務所、詰所、倉庫、車庫、材料置場、苗畑、掲示板、標識、照明施設、ごみ処理場、くず箱、水道、井戸、暗渠《きよ》、水門、護岸、擁壁その他これらに類するものとする。

8　法第二条第二項第九号の政令で定める施設は、展望台及び集会所とする。（「都市公園法施行令」第二章「公園施設」）

わたしの住んでいる近所で、子供をつれてふらふら歩いてゆける範囲で、おおよそ十カ所くらい小さな〈公園〉がある。そしてそのほとんどがここ一年くらいのあいだに、すこしずつ変貌をとげている。そしてこの変貌の仕方には一定のパターンが感じられる。よくわからないが、一定の方法をもった設計家たちがこの変貌に関与しているようにおもえる。いま、この変貌の仕方を初等数学の言葉でいえば、単純な加法になぞらえることができよう。変貌はただ、わたしの少年のころにもすでにあった〈公園〉の定型に、〈新しい部分〉を加算しただけで、総合的な構成の変貌とはいえない。しかし、わたしはしばしば、子供をひとりで遊ばせながら、この変貌の意味についてかんがえることがあった。

いい年をして〈公園〉のベンチに腰かけて、とりとめもないことをかんがえているときの心理は、平日の午前に映画館にはいったときの心理によくにている。こういう時刻に映画館にはいっているのは、老人か主婦かそうでなければ定職のない一見やくざ風の青年たちか、バーのホステス風の女性たちである。いずれにせよ、じぶんの生涯に負けとおしてきたといったような奇妙なうら哀しさみたいなものが館内にただよっていて、とうとうおれも余計者といったところまで落ちついたかといった切実な喪失感がやってくる。〈公園〉にやってくる人種も、あまり変りがない。わたしは近来、〈公園〉のベンチに腰かけて子供の遊びを見守りながらひなたぼっこや編みものなどをしている若い主婦たちをみて、彼女たちの貌に平安のかげをみたことがないようにおもう。のんびりしているようにみえるのはうわべだけで、なにかしら焦慮をおしかくしている。彼女たちからみると、わたしのほうがもっとひどい貌つきをしているにちがいない。しかし、ふととおりすぎる焦慮をおし殺して、もう何十年もこうやって〈公園〉のベンチに腰かけて、日盛りの空を見あげることなどなかったことに思いあたる。いまだって、ほんとうはそういう瞬間をもっているわけではなく、絞りだすような無理な飢渇の時間であるといってよいのかもしれない。

けれど〈公園〉というと、わたしにはうらぶれたイメージしかやってこないのはなぜだろう？　それほど遊びや悪戯とむすびつかないのはどういうわけだろうか？

少年のころ、現在の東京港に面した〈晴海〉地区は、四号埋立地とよばれていた。子供たちのあいだではたんに〈四号地〉とよばれていた。四号地はそのほとんど全部が〈よし〉や〈たんぽぽ〉や〈すみれ〉や〈つめ草〉や〈ぺんぺん草〉やそのほかの雑草でおおわれていた。そして東京湾に面した一角に、海砂を掘りあげて積んだこんもりとした砂地が、一段もりあがってつづいていた。そこは、わたしたちがバッタやトンボやヨシキリの巣をみつけたり、暴れまわって遊んだりする天然の遊楽地であった。いいかえれば〈公園〉でも〈広場〉でもないただの〈原っぱ〉であった。

小学校の最後の夏休みのこと、虚弱児だけをあつめた夏期集団生活の訓練が、この埋立地でおこなわれ、わたしはそのなかにほうりこまれた。このときただの〈原っぱ〉である四号地は、わたしにとってなにか別のものに変貌したのである。朝から夕刻まで、看護法の訓練、学課の予習、午睡、集団遊戯と工作といった時間割にしたがって実習がくりかえされた。わたしにとって四号地は、たれからも制約されずにとびまわり、なにをしてもとがめられない〈原っぱ〉であった。ところが、集団生活のあいだで、四号地には眼にみえない柵がはりめぐらされ、わたしは仲間たちと遊びながら、その遊びには〈自由〉の感じがなくなっているのがわかった。また、じじつ無鉄砲に遠くまでゆくことも、きまった時間割をはみだして遊ぶことも禁じられた。わたしたちが集団遊戯をしていると、昨日まで一緒にこの埋立地をわがもの顔にとびまわっていた仲間の悪童たちが、もの珍らしそうにまわりをとりまいて見物したり、〈すますな、すますな〉などという冷かしの言葉を投げつけてきたりした。わたしのほうも恥しさと照れくさい感じとがまじりあって、まともに悪童たちのほうをみることができなかった。〈ここはおれたちがいつも勝手気ままにとびまわって遊んでいる埋立地である。顔みしりの悪童たちもきている。かれらはいま勝手に意のままにとびまわって遊ぶこともできる。けれどおれはいまかれらと一緒に勝手に遊ぶことができないでいる。この距たりはなんであるのか。おれが虚弱児で悪童たちは健康児だからか。そんなことはない。すくなくとも勝手にこの原っぱをとびまわって、わがもの顔な振舞いができるという点で、おれと悪童たちのあいだには体力と健康のひらきはない。おれはなぜいつも恥しくて仕方がないホウタイの巻き方や担架のかつぎ方の訓練をやったり、保健館さしまわしの看護婦たちのつくった栄養食をたべたり、ふだん飲んだこともない獣くさい牛乳をおやつ代りに飲まされたり、女の子のやるように、れんげ草を編んで日時計をつくったりということをしなければならないのか。それにひきかえ悪童どもはどうしてこういう集団生活をまぬかれ、好きな時間に原っぱにやってきて、勝手に遊び、勝手に帰ることができるのか。〉わたしがこのとき感じた疎隔感はこういうことであった。このときのなにかに拉し去られているという感じは、ながく記憶の核としてとどまっている。おなじ馴染ふかい〈原っぱ〉は、悪童たちとわたしのあいだで、また、昨日のわたしと今日のわたしのあいだで、まったく異質のものに変わってしまっている。そういうことはありうるのだ。なぜだかわからないが、そういうことはありうるのだ。眼にみえない柵のむこうには、悪童たちの自由な時間が流れ、柵のこちらでは、すべての自由も、すべての遊びもなんのためか、たれのためかわからぬ当為にかわってしまう時間がある。そして埋立地の〈原っぱ〉は、柵のこちらがわでは当為としての〈原っぱ〉にかわってしまっている。

　後になって気づいたところでは、そのときわたしたちは特別保健地区のモデル運動にくみこまれ、その当為から拉し去られていたのであった。このとき、夏期集団生活のなかで感じた恥しさや照れくささは、地区の保健医や看護婦や区役所によって企画された保健運動の理念が、じっさいに子供たちの生活環境から浮きあがっていた度合を象徴していたとかんがえればよい。しかし、かれらは、夏期集団生活の終る頃には、子供たちは健康そうな顔色になり、体重も増え、おまけにいきいきとして節度のある態度をもつようになった、と総括することもできたし、またそれが間違いでないことも実証しえたにちがいない。しかし、そういう理念が少年にあたえた心の傷については、かれらはついに生涯のうちに検討する時間をもたなかったかもしれない。

　そのころ日課のようになっていた四号埋立地での遊びのなかで、もうひとつ、消すことのできない核としてのこっている体験がある。

　或る日、わたしたち悪童連は、いつものようにバッタとりに狂奔していた。草むらのなかで休んでいると、ひとりの中年のインテリ風の男がちかよってきた。かれはボール箱の菓子折りのようなものから、駄菓子や飴玉をとりだして、悪童たちに喰べないかとすすめた。いつも駄菓子屋に駈けてゆくために、渋い顔をする父親から飴玉二個分くらいの銭をもらうのがおっくうになっているといった環境の悪童たちは、喜んでその男のさしだすものを頂戴した。しかし、同時に、その中年の男の意図がなんであるのかわからないため、いくらかの警戒心も働いていた。その男は、悪童たちに〈立ち幅とび〉をやってみせてくれないかと頼んだ。そんなことはお安い御用であった。悪童たちはその男が草むらに腰をおろしてみている前で、かわるがわる〈立ち幅とび〉をやり、しまいに夢中になって、〈おれのほうがとんだ〉とか〈ようし〉とかいいながら、とうとう〈立ち幅とび〉は、その男の注文でやっているかどうかはどうでもよいという、いつもの遊び方の境地まではいりこんでいってしまっていた。その男は満足そうに眺めていたが、やがて〈坊やたちありがとう〉といって立ち去っていった。悪童たちは、なぜその中年の男が駄菓子や飴玉をくれたのか、なぜ〈立ち幅とび〉をやらせたのか、どうしても理解できなかった。ただ、異様な出来ごとのようにながくわたしの記憶のそこに沈んでいる。

　後になってそのときの中年の男のモチーフをかんがえてみたがどうしても解釈できなかった。この中年の男は、わたしたちをうまく乗せて、ひっかかってくる悪童がいたらだまして連れてゆこうとおもった〈人さらい〉であったのだろうか。どうもそうとはおもわれない。わたしたちのような貧相な餓鬼など、ゆうかいしても、なんの役にもたたないし、親から身代金をせしめることもできない。その男の服装からかんがえても、逆にわたしたちの親から剝がれるくらいが話のおちである。それならば、わたしたちの〈立ち幅とび〉の姿をモデルとしてとどめたかったのだろうか。しかし男はカメラをもっているわけでもなければ、スケッチブックと鉛筆を手にすることもなかった。だからそういうモチーフがあったとはかんがえられない。なにかのかくれた事情があって、わたしたち悪童がわいわい遊んでいるところを眺めることに慰安を感じていたのだろうか。それにしてはその男の挙動はぎこちないところがあって、子供の遊びたわむれる姿にみとれて喜ぶ快活さに欠けていた。あれはなんであったか、という問いに、いまもわたしはすっきりした想像をはたらかせることができない。ただ場ちがいな人物が侵入してきて、場ちがいな接触の仕方をして、意図不明なしこりを心にことりと落してゆくことが、この世にはあることを知った。

　やがて四号埋立地には一隅に学校が建ち、それに隣接して〈公園〉がつくられた。しかし、悪童たちはこの〈公園〉よりも残りぜんぶの〈原っぱ〉で遊ぶほうをえらんだ。すくなくとも、わたしはこのふたつの体験をとおして、埋立地に有形の〈公園〉ができるまえから、メタフィジカルな〈公園〉のイメージをもっていた。このイメージは〈公園〉について、わたしに先入見をあたえ、偏見を植えこんでしまっていたといってよい。

もしも、ごくふつうの都市の街路を歩きながら、勝手に振舞い自由に佇ちどまり、街路の両側にならんでいるどんなビルのなかにも、住居のなかにも、ずかずかと踏みこんでいって束縛を感じないことがありうるならば、たとえその街路がアスファルト道であろうと高速道路であろうと、ビルや商店やレストランのたちならぶ盛り場であろうと、それは〈原っぱ〉なのである。また、わたしたちの街路で、じっさいにごく自然にそうであるよりも、いくらかでもとりすまして〈気取った〉ビルや商店や飲食店がならんでいるとすれば、その都市の街路を歩きながら、わたしたちは、ただ、都市の〈理念〉のなかを歩いているにすぎないのである。その〈気取り〉は、たとえ、ひとつのショー・ウィンド、ひとつの街燈、ひとつの料理、ひとつの建築様式がもっていたとしても、その街区の〈共同意志〉のあらわれにほかならないといっていい。その料理が、おなじ程度の品質の材料からつくられた他の街区のおなじ料理とくらべて、法外な値段をつけてあったとしても、その料理はたべられなければならない。なぜならば、かれは料理をたべているのではなく、ほんとうはその街区の〈共同意志〉をたべているのだからである。〈共同意志〉をたべても、味覚はみたされないかもしれないし、胃袋はふくらまないかもしれない。しかし、かれはそのとき瞬間的であっても、その街区のもっている〈気取り〉を胃袋のなかで占有することができるというべきである。

もしも、都市の街路を歩きながら、なにものかによって心を拉し去られていると感じ、街路の両側にならんでいるビルや商店や、レストランや民家が、昨日までいっしょに暴れあるいていた悪童なかまなのに、今日はなにものか眼にみえない柵の此岸と彼岸とにへだてられて存在していると感じられたとすれば、その街区は〈公園〉なのである。

しかし、近代都市というものは、例外もなくここでいう意味のメタフィジカルな〈原っぱ〉や〈公園〉という性格を拒んでしまった。街路に面してならんでいるビルや商店やレストランは、大規模であればあるほどひとびとを威圧し、たんに財布のなか身によって、ひとびとを拒もうとするだけでなく、メタフィジカルな意味でも、ひとびとの無造作な踏みこみを拒もうとする傾向を助長していった。そしてこの拒絶力を、護符のように買いとってゆくものたちだけを、うけいれてきたのである。

そこでは、むかしは悪童なかまであったはずのビルや商店やレストランまでが、〈おまえなどはみたこともない〉といったとりすました貌で、ひとびとをよそよそしく拒んだ。餓鬼時代のじぶんの悪童ぶりを抹消するために、勝手な家系などをでっちあげたりした。〈昔をしっているものは消えてくれたほうがいい〉というような貌をしだしたのである。都市はすでにどの街区でも公然とじぶんの素性と起源とをむきだしにしなくなった。都市が〈原っぱ〉や〈公園〉をもたなくなったのは、建築物が空間を埋めつくしていったからではない。それ以前にすでににじぶんでじぶんを隔離するために、ただそれだけの理由から、無意味な形態と規模の建築物で、人間が人間そのものとしてはけっして入れない空間を占有してしまったのである。

〈公園〉の起源のひとつには、むかしながらの〈庭園〉がある。そして〈庭園〉の起源のひとつは、〈自然のなかにある住居〉という観念であるといえる。

はじめに、それほど遠くない古代人たちは、あまり高くない山や丘をある方角にひかえているか、あるいは山や丘にかこまれた平地で、その平地を川が貫通しているといった場所に、〈集落〉と〈住居〉をつくった。かれらの宗教的な観念では、平地のはずれにある山や丘は信仰する祖霊があつまるところであった。川は農耕のために、この信仰の起源から灌水を運んでくるものであった。このように信仰的な名辞としての自然の景観のなかに存在する〈集落〉、あるいは〈住居〉という観念が、古代人たちの

〈街衢〉の概念であった。手易くその時期をいいあてることはできないとしても、かなりはやい時期に、個々の〈住居〉は、じぶんの胎内に、じぶんがそのなかに存在しているはずの自然の景観を再現した〈庭〉をもつようになったとかんがえられる。

　ところが、このように産みだされた〈庭〉は、いったん産みだされると、〈住居〉や住居の〈集落〉に属するよりも、〈人工化された自然〉として〈自然〉の側に属することによって、〈住居〉と対立しはじめたのである。〈庭〉がすでに、住居人が縁先からおり立って自由に歩けるものではなく、住居人が、じぶんでじぶんを禁足状態におくことで景観化したとき、〈人工的な自然〉として〈住居〉に対立するものとなった。このような段階の〈庭〉が抽象的になった形態が、いわゆる〈枯山水〉と称するものである。

　正体不明の著者による『作庭記』は、〈枯山水〉について、つぎのようにのべている。

> 池もなく遣水もなき所に、石をたつる事あり。これを枯山水となつく。その枯山水の様は、片山のきし、或野筋なとをつくりいてて、それにつきて石をたつるなり。又ひとへに山里なとのやうに、おもしろくせんとおもはは、たかき山を屋ちかくまうけて、その山のいたたきよりすそさまへ、石をせう〳〵たてくたして、このいゑをつくらむと、山のかたそわをくつし、地をひきけるあひた、おのつからほりあらはされたりける石の、そこふかきとこなめにて、ほりのくへくもなくて、そのうゑもしは石のかたかとなんとに、つかはしらをも、きりかけたるていにすへきなり。又物ひとつにとりつき、小山のさき、樹のもとつかはしらのほとりなむとに、石をたつることあるへし。但庭のおもには石をたて、せんさいをうへむこと、階下の座なとしかむこと、よういあるへきとか。

かくべつのことはいわれていない。自然のなかに〈集落〉や〈住居〉が点在しているような景観を、逆に〈住居〉の胎内に再現したくて、ミニアチュア化した自然のパターンを模写して〈住居〉の〈庭〉をつくりあげたあげく、ついに忠実な自然の模写にあきたらなくなって、いくらか抽象的に、自然のパターンを〈庭〉としてミニアチュア化しようとしたとき、いわゆる〈枯山水〉とよばれる造園様式ができあがったのである。そしてこのばあい〈庭〉に再現された自然のパターンは、信仰によって統御されたということができる。

三、四年まえ、京都へいって列車の時刻まで二時間ほどのお釣りがあったとき、駅へむかうタクシーの運転手にそそのかされて、円通寺・曼殊院・詩仙堂をかけ足で観てあるいたことがあった。案内なれした運転手は、わたしが観覧して外へでてくると、どうおもいましたかといちいちきいた。もともとそんな名庭見物の風流心などもたないから、円通寺の庭については〈いいとおもいました。ここは、もう一度きてもいいなあ〉といった。つぎに曼殊院からでてきたとき、どうでしたと問う運転手に〈すこしいいです。でも円通寺にくらべるとだめです〉とこたえた。最後に、詩仙堂からでてきたとき、どうですかときかれて〈だめです。まえの二つの庭にくらべたら問題にならないとおもいます〉といった。運転手は不服そうであった。かれの価値感では、粋をつくした詩仙堂の庭が、第一等におかれるべきだとなっていたかもしれない。しかし詩仙堂を賞めるには儒学を評価するのとおなじような〈教養〉が必要である。それには無風流なものにはできない照れくささに耐える心がなければならない。運転手が不愉快がっても、風流心などまったくもちあわせない男に質問したのだから、自業自得というべきである。

昨年の秋、こんどは京都の民俗史について学殖のある知り合いのタクシーの運転手さんをわずらわせて、円通寺へゆく機会があった。行儀が悪く、たんなるヤジ馬的な観光客であるわたしと同類たちが、ぞろぞろ庭先のところで無遠慮にのぞきこんだり、足を庭先に垂らしてぶらぶら動かしながら、庭をみているのに業を煮やした案内の坊主が、突然、瞋りだした。坊主のいうことはこういうことであった。〈そもそも庭というものは、庭さきから二枚目の内側の畳に坐ってみるようにできているのだ。そうやってみてみろ。この枯山水の庭の背景は、比叡山がちょうどよくおさまるようにできているのだ〉。観光客は一瞬鼻白んだが、坊主のいうとおりに、ぞろぞろ二枚目の畳のうえに坐りなおした。そこまではよかったのだが、瞋りを収めた坊主は、とうとう〈ここはそもそも何とか天皇が修学院に行かれるまえにおられたところで〉からはじまって〈先年、何とか大臣をしておられた河野一郎さんが立寄られて、たいへん見事な庭だとお賞めになった〉と口走りはじめた。そのときまで、わたしのような無知な観光客に連日ぞろぞろ踏みこまれても、寺の維持のためには我慢して観覧料をかきあつめ、ときには〈庭〉の解説もやってのけなければならない坊主の気持をおしはかって、この坊主のヒステリーに同情していたが、それをきいたとたんに嫌な感じになってきた。禅宗の坊主にはこういう手合の俗物がおおい。せっかく頭を丸めても、打座してもすべて無効なのだ。こういう坊主には、人間にとってもっともラジカルな課題は、人間そのものなのだということがわからないだけではない。人間にとってもっとも自然な課題は、人間の恣意性なのだということがわかっていないのだ。わたしはしだいに河野一郎にわかるような良さを誇示している〈庭〉を賞めるわけにはいかない気もちがしてきた。円通寺の波うつ草ばかりでできているような〈庭〉を、枯山水とよぶべきかどうかはしらない。だが、この波うつ草をしきつめただけのような〈庭〉にたいする驚きは、よくもこういう単調で人工的にウェーブをかけたような〈庭〉をつくるのに打ちこんだものだという感慨からきている。この造園が正気な人間の手によってなされたものだとすれば、かれはよほどの気恥しさに耐えるだけの動機をもっていたにちがいない。かれは〈住居〉の庭として〈公園〉をつくろうとせずに〈原っぱ〉を人工的につくろうとしたのである。かれは平地の湖水がすきであったのかもしれない。山あり池あり、石あり山筋や野筋の築地ありといった道具だてては、かれには一切不要であった。平坦な単調なさざ波がくりかえされる水の面を、水なしにつくるということがすべてであった。人間は、新約聖書の主人公ほどの能力をあたえられていないかぎり、水の面をわたたって歩くことができない。それゆえ円通寺の〈庭〉は、まず修景そのものの本質によって、人間がそこにおりたって歩くことが先験的に不可能なように造形されている。庭はまず主題そのものによって、完全に寺の建築そのものと対立している。しかも、人間にたいして禁足状態を強いたままで〈原っぱ〉を実現するという矛盾をやってのけている。遊びにゆくことができない〈原っぱ〉、不可能な〈原っぱ〉、エピソードのありえない〈原っぱ〉というのが、円通寺の〈庭〉の本質であるというほかはない。わたしにはこれを造形した人物は、案内の坊主の思惑などにひっかかってこないような男におもわれた。

わが国の近代都市公園の起源は、関口鍈太郎編著の『造園技術』によれば、ひとつは寺院と神社の〈境内〉であり、もうひとつは防火用の空地である〈火除地〉であった。これらはいずれも江戸期から大衆の行楽、遊宴の場所であり、見世物や大道芸人や香具師たちの露天の店が立ち、水茶屋がかかったりする場所であった。江戸期には、もちろん日々の職におわれている庶民が、ときたま自然に触れて安息をもとめるというモチーフは無意味であった。自然はすぐ手近にあったからである。ただかれらは、かくべつの経済的な出費なしにも可能な遊楽を、こういう場所にもとめるよりほかなかったといえる。

明治六年の太政官布告以後の近代都市公園の概念は、寺院や神社や火除地のもつ意味をかえていった。そこでは、都市に追われてゆく〈自然〉を、一定の空間に罐詰めにして、ひとびとの接触に供するという意味あいが、しだいに強調されていった。そして遊楽地としての寺院や神社の〈境内〉のもつ意味は、〈公園〉の概念から切りはなされて、縁日ごとの出詣りのかたちでひとまとめにされ、見世物や芝居は、少数を例外として小さな劇場のかたちで〈街衢〉のなかに溶けこんでしまったということができる。大震災以後、これに加えられた要素としては、小学校の近辺につくられた子供のための〈公園〉である。そしてしだいに〈公園〉といえば、子供のための公園だとかんがえられるまでに、都市公園の意味は変化してしまった。

しかし、わたしの少年期の体験からおしはかれば、〈公園〉にいって遊ぶといったことは、子供たちの遊びのなかでわずかな部分しか占めていない。〈公園〉といえば、しょんぼりとしたブランコと滑り台とジャングルジムと水飲み場と砂場をもった、がらんとした空間という印象しかなかったようにおもわれる。砂利とうえこまれた灌木とがこういう〈公園〉の象徴的なイメージである。わたしや近所の悪童仲間たちが、ほんとうに〈公園〉とみなしたのは、街路と入り組んだ露路のつながりが、子供の意識のなかでひとつに構成されている近所の街区そのものであった。多少よそよそしい気分なしには、近隣のがらんとした〈公園〉で遊ぶということはなかった。

都市公園の命脈は、地域ごとの〈公園〉が、設備としても、安息地としても、緑地としても、大人たちから見捨てられたときに尽きてしまったといえる。子供たちはもともと街区そのものを〈公園〉とみなすことはあっても、〈公園〉そのものを公園とみなすことは、まずありえないからである。子供たちにとって地区につくられた〈公園〉は、わざとらしく、またよそよそしい大人たちのもったいぶった恵贈品であり、自由な街路や入り組んだ露路からできている子供たちのメタフィジカルな〈公園〉を、いくらか温情的であり、またいくらかは押しつけがましい親切であり、また、いくらかは教訓的な意味をふくんだフィジカルな〈公園〉によって寸断してしまうものにほかならなかった。そして遊ぶときには公園で遊べ、車で危険な街路に落書きしたり、水に溺れそうなおそれのある水辺で遊んではならないと教師たちにどなりつけられるのが常のことだった。子供たちが修景施設としての〈公園〉を好まないのは、べつだん不道徳をモットーとしていなくても、修身や道徳の授業を好まないのとおなじことである。

ところで、ここ数年のあいだに思いがけない方向から、子供たちのメタフィジカルな〈公園〉は圧迫されるようになった。かれらの街路や入り組んだ露路は、車一台がとおりぬけられるかぎりは、交通の殺到によって圧迫され、車の氾らんや、置場によって占拠されるようになったのである。かれらのメタフィジカルな〈公園〉は、その空間的な基盤をつぎつぎに喪失していった。そして行くところがなくなって、かれらはふたたび、さびれきったちいさな地区の都市公園に追いこまれていった。踏み板のこわれたブランコや、錆ついたジャングルジムや、あばたのような隆起のあるみかげ石の滑り台に、かれらはふたたび手を掛けるようになったのである。この余儀ない子供たちの後退に呼応するように、都市公園はいくらかの罪亡ぼしの意味もふくめて〈新たな部分〉をつけくわえた。この〈新たな部分〉は、極彩色に塗られたコンクリート製の築き山であったり、円筒形の飛び石であったり、動物の模造であったり、セメントの樽でつくったような太鼓橋であったりする。ときには、貝殻やかたつむりのような形をしたコンクリート製の宇宙船である。つまり都市組織工学にむすびつけられた建築設計家たちは、超モダンでちゃちな〈枯山水〉を、〈公園〉のなかにしつらえて子供たちに提供しはじめたのである。しかし子供たちが欲しいのはコンクリートつくりの極彩色の〈枯山水〉ではなくて、街路と入りくんだ露路とから成立っている〈街衢〉そのものの占有である。

畸型の論理

(1)そもそも通常人とは、実在しない抽象化された人であって、問題は、具体的状態において、その立場におかれた通常の能力をそなえた人に、どういう行動が合理的に期待されるか、ということである。アメリカ法では、reasonable man under like circumstances（同様な状況下におかれた合理的な人間）を基準として過失を考えているが（Restatement of Torts §283）、それはまさにこのことを意味している。

(2)近代法においては、ひとは、他人の行為について責任を負うことなく、自己の行為についてのみ責任を負うという、自己責任の原則または個人責任の原則が確立されている。

過失責任の原則は、自己の行為に過失があることを責任の根拠としているから、過失責任の原則がとられているかぎり、自己責任の原則はその当然の前提となっている。もっとも、親権者が子の行為について、また使用者が被用者の行為について、責任を負うことがあるが（714・715）、それもやはり監督上の注意義務を怠ったことを根拠としており、注意義務を怠らなかったことを立証すれば責任を免れるものとされている。（加藤一郎「不法行為の一般的成立要件」）

いまここで、いささか疑問としてとりあげたい概念は「その立場におかれた通常の能力をそなえた人」と「監督上の注意義務」という概念とである。もっと具体的にいえば「通常の能力をそなえた人」という概念は成立しうるか（実在しうるかではない）ということと、「監督上の注意義務」という概念は、一般的にいって大学教授と学生とのあいだの関係についても拡大しうるかということである。もちろん、わたしは民法上の不法行為に関心をもっているわけではない。「通常の能力をそなえた人」も「監督上の注意義務」も、あるスイッチを切りかえれば、ひとりの人間のなかで法律用語からメタフィジカルな用語に転化する契機があるはずではないのか。そのとき加藤一郎の内面にどんな色彩の絵具が氾濫するのだろうか。

わたしがことさらこのふたつのことにこだわるのは、東大総長代行時代から東大総長就任後にかけての加藤一郎の挙動が、このふたつの点について疑義をいだかせるところがあるからである。もちろん、わたしが加藤一郎にこだわるのは、かれがいわゆる東大紛争の責任者のひとりだからである。ではどうしてわたしは東大紛争にこだわるか、ということになると、かくべつ理由があるわけではない。大学紛争の範型をもとめるつもりならば、べつだん〈東大〉にそれをもとめる必要はないといえる。ただ、眼のまえをとおりすぎるニューズをおおざっぱに観察したところでは、紛争大学の教授たち、評議員たちの挙動には、おもな筋で加藤一郎の挙動を範型としている点がみつけられる。とくに、政府にたいする挙動と、機動隊にたいする挙動についてその感が深い。そうだとすれば、加藤一郎の挙動が「その立場におかれた通常の能力をそなえた人」に該当するかどうか、加藤一郎が学生にたいして「監督上の注意義務」があるかどうかという問題は、すべての紛争大学の管理者の内面と外面にまで拡張しうる点をもっているといっていい。

具体的にいえば、まず、一月十八日の安田講堂事件以後、学生がちょっとでも大学内で集団示威をやれば、すぐに機動隊を構内に呼び込むという鉄面皮な〈範例〉を、専門の不法行為についてではなく、大学紛争について真さきにつくったのは加藤一郎である。この〈範例〉以後、紛争大学の責任者はなんの痛みもなくつぎつぎに、じぶんたちの学生を鎮圧するのにすぐれた装備をもった機動隊の学内導入を依頼するようになった。この〈範例〉は、日本近代教育史上に時期を劃する悪〈範例〉であることを、加藤をはじめ大学の教授や責任者たちは胆に銘じておいたほうがいいようにおもう。教授と事務職員と学生しかいない大学構内で、じぶんの教授すべき学生たちを怖れて、白昼散歩することもできないという状態で、この連中は、なにを学生に〈教え〉ようとするのだろうか。しかも、学生たちの集団示威が学内におこなわれれば、いかに子供だましの武器とはいえ、武器をもてあそぶことを専門に訓練された機動隊を呼びいれてこれを追い散らす。そこには論理もなければ、知的な優位もなく、人格的な規範力もない。そしておそらく、「その立場におかれた通常の能力をそなえた人」も存在しないのである。こういう状態のなかで、加藤一郎らはなにを守りたいのか、なにをしたいのか、わたしには了解することができない。することがなければ引退してごろごろ寝ころんでいればよいのだ。辞任するジェスチャーを公表したあとで、なぜしゃしゃりでて、ことさら悪〈範例〉をつくるために奔走したりするのだろうか。そればかりではない。加藤らは、タイホされた学生にたいする公訴をたすけるために、いかにも実務的法家のいやらしさをまるだしにして、かれらを告訴している。これほどひどい男たちを、わたしは知らない。

政府にたいする挙動についてもまったくおなじことがいえる。いわゆる〈大学立法〉の成立にさいして、かれらはつぎのように発言している。

加藤一郎　大学法案が異常な方法で採決され成立するに至ったことに対して、私は強い憤りを持って抗議する。(中略)

大学人の多くが反対しているこの法案が強行されたことは、大学人に強い衝撃を与えるとともに、法律としての権威を疑わせるものである。このことは、法律の内容上の問題点とあいまって大学紛争の解決をますます困難にしていく危険をはらんでいる。
私としては、法律にかかわらず、大学の改革を自主的に推進していくほかに問題の真の解決の道はないと信じてきたが、この信念はいまでも変わりない。(『読売新聞』昭和四十四年八月四日)

篠原一　この採決強行は大学法案の問題として考えてはならない。ことは重大で、議会政治の命運にかかわる。政治を今国会ほど悪魔的なものと感じたことはない。(中略)
この際、国会はただちに解散されるべきであり、自民党は権力の座から降りなければなるまい。デモクラシーにとって戦後もっとも暗い日曜日——国民は忘れてはならない。(『朝日新聞』昭和四十四年八月四日)

渡辺洋三　法案の目的ですが、表向きうたっていることをみると、あちらこちらの大学で紛争がたくさん起こっていながら解決していないので、大学紛争について大学が自主的に収拾するということを前提としながら、それを国家が援助するためにこの法案を出したということになっています。しかし、あとで説明するように、その中身を見ると、表向きうたっている法案の目的と中身とは全く逆になっており、一言で言えば、法案の内容は、大学による自主的な解決でなくて、国家権力の手によって強権的に大学紛争を収拾させるということを内容にするという点に特徴があるわけです。
しかし、こういう権力の手による収拾では、ほんとうに大学紛争が解決するはずがないのであって、この点はほとんどすべての大学が一致して、この法案に反対している理由であります。(「安保体制と大学立法」)

いずれも東大教授の発言だけをひろった。そしていずれもこれ以上のレベルはかんがえられないほどハレンチな発言である。なぜならば、わたしが知っているかぎり、数多くの紛争大学のうち、大学による自主的な解決ができたところは皆無であり、ただ〈機動隊的・暴圧的解決〉いがいの例は、ほとんどひとつもみつけられないといっても過言でないからである。ことに〈東大〉は典型的にそうである。かれらはじぶんの無能さを度忘れして、おおきな口をきくべきではない。

「大学人の多くが反対しているこの法案」とのべている加藤一郎は、いったいどのようにこの「法案」に反対であるのか？　加藤らの起草にかかる「大学法案反対東大の見解」は、反対の根拠をつぎのようにのべている。

たしかに、大学はおよそ暴力と相容れない場であり、手段を選ばずに自己の主張を貫こうとすることは、動機の如何を問わず許されるべきことではない。しかし、教育の場としての大学においては、そういう学生の逸脱した行動に対しても、ただちに力をもって対処するのではなく、できるかぎりの手段を尽くして、学生の自覚と反省を促す必要がある。われわれが理性的討議によって問題を解決しようと努めてきたのも、そのためである。これに対して、なお不法な行為がくりかえされたり、緊急の危険が生じたりした場合には、東京大学はこれまでも十分な決意をもってそれに対処してきた。このような暴力の排除は、現行法のもとでも大学の自主的判断によって十分対処しうることであって、政府が教育の場の実情を十分顧みることなく力による介入をはかっても、事態はけっして解決されるものではない。

これはいったいなんのことだ。学生たちが集団的な〈暴力〉をふるったら、現行法でも機動隊をよんで排除できるのだから、大学法案はいらないといっているだけではないか。しかもそれよりもひどいのは、「大学はおよそ暴力と相容れない場であり、手段を選ばずに自己の主張を貫こうとすることは、動機の如何を問わず許されるべきことではない。」などと鉄面皮なことを臆面もなくのべていることである。

加藤一郎は、そして〈東大〉は、自衛隊をのぞけば最大の武装力をもった機動隊・八千五百人の「暴力」を「手段を選ばずに自己の主張を貫こうとする」ために大学構内に導入し、それによって学生たちを傷害し、不具にし、拘置所におくって排除した最悪の〈元兇〉だということを度忘れしてしまったというのか?

もちろんわたしは、アメリカ法的なプラグマチズムの立場にたつ不法行為法の研究者である加藤に、ほんとうの〈暴力〉というものは、現在の世界ではさまざまな政治体制をもった（つまり社会主義とか資本主義とかいう体制をもった）〈国家〉の暴力のことだけを指す、という見解に同意すべきだなどという野暮なことをいわない。法家としての加藤にとって、現在のわが法的国家は、そのまま法的な先験性であるから、この先験性を擁護するための〈暴力〉（機動隊などの）は暴力とみなさないとかんがえられているとしても、それはこの際それでいい。大多数の大衆もまたそうかんがえているのだから。しかし、よりによって、じぶんが最高責任を負っている大学の構内に、圧倒的な武装力をもつ圧倒的な多数の機動隊の〈暴力〉を導入して、ほんらい教え子であるはずの学生たちを負傷させ、不具にし、身柄を拘置所におくった自分のすがたを鏡にうつしたことはないというのか? 〈東大〉なるものは、それでもなお、「大学法案反対」の「見解」をのべる資格があるとおもっているのか?

加藤や〈東大〉は、じぶんたちが戦争責任を不問にして滑りこんだ戦後の白っ茶けた「デモクラシー」とやらを擁護するためには、「手段を選ば」ない暴力を学生に行使しながら、政府・保守党にたいしてはルールとおりの〈話し合い〉や〈対話〉をつくしてくれることを期待しているのである。しかも、じぶんたち教授・職員層の自己暴力によって、直接身をもって学生たちをなぐり倒したというならまだ〈可愛い気〉があるが、国家の暴力をつかい、じぶんたちはおどおどしながらも、指ひとつ動かそうとはしなかったのである。

加藤のブレインとして、近代史上最大の国内武装力を大学構内に導入して、学生を弾圧した篠原一は、政府が「大学立法」を強引に成立させた日に「デモクラシーにとって戦後もっとも暗い日曜日――国民は忘れてはならない」などと「国民」にお説教をたれている。ふざけるなとはこのことだ。ひとりひとりの「国民」にあたったわけではないが、篠原のように気易く「国民」という言葉をつかわしてもらえば、「国民」は東大教授として篠原が演じた役割を断じて忘れはしない。すくなくとも、わたしにとって、戦後もっとも暗い日曜日は、一月十八・十九日加藤・篠原たちが安田講堂にこもる学生たちを弾圧するために機動隊八千余を東大構内に導入して、しゃにむに学生たちを排除したあの「日曜日」である。その〈暗さ〉は、保守政府の政治委員会が、じぶんたちに都合のいい「大学立法」を多数をたのんで議会でごりおしに成立させた、ということと同日にくらべられないほどの深い〈暗さ〉である。なぜなら、だいいちに、その日、戦後の「デモクラシー」なるものが、篠原のような戦後デモクラート自身によってかなぐりすてられ、ふみにじられたからである。このことの絶望的な〈暗さ〉は、ほとんどどんなものともくらべることはできない。もうひとつの〈暗さ〉は、〈ひとはじぶん自身がなしえない他者にたいする行為を、別のものに依存して為してはならない〉という加藤や篠原ら戦後デモクラートの思想のうち唯一の取柄である〈自己責任〉の論理を、かれらがみずから放棄したということである。もうひとつの〈暗さ〉は、かれらのように〈異なれる立場からの協力〉を理念上のうたい文句として、柔軟な思考を誇示してきたものでさえも、地金をだしてしまえば、スターリンまがいの人間〈抹殺〉の論理を行使できるものだ、ということが露呈されたことである。かれらがスターリンや毛沢東とちがうところは、スターリンや毛ならば、じかに公然とじぶんの手を汚してやれることを、卑怯だから権力の手を借りなければできないという点だけである。

こういうかれらの人格的な破産さえも勘定にいれなければ理解できないような、深い〈暗さ〉にくらべれば、大学紛争にたいする政府の介入権を確保しようとする「大学立法」のほうがはるかに〈暗さ〉はすくないといってよい。なぜならば、保安隊・自衛隊のなしくずし創設と拡大のときのように、新憲法の範囲でふるまっているようなオブラートにつつみながら、悪政策をやってのけることを常套としてきた保守的な政治委員会が、こんどの「大学立法」では、いわば素面の論理を公然と行使しているからである。

「大学立法」というのは、つまるところ政府の大学にたいする介入権をみとめさせるために、大学の〈紛争〉について広範であいまいに定義し、大学当局が〈紛争〉経過を報告すべき義務を規定し、〈紛争〉が未解決のまま長びいたときには、政府による停校、休校の指令権と勧告権を認めさせようとするものである。

これにたいする加藤らの反撥は、この法案の〈紛争〉の定義が、大学の施設の〈占拠〉や〈封鎖〉だけではなく〈授業放棄〉をふくめて正常教育、研究その他の運営の阻害もふくまれているために曖昧なものになり、〈紛争〉の解釈いかんでは、ほとんど任意の学内のもめごとに政府が介入できることになり、大学の自治や学問研究の自由という原則が侵犯されるおそれがある、という点にある。これにたいする保守政府のかんがえは、自力では自治能力もなければ、〈紛争〉をじぶんたちだけで解決する能力のない大学教授や管理者を、必要に応じて援助するだけのもので、弾圧したり大学の運営に介入したりするつもりはすこしもないという弁明につきている。いずれの言い方にも半分くらいは真実がふくまれているだろう。そしてただそれだけである。

加藤や篠原ら東大執行部が、手段を選ばぬ暴力を大学構内に導入して〈全共闘〉の学生たちに傷害をくわえ、拘置所におくって東大紛争にけりをつけようとしたとき、すでにこの程度の〈大学立法〉が立案されることは当然予測できたことである。そんなことがわからなかったのは、鈍感というか非常識というか、じぶんたちの思想的な外濠を、あたかもいいことでもしているかのように錯覚して、みずからの手で嬉々として埋めておきながら、いまさらのように保守政府の「大学立法」を憤ってみせているこの連中だけである。やることということが、頓馬でカマトトで救いようがないのだ。それにこの「大学立法」というのは、よくよむと加藤、篠原のような〈大学人〉から日共までの全政党が、学生を弾圧するためにやった行為を、明文化しただけのもので、かれらには反対する理由はないはずである。加藤らは口を開けば、「学問と教育の荒廃」などと大きなことをいうが、〈東大〉などがつぶれたくらいで、学問や教育が荒廃するなどとかんがえるのは、とんだ自惚れというものだ。大学などがぜんぶつぶれたって学問や教育は荒廃などしやあしないのだ。

〈大学〉とはつまるところ、教育設備の便利さの問題と、学問や教育をやってさえいれば、いい年齢をした男たちが遊んでいられるこの現実社会の〈天国〉の問題である。こういう〈天国〉がなぜ必要なのか、そしてこのせち辛い現実社会のなかで、なぜ人工的にこういう〈天国〉が作られているのか?

それは「大学の使命および社会的責務」（大学の運営に関する臨時措置法案）を果たすためのものでもなければ、〈学問や思想の自由〉をまもるための砦でもない。現実社会のなかで、大衆がみずからの胸の中に圧殺してしまった願望が、吐息となって結晶して、この大学という名の〈天国〉を人工的につくりあげているにすぎない。比喩的にいえばこうである。どこかの地方の農村や町で秀才の誉れ高い青年がいた。郷党のひとびとは〈こういうできのいい子供は、農業をさせたり、町の小間物屋の手代にしておくのはおしい。みんなで少しずつ醵金して大学へ行かせてやろう〉ということになった。青年は願望も金もみたされて、よろこび勇んで大学のある都市に遊学した。ところがこの青年は、長く郷党と接触する機会もなく、また少しずつ学問の味をおぼえはじめると、郷党のひとびとに接触したがらなくなった。話も通じなくなった。そのうえ青年は、おれがこうなったのは、おれに能力と努力があったからだ、とおもい込みはじめた。そして学資を醵金してくれた郷党のひとびとのことは、忘れかけてきた。そのうち、国家が給料を払ったり、けちな研究費を支給してくれるので、じぶんを〈天国〉においてくれているのは国家だと錯覚しはじめたのである。このたとえ話で、〈青年〉というのが大学という名の〈天国〉の比喩であり、郷党のひとびとというのは市民、大衆の比喩である。そして大学構内で流布されている〈学問と思想の自由〉という理念は、郷党のひとびとがこの青年に托した夢や願望が変形されたものにすぎない。だから、郷党のひとびとの夢や願望が高ければ高いほど、大学という名の〈天国〉は高みにおしあげられるし、また、自家製造のスローガンであるかのように〈学問の自由・思想の自由〉などとかれらは口走りはじめる。かれら〈大学人〉と称する連中は、「大学立法」を改廃させれば、侵害をという大学の理念は、保守的な政治委員会が牛耳っている国家の「大学立法」を改廃させれば、侵害をうけないはずだと錯覚しているのだが、とんだ筋ちがいというべきである。本質的な意味で〈学問の自由・思想の自由〉といった大学の理念を改廃できるのは、郷党のひとびとの共通な夢や願望の消長だけである。だから当然、郷党のひとびとが（つまり市民、大衆が）、大学にたいする夢や願望をひっこめてしまえば、この大学の理念は消滅してしまうはずであり、また逆に、郷党のひとびとが大学にたいする夢や願望を膨らませれば膨らませるほど〈学問の自由・思想の自由〉という理念は〈天国〉の高みにおしあげられるはずである。〈大学人〉による大学の自治というような幻想は、本質的にいえばこの大衆の夢や願望いがいのものによって左右されることはありえない。ところが〈大学人〉と称する連中は、かれらの学資を醵金してくれた郷党のひとびとに（つまり、市民、大衆に）、われわれの〈学問の自由・思想の自由〉をまもって欲しいと訴えもしないだけでなく、これらのひとびとを異人種のように袖にして素性をおしかくしている。そして、もっと滑稽なことには、この社会の具体的な主戦場では、というのむかしに〈学問の自由・思想の自由〉などは侵害されているし、市民や大衆がそのなかでいまも生活しているのだということにも気づかずに、じぶんたち〈大学人〉がまっさきに〈学問の自由・思想の自由〉を侵害されそうになっているのだと錯覚しているのだ。こういう錯覚をもとにして、「大学の問題が、いわば現代文化の歴史的意義にかかわる問題」（「大学法案反対東大の見解」）などとほざかれても、聴く耳などもちうるはずがない。

大学紛争の問題というのは、推理小説の翻訳と似ている。首をつっこめばつっこむほど脳の内部がささくれ立ってくるような気がしてくる。そして〈おれはもともとなにか発言するほど大学というものの在り方〉というのに関心があるのか、という自問自答がいつもやってくる。そして、じつはそんなものはとうのむかしに棄ててしまったのだということに気づくのである。ただ眼の前を大学問題などにうろちょろされると苛々してくるので、その原因だけははっきりさせたいとおもっているにすぎない。

大学紛争のなかでいちばんわたしを苛立たせ、それゆえにいちばん関心をいだかせるのは教授たちの挙動である。それはいつもどこか勘どころがちがうという印象をあたえるのだが、どうしてそうなるのかをつきつめてゆくと、けっきょく〈人種がちがう〉というところに帰するような気がする。そしてこの〈人種がちがう〉という感じをつきつめてゆくと、途方もない距離感におそわれるのである。おそらく、わたしはこのときひき返して、けっきょく大学紛争の問題というのは、おれには関係のないところでおこなわれている出来ごとだというべきであるかもしれない。しかし、この問題のなかには、〈知識の制度化〉ともいうべき課題にともなって発生する人間的、また知的な当惑が、かなり普遍的なかたちであらわれていて、わたしの好奇心をそそるといっていい。わたしは教授たちの挙動のなかに人間的な劇《ドラマ》をよみとるには、あまりに遠くにありすぎるが、知識を獲得し追及してゆくことが、現代の社会でそれを荷う人間にどのような犠牲を強いるものであるか、どんな畸型な論理を強いるものであるかについて、うそ寒い〈範型〉をみることができるような気がするのだ。

東大助教授、折原浩は『大学の頽廃の淵にて』という著書のなかでつぎのような体験と感想とを語っている。

これにたいして会場の諸君は、こもごも立って、医学部闘争が、「話し合い」では解決できないという言語表現の限界性の自覚から出発しており、東大闘争の一つの意味も、言語表現の限界をあきらかにした点にある、この時点でなお言語表現にのみ固執することは、東大闘争の右の意味を認識しえず、商売道具である言語表現が万能であるかのように思いこんでいる傍観者的助教授の錯覚、その特権への安住ゆえの錯覚以外の何ものでもない。……という趣旨のことを述べて、わたくしを鋭く追究した。

（中略）

その上、わたくしは、ここで意外にも、わたくしの特権意識、わたくしだけでは対象化できなかった特権意識を、対象化させられることになった。わたくしは、「東大教授」の特権意識を批判し、「ひとりの謙虚な人間に立ち帰る」べく努めてきたつもりだったが、やはりまだ、特権意識にとらわれていた。そのことを、わたくしより先に自己否定の道を歩み、〈パーリア・インテリゲンツィヤ〉の普遍的意識に達していた全共闘の諸君から教えられた、といえよう。

冒頭の「会場」というのは、前後の文脈から東大文学部助手会、東洋文化研究所助手会主催の「全学討論集会——東京大学とか何か」の会場をさしている。

まったくひどいものだというほかはない。愚弄するよりほかいいようがないが、特権的な学生たちと、特権的な助手たちと、特権的な助教授たちが、〈特権〉という言葉をふりはらおうともがいて、小児病的ないたちごっこをしている図がある。「言語表現の限界性」だって？「商売道具である言語表現」だって？ まったく、ふざけるなといいたいところである。折原浩はなぜ、こういう身のほどを知らぬ青二才の発言（この学生の発言も言語表現であることを忘れるな）をした学生を、壇からおりてぶんなぐってしまわなかったのだろうか？ そうしなければ四十年もつづいたわが国の政治思想的風俗のみじめな構図を破ることはできないのだ。それがスターリン＝毛沢東的な方法、いいかえれば、極貧的な農民あるいは極貧的な都市労働者の像を、架空に〈非特権〉のゼロ点にある〈聖像〉として神化し、それへの観念的な拝跪の距離の大小によって人間の倫理的な序列をつくりあげるという方法を寸断するほとんど唯一の道である。いうまでもなく、毛沢東かぶれの東大全共闘の連中がつかっているこの欺瞞的な方法は、戦前わが国のマルクス主義者のあいだで流布され、戦争中は裏かえされた形で、右翼や軍部のあいだで流布され、ともに気の弱いインテリ脅しにつかわれた方法である。

折原浩は〈壇をおりれば、ただのひと〉ということを知らなかったらしい。わたしも以前にある大学でこういう場面を体験したことがあるが、〈対話〉がつうじないと判断した瞬間に、〈よしやろうか〉ということで、壇をおりてその学生の胸ぐらをつかんで小づきまわしていた。そしたら傍の女子学生が〈知識人が暴力をふるうとは何ごとですか〉と金切声をあげた。わたしは折原と反対に、心のそこからこの学生たちの方法を軽蔑した。かれらはわたしがひとりの人間として立ち向ったとき、わたしと知的にまた肉体的に死闘を演ずることなどできないプチブルにしかすぎない。

折原はむしろ、たれがなんと言おうと、思想と思想のあいだには、訣別の地点というものはいつもあるのだということを知った方がいい。この問題を理論と実践の問題にすりかえるのは学生どものペテンにしかすぎない。マルクスをまつまでもなく、著作家もまたじぶんの著作によって戦死することもあれば、兵糧攻めにされて餓えることもあるのだ。

だいたい、この連中は、自己否定などと気やすく口走るが、資本制社会において自己が自己の社会的な、あるいはその他の〈特権〉を否定するかどうかという問題は、たかだか自己（内）倫理としてのみ意味をもつにすぎない。この社会において、ひとりの人間が他の人間にくらべて非特権的であり、また別の人間にたいしては特権的であるという存在の仕方しかできないという問題は、なんら個人の責任に帰せられるべき問題ではなくて、資本制社会そのものの問題である。そして、自己（内）倫理の問題は個体の内部でだけ意味をもっているから、これを共同化しようという試みも、いわゆる〈良心〉の問題としてとりだそうとする方法も、じつは意味をなさないというべきである。「わたくしより先に自己否定の道を歩み、〈パーリア・インテリゲンツィヤ〉の普遍的意識に達していた全共闘の諸君から教えられた」などというのは、もちろんお世辞でなければ、とんだ買いっかぶりというものだ。この毛沢東かぶれの馬鹿学生たちは、ただ販らんかなの週刊誌やジャーナリズムにおだてられて、〈本になっていない本〉などを鉄面皮に売りにだした知的なもうろく野郎にすぎないのだ。

　このようにしてわたしたちは、大学の構内に、〈鉄面皮〉な、低能知識人と、ピントの外れた〈良心〉的な知識人のほかみることはできない情況にいるのか？

倒錯の論理

いよいよ、芸術学部のバリケードを警察力で排除する時が来たようだった。何にせよ、個人が物理的な力で目的を達成することを、私は認めない。そのために、合法的な暴力は国家のみが持つことにしたのであろう。しかし、共闘は力によって、学校を占領し、学校の財産を破壊し、捕虜に非人道的な拷問を加えたりした。

全共闘に対する世論もすこしずつ変ってゆき、殊に安田砦のころを境いにして、ヘルメット学生に非難が集るようになった。警官を殺しておいて、

「しかし世論は、我々を支持してるんじゃないですか。」

とうそぶいてはいられなくなった。

八月のころは、タカ派の教員が、すぐにも警察を入れるべきだといった時に、私は

「警察がそう簡単に動いてくれるものですか。第一、世論と多くの学生の感情をどうするんです。」

と言った覚えがある。しかし半年で情勢は変った。私個人としては、日大を一時閉鎖して、大掃除をしてから再開すると考えたのだが、情勢が変ると、共闘さえ掃除すれば万事元通りにやってゆけそうだ、というムードができはじめた。私の考える大掃除は理事会や評議会をふくめたものだが、そちらの方はほとんど手をつけていないというのに、学則の基本的な改正は終ったのだと主張する声が強かった。しかし、そんな変り方だったら、建物にたとえると、ペンキを塗りかえた程度のこ

とにすぎない。
それですむならそれもよい。たゞ、今の所安田砦などで、暴力学生の悪い面がクローズアップしているが、やがて、もうすこし落ちついてくると、日大の理事の図太さがもう一度思い出されるであろう。その時に理事会の手先になっていることは、私としては釈然としないものがあった。（三浦朱門・赤塚行雄『さらば日本大学』）

おなじ出来事を対象にして、人間がどれだけ異った〈事実〉をひきだせるかをしめす典型的な文章である。誇張していえば、空おそろしさを感じさせるものだといっていい。この種の文学者に出あうとわたしは言葉をうしなう。どうしてよいかわからないのだ。もちろんこの種の見解をもった非文学者あるいはごくふつうの大衆にはたくさん出あったことがある。しかし、そのばあいに、言葉をうしなうということはない。かれらとのあいだには、通じあう知見がなくても、共通の生活感情があるにちがいないことが信じられるからである。じぶんの近親を延長しただけでも、この種の人物はいくにんもみつけられる。

しかし、この種の知識人あるいは文学者は周辺にはみあたらない。その生活、その日常性はどういうことになっており、この種の感情をそだてあげるには、人間は幼時からどんな環境にあることが必要なのか、見当がつかないのだ。

きっと眼の前に出あってみると、それそうとうに礼儀正しい紳士であり、事物にたいする理解力もそなえていて、かなり好感をもてるにちがいない。しかし、それからあとはどうしたらよいのか？途方にくれて、きっとかれの〈ものの考え方〉だけを把もうとつとめるにちがいない。そして、そこでなら、解釈がつくところがある。

三浦朱門の〈ものの考え方〉は、「何にせよ、個人が物理的な力で目的を達成することを、私は認めない。そのために、合法的な暴力は国家のみが持つことにしたのであろう。」というところにあらわれている。

個体がある目的を達しようとするときには、物理的な力をつかうか観念的な力をつかうかのいずれかである。観念的な力をつかうのは認められるが、物理的な力をつかうのは認められないという見解は理解できない。それは撰択でもなければ倫理でもありえないからだ。つまり個体はいつも時に応じて物理的な力か観念的な力を行使して挙動している存在で、このことには例外はないといっていい。あるいは、三浦朱門は、ここでそんな〈高尚〉なことを言おうとしているのではなく、腕力をふるったり角材をふりまわしたりして他人を圧服させたり、当人の意志に反して追っぱらったりして、目的をとげることは納得できない行為であるといっているだけかもしれない。しかしそうかんがえても疑問は残る。それならば観念的な力をつかって陰険な策謀をめぐらし、他人を圧服させたり追っぱらったりすることなら認められるのか。そのほうがよほど嫌悪をよびおこし、またよほどひどい行為だといえる場合は体験的にもありうる。これにもまた例外はないといっていい。いや、そこまでのことも言おうとしているのではなく、三浦朱門はここで、どうもおれはヘルメットをかぶって角材をふりまわしたりする学生は虫がすかないのだ、といっているだけかもしれない。ここまでくれば、〈はいそうですか〉というよりほかはない。体験としていえば、偏見による批判は、反駁によって納得させることもできるが、憎悪や嫌悪にもとづく批判は納得させることはできそうもないとおもうからだ。

そうだとすれば、三浦朱門が「そのために、合法的な暴力は国家のみが持つことにしたのであろう」というのは、いちじるしい飛躍というべきである。じぶんの虫が好かないという感情を、国家の暴力の合法性とむすびつけられたりしたら、たまったものではない。それに、合法的な暴力は国家のみがもつという〈考え方〉は、論理的な倒錯である。〈国家〉は暴力をもっているときでも、ほかのなにかをもっているときでも、ことごとく〈合法的〉なのだ。なぜならば〈国家〉は、観念的な上層では〈法〉そのものを意味しているから、合法だ非合法だというまえに、〈国家〉イコール〈法〉だからである。

三浦朱門じしんがカトリック教徒であるかどうかはしらないが、通俗的なカトリックの教理本には、〈国家〉についてつぎのように記されている。

国家は神のみむねによって、個人や家族や小さな団体がなし得ないことを果たす使命をもっている。国家は全般の福祉のために配慮しなければならない。国家は、たとえば法律を定め、権利を保護し、罪人を罰し、外国と交際し、敵から守り、国全体の困難をふせぐなど、すべてにおいて個人の権利を守り、その負担を公平にしなければならない。

国民は国の法律に従い、為政者を尊敬し、力の及ぶ限り公益のために協力しなければならない。たとえば選挙であるが、その場合は、その職責にふさわしく、神の権利を守ることを期待し得る人物にのみ、投票しなければならない。国民は又税金を納め、必要があれば命を献げて国を守る覚悟がなければならない。——しかしもし国家の上長が、罪であることを命じたなら、それを守ってはならない。その場合は聖ペトロの言ったように「人間に従うよりは神に従うべきである」（使徒行録五の二九）。（J・アブリ訳『カトリック教理』）

〈ひどいでたらめがかいてあるなあ〉とおもわずため息がでてくる。けれど三浦朱門は、こういうかんがえから影響されているかもしれない。人間の歴史は、ごく初期の段階をのぞいては、〈国家〉をもっていた。その意味では〈国家〉は特定の個人が生れたときにはすでに存在していたものである。しかし〈国家〉は、人間がじぶんたちの共同観念を上層におしあげたものにすぎないから、その意味では人間によって自由に改廃されうるものである。もし、三浦朱門が「個人が物理的な力で目的を達成することを、私は認めない」というのなら、論理的にいって、まして共同の暴力である〈国家〉の暴力はなおさら認められないとなるべきである。

わたしは一度〈自主講座〉というのに頼まれて、日大文理学部に喋言りにいったことがある。たいへん基礎的なことを基礎的にしゃべったので、学生たちに巧く了解できたかどうかまったくわからなかった。ただ学生たちの印象は明るく落着いていて、決してわるくはなかった。駅から構内へ歩いてゆく途中で、〈あんたたちの学校には、ぼくの知っているかぎりでも、いい先生がいるのに、どうして外部からわざわざ人を呼んだりするの〉と訊ねてみた。そのとき、わたしは奥野健男とか三浦朱門とか、ひと伝えに日大の教師をしているときいている文学者を念頭に描いていた。学生は〈たしかにいい先生がたくさんいます。けれどいまの情況で、内部の先生に講座をおねがいすると、その先生方が教授会のなかで辛い立場に立つことになると気の毒だから、外部からお願いしているのです〉とこたえた。わたしはこの学生の発言が正直であるのかどうかしらない。しかしバリケード内の教室での、かれらの明るく、落着いた印象とかんがえあわせて、これくらいの配慮をかれらがもっていることがそのまま信じられるように思われた。

ところで、三浦朱門は『教えの庭』という連作のなかで、まったくちがった学生像を描きだしている。ある日、学校へ出てみると、主人公が苦心して集めた現代文学関係の雑誌資料が、研究室を封鎖にきた学生たちによって荒され、雨に濡れて地面にほっ散らかされている。主人公はそれをひろいあげて倉庫に運びこむが、全部集めても全体の三分の一にもみたない。主人公は、将来この資料をつかって重要な論文をかくかもしれない学生たちのことをかんがえ、雑誌をとりもどそうと決心して、ヘルメット学生たちのバリケードの前にたつ。

「雑誌を全部返してほしい。」

「何の雑誌だよ。」

手前にいる学生が棒をしごきながら、上目使いに見た。はじめから喧嘩腰だった。

「現代文学研究室の雑誌だ。一部はあそこに落ちていた。」

とそのあたりを指さした。そこはバリケードの番人からよく見える位置だった。彼らは沖が何度もぬかるみの中から雑誌を拾い集めて倉庫に運ぶのを見たにちがいない。

「君たちは僕が雑誌を拾っているのを見たはずだ。」

「だから、何だってんだよ。」

「誰があの雑誌を、棄てたんだ。」

「知らねえよ。誰が棄てたっていいじゃねえか。」

「あれは大切なんだ。あれだけ集めるのに、何年という時間と、千万をこす金がかかっているんだ。」

「そんな大事なものを、誰でもはいれるような研究室にほうり出しておく方が悪いんだ。」

「鍵もかかっていたはずだ。いや、そんなことはどうでもいい。残りの雑誌はどうなっているか知りたい。」

「おい、知ってるか。」

入口の学生が後ろの学生に声をかけた。彼はそれまで、棒にすがって立ったまま、ニヤニヤ笑いながら、沖と手前の学生の問答を聞いていた。

「さあ。古雑誌なら、今朝、寒いから、廊下で焚火した時、大分燃したな。」

「本当か。」

思わず、中にはいりかけて、沖は棒で外へおし返された。

「君達の責任者を呼んでくれ。確かめたい。」

「責任者なんていねえよ。皆が責任者さ。」

「君は、何学部の何という学生だ。」

「名前なんかどうだっていいじゃねえか。全部の責任だから。」

「全部というのは、君たちのセクトのか。」

「ちがう。全学生のよ。それから、お前たち全教員のよ。」

そんな押し問答しても、何もならない。腹が立って仕方がないが、帰りかけた。そばに看板がある。「ネズミ共の牙城、研究室館を、実力を以て解放……」という字が見えた。何が解放だ。沖は力一杯看板を蹴った。看板は隅が破れ、はずみでふらふらとよろめいて、泥水の中に倒れた。（三浦朱門「異分子」）


主人公の沖は、たちまちヘルメットの学生にかこまれ、看板の修理代として千円とられたうえ、謝罪文を書かせられる。


「いいか、言う通り書けよ。謝罪文。私は暴力を振るって看板を破損し、それを制止した学生にも暴力を振い、学生の言論を弾圧したことを、自己批判します。年月日、名前。」

釈放されてみると、ズボンもコートも泥で汚れていた。傘はもうどこにあるかわからなかった。泥に汚れ、びしょ濡れになって家に帰ると、妻が、

「どうなさったの。」

と驚いて声をかけた。

「学生に水溜りにつき倒された。」

美都子は一瞬、目を見張り、すぐ目をおとした。服を着かえ、風呂場で体を拭いて、机の前にすわると、はじめて、目頭に涙がにじんだ。（同前）

三浦朱門の小説作法からかんがえて、主人公の沖を三浦とよみ、この場面をフィクションなしとしてしまうと、いくらか危険な気がするが、これにちかい事実があったとしてもそれほど見当ははずれないとおもう。

これは『教えの庭』一連の作品のなかでのクライマックスであり、また、主人公の美談の最たるものである。ことに学生どものタテカンを、主人公が蹴っとばした場面のところまで読んできて、わたしはおもわずククとして笑いがこみあげてきた。〈よう大統領その意気だ〉と声をかけたいところである。すべからく大学教師たるものは、他のなにものにも頼らず、学生の知にたいしては知を酬い、暴にたいしては暴を酬い、思想にたいしては思想を酬い、腕力にたいしては腕力を酬いるべきものである。そうすれば、現在の大学紛争などは、あらかたけりがついたはずだ。

主人公の沖は、せっかく学生たちの看板を蹴っとばして、ある眼にみえない意志疎通の境界線がみえるところまで瞬間的に跳躍したのに、つぎの瞬間にはありふれたひとりの知識人にまですべりおちてしまう。そしてこのつぎの瞬間を、ヘルメットの学生たちが見逃がすはずがない。たちまち数人のヘルメット学生にまわりをとりかこまれ、弁償させられ、謝罪文をかかせられる。通常の論理では、ヘルメット学生たちが、せっかく主人公が苦心してあつめた雑誌資料を無造作にほっ散らかし、暖をとるために燃してしまったのだから、学生たちのつくった看板を蹴っとばして地面に倒したとしてもあたりまえのことである。また学生たちが雑誌資料を損傷してしまってべつに弁償する気もないくらいだから、主人公が蹴っとばして破損させた看板の修理代をだす必要はないはずである。また、雑誌資料を損傷したことを学生たちが謝罪しないのだから、主人公もまた看板を蹴っとばして損傷したことに謝罪文をかく必要はないはずである。だが、主人公は蹴っとばして破損させた看板の修理代をだし、謝罪文をかいてしまう。

このとき、主人公の挙動を支配した論理は「話してきく相手ではないし、腕力でもかなわない。仕方がない。」というものである。これは奇怪な倒錯した論理である。主人公は学生たちの看板を蹴っとばしたとき、じつは学生たちにほんとうの意味で〈話しかける〉きっかけを作ったといえる。このきっかけから、はたして学生たちが「話してきく相手」かどうかを決めるためには、看板の修理代はださない、謝罪文もかかないという主張と行動がつづかなければならない。そうでなければ学生たちが「話してきく相手」かどうかは確かめられないはずである。また、「腕力でもかなわない」かどうかを確かめるには、学生たちをぶんなぐってみなければわからない。これはほんとうは腕力の問題ではない。ヘルメットと角材が、ほんとうは暴力の問題ではなく、客観的な条件から、どうしても権力と接触しきれない距離に封じこめられた学生たちが、権力に接触しようとするときの、焦慮を象徴しているのとおなじように、だ。主人公の論理では、そこのところをどうしても汲みあげることができないようになっている。

主人公にはこの場面のあとになって、わりあいに正確な反省がおとずれる。じぶんはもともと大学教授などに生き方の重点をおいているのではなく、作家（作中では評論家となっている）を本領だとおもっているはずだ。それなのに教師になったばかりに、現代文学研究室をつくり、資料雑誌を蒐集し、そこにある種の研究者的な夢をえがいたりしたために、じぶんが集めた雑誌資料の損傷にこだわることになったのではないか、というように。この反省は大学教師的ではなく、文学者的である。

屑屋にとっては、古雑誌などは目方にかけて貫目数十円といったお粗末な紙屑である。また、内容に無関心なばあいには、じぶんにとってさえ、かさばって荷厄介な手におえないしろものである。ところが、内容に切実な関心をもっているときには、一冊に数千円をかけても購いもとめなければならない貴重な資料である。書物のもつこういう奇怪な性格は、日常しばしば遭遇するありふれた体験であるといっていい。だから主人公にとっては、千万円以上を投じてあつめた貴重な雑誌資料も、ヘルメット学生にとっては、ことのついでに地面にほうりだしても、薪がわりに火にくべても、さしてさしさわりのない古雑誌にしかすぎない、ということはありうるのだ。そうだとすれば、このような場面で、ヘルメット学生だけがことさら憎々しく描かれねばならない必然性はないといっていい。三浦朱門は『教えの庭』一連の別の作品のなかでこういう描写をやっている。

しかしまた、そんなこと（研究室員の不行跡——註）でやめるのはあまりに子供くさいように思った。それに、そのころの私は、原稿の注文というと、短篇を書けという口が年に一度、あるかないかという有様なのに、妻の方は一種の流行作家になっていたから、私は時には、どうかすると崩れそうになる自尊心を支えるためには、大学の助教授という肩書きさえも自分自身にむかって利用しようとする瞬間があった。大学をやめた私は一体何だろうと考えると、辞職すること自体が一つの思い上りであるように感じられた。（「二十年」）

また、『さらば日本大学』のなかでこう書いている。

どんなことになっても、男には出世欲のようなものがある。役職についたり、えらそうな立場につきたくない、という人がいたら、それは嘘をいっているのだ。たゞ、そういう地位に伴う負担、責任、そういうものをわずらわしく思う気持もある。要は満足感と負担とどちらが大きいか、ということだ。紛争大学の学長という仕事は、負担の方が大きいから、なかなか成り手がないが、教職員学生が一体となって、何かを成しとげようとしている大学の学長なら、なってもよいと思う人が多いであろう。（「芸術学部の執行部」）

流行作家になった妻にたいして、いっこう流行しない作家である夫が、それでもおれは大学の助教授なんだとじぶんにいいきかせて、妻にはりあう自尊心の支えにしようとする瞬間があったとかくのも、どんなときも男には出世欲があって、おれにはそんなものはないという人間は嘘をついているのだというのも、人間性の解釈についての凄まじい自信であるとおもえる。わたしにはとうていそんなことを自分に言いきかせたり、他人に断定したりする自信はない。それは当然である。人間性の複雑さ、奇怪さは、それ自体でも底知れない淵をのぞかせて限りがないという認識は、ほかの何者にも不要であるかもしれないが、文学者にとっては前提にしかすぎないからだ。ならばこの凄まじい断定は、そのまま凄まじい自信と解するほかに術がない。わたしはここで、戦後第三番目に登場した作家たちにたいするかねてからの疑問は、案外こんなところにあるのではないかとふと感じた。

ひょっとすると、こういう自信は三浦朱門に固有なものではなく、いわゆる第三の新人とかつてよばれた、そしていまではなにやら中堅大家のような口ぶりをしだしたほぼ同年代の作家に、共通にみつけられるかもしれない。

さっそく手易くあつめられそうな吉行淳之介の『軽薄派の発想』、安岡章太郎の『思想音痴の発想』、『不精の悪魔』、『軟骨の精神』などという散文集をよんでみた。やはり、そこにも不可解な自信のようなものがちらばっている。

そこでこの賞の受賞者（芥川賞——註）となるとマスコミの要求が集中してくる。そして、例によってマスコミの圧力、とかいうような問題が出てくることになる。いまのところ、この問題には公式のようなものができていて、つまり、マスコミの圧力が作家のペースを狂わせ、乱作させ、短い期間に消耗されてしまうことになる、というぐあいのものだ。

しかし、マスコミ対作家の関係はそのように一方的なものしか考えられないのだろうか。たとえば私自身のことを考えると、私は原稿の締切日というものを設けられて、そのことで圧力を加えられないことには一つも作品を生み出すことはできそうにもない。ただ漫然と日を送ってしまいそうだ。そして、締切日という圧力が作品を生み出すキッカケになることと、作品自体の出来ばえとは無関係である。借金に追われて仕方なく書いた作品が傑作である場合もあるわけだ。（吉行淳之介『軽薄派の発想』）

一体、文学者の仕事とはどんなものだろう。

「真の詩人とは時代の変動を予知して、世に警鐘を鳴らす人だ」という意味のことを何かで読んだ記憶がある。もしそうだとすると私には、詩人ないしは文学者の資格はゼロになりそうだ。仮に私に「時代の変動を予知」する能力があったとしたところで、警鐘を鳴らすどころか、火の見やぐらに上っただけで目がクラクラして落ちそうになり、何よりもそのことに気をとられそうである。臆病であり、腰ぬけなのである。

しかし、じつのところ、そういう半鐘や火の見やぐらに恐怖心を持っているということ自体を私は、心のすみのどこかでタノミにしているのかもしれない。思えば警鐘に対して無関心になるように慣らされる時代に、われわれは育った。ものごころつくと、あちらにも、こちらにも警鐘は鳴りひびき、しかも火事はどの鐘とも無関係に思えるほど、間近に、大きく燃えひろがっているありさまだった。すくなくとも私の眼には、そんなふうに映った。そして私は、いかなる鐘を聞いても少しも耳をそばだてずにいられる人こそ真の詩人であると、ひそかに考えるようになったらしい。……（安岡章太郎『思想音痴の発想』）

原稿の締切日があって圧力をくわえられないと、一つも作品を生み出せそうもないと公言するのも、じぶんは、火の見やぐらに上っただけで目がくらんで落っこちそうになるような臆病もの、腰ぬけであると書くのも、わたしとほぼ同年代の作家の言葉としてよんでみれば、凄まじすぎる自信だとおもう。人間は外観から肉体的な徴候によって判断されるほど、成熟した内面をもっているわけではない。しかしここでは、外見にくらべて内面的にははるかに成熟した（成熟を装った）断定が語られている。わたしにはじぶんの内面に照して不可解である。いい気なもんじゃあないのか？

ここで太宰治の「みみづく通信」という作品にたいする志賀直哉の評言と、それにたいする太宰治の反撥をおもいだした。志賀はこの作品を名ざしてはいないが、あきらかにこの作品と判断できる太宰の作品を、まだ三十何歳といった弱輩のかくものとして、思い上がっているというように評した。この作品は、太宰が講演を依頼されて新潟高校（旧制）に出かけたときのことを、とりとめもなく書簡のようにしてかいた佳作である。〈太宰さんはどうして作家になったのですか〉と講演後、数人の学生たちと佐渡のみえる海岸に散歩に出かけたとき学生が問いかける。〈なにをやっても駄目でほかに何にもなれないから仕方なしに作家になったのだ〉というように太宰はこたえる。すると学生が〈ぼくもなにをやっても駄目だから作家になる資格があるわけだ〉と冗談半分にいう。太宰は真剣になって〈なにをいうんだ、きみはまだ何もやったことなどないじゃないか。何もやったこともないくせにそんなことをいうのはただの怠惰だ〉と学生にいう。そして、おそらくここが志賀に反感を抱かせた個所のひとつにちがいないのだが、〈作家は無用の長物だが、苦悩だけはひと一倍やってきたという自信がある。もし、なんか苦しいことがあったらたずねてきたまえ。そういうときはなにか言ってあげられるかもしれない〉というふうに学生たちに語る。もう、十五年以上前によんだ記憶で再現しているのだから、かなりわたし自身で潤色してあるかもしれないが、この個所の大体のモチーフはこういったもので、それほどちがっていないつもりである。

わたしにはその当時太宰治のいうことがよくわかるような気がした。とくに〈きみはまだ何もやったことなどないじゃないか〉と学生にいうところが。なぜならば、この言葉は、いま冷やかに水をたたえているだけだから、きみはわたしが火を吹いた山のあととは知らないだろう、という太宰の過ぎこしにたいする自負につながっているからである。

もう七八年まえに、わたしは京都大学で〈知識人と大衆〉といったような苛立たしい主題で喋言っていた。学生のひとりが〈あなたは能力があるからじぶんを知識人だとおもっている。しかし、じぶんのように能力がないものにはおまえも知識人だといわれても実感がわかない〉という意味のことをのべた。わたしは、三十何歳の太宰治とおなじことを、もっと俗な言葉でいうほかはなかった。〈能力がない〉とか〈能力がある〉とかいうのは一体なんだ。じぶんがあることに能力があるかないかを確かめるには、大変な手続きがいるはずである。あることをくたばるまでやったこともないくせに偉そうなことをいうな、だいたい京都のやつはたるんでいるよ、と口走った。ひとこと多かったらしく別の聴衆が癇にさわった声で、〈京都は東京とおなじでなくていいんだ〉と怒鳴りかえした。あとでわたしの京都の知人は、京都人というのは大和朝廷の直轄下で、昔から搾取されてきているから、言葉でも感情でも屈折して出てくるのだと説明してくれた。そして食べ物でも、本来は貧しさの工夫がいまでは京都の名物になっているのだということも。

この挿話は物書きとして、わたしが抱いているイメージのあらわれといったもので、ただこれだけのことである。わたしの現在の年齢は、すでに死んだときの太宰治より上まわっている。かれら、戦後、第三番目に登場した作家たちもそのはずである。しかし、だからといって、締切日という圧力がなければ作品がひとつもかけそうもないとか、じぶんは臆病で腰ぬけでなどという凄まじい自信を、公然と披瀝する資格があるとはいえまい。まして、どんな男にも出世欲があるもので、そんなものはないという人間がいたら嘘をついているのだなどと公言するのは、人間の内的な世界をナメきったいい草ではないのか。

わたしには、これらの作家たちは、これから〈人間〉がはじまるのだといったところで、〈人間〉にたいする省察を終えてしまっているようにみえる。

集落の論理

大化の田制では、高麗尺の５尺を以て１歩とし、長さ30歩、広さ12歩、即ち360歩を以て１段とし、10段を以て１町とした。その後、和銅６年に高麗尺を廃して、唐の大尺を用い、その方６尺を以て１歩とした。しかし、高麗尺の５尺と唐の大尺の６尺とは、長さが等しかったので面積の点では変りはなかったのである。条里はこの田制にもとづいて、土地の区劃を行ったのである。

その方法は水田地域を主として、東西と南北の方向に井然たる碁盤目型の土地割を施し、１目１町歩の面積にあたるように細かく区劃した。これを「坪」と呼び、方６町、即ち、36坪を以てこれを「里」と呼んだ。さらに、縦横に36町に至る区域を定め、北より南へ１条・２条・３条……と数えて36条に至り、里は西より起して東へ１里・２里・３里……と数えて36里に至ったのである。

大化改新の定めでは、50戸を以て里とし、里毎に長１人を置いて戸口を検し、農桑を課し、非違を検察し、調庸を徴発することを掌らせたという記録がある。

この50戸は10保から成り、１保は５戸から成っていたのであった。それ故、１保は、後世の５人組制度とほぼ同様のもので、村落における共同社会構成の最小の単位をなしていたのである。（矢嶋仁吉『集落地理学』）

いわゆる大化の班田収授の法について、むかし、中等学校（旧制）の歴史の教師は、6歳になると男子には2段、女子にはその2/3の水田が支給され、死亡すると回収される公地公民制がしかれたとわたしたちに説明した。そしてこの制度がしかれたのは、おおきな土地を兼併して勢力をほしいままにしていた大氏族の私有を抑えて、天皇と農耕民の関係を直結しようとするものであったという解釈をおしえた。当時のわたしの理解では、この公地公民制というのは、いかにも〈改新〉というのにふさわしいようにおもわれた。また、教師もそのように教えた。

いまのわたしは、この〈改新〉された田制が、唐制の模倣であり、マルクスがいわゆる〈アジア的〉とよんだ古びた土地制度のひとつの態様にほかならないことをしっている。しかし、マルクスはインドなどをモデルにしながらも、〈アジア的〉な生産様式という概念を、地域的な空間的な特殊性という意味でだけつかっていない。古代に先行する時間的なハンチュウとしても、この〈アジア的〉という概念をもちいている。このところは、わたし自身を納得させるためにも、うまく解明されなければならないはずである。

矢崎武夫の『日本都市の発展過程』では、大化前の初期大和王権をとりまく大氏族はつぎのように存在していた。

統一国家の胎動期にあった当時の日本には大なる人口を有し、複雑な構成をもった都市と言わるべきものは無かったが、全国あるいは地方的活動の政治的統合的中心としての天皇や地方豪族の居所が宮であり、みやこは宮のあるところ「宮処」であり、やがて「都」になったと言われる。

政治的には村落国家の連合であって、皇室が直接に民衆を支配しているのではないから、中央に複雑な行政機構も無いし、これに伴う官僚群やその従属者による大なる人口集中も起きなかった。

大伴は、築坂、物部は渋川・初瀬・石上に、忌部は忌部、蘇我は葛城・蘇我・石川・甘檮・島、中臣は藤原など、皇室の重臣はみやこに住まず、祖先伝来の村に住み、氏上として氏人を支配しながら、宮中に出かけて皇室の下に政務をとったにすぎない。

そこで大和王権の勢力は、これら在地の大氏姓の勢力をふりはらうため、遷都をくわだてたりしても、かれらがついてこないで、逆もどりをしたりしなければならない場合もあった。大化の〈改新〉なるものは、これらの大氏姓の勢力を、長い時間をかけて、つぎつぎに蹴落し、悪戦のはてにやっとたどりついた政治支配の成果であった。この意味では中等学校の歴史の教師がおしえた大化の〈改新〉なるものは、まんざら嘘ではなかったともいえる。ところで、ここで必要なのは歴史的な推論ではなく、この種の推論を裏づける大化田制のもつ意味である。

大化田制によれば、6歳になった男子は田地2段、女子はその2/3、官公奴婢はその1/3を支給され、死亡とともに召還される、となっている。

まず、素朴な疑問からはじめる。たれがかんがえても、任意の〈集落〉の内部で、6歳になる人口と死亡する人口とは、もともと無関係だし、その数も一致しないはずである。また、かりに同数だと仮定しても、それぞれの家族内で、死亡者と6歳になるものとの数が一致することは、偶然のばあいのほかまったくありえないから、支給田とそれぞれの家族の住居との関係は、地理的にも名儀上でもランダムなものとなるほかないはずである。そうだとすれば、大化の田制にもとづく条里制と、集落が形成されるための原則とは、ほとんどかかわりないというべきではないのか?

中等学校の歴史の教師はそこまでは説明してくれなかった。そこで、集落が形成されるについて、その集落内の個々の〈家族〉の員数の消長は、あまり意味をもたないのではないかという疑問にゆきつく。そうでなければ、論理的にいって、条里制集落が成立するはずがないのである。

いまでも、山辺郡その他の奈良盆地の郊外には、〈環濠集落〉跡とよばれているものが遺っている。

これは集落の周辺に塀をめぐらし、その外郭にさらに濠割をつくってこの集落をかこんだものである。この人工的な〈集落〉の区分は、条里制の名残りを典型的にとどめているものとかんがえられている。しかし、もし大化田制にのっとって、6歳になった男女には水田が支給され、死亡したものの水田は還付されたとすれば、6歳になった人口と死亡した人口が一致しないかぎり、塀や濠割でかこまれたひとつの〈集落〉内の周辺にある耕地には、かならず他の〈集落〉の成員に属する耕田地が混入してくるはずであり、〈集落〉を人工的に囲むことが、意味をなさないとかんがえるほかはない。

また、かりにそれぞれの〈集落〉の全体では、6歳になった人口と死亡した人口とが一致すると仮定しても（この仮定はおおざっぱには成立つとしてもよいようにみえる）、〈集落〉内の個々の〈家族〉のうちで、6歳になったものの数と死亡したものの数が一致するという仮定は、まったく成りたたないから、ひとつひとつの〈集落〉を、人工的に塀や濠割で囲むことはまったく意味をなさないはずである。

この素朴な疑問にたいする答えのひとつは、矢嶋仁吉が清水三男の考究を紹介して、つぎのようにのべている個所にもとめられる。

清水三男氏によれば、班田制における口分田は前述のように男子には2段、女子にはその3分の2を給したとし、その口分田は個人単位の班給のようであるが、正倉院文書に収められた戸籍の研究や、唐宋の比較研究などによってみると、口分田の班給は個人単位に行われたものでなく、郷戸単位に行われたものであることが明らかにされた。この郷戸というのは律令制の50戸1里の構成要素となった1戸を指し、それは2・3等親までを含む家族形態であるとしている。（矢嶋仁吉・前掲書）

いいかえれば、人頭割りにきめられている班田の支給と召還は、じっさいには郷戸単位で行われたもので、この郷戸は2、3等親をふくむ親族家族を意味している。そうだとすれば、班田の支給と死亡による召還が、〈集落〉やその周辺の支給田の区画をおおきく乱すことがないことがかんがえられ、したがって〈環濠集落〉のようなものが存在する根拠はあるとしてよいことになる。

このような〈集落〉は、血縁親族を最小の単位としてつくられた〈集落〉とかんがえることができるが、この血縁には、夫婦の兄弟姉妹とその子どもまでを一戸としてふくんでいる可能性があった。そしてこのような〈戸〉が50前後で〈集落〉をなしているというのが、水田稲作初期時代の中央の農耕民のもっともちいさな〈集落〉であったとみることができよう。

一般的に〈集落〉が形成されるばあい、ただひとつの家族または親族が入植して、しだいに分化した家族をつくり集落にまで発展することはなく、つねにいくつかの家族または親族が同時に入植するものだとかんがえられている。このかんがえ方からすれば、ひとつの〈集落〉とべつの〈集落〉とをつなぐ関係の仕方は、できるだけ同等の財力と収穫力をもった〈戸〉と〈戸〉とのあいだの婚姻によるほかはないようにみえる。そしてこの婚姻が〈集落〉内の個々の家族または親族の成員の増加あるいは減少という意味しかもたないあいだは、ひとつの〈集落〉と他の婚姻関係をむすんだ〈集落〉とのあいだの境界がこわれることはありえない。そしてひとつの〈集落〉と他の〈集落〉とは、それぞれの〈集落〉内の〈戸〉のあいだでは婚姻関係をむすびながら、〈集落〉全体としては場所的に異った夫々の〈集落〉として存続することができることになる。

この〈集落〉の在り方の形態では、大化田制にのっとって、たとえ約50戸ごとに里長をおいて、徴税と年貢のとりたてにあたらせたとしても、この里長に権力が集中し、他の里長の管括下にある〈集落〉を合併して強大な勢力をうるようになるという可能性はほとんどありえないといっても過言ではない。なぜならば、このばあい〈集落〉と〈集落〉とを関係づけるものは土地の所有ではなく婚姻関係しかかんがえられないし、また〈集落〉の里長はただ血縁的なつながりの濃い共同性を、一般者として体現しているから、抗争や矛盾の要素よりも和合の要素のほうが優勢とかんがえられるからである。たとえひとつの〈集落〉の里長が、他の〈集落〉を強力によって併合したとしても、この併合に私有地と私有収穫の増大という意味がないかぎり、併合はただ荷物を背負いこむ以外のことにならないはずである。

班田法は実質的には水田耕作地を人頭割りに郷戸ごとに支給したため、郷戸単位にかんがえれば、田地の〈占有〉とおなじ結果をもたらしたとしても、死亡によって田地を召還しなければならないという規定があるために、どうしても永続的な〈私有〉の観念をうみだすことはできなかった。つまり、〈アジア的〉な田制の日本版では、土地の私有と兼併をもたらしえず、このかぎりでは共同体は安泰であったといってよかった。

中等学校の歴史の教師は、班田制が崩壊したのは、新田に開墾された田地について、一定の条件のもとに〈私有〉がみとめられた点にあると教えた。このために、財力と労働力をたくさんもった土豪や社寺は、あらそって土地を開墾して田地にかえ、これを私有しはじめ、実質的に班田制による田地の給付と召還の制度を無化してしまったというのである。この開墾田にたいする例外的な特典は、6歳になる人口のほうが、死亡する人口よりおおいかぎり、まったく当然の処置であるといっていい。また、〈集落〉内のそれぞれの郷戸のほうからいえば、この特典がないとしたら、6歳になる人口のほうが、死亡する人口よりもおおいかぎり〈隠居〉または〈姥捨て〉の風習を、半ば〈集落〉的な制度としてつくりだすことで、この人口増加をきりぬけるほかはないことになる。

ごく一般的にかんがえて、〈集落〉は、地理的にも共同体としても、土地の〈私有〉がはじまるとともに畸型化されるといっていい。それとともに〈集落〉は直接関係によって、空間的に人格化される。

開墾田について私有がみとめられるようになってからは、〈集落〉はそのなかの有力な尊族をめぐって、地理的にも共同体としても求心的なものに変質していった。それまでは〈集落〉の〈神〉はほこらの神として〈集落〉内のどこかの片隅に祭られていたのだが、もはやその〈神〉の傍には有力な郷戸集団の首長が空座を占め、それ以外の個々の家族や郷戸は、その方向に吸いよせられる恰好になった。そして開墾田はそれを直接に現場で指示し督励したものによって人格化され、もともと制度的にそれらを支配していた豪族や社寺や、また郷戸の首長に従属していた奴婢は、この人格化された開墾田の私有から排除されたのである。こうなってくれば、〈環濠集落〉の意味は、その本来的なものとちがってきて、〈集落〉の有力者を首長とする農業都市的なものに転化せざるをえない。もはや、〈集落〉があればその周辺にその〈集落〉に属する班田があるといった形態は乱れてしまい、極端にいえば〈集落〉と、その〈集落〉の権力者や郷戸が〈私有〉している開墾田や社寺田とは、地理的には無関係であるといってよいほどひき離されたものとなる。いいかえれば、〈集落〉という概念は、田地と無関係な居住空間という概念にかわり、田地はしだいに、〈集落〉に付属する公有地という意味を喪ってゆくといっていい。この状態は、農耕集落が〈都市〉化してゆく前兆であるとみなされる。集落の人々にとっては、その耕田が公地公有のものであり、究極的に農耕共同体の最上層の独占者の専有に属するものであるかどうかは、どうでもよいことになる。ただかれらを直接に〈集落〉ごとに支配し督励する強制力をもつものだけが、かれらにとっていやおうなしに肌身に迫ってくる支配力の所有者とかんがえられるようになる。この直接性にくらべれば、雲の上でそれを統御しているものの存在は、農耕にたずさわる人々にとってかくべつの意味をもちえないといっていい。この状態は、農耕民をその本来の性格につきおとすとともに、〈集落〉にあたらしい〈都市〉的な意味をあたえるものであった。

わたしたちは、しばしば、〈都市〉という概念が、うまく規定できない概念であるという見解にぶつかる。たとえばM・ウェーバーはつぎのようにのべている。

「都市」の定義は、われわれはこれをきわめて種々さまざまの仕方で試みることができる。
すべての都市に共通していることは、ただ次の一事にすぎない。すなわち、都市というものは、ともかく一つの（少なくとも相対的に）まとまった定住――一つの「聚落《オルトシヤフト》」――であり、一つまたは数ヶの散在的住居ではないということのみである。散在的住居であるどころか、都市においては（もっとも都市においてのみというわけではないが）、家々はとくに密接して、今日では原則として壁と壁とを接して、建てられているのが例である。

ところで、一般の観念においては、「都市」という語には、住居の密集ということ以上に、さらに純粋に量的な標識が結びつけられている。すなわち、都市とは、大聚落《オルトシヤフト》なのである。この標識は、それ自体として必ずしもあいまいであるというわけではない。社会学的に見れば、この標識は次のことを意味することになろう。すなわち、都市とは、巨大な一体的定住を示すごとき聚落《オルトシヤフト》――ここに聚落とは家と家とが密接しているような定住を云う――であり、したがって、そこには、都市以外の隣人団体《ナハバールフエアバント》に特徴的な・住民相互間の人的な相識関係が、欠けているということである。そうなると、比較的大きな聚落《オルトシヤフト》のみが都市であるということになろう。そして、ほぼどの位の大きさに達したときこの標識が認められるかということは、一般的な文化諸条件に依存する問題である。（マックス・ウェーバー『都市の類型学』世良晃志郎訳）

「住民相互間の人的な相識関係が、欠けている」、といういい方は見事だとしても、ここではただ、都市というのは住居の大きな密集地帯だといわれているだけだといっていい。そんな馬鹿ないい方しかできないものだろうかという問題意識をたてたほうがはやいほどである。

いままでつかってきた〈集落〉という概念も、おなじようなあいまいさが、絶えずつきまとっている。〈集落〉という言葉は、もちろん、ウェーバーがここでいっている「オルトシャフト」という概念に対応するわけだが、わたしたちは、はじめに、それを大化の条里制にもとづく、制度的な集合域とかんがえてきた。すなわち、ほんらいならば班田制によって個々の男子または女子が一定の年齢（6歳）になったとき田地を支給され、また死亡したときに召還されるのであるが、この班田の支給は、2、3等親の親族をふくむ家族としての〈郷戸〉を単位として支給され、また〈郷戸〉約50ごとに〈里〉と規定されたために、ひとつの〈里〉を最小の単位としてつくりだされた農耕民の集合地を〈集落〉とかんがえてきた。

つぎに、このように条里的に形成された〈集落〉の概念は、開墾田の私有がみとめられるようになるにつれて、社寺や豪族の開拓した私有田の増加にともなって変貌することになった。だいいちに〈集落〉という概念には、かならずしも公的な意味が伴わなくなった。いいかえれば、宅地の集合域〈私有域〉と、公的に支給される班田とはかならずしも場所的におなじであるとはかぎらなくなったのである。規模についても、田地との関係についても〈集落〉は一義的な結びつきを喪うようになり、どんなおおきな〈集落〉も、どんな小さな〈集落〉もありうることになるとともに、〈集落〉と耕作田とは地理的に無関係なものとなったのである。さらに、〈集落〉の概念はたんなる郷戸の集合域という意味をもたなくなり、有力者の館と、それに求心的にむすびついた分家、奴婢、使用人の集合という意味をもつようになり、地理的にも〈集落〉には疎密の異った部分があらわれるようになった。つまり、後世の城下町のような性格の兆がみえはじめたのである。

ところで、よく反省してみると、わたしたちはここで、〈みてきたような嘘〉をいっているだけではなく、条里制集落という概念について、あいまいな混同を侵しているのかもしれない。専門家たちのあいだでは、条里制による集落区劃の成立が、大化の班田制以前からあったものか、以後に成立したものであるかがひとつのおおきな問題になっているようにみえる。また条里制田地の成立を土地制度としてみるべきか、あるいは耕地開拓の方法としてみるべきかが問題であるらしい。なぜならば、規則ただしい条里制口分田の成立は、いずれにせよかなり高度な大規模な開拓技術の存在なしにはかんがえられないからである。また、水利の便をもった規則ただしい、条里制田地の成立は、とうぜん稲作の収穫の飛躍的な増大を予想させるからである。

ところで、ここで問題にしているのは、〈集落〉とはなにか、どのようにして成立し、どんな過程で発展するかという論理である。

そのためには、おそらく〈集落〉という概念に厳密な規定をあたえなければならないといえる。〈集落〉という概念には耕作田や土地のイメージがつきまとうとおなじように、家屋とか宅地とかの集まるところというイメージもともなっている。そしてこの二つは時代によっては、まったく別個の関係にあるものとかんがえてよいことになる。

〈集落〉という概念には、地理的な意味あいと共同体的な意味あいとが、あいまいに含まれている。地理的な意味では、〈集落〉はどのような〈場所《オルト》〉につくられ、その〈場所《オルト》〉はどのように変化するかということが問われる。共同体的な意味では、〈集落〉はどのような制度的な構成のもとにつくられ、構成の変化とともにどのような変化をとげるかが問われる。

このような問題意識からは、〈集落〉ははじめに〈家族〉または〈親族〉の共同性をもとにしてどのような構造をもって形成され、それはどのような過程をとおって国家以前の〈国家〉にゆきつくか？また、〈集落〉はどのようにして〈都市〉にゆきつくか、そしてこのばあい〈都市〉とはなにかが問いかえされることになる。

こういう問題意識からは、条里制集落が問いかける問題は、だいいちは、口分田が個々の男女の集落民ごとに、規定された支給をうけるという班田法の規定は、〈家族〉あるいは〈親族〉を単位とする郷戸にとってなにを意味し、どのような結果をもたらすかということである。もうひとつは、いわゆる公地公民制で、支給田が個人の死亡によって召還されるという制度は、〈集落〉になにをもたらすかという問題である。さらにもうひとつは、あらたに開墾された田地にたいしては一定の私有がみとめられることが、口分田集落にどんな影響をあたえ、どんな破壊作用をもたらすかということである。

専門家たちの問題意識はこれとちがっている。落合重信は『条里制』のなかでつぎのように専門家たちの問題意識の所在を要約している。

条里制開拓が大化前代に遡ることが実証される見通しがたてられたといっても、田村氏のいうようにそれは代制であって、条里制はあくまで大化以後のものに限るべきだということになると、条里制ということばの概念規定が必要なようである。

「条」と「里」の呼称があってこその「条里」ではないかという意見はさきに述べたように竹内理三氏が「中世荘園に於ける上代的遺制」についで「条里制の起原」を書いたときすでに解決ずみのはずである。そうすると条里制の概念規定として、「古代における一町方格地割による開拓方式と、これに条・里等の呼称を付しておこなう土地管理方式の全体」としてみてはどうだろうか。そしてそれは開拓が大化改新以前に遡る場合も認めての上である。

ここで「条里制開拓」というばあいの「開拓」という概念と、条里制が大化前代的でありうるかどうかについて、説明しなければならないが、さしあたってここではどうでもよいこととして、そのままにしておくことにする。専門家たちが、条里制の問題で、なにを主要な関心事とするかは、これだけの引用から充分うかがうことができる。そして、ここでの問題意識とはちがっていることも理解できるはずである。

わたしたちの問題意識からは、最初のそして重要な意味あいをもつ問題は、〈集落〉が個々の〈家族〉、または親族をふくんだ〈家族〉の共同性と、どういう関係で成立するかという問題である。

今宮新の『班田収授制の研究』は、この問題について、ほぼ明瞭にいくつかの事実をあきらかにしている。

ひとつは、実際上に口分田の支給と召還の対象となった郷戸は「戸主の直系・傍系・親等を包括する」もので、ある例では、戸主・妻妾・庶母・子女・孫、弟及び配偶者・妹及びその男女・甥及びその家族・従父兄弟及びその家族・寄口・奴婢等を包括し、ある場合には、戸主の甥姪を含み、ある場合には戸主の従父兄弟姉妹等が包括されるといったように、かなり多数の親族をふくむ家族であったということである。

つぎに、この郷戸は歴史的な傾向としては、戸主とその直系の家族や奴婢だけを含む、より一層小さい共同性へ転化してゆくということである。

これは、だいいちに〈集落〉が地理的には、郷戸の分化とともに一定の限度まで拡大しうることを意味する。さらに、もうひとつは、この分化の過程で家父長の位置がしだいに意味をもちはじめるとともに、郷戸の戸主という位置が、たんに血縁共同体の責任者という意味から、〈集落〉における首長という家族外の公的な役割に転化してゆくということである。

ここから推量できるもっとも重要なことは、〈集落〉の共同体は、その〈集落〉の成員に属する口分田と地理的に切りはなされ、あるばあいには、それと無関係に形成される可能性がうまれるということである。班田法の初期には、支給田のできるだけ近くに〈集落〉は成立したであろう。逆のいいかたをすれば、〈集落〉の宅地の近くにある田地が支給田として指定されたであろう。しかし、郷戸の分化は、〈集落〉の宅地とその支給田の地域とを分離させ、あるばあいには無関係にしていったにちがいない。この耕田ときりはなされて成立する〈集落〉は、始原的な〈農業都市〉への第一歩である。それとともに、支給田の側からいえば、血縁共同体にたいして、土地所有の共同体ができてゆく第一歩であるといってもよい。

宅地からあまりにはなれた支給田を耕やさねばならなくなった農耕民は、ある距離以上では、とうぜん移住する（売買が禁じられているかぎり）ほかはない。そしてこういう移住者のむれは、血縁的な

〈集落〉をはなれて、おなじ地域に移住してきた別の〈集落〉人と、地縁的な共同性をむすぶことになる。

それとともに、支給田からきりはなされた〈集落〉は、耕作とやや疎遠になった意識で、生活財料を交換しあう〈市〉を形成したり、農耕に必要な用具を手造しはじめたりすることになる。

そこで、地縁〈集落〉が血縁〈集落〉と併存し、あるいは重複し、より小規模な直系家族と、親族をおおきくかかえこんだ大家族とが並存したり、混合したりする状態があらわれるようになる。これは理論的にはあまり歓迎すべき状態ではないにしても、血縁共同体から地縁共同体へという歴史的な展開過程は、そうおあつらえむきにスムーズな展開をみせるわけにはいかないとかんがえるのが至当である。

もしこの状態のなかに、わたしたちが〈日本的〉とかんがえている〈アジア的〉農耕様式のひとつの形態が、その特質をつらぬくとすれば、猫のひたいのようなせまい平地の開墾と、そのために灌漑工事を巧みにやらなければならない必要性を、いったいたれが担当するかという問題があらわれてくるはずである。理論的な要求からは、この担当者は、種族的な共同体の最高の統治者がふさわしいのだが、じっさいには、おそらく〈集落〉のいくつかを統合し、じっさいに農耕の督促にあたる首長や豪族にほかならないといえるはずである。

このばあい、重複したり、奇妙にからみあったりしている〈集落〉群と、そのなかの〈家族〉の形態は、うまく単純化すればふたつの型にわけることができるかもしれない。ひとつは大家族がそれぞれの血縁や等親のつながりによって分家することで〈集落〉をつくり、その付近にある支給田地を耕作している状態である。もうひとつはわりあいに自然状態にちかい〈集落〉が、内部にもっている矛盾から、まず、小さな直接家族への分化をきたし、それとともに、支給田が宅地の近隣にえられるとはかぎらなくなり、あるばあいには移住して田地のちかくに、地縁的な〈集落〉をつくるにいたる状態とである。

この状態にまでやってきた〈集落〉は、つぎにどこへゆくのだろうか？

マルクスはヴェラ・ザスーリッチへの手紙のなかでのべている。

最後に、より前古代的な共同社会では、生産は共同でおこなわれ、ただその生産物だけが分配されたのであるが、これに反して〔農業共同体では〕耕地は依然として共同体的所有ではあるが、それは農業共同体の構成員のあいだで定期的に割替えされ、そうすることによって、おのおのの耕作者は自分にあてがわれた耕地を彼自身の計算で耕作し、その成果を個人的に占有するようになっているのである。この、集団的ないし協同的生産の原始的な型は、いうまでもなく、孤立した個人の弱さの結果であって、生産手段の社会化の結果ではなかった。

「農業共同体」に固有なこの二重性がそれに力づよい生命を賦与しうるであろうことは、理解にかたくない。というのは、一方では、共有財産とそれから生じるすべての社会関係とがその基礎を強固にすると同時に、私有の家屋と耕地の分割耕作と成果の私的占有とが、より原始的な共同社会の諸条件とは両立しない個性の発展を可能にするからである。けれども、この同じ二重性が、時のたつにつれて解体の一つの源泉になりうるということも、それにおとらず明らかである。敵対的な諸環境からのすべての影響を別としても、家畜の形での富にはじまる（そして、農奴の形での富をも可能にする）動産的富の漸次的蓄積の一事、さらにこの動産的要素が農業そのもののなかで果たすますます顕著な役割、この蓄積と不可分である他の多くの諸事情——この説明をすると深入りしすぎることになるだろう——、これらすべてのことが、経済的および社会的平等を解体するものとして作用し、共同体の内部に利害の衝突をおこさせるであろう。この衝突は、まず耕地が私有財産に転化することにはじまり、すでに私有財産の共同体的付属物になっている森林、牧地、荒蕪地などまでもの、私的占有にいたるのである。こういうわけで、「農業共同体」はどこでも前古代的社会構成体の最近の型としてあらわれるのであり、また、古代および近代の西ヨーロッパの歴史的運動においては、農業共同体の時期は、共有から私有への過渡期として、原始的構成体から二次的構成体への過渡期としてあらわれるのである。けれども、どんな事情のもとでも、「農業共同体」の発達はこの道をたどらなければならないであろうか？　けっしてそうではない。「農村共同体」はその構造上の形態からして、次の二つのうちのどちらかをえらぶことができる。すなわち「農業共同体」のなかにふくまれている私有の要素が集団的要素にうちかつか、それとも後者が前者にうちかつか。すべては、それがおかれている歴史的環境のいかんによるのである。……これら二つの解決がアプリオリには可能であるが、そのどちらかであるためには、明らかに、まったく異なった歴史的環境が必要である。（『資本主義的生産に先行する諸形態』手島正毅訳）

これは一般的な農耕共同体の形態の素描として、なかなか的確であることがわかる。この素描のなかには、もっとも近い大化前代から、もっともはじめの荘園発生時代までの時期が、大まかに包括されるといっていい。

わたしたちは、こういう記述に触発されて、私有宅地にかまえられた居住の〈集落〉から遠ざけられた耕田が、やがて耕田を中心とする〈集落〉に移ってゆき、その過程で、大親族家族は小家族へ、また幼時から死亡までの個人に支給されまた召しあげられる口分田が、おもむろに私有田に転化されてゆく状態をおもい描くことができる。そして、三分の一人前の口分田を支給された官戸奴婢と、まったく口分田の支給にあずからない私人奴婢とが、しだいにおなじように有力者の家人化してゆく過程がこれに付加される。

マルクスなどが、〈アジア的〉な農耕社会の標識とかんがえたものは、いくつかの点に要約される。そのひとつは、土地の共有であり、共有された土地の個々の耕作者はけっして私人としてあらわれないとともに、共有地の占有者としてもあらわれず、いわば不可解な溷濁した耕作人格として機能するようにあらわれるということであった。これは比喩的にいえば、作った農作物は共有の名目人にことごとく吸いあげられ、しかも剰余分を占有されたのこりは、かなり平等に各郷戸に分配をうけるという初期条件のなかにあったとかんがえておいてよい。もうひとつの標識は、農業と手工業とが直接に家内的にむすびつき、このふたつの乳離れがなかなかうまくゆかない、ということであった。なによりもこれは、手工業の生産のはじまりが〈集落〉のひとびとによって行われず、共同体の大首長によって逆に天下り的に〈集落〉に持ち込まれ、〈集落〉の長から各郷戸に割りあてられるという人為的な制度からもたらされた結果のように思われる。したがって、手工業的な技術が、本来的に農耕の必要からうみだされたものではなく、どこか文明的に優位な大陸から（中国から朝鮮経由）輸入されたためとみなされる。さらにもうひとつの標識は、平野や灌木地の耕地化が、農業水利上の天候や地理的な不備のため発達せずに、大規模な灌漑用の土木工事が必要であったため、天然の水利を利用しえないところでは、国家や共同体の上層によってのみこの灌漑用の土木工事がおこなわれねばならなかったことである。天然の低湿地いがいの田地を開拓するには、〈集落〉はその外部から〈集落〉を占有するものたちの土木工事をまつほかはなかった。これは農耕共同体が、かなり強く親族集団の共同性に依存し、しかも独占的な大首長の牛耳のもとにあったという機構上の特徴にもとづいている。だから、真の意味での土地所有者は、いつも共同体または国家であったことの帰結であるともいえよう。

　さらに地理的にも歴史的にも〈日本的〉な特異性としてかんがえなければならないのは、格段に高度であったとみなされる農耕と灌漑土木工事の〈技術〉が、大首長によって外部から（大陸から）人工的に〈移入〉されたにちがいないという一事である。このため、大首長の一群とそれ以外の農耕民との間の格差は、文化的にも技術的にも甚だしいものとなった。一方で大伽らんや高度な建築物が美と規模の大きさを競いあうかとおもえば、一方では原始的な竪穴住居からあまり進歩しない掘立小屋で、土間に莚敷きで寝起きする住民があり、その甚だしい格差を埋める中間は未成熟であるといった〈日本的〉な社会の原型がつくられていったのである。わたしには、この根拠が、もっぱら〈技術〉と〈文化〉の外来性に帰せられるようにおもわれる。

マルクスらのいう〈アジア的〉な農耕共同体において、〈集落〉の構成が変化してゆく指標となるのは、いつも、ひとつは〈集落〉内の個々の家族構成の変化の仕方であり、もうひとつは〈集落〉内において、農耕的な豪家を中心にその構成が求心的になるという点である。そしてこのふたつは、ともに、土地の〈私有化〉がたれによって担われ、どう進行したかという問題の表象である。

中等学校教科書の記載でいえば、大化の土地と農耕者との公有体制が崩れたのは、新たに開墾された土地にたいして、一定の条件のもとで土地の私有をゆるしたことにあるとされている。そしてこの開墾には、大なり小なり水利工事がひつようであるため、財力と人力にめぐまれた豪族たちの手で、まず私有耕地の開墾がおこなわれた。いったん、私有地がゆるされるならば、豪族たちの開墾田の私有は、かならず〈集落〉の個々の家族にとっても、土地の私有化のきっかけをおこさせずにはおかない。なぜならば、〈アジア的〉な農耕共同体の惹き起しやすい特質は、共同体の最強の権威に吸いあげられる公有いがいには、農耕者は、土地の公有を是認しないという逆のユートピア理念を包括するからである。豪族たちが開墾田を私有するならば、それに従属してじっさいに開墾に従事した個々の〈家族〉もまた、私有の意識を実現せずにはおかない。そして個々の〈家族〉に私有の意識が実現されれば、〈家族〉の内部にはおなじように絶対的な統御力をもった家父長がうみだされ、この家父長の権威に服従しにくい親族はこれから分離（分家）するほかにない。

もちろん当然なことだが、家父長の権威に服従できないで分離（分家）する親族の位相は、家族内の農業と手工業の分離（分業）の位相とは同一でなかった。そこでは初期の農業と手工業との分離（分業）は、手工業の農業からの公的な分離とならずに、家族内での分離（分業）にとどまるほかはなかった。そこで、まず初期の発達した〈集落〉は、都市と農村とに両棲しているような独得な〈集落都市〉

をうみだすほかはなかったのである。

〈都市〉と〈農村〉とを対立した概念で扱うときの〈都市〉とは、大なり小なり天然との直接的な生産関係から切りはなされた生産諸関係に支配される〈場所《オルト》〉を意味している。たとえ〈農業都市〉というよりほか呼びようのないような矛盾した呼称でかんがえられる〈都市〉のばあいでもおなじである。こう規定される〈都市〉は、ウェーバーののべている住居の密集した大集落という特徴でとらえられない。にもかかわらず、河川の流域、または海をひかえた平野に〈場所《オルト》〉を占め、周縁部にいくらかの農耕田畑をふくんだ工場地帯をもち、その内域に密集した居住地があり、行政機関と私有的な資本の中央機関の建築物を集中させ、それらに求心的になった交通、文化、交換その他の流通機関が集積した〈場所《オルト》〉を、〈都市〉の普遍的な標識としておもい描いていることはたしかである。そして、こういう〈都市〉の在り方を無秩序ではあるが、歴史的に発達した必然的な形態としてみなしてきた。いいかえれば〈都市〉が発達し、現在もその発展をやめない状態は大なり小なりこの形態を占めるものであるとかんがえてきた。

〈都市〉の形態について構想することは、ただ〈無秩序〉のまま類型的に発達した歴史的な構成を、そのまま意図的に計画化することを意味している。かりに、それ以外の〈都市〉にたいする構想が不可能であるとしても、ただひとつの点でこの歴史的に形成されてきた〈都市〉の在り方や構想を是認すべきではない。ただひとつの点とは、あらゆる公的な権力や権威の〈場所《オルト》〉に求心的につくられていることである。〈都市〉は、あらゆる公的な権威や権力を示唆する存在を、じぶんの胎内から追放することで、みずからの〈都市〉としてのユートピアを実現するほかはないようにみえる。これは〈革命〉のひとこまでありうるか？

異族の論理

琉球諸方言を含む現代日本諸方言の言語的核心部の源となった日本祖語は、西暦紀元前後に北九州に栄えた弥生式文化の言語ではないか。そして紀元後二、三世紀の頃、北九州から大和や琉球へかなり大きな住民移動があったのではないか。縄文式文化の担い手が日本人であったとすれば、日本祖語の時代の日本各地には、日本祖語と同系ではあるが、それとは異なる多くの小方言（異系の言語もあったかも知れない）が話されていたであろうが、それらは日本祖語から発達して来た方言に同化吸収されて、現代諸方言に多少の痕跡を残して消失したのであろう。次に、この日本祖語はどこから来たか？　日本語と他の言語との同系がまだ言語学的に証明できていないので、この問いにはっきり答えることはできないが、日本語と最も近いと考えられる朝鮮語との言語年代学的距離が六〇〇〇年以上である蓋然性があるから、縄文式文化時代人が日本人であるとすれば、そしてわが国におけるその縄文式文化時代が四〇〇〇年以上も続いたことが明かとなれば（千葉県姥山貝塚の縄文式中期の土器を出土する遺跡の年代は、放射性炭素の残存量の測定によって今から四五〇〇余年前と算定された）、後に日本語へと発達した言語は、日本祖語となるまで四〇〇〇年以上も日本で話されていたことになろう。朝鮮語から分裂した日本語の前身は日本において多くの氏族方言に分裂して行ったに違いないが、各地に種族国家的統一が生ずるとともにヨリ大きい種族方言に統一されて行く傾向を生じたであろう。それらの種族方言の一つが発達して日本祖語の地位にのぼるに至ったものであろう。

（服部四郎『日本語の系統』）

金関博士はこれをこう解釈しています。つまり、最近に現われた弥生時代人の平均身長が、その土地の縄文時代人にくらべて急にのびているのは、南朝鮮から身長の高い人種が、稲作農耕という新技術をたずさえて西日本に移動してきた、そしてその影響が、あるいはその人たちの骨にあるのかもしれない。少なくとも縄文時代人の平均身長というものが、その人たちの影響によって一時急速に高くなった。ところが、移ってきた人の人口量は、土着の縄文時代人にくらべてはるかに少ないものであった。そしてやがてその長身の特徴というものが、在来種の縄文時代人のなかに混血によって吸収され、やがて失われてしまったのであろう。

（中略）

もしこの推定が正しいとすれば、言語の面においても、のちに倭人として知られた西日本の民族の話していたことばのなかに、その土地の、つまり西日本の縄文文化人のことばが非常に大きな比重を占めることになります。稲作という新しい生活技術をもった異民族は、混血によって在来の縄文時代人に吸収されてしまうほど少数のものでした。そして、弥生時代人のことばは縄文時代人のことばと、その言語構造において根本的な相違はありません。それで縄文時代人の話していたことばが、その後の日本人のことばの基幹となったと考えられます。（石田英一郎『日本文化論』）

これだけの引用からも、むらくものような疑念が、つぎつぎに頭をもたげてくるのを防ぎえない感じがする。そしてこの種の疑念は、どんな古代史家、文化人類学者、言語学者が、古代について記述しても、いまのところ免かれないといっていい。ここに引用した見解は、まだそういった疑念がすくない方のものに属している。それでもなおとめどないような疑念を、順序もきめずに挙げつらうことからはじめてみたい。

　ありていにいえば、はじめ、現在の政治的な焦点のひとつになっている沖縄返還の問題を、とりあげてみたいとおもった。そしてできるかぎり、現在の沖縄問題をあつかった著書にあたってみた。しかし、どれひとつとして、わたしを立ちどまらせるものはなかったといっていい。沖縄の即時返還要求も、条件つき返還方式もへちまもない。なんにもわかっちゃいないじゃないか？

　わたしは、そぞろに金久正の著書や、島尾敏雄の文章や『奄美郷土研究会報』の報文がなつかしくなった。ただ表層をするするとかすめていくだけで、なんにものこらない沖縄返還問題の著書をとりあげるよりも、言語学者や文化人類学者や篤学の郷土研究家が、古代文化や言語についてあつかっている手つきを、日本人の起源とはなにか、日本文化の起源とはなにか、そこで琉球・沖縄の占める場所とはなにかという課題の脈絡のなかでとりあげるほうが、現在の情況にたいしてずっと切実だとしなければならない。もっとも格別の準備があるわけではないから、うまくゆくかどうかはわからぬ。

　弥生式文化を担った種族が、北九州から畿内の方向と琉球の方へ移動したのではないかという服部四郎の想定とおなじ種類の考え方は、わたしの知っているかぎりでは、伊波普猷がかつて〈古琉球〉の考察のなかでかきしるしていた。そして普猷は、しかるがゆえに琉球・沖縄人は日本人であるという言い草とむすびつけていた。わたしは伊波普猷のこの言い方にあるこだわりのようなものを感じて、よみながらあまり愉快でなかったのをおぼえている。そんなに、おれたちもおなじ日本人であるなどということに、意味をもたせなければならないのか。だから琉球・沖縄の連中というのは駄目なんだ。一事が万事ということがある。かれらの研究者をとってみても、本土の学者がエキゾチスムを混えて〈おもろさうし〉は、すぐれたものだといえば、すぐ口まねして〈おもろさうし〉はすばらしい古典だなどと後生大事にかかえこんだままで称えだす。しかし〈おもろさうし〉は、言語学や民俗学や固有信仰に、べつに関心をもたないものが虚心によめば、文学的にはたかだか平安末期以後の『梁塵秘抄』とか、『仏足石歌』のような、宗教味をふくんだ土謡調くらいの意味しかもっていやしない。こんなものをすばらしいなどと抱えこんでいるのは、よほどどうかしているのだ。わたしは、沖縄や琉球出身の研究者たちが、本土の研究者の学風の口まねと、うけ売りばかりやって、ひとつもそこからはみだそうとしないのをよむと、むかむかしてきてしかたがない。一事が万事で、これは政治的なかけひきにもあてはまる。かれらはたんに軍事的や政治的にだけではなく、地理的にも歴史的にも学問的にも風俗や慣習としても、琉球・沖縄が本土や中国大陸や東南アジアや太平洋の島々にたいしてもっている重要な、多角的な意味あいをじぶんたちで判ろうとも、じっくり掘りさげようともしてはいない。そして戦後二十数年のあいだ、せめて本土の都道府県なみの扱いと、経済援助をやってくれなどと保守政府に訴えつづけてきたのである。かれらが購いえたものは、よろず薄っぺらで無智な本土の進歩的知識人の、なんの役にもたたない同情心だけである。この同情心の本体たるや、琉球・沖縄の問題を、たんに朝鮮人問題やアメリカの黒人問題や、わが国の部落問題から類推のきく程度の問題とかんがえているにすぎない。

伊波普猷とちがって、柳田国男は晩年の力作「海上の道」にいたるまで、琉球・沖縄の土着民は原日本人であるというかんがえをやめなかった。柳田を支えた根拠は、周囲を海にかこまれた列島では、ひとびとは舟にのって交通するよりほかに方法はない、そうだとすれば地理的な遠近が問題になるのではなく、どう向いた潮流に乗って、どのような経路で、どこからこの列島にやってくるとかんがえるのが自然なのかが、重要だという問題意識であった。そして原日本人は潮流にのって南部中国や東南アジアや、太平洋の島々からまず琉球や沖縄の島々にたどりつき、しだいに本土のほうへ下ってきたものだというかんがえ方を披瀝した。折口信夫のかんがえもこれと同質であったといっていい。

柳田国男のかんがえかたには、おおざっぱにいってふたつほどの弱点がすぐにみつけられる。ひとつは、朝鮮を経由してやってくる大陸の圧倒的に優位な文化（弥生式）の流入と、ばあいによってはそれに伴ってくる大陸の異人種の到来を、どううけとめるべきかが不問に付されるか、あるいは過小に評価されるということである。もうひとつは、わたしたちが〈日本人〉とかんがえている人種の、幾重にも累層的に混血しているとみなされる実体を、うまくすくいあげることができないということである。柳田のいうように原日本人ともいうべきものが、南方から潮流にのって漂流移住したものとみなすかぎり、この漂流移住は、どの時代の、どの時期をもってきても、同等の確率をもっているはずだから、この漂流移住は、歴史的などの時期をとっても絶えず可能だとみなされなければならないはずである。もちろん、おなじことは、朝鮮を経由して大陸から北九州に移動してきた弥生式文化やそれにともなう異人種の到来を想定するばあいでもいえることである。騎馬民族説のように、大陸の奥でたまたま西暦紀元前後に、政治的あるいは軍事的な混乱があり、その横圧力と余波が朝鮮を経て、さっそうと騎馬にまたがった種族と文化と征服力を、わが列島にむけて押し出したなどとかんがえることは馬鹿げている。文化はそれが公式にあるいは大規模にもたらされるためには、それ以前に幾世紀にわたって非公式にあるいは部分的に移入されていて、すでに受け入れるべく用意された基盤をもっているとかんがえるのがもっとも自然だからである。

　服部四郎は、日本語が朝鮮語とわかれたのは六〇〇〇年以上の時期であるという蓋然性があるということを唯一の根拠として、琉球語をふくむ日本語方言の源となった日本祖語は、弥生式文化の言語であり、それが同系の縄文人によってつかわれていた言語に同化吸収されて、現在かんがえられる日本語の祖語ができあがったのではないかという仮説をつくっている。

　わたしはべつに比較言語学の専門家ではないから、言語についての文学的な勘でいうより仕方がないが、服部四郎の想定を裏付けている歴史的な時間の尺度は、あまりにま新しすぎるといっていい。人間における言語の発生は、意識の発生とともに古い。また言語年代的に日本語と朝鮮語とのわかれが六〇〇〇年以上と仮定して、いかに同系であったとしても、日本語が朝鮮語の影響に支配された言語と、たかだか二〇〇〇年くらい以前のところで、同化吸収されたかどうかとか、おなじ日本語であるかどうかを論議すること自体が、無意味であるとしかおもわれない。わたしたちが、眼のまえでみているのとおなじ確からしさでいえることはつぎのようなことである。

わが列島の千数百年前の時期には、文化的な最上層のところでは、公的な文書は、朝鮮を経由してやってきた中国大陸の言語と文字をつかって表現されていた。これとおなじ意味で、文化的な性質は、圧倒的に中国文化の影響をこうむっていた。しかし、話される言葉は、かんがえられないほど遠い以前から日本語といえるものが流布されていた。弥生式文化の成立の上限を二千年とし、たったこれくらいの年代のところで、日本語の本質的な、つまり中核のところでの変化や同化を想定するのは不可能だというべきである。

つぎに日本語の話し言葉は、中国語とその文字を、あたかも現在のローマ字のように表音的につかって書きとめる方法をあみだしはじめた。しかし、中国大陸の文化的な影響がかなり大きく滲透していたために、ある種の概念は、中国文字を表意的につかうことで、あらわすほうが思考の節約であることを知るようになった。このようにして日本語の話し言葉の表現は、中国語と文字を表音的にかりうけ、ある種の概念だけは、この文字を表意的につかってあらわす最初の方法を獲得したのである。

この問題は、もちろん日本語の起源の問題とも、日本人の種族的な起源の問題とも無関係な、言語の文化的環境の問題にしかすぎない。いいかえれば、たかだか二〇〇〇年くらいしか遡行できない弥生式文化の移入の問題は、言語の文化的環境の問題であり、言語そのものの構造的な問題ではありえない。もちろん文化的な環境の激変が、見掛けのうえで言語の表記に激変をもたらすことはありうるだろう。フィリッピン人が長いあいだ米国の統治下にあって、ごくふつうに米英語で会話したり、フランスの植民地であった地域の南阿人が、仏語で会話したりすることがあるように。しかし、これは言語そのものの問題ではない。言葉も文化も、それが優位であって、あたらしい概念をもたらすかぎり、どんな種族にも自在に住みつくことができる。しかし、この住みつき方は、文化的な最上層から一定の深さまで滲透したときに、種族語を発生させた種族的な環境の総体性から反撥や同化を強いられるといっていい。

石田英一郎は、朝鮮経由で身長の高い、弥生式の文化や稲作農耕の技術をもった人種が、西日本に移動してきて、縄文人に弥生式文化を移植するとともに、その身長を高くする影響をあたえ、やがて縄文人に同化吸収されるとともに、もとの身長にかえったという想定をたてている。しかし、さきにものべたように、この可能性を、千数百年まえの弥生式文化の成立期だけに限定する根拠は、まったくないといっていい。朝鮮経由の大陸からの文化や人種の移動は、もちろん規模の大小はあるとしても、数十万年まえから、いつもありえたとかんがえるのが、もっとも自然だからである。まして、人間の身長や骨格の変化は、すこしも異族との混血を必要としてはいない。こういう変化は文化的なまた社会生活的な環境のかなりおおきな変化さえあれば、おなじ種族でも数十年の単位ですら起りうることは、身近な戦後の日本人をかんがえてもすぐに理解できることである。それゆえ、身長や骨格の変化は、かなりの大きな文化的、あるいは社会的な環境の変化を、この時期に想定できるというにすぎない。この変化を稲作農耕の成立にもとづく、というのは確からしさをもっているとしても、人種的な混血に帰するのはほとんど無意味だというべきである。南朝鮮経由の人種の混血や同化ならば、ことに西日本では、いつも各時代にありえたはずだからである。

石田英一郎は、柳田国男のように稲作農耕の発祥地を、東南アジアや中国南部の一帯にもとめることに同意しながら、それが南島の島づたいにやってきたという考えには同意せずに、朝鮮経由で弥生人によってもたらされたものと想定した。だから琉球・沖縄のようなわが南島が、人種的にも文化的にも、弥生式以前の古層をおおく保存しているというかんがえに同意しなかった。この問題については、なにも確定的なことを知らされていない。ただ、わたしたちは、古代史家や文化人類学者のかんがえかたから、いつも、『魏志倭人伝』に記載された以前の時期や、弥生式文化の成立以前の時期には、わが列島には人っ子ひとりいなかったとか、〈国家〉がなかったとか、少数の未開の蛮族しかいなかったとかんがえているのではないかという途方もない印象をうける。もちろん、そうは書かれていないのだが。これは遺跡や什器、武器、装飾品などの遺品からその時代の文化を再構成するばあいに、あまりに欲張った想像を働かせすぎるからである。文化や言語や技術の移動は、それを担う人種の移動を想定しなくても可能である。またそうでなければ観念的な上層とはいえないのだ。また、文化や言語や技術の移動が、ある時期突然やってきて、その前後の時期にはまったく閉鎖されていた、などとかんがえるのは、強力な政治的禁制でも想定しないかぎり馬鹿気たかんがえかたである。

縄文式文化の発生上限を、ほぼ九〇〇〇年以前として、この時期にはすでにわが列島の各地には縄文人が集落をつくって生活していた。これを人種的に単一とみなすことはまったくできないし、どこからやってきたかについても単一な経路を想定することはできない。しかしそれらの集落をつないで同系の言語が話されていたことはたしからしいとおもわれる。そしてこの同系の言語のうち、文化的にか軍事的にか経済的にか優位をもつにいたった種族の方言がしだいに共通語としての地位を占めるようになったとかんがえることができる。歴史時代以後で、こういう共通語としての地位を占めた言語は、九州語と畿内語と関東語とである。縄文時代を目安にして、この共通語としての優位を占めた言葉が、どこの方言であったかを推定することはむつかしい。あるいはこの時代では、言うに足るほどの優位性をもった共通語はなかったとかんがえるべきかもしれない。ただ同系であることがまったくはっきりしている言語が、強いくせのある方言として、わが列島をいくつかのブロックにわける通用語として割拠していたかもしれぬ。

もし九州語と琉球語との距たりが、九州語とその他の本土（最北をのぞく）方言との距たりよりも大きいとすれば、その理由は、地理的な距りよりもずっとおおきな意味をもった言語的な影響が、九州をはじめとする本土に波及しながら、琉球・沖縄がその影響をさほどかぶらずに、わりあいに閉ざされた離島の環境で固有な方言性を強めていったためとかんがえられる。縄文期に本土に波及しておおきな影響をあたえながら、琉球・沖縄をほとんど素通りしていった言語的な影響とは、朝鮮を経由してやってきた弥生式文化の波であるかどうかしらない。しかし、このようにかんがえてくると、とうぜん琉球・沖縄には、文化的にも種族的にも本土よりも旧い層が離島という条件で特異な変形をこうむりながらも、保存されているという考えかたが成立してくるはずである。そしてこのような旧い層は、もちろん本土における民俗学的な習俗や遺跡のなかにも、琉球・沖縄ほどではないにしても痕跡をのこしているとみなすことができる。

石田英一郎は、柳田国男が、稲作の古さは、弥生時代よりももっともっと古いものだ、と考えていたことに触れたあと、つぎのようにのべている。

ところが、考古学の材料が集積すればするほど、縄文時代に稲作農耕が行なわれていたという事実はとうてい考えられなくなりました。かりに、縄文の土器にも稲の圧痕のあるものが発見されたとしても、それは縄文時代人の住んでいる末期の時代に稲作がはいってきて、新しい弥生時代のはじまりを予告するものであろうと私は考えています。弥生時代は、あらゆる材料から考えて、その前の縄文時代とは、少なくとも西日本においては、非常に異質的な転換を、生活の全面にわたってとげています。

それを日本民族のはじまりの手がかりとするならば、弥生時代の文化に相当する考古学上の材料が、日本周辺においては、どういう地域と連続するかということがやはり大きな問題になってきます。

私は考古学の専門家ではありませんが、私の理解するかぎりにおいては、日本の弥生式文化が沖縄から日本にはいってきた、だから沖縄に日本文化の古い原初的な形がいまでものこっているのだという解釈は、考古学の上からはどうも取りにくいのではないかと考えています。それよりもむしろ、日本において先に弥生式文化が形成されて、それが南の沖縄へひろがっていったのではないかと考えています。そのゆえに沖縄には、日本列島ではすでに非常な変化をとげた古い習俗、古い信仰がかえって保存されてのこったと考えられます。この考え方が、もっと考古学上から検討されなければならないとも思っています。（石田英一郎・前掲書）

わたしは、以前に山口昌男という理論的に無智な、恰好ばかりつけたがるチンピラ文化人類学者から、とんでもない馬鹿気たいいがかりをつけられたことがあるが、ここにあらわれている石田英一郎の解釈も、だまって放っておけば、とんだ混乱をまきおこさないともかぎらないので、いくつかいっておかなければならないことがある。

だいいちに、石田のように縄文時代に、発掘された土器から稲の圧痕が発見される程度にも稲作が行われていなかったとかんがえることは、現代社会は工業社会だから、稲作が行われていないとかんがえるのとおなじ程度に、馬鹿気たことだということである。わたしたちが農耕社会と呼ぶとき、〈農耕が行われていた社会〉という意味でつかっているのではなく、社会の総体を支えるだけの支配力をもった生産様式が、農耕で占められていた社会ということを意味している。おなじように稲作農耕が行われた弥生式の文化の時代というとき、その文化をささえる社会の支配的な生産が、稲作生産であったということを意味している。そしてそれ以前の縄文時代では、稲作が社会をささえるおもな経済的な基盤としては、かんがえにくいというだけで、稲作農耕が地域的にあるいは局部的に、行われ、発達していなかったことを、少しも意味してはいない。

もうひとつは、センスの問題だからどうしようもないが、わが列島の文化、言語、国家、あるいは民族とか人種とかの起源をかんがえるばあいに、たかだか二〇〇〇年、のこされた記録としては千数百年をでない弥生式文化の移入とか成立などは、大した意味をもっていないということである。それゆえ、琉球・沖縄に本土とくらべて人種や文化の古層がかんがえられるというとき、弥生式の文化が琉球・沖縄から本土へやってきたのか、あるいは北九州から拡がった弥生式文化が琉球・沖縄にも伝播したのかという類いのことを問題にしているのではない。弥生式文化が成立する以前の古層が、琉球・沖縄に比較的にととのった条件で保存されているのではないかということを問題にしているのだ。

柳田国男が「海上の道」で〈われわれの祖先はどこからやってきて、どこを故郷とみなしているか〉と問うときも、この〈われわれの祖先〉は、石田英一郎のかんがえている弥生式文化の移入以後の〈日本人〉とか〈日本民族〉とはちがって、本土の歴史時代から現在までよりも、遥かに遠い年月の過去を無意識のうちに想定している。つまり、時間尺度と感覚がまるでちがうところで〈日本人とはなにか〉を問題にしているのだ。

わたしはべつに民俗学の肩をもつわけではないが、もし〈日本人〉という概念や〈日本民族〉という概念を、石田英一郎のいうように弥生式文化の移入期より以後にしか想定できないとするかぎりは、民俗学などは成立する余地はないといっていい。なぜならば、文化の最上層における変動も、種族ごとの固有生活の文化的な基盤にたいしては、さほどの変動をもたらすものではないという認識を無視しては、〈常民〉という概念自体が成りたたないからである。そして大なり小なり〈常民〉という概念を想定せずには、とくべつなにものでもない大衆の風俗や、慣習や、生活様式をとりあげることの意味はうしなわれてしまう。

わたしたちが、琉球・沖縄の文化と種族をことさらとりあげるときは、最古の弥生式の文化やその担い手たちの痕跡が、わりあいにこぼたれずによく保存されているかどうかということを問題にしているのではない。そんなことが問題なのならば、琉歌は万葉歌におよばず、〈おもろさうし〉は、記紀歌謡の総体におよばず、弥生式文化の波に洗われた本土の歴史にたいして、たんに弥生式文化の余波を離島としてかぶったにすぎない琉球・沖縄の歴史は、文化的にも、種族としても、ただ辺境の地という意味しかもっていないことになる。そしてこの文化的な、また種族的な辺境という意味は、琉球王朝時代も、薩藩に従服した幕藩制時代も、そして米国駐留権の支配下にある現在も、琉球・沖縄のひとびとが本土にたいしていだいている不信感や、裏がえされた弱小感を正当化するのに役立つだけである。

わたしたちは、琉球・沖縄の存在理由を、弥生式文化の成立以前の縄文的、あるいはそれ以前の古層をあらゆる意味で保存しているというところにもとめたいとかんがえてきた。そしてこれが可能なことが立証されれば、弥生式文化＝稲作農耕社会＝その支配者としての天皇（制）勢力＝その支配する〈国家〉としての統一部族国家、といった本土の天皇制国家の優位性を誇示するのに役立ってきた連鎖的な等式を、寸断することができるとみなしてきたのである。いうまでもなく、このことは弥生式文化の成立期から古墳時代にかけて、統一的な部族国家を成立させた大和王権を中心とした本土の歴史を、琉球・沖縄の存在の重みによって相対化することを意味している。

政治的にみれば、島全体のアメリカの軍事基地化、東南アジアや中国大陸をうかがうアメリカの戦略拠点化、それにともなう住民の不断の脅威と生活の畸型化という切実な課題にくらべれば、そんなことは迂遠な問題にしかすぎないとみなされるかもしれない。しかし思想的には、この問題の提起とねばり強い探究なしには、本土に復帰しようと、米軍を追い出そうと、琉球・沖縄はたんなる本土の場末、辺境の貧しいひとつの行政区として無視されつづけるほかはないのである。そして、わたしには、本土中心の国家の歴史を覆滅するだけの起爆力と伝統を抱えこんでいながら、それをみずから発掘しようともしないで、たんに辺境の一つの県として本土に復帰しようなどとかんがえるのは、このうえもない愚行としかおもえない。琉球・沖縄は現状のままでも地獄、本土復帰しても、米軍基地をとりはらっても、地獄にきまっている。ただ、本土の弥生式以後の国家の歴史的な根拠を、みずからの存在理由によって根底から覆えしえたとき、はじめていくばくかの曙光が琉球・沖縄をおとずれるにすぎない。

わたしはこの可能性を、理論的に琉球・沖縄における〈姉妹〉と〈兄弟〉のあいだに特別な意味をあたえている祭儀や習俗の遺制にもとめてきた。もしもこの遺制が、共同体の観念的な上層におしあげられたところまで遡行して、復元しうるならば、かならず〈姉妹〉によって宗教的な権威が維持され、その〈兄弟〉によって政治的な権力が掌握される氏族的（または前氏族的）な〈国家〉の存在した時期にゆきつくからである。そして、じじつこの権力形態の古い遺制は、室町期以後に琉球王朝によって再編成されて実在したことを歴史はあきらかにしている。この統治形態は世界史に共通した概念では、すくなくとも数千年をさかのぼることができるはずである。弥生式文化の成立を、ほぼ二千年以前までさかのぼれるとして、この統治形態の成立は、それよりも遥かに以前であったとみなすことができ、考古学的な年代区分でいえば、縄文期またはそれ以前の時期に対応するとみなすことができる。

弥生式文化を背景として成立した大和王権は、琉球・沖縄にだけ遺制をとどめている統治形態を、最古の古典である『古事記』や『日本書紀』のなかで、〈神話時代〉として保存するほかはなかった。そして同時にこれを大和王権の統治的な祖形とみなして、〈アマテラス〉という女神と、その弟であり、またわが列島の農耕社会を統治する最初の人物としての〈スサノオ〉という男神に、役割としてふりあてて描いたのである。

わたしたちは、長い間、弥生式文化系統の威光に無意識のうちによりかかって、琉球・沖縄を文化的あるいは種族的な辺境とみなすかんがえ方に狃らされてきた。そしてこの辺境感は、琉球・沖縄土着のひとびとじしんにとっても、場末的な終末感となって本土への不信と、本土への弱小感として植えつけられてきたのである。しかしこの考えかたは、いずれの側からもまったく根拠の薄弱なものというべきである。弥生式文化の移入と、それを背景にした政治勢力による統一国家の成立は、どんなに無理をしても二千年をでるものではないが、縄文式文化時代またはそれ以前から、わが列島に集落をつくって生活してきた縄文時代人の〈国家〉や、その統治形態や、習俗は、これとは比較にならぬほど遥かな時代から、この列島に散在していたとみなしうるからである。そしてあからさまにその遺制を保持しているものとして、琉球・沖縄は特異な重たい存在権をもっている。

芸能の論理

前田 まずぼくが思うのに、たとえば「きょう日本共産党の書記長にあって、はなしを聞く」……なんてことをいうとすると、いま、はやりのことばでいえば、「アッとおどろくタメゴロウ」（笑い）が、おおぜいいたり（笑い）、いわんや、「支持する政党は？」「日本共産党です」というと、びっくりするような人がいたり、なかには、びっくりだけではなくて、ドキッとして、あとのことばもなくなる（笑い）、というような一般のうけとり方がある。（以下略）

前田 「反体制」ということばがありますね。「反体制」というのは、ひじょうにばく然としていますけれども、新しい体制をつくるという考え方をもつものとすれば、日本共産党というものがあり、社会党もある。もっと問題なのは、いちばんの話題の、トロツキストですか、ふつうのことばでいえばゲバ学生。この人たちの行動と、共産党とを、世間では混同している……。あるいは、混同させようとしている人たちがいるのかも知れませんけれども……。

宮本 （前略）それから暴力学生の問題。世間では、共産党の身内の、なにかグレたものがさわいでいるんじゃないか、という見方をする人がいますけれども、あの暴力学生は、共産主義運動からみれば異質の反対の存在です。かれらの一番のスローガンは「反共」です。日本共産党反対、社会主義国反対、そこを政府が利用している。

おもてでは大合戦やるようだけど、うらではツウツウなんですね。私、テレビの討論会で自民党と、「泳がしている」「いやそんなことはない」としょっちゅう論争しましたが、やはり証拠はちゃんと出ています。「泳がせている」といっても、なにもプールにいって泳がせているというんじゃなくて（笑い）政治的に使っているということです。

あなたの本「毒舌教室」をみますと、「棒と石で革命ができるなら、アメリカに竹ヤリで勝てたはずだ」と書いていますね。まったくその点は同感ですよ（笑い）。

前田　いやあ（笑い）。ぼくなんぞ、もっと極端に、御用右翼のほうが、むしろ無邪気であって、それよりもっと国民を愚ろうした、もっと卑劣な手先機関だと思いますね。（以下略）（前田武彦・宮本顕治「まじめ対談」『毎日新聞』昭和四十四年十二月二十一日）

わたしのところは、まったく偶然なことから、ここ数年間『毎日新聞』を読んでおり、毎月その紙代を支払っている。いまごろいうのは時効かもしれないが、選挙まぎわの日曜日に、この種の〈恥しらず〉な〈全面広告〉の対談を掲げたこの新聞をよんで、終日不快なおもいが消えなかった。わたしは新聞の広告代にうといから、当てずっぽうで云うのだが、この種の〈大〉商業新聞にこういう〈全面広告〉を掲載するには、数百万円～数千万円の広告代を必要とするだろうとおもわれる。そしてこの〈全面広告〉の大部分をさいて、すでに〈革命家〉の面貌などなくなって、鈍感な〈政治屋〉の面構えになってしまった宮本と、〈映像〉として登場する芸人のあいだでこそインテリづらができるので、現実の〈大衆〉のあいだでは、ただの駄インテリとしてしか通用しないことも忘れて、〈まじめ〉に見当はずれの頓馬な政治的関心とやらを披瀝している前田とが、〈大〉商業資本から〈泳がせられている〉図（これには証拠すらいらない）を、強制的に読まされたのだから、不快でないほうがどうかしているといってもいい。そして、この種の〈大〉商業新聞たるや、宮本が政治的狡猾さから、そして前田が政治的無智から、かけあいで罵りあっている〈暴力学生〉なるものの政治的行動や、そのために寒い拘置所で年を越さねばならない数百千のかれらを叩きのめすための記事しか掲載してこなかったことは、宮本や前田のようなハレンチ漢でも、忘れることは許されないのである。

太宰治のいい草ではないが、ふだん政治的冗談や芸人的冗談を売りものにしているような男が、〈まじめ〉くさった顔をしてなんかいうときは、嘘をついているにきまっているのだ。

わたしは前田武彦がかつて数年前、テレビのコマーシャルで〈太田胃散、いい薬です〉というときのおどおどした〈まじめ〉な顔を嫌いではなかった。また、数年まえテレビ芸人たちをよせあつめた小さなクイズ番組で司会をつとめ、早口でおどおどして独りよがりで魅力がないため、参加者をじぶんの口車に乗せきれないままに、番組が終ってしまうような下手な司会番組を、たった一つうけもっていたときの前田の〈まじめ〉な、焦燥をあらわにした貌を嫌いではなかった。そこには、じぶんがなにものであるかが把めないため、芸人にもなりきれず、さりとて自意識の捨てかたがわからないで戸惑っている、芸能界に寄生した貧寒な青年の姿があったからである。そして、その前田の姿は、当然のことだが、わたしの知っているテレビのブラウン管のうえでは、長く消えていた。この男は、まだじぶんを堕落させる方法を把めないのだ、というのがそのときの感想であった。そこにはちょっと見には、華やかで、美男、美女しか住んでいないようにみえる世界の片隅に寄生しながら、さっぱりうだつのあがらぬインテリくずれの前田の姿があった。前田の貌には大衆の心をそそるのを商売にしながら、じっさいは醜悪な人間関係がうごめいているにすぎない世界の、ギセイ者としての片鱗が象徴されていた。

わたしは専門のテレビ関係者や批評家をのぞけば、おそらく、もっとも飽きずにテレビを視てきたほうの人間に属している。だが前田武彦がコント55号と組んで〈お昼のゴールデンショー〉に登場してきたときも、それほど関心をもたず、おなじ時間帯で、もっぱら桂小金治司会の「アフタヌーンショー」の厄介になっていた。ところが「アフタヌーンショー」のほうは、目詰りになるにつれて、だんだん無意味な予知能力者や占師に座興以上ののめりこみ方をしたり、自然療法家〈指圧師〉に、自然療法以上の過剰な意味づけをもとめはじめるようになって、この番組が下らなくみえはじめた。〈怒りの小金治〉などとはおこがましく、〈無智〉と〈即物的な素直さ〉との〈庶民〉的バランスが、取柄であったこの番組が、〈無智〉の聖化のほうに傾きはじめるにおよんで、チャンネルをきりかえることにした。

そこで、わたしは、はじめて〈自己解体〉の方法を把んで登場している前田武彦の〈話芸〉を、ふたたびみる機会に接した。そこには、はじめてブラウン管で視たころの、おどおどしたところも、未処理のままの自意識もふっきれて、わりあいに〈自然〉に振舞いながら、〈芸〉として話体の〈撰択〉をやっている前田武彦があった。ははあん、わかったんだな、苦労したろうなというのがそのときの最初の感想であった。

前田武彦の〈話芸〉も、コント55号の掛け合いの〈芸〉も本質的にはおなじものである。ひとことでいえば、ブレヒトのV－効果とおなじようなもので、舞台のうえの〈芸〉の約束を解体することで、〈舞台〉と〈楽屋裏〉とを同一の平面にある空間に転化し、〈リハーサル〉と〈本番〉とを同一の言語の次元に疎通させることで、いわば〈芸〉の解体そのものを〈芸〉としているところで成立っている。そして、ときにはブレヒトとおなじように、〈舞台〉と〈観客〉ともまた同一の次元にもってこられるはずだと錯覚することで失敗をくりかえしている。

前田は〈話芸〉にブレヒト効果を巧まずに実現することで、また、コント55号は、伝統的な〈話芸〉や〈掛け合い芸〉にV－効果を導入することによって、〈舞台〉そのものの空間を拡大することに成功した。その〈芸〉の交響する効果が、一人または二人ではなく、多数（たとえばかつてのクレージー・キャッツとか現在のドリフターズ等々）が、同時にせまい舞台で悪ふざけをするときの効果よりも、かえって多重にみえるのは、コント55号や前田が、はじめから〈舞台〉空間そのものの拡大に成功しているからである。わたしには、背後にそれ相当に有能な演出家や脚本家が存在することをおもわせたが、事情に通じないのでそんなものがいたのかどうかわからぬ。

しかし、かれらはブレヒトとおなじように、〈舞台〉と〈観客〉もまた同一次元の空間に転化しうるかのように錯覚している。かれらの〈芸〉が芸として成立つ場所は、あくまでも拡大された〈舞台〉空間の範囲内にあることを忘れて、〈現実〉空間にまで延長できるかのように振舞ったときに、かれらの失敗はいつもやってきている。

わたしは、佐藤渡米のころ〈ゲバゲバ90分〉というテレビ番組のなかで、前田武彦が大橋巨泉と掛け合いで〈ぼくたちだって仕事がなければ反戦デモに参加したいくらいの反体制的な気持をもっているけれど、暴力学生たちがところかまわず投石や機動隊との衝突をやって破壊活動をくりかえすので、ぼくらの市民としてのまじめな意図も誤解されてしまうのだ〉というようなことを喋言るのを聴いて、おもわずブラウン管から眼をそむけた。この頓馬たちは、ショー番組のなかでこういう発言をした瞬間に、かなり有能な〈芸能〉人という〈舞台〉空間から、〈現実〉空間のもっともくだらぬ駄インテリに転落するということを知っていない。またこういう発言が意味する突然の〈転換〉が、〈芸〉の問題としてどんな重要な問題であるかを自覚もしていないのだ。だいたい、おれは反体制的な思想をもっているが、暴力学生のように、所かまわず暴力を振うのには反対だし、迷惑なことだなどといっている進歩的インテリは、おなじいい草を政治方針や選挙宣伝につかっているスターリン政党（日本共産党や日本社会党や同体の市民組織）とおなじように、最低のインテリやインテリ集団にきまっているのだ。

コント55号と組んで、はじめて〈芸〉の効果を拡大しえた「お昼のゴールデンショー」から離れて、「ナイト・ショー」に転向したとき、前田武彦の〈芸〉における転落ははじまったといえる。前田は、仲のいい友達に久しぶりに会って、今夜ユックリ話をしようということになっても、夜の時間がない、だから昼の番組をやめるということで、番組がイヤでもなんでもないとのべている（『話の特集』昭和四十四年八月号）。そんなことは、わたしの知ったことではないが、ここには、前田の〈芸〉の問題がないわけではない。つまり、〈舞台〉やテレビのブラウン管のなかと、〈現実〉空間とを同視できるはずだというような錯誤の問題が。そして、〈現実〉空間の大衆に支持されたインテリ〈芸能人〉であるかのように錯誤して、スターリン党の書記長、宮本顕治などと、商業新聞の一面全部をぶち抜いて、〈まじめ〉対談などをやるにおよんで、この転落と錯覚はきわまったというべきである。前田武彦は、じぶんが苦心のすえ、痕跡くらいはもっていた自己のインテリ性をふり捨てて、〈えらぎ〉、〈くぐつ〉、〈河原乞食〉の道統にもぐりこむことで、はじめて有意味な存在なのだということをほんとうの意味では知ってはいない。〈芸人〉のもっている反体制思想などには、なんの意味もない。というよりも、むしろ〈芸人〉は、体制の幇間、腰ぎんちゃくとしてのみ〈芸〉としての本質を保つことができる存在である。そんなことは、たんに〈演技の職人〉として優れているだけで、しかもテレビのブラウン管に登場するときは、ならいおぼえた粗雑な演技でごまかしのその日ぐらしをやっていながら、途方もない尾ひれをつけて、自己の俳優体験をもったいぶった自伝のように書き、新劇志望のガキたちから、〈先生、先生〉などと言われていい気になっている宇野重吉のような新劇俳優のばあいも、〈河原乞食〉の末えいとしての自負も謙虚さも忘れて、〈梨園の名門〉などとおだてられていい気になっている歌舞伎の大根役者や、その二代目、三代目のばあいもまったくおなじである。いまの歌舞伎俳優のなかで、かつて明治の知識人たちに深刻な影響をあたえた九代目団十郎のような存在は、ただのひとりもいやしない。そつのない職人芸の持主が、世襲的に居直っているにすぎないのだ。

前田や宮本のいう「暴力学生」なるものの「棒と石」が、すこしも暴力と呼びうべきものでないし、まして「暴力」を行使する情況にもないということは、かれらが、「棒と石」で「革命」ができるとおもっているわけでもない、ということと同様に、まったく自明のことがらである。かれら学生たちが、「棒と石」で、いわば〈人工的〉につくりだそうとしてきた〈政治情況〉のもつ意義は、もちろんそれが〈革命〉につながるかどうかというところにはない。むしろ、戦前からあり、戦争中につぶれ、戦後に復活したスターリン政党やその同伴組織に担われた「反体制運動」なるものの袋小路と停滞にたいして、異質な活動の方法をみつけようと模索していることの現われかたのひとつとして、はじめて意義をもっているというにほかならない。なぜなら、前田などの支持する日共のようなスターリン党や、べ平連のような同伴組織が、なにをしようと、どんな政治的な転換を試みようと、先験的に〈革命〉などとなんの関係もないし、つながりようもないことを、明確に認識してしまった学生たちが、それでもなお、どこかに道をみつけようとするときの思想的な焦慮のなかに、はじめてかれらの政治行動にあらわれている素顔が、時代的な意味をもって浮びあがってくるといえるからである。そしてこの時代的な意味は、かれらの誤謬がどのような批判に値しようとも、世界史的な課題につながっていることだけは、だれも否定できはしない。

わたしは、前田が、テレビのコマーシャルで、太田胃散をいい薬であると宣伝しようと、女房の有難さがわかる年ごろになったといいそえようと、低能歌手たちとふざけ合って銭《ぜに》にしようと、それを非難に値するなどとおもってはいない。芸人とはもともとそういうものであり、そういうところに求めるよりほかに、芸人が〈芸〉を修練する場所はありえないことを熟知しているからである。しかし、この世界には、芸術の芸術であるゆえんを、〈芸能〉の在り方のなかにもとめない芸術家がいることも確かだし、政治が政治である本質を、既成のスターリン党やその同伴組織のなかに求めうべくもないことを認識しながらも、なお、現在の世界史的な政治あるいは思想の課題を模索することをやめない政治運動者や思想者も存在するのだということを、かれらは知っていたほうがよい。少くとも誇大な自惚れや、芸術・文化や政治、思想の世界をなめたようないい草だけは、できなくなるはずである。

資本制社会における政治的、あるいは思想的な課題は、もともと如何におおくの大衆の支持を獲得するかというところにはまったく存在しない。資本制社会における文化の課題が、いかにおおくの大衆を吸引するかということにはまったく存在しないのとおなじように。資本制社会では、政治の本質的な課題は、いつも少数者によって担われ、少数派しか獲得できないという逆説的なあらわれかたをする。これは、資本制社会における芸術・文化の本質が、少数者によって創造され、少数者に手渡される宿命をもっているのと同種である。はじめから多数派に支持され、多数者に流布されることを目的とした政治運動や文化・芸術などは、まったく消耗品として以外には無意味なものである。なぜならば、すくなくともこの意味からは、いつも多数の大衆に支持された政治とか、多数の大衆にアピールする文化・芸術は、かならず〈行動〉あるいは〈行動者〉、また〈創造〉あるいは〈創造者〉にたいする大衆の〈安堵〉感を前提としているからである。いいかえれば、大衆はこの種の政治または芸術のつくり手を、どこかで馬鹿にしながらしか支持しない。それは、こういう発想をもつ政治運動者や創造者が、どこかで大衆を馬鹿にしていることとちょうど見合っている。そしてこの行動者や創造者と、それを支持する大衆のあいだの無意識の相互侮蔑は、もともと体制の支配者が、見掛け上その秩序内にあるすべての存在にたいして抱いている無意識な侮蔑や、安堵の代理物であるといっていい。わたし（たち）は、もう十年以上もまえに、大衆芸術を止揚してアバンガルド芸術へ、などと称する連中と、激烈なたたかいを演じながら、文化・芸術の在り方の問題をあきらかにしてきた。このことから当然に推知できることは、多数の大衆の組織的な立ち上りがなければ〈革命（政治革命）〉はおこらないという発想が、まったく、虚偽にしかすぎないということである。これは、もともとはつぎのようにいわれるべきである。すなわち、すくなくとも、多数派の大衆（つまりイデオロギー的に啓蒙されていないごくふつうの大衆）の騒擾や、沈黙の支持なしには、それはおこりえないというように。

　前田や宮本が商業新聞に〈泳がせられ〉ながら、そのプールのなかで口をきわめて罵っているかれらのいわゆる「暴力学生」たちは、かれらがそのためにこそたたかっているとかんがえている魚河岸の哥《あ》兄《ん》ちゃんや、地域の小商人たちから襟首をつかまえられて、機動隊にひきわたされた。また、宮本のようなスターリン主義者や、前田のようなその市民的同伴者から、テレビや大商業新聞を通じて、大衆の怨嗟のなかにほうりこまれ、埋葬されようとしている。しかしながら、学生たちが、まさにそのためにこそたたかっていると信じているごくありふれた大衆から袋だたきにあっているという逆説的な〈事実〉のなかには、ほかにどのような欠陥や失策があるとしても〈政治〉という共同観念が本来的にもっている逆説的な本質が体現されていることだけはたしかである。また、これに反して、議員選挙で員数を水増しして、にこにこしながら〈万歳〉を叫んでいる日共にも、「暴力学生」や「反戦労働者」を切捨てて、いい顔をしたがったために、働き手をうしなって選挙に敗北し、しょげた顔つきで内紛を再燃している社会党幹部にも、低能歌手との悪ふざけに類する仕事であぶく銭を儲けすぎたために、昔の貧乏性が再発して、テレビのショー番組や商業新聞の紙上でときたま良心的な言葉のひとつくらいは反吐のようにはかざるをえなくなっている前田のなかにも、〈政治〉のもっている本質が理解されていないことだけはたしかである。

前田　共産党は、いま平和裏に運動しているが、じつは仮面をかぶっている。仮面をとったらおそろしい。血をみるようなことが起こるんじゃないかというような、ばく然とした不安をもっていることにたいしては、どうですか。

宮本　いまさかんに、よその党からそういう宣伝がおこなわれています。

しかし、共産主義というのは、どんな暴力も、国家権力も、強制もいらないような世の中、みんな適材適所で活動し、労働時間も長くなくて、自分の趣味や力を生かせるような、そういう世の中が目標なんです。（以下略）（前掲「対談」）

「仮面をとったらおそろしい。血をみるようなことが起こるんじゃないかというような、ばく然とした不安をもっている」もへちまもない。仮面であろうが、素面であろうが、裏取引きと反対派の抹殺と、文化弾圧の口実に都合のいい文化理論しか、宮本らが創造してこなかったことは、世界のスターリン党の歴史と現状が証明している。

レーニンは、少くとも宮本のようなとぼけたことは言わなかった。住民大衆のなかに、いいかえれば現在、学生たちの襟くびをつかんで機動隊に引きわたしたり、テレビや新聞に登場してきておれの店の鎧扉をぶっこわした、どうしてくれるなどと学生たちにいっている非政治的な大衆のなかに、究極的には権力が移行すべきであること、そのときは国家とか党とかが消滅すること、つまり自らが消滅することをはっきりとしたヴィジョンの過程をとって断言しているのだ。

前田のような駄インテリの日共支持や、看板だけはおなじ屋号を記しながら、やることは〈その日の出来ごころ〉であることが、大衆の政治無関心や政治健忘症とうまくシンクロナイズされているために、わずかに存在しうるにすぎない日共のような〈革新〉政党などは、やがて大衆の知的能力の増大によって死滅してしまうにちがいない。しかし学生たちがまさにそのためにたたかい、しかもそれによって襟くびをつかまれて機動隊に引きわたされるほかはないという〈事実〉に含まれている逆説的な政治の本質が、その矛盾を止揚するという時期が、そう手易く現在の世界にやってくるとはおもわれない。そして前田や宮本のいう〈暴力学生〉たちは、そのことに傷つくだろうが、そのことから数多くのことを学ぶにちがいないと確信する。この逆説的な〈事実〉のなかにひとつのメタフィジカルな〈学校〉が含まれているとかんがえれば、たんにかれらのいう〈暴力学生〉だけではなく、わたし（たち）もまた、これから長くこの〈学校〉を卒業することを許されてはいないのだ。この〈学校〉にくらべれば、またぞろ、なにやらまやかしの言辞をかかげてジャーナリズムに貌をだしはじめたペテン師的な総長や、教授どもに支配され採点される象徴の〈東大〉などは、馬鹿でもちょんでも四年もあれば卒業できる程度の学校にしかすぎない。

わたしはここで、あるうら悲しさに駆られて、テレビに登場してくるインテリまやかしの芸能人たちの書きつらねた言葉をならべてみたくなった。もちろん、比較的ましな個処を拾いあげてである。

今の毒舌御三家の先はみえている。巨泉のような子供が、昔もいたものだ。でかい面して町内の人気者だが、いったんきらわれると、徹底的なツマはじきをされて裏通りをこそこそと学校へ通う。武彦は良家の三男坊くらい、教育ママに育てられ、女の子ばかりいじめて、餓鬼大将の知恵袋、人をそそのかしては悪事をさせ、後ろから傘の柄で人の脚ひっかけ、同じ体質の者には、サディスティックないじわるをする。鼻につけばすべて見抜かれて、今度は良識の権化となるだろう。

陳平は裏長屋の一匹狼で、品のないことおびただしく、奇妙に良家の女の子などからお菓子などもらうが、このときは天下一品おならの曲弾きぐらいやりかねぬ。ときおり一人で嫌われ者である自分を反省するが、もはやいじわるとサービス精神が一体となっているから、なんでもやってのける、ただし喧嘩は弱く、餓鬼大将にはおとなしい。（野坂昭如『卑怯者の思想』）

この男（バーのホステスに好かれる客——註）のもてるコツ、実はトランプの特殊技能だけじゃないんだ。もっとも根本的なものがある。それは、ホステスの呼びかた。

胸の名札で名前をおぼえ、リサちゃん、くるみさん、春江ちゃん、あけぼのさん、チューリップちゃん、というぐあいに、まるで友だちあつかいだ。愛称のあいまに、代名詞もはさむ。これが、

「キミ、キミ」

ときちゃう。かりそめにも、「お前」なんていわないんだ。

「お前ってよばれると、いちばん頭にくる」

ホステスもウェーター諸君も、これは一致した意見。問題のもてる男は、ホステス心理をよくわきまえ、まるで親友あつかいで遊ぶから、気らくだ、楽しい、自然に女たちが寄ってくるのだろう。

発見は、まだあった。

男性従業員たちを、一級上の位で、よぶんだ。これが、にくい。遊び上手も、ここまでくれば名人だね。ここまで神経つかう客がいったいたい何人いるだろうか。

ボーイをつかまえて、メンバーさん、キャプテン、などと、一枚上の位でよぶから、彼らは自尊心くすぐられて大よろこびだ。人生イキに感ず、感激のあまり、たのんだ用をてきぱき、ほかのテーブルは後まわしでやってくれる。（野末陳平『チンペイ異職体験』）

初対面の人と語り合うには、まず自分と相手との接点を見つける事だ。何でもいいから相手との共通の話題が必要で、本題に入るまで時間がかかっても是非これが必要だ。

かりに今ぼくが原子物理学者にインタビューせねばならないとする。原子物理学なんてこれっぽっちも判らないから話の切り出しようがない。が、その時、相手が部屋に汗をふきふき入ってきたとしたら、

「実は僕も汗かきでして」

と共通の接点から会話をスムーズにはじめる事ができる。（中略）

初対面の人が若い女性である場合にはどんな話から入っていくべきだろうか。これもやはり、相手の興味をひくような話題で、しかも答えやすいところから入って男が聞き手にまわるべきである。

（前田武彦『アイデア話術』）


なにか、世俗的な出世意欲にかられて、そのために生きてる、なんて男がすごく好きなんだ。いまでもオレ、見栄坊で、成功型の人間なんか好きだね。達観してるようなのはダメなんだよ。達観なんかできねえんだから、オレは。なんたって、うまいもん食いたいしね、いい女と寝たいしね、

いい車が欲しいしね、いい仕事をしてみたいしね。とにかく大衆を前にして自己主張していたい。「青島幸男がここにいるんだ。オイみんな、こっち見ろ！　オレがここにいるのをみんな知れ！」っていうような態度で生きたいんだな。絶えず目立っていたいんだよ。（青島幸男『ざまァみやがれ！』）

女が真剣になろうとする寸前、身をひく、要するに逃げの態勢が必要なのだ。この言葉（「私、子どもを捨ててもいいから……」というような女の言葉――註）を聞いて、このへんが潮時だと思った。これ以上助平根性をおこすと抜き差しならなくなる。一盗斎の、これはいまでも大格言だが、「〝あと一回〟という貧乏人根性を持ってはいけない。あと一回だけでいい、寝たいなと思っても、それをしたらアウト」

これを僕は現在でも堅持してきている。

女は、どんなに腹のなかで疑っていても、（浮気をしたのではないかと――註）最後に男が断固として、しないといいえばそれで気がすむんだ。それが女ごころなのだ。それをわかってやるのが、また男のデリカシーだろうと思う。（大橋巨泉『巨泉の誘惑術入門』）

沢たまき。

男っぽい、姐御肌のベテラン歌手だが彼女の事務所に行くと、実に気軽に、何気なく、ハミングなどしながら、お茶をたててくれる。

「結構なお点前でした」
僕は家元にたてていただくお茶よりももっともっと茶道の良さを発見する。（永六輔『芸人その世界』）

まだ、この種のインテリまやかしの芸能人はいるだろうし、ここにあげた連中も、もっとべつの著書をもっているかもしれない。ことにわたしの読んだ野坂は、かなり優れた文学作品をもっている。しかし、ここでとりあげている仕方にとっては、それは別問題といっていい。こんな連中が、視聴者のひとりとしてわたしが毎日何時間か入れあげているテレビのブラウン管を牛耳っているのかとおもうと、またぞろ、うら悲しさにかられて、いくつかの点について、かれらの順位表をつくって、ふざけてみたくなった。

結局のところ、わたしにはかれらが〈事業に成功する方法〉とか〈部下の心を把む方法〉とかいう処世訓をぬけぬけと教えたがる、今様の石田梅巌の変種としかおもわれない。つまり、じぶんの人生体験を至上のものにまつりあげて、いかに世間を渡るかについて、がんこな手製の信念とやらをもっている庶民哲学の鼓吹者というわけである。この種の処世哲学は、石門心学からはじまって現在の松下幸之助にいたるまで綿々として途絶えたことはない。

このインテリ崩れの芸人たちは、ひとりとして〈道徳〉学者でもなければ、実業家でもない。たんなる虚業にたずさわる〈芸能人〉にすぎないのに、どうしてこの種の体験哲学や処世訓（女性訓）をかきたがるのだろうか？　かれらが一様にアブク銭をかせぐために、気分として実業家のような心の状態にあるからだろうか？　それとも芸能の世界がかれらの虚栄心をくすぐることによってしか成立たない面をもっているため、しらずしらず自己を事業の成功者に類似した心的な状態に追いこんでいるからだろうか？　わたしはその間の事情をつまびらかにしない。

第 1 表

	1	2	3	4	5	6
馬鹿さ加減	青島幸男	前田武彦	永六輔	野末陳平	大橋巨泉	野坂昭如

第 2 表

	1	2	3	4	5	6
つまらなさ加減	青島幸男	前田武彦	永六輔	野末陳平	大橋巨泉	野坂昭如

第 3 表

	1	2	3	4	5	6
毒性	野坂昭如	大橋巨泉	野末陳平	永六輔	前田武彦	青島幸男

第 4 表

	1	2	3	4	5	6
嫌ったらしさ	永六輔	野末陳平	大橋巨泉	前田武彦	青島幸男	野坂昭如

第 5 表

	1	2	3	4	5	6
芸人的才能	大橋巨泉	野坂昭如	青島幸男	前田武彦	野末陳平	永六輔

第 6 表

	1	2	3	4	5	6
女ったらし	大橋巨泉	野末陳平	永六輔	前田武彦	青島幸男	野坂昭如

第 7 表

	1	2	3	4	5	6
知識性	野坂昭如	大橋巨泉	野末陳平	永六輔	前田武彦	青島幸男

第 8 表

	1	2	3	4	5	6
ラジカリズム	野坂昭如	野末陳平	大橋巨泉	青島幸男	前田武彦	永六輔

第 9 表

	1	2	3	4	5	6
〈まじめ〉さ	大橋巨泉	野坂昭如	野末陳平	青島幸男	前田武彦	永六輔

第 10 表

	1	2	3	4	5	6
きざったらしさ	永六輔	野坂昭如	野末陳平	前田武彦	大橋巨泉	青島幸男

しかし、芸能者の発生した基盤は、わが国では、支配王権に征服され、妥協し、契約した異族の悲哀と、不安定な土着の遊行芸人のなかにあった。また、帰化人種の奴婢的な〈芸〉の奉仕者の悲哀に発していることもあった。しかし、いま、この連中には、じぶんが遊治郎にすぎぬという自覚も、あぶくのような河原乞食にすぎぬという自覚も、いつ主人から捨てられるかもしれぬという奴婢的な不安もみうけられないようにおもわれる。あるのは大衆に支持されている自己が、じつはテレビの〈映像〉や、舞台のうえの〈虚像〉の自己であるのに、〈現実〉の社会のなかで生活している実像の自己であると錯覚している姿だけである。

ある時、前田武彦司会のテレビの歌謡番組を視ていたら、前田がカルメン・マキにむかって〈あなたはちっとも喋言らないね。いつもそうなの〉といったようなことを訊ねていた。カルメン・マキが〈お友達とはよく喋言るんですけど〉というように応えた。前田武彦は〈じゃあ、ぼくは友達のなかにはいっていないわけ〉とききかえした。カルメン・マキは〈ええ〉というように応えていた。わたしはそのとき、前田の人に好かれる〈話術〉なるものが、劇団「天井桟敷」の白面の一少女歌手によって、うちくだかれる音をきいたようにおもった。

去年の夏のこと、子供をつれて日暮里の諏訪神社のお祭り見物にでかけた。毎年のことである。昔ながらのテント小屋の見せ物がたっていたが、呼び込みの哥兄ちゃんが、テントの内でマイクを通じて〈この見世物は、劇団「天井桟敷」の寺山修司も推奨した見世物だよ。云々〉と怒鳴っていた。わたしは一瞬、妙なところで、異様なものを聴いたときのようにぎょっとして立ちすくんだ。その前の年もみた掛け小屋のなかの燃えたローソクの火を呑んでみせたり、蛇を鼻から口に通したり、生きたままかじってみせたりするサンカ荒川族に育てられたという女を、呼び込みの文句にした見世物小屋の、うら悲しいペテンに含まれた真実と、「天井桟敷」や類似のアングラ劇場の〈まじめ〉な興行に含まれた亜インテリの余裕と、どんな関係があるんだ？

あとがき

本稿は雑誌『文芸』の一九六九年三月号から一九七〇年三月号まで、〈情況〉論として連載したものに若干の加筆と訂正を加えたものである。〈情況〉についてとりあげよという註文のなかで、精いっぱいに、たんなる時事批評にとどまらないようにつとめた。あたかも、いわゆる〈大学紛争〉のただなかでかかれたので、おおくその問題に批判的にかかわってきたが、わたしには、その当事者に介在する思想原理的な誤謬と、その終息の仕方は、当初から見透すことができていたようにおもう。それとともに、〈大学紛争〉のもつ重要さと新しい意味も感じていた。本稿でその当事者たちの全部に、どんなに辛らつな批判をくわえたとしても、その批判に責任をもつことができる。だから、わたしの批判にたいする当事者たちの憎悪も反撥も反批判もまったく自由であり、また、わたしの批判からなにかを学びとることも自由である。また、それらはすべて許容したいとかんがえる。許容するということは、べつの言葉でいえば対等には反批判を加える意志はないということである。わたしは、わたしの批判とその根拠となった思想的原理に自信をもっている。

時事的な出来事をひとつひとつ挙げつらわないで、本稿で、わたしが思想的な敵対物とかんがえたものをとりだせば、ひとつは、〈敵〉に担われていようと〈味方〉に担われていようと、あらゆる〈機能的な思考〉そのものであり、もうひとつは、〈社会〉とその上層の〈共同観念〉との相関をわきまえないで混同するあらゆる思想的な構築であった。この二つは、現在も、それから今後も、おなじ一つの根幹からでてくる〈思想〉として、もっともたたかおうとかんがえているものである。なぜ、それとたたかうべきかを、充分にしめしえなかったかもしれないが、理由の所在は、いくらか拾いあげることができたのではないかとおもう。

本稿の執筆をすすめたのは『文芸』編集長の寺田博氏や担当の金田太郎氏その他であったが、わたしは、一方でじぶんにとって本筋でない仕事であるという異和感をもちながら、一方でこれらの人々のすすめがなかったら、おっくうで一生涯手をつけることがなかったかもしれない未知だった分野の一端に触れることができた。また、物いわねば鬱屈だけしか蓄積しないようなことに、いいたい放題のことをいうことで解放感を味わうこともできた。本稿にどれだけ客観的な存在理由があるのかは判らないが、わたし個人にとっては、書きすてられた過去ではなく、触発され、未解決のままのこされた現在と、これからにもちこされた思想的刺戟という意味をもっている。これらの人々に礼をいうとともに、一冊の本にまとめるために最大の努力をいたされた飯田貴司氏に感謝する。

吉本隆明

Ⅲ

内村剛介への返信

あなたの思想的な嫌悪と拒絶反応が、はじめに井上清・羽仁五郎など全共闘支持のデマゴギッシュな知識人にむけられていますので、まずそのことからかんがえてみようとおもいます。もちろんこのなかに、梅本克己、野間宏、鶴見俊輔、いいだ・もも、津田道夫等々のような東大全共闘支持の声明書（またしても声明書です）を発した連中もふくめてよろしいとおもいます。きっと羽仁五郎や井上清はひとりひとりといった同伴者でしょう。梅本克己など声明知識人のほうは集合的にながめれば、あわよくば同伴しながら逆に東大全共闘のたたかいをわが党派に喰ってやろうという意図があるかもしれません。かりにわたしが東大全共闘のたたかいを擁護するためにこういう連中の窓口をとおらなければならないとしたら、わたしなどはあなたの嫌悪や拒絶反応のように内向的にはならずに、生理的な反吐《へど》のようなものとなるでしょう。

わたしがこの連中を嫌悪するのは、まずなによりも過去にやってきた仕事と言動のくだらなさのためであり、過去の仕事や言動のくだらなさが現在の仕事や言動のくだらなさとおなじ根もとから発祥しているようにみえるからです。

ひとつの例を挙げさせて下さい。雑誌『現代の眼』（1月号）で、羽仁五郎は「表現の自由としての大学問題」という講演の記録をのせています。この老人がどれだけの頓馬であるかがよくうかがえるので、その一節を挙げさせてもらいましょう。

いま東京大学の安田講堂の最高の塔の上に赤い旗が立っている。つぎに、東京都庁に赤い旗が立っている。すると、このつぎに赤い旗がどこに立つのであろうか。ぼくがいうのではない。推計学上、客観的にいわゆるエキストラポレイションの論理からすれば、そこはどこだろう。客観的にスンナリいけば、どこに赤い旗が立つか。東大安田講堂、つぎに東京都庁、つぎに、すんなりいけば、それは永田町あたりではないのか（笑）。これはずいぶん前からそこに赤旗を立てようとして、その前で殺された女子学生もいるのだ。それは国会か、首相公舎か、いずれにせよ、こんどは日本の国家の中心に赤い旗が立つのだろう。大学の中心の東大の安田講堂、日本の都市自治体の中心の東京都庁ときたのだから、こんどは日本における国家または政治の中心に赤い旗が立つということになるのだろう。これは客観的な観測であって、ぼくがそう主張するのではないから、誤解しないでもらいたい。

わたしには、「エキストラポレイション」（外挿）の論理というのが、この老人の歴史解釈の方法を問わずに語りえて妙であるとおもわれます。ささいな経験から申して科学実験のうえでは、実験データをグラフにとって、さてこの結果を「エキストラポレイション」すればなどとかんがえるときには、いつもうしろめたさにつきまとわれるものです。もちろん歴史解釈でもおなじはずです。「エキストラポレイション」というのは、歴史解釈のうえでマルクスがもっとも忌んだことのひとつでした。かれは、じぶんが発見したと信じた歴史法則が「エキストラポレイション」の論理と誤解されることをおそれて、たえず現在を止揚する運動のなかにしか、人間が歴史を必然化する方法はないということを説くことを忘れませんでした。羽仁五郎という楽天的な老人がやっていることは、まったく逆のことです。そしてこれは人間の生活過程というものを丁寧にたどったことのない進歩主義者がいつもやることです。ただこの老人はいい年齢《とし》をしてまだ幼児のようにほんとうには生活したことのない〈箱入り〉だという意味で、珍種だといえましょう。

いったい現在の急進的な学生たちは、安田講堂には赤い旗が立っている、都庁にもたっている、つぎは政治的国家の中枢機関に赤旗がたつ番だというこの老人のせりふを本気で信じうるのでしょうか。そこまでは現在の急進的な学生たちを頓馬だとはおもってはいませんが、最近わたしはかれらはどうも半分くらいはそういうことを信じているのではないかと疑うような体験にぶつかりました。そうだとすれば、この老人はとんだ罪つくりをやっていることになります。

わたしは大衆の無知につけこむ政治的なせんどう家がきらいです。だから世界思想としては三流品としかおもえない理論で大衆の無知だけにつけこんではじめて成立しているようにみえる中共の文化大革命のすがたが嫌いです。羽仁五郎という老人がやっていることはまさに学生の無知につけこんでとんでもない妄想をつぎこんでいるということでしょう。ひどいことを言うやつがいるものだというのがこの老人にたいするわたしの感想です。

いったいこの老人は、安田講堂に赤旗がたち、都庁に赤旗がたち、つぎにまたどこかの都市や地域自治体に赤旗がたつという具合に拡がれば、国家が覆滅するなどと本気でかんがえているのでしょうか。理論がおしえるところでは、このようにして手がつけられるのは、せいぜいのところ社会的な国家にしかすぎませんし、しかもそんな条件ですら現在のところまったく存在しないということは自明のことです。羽仁五郎の「エキストラポレイション」の論理は、いかように学生や労働者に実践的に蔓延しても、政治的国家の本質に一指も触れられないということは申すまでもないことです。この老人は、本質的には社会的な運動の課題でしかない問題を、政治的な運動の課題と滅茶苦茶に混同しているにすぎないのですが、こういう馬鹿気た論理が、現在急進的な学生たちに受けいれられる基盤があるとすれば、そこには、たちどまって考えてみるだけの問題がひそんでいるにちがいありません。

すぐに考えられることは現在の大学紛争のなかで急進的な学生たちもまた、頓馬な学生運動の指導理論家から、おなじような滅茶苦茶な混同を注ぎこまれているということです。大学問題の本質は純然たる社会的な問題であり、すこしも政治的な問題ではありません。このことは大学の管理職や経営者が国家官僚であったり、保守政府の流れをくむ政治家くずれや資本家くずれであるために、政治的国家や社会的特権層が、現象的に直かに大学紛争に介入する傾向があるということとはおのずから別個の問題です。急進的な学生たちによって大学紛争が政治運動の問題に即自的にすりかえられたり、たんなる一つの政治的問題にすぎない七〇年安保問題が政治的革命の問題に、即自的にすりかえられたりしているところに羽仁五郎のようなとんでもない老人、井上清のような中国に学術視察団として行ったとたんに毛沢東にかぶれて豹変したもっともくだらぬ歴史学者が、学生たちの混同に拍車をかけるようにせんどうするのだからたまったものではありません。わが国の保守派と進歩派の対立がいつもそうであるように、馬鹿さ加減ではいい勝負だということになり、片棒を担いでやる食欲がとたんに減少してげんなりするのも当然ということになります。

しかしながら内村さん。

あなたの内部に渦巻いている問題も、急進的な学生たちの行動をつきあげている衝動もそういう問題ではありますまい。急進的な学生たちの行動は、きみたちを支配している政治理論はまったく駄目なものだなどといってもおさまりがつかないにちがいありません。理論的に正しくなくても、いや正しくないからこそそれに賭けるのだといったことは青年期の人間の行為のなかにはいつも存在しうる動機だからです。また失敗するにきまっていることに全身を投入するということも人間にはあり得ることです。わたしも正義の言動をするときには内心でチリチリ焦げるような恥かしさをいつも感じます。またもっと若年だったころ正しいことをやったり言ったりする奴が嫌いで仕方がなかった時期がありました。政治的な行動としては外側からどんなに単色にみえたり、ヘルメットの色分けの種類だけの派閥に色わけされるようにみえようとも、青年は青年に特有の奇怪な内部世界の論理をもっており、その奇怪さは想像を絶するものだというようなことは、じぶんの若年のころの内部の情景をすこしおもいおこしただけでも充分推測することができます。そこでは生半可におれは急進的な学生たちの心を理解できるというようなポーズはとりようがありません。また、そんな暇はないといえばそれまでのことです。わたしは、わたしの場所と陣地で死ものぐるいのたたかいをいどんできたし、これからもそうするでしょう。

ただ、わたしはベトナム反戦運動とかベトナム平和運動とかいうものより、大学紛争のほうが〈好き〉です。また、理論的ラジカリズムはあまり〈好き〉ではありませんが、行動的ラジカリズムは〈好き〉です。そして、これらの〈好き〉には、わたしなりの論理づけをやることができます。そういう意味で、大学紛争における急進的な学生たちのたたかいぶりを〈好き〉だということができます。

あなたはきっとなによりも思想だなどといってたって現実はちっとも変りはしない、現実を変革しうるのは行動だけだといった口説の殺到に悩まされているのではないかなと推測しました。わたしにも戦争期から戦後にかけて、あるときはそういう口説を押しつける者として、あるときは押しつけられる者としてそういう場面に遭遇した記憶が幾度かあります。けれどその都度、いやおうなしに確認しなければならなかったのは、わが国の近代以後の歴史のなかでは、現実を変えた行動などはひとつも存在しなかったし、思想がただその思想が存在するというだけで、すでに現実にたいして〈威力〉であるといえる思想を創りあげたという事実も存在しなかったということだけでした。それがわたしたちの共有している最大の悲劇ではないのでしょうか。そしてそれだけがわたしたちにとって共有するに値する〈負の財産〉ではないのでしょうか。この〈負の財産〉からは、あなたを悩ましている急進的な学生たちも、わたしたちもまだ永く解放されることはないとおもいます。

そこで、もちろんわたしもあなたとおなじように、理論と実践との弁証法的統一などという阿呆らしいお題目がきらいです。そんなお題目で片付くような理論も実践もほんとうは無いほうがまぎらわしくなくていいようなものとおもいます。理論だって実践だってそんな調子のいいことで片付くのだったら、〈理論〉や〈実践〉のほうで逃げだすでしょう。あなたの羽仁五郎や井上清や全共闘支持声明知識人にたいする嫌悪感は相当なもののようですが、わたしのほうはもっとひどい重症で、ああいう連中のつらも見たくないので六〇年以後まったく無縁の存在というわけです。馬鹿らしくて構っちゃいられません。ところで、こういう連中にたいする嫌悪感は何に由来するのでしょうか。あなたは、かれらが自分は身を滅すことも挫礁することもない位相から、〈身をゲヘナにて滅ぼす者〉たちに口さきだけの声援をおくるもののいやらしさを取り出しています。そしてもっとふえんすればその思想において〈生活〉体験の占める量がゼロであるため、現実をすこしも引掻いたり、爪のさきから血を流したりすることのない位相にたいする嫌悪のようなものをも取り出しているようにもおもわれます。わたしにもあなたの取り出している以上のものをかれらにたいする嫌悪感から拾いあげることはできませんし、またその必要もないとおもいます。

　ここまでかいていたら、たまたま『現代の眼』（3月号）の「知性はわれわれに進撃を命ずる」という座談会で、最首悟という東大助手がわたしにふれて、こう発言しているのがみつかりました。

> ただ問題としては、教育問題そのものを扱って、あの教育体制はどういうところからきているんだということは語っているけれども、自己否定という自由な発想はない。自己否定というのは、むしろ一人の人間としての自己規定で、プロレタリア的人間へという形で、ぼくら学生といえどもインテリゲンチャだとすれば、そういう問題でやっているわけで、そこでは卒業していてもいいし、それから研究者として続けていってもいいわけだ。けれど、ただちにそういうふうには問題は問われない。何となれば、自分が政治的な党派ということを全部拒否している限りにおいて、どうやって運動をつくるんだという場合に、これは吉本隆明のように、それが解決できないかぎり昼寝して

いるし、たとえば羽田闘争のときも、すぐ資金カンパだ、救援だ、抗議声明だということはやらないで、もう少し自分は昼寝をして、そのなかで思想を鍛えろというスタイルをぼくらはとれない。

現実の問題として、やはりわれわれは闘争を続けなければならない。（後略）

なぜ、とうとつに「吉本隆明」がでてきたのか不可解ですが、この東大助手の発言はあまり明晰ではないとしても、その言おうとするところを推測すればこういうことでしょう。

学生運動を牛耳っている政治的な諸党派は、ともすれば現在の大学紛争を〈手段〉としてしか考えようとしない。だから教育体制一般の問題ということでけりをつけようとする。しかし、自分たちにとっては大学紛争はもっと切実な主体的な問題であり、それは感性的な転倒という自己の内部にかかわる問題から発していく徹底的なたたかいである……。

ところで内村さん。

わたし（たち）が六〇年以後にやってきた思想的な営為は、この東大助手からみると「昼寝」の問題として映っています。これはある意味ではきわめて当然とおもわれます。この東大助手とわたし（たち）の社会的にはめこまれている位相との距たりは、雲烟千里をへだてていますから、かりにわたし（たち）が思想的な営為と、政治的な諸党派の全否定のうえにたつ思想的格闘の荷重のすえにぶっ倒れても、この東大助手には身体が横になっているから昼寝だとしか映らないことはありうるからです。それは、もし、わたし（たち）の位相から、全情況を透視せずに、この東大助手のように怠惰な雲烟千里を距てた眼鏡ごしに東大紛争をながめれば、東大紛争などどっちころんでも大局に影響ないさ、と言えるのとおなじです。この東大助手には、〈思想〉も〈実践〉も判っちゃいないのです。

ただ、わたし（たち）は明確にしておかなければなりません。もし、この東大助手たちが、羽仁五郎や井上清や東大全共闘を支援する声明を発しているろくでなしの知識人、わたし（たち）が終始敵対し、わたし（たち）が粉砕しようと考えてきた知識人どもと思想的に（金銭的にではありません）融着しはじめたとき、わたし（たち）はこの東大助手たちと容赦なく敵対するだろうということです。まことにあなたのいうように思想的自立の苛酷さをなめてもらってはこまるとおもいます。そういうことにこの東大助手たちが気付くのは、たたかうべき現実の場をことごとく敵に占領されても、わたしたちはなお幻想の砦に拠ってたたかいをつづけなければならないということを知ったときだとおもいます。そのとき、あなたの貴重な戦争体験と思想的営為の意味はいくらか日本の左翼にわかってくるのではないでしょうか。わたしのほうは正解されるという希望などとうに捨ててしまったようにおもいますので、案外けろりとしています。あなたの書翰がいくらか屈折がおおいことが気にかかりましたが、それはあなたの健康のもんだいではないかとかんがえ、最後にお体を大切にと申し添えることに致します。

行動の内部構造
——心的行動と身体的行動——

〈行動〉という概念のまわりには、いつもさまざまな意味づけや価値づけや情緒などがまつわりついている。わたしが今日どこそこに行くのは何々のためであるとか、わたしがきのうあんな行動をとったのは、こう思っていたためだとか、こういったさまざまな理由づけや情緒は〈行動〉の概念と切り離すことができない、そしてこのような雰囲気につつまれた〈行動〉がおそらくわたしたちが日常やっている現実的な〈行動〉の姿である。そうだとすれば、わたしたちは〈行動〉とはなにか、その機構がどうなっているか、といったような問題を考察する以前に、すでに行動そのものについてはよくなじんでおり、またその概念を誤ることはないといっていい。

こういった種類の問題、いいかえればあらためて考察の対象とする以前に、そのことについては疑う余地なく熟知されている問題を取り扱うときはいつもある種の危険を伴うように思われる。たとえてみれば、人参の根が有色であることを十分に知っている人間を前にして、人参とはなにかと問いかけるようなものである。この問いかけに整然と答えられなくても、その人間が人参とはなにかを知らないのだということにはならない。この種の問題がなぜことさらとりあげられるようになるのか。その起源にはよくわからない点がある。ただ人間には解明する情熱といったようなものがあるらしいのである。そして、いったん手をつけられると、ゆくところまでゆかなければおさまりがつかなくなってくる。

いま〈行動〉を考察の対象にするとき、考察しようがしまいが〈行動〉とは誰もがよく知っているそのこと、だということ、だというイメージをたえず失わないようにしなければならない。なぜかというと、すでに経験としては知りつくされていることを反省的な考察の対象とするということのなかには、その対象がどこまでも抽象化されてしまう危険が含まれているから、究極には経験的に知っていることとはなんのかかわりもないところで、経験的な事実としての性格を問われることになるからである。

〈行動〉が規定される場合、ふつう〈行動〉がおこなわれる〈場〉は単なる均質で抽象可能な空間、あるいは外界として考えられている。そしてそのうえで身体の生理学的な場と心的な場と、このふたつの場のかかわりあいの問題が問われる。

わたしたちは、すでにこの場面で不服である。人間の〈行動〉の〈場〉は、はたして均質な抽象可能な空間として設定できるものなのだろうか?

これについて、M＝ポンティは『行動の構造』のなかで次のように述べている。

> 行動の占める物理学的場——方向をもった諸力の体系——のうえに、生理学的場、つまり「圧力と歪み」の第二の体系の独自性を認めなくてはならないわけで、それだけが決定的な仕方で実際の行動を規定するのである。さらに、もし象徴的行動やそれの固有な特性を重視するなら、言葉の定義上われわれが〈心的場〉と呼ぼうとする第三の場を導入するのが当然である。（滝浦静雄・木田元訳）

こういった〈場〉の設定の仕方は、いわゆる行動科学的な考察が、系列的にとっているふつうの仕方である。

図式的にたとえてみれば、まず現実の場があって、そのうえに人間の身体の場がのっており、身体のうえには心的な場がある。そして〈行動〉というのは、いずれにせよ、これらの場をめぐって解き明かされる様式である。

これは味気ない設定ではないのだろうか。この種の設定の仕方では、〈行動〉の問題はいずれにせよ心身の相関の問題に還元される。人間の心的な過程が存在するためには、身体の存在は絶対的な条件である。それにもかかわらず、人間の心的な過程の内容は必ずしも身体の存在の反映ではない。わたしたちが究極において心身の相関領域の問題から問われていることは、心的な過程と身体の生理的な過程とは、いずれが〈行動〉にとってプリミティヴな原型としての性格をもっているかということである。そこで、〈行動〉は、どんな場合でも、そのつど、具体的な現実の場のなかでの〈行動〉である。そこではじめに、わたしたちは紛糾する前に、まったく別の設定の仕方をして〈行動〉を考察したいと考える。そこでは、具体的な現実の場を、そっくりそのまま〈行動〉の考察から切り離すことにする。そしてこの切り離された〈場〉は、そのまま別に考察の対象としてとりあげよう。

人間の〈行動〉を最もプリミティヴなところで考えようとするとき、ふつう身体の反射的な〈行動〉を思いうかべる。この反射的な〈行動〉は、たとえば動物が敵に襲われたとき反射的にとびかかるとか、背中の毛を立てて威かくと防禦の姿勢をとるとか、一瞬のうちに逃げ出すとか、変色するとかいう〈行動〉と、できるかぎり類似のものとして考えることができる。人間が、たとえば車にぶつかりそうになったとき、とっさに身を避けるとか、道路でつまずいて転びそうになったとき、無意識のうちに身体を支えようとして手をつくとか、強いせん光に眼を射られたとき、反射的に瞼を閉じるとかいう〈行動〉がそうである。このような反射的な〈行動〉は、条件づけられた身体反応として考えても、さほど不都合なものとみなされないように思われる。

ところで、この反射的な〈行動〉には、動物の反射的な〈行動〉と異なった位相が考えられるところがある。このような反射的な〈行動〉を行動する者の外から判断した場合がそれである。動物の反射的な〈行動〉をその動物の外から判断したときは、おそらく単純な、条件づけられた身体反応のひとつとして考えてさほど疑いを生じないようにみえる。その理由は、動物の系統をわたしたち人間と質的に断絶したものとみなす人間の判断基準が無意識のうちに作用しているからである。

しかし、人間の反射的な〈行動〉を外から判断したとき、わたしたちはそれを単純な身体反応だけとして考えることに、あるためらいをおぼえるにちがいない。その〈行動〉は確かに身体の反射的な〈行動〉としてしか外からは判断できないのだが、その反射的な〈行動〉に伴って、〈ああ危い〉とか〈ああ死ぬか〉とか〈ああ恥ずかしい〉とかいう〈心的な反応〉が同時に起こっているのではないかという危惧はたえずつきまとってくる。こういった危惧は、判断するものの経験的な体系から類推によってもたらされるものである。人間の反射的な〈行動〉が外から判断されたときに伴われる〈含み〉は、動物の反射的な〈行動〉と人間の反射的な〈行動〉とを質的に分ける特徴とみなすことができる。

ここでわたしたちは、人間の〈行動〉をどのように理解するかについて、最初の単純な岐路に立たされる。

人間の〈行動〉のプリミティヴな原型は、反射的な身体反応にあるのだろうか、それとも反射的な身体反応に伴う〈ああ危い〉とか〈ああ死ぬか〉とか〈ああ恥ずかしい〉とかいうような心的な過程にあるのだろうか？

この問いは、別の形で、もっとつきつめて提出することができる。

人間の〈行動〉において、行動するものの外から判断して、まったくなんの身体反応をも起こさないのに心的な反応だけがあったとき、わたしたちはこの心的な反応を〈行動〉のプリミティヴな原型と呼ぶべきだろうか？

この場合、身体的な反応が外からはまったく判断されないから、少なくとも行動するものの外側からは心的な反応の有無を知ることができない。だから、〈行動〉しているのかしていないのかを外側から判断することはできない。もちろん、身体内部の反応は局所活動と中枢活動の関係としてあらゆる心身の反応に伴うことはいうまでもないが、それは行動するものの外側から〈他者〉によって判断できるかどうかとは別のことである。また、測定装置を媒介とすれば、外側から見て判断できない身体反応も知ることができるということは別の問題である。ここでは人間が人間として現実の場で〈行動〉する場合に、それと同じ位相で考えられる人間としての〈他者〉が〈行動〉を一義的に判断できるかどうかという問題が考えられているので、〈場〉をそのまま取り除いて考えているということのほかに、どのような省略も抽象化も規定されてはいない。

反射行動のようなプリミティヴな〈行動〉の段階でも、動物の〈行動〉と違って〈含み〉として考えることができる人間的な〈行動〉は、〈行動〉について二つの概念が想定されるべきことを示唆している。

いまこれを意味的行動と価値的行動というように名づけるとする。そして意味的行動というのは身体的な作動だけを現実の場で伴う〈行動〉のことであり、価値的行動というのは、心的な〈行動〉はあっても身体的な行動が現実の場で伴わない〈行動〉をさすものとする。

そこですべての人間的な〈行動〉は次のように類型化することができる。

(1) 心的な〈行動〉だけがあって、身体的な〈行動〉を伴わないもの（価値的行動）。
(2) 心的な〈行動〉があって、身体的な行動を伴うもの（価値的—意味的行動）。
(3) 身体的な〈行動〉に伴って心的な行動があるもの（意味的—価値的行動）。
(4) 身体的な〈行動〉があって心的な〈行動〉を伴わないもの（意味的行動）。

そして、ここでは人間的な〈行動〉を特徴づけるものとして、価値的行動を〈行動〉の最もプリミティヴな様式とみなすこととする。これは一見すると、きわめて不都合なもののようにみえる。なぜならば、ここでいう価値的行動は、現実の場で、行動するものと同じ位相にある〈他者〉からは、〈行動〉として判断すべききめ手をなにも提供しないからである。つまりかれが〈行動〉しているかしていないかは〈他者〉からは判断しえないからである。価値的行動を非行動と区別するのは、ただ心的な過程があるかないかだけだが、これは心的な過程であるため〈他者〉からはその有無をうかがうことはできない。

いまわたしがAという場所へ行ってある物品をもってきてくれと〈他者〉から頼まれたとする。わたしは立ちあがってAという場所へ行き、その物品をもってもどってきた。この場合わたしの身体的な〈行動〉は、単なる意味的行動であることも、意味的↕価値的行動であることもできる。別の言葉でいえば、わたしは反射的に立ちあがってAという場所へ行って物品をもってもどってくることもできるし、依頼に応じるかどうかをさまざまに思いめぐらしたあげく、その心的な判断にしたがってやおら身体を動かしてAという場所へ行き物品をもってもどってくることもできる。そしてこの場合、わたしの〈行動〉は依頼された目的に対して〈意味のある行動〉ということができる。

ところで、わたしがこのとき依頼に応じてAという場所へ行き、物品をもってくるかどうかを思いめぐらしたあげく、断念して身体を動かさなかったとする。この場合、わたしは依頼された目的に対して、ここでいう価値的行動はやった。しかしこの価値的行動は依頼された目的に対しては〈意味のない行動〉というほかはない。なぜなら、Aという場所へ行き物品をもってくるという目的をわたしは実現しえなかったからである。わたしたちは、しばしばこのような場合に、非行動と呼びがちである。しかし、非行動ではなく、わたしは、価値的行動だけをやったのである。

ここでいう価値的行動に〈価値性〉を与えているのはなんであろうか?

この問いに対する解答は、価値的行動では〈行動〉が現実の〈場〉と一義的な関係をもたず、そこに予想されるものは、いつも〈場〉との多義的な関係であるという点にかくされている。

さきの例でいえば、Aという場所へ行って物品をもってくるという目的に対して、わたしの心的な〈行動〉は、〈Aという場所に行って物品をもってこよう〉と考えることも〈Aという場所に行って物品をもってくることをやめよう〉と考えることも、また〈どっちにしようかな〉と考えることもできる。つまり、わたしの心的な過程は、依頼された目的に対していく通りもの経路をたどることができる。だからいつも現実の〈場〉に対して、心的な〈行動〉は多義的な関係をもっている。そして、この〈場〉との多義的な関係が〈価値性〉の根源であると考えてよい。

ところで、意味的行動ではこの関係は対照的である。この場合には〈行動〉はただある設定された目的に対して身体的に起こされ、それが一義的に現実の〈場〉と結びついている。身体がいまある場所からAという場所に行動すれば、行動の経路がどうであれ、行動したということは、確かに行動そのものについて確かな場所の移動であり、あるいは身体の運動としてあらわれる。そこでは行動そのものにあいまいさも含みもない。

人間の〈行動〉はこのふたつの〈行動〉をプリミティヴな極端として、その間に描かれる二重の帯域によってあらわされると考えることができる。

ところで、人間の〈行動〉が価値的行動と意味的行動を対照的な極端としてもっているということは、いままで前提してきたように、人間的な〈行動〉が動物的な〈行動〉と質的に異なっているところからきている。そしてこのような意味での〈行動〉の相異は、人間性と動物性との本質的な相異に還元しうるはずである。

けれど、人間的な〈行動〉と動物的な〈行動〉の相異は、それぞれの構成する〈場〉の相異に還元することもできる。動物であっても人間であっても、その〈行動〉の〈場〉はいずれも〈自然〉そのものであることではかわりない。そして動物の〈行動〉では、生存のために必要な条件によって、食餌を求める経路とか、巣をつくるための経路とか、防禦のための経路とかによって〈自然〉は特定の形態の空間に切りとられて、それがその動物の行動の〈場〉として習性化される。このように動物が習性として占める〈場〉を最大限の空間として切りとれば、この〈場〉の内部には障壁を考える必要はなく、ほぼ

〈行動〉の軌跡がインテグレートされることによって成り立つ均質な空間と考えてさしつかえがない。

人間の〈行動〉ではそうはいかない。人間の行動の〈場〉も〈自然〉そのものであることにはかわりがない。しかし障壁はいたるところに存在している。むしろ人間の〈行動〉の能力とは、この壁をつくる能力であるといってもよいほどである。そして人間は障壁に突きあたるごとに〈行動〉を身体的行動から心的な行動に切りかえ、それによって再び〈行動〉のあたらしい経路を見つけだし、また再び身体的な行動に移るという行動様式を習性化してきている。それゆえ、はじめから、人間の〈行動〉の〈場〉を均質な空間と考えることはできないのである。さらに、人間のこのような行動様式は、身体的な行動としては有限の空間を〈自然〉から切りとって〈場〉としていながら、心的な行動としては、際限のない遠隔にまで〈場〉を拡大することができるようになった。身体的な行動が時間的な、あるいは空間的な制約によって有限の〈場〉しか設定できないのに、心的な行動はその制約を超えて、未知の世界についても識知を働かせることができるという点に、人間の行動の〈場〉の特徴を規定してもよいほどである。そこで人間の〈行動〉の〈場〉は、あらかじめ心身の跛行する特異な〈場〉と考えるほかはないのである。

個体の行動回路の数量化を試みた平尾武久・台弘の論文「個体生態行動観測の方法論」に次のような記載がみつけられる。

一般にこれまで医学の領域での「行動」を対象とする研究が、ヒトにおける生活や、動物における棲息状況を対象とする場面になにかいきいきとした内容に欠けるのは前述の2条件の考慮が不完全だったためである。

以上の発想には、生態行動にとって本質的な環境である動物の群については直接にはふれていない。それは個体行動に先ず焦点を合わせ、群との関係を次の段階で論じようとする意図による。群内の個体行動は格段に複雑な課題を提供するであろうが、個体行動の観測が成立すればそれを個対個、又は個対群、更に群行動に拡げることは不可能ではない。（『精神神経学雑誌』第六七巻第十号、昭和四十年十月）

ここで「前述の2条件」と呼ばれているのは、主に観測空間と時間の設定の仕方と観測結果とが生態行動の観測として意味をもつかどうかを検証することをさしている。

ところで、ここで述べられている行動科学的な方法論は動物にしか妥当しないということは先験的であるように思われる。「ヒト」における〈行動〉では、観測条件よりも〈場〉の特異性を十分に考慮できなければ「いきいきとした内容」がえられないのは当然のことだからだ。また動物の行動においては、〈場〉はここで述べられているように、「個体行動の観測」から「個対個」または「個対群」さらに「群行動」というように拡大すればよいようにみえるが、「ヒト」の場合にはまったく違ったものとなるほかはない。人間の〈行動〉では、身体的な行動と心的な行動の間に一義的な因果関係も、確率的な対応関係も存在していない。身体的な行動は、心的な行動の結果として表現されるとは限らないし、また逆に心的な行動は身体的行動の結果として表現されるとも限っていない。こういう場合には人間の行動の〈場〉は、まず質的な構造として設定されなければならないはずである。

そこで、わたしたちは、人間の〈行動〉の〈場〉はどう考えられるべきかという問題に直面することになる。

まずはじめに〈個体〉の行動の〈場〉が考えられる。人間が個体として挙動することができる現実の〈場〉、あるいは個体として挙動することを強いられる現実の〈場〉は、身体的にも心的過程としても規定することができる。ただこのような想定は、すでにある種の抽象化を前提としているというべきであるかもしれない。この抽象化は、〈場〉を近似的に均質化するために導入されるのではなく、どのような現実の〈場〉も、現在までのところ、個体が個体としてまったく制約もなしに自由に挙動できる〈場〉としては存在しえないという歴史的な根拠に由来している。個体が本来的に個体として自由に挙動できない現実の〈場〉で、なお個体としての行動の〈場〉をとりだそうとすれば、必然的に抽象化がおこなわれるほかはない。それにもかかわらず、個体の行動の〈場〉が考えられるのは、もともと人間は個体として完全に自由に〈自然〉を〈場〉として振舞いたかったにもかかわらず、必然的にさまざまの制約を負うようになった歴史的な存在だからである。個体の問題は人間にとって、行動としても存在としても最初であり、また最後であるような課題として存在している。

ところで、人間の〈個体〉が、自分以外の他の〈個体〉と関係づけられる〈場〉が次に問題となる。このような〈場〉は性と呼ぶことができる。〈個体〉と他の〈個体〉が関係づけられる〈場〉では、人間の行動は性としてあらわれる。だからこのような〈場〉では、人間の行動は男性であるか女性であるかのいずれかであるということができよう。

具体的にいえば、このような〈場〉として最も重要であり、また第一義的であるのは家族である。人間は家族のなかでは、本質的にいえば性として行動する。これは夫と妻との関係ばかりでなく、フロイトのいうように親と子の関係でも、また兄弟・姉妹の関係でも本来的には同じである。ただこの場合でも、性は身体的な行動であることも、心的な行動であることもできることはいうまでもない。

もちろん、人間は家族以外の〈場〉でも〈個体〉として他の〈個体〉と出遇うことができる。そのときもやはり性として出遇っているのである。しかしこの場合の出遇い方は、家族のなかで獲得した方法に基づいているといっても過言ではない。

人間が〈個体〉としてでもなく、〈個体〉と〈個体〉の関係としてでもなく行動する〈場〉を、わたしたちは共同性と呼んでいる。この共同性は「個対群」でもなく「群行動」でもない。その本質は共同の心的な行動の〈場〉であり、ここでは、身体的行動はいつも非本質的にしかあらわれない。具体的に例示すれば、人間の〈行動〉が〈政治〉とか〈制度〉とか〈法〉とかいうもののなかで振舞うところが共同性の〈場〉である。

共同性のなかでは、どうして心的な行動過程だけが本質としてあらわれるのだろうか。それは別段深い根拠があるわけではない。もともと個々の身体の生理過程に限定されて心的過程をもっている人間の社会的な存在の仕方が、共同性として行動しようとすれば、身体の生理過程にとっては絶対の矛盾であるため、ただ心的な過程のみを共同性の〈場〉に参加させるよりほかにありえないからである。そして心的な過程を参加させる度合に応じて、丁度それだけ身体的にもそのつど参加させる。

いままで考えてきたように、人間の〈行動〉の〈場〉は、どのように抽象化しても〈個体〉の〈場〉と〈個体〉と他の〈個体〉とが関係づけられる〈場〉と〈共同性〉の〈場〉との質的な構造の違いを均質化させることはできない。そして人間の〈行動〉の〈場〉は、いずれにしてもこれらの三つの基軸の重層化した構造として存在しているとみなすことができる。

実朝論

——詩人の生と死をめぐって——

一

きょうから、源実朝についてお話したいとおもいます。どういうところからはじめたらいいかかんがえてみたのですが、はじめに、文学としての生き方、死に方ということからはいってゆきたいとおもいます。

あるひとりの文学者は、ある時代ある社会に生き死にいたします。そして、その文学は積極的にか消極的にか、前むきにか後むきにか時代的な契機とぶつかることによって個性として花を開き、ある時代的な意味をになうことになります。文学はどういう場合でもひとりひとりの人間によって生みだされてゆくのですが、生みだされた作品が、ある時代的な契機にぶつかるということのなかには、すばらしい問題がかくされているのだとおもいます。しかし、生みだされた作品のすばらしさは、かならずしもその文学者の思想とか資質、才能にかかわりない、時代的なめぐりあわせとか、偶然の要素がたくさんあるとかんがえられますから、その文学者の作品あるいは思想が、ひとつの時代的な契機とぶつかって、そこで花を開くということには、本当はたいして重要な意味はないのかもしれません。むしろ文学にとってては、どういう死に方をするのかのほうが、重要ではないかとおもわれるふしがあります。

なぜ文学にとって死に方が重要かといいますと、死に方には、偶然に依存する要素は少なく、ほとんど全面的に、作家あるいは詩人の思想、資質そのものに依存するからです。ですから、文学としてどう死ぬかという問題のなかには、文学としてどう生きたかという問題よりも、もっと必然的な契機がふくまれているかもしれないとおもいます。死に方がうまくないと、——うまくないというい方は技術的な問題に受けとられやすいですから、本質的でないといい直せばいいわけですけれども——死に方が本質的でないと、文学として蘇えることはできない、ということができます。

現在でも、第一次戦後派とよばれている作家たち、具体的にいえば、野間宏であり武田泰淳であり、椎名麟三でありといった文学者たちは、如何に文学として死ぬかを自問する時期にきているとおもいますが、こういう文学者たちをみていますと、死に方がへたな人たちだなあという感想をもちます。ぼくだってうまく死ねるかどうかわかりませんけれども、自分のことを棚上げして傍観的にいいますと、つくづく死に方がへたな文学者たちだなあとおもいます。この文学者たちも、かつて時代の契機とぶつかって、自分の表現を開花させた時期があったわけですが、死に方が本質的でないと、その文学が蘇えるにも蘇えりようがあるまい、という問題をかかえこんでいるわけです。

文学は、作品を創ったご本人が死ねば、死んでしまうものだといっても、いっこうさしつかえないのですが、ただ文学を表現するための〈言葉〉は、それを表現した個人が死ねば死んでしまうという面と、個人が死んでもうけつがれていく面とふたつあります。なぜ文学が蘇えってうけつがれていくかということは、文学にとってはじゅうぶん問題になりえます。文学が死後に蘇えるためには、時代的な契機にさからおうと、時代に背を向けようとどうでもいいのですが、本質的な仕事によって、文学を生みだしながら死ぬことが大切だと思います。死に方がへただということは、そういうことが、うまくできていないということを意味しています。このことは個々の作家の主観的判断を超えて、わりあいに普遍性のある問題です。

個人としての文学者が死んでも、その文学者が作品をうみだすのにつかった言語も、また作品そのものも、死にたがらないという面があるのです。現在はやりの構造主義者たちは、それを〈構造〉とかんがえているとおもいますけれども、〈構造〉ということばをつかいたくなければ、共同性としての言語というようにかんがえればよいとおもいます。もっとはっきりいえば、共同規範としての言語です。共同規範ということばは、さまざまなニュアンスをもっています。ごくあっさりと、言語のもっている文法とか語法とか用法とかの問題としてとらえることもできますけれども、もっと綜合的に内的なモチーフをふくめてとらえても、よろしいとおもいます。共同規範としての言語は、それを表現した個人といっしょには、なかなか死にたがらないのです。

そういうわけで、文学としていかに生くべきかということではなくて、いかに死ぬべきかという問題が、本質的に問われていかないと、文学作品はふたたび蘇えることができないといえましょう。たとえ蘇えったとしても、文法とか、レトリックとか、語法とかいう意味あいだけで蘇えり、文学そのものとして蘇えることはできません。

現在すでに戦後二十何年かたっているわけですが、そのなかで本質的に文学として生き、本質的に死ぬというかたちで、みごとに大往生をとげた作家、詩人をあまりたくさんはみつけることはできません。現にぼくらが眼の前にみているのは、いかに生くべきか、いかに死ぬべきか、という問い以前の、仮死状態のまま漂流をつづけているような作家、詩人だけかもしれません。この問題は、自分自身にたいする自戒という意味をもふくめて、本質的に問われなければいけないとおもいます。

これからお話する実朝という詩人は、本質的に生きたかどうかは、そう簡単にはきめられませんが、本質的に死にえた詩人だということはたしかです。実朝は『金槐集』とよばれる詩集をひとつだけのこしているのですが、中世の詩人では、たれもが西行と実朝というふうに数えざるをえない、最大の詩人の一人です。実朝は鎌倉幕府の創始者であった源頼朝の次男で、十二世紀末から十三世紀のはじめにかけて生きた人ですが、二十八歳で暗殺されています。

なぜぼくがここで実朝をとりあげるかについては、さして普遍的な理由はないのですが、個人的な理由はあるのです。古典詩人論というのは、ぼくが戦後ずっと持ちつづけてきたテーマであり、またいくらかそういう文章もかいてきました。古典詩人論は、ぼくの仕事のモチーフの一つだと考えていただければよろしいとおもいます。

なぜぼくが古典詩人論に固執するかということをよくかんがえてみますと、結局、戦争期に自分がうけた知識を、返済しようというモチーフからだとおもいます。〈おもいます〉というようないい方をするのは、〈よし、おれは戦争中にうけた負債はみんな返済する〉というようにいいえない無意識な部分があるからです。ぼく自身が古典詩人を論じておもしろいのですが、なぜこんなものをおもしろがっているのか、じぶんでわからない部分があります。ですから、〈——だとおもう〉というより仕方がないのです。

戦争中うけた知識を返済してゆこうという理由には、思想的に固執するところもふくまれています。そのいちばん大きなものは、天皇あるいは天皇制ですが、この負債もかならず返済するというモチーフをぼくは随分ながいあいだ抱いてきました。それは『共同幻想論』というかたちですこしずつ返済しつつあるとおもいます。

戦争期にぼくを源実朝という詩人に近づけた契機をつくった文章のひとつは、『右大臣実朝』という、太宰治の中期の代表的なすぐれた作品でした。もうひとつは、時期としてそれほどちがわない小林秀雄の『無常といふこと』というエッセイ集の中の「実朝」という文章です。このふたつは、ぼくが実朝という詩人に近づくのにおおきな契機をあたえた文章でした。

太宰治の『右大臣実朝』は、実朝を人格的な意味での一種の理想像として描いています。初期と晩年は別にしまして、太宰治が、作品で典型的に描いている理想の人物像は、キリストで、それをじぶんの理想に叶うように性格を与えたりして、つくりあげております。その理想像はおなじ中期のすぐれた作品である「駈込み訴へ」のなかに描かれているキリストによくあらわされているとおもいます。ひと口にいいますと、たいへん鋭敏な神経と洞察力をもって、何もかもお見通しでありながら、お見通しであることについてはひと言もいわないで、他人がかつぐみこしの上に、何年でものほほんとして乗っかっていられる、そういう感じの人物が、太宰治が中期に描いた理想の人間像なんです。『右大臣実朝』という作品の中で、実朝はまさに中期の太宰治の理想像みたいな性格が与えられています。

これに対して、実朝を暗殺した兄頼家の子——甥ということになりましょうか——公暁という坊主は、ニヒリストであり、ひねていて妙に勘の鋭い人物として描かれています。この人物像も太宰治にとっては、ネガティヴな意味で、理想にちかい人物像なんです。「駈込み訴へ」のなかのユダにたいしても、公暁とおなじような性格を与えています。この種の性格の人物像もまた、太宰治の作品をおもしろくしている要素で、現在でも太宰治の作品が、たくさんの人をとらえている理由は、実朝像あるいはキリスト像的な理想像よりも、ユダ的な、あるいは公暁的な理想像、つまりニヒリストで、ひねこびていて、妙に鋭い、いわば太宰治の性格の半分ぐらいを与えられた人物にあるといっていいとおもいます。『右大臣実朝』という作品は、実朝に与えられた性格と、公暁に与えられた性格の関係を軸として描かれています。

日本の作家が、この種の作品を、歴史的事実に即して描こうとしますと、大抵は、ルカーチの歴史小説という概念におあつらえ向きのような、おもしろくもない全体小説みたいなものになるか、それでなければ、大衆作家というふうにいわれている人たちが描くもの、たとえば山岡荘八の『徳川家康』とか、吉川英治の『宮本武蔵』とかいった、通俗的な意味でおもしろおかしい作品になるか、どちらかであるといえましょう。太宰治の『右大臣実朝』は、このいずれにも該当しないとおもわれます。しかもまさに歴史的な人物像に、まるで近代の私小説を読むように、よく入ってくるような動きが与えられています。

このことは、日本の歴史小説の当時の水準——現在でも大して変りがないと思いますが——のなかで、読んで衝撃を与えられるようなものだったのです。当時読みえた日本の歴史小説からかんがえて、ちょっと予想もしなかったかたちで、古典がよみがえっていたということができます。古典というのは、こういうふうに読みかえられるのかという意味あいで、衝撃的な作品だったと記憶しております。古典というものが、国文学者が研究的に扱うという意味あいでもなく、また大衆小説家が、まげもの、チャンバラものとして描く歴史読物というようなかたちででもなく、また大まじめな全体小説としてでもなく、蘇えりうるならば、古典もまた捨てたものではないじゃないかということをよく教えてくれた作品でした。戦争中ですから、日々いろんな出来ごとがあり、かんがえるべきこともたくさんあり、じぶんのなかに混乱もあるという生活のなかで、古典は迂遠な、とっつきにくいものだったのですが、太宰治の『右大臣実朝』は、古典とは過去につくられて、いまは読むにもおぞましい、ほこりに埋れてしまった遺物だという偏見を醒ましてくれました。

小林秀雄の「実朝」は批評文ですから、実朝の人物像がそのなかからよみがえるというふうには描かれていませんし、また、どういう歴史的な背景と、あつれきのなかで、実朝は生き死にしたかということについても、べつだん正確な知識を与えてくれたわけでもありません。ある意味ではこういうひどい読み方があるのか、こんな解釈は成立たんじゃないかとか、専門の研究者からはさまざまないちゃもんのつくような文章だともいえます。しかし、ここに現在をよく生きている一人の批評家が、古典を蘇えらせていることは確かでした。実朝ののこした詩の作品、実朝の生涯の出来ごとを叙述した当時の歴史書が、よく蘇えっているという印象をうけました。この場合も古典はそんなに捨てたものじゃないということに眼を開かれる契機を与えてくれました。小林秀雄の場合には、古典というものを、どう文学として論ずれば、現在に蘇えりうる観点が得られるか、という問題に、一つの模範のようなものを与えたとおもいます。

こういう論じ方をされますと、古典はひじょうにそばへ寄ってきます。現在の情況のなかで、さまざまに存在する問題のパターンを、歴史的な過去の時代へ投影するという蘇えらせ方ではなくて、過去は過去として、古典は古典として、それが生みだされた時代のなかにありつづけながら、しかもすぐそばに、引き寄せられるというかたちで、古典を蘇えらせることに成功しているとおもわれました。

小林秀雄の描いた実朝は、鋭敏でナイーヴな心を持った詩人というふうにとらえられています。太宰治の『右大臣実朝』における実朝と公暁は、水木しげるの漫画でいえば、「ゲゲゲの鬼太郎」と「ねずみ男」というような感じなんです。「ゲゲゲの鬼太郎」という作品のおもしろさの半分は、「ねずみ男」の存在に依存しています。実朝は「ゲゲゲの鬼太郎」で、公暁は「ねずみ男」というふうになります。ぼくはいまでもあざやかに思いうかべるんですが、公暁が由比ヶ浜の海辺で、朽ち果てた船に寄ってくるカニをつかまえて、それをピシャッと叩きつけて、ムシャムシャたべる印象的な描写がありす。公暁はどうも「ねずみ男」的に描かれているとおもいます。

小林秀雄の「実朝」は、鋭敏でナイーヴな詩人が、一種の陰惨な暗殺集団の上に乗っているという描き方です。それは当時の小林秀雄の心境というか、心理というか、そういうものとしてたとえると、わりあいによく理解できるかもしれません。

いずれにせよ、これらにおける古典の蘇えり方は、かつて日本の歴史小説や文芸批評の中にあったものとはまったくちがうようにおもわれました。これらの作品は、ぼくを古典のほうへ誘なってゆくのにおおきな力を与えたと思います。この誘なわれ方のなかには、さまざまな問題がふくまれているわけで、戦後になって、機会があればそのお返しはしたいということをかんがえてまいりました。お返しのなかには、当然現在のじぶんならば、そういう蘇えらせ方はしないという自負があっていいわけですが、現在のぼくにそれができるかどうかは、謙虚にいってわかりません。しかしともかく、ぼくの古典詩人論というモチーフのなかには、そういう蘇えらせ方に開眼されて、古典の匂いの世界へいったら、案外おもしろかったという体験と、何かじぶん独自の世界を披瀝して、負債の返済はしたい、という二つの意味がふくまれているとおもいます。うまくいくかどうかわかりませんが、やってみましょう。

詩人としての源実朝は詳しく研究されてもいますし、論じられてもいます。同時代の藤原定家、少しあとの京極為兼からはじまって、江戸時代にいけば賀茂真淵あり、明治に入れば正岡子規がおりというふうに、連綿として詩人実朝の評価はあるわけです。さらに子規以降にも、斎藤茂吉は『源実朝』という一冊の本を書いているくらいによく研究していますし、川田順も一冊の本をつくりあげているというあんばいです。もっとべつにさぐっていけば、まだたくさんみつけることができるでしょう。研究の面から云っても、これ以上突っこむ余地はないのじゃないか、と思われるぐらいよく検討されている詩人だと云えるとおもいます。

ただ、同時代に、天台宗の座主をしていた慈円という教養のある坊さんのかいた『愚管抄』をみてみますと、実朝は文学者としてはすぐれているけれども、武家の棟梁、将軍としてはまったく愚かなだめな人物だったと評価されています。たしかに、実朝にはそういえるところがあり、こういう評価はずっと——斎藤茂吉、川田順にいたるまでうけつがれてきております。実朝は中世を代表する詩人ではあるけれども、政治家としては論ずるに足りないという批評はずっと伝っています。

これはたしかに当っているところがあり、詩人としての実朝というところに限定して研究されていくのはやむをえないし、正当とおもえるところがあります。しかし、それでは鎌倉幕府の三代目としての実朝は、論ずるに足らないから、詩人としての実朝だけをつかまえれば、それでいいのかということになりますと、いくらかの問題があるとおもいます。このいくらかの問題ということが詩人としての実朝につけ加わってゆかないと、実朝の人物像は綜合的ではありえないという観点を、ここではとりたいとおもいます。というのは、一人の詩に堪能な、だが無能な将軍ということでとらえられない象徴的な意味が、実朝にはあります。それを無視することはできないとおもえるのです。ただ、この面はきわめてとらえにくいものですから、いままでの実朝論としては詩人というところに限定されてきたといえます。

二

史論家の眼からみますと、実朝は資料的にいっても、つかまえにくい存在です。頼朝という鎌倉幕府の創始者はつかまえやすいだけの政治的な動きをやっていますから、山路愛山からはじまって、現在の岩波新書（永原慶二『源頼朝』）にいたるまで、政治的行動に重きをおいた人物論はなされていて、史論的に道がつけやすいということがあります。実朝は、鎌倉幕府の棟梁としては、はなはだ貧しい政治的な動きしかしていませんから、史論としてはきわめてやりにくく、なかなかうまくいかないのです。

ただ、そうだからといって、実朝を綜合的にとらえる場合、政治家としての意味を無視するわけにはいくまいとおもいます。ここではそういう面をふくめながら実朝を論じていきたいとおもいます。

まず、幕府の棟梁として実朝はどういう位置をもつのかということから申上げてみます。

こういう問題については、中世史家からさまざまな研究がだされています。中世史のもっとも基本的な問題は、頼朝を中心とする関東の武士勢力によっておこなわれた鎌倉幕府の創設が、法的な国家としてどういう性格をもっていたかということでしょう。この問題を背景にして実朝の存在はどういう意味あいをもったかが浮びあがってくるとおもいます。

いちがいにいいきることはできませんけれども、鎌倉幕府の創始者である源頼朝には、律令制王権を倒して、武家勢力によって法的な権力をつくりあげてゆくという問題意識は、はじめからなかったのではないかとかんがえられます。法的にみますと、武家勢力には鎌倉幕府法があって、それは具体的な面では、必然的に律令国家のもろもろの体制にたいして、矛盾と対立をつきつけてゆくわけですが、しかし、幕府の存在は、創設当初から律令国家の全面的な否定という意味あいも、意図もなかったことはたしかです。頼朝は北条氏を中心とする武士団の勢力によって、ほぼ全国を武力的に統一したときも、王権にたいして、じぶんたちはけっして王権を否定するものではないという弁明を朝廷におくっています。頼朝は武力的統一がほぼ完成した時期に、京都へ行って、全国的な混乱を平定したということで、王権内部の位階制によって、権大納言右近衛大将という位を、論功行賞みたいなものとしてもらっています。このときは、おれはそんなものは問題にしてないというのでもなく、もらうものはもらっちゃえというのでもなく、形式的には王権内部の序列を承認するというかたちでそれをうけとって、数日後に征夷大将軍いがいは返上するというやり方をしています。

また、鎌倉幕府の成立が、律令制王権の否定を意味しなかったことを示す例として、頼朝が守護職とか地頭職を、じぶんの御家人を使って全国的に派遣した時期の出来ごとをあげることもできます。守護は国ごとに家人武士の統制に当るもので、地頭は守護のもとで、荘園・公領の実質上の支配権を握って、幕府の権力を全国的に浸透させることをねらったものです。この場合でも、頼朝は守護、地頭を派遣することを、律令制王権に承認させるため、律令制法体制の監視と執行のためという名目をとりつけながら、律令制国家の法権力を、実質的につき崩してゆこうという方式をとっています。これは朝廷と公家の直接管理下にあった寺領などでは、さまざまな意味あいで王権側から反撃と抵抗をうけました。頼朝はこのばあいかなり譲歩と妥協をくりかえし、政策のうえでも後退しています。

この時期には、律令制国家の制度的体系と、関東の武家勢力を規制する幕府法にもとづく法的体制とは、双頭をもった二重権力のような形になっていたとみることができます。この最初の権力のあり方が、鎌倉幕府のそのあとの性格を決定していきました。そして、あえていえば、わが国の中世国家における法的権力の特異性と、複雑さの原因をつくったと申すことができます。その種子はすでに頼朝の政策によって播かれたといってよろしいとおもいます。

鎌倉幕府は、守護、地頭制度を実施する際には、もちろん武力的な圧力を背景にしたわけですけれども、ひとつひとつ律令制王権の法的な承認をかいくぐって、法的承認は得ているという名目だけはちゃんと手に入れたうえで、律令制支配にくさびを打ち込んでいくやり方をとっています。これは守護、地頭制度に限らないわけです。こういう複雑さといいますか、まだるっこさといいますか、曲りくねったやり方が、日本の中世国家の性格を大きくきめていく要素になったとおもわれます。

こういうやり方は、日本の政治的な権力のあり方をかんがえていく場合に、きわめて古い時代から戦後までをふくめて、普遍的なパターンになっているとおもいます。ある政策なり行動なりを政治権力が社会的にやってしまいたいという意図がある場合、本来的にいえば権力をもっているのだから、その圧力を背景にして、あらたに法律をつくるとか改正するとかしてやればいいはずだし、できるはずです。すくなくともヨーロッパ風の政治概念ではそうだろうとおもいます。ところがわが国の伝統的な政治的やり口のパターンは、ある政治行動に都合のよい法的規定をあたらしくつくるとか修正するのではなくて、それよりも上位概念に属する法的規定を利用して、それから承認されているという形式的な名分を得たうえで、ある政策、ある政治行動をおこなうという方法であります。こういうやり口は政治権力あるいは政治的な制度にとって、わりあい普遍的にみられるやり方なんです。つまり、権力がAという政治的行為をやってしまいたい場合に、力を背景にして、Aをなしうる法律をつくるなり修正するなりしたうえで、実行すればいいわけですけれども、けっしてそういうことはしないのです。それよりも上位にある法概念を使って、法的責任はそこへ預けておいて、ある政治的行為をやってしまうわけです。そうしますと、権力の座にある政治家たちはまったくひどいことをやりながら、しかし後世になってそれを検討してみますと、どうもこいつはそんなに強大な権力をもっていたとはおもえないとか、これは独裁政治家とはいえないというふうにしかみえないということになります。

こういう独得な曲りくねり方が、日本において権力の交代とか、法的国家の転換とか変革という場合にいつでもでてまいりますから、変革といってもすっきりした形をとることがありません。

東条英機は、ヒットラーやムッソリーニにくらべられるほどの独裁者であったか、とかんがえた場合に、たしかに個々の具体的な場面では、独裁的な行動はあっただろうとおもいますけれども、後世から検討しますと、いや、かれは秀才ではあるかもしれないけれども、たんなる軍人あがりの小胆な官僚にすぎないのだということになってしまいます。あとから検討してみますと、帝国憲法の範囲内でやったとか、天皇制の範囲内で振舞ったとか、ちゃんとつじつまがあっているわけです。

こういうやり方のパターンを、丸山真男さんは無責任の体系ということばで要約しております。つまりある政治的行動の責任はどこにあるのかということでたどっていきますと、どこまでいっても、どこにも責任の核がないみたいな感じになっていきます。この無責任の体系のメカニズムはなにかといえば、政治的権力が、その行動に必要な法的な手続きをつくりあげて、それを実行するのではなく、つねにそれよりも上位概念に属する法的な根拠を利用して、ある行動を合理化するという方法に由来しております。これはわが国の政治権力のあり方の問題でありますが、もっと個々の人間に引き寄せていきますと、われわれのもっている感性の世界でも、わりあいに通用するパターンだというふうにも理解することができましょう。

源頼朝がとった方法もまさにそういうことでした。しかし頼朝はいずれにせよ、武力的に全国を統一していったという実績がありますから、じぶんたち武士団の築き上げた権力は、律令制王権とはちょっとちがうんだという自負や志向性をもっていました。

しかし、二代目将軍であった、頼朝の長男の頼家は、まったく無能な政治家だったといっていいとおもいます。将軍在職中から悪評ふんぷんで、土地所有権の問題で紛争がありますと、その区画をかいた図面をもってこさせて、じぶんが勝手に地図のうえに線をひいて、こういうふうに分配すればいいじゃないか、と裁決したという挿話があるくらいです。将軍職をやめさせられて、そのあとは岡本綺堂の『修禅寺物語』の舞台にはまっていくわけです。最後は、武家勢力内部の反目、対立、いまのことばでいえば内ゲバを背景として、暗殺されました。それで実朝が三代目の将軍職を継いだわけです。実朝もまた名目的な将軍職にすぎないということは、すぐに理解されます。将軍職についたのが十いくつで、死んだのが二十七、八歳ですから、いずれにせよ、みずから武家勢力を統御できるということはちょっと考えにくいとおもいます。将軍職の名目的な座の背後に何があるかといえば、もっとも大きい勢力は、執権職をとっていた北条氏ですが、要するに関東の武士団、豪族の勢力でした。

実朝が将軍になった翌年に、兄であり、二代将軍だった頼家が殺されました。兄も殺された、つぎはじぶんの番だということを、十二、三の将軍職についた当初はともかく、少し年を経てからの実朝がわからなかったと考えることは不自然だとおもいます。とくに詩人として鋭敏にあらわれてくる実朝をかんがえてみますと、兄の運命はやがてじぶんの運命だということを知らなかったというふうにはかんがえにくいとおもいます。ただ資料による限りではよくわからないのです。鎌倉幕府中心の史記である『吾妻鏡』とか、王権内部からの観察記録である九条兼実の『玉葉』をみましても、本当はよくわかりません。つまり再現がうまくいかないのです。しかし、常識的にかんがえて、将軍職についてからの実朝は、すでにじぶんの運命をある程度さとっていたことは充分にかんがえられます。

幕府の実質的な執行権が北条氏に代表される関東の武士団、豪族たちの掌中にあるということを実朝は知っており、そのなかで将軍としてのじぶんが演ずべき役割、終末をよく知っていたとすれば、事態はどう進行するだろうかということが、詩人という意味をふくめておそらく実朝のもっている最大の意味あいであり、また実朝が象徴しているいちばん大きな問題であったにちがいありません。

実朝の生涯の挙動のなかには、いくつかの特徴がみつけられます。一つは、鎌倉を中心とした非常にせまい地域以外にあまり出たことがないということです。源氏になじみの氏神みたいな鶴岡八幡宮が幕府所在地のそばです。それから、父頼朝の墓がある勝長寿院というのが、川をへだててあります。あと寿福寺、永福寺があり、小さいいろいろなお堂が点在しています。実朝がふだんやったことといえば、この辺の寺を巡って、きょうは何々の祈禱だということで、お寺参りみたいなことです。一生のうち二回か三回は、伊豆箱根権現参りにいったりしていますが、そのときは四、五日ぐらいの日程でしょうか。けれども実朝の行動範囲は、戦乱をのぞいても、二回ぐらいは京都へ行った頼朝にくらべてもきわめてせまかったと申せましょう。

実朝という人物には、まだきわめて特異な挙動があります。それは王権内部の位階制にひどく執着していることです。死ぬときは右大臣ですけれども、そういう位階をしきりにもらいたがるし、ときには催促してもらっております。部下の執権職である北条氏とか、子飼いの武将たちに、そういう位階をもとめることは、象徴的にいえば、幕府の存在そのもの、また武家団勢力の政治的意味を否認するに等しいことで、律令制国家の体制のなかにみずからはまり込むに等しいことですから、求めるのはよせとたびたび戒められていますが、それを卻けて、しきりに位階の昇進をも願っています。

『吾妻鏡』が記しているところでは、源氏の正統はじぶんで終わるのだ、じぶんにできることはせいぜいそういう位階をたくさんもとめて――そうかいてあるわけではないのですが――お墓に家門の栄誉をもちこむことぐらいだ、源家の正統が、自分でおわることをかんがえると、そんなことをするより仕方がないといった答え方をしています。『吾妻鏡』のこういう叙述は、あまりあてになりません。しかし、そういう答え方のなかに、いいかえれば、律令制王権の内部に法制的に依存しよう、同一化しようとする実朝の挙動のなかに、頼朝が武力的な背景をもちながら王権と妥協した当初の鎌倉幕府の性格が、後退の極限にまでつきつめられてゆくすがたが、感性的にも制度的にも象徴されているとみることができます。源氏三代目の将軍である実朝という人物を想像して、この人物が演じうる役割をかんがえてみますと、おそらくそれ以外の必然性はありえなかったであろうということができます。もし実朝に見識だけでなく、実行力もあったとして、強大な幕府を構成して、それを実践的にも所掌するし、また律令制王権に対しても、明瞭に叛旗をひるがえすというような行動をとったとすれば、実朝はまずなによりも、部下の武士団からじきに暗殺されていただろうということは容易に想像できることです。だから愚物の貌をしているより仕方がないという面が、実朝にはあったにちがいないとおもいます。この面を太宰治の『右大臣実朝』はよくとらえております。

そういうところが、部下の武将からいわせれば、実朝は文弱なくだらないやつだ、三代目の将軍は女性ばかりを重んじて、まったくだめなやつだ、というようにみえたかもしれない理由です。逆にいいますと、実朝には、じぶんの政治的抱負といったものを実行に移そうとしたら、一ぺんに殺されてしまうということがよくわかっていて、馬鹿のふりをしているのがいちばんいいというモチーフもあったにちがいないと推測しうる点です。

実朝の生涯が象徴しているのは、つきつめていいますと、わが国の中世における法権力の二重性の構造そのものであります。そして、その構造の核心のところを、よく詩人的生涯のなかに象徴していたのが実朝という人物であり、感性でもあり、また制度的役割でもあったということができましょう。わが国の中世の法的国家を、深いところから規定している根源的な構造があって、それが幸か不幸か、たまたま中世における最大の詩人の一人の感性のなかに、さまざまな矛盾をふくみながら象徴的に荷なわれたとおもえるのです。

実朝のもう一つの特異性は身体のことです。もともと病弱だったのでしょうが、疱瘡にかかってあばた面で、あまり好男子でなかったということがあります。代理の者を派遣したりしています。疱瘡を病んだあと二、三年ぐらいは毎年の恒例にしていた鶴岡八幡宮へも参詣せずに、代理の者を派遣したりしています。太宰治の『右大臣実朝』のなかでは、公暁が、叔父貴はあばた面しているからあんまり外出しなくなったんだろう、憧れているくせに京都なんかに行かないのは、行くとすぐ口の悪い公卿が、さいづち頭の頼朝に大頭将軍という仇名をつけたように、あばた将軍といわれるのがいやだからだというところがでてきます。疱瘡のあと二年ぐらい引きこもっていたということは、すくなくとも、文学的には大きな意味あいをもっているとおもいます。

それからもうひとつ、実朝には不審な挙動があります。当時大陸は宋時代にあたりますが、陳和卿という仏像つくりの技師みたいな人物が、仏像造営のために京都へよばれてきていました。この人物が鎌倉へやってきて実朝も一度引見しております。『吾妻鏡』によりますと、そのときこの中国の技師は、実朝に、あなたは前世には宋の伝説の医王山の長老でした、じぶんはそのときあなたの部下でした、あなたは大へん尊い方なんですというようなみえすいたことをいいます。実朝は、じぶんもそういう夢をみたことがある、といったと記されています。そういうことで話がはずんで、実朝はおれは宋へ行きたいといいだします。それで仏像造営技師の陳和卿に造船を命ずるわけです。北条時政、子の義時、それから母親政子にも、まったくむちゃくちゃなことだと戒められるのですが、頑としてききいれないで、宋へ渡るための船をつくることを命じます。命じたことは史実ですが、その間のいきさつは創作されたこじつけだとおもわれます。

いよいよ進水式ということで、実朝も大勢を率いて見物にでかけます。ところが、たくさんの人夫で引っぱったけれども、船は浮ばなくて、あきらめて帰ってしまいます。なぜ浮ばなかったのか、遠浅で動かなかったのか、ばかでかい船で、動かせなかったのか、そこはどうもよくわからないのです。

実朝はなぜ宋へ渡ろうとしたのかということをかんがえてみますと、たいへんわかりにくい挙動の一つであるといえます。実朝が陳和卿のおだてにのった、などということはとうていかんがえられません。ぼくはそういうところでは一流の詩人というものを信じています。

いちばんかんがえやすいのは、一種のニヒリズムからだろうという解釈です。まわりをみても北条氏をはじめ、たくさんの武士団勢力がせめぎ合っていて、機会があれば、おれはこいつを倒してという集団ばかりですから、ことがおこれば、必ず仕上げとして、とばっちりはじぶんのところへきて、必ずじぶんは殺されることになるであろうとさとっていたとすれば、結局かんがえられるモチーフは、逃げてしまえということだったとおもいます。実朝が逃げなければならない理由はたくさんありました。日本にいれば片方の武士団からかつがれれば、べつの片方からつけ狙われるということで、坐して殺されるのを待つようなもので、実朝には行き場がありませんでした。

しかし、船ができたら本当に宋へ渡ったかどうかは別の問題です。本当に宋へ渡るにはいろいろ面倒なことがあるわけです。まあ、船を造らせて、できれば行ってみたいという程度だったのかもしれません。なぜというモチーフについては、たしかなことはいえませんが、渡宋のくわだてが、実朝の生涯の特異な挙動であったことは確かであります。

最後に詩人としての実朝の公的な意味あいということになりますが、これは現在でも、中世における最大の詩人の一人として評価することができるとおもいます。もちろん、かんがえればすぐわかるように、当時においては、現実に実朝が演じたのは、鎌倉幕府の棟梁としての象徴的役割でした。中世の法国家におけるふたつ頭の二重権力の一方の頂点にあって、さまざまな政治的な矛盾の複雑なからまり合いを、象徴的に統合している人物という役割のほうが、はるかに重要な意味あいをもっていたことはまちがいありません。詩人としての実朝は、いわば将軍職の手すさびという意味しか現実にはもたなかったであろうことは、疑いのないところです。実朝が現実に果した役割と、後世の詩人としての評価とは、ちょうど逆の大きさになっています。現実には、承久の乱で北条氏を筆頭とする武士団の勢力が、律令制王権に対して、公然と叛旗をひるがえす直前の時期の、象徴的な役割が実朝のなかに集中してあらわれていたのです。

単純化してはまずいのですが、中世における法制とか国家とか、総じて観念に属する問題の本質は、経済的・社会的要因に全部還元して説明することはできません。これらの共同観念は、それ自体の歴史的変遷から理解しなければならない面をもっています。法体系とか国家のあり方のなかにつねにつきまとうパターンが、それ自体どういう意味をもつかが、今後もっと追求されなければならないとおもいます。

こういう観点からいえば、暗殺されるまでの実朝の短かい生涯が、象徴的にもっている政治的、制度的、あるいは文学的、感性的な意味あいは、もっと多角的に考察されるべきかもしれません。

実朝は中世のすぐれた詩人ですけれども、この詩人の挙動とか生き死にのなかには、かれが事実として象徴している意味よりも、もっと多くのものを深読みできるところがあります。実朝という人物は、深読みすることに耐える人物で、深読みしたほうが、この人の意味ははっきりするというところをおくもっています。二十八歳で死んだわけですから、実朝自身は、じぶんが象徴するものについてどれほど自覚的であったかはわかりませんが、自覚的であったかなかったかは別にして、一人の詩人が後世からの深読みに耐えうるということは、それ自体でやっぱりたいしたことじゃないかとおもわれます。

三

つぎに和歌作品をもとにして、詩人としての実朝についてお話いたします。

はじめに短歌とはなにかということについて考えてみたいとおもいます。ごく普通に、短歌詩形は、長歌の反《かえ》しが独立した詩の形式として、発展したものだとかんがえられています。このかんがえ方はそれでいいのですが、ここではちがう方向から短歌の問題をかんがえてもみたいとおもいます。わが国において詩が発生した、きわめて初期の段階をかんがえてみますと、叙景詩、つまり自然物に対する詩の表現が、そのまま作者が伝えたいモチーフの暗喩《メタフオア》をなしているというふうに自然詠がうたわれたときに、それが短歌形式の発生を意味したということができましょう。例をあげてみます。たとえば『古事記』の歌謡で、番号は二十二ですが、

畝火山　昼は雲とゐ　夕されば
風吹かむとぞ　木の葉さやげる

これはあきらかに短歌形式をとっています。表面的にみますと、またこの歌謡だけをとりあげますと、それ自体は自然詠以外のなにものでもない作品のようにみえます。ところが、『古事記』の前後の文脈と関連させてみればわかるように、これは、何ごとかよからぬもの——おまえたちを殺そうとしているものがそこにひそんでいるぞ、というような意味の暗号の言葉としてはめ込まれています。この種の短歌詩形は『古事記』『日本書紀』の歌謡のなかにいくつかあります。こういう歌謡は一応短歌形式をとり、どこまでも自然詠であるようにみえながら、その自然詠は、自然を詠むということを意味しないで、じつはなにかしら作者に伝えたい情報があって、それの暗喩《メタフオア》としてつかわれています。そういうつかわれ方が、自然詠についてなされたときに、短歌形式としてわが国の詩形が独立していったのだとかんがえることができましょう。この〈かんがえることができる〉ということのなかには、偶然の要素もそこにあるし、必然的な関連があるかどうかも問題になりうるという意味です。しかし、すくなくとも短歌形式の発生を、万葉よりも以前に創られたとみなされる歌謡をもとにかんがえていきますと、叙景歌が作者の伝達したい情報の暗喩としてうたわれたときに、短歌は形式として独立してきたというかんがえ方が成立ちます。

世界中どこでもおなじですが、詩には叙事詩、抒情詩という概念があります。そして抒情詩はいちばんあとに発生する詩です。いま詩の発生をもっとはじめから申しますと、民謡に類するようなめったにかきとめられたりはしないけれども、人々の間で口伝えに和唱されたり、ひとりで唱われたりするような、土俗的な歌謡は、まず叙景詩と叙事詩に分化していきます。この過程をへて、最後にでてくるのが抒情詩です。わが国における抒情詩の発生、いいかえれば詩形式の一般的なサイクルは『万葉集』以前に、すでに『日本書紀』と『古事記』にでてくる歌謡において、叙景詩と叙事詩から抒情詩にいたる過程で完了しております。そしてこのサイクルの過程で、叙景詩が作者の伝達したい事象の暗喩としてつかわれたとき、詩の形式としても、短歌形式が独立して発生したと申すことができましょう。

実朝が短歌をつくりはじめた時期までに、短歌形式だけをかんがえても、すでに『古今集』から『新古今集』まで八代集が編まれています。そして、八代集の詩の形式内容は、すでに抒情詩までの詩的なサイクルが完了した後における、詩作品の問題だとかんがえてよろしいとおもいます。そういう詩的な背景のなかで、実朝が短歌形式に入っていったことはどういう意味をもつのかということが、まずひとつの問題だとおもいます。

ここに実朝の詩的年譜を掲げておきましたが（本稿末尾）、『新古今集』が編まれたのは、実朝が十四歳のときで、編まれるとほとんど同時に、鎌倉のほうへはこばれて、実朝はそれを読んでおります。そこで、実朝の詩の創作にどういうアンソロジーがいちばん影響を与えたのか、実朝の短歌の位置づけをきめるものはなにか、ということが当然問題になるとおもいます。

この時代にはどの詩人もそうだったのですが、『古今集』を手本にして作品をつくるべきだということになっていました。実朝についても、『古今集』の影響もうけた、十四歳のときにはじめてみた『新古今集』の影響もうけた、そして最後には万葉調の詩をつくるようになって実朝の詩人としての完成がみられるようになったというのが、真淵からはじまって、茂吉にいたるまで流布されてきた解釈です。

ところでいろいろな条件をかんがえてみますと、必ずしもそういうことがいえないのじゃないかという面がでてきます。短歌の作品をつくりはじめたところで、実朝がみようとすればいつでもみられた作品は、『万葉集』から『古今集』をへて、『新古今集』が編まれる前に出た『千載集』にいたるまでの八代集の作品ということになります。そうしますと、詩人として詩を創作する段階で、現に眼の前にみられる作品のうち、もっとも新しいものが『千載集』ですから、実朝に詩的な基盤をあたえたのは『千載集』であるというのがすぐにかんがえられることです。われわれが生きている現在でも、手すさびの段階では、明治時代の藤村の『若菜集』とか、白秋の『思ひ出』というものを手本にして、七五調に類した作品を生むことがあるわけですが、ほんとうに詩的な刺戟をあたえるのは、感性からいっても同時代の詩だということができます。実朝の詩の創作の基盤をなしたのは同じような意味で『千載集』であろうとかんがえるのがごく当然なかんがえ方だとおもいます。そうすると、実朝という詩人にとって、時代的にいって、『千載集』あるいは十四歳のときにはじめてみた『新古今集』が、その作品がはめこまれるにふさわしい場所だというべきだとおもいます。

　ここで八代集と実朝の作品との関係をすこしみてみます。皆さんのお手元に資料がお渡ししてあるわけですが（本稿末尾）、これはぼく自身がじぶんの好みと鑑賞眼でかってに択んだ、いいとおもわれる作品です。ここにあげた作品の本歌がどこからでているか勘定してみますと、『万葉集』が七首、『古今集』十五首、『後撰集』一首、『拾遺集』三首、『千載集』二首、『新古今集』が十二首というふうになります。いちばん多いのが『古今集』十五首、ついで『新古今集』からの十二首です。

『古今集』からの十五首はたいへん多い数なんです。当時はたれもが歌をつくる場合には『古今集』を手本にせよといわれていた詩的な情況があるわけですから、実朝もしきたりにしたがって『古今集』を一所懸命読み、そこからもと歌をとって、影響をうけたにちがいないとかんがえれば解釈できます。そうしますと、本歌の数からかんがえて、実朝の本来的な詩の位置は『千載集』と『新古今集』のあたりにはめこまれていいのではないかとおもいます。

　ぼくのかんがえでは、八代集といわれているアンソロジーのうち、いちばん重要だとおもわれるのは『後拾遺集』というアンソロジーです。『後拾遺集』というのは、『拾遺集』のあとにできたアンソロジー、つまり後の『拾遺集』という意味でつけられた名称ですが、この詞華集は、勅撰集のなかでは圧倒的に重要な意味をもっており、また、事実すぐれた作品が多くあります。これは十一世紀末ごろ、実朝の時代よりも五、六十年から九十年くらいまえ、つまり半世紀から約一世紀前に編まれた作品集ですが、時期的にも内容的にも大きな意味をもっています。

『古今集』が『万葉集』のあとを少しずつ引きずりながら、新しい詩の形式に向ったとすれば、『後拾遺集』は『古今集』の影響をふりはらいながら、俗語なんかも相当大胆に導入して、『古今集』がおちいっていた詩的観念の袋小路みたいなところを、離脱していく方向を示した作品を、多く集めてあります。このアンソロジーから『新古今集』にいたるまで、ある程度連続とみなしてさしつかえない詩の感性を、最初につくった転機をなす作品集であります。その意味でも重要なアンソロジーとかんがえられます。

ところで、ぼくが択んだかぎりでは、実朝の比較的すぐれているとかんがえられる作品のなかで、『後拾遺集』からもと歌をとった作品は入っておりません。実朝のもと歌のいろいろなとり方からかんがえて、『後拾遺集』のもっている意味あいを見過したとはかんがえにくいのですが、これは『後拾遺集』が、当然実朝に与えているだろうとおもわれる影響のしかたは、『新古今集』によって代用されているとみなせば解釈できることだとおもいます。

実朝は当時のしきたりにならって『古今集』を手本にして作品をつくりはじめ、『新古今集』をよむことによっても影響をうけ、晩年近くなってから、そういう歌風にあき足らなくなって万葉調のすぐれた作品を生むようになったという通説が流布されているわけですが、この通説は一応捨ててみたほうがいいのじゃないかとおもいます。時代的にみますと、実朝はもともと『千載集』あるいは『新古今集』の範囲のなかにある詩人であるというのが、もっともかんがえやすい見解ではないかとおもいます。

ヨーロッパ風にいう詩学に相当するわけですが、詩についての体系的な理論が、わが国で確立されていったのは、実朝の時代の少し前から後にかけてであります。しかし、わが国ではさきほども申しましたように、きわめて初期の段階で、抒情詩までの詩の形成は完了しております。したがって、中世の歌学には、詩の創造とか、詩の芸術性という問題はさほどふくまれていないといってよろしいので、いってみれば、すでに詩形式として一種の袋小路に入ったものを、どう抜けていったらいいかという要請から、中世歌学の理論ができ上っていったとみなしたほうがいいようにおもいます。そこではいわば当時の美学的水準、あるいは時代的な鑑賞眼にのっとって、語法、韻律あるいは歌い口について、かなり精密に整理、選択がなされていて、よるべき一般的な規範が示されているとみなすことができます。

実朝が師として仰いだのは、当時専門詩人として第一人者だとみなされていた藤原定家ですが、実朝はじぶんのつくった歌を、定家のところに送って、評価を求めています。『吾妻鏡』の記載によりますと、定家は〈詠歌口伝〉一巻を実朝に贈ったということになっております。〈詠歌口伝〉一巻とは、現在では定家の歌論であり、指導書でもある『近代秀歌』だとかんがえられております。『近代秀歌』のなかで、定家は実朝に本歌取りということを教えたのです。あとは、秀歌だとみなされる作品を収録しているのですが、その収録の仕方をみますと、定家の美的規準がどこにあるかよく理解することができます。

定家は実朝に本歌取りというのは、本来どういう意味あいをもつかを説いておりますが、簡単に申上げますと、ことばとしては古い古典のことばをとり、心としては新しい心、つまりじぶんのいまの心、あるいは時代的な心をもとにして詩をつくるべきで、その方法のひとつとして本歌取りがあるのだと述べております。いいかえれば、古いことばをたずね、新しい心で詠むという規準にかなうための方法上の一つの問題として、本歌取りを説いているのです。

もう一つ、寛平年代より以前の作品に依存したほうがいい、寛平年代よりもあとの作品にあまり依存しないほうがいいと教えています。そうしますと、対象としてひっかかってくるのは『万葉集』と『古今集』ということで、それ以後はあまりまねないほうがいいということになります。これは当時の詩の世界では、おそらくたれもがそういい、そう伝えたものとおもわれるのです。実朝もそういう定家の教えに忠実であり、また当時の詩の世界における通念に忠実に、『古今集』からかなり大きい影響をうけとっているわけです。

定家は中世のもっともすぐれた詩の理論家ですけれども、その理論の根本をなしているのは、有心ということ、いいかえれば詩には心がなければいけないということです。どうしたら心が歌のなかに保たれるかについて、定家はもっともすぐれた歌論書『毎月抄』のなかで、詩の創作の心理にまでたちいって、心のある歌はそうたやすくつくれるものではないが、心のある歌がどうしてもつくれないときは、景気の歌をつくればいいと説いています。

景気というのは、いまでいう景気がいいとか悪いとかいう景気ですが、つまり、気をそそるような歌、じぶんの心をみずから挑発するような詩をつくればいいといっているのです。じぶんでじぶんの心をかき立てるような詩を、四、五首とか十首とかつくっていくうちに、自然に心がある――有心の詩ができるようになると述べています。

こういういい方ができるのは、実際に詩の作品の創造に、相当年期を入れた人であって、現在における詩の創作にもわりあいに通用するいい方だといえましょう。創作心理にまでたちいってそういうことを説いている定家は相当優秀な理論家だということがわかります。

文学の創作、詩の創作ということは、いずれにせよ――創作はさまざまなかたちでありうるわけですが――手仕事であります。頭の仕事でもなければ感情の仕事でもない、また情緒の仕事でもなく、まさに手仕事であって、手を使わなければ一般的にいって文学の創造はゼロであるといえます。文学の創造がほかの仕事とわけられる点は、それが手仕事だということなのです。たとえば、詩の創造の場合でも、長い間にはいくたびも停滞し、いくたびも袋小路に入ることはあるわけですが、それをどうやって抜けるかといった場合に、ぼくらが現在かんがえてみても、やたらにつくれということ以外にありません。とにかく、きわめて意識的に、徹底的にかき込むこと、手を使うことをやるべきだということなんです。

それをやめたら創造としては終わりだということです。意識的にかき込んでいくうちに、内容的にも形式的にも袋小路からひとりでに抜けでていくわけです。袋小路から抜けるのは偶然でも何でもないわけですが、しかし結果的には偶然としかいいようがないものだといえるでしょう。それに類したことを定家は『毎月抄』のなかで教えています。

有心ということを基本として、それを実現するためにでてくる創作上の問題をどうしたらいいかということが、かなり微細に『毎月抄』のなかで説かれています。本歌取りについても『近代秀歌』よりもう少しくわしくのべています。

いくらか要点をあげてみますと、たとえば本歌が花あるいは月の歌であったという場合は、同じような花や月を主題に択んでも相当達者でないとうまくうたえないから、もと歌が花であったら、それをとる場合には恋の歌というふうに主題を変えたほうがいいということをいっています。

また、もと歌をとる場合には、もと歌が何であるかわからないようなとり方をやってはいけないといっています。それは礼儀に反するというか、ルールに反するということだとおもいます。

それから、一つの歌のなかでも耳になれる言葉、その言葉があるために、一首が特徴のあるものとなっているような言葉は、もと歌からとってはいけないと教えています。

ところが実朝のもと歌取りは、最後の、一首のなかの耳にたつことば、耳をそばだたせることば、一首の特色をかき立てることばは使ってはいけないという定家の戒めだけは採用しなかったといえましょう。実朝はしばしば耳に立つことばを好んでとってきています。それ以外の点では、実朝は定家の教えたもと歌取りという詩の創作上の方法を忠実に守ったとかんがえることができます。

四

実朝の短歌には、実朝以外のどんな詩人もそういう作品はつくれなかったという意味で、いくつかの特色をあげることができます。その特色をあえて特色として抜き出さないで、何から影響を受けたかということから申上げてみましょう。実朝の詩がもっている特色は、影響からいえば、『後拾遺集』から『千載集』にいたるまでの、実朝自身と時代的に地続きになっている作品からのものということができるかと存じます。

ちょっと申上げておきますが——現代詩とかヨーロッパの詩にはしたしんでいるけれども、短歌にはどうもしたしみにくいとかんがえておられる方のために申上げるにすぎないわけですが——短歌における一首の詩の意味性は、現代の自由な詩、あるいは散文とはちがうものです。短歌のなかにある感性的な思想がのべられているばあい、そこにそのようにかかれている言葉を意味通りにたどっても、一首の短歌の意味は出てこないのです。短歌の意味性は、茂吉ならば声調ということばをつかうのですけれども、日本語の場合には音数律の構成にふくまれている言葉の感性的あるいは感覚的な指示性に、意味の根源がふくまれています。音数律の構成自体が感覚的にもっている指示性が、言葉の意味の指示性に必ず一種の影響を及ぼしますから、影響を与えるということも包括したところで短歌における一首の意味性ははじめて成立するのだと申すことができましょう。ある事柄について歌われている一首の短歌は、歌われている言葉の意味が、作品の内的世界の意味そのものであるというふうに解釈されやすいのですが、本当はそうではありません。そういう意味で、古典詩の批評はむずかしいものですから、こういうことがうまくできている短歌の批評家は現在でもあまりいないといってよろしいかとおもいます。このことは短歌をみていくときわめて重要なことになってまいります。そうでなければ、うちの庭の梅の花びらが落ちて雨にあたっているといった短歌の作品が、何でおもしろいのかわからないということになります。言葉が指示している意味だけでいえば、こんな叙述が何で芸術として成立するのかということになってしまいます。短歌の場合は、音数律の構成自体のなかに感性的な意味性があることによって、それだけの景物の叙述がなされていれば、一種の美として成立するのだと理解する以外ないのです。

さて、『後拾遺集』から『千載集』あるいは『新古今集』までにわたるアンソロジーには、『古今集』にくらべて、語法の大胆さ、それから八方破れな、一気呵成なところがあらわれております。たとえば『後拾遺集』のなかで例をあげますと、源兼澄の作品ですが、

ふるさとへ行く人あらばことづてむ
けふ鶯のはつ音ききつと

というのがあります。「ふるさとへ行く人あらば」という言葉づかいは、現在かんがえると何でもないようにおもわれるでしょうが、『古今集』の方法ではちょっとでてこないリズム感があります。こういう言葉をふっといえるのは『古今集』ではかんがえられないのです。

もう一つ、これも『後拾遺集』ですが、和泉式部の歌で、

岩つつじをりもてぞ見るせこが着し
紅ぞめのいろに似たれば

このばあい「岩つつじをりもてぞ見る」というようないいまわしはこの時代にもぐりこんでかんがえるとちょっとつかえない大胆な言葉なんです。簡単に短歌形式のなかに入れてくることはできない言葉です。あとの「紅ぞめのいろに似たれば」というのも大胆で、俗語あるいは会話につかわれている言葉そのままを導入したもので、『古今集』なんかではなかなかかんがえにくいのです。

おなじような作品を『千載集』からあげてみます。左近中将良経に、

ながむれば霞める空の浮雲と
　ひとつになりぬかへるかりがね

という作品があります。「霞める空の浮雲とひとつになりぬ」というのは、やはり何かの作品を規準にした場合にはちょっと使えない、よほど大胆な言葉です。話し言葉に近い言葉を短歌の半分くらい占める部分に大胆にとり入れています。

もうひとつ『千載集』からあげてみますと、康資王、

いづかたに匂ひますらむ藤の花
　春と夏との岸をへだてつ

というのです。この「春と夏との岸をへだてつ」といういい方は、当時の規準でいえばやはり大胆な語法と内容といえるもので、『万葉集』、『古今集』もふくめて当時の規準にされた作品からみると、とほうもない言葉づかいだということができます。こういう意味あいを遠く時間をへだてた古典詩について、うまくつたえるのは大へん困難なのですが、このところがうまく了解できなければ、古典詩の世界を、適切な位相で現在に蘇えらせることができません。つまり古典はいつもわれわれに、きわめて自然にみえる言葉から、驚きを発見する眼を強いると申せましょう。

いままで申上げたような言葉づかいとか歌い口は、実朝が詩人としての時代性というかたちで影響をうけ、みずからのなかにもそれをひとりでにもっていた方法でした。そういう意味では、実朝の作品の

特色をなしている言葉づかいの大胆さは、まさに実朝という詩人のもっている時代的な意味を象徴しているといえます。このことと、短歌作品のなかに、実朝がどういう感性的な思想をうたいこんでいるかということとは、すぐには結びつかないのですが、実朝の短歌のなかにある俗語であろうと、何であろうとそういうことは無視して、大胆に言葉を引っぱりこんでしまう要素は、時代的なアクチュアリティを語るものだとかんがえてよろしいとおもいます。

文学作品が、古くなったり新しくなったりすることの条件の半分は、時代性という点にあります。時代性、あるいは時代の思想性は、文学の作品のなかでは、ある場合には登場人物のなかに、また物語の進展する運びのなかに、とらえられている主題のなかにという具合に、多様にあらわれうるのですが、また作品の方法そのもののなかに、詩でいえばリズム、あるいはリズムを背負った、主題ではなくて内容そのもののなかにふくまれていくことはしばしばありえます。そういう意味あいでいえば、実朝の作品の言葉づかいを大胆にしている要素のひとつは、『後拾遺集』からはじまった、時代的な詩の新しさの延長線上の問題として、とらえることができることだとおもいます。

当時の詩は、花鳥風月詠というのが典型的なのですが、実朝の作品でも自然詠がきわめて多くあります。自然詠が多いというのは時代的にいえばごく普通のことですが、当時の一般的な自然詠のなかで、実朝の自然詠にどういう特色があるかということをかんがえていきますと、何ともいえない特色がみつかります。この何ともいえなさはどういったらいいでしょうか。実朝の自然詠には、自然をじぶんの外において、風物を眺めて鑑賞するという位相はそれほどないのです。また花鳥風月を鑑賞している作者が、鑑賞の歌をつくっているという自然詠もすくないといえます。

実朝の同時代——中世のすぐれた専門歌人の諷詠は一般にそうなのですが、自然の風物に対して感情移入する、自分の心を自然のなかに溶けこませてしまうという形で自然詠がなされています。自然のなかに入れてしまう心が、いわば中世の美学の基本概念で、もののあわれというのでしょうか、そういうものだといえましょう。中世のすぐれた詩人たちが一般的にとっている、こういう自然詠の要素も実朝にはすくないといってさしつかえありません。

それから、さきほどいいましたような、『古事記』や『日本書紀』の歌謡にみられる、自然詠そのものが、作者の伝達したい心の暗喩《メタフオア》をなすというふうにも、もちろん実朝の作品はできてはいないのです。

実朝の自然詠の特色は何といっていいのか、かんがえあぐねます。かんがえあぐんだところでぐるぐるまわりしてみますと、実朝の作品を、万葉調のますらおぶりの、率直なたけだけしい歌として、たいへん評価したのは賀茂真淵です。しかしこの評価もちがうんじゃないかとおもうのです。真淵は万葉学者ですから、ひいきの引き倒しみたいなところがありまして――この評価はそうじゃない、ちがうとおもうのです。真淵のような評価の仕方は、正岡子規が明治にはいって短歌の革新ということをかんがえたときまで引きずられています。子規は『歌よみに与ふる書』のなかで、実朝に一章をさいているわけですが、ここでも万葉調の雄渾な、たけだけしい、すぐれた作品だというふうな評価がなされています。ぼくはそういう評価の仕方は、どうもあまりよくないようにおもうのです。そういう評価は必然的に、実朝の作品は、晩年万葉調で完成されたという見方と、表裏一体になってしまうのですけれども、どうもそういういい方はおもしろくありません。

自然詠が作者の伝達したい要旨の暗喩《メタフオア》だというふうでもないし、自然を鑑賞して詠んでいるという意味あいでもないし、自然に感じやすい心の部分を感情移入して成立っている、もののあわれに類した自然詠でもありません。それで、どういったらいいのかとかんがえあぐむわけですが、そうではない、そうではないというふうにいっていくと、結局あとに残るものが実朝の自然詠だといってしまえばもっともいいのです。

実朝の自然詠の特色は〈事実〉の次元にあるように自然がとらえられていて、自然詠そのものが事実だ、ファクトなんだということです。このファクトというのは、具体的にここにある自然物、花なら花、ここにそういうふうに咲いている花そのものということではありません。具体的な自然そのものというようにかんがえた場合の、花なら花という対象は、実在の次元にあるといえます。実在するものは、ある特定の個人がそれを眺めようが眺めまいが、とらえようがとらえまいが、具体的にそこにあるということは、先験的なことに属しますから、そこに客観的に存在することを納得することは可能です。その場合に、この対象物あるいは自然物は、実在の次元にあるといってよろしいとおもいます。事実、ファクトの次元は、実在の次元とはちがいますけれども、つかまえられた事実、つかまえられた事実のなかに、感情が移入されているのでもなければ、つかまえられた事実が、つかまえた人間の心の暗喩《メタフォア》をなしているということでもありません。

もうすこし実朝の自然詠のなかにある〈事実〉という意味をかんがえてみますと、一方に観念としての作者の心の世界があり、他方に梅の花なら梅の花という自然物が具体的な実在としてある場合に、両者が――こういういい方は比喩に過ぎないのですけれども――両方からきて、中間でうまく出遭ってまさに過不足がなかった、作者の心としても過不足がなかった、また対象として詠まれた自然物のあり方としても過不足がなかったというふうにとらえられたとすれば、それは〈事実〉の次元で、自然物がとらえられているというふうにいうことができるのではないかとおもいます。こういうところが実朝の作品の大部分をなしている自然詠のおおきな特徴だとおもいます。

例をあげてみましょう。実朝のすぐれた作品のひとつですが、

吹風は涼しくもあるかおのづから
　山の蟬鳴て秋は来にけり

というのがあります。この作品は実朝の心の暗喩《メタフォア》でもなければ、吹く風とか山の蝉に感情が移入されているのでもなくて、まさに実朝の心が、歌われている風とか山の蝉とかと過不足なく〈事実〉というべき次元でうまく出遭っているといえるかとおもいます。

　この作品にはもと歌があって、実朝はそこから「おのづから」ということばをとってきています。なかなかいい言葉だものですから、定家ならこんな言葉をもと歌からとってはいけないというところですが、実朝はこういう言葉をことさらとってきています。実朝は「おのづから」という言葉を、単にごく自然にという意味に解したのではなかなかつくせない、というふうにつかったり、上の句と下の句をうまく過不足なくつなげるという役割をさせたり、二重、三重の含みでもって、たいへん見事なつかい方をしています。この詩は実朝の自然詠の特色をよくあらわしています。

　もうひとつあげてみましょう。

　秋ちかくなるしるしにや玉すだれ
　　こすのまとほし風の涼しさ

というのです。現代の詩になれていて、短歌になれていない人からいえば、すだれ越しに風がすうすうと吹き通ってきて涼しい、秋が近いらしいというのがどうしていい詩なんだということになりましょう。けれども何となく過不足なくよくできている優れた作品です。自然詠として作品がこういうふうに過不足なくできていることは、なかなかたいへんなことです。ボクシングでいえばパンチに強弱をつけないと相手は倒れはしないといわれるように、短歌形式にはそれに固有な強弱のつけ方があるのです。これはことばの意味そのものとしてもあるし、音数律の構成としてもあるわけです。感性的な面でも短歌に固有な強弱の構成はあるとかんがえることができます。そういう強弱のつけ方から申しますと、いまあげた例のように実朝の自然詠には短歌的な強弱があまりついてないのです。こういう自然詠がもうすこし時代的に進むと短歌形式としては解体することになるとおもわれます。――具体的にいえば『玉葉集』――南北朝時代ですから少し後ですが――なんかの特徴的な短歌は、短歌的強弱としては、こわれかかっているとかんがえてよろしいとおもいます。短歌的強弱がこわれますと、上の句と下の句が切れて独立してしまって、複数の人間による連歌形式として付けあいにかわってしまいます。『玉葉集』には短歌形式として崩壊しかかっていることを匂わせるような作品がかなりみられます。

　短歌的強弱のつけ方がかなり沈んでしまって、のっぺらぼうに過不足なくすっとなっているようで、実は創作として非常にむずかしいことができている実朝の自然詠、いいかえれば、〈事実〉としかいいようのない次元に自然物がもってこられるという実朝のやり方は、こういう意味では『古今集』からの短歌形式の流れとしては、最後の完成のされ方じゃないかとみなすことができます。『古今集』以後の短歌形式が崩壊する徴候は、時代的にはもうすぐというところまできていまして、詩人としての実朝の自然詠のすぐれた特色は、崩壊を予感させる象徴的な意味あいをもっているといえましょう。

　実朝の作品もまた、当時の一般的な規準で『古今集』を手本にした自然詠が大部分をなしています。しかし自然詠以外の優れた作品のなかにもこの実朝を実朝にしている特色があらわれており、詩人として、時代的に詩の歴史のなかで、どういう象徴を負っているかを知ることができる例があります。

　もうひとつわかりやすい作品をあげてみますと、

　　久堅の月のひかりし清ければ
　　　秋のなかばを空に知るかな

というのがあります。これのもと歌は、西行の「数へねどこよひの月のけしきにて秋のなかばを空に知るかな」という歌です。「秋のなかばを空に知るかな」という後半をそっくりとっています。

西行の「数へねどこよひの月のけしきにて」という詩はかなり複雑で、作者が月の景色についてかんがえていて、そのかんがえている作者を、作者が、歌っているというような、理窟っぽい、ある意味では屈折した心の内部があらわれています。これにたいして実朝の「久堅の月のひかりし清ければ」というのは、作者が月の光をみてすがすがしいとおもっていることが浮ぶだけの、大変簡単で率直な、それだけのことというような作品です。どちらが作品としてできがいいか悪いか、はべつにして、実朝の簡明さとか率直さは、わりあいに一気呵成にいってしまっているというふうにとらえてみますと、〈事実〉としての次元で考えられた自然詠をのぞいた大部分の実朝の自然詠は、この種の特徴でとらえることができるとおもいます。

ところで、実朝の詩にとって最後の問題になるわけですが、かれの自然詠が、自然物を〈事実〉という次元で過不足なくとらえているとみなしますと、この過不足のなさがもっている内面性は、実朝にとってかなり本質的なものであったと思います。

賀茂真淵が万葉調のすばらしい雄渾な、ますらおぶりの作品としてあげている、

もの丶ふの矢並つくろふ籠手《こて》の上に
　霰たばしる那須の篠原

という作品があります。これは部下たちが、那須の原っぱで軍事演習するところを、みていたときの作品だとかんがえてみましょう。主題が京都ではつくれない、関東でしかつくれないという意味で、素材的には鎌倉幕府的作品だといえましょう。しかし、こういう作品をみても、実朝は軍事演習をやっているじぶんの部下の武士たちを眼にしながら、ちっとも感情を動かしていないのです。よくやっているぞ

ともおもっていないし、また、つまらん、おれはこういう殺伐なことは嫌いだともおもっていないのです。よろいかぶとを着て、原っぱで何かやっているところへ、霰が降ってきてパタパタはねているという、ただそれだけの詩なのです。名目だけとはいえ、じぶんは関東武士団の棟梁なんですから、もうすこしなんか感情があってもよかろうじゃないかというところなのですが、それがありません。また伝説では、実朝は、もともとあまり殺伐なことが好きでなく、歌やけまりにこっていたといわれていますから、そうだとすれば、おもしろくないな、という感情が象徴的にでもあらわれていいわけなんですけれども、そういうところもありません。ただそういうふうにみえて、そういうふうにあるのだ、というようにしか、作品がつくられていないのです。真淵は万葉学者ですから、ひいきのひき倒しで、万葉における叙景歌――自然詠のもっている客観描写と同じように、素朴、直截にできている万葉調の雄々しい歌だと解釈いたしました。しかしそれはまったくちがいます。万葉における叙景歌は、単純率直だけれども、その情緒は深い彫り方で、叙景歌のなかに自然ににじみでています。叙景ばかりやっているようですが、抒情的な心情のうねりみたいなものがはっきりあらわれてきます。

　しかし、そういう作品と、実朝のこの作品とは本当はくらべることはできないのです。似ているようで大変ちがうのです。実朝の作品は客観描写ではありません。客観描写のなかに心情が率直に深い彫りでさっとひとはけででているというものではないのです。冷静でありますし、また〈事実〉そのものというふうに対象が描かれているだけです。もうすこし冷静であれば、きっとニヒリズム、虚無の心ということになるわけでしょうけれども、虚無の心にはなっていません。ただ〈事実〉としてのじぶんの心があり、じぶんの心を〈事実〉としてとりだすことのできるひとつの内面性があり、対象物を対象の客観的な姿ではなくて、〈事実〉の次元でみるという心の働きがあって、そういうものが過不足なくむすびついているというのが、実朝のこの種の歌の性格です。

　真淵から子規まで、あるいはアララギの歌人にとっても、実相観入というような意味あいでじぶんの方に引き寄せて、実朝の作品を評価したのでしょうけれども、実朝の作品はそういうものより複雑ですし、ちがうといえばまったくちがうといってよいとおもいます。そこのところは実朝の作品の評価の問題になってくるわけですが、ぼくは万葉調だとか客観描写だとかいうことは、いわないほうがいいのではないかとおもいます。ますらおぶりとか雄渾というところには、実朝の詩人としての心はなかったのです。いってみれば、じぶんの心を、あたかも〈事実〉そのものであるかのように眺めうるじぶん、という位相が、実朝の詩人としての思想であり、詩人としての孤独であり、また幕府の象徴的統率者としての、習い覚えた心の働かせ方であろうとかんがえるのがいちばんいいとおもいます。

この特徴は実朝にとって詩人的本質ですから、叙景歌以外のところにもあらわれてまいります。それが実朝の秀作の根柢をつらぬいている詩心です。

箱根路をわが越えくれば伊豆の海や
沖の小島に波のよるみゆ

という作品でありますが、これは叙景のなかに心の動きをすっと入れて、自然詠そのものがすでに情緒をなしているというような、万葉詩の方向の典型的なものなので、こういうものだけをとりあげていったところで、実朝は万葉調の歌人であるという評価に落ちついていったのだとおもいます。

けれども、この歌も『万葉集』にあるもと歌「逢坂を打出てみれば淡海の海白ゆふ花に浪たちわたる」とくらべるとまるでちがうのです。海をみる位相を導入しているし、音数律の構成の仕方もまねされていますが、本当はまるでちがうのです。もと歌は――これは一種の恋歌だと思うのですけれども――恋人に会いにいって、あるところまで出てきてみたら、海の白い浜木綿の花に波が立っていたとか、花のように波が立っていたというようなことで、この自然詠のなかに出てくる情緒は、恋歌だから心のはずみだとおもうのですが、実朝の「箱根路をわが越えくれば」というのは、はずみとか驚きよりも、眼の前に展開した伊豆の海と島の風景をみているという位相のなかに、冷静に、〈事実〉としてのじぶんの心が投げだされているというふうによめます。描写の位相も音数律の構成としても万葉調がまねられていないことはないのですが、それをつくっている詩人の心はまるでちがいますし、心の動かせ方もちがうのだといえましょう。そういう意味ではやはり万葉調なんだといったらいけないのだとおもいます。もと歌にくらべればかなり複雑で、修練をへた心がでているわけです。

たとえば、

大海の磯もとゞろによする波
　われてくだけて裂けて散るかも

という歌を、真淵から子規にいたるまでの評価では勇壮な歌だというのですが、そんなことはないとおもいます。たいへん冷静に事実を事実としてみる心がそこにあり、けっして寄せては散っている波がしらのなかに、じぶんの感情の動きが自然に入っていくという方法をとっているのではありません。いってみればきわめて分析的でもありますし、意識的でもあります。また、事実だから、もう一歩心が離れていれば「われてくだけて裂けて散るかも」なんていう表現は、ニヒリズムの表現だともいえるほどで、感情の動きなどはなくて、〈事実〉として取りだしうるじぶんの心だけがこういう言葉のなかにでているのだとおもいます。

玉くしげ箱根の海はけゝれあれや
　二山にかけて何かたゆたふ

これもすぐれた歌ですが、音数律の構成からいうと、万葉調といってけっしてわるくないのですが、箱根の海――これは芦の湖のことでしょうが――芦の湖をみていて、うしろの山が二つにみえる、それをみているじぶんを、〈事実〉として取りだすという心の働きが根本にあるので、けっしてたんなる万葉流の、自然詠そのもののなかに、率直な感動とか感銘がひとはけに入り込んだ作品とは同一にみなすことはできないでしょう。

物いはぬ四方のけだものすらだにも
　哀れなるかな親の子を思ふ

とにかくにあな定めなき世中や
　喜ぶものあればわぶるものあり

こういった概念をよんだすぐれた作品でも「喜ぶものあればわぶるものあり」といったって、それがどうしたんだといいたいくらいのものです。世の中は定めないとおもっているのは本当なんだけれども、作のなかにそれを取りだすときは、じぶんの感情の動きはすこしも取りだされないで、喜ぶやつもいれば悲しむやつもいるよというふうに、いわばもっと屈折して出てくるわけです。それを定家の美学でいえば、心を歌いながら心もでていない、ナンセンスな作品だということにもなりましょう。しかしもうすこしかんがえて、観念を主題にしながら、観念をあたかも〈事実〉そのもののように取りだしている、そういうふうにしかじぶんの心を取りだせない一人の詩人をイメージとして思い描いてみれば、これはまさに実朝の人間像であり、実朝の思想がそこにあるのだというふうによむことができます。わかりやすい歌ではないのですが、実朝しかつくれないという意味でも、またこういう観念的な歌のなかにある心のあり方からかんがえても、いい歌だというほかはないとおもいます。

ついでにもう一首あげてみます。これは年寄りの坊さんが、じぶんのところに訪ねてきたときに歌ったのだとおもいます。

道とほし腰は二重にかゞまれり
　杖にすがりてこゝまでも来る

老人が遠いところから曲った腰で杖にすがってここまでたずねて来たといっているのですから、事実そのものといえます。これもやっぱりすぐれた作品だとおもいますけれども、これをすぐれた作品だというためには、どうしても現代というものが要るのです。こういう作品のどこがすぐれているのかとかんがえていきますと、中世の美学の水準でも、万葉流の美学でも、近世の真淵系統の評価でもつかまってこないと申せましょう。年とった坊さんにたいして、実朝が抱いたであろういたわりとか、あわれみとかいう心情の動きは作品のなかではすべてなくなっています。すくなくとも詩のなかに表現しようとするかぎりは、じぶんの心の動きでさえも、〈事実〉そのものの次元でしか取りだしえなかったという実朝の思想をおもいえがいていけば、こういう実朝の作品のなかに、極端におしつめられた詩の方法と、詩人としての思想の本質をつかみ出すことができるのではないでしょうか。

こういう評価の仕方は、依然として現代に属しています。それは古典詩、古典詩人をどういうかたちでよみがえらせうるかという問題として、まさに現在的に問われている性質のものだとおもいます。この意味では古典詩人としての実朝、古典詩としての短歌形式の評価、位置づけはけっして完成されているわけではなく、むしろ一般に古典というものは、完了しない評価をたえず現代に対して、訴えつづけるもののことだ、といってよろしいのではないでしょうか。

五

実朝は晩年とくに位階勲等の昇進を望んで、結局最後には建保六年十二月に右大臣に叙せられ、翌年建保七年はじめにその報告のため鶴岡八幡宮に参賀したとき、社頭で兄頼家の子公暁に暗殺されました。二十八歳でしたが、そのときの模様は『吾妻鏡』にもありますし、『北条九代記』にもありますし、慈円の『愚管抄』にもあります。公暁は突然とびだしてきて、実朝は二太刀ぐらいで首を切られることになっています。あまり突然で、気がついてから参賀の行列は上を下への大騒ぎになったと描写されています。

暗殺の前後の事情を一、二——こういうことはどうでもいいといえばいいのですが——申しますと、そのとき北条時政の子の義時が、太刀をもって実朝に従ってゆくはずだったのですが、途中で心身の具合がおかしくなったということで、文章博士の源仲章に代っています。公暁はもともとじぶんの父の頼家を、将軍職からやめさせて暗殺したのは、北条氏だと思っていますから、実朝を殺してから北条義時だと思って仲章を殺してしまいます。両方とも親の仇というわけです。

公暁は実朝の首を持って、自分の官舎の鶴岡八幡宮——別当職をしていたわけですから——へ引上げて、三浦党の三浦義村へ人をやって連絡をとって、おれは将軍を殺した、いま将軍はない、それに代るのはじぶんしかない、よろしく事態を収拾せよと依頼するわけです。ところが義村は、北条義時に相談をかけて、結局、公暁を殺してしまえということになります。公暁は義村から何もいってこないので、その屋敷へ出向く途中——ついてからというのもありますが——格闘のうえ殺されてしまいます。これで源氏の正統はとうとう一人もいなくなってしまいます。

これは歴史家や小説家の領域ですから、とり立てていうつもりはないのですが、義時が途中で心身が不例になって、源仲章と代ったというのも合点がいかないし、公暁はあらかじめ三浦義村と約定があって、実朝を殺してから連絡をとったともうけとれますし、三浦義村が事後の収拾策を北条義時と相談するというやり方も、合点がいかないところがあります。結局、源氏系統の将軍を、実朝を最後として絶滅すればよいというふうに、すくなくとも武士団の内部ではかんがえられていただろうということだけは、たしかなことだとおもわれます。

こういうことを鋭敏な詩人である実朝自身は知らなかったと考えるのは、常識に反するでしょう。どういうかたちでかじぶんの最後がくるのは時期の問題であることを、実朝は重々知っていたとかんがえるのが妥当だとおもいます。位階勲等を京都に催促して盛んにとりこもうとしたことも、墓場へはいるときの行きがけの駄賃みたいにかんがえれば理解しやすい行為だとおもいます。『吾妻鏡』によりますと、実朝は殺された当日、今日、死ぬかもしれぬという予感があったものだから、

出でていなば主なき宿と成りぬとも
　軒端の梅よ春をわするな

こういう辞世をのこしていったということになっています。小林秀雄は「実朝」のなかで、じぶんの死を予感した天才詩人におよそ似つかわしくないつまらぬ辞世の歌をあらかじめつくって出かけたなんていうのは、ふざけた話だというようにかいています。たしかにそのとおりですが、ただ、何となく息苦しくなってきたなといった予感が、実朝の晩年にあったとかんがえることは、それほど不自然ではないとおもいます。

この辞世と伝えられる歌は、ぼくの調べたかぎりでは『新古今集』にある式子内親王の「ながめつる

けふはむかしになりぬとも軒ばの梅はわれをわするな」からとったものだとおもいます。『吾妻鏡』の作者あるいは編集者が、創作した歌なのか、あるいは実朝自身が『新古今集』をもとにしてけいこした時期につくっておいたのを、『吾妻鏡』の編者が辞世としてはめこんだものか、確定することはできません。

詩人としての実朝がよみがえったのは、江戸時代からで、芭蕉がそのはじめでした。芭蕉のあと、真淵系統の国学者の評価で、実朝の詩人としての声価は急に高められ、よみがえってきたということができます。

実朝はすぐれた詩人だということはできますけれども、よく生きた詩人だというのはむずかしいとおもいます。それよりも、詩人としても人間としてもよく死に方を心得ていた、よくそれを知っていた人物だとおもいます。当時の水準でいえば、崩壊寸前の、最後の完成された姿の短歌形式で充分歌い切っている詩作品をのこしています。また、将軍職としても幕府の象徴的な棟梁としても、律令制王権との妥協のもとに成立した鎌倉幕府が、その妥協によって必然的にころがっていく道すじの果ては、実朝によって極まったとみることができましょう。つまり心情的にも感覚的にも、また位階制としても、完全に律令制王権秩序の内部にすべり込んでいってしまう最後の役割を実朝は演じきったわけです。かりに時代そのものが暗殺者であって、公暁は時代の操り人形だといってみますと、実朝は時代によって暗殺されるべき必然を極限まで象徴して死んだということができます。

実朝の死後、幕府は京都から名目的な将軍職をつれてきますけれども、このときは将軍はすでに実朝がもっていたような象徴的な意味もなく、幕府は北条氏を中心にする武士団によって統括され、まもなく公然と律令制王権と武力的に対立する承久の乱をひきおこしてゆくわけです。つまり、律令制王権と幕府の妥協が、実朝自身の死とともに滅ぶことで、極点までつきつめられたとき、武士団と王権の対立抗争時代に入ることになります。時代を実朝の暗殺者とすれば、実朝の暗殺のされ方は、まことに見事だったとおもいます。それが一人のすぐれた詩人によって象徴されたということも、たいへん珍しいことだといえるとおもいます。

ここから何を汲みとるかは各人各様であってよろしいのですが、しかし、ここに一人の詩人があり、その生んだ詩作品がのこされているとして、それはどんな時代に、どんな個性が、どういう方法で生みだしたのか、その個性はどう滅びたか、またその詩作品はどのように滅び、またどのように蘇えったかということをかんがえていきますと、実朝という詩人は、いまにいたっても正解されているとはけっしていえないでしょう。

詩的年譜

元久二年（一二〇五）　14歳
　3月26日　新古今集奏進。
　4月12日　和歌12首詠。
　9月2日　藤兵衛朝親京都より下着。
　　新古今集持参。
建永元年（一二〇六）　15歳
　2月4日　大雪、義時の山荘で和歌の会。
承元元年（一二〇七）　16歳
　1月22日　箱根、伊豆二所詣に進発。
　1月27日　帰還。
承元二年（一二〇八）　17歳
　2月3日　疱瘡を病む。
　2月10日　疱瘡のため心神を悩ます。
　2月29日　疱瘡なおる。
　5月29日　京都から夫人の側近兵衛尉清綱、藤
　　原基俊筆の古今集を献上。
承元三年（一二〇九）　18歳
　7月5日　夢により詠歌20首を住吉社に奉納。
　8月13日　同時にこれまでの詠歌のうち30首を
　　択び定家の合点を求む。
　　知親、京都から定家の合点を持参。
　　詠歌口伝一巻を贈られる。（近代秀
　　歌）
承元四年（一二一〇）　19歳
　11月4日　弓馬を棄てるなと義時に戒めらる。
　5月6日　大江広元の第で和歌の宴。広元三代
　　集を贈る。
　9月13日　営中和歌会。
　11月21日　営中和歌会。
建暦元年（一二一一）　20歳
　7月15日　寿福寺参詣。（時によりすぐれば民
　　の……詠納）
　10月13日　鴨長明をこの頃引見。
建暦二年（一二一二）　21歳
　2月3日　母政子と二所詣に進発。
　2月8日　帰還。
　9月2日　筑後前司源頼時京都から下向。定家
　　の消息と和歌文書を持参。
建保元年（一二一三）　22歳
　1月22日　二所詣に進発。
　4月15日　御所南面に歌会。

7月7日　営中に歌会。
8月17日　定家、二条雅経に託し和歌文書を献ずる。
8月18日　歌数首を独吟。丑の刻に怪異あり。定家の献じた私本万葉集一部到着。
建保二年（一二一四）　23歳
1月28日　二所詣に進発。
9月29日　二所詣。
建保三年（一二一五）　24歳
11月25日　昨夜和田義盛一党の亡霊が夢にあらわれる。
建保四年（一二一六）　25歳
9月20日　大江広元、義時の使として官位昇進を諫める。
11月24日　渡宋の船の建造を陳和卿に命ずる。
建保五年（一二一七）　26歳
1月26日　二所詣に進発。
4月17日　和卿の船成る。
建保六年（一二一八）　27歳
1月13日　権大納言に任ず。
2月10日　大将に任ぜられたくて広元に京都行を命ず。
3月6日　左近衛大将。
10月9日　内大臣に任ず。
12月2日　右大臣に任ず。
建保七年（一二一九）　28歳
1月27日　右大臣拝賀のため鶴岡八幡宮に参詣。公暁に殺される。
1月28日　勝長寿院に葬られる。

「実朝論」資料

1

雨そぼふれる朝に勝長寿院の梅ところぐ〳〵さき（咲き）けるを見て花にむすびつけ侍（り）し

古寺のくち木の梅も春雨にそぼちて花もほころびにけり

○塚本哲三校訂（今貞享四年刊行する所の板本を原とし、之に参酌するに群書類従本を以てせり）有朋堂書店版（大正十五年）『山家和歌集・拾遺愚草・金槐和歌集』（以下有朋堂本と記す）では（ ）内のようである。

○小島吉雄校注（貞享四年北村四郎兵衛板行の整板本を底本とし、藤原定家所伝本及び群書類従所収本を参照した。）岩波日本古典文学大系（昭和42年第8刷）『山家集・金槐和歌集』（以下岩波本と記す）では（ ）外のようである。

勝長寿院

「去年寿永二年の冬後白河法皇より攷左馬頭義朝並に鎌田兵衛政清が首級を東の獄門より尋ね出して、鎌倉に下させ給ふ。頼朝大に喜び給ひて、自ら鎌倉の勝地を求め、十一月に鶴ヶ岡の東に方て、勝長寿院を建立し、仏工定朝に仰せて、丈六金色の弥陀の形像を作らしめ、大伽藍の造営落慶、供養あり。義朝、政清が首級を葬り、仏事作善殊更に精誠を尽し給ひけり。」（『北条九代記』）

2

梅花さけるさかりをめのまへにすぐせる宿は春ぞすくなき（岩波本）

梅の花さけるさかりを目のまへにすぐせる宿は春ぞすくなき（有朋堂本）

本歌

さだやすのみこの后の宮の五十の賀奉りける御屏風に桜の花のちる下に人の花見たるかたかけるをよめる

藤原興風

徒らにすぐる月日はおもほえで花見てくらす春ぞすくなき（古今巻七）

3
我袖に香をだにのこせ梅花あかでちりぬる忘れがたみに（岩波本）
わが袖に香をだに残せ梅の花あかで散りぬるわすれがたみに（有朋堂本）

本歌

題しらず　　読人しらず

ちりぬとも香をだに残せ梅の花こひしき時の思ひ出にせむ（古今巻一）

4
このねぬる朝けの風にかほるなり軒ばの梅の春のはつ花（岩波本）
このねぬるあさけの風にかをるなり軒端の梅のはるのはつ花（有朋堂本）

本歌

藤原季通朝臣

このねぬる夜のまに秋は来にけらし朝けの風の昨日にも似ぬ（新古今巻四）

式子内親王

うたたねの朝けの袖にかはるなりならす扇の秋の初風（新古今巻四）

5
水たまる池のつゝみのさし柳この春雨に萌出にけり（岩波本）
水たまる池のつゝみのさしやなぎこの春雨に萌えいでにけり（有朋堂本）

6
きさらぎの廿日あまりのほどにや有けむ、北向の縁にたち出て夕ぐれの空をながめひとりをるに、雁の鳴を聞て読る
ながめつゝ思わもかなしかへる雁行らむかたの夕ぐれのそら（岩波本）
如月の廿日あまりの程にや有けむ北むきの縁にたち出で夕暮の空を眺め一人をるに雁の鳴くを聞きてよめる
ながめつゝおもふもかなしかへる雁行くらむ方の夕暮のそら（有朋堂本）

本歌

藤原家隆朝臣

ながめつつ思ふもさびし久方の月のみやこの明け方の空（新古今巻四）

7

雉

高円の尾の上のきゞす朝な〳〵つまにこひつつ鳴音かなしも（岩波本）

高まとのをのへの雉子朝な〳〵つまにこひつゝ鳴く音悲しも（有朋堂本）

本歌

題しらず　　　　　　読人しらず

野べちかく家ゐしをれば土鳥の鳴くなる声は朝な朝なきく（古今巻一）

8

己がつま恋ひわびにけり春の野にあさる雉子の朝な朝な鳴く（岩波本）

おのが妻こひわびにけり春の野にあさる雉子の朝な〳〵鳴く（有朋堂本）

本歌

大伴宿禰家持の春雉の歌一首

春の野にあさる雉子のつまごひにおのがあたりを人に知れつつ（万葉巻八）

9

屛風に春の気色を絵かきたる所を夏見てよめる

見てのみぞおどろかれぬる烏羽玉の夢かと思ひし春の残れる（岩波本）

見てのみぞおどろかれぬる烏羽玉の夢かと思ひし春の残れる（有朋堂本）

本歌

前律師俊宗

ひととせははかなき夢の心地して暮れぬる今日ぞおどろかれぬる（千載巻六）

10

更衣をよめる

をしみ来し花の袂もぬぎかへつ人の心ぞ夏には有ける（岩波本）

をしみこし花のたもともぬぎかへつ人の心ぞ夏にはありける（有朋堂本）

11

夕郭公

夕やみのたづ〳〵しきに郭公声うらがなし道やまどへ

る（岩波本）

ゆふやみのたづ〳〵しきに郭公こゑうらがなし道やまどへる（有朋堂本）

本歌

豊前国の娘子大宅女《おほやけめ》の歌一首

夕闇は道たづたづし月待ちていませわがせこそのまにも見む（万葉巻四）

寛平の御時きさいの宮の歌合の歌　紀友則

夜やくらき道やまどへるほととぎすわが宿をしもすぎがてになく（古今巻三）

12

雨いたくふれる夜ひとりほととぎすを

郭公なく声あやな五月やみきく人なしみ雨はふりつつ（岩波本）

雨いたく降れる夜ひとり時鳥を

ほとゝぎすなく声あやな五月やみきく人なしみ雨は降りつる（有朋堂本）

13

玉くしげはこねの山の郭公むかふのさとに朝な〳〵なく（岩波本）

たまくしげはこねの山の郭公むかふのさとにあさな〳〵鳴く（有朋堂本）

〈むかふのさと〉理想の村落

14

みな月廿日あまりのころ夕の風すだれうごかすをよめる

秋ちかくなるしるしにや玉すだれこすのまとほし風の涼しさ（岩波本）

みな月廿日あまりのころ夕の風すだれ動かすを詠める

秋ちかくなるしるしにや玉すだれこすのまとほし風の涼しさ（有朋堂本）

〈みな月〉旧暦六月。〈玉すだれ〉こすの枕詞。〈こすのま〉すだれの間

本歌　読人知らず

玉だれのこすのまとほし一人ゐてみるしるしなき夕月夜かも（万葉巻七）

15

〈六月祓のうち一首〉

あだ人のあだにある身のあだ事をけふみな月の祓すてつといふ（岩波本）

あだ人のあだにある身あだ事をけふ水無月の祓ひすてつといふ（有朋堂本）

〈あだ人〉心のかわりやすい人。〈あだにある身〉無為の身。〈あだ事〉とるにたらぬこと

16

蟬のなくをきゝて

吹風は涼しくもあるかおのづから山の蟬鳴て秋は来にけり（岩波本）

蟬のなくを聞きて

吹く風は涼しくもあるかおのづから山の蟬鳴きて秋は来にけり（有朋堂本）

本歌

崇徳院に百首歌奉りける時　藤原清輔朝臣

おのづから涼しくもあるか夏衣日も夕暮の雨の名残りに（新古今巻三）

17

萩をよめる

秋はぎの下葉もいまだうつろはぬにけさ吹風は袂さむしも（岩波本）

秋はぎの下葉もいまだうつろはぬにけさ吹く風は袂さむしも（有朋堂本）

18

花におく露を静けみ白菅の真野の萩原しをれあひにけり（岩波本）

花におく露をしづけみしらすげの真野の萩原しをれあひにけり（有朋堂本）

〈白菅の〉真野の枕詞。〈真野〉近江の国の地名

本歌

祐子内親王家紀伊

おく露もしづ心なく秋風にみだれて咲ける真野の萩原（新古今巻四）

19

庭の萩わづかにのこれるを、月さしいでて後見るに、散りわたるにや花の見えざりしかばよめる

萩の花暮々までもありつるが月出てみるになきがはかなき（岩波本）

庭の萩わづかにのこれるを月さしいでて後見るに散りわたるにや花の見えざりしかば詠める

萩の花くれ〴〵までもありつるが月出でてみるになきがはかなき（有朋堂本）

〈暮々〉日の暮れぎわ

20

夕の心をよめる

たそがれに物思ひをれば我宿の萩の葉そよぎ秋風ぞふく（岩波本）

夕のこゝろをよめる

たそがれに物思ひをればわが宿のをぎの葉そよぎ秋風ぞ吹く（有朋堂本）

本歌　人麿

垣ほなる荻の葉そよぎ秋風の吹くなるなべに雁ぞ鳴くなる（新古今巻五）

21

蘭

藤ばかまきてぬぎかけし主やたれ問へどこたへず野辺の秋風（岩波本）

蘭

藤ばかまきてぬぎかけし主やたれ問へどこたへず野辺の秋風（有朋堂本）

本歌

蘭をよめる　そせい

ぬし知らぬ香こそ匂へれ秋の野にたがぬぎかけし藤袴ぞも（古今巻四）

22

鳥狩しにとかみが原といふ所にいで侍しとき荒れたる庵のまへに藤ばかまのさけるをみて

秋風になにゝほふらむ蘭ぬしはふりにし宿と知らずや（岩波本）

鳥狩しにとがみが原といふところにいで侍りし時荒れたる庵の前に藤ばかまの咲けるを見て

秋風になに匂ふらむふぢばかまぬしはふりにし宿と知らずや（有朋堂本）

〈ぬしはふりにし〉主は故人となった

本歌

ふぢばかまをよみて、人につかはしける　つらゆき

やどりせし人の形見か藤袴忘られがたき香に匂ひつつ（古今巻四）

23

山辺眺望といふ事を

声たかみ林にさけぶ猿よりも我ぞもの思ふ秋のゆふべは（岩波本）

山辺眺望といふことを

声たかみはやしにさけぶ猿よりも我ぞもの思ふ秋のゆふべは（有朋堂本）

〈猿よりも〉猿につられて。猿に由来して

24

八月十五夜の心を

久堅の月のひかりし清ければ秋のなかばを空に知るかな（岩波本）

八月十五夜のこゝろを

ひさかたの月の光しきよければ秋のなかばをそらに知るかな（有朋堂本）

〈久堅の〉月の枕詞

本歌

題しらず　よみ人しらず

大空の月の光し清ければ影見し水ぞまずこほりける（古今巻六）

八月十五夜　西行

数へねどこよひの月のけしきにて秋のなかばを空に知るかな（山家集上）

25

雨のふれるに庭の菊をみて

露をおもみまがきの菊のほしもあへず晴るれば曇る村雨の空（岩波本）

露を重みまがきの菊のほしもあへずはるればくもる村雨の空（有朋堂本）

26

十月一日よめる

秋は去ぬ風に木の葉は散はてて山さびしかる冬はきにけり（岩波本）

十月一日よめる

秋はいぬ風に木の葉は散りはてゝ山さびしかる冬は来にけり（有朋堂本）

本歌

題しらず　曽禰好忠

人は来ず風に木の葉はちりはてて夜な夜な虫の声よわるなり（新古今巻五）

〈十月一日〉カミナヅキツイタチ

27
ふらぬ夜もふるよもまがふ時雨かな木の葉ののちの嶺の松風（岩波本）

ふらぬ夜もふる夜もまがふ時雨かな木の葉ののちの嶺の松風（有朋堂本）

本歌

千五百番歌合に、冬哥　源具親

今はまたちらでもまがふ時雨かなひとりふりゆく庭の松風（新古今巻六）

藤原頼実

木の葉ちる宿はききわくことぞなき時雨する夜も時雨せぬ夜も（西行上人談抄）

28
野霜

花すゝき枯れたる野べにおく霜の結ぼゝれつゝ冬は来にけり（岩波本）

花薄枯れたる野辺におくしものむすぼほれつゝ冬は来にけり（有朋堂本）

〈結ぼゝれつゝ〉霜柱に結晶しながら

29
海辺冬月

月のすむ磯のまつ風さえ〳〵て白くも見ゆる雪のしら浜（岩波本）

月のすむ磯のまつ風さえ〳〵てしろくも見ゆる雪のしらはま（有朋堂本）

〈月のすむ〉月が住む。〈さえさえて〉寒くさえて。〈雪のしら浜〉但馬の国の所名

本歌

百首歌に　式子内親王

さむしろの夜はの衣手さえさえて初雪しろし岡のべの松（新古今巻六）

30
霰

ものゝふの矢並つくろふ籠手の上に霰たばしる那須の篠原（岩波本）

ものゝふの矢なみつくろふこての上に霰たばしるなすの篠原（有朋堂本）

〈矢並つくろふ〉やなぐいにさした矢のならびをととのえる

31

霰（続）

笹の葉に霰さやぎてみ山べの嶺の木がらししきりて吹きぬ（岩波本）

笹の葉に霰さやぎてみ山べのみねの木がらししきりて吹きぬ（有朋堂本）

32

海辺千鳥といふ事を人々にあまたつかうまつらせし次に

夕月夜満つ塩あひのかたを浪波にしをれて鳴千鳥かな（岩波本）

海辺千鳥といふことを人々に数多つかうまつらせしついでに

夕づく夜みつしほあひの潟をなみ波にしをれて鳴く千鳥かな（有朋堂本）

〈かたを浪〉潟を無み。片男波？

33

奥山の岩ねに生ふる菅の根のねもころ〳〵に降れるしら雪（岩波本）

奥山の岩ねにおふるすがの根のねもころ〳〵にふれるしら雪（有朋堂本）

本歌

十一月二十八日、左大臣、兵部卿橘奈良麻呂朝臣の宅に集ひて宴せる歌一首　橘左大臣

たか山の岩ねに生ふる菅の根のねもころころにふりおく白雪（万葉巻二十）

34

山々に炭やくを見侍りて

炭をやく人の心もあはれなりさてもこの世を過ぐるならひは（岩波本）

山々に炭やくを見侍りて

炭をやく人の心もあはれなりさてもこの世をすぐるならひは（有朋堂本）

35

老人憐歳暮

白髪といひ老ぬるけにやことしあれば年の早くも思ほゆるかな（岩波本）

しらがといひ老いぬるけにや今年あれば年の早くも思ほゆるかな（有朋堂本）

36

老人憐歳暮（続）

うちわすれはかなくてのみ過し来ぬ哀と思へ身につも

る年（岩波本）

うちわすれはかなくてのみ過ごし来ぬ哀と思へ身につもる年（有朋堂本）

本歌

百首歌に　式子内親王

はかなくて過ぎにし方を数ふれば花に物思ふ春ぞ経にける（新古今巻二）

千五百番歌合に春の歌　皇太后宮大夫俊成

いく年の春に心をつくし来ぬあはれと思へみ吉野の花（新古今巻二）

37

歳暮

しら雪のふるの山なる杉村のすぐる程なき年のくれかな（岩波本）

しら雪の降るのやまなる杉村のすぐるほどなき年のくれかな（有朋堂本）

〈ふるの山〉布留の山。〈杉村〉杉むら？〈すぐる程なき〉過ぎるともなく過ぎてきた

38

歳暮（続）

乳房吸ふまだいとけなきみどり子の共に泣きぬる年の暮かな（岩波本）

ちぶさすふまだいとけなき緑子のともになきぬる年の暮かな（有朋堂本）

39

恋歌の中に

山しげみ木の下かくれ行水のおと聞きしより我や忘るゝ（岩波本）

山しげみ木の下かくれ行く水のおと聞きしよりわれや忘るゝ（有朋堂本）

〈おと聞きしより〉うわさをきいてから

40

恋歌の中に（つづき）

我宿の籬のはたてに這ふ瓜のなりもならずもふたり寝まほし（岩波本）

わが宿のませのはゝそにはふ瓜のなりもならずもふたりねまほし（有朋堂本）

本歌

伊勢うた

おふの浦に片枝さしおほひなる梨のなりもならずも

ねて語らはむ（古今巻二十）

41

恋歌の中に（つづき）

逢事を雲井のよそに行雁の遠ざかればや声もきこえぬ（岩波本）

逢ふ事を雲井のよそに行く雁のとほざかればや声もきこえぬ（有朋堂本）

本歌　　よみ人知らず

あしべより雲ゐをさしてゆく雁のいや遠ざかるわが身かなしも（古今巻十五）

42

恋歌の中に（つづき）

秋の野におく白露の朝な〳〵はかなくてのみ消えやかへらむ（岩波本）

秋の野におく白露の朝な〳〵はかなくてのみ消えやかへらむ（有朋堂本）

43

名所恋の心をよめる

人しれず思へば苦し武隈のまつとは待たじ待てばすべなし（岩波本）

人しれず思へばくるし武隈のまつとはまたじまてばすべなし（有朋堂本）

〈武隈のまつ〉陸前名所。〈まつとはまたじ〉まつといってまつことはしない

本歌　　よみ人しらず

人知れず思へば苦し紅の末つむ花のいろに出でなむ（古今巻十一）

44

名所恋の心をよめる（つづき）

風をまつ今はたおなじ宮城野のもとあらの萩の花の上の露（岩波本）

風をまついまはた同じ宮城野のもとあらのはぎの花の上の露（有朋堂本）

〈もとあら〉根もとの疎らな

本歌　　よみ人しらず

宮城野のもとあらの小萩露を重み風を待つごと君を

こそ待て（古今巻十四）

45

旅の心を

草枕旅にしあれば妹にこひ覚むるまをなみ夢さへ見えず（岩波本）

草枕たびにしあれば妹にこひさむるまをなみゆめさへ見えず（有朋堂本）

〈覚むるまをなみ〉寝もやらず

本歌

人をなくなして限なく恋ひて思ひいりてねたる夜の夢にみえければ思ひける人にかくなむといひつかはしたりければ　玄上朝臣女

時のまも慰めかねつさめぬまは夢にだに見ぬわれぞ悲しき（後撰巻二十）

46

舟

世の中はつねにもがもな渚こぐあまのを舟の綱手かなしも（岩波本）

世中はつねにもがもなぎさこぐ海士の小舟の綱手かなしも（有朋堂本）

〈綱手〉舟を引く綱

本歌

みちのくうた

みちのくはいづくはあれど塩釜の浦こぐ舟のつなでかなしも（古今巻二十）

47

旅宿時雨

旅の空なれぬ埴生の夜の床わびしきまでにもる時雨かな（岩波本）

旅の空なれぬはにふのよるの床わびしきまでにもる時雨かな（有朋堂本）

〈埴生の夜の床〉埴土の上に敷いた寝床。〈もる〉漏る？降る？

48

相模川といふ川あり。月さし出てのち舟にのりてわたるとて

夕月夜さすや川瀬のみなれ棹なれてもうとき波の音かな（岩波本）

ゆふづく夜さすや川瀬のみなれ棹なれてもうとき波の音かな（有朋堂本）

〈相模川〉馬入川

49

箱根の山をうち出て見れば波のよる小島あり。供のものに此うらの名はしるやとたづねしかば伊豆のうみとなむ申すと答侍しをきゝて

箱根路をわが越えくれば伊豆の海や沖の小島に波のよるみゆ（岩波本）

箱根の山をうち出でて見れば浪のよる小島あり供の者に此うらの名は知るやと尋ねしかば伊豆の海となむ申すと答へ侍りしを聞きて

箱根路をわが越えくれば伊豆の海や沖の小島に波のよるみゆ（有朋堂本）

本歌

逢坂を打出でてみれば淡海の海白ゆふ花に浪たちわたる（万葉巻十三）

50

同詣下向後、朝にさぶらひども見えざりしかばよめる

旅をゆきし跡の宿守をれ〳〵にわたくしあれや今朝はいまだこぬ（岩波本）

同詣下向の後朝にさぶらひども見えざりしかば詠める

旅をいきし跡の宿守おれ〳〵にわたくしあれや今朝はまだこぬ（有朋堂本）

〈同詣〉二所詣。〈宿守〉留守居役。〈をれ〳〵に〉おろかしく

51

忍びていひわたる人ありき、はるかなるかたへゆかむといひ侍しかば

結ひそめて馴れしたぶさの濃紫思はず今も浅かりきとは（岩波本）

ゆひそめてなれしたぶさの濃紫思はずいまもあさかりきとは（有朋堂本）

本歌

三善のすけたゞが冠し侍りける時　能宣

ゆひそむるはつもとゆひの濃紫衣のいろにうつれとぞ思ふ（拾遺巻五）

52

走湯山参詣の時

わたつ海のなかに向ひて出る湯のいづのお山とむべもいひけり（岩波本）

渡津海の中に向ひていづるゆのいづのお山とうべもい

ひけり（有朋堂本）

〈走湯山〉伊豆の伊豆山権現の下の社

53

得功徳歌

大日の種子よりいでてさまや形さまやぎやう又尊形となる（岩波本）

大日の種子よりいでてさまや教さまやきやうまた尊形となる（有朋堂本）

〈さまや形〉三昧耶形。密教の概念。〈尊形〉三昧耶形の尊貴な形

54

思罪業歌

ほのほのみ虚空にみてる阿鼻地獄行へもなしといふもはかなし（岩波本）

ほの〴〵と虚空にみてる阿鼻地獄行方もなしといふもはかなし（有朋堂本）

〈阿鼻地獄〉悲鳴や叫びの満ちた深い地獄

55

大乗作中道観歌

世中は鏡にうつる影にあれやあるにもあらずなきにもあらず（岩波本）

世の中は鏡にうつる影にあれやあるにもあらずなきにもあらず（有朋堂本）

〈中道観〉大乗三観の中道。有と空のあいだ

56

心の心をよめる

神といひ仏といふも世中の人のこゝろのほかのものかは（岩波本）

神といひ仏といふも世のなかの人のこゝろのほかのものかは（有朋堂本）

57

寄竹祝

竹の葉に降りおほふ雪の末を重み下にも千世の色はかくれず（岩波本）

竹の葉にふりおほふ雪のうれを重み下にも千世の色は隠れず（有朋堂本）

〈色はかくれず〉緑の色は生きている

58

太上天皇御書下預時歌

おほ君の勅を畏みちゝわくに心はわくとも人にいはめ

やも（岩波本）

山はさけ海はあせなむ世なりとも君にふた心わがあらめやも（仝）

ひんがしの国にわがをれば朝日さすはこやの山の影となりにき（仝）

おほ君の勅をかしこみ父母に心はわくともひとにいはめやも（有朋堂本）

山はさけ海はあせなむ世なりとも君にふた心われあらめやも（仝）

ひむがしの国に我をれば朝日さすはこやの山の陰となりにき（仝）

〈太上天皇〉後鳥羽上皇？ 〈ち、わくに〉とやかくと。さまざまに。〈はこやの山〉仙洞御所

本歌

人麿

ちちわくに人はいふともおりて着むわがはた物に白き麻ぎぬ（拾遺巻八）

右大将道綱母

勅なればいともかしこし鶯のやどはと問はゞいかゞこたへむ（拾遺巻九）

59

相州の土屋と云所に年九十にあまれるくち法師あり、おのづから来り昔がたりなどせしついでに、身の起居に堪へずなむ成ぬる事を泣く〳〵申て出ぬ。時に老といふ事を人々に仰せてつかうまつらせし次によみ侍し

道とほし腰は二重にかゞまれり杖にすがりてこゝまでも来る（岩波本）

道遠し腰はふたへにかゞまれり杖にすがりてこゝまでもくる（有朋堂本）

本歌

みちのくに住みける人

道とほし程もはるかにへだたれり思ひおこせよわれも忘れじ（新古今巻十九）

60

さりともと思ふ物から日をへては次第々々に弱るかなしき（岩波本）

さりともと思ふものから日を経てはしだい〳〵に弱る悲しき（有朋堂本）

本歌

保延のころほひ身を恨むる百首の歌よみ侍りける時虫の歌とてよめる

花山院御製
さりともと思ふ心も虫のねも弱りはてぬる秋の暮かな（千載巻五）

61
雑歌中に
いづくにて世をばつくさむ菅原や伏見の里も荒ぬといふ物を（岩波本）
いづくにて世をばつくさむ菅原や伏見の里も荒れぬといふものを（有朋堂本）
〈世をばつくさむ〉余生をまっとうしようか。〈菅原や伏見の里〉菅原にある伏見の里

本歌
題しらず　読人しらず
いざここにわが世は経なむ菅原や伏見の里の荒れまく惜しも（古今巻十八）

62
ものまうでし侍し時、磯のほとりに松一本ありしを見てよめる
梓弓磯べに立てるひとつ松あなつれ〴〵げ友なしにして（岩波本）
ものまうでし侍りし時磯のほとりに松ひと本のありしを見てよめる
梓弓いそべにたてるひとつまつあなつれ〴〵げ友なしにして（有朋堂本）
〈梓弓〉「い」の枕詞

本歌
大納言大伴卿の和《こた》ふる歌二首（うちの一つ）
草香江の入江にあさるあしたづのあなたづたづし友なしにして（万葉巻四）

63
あら磯に浪のよるを見てよめる
大海の磯もとゞろによする波われてくだけて裂けて散るかも（岩波本）
大海の磯もとゞろによする波われてくだけてさけて散るかも（有朋堂本）

本歌
笠女郎、大伴宿禰家持に贈れる歌廿四首
伊勢の海の磯もとどろによする波かしこき人に恋ひわたるかも（万葉巻四）

64

又のとし二所へまゐりたりし時箱根のみづ海を見てよみ侍る歌

玉くしげ箱根の海はけゝれあれや二山にかけて何かたゆたふ（岩波本）

又のとし二所へまゐりたりし時箱根の水海を見てよみ侍る歌

玉くしげ箱根の海はけゝれあれやふた山にかけて何かたゆたふ（有朋堂本）

〈玉くしげ〉箱の枕詞。〈けけれ〉こころ

本歌

甲斐うた

甲斐が根をさやにも見しがけけれなく横をりふせる小夜の中山（古今巻二十）

65

浜へ出たりしにあまのたく藻塩火を見てよめる

いつもかく淋しき物か蘆の屋にたきすさびたる海士の藻塩火（岩波本）

浜へ出でたりしに海士のたく藻しほ火を見て詠める

いつもかく寂しき物か葦のやにたきすさびたる海士の藻塩火（有朋堂本）

本歌

いつもかくさびしきものか津の国のあしやの里の秋の夕ぐれ（壬二集　建仁元年二月老若五十首歌合歌）

66

山の端に日の入を見てよみ侍ける

くれなゐの千入のまつり山のはに日の入ときの空にぞ有ける（岩波本）

山の端に日の入るを見てよみ侍りける

紅のちしほのまふり山のはに日の入るときの空にぞありける（有朋堂本）

〈千入《ちしほ》の〉何度も染めること。〈まふり〉ふりだしのくれないの染料

67

千鳥

朝ぼらけ跡なき浪に鳴千鳥あなこと〴〵しあはれいつまで（岩波本）

朝ぼらけ跡なき浪に鳴く千鳥あなこと〴〵しあはれいつまで（有朋堂本）

本歌

あるはなくなきは数そふ世の中にあはれいつまであ

らむとすらむ（栄華物語）

68

無常を

かくてのみありてはかなき世中を憂しとやいはむ哀とやいはむ（岩波本）

かくてのみありてはかなき世の中をうしとやいはむ哀とやいはむ（有朋堂本）

本歌

ふる年に春立ちける日よめる　在原元方

年の内に春は来にけり一とせを去年とやいはむ今年とや言はむ（古今巻一）

69

人心不常といふ事を

とにかくにあな定めなき世中や喜ぶものあればわぶるものあり（岩波本）

人心不常といふことを

とにかくにあな定なき世の中や喜ぶ者あればわぶる者あり（有朋堂本）

〈わぶるもの〉困る者。苦しむ者

70

道のほとりに幼きわらはの母を尋ていたく泣くを、そのあたりの人に尋しかば、父母なむ身まかりにしとこたへ侍しを聞て

いとほしや見るに涙もとゞまらず親もなき子の母をたづぬる（岩波本）

道のほとりに幼き童の母を尋ねていたく泣くをそのあたりの人に尋ねしかば父母なむ身まかりにしと答へ侍りしを聞きて

いとほしや見るに涙もとゞまらず親もなき子の母をたづぬる（有朋堂本）

71

慈悲の心を

物いはぬ四方のけだものすらだにも哀れなるかな親の子を思ふ（岩波本）

物いはぬ四方のけだものすらだにも哀なるかなや親の子を思ふ（有朋堂本）

情況への発言

——書簡体での感想——

小松範任様

あなたの「東映京撮助監督声明にわたしは署名しない」というパンフレットを落掌しました。あなたの要請にしたがって、わたしは感想を申述べようとおもいます。あなたの文章は大部なもので、そこにのべられていることは多岐にわたっており、しかもキメのこまかいもので、あなたが『試行』の一読者という資格で感想を求められているかぎり、わたしは何も申述べずにすごすことはできないという気にさせる重さがありました。もちろん、わたしは私信のかたちで感想を申述べるべきであり、あなたも当然そう考えられていたとおもいます。しかし、わたしのほうでは、このところあなたの提起された問題に似たようなことに、たてつづけにぶつかっていて、それが、どこかで『試行』をよんでいる一読者と、『試行』になにかかかいているものとの関係（もし関係があるとしてのことですが）といったような位相にあるところからばかりでした。そこで、いささか感想がうつ積していましたので、こういう形をかりました。あなたのほうでは、あるいは迷惑するかもしれませんが、「パンフレット」という形を、一応、公開的なものと解釈し、また、東映京都撮影所、助監督一同による「声明」なるものは商業新聞種にもなったものですから、周知のものとかんがえて、こういう形も許されるのではないかとおもいました。悪く云えば、あなたの丁寧な大文章をだしにつかって、いいたいことを云っているじゃあないか、ということにもなりかねないとおもいますが、どうか御海容ください。

まず、はじめに、ほんとうはこれだけ云えばよいようなものですが、あなたの「パンフレット」をよんで、〈『試行』を刊行してきてよかったな〉とおもいました。これは、神戸大学の松下昇氏が、現在の大学紛争のなかでとっている態度を、『朝日グラフ』（この朝日というのは正確かどうかわかりません）とか、『読書新聞』とかで偶然よんで、その見事な態度をしった（情報として正確かどうかわかりませんが、その紹介記事から何となく、ハハアンとわかるところがあるのです）ときの感想とおなじです。

もちろん、『試行』は、はじめから、人は人に影響をあたえることもできなければ、影響をうけることもできない、ただ、〈かれ〉が〈かれ〉として〈かれ〉自身をどこまでも深化させてゆくという自己影響だけが、〈影響〉とよびうるものだという原則をひそかに守ってきましたので、あなたや松下昇氏に『試行』が影響を与えたなどと云うつもりは毛頭ありません。『試行』とはつまりひとつの〈態度〉であって、あるいは〈態度〉の共同性であって、それ以外のものでありえておりません。しかし、この〈態度〉というものに遭遇することが稀であることをおもえば、これだけでも何かでしょう。

まず、あなたが資料として「パンフレット」に掲げている「東映京都撮影所　助監督一同」の「声明」を、おなじように資料として再録します。これは、すでにジャーナリズムに流布されているものですから、無断で、再録しても異議はどこからもでないとおもいます。

資料1

声明!!

日本映画界が産業的危機に直面しているという今日、映画五社は貪欲な利潤追求のあまり、ひたすらにエロ・グロ・俗悪映画の生産に専心している。わけても我々が働く東映の映画製作の現状は目にあまるものがある。いわゆる〝異常性愛路線〟と呼ばれる一連の作品は、異常性、残虐性、性倒錯、醜悪性のみを強調拡大し、最早映画としての本質を失い、俗悪な見世物と化し、東映資本の厚顔無恥な金儲け主義の道具となり下がっている。そして、映画の社会的評価をさらに著しく低下させ、映画滅亡への道を一途に突き進んでいる。同時にこれらの作品は、これに従事する事を余儀なくされている我々映画労働者の精神的荒廃をもたらしている。

今や、この種の作品に対する猛烈な嫌悪感は、全撮影所に充満している。しかし、それだけにとどまっていては何の解決にもならない。東映資本のあくどい企業意思は勿論、映画本部を頂点とする破廉恥、低俗な輩、さらにはそれに追随しながら〝作家主体の表現〟などという幻想にしがみついている連中に対して弾固として立ち向い、このような作品を許さぬよう、果敢に戦わなければならない。

我々が、現在、これらの作品を無批判、無定見に量産し、この末期的症状を容認していることはこの事態に屈服し、積極的に手を貸している事に他ならない。我々が、自らの手で我々の生活基盤を破壊し、映画自体の崩壊に協力している事に他ならないのである。

我々は、以上のような観点を明確にし、率直な自己批判を行なうと共に、さらに多くの人々の決起を促し、この力を結集し、今後これらの映画の廃棄の為に、あらゆる運動を展開する事をここに声明する。

一九六九年四月十一日

東映京都撮影所　助監督一同

さて、わたしは、あなたもひょっとするとそうであるかもしれない「助監督」というものが、どういう仕事を具体的にやっており、映画企業のなかでどういう職階にあるのか、まったくわかりません。けれど、あなたが、つぎのように述べているのに、共感することができます。

内容のデタラメさはさておき、「声明」の中で、私がすくい上げなければならない唯一の問題は、要するに「エロ・グロ・俗悪映画はもうイヤだ」という全撮影所に充満している労働者の切実な声です。極端に言えば「一同」の声明はそれでよかったのです。その個々の肉声のよって来たる処を徹底的に解明して、自分の運動課題を探り当てるべきだったのです。

私にとって4・11「声明」の思想は敵であり、読みとるべくもなく行間に深く沈んでしまった労働者の切実な肉声は味方としてゆかなければなりません。

まずあなたにとって切実であるほど、わたしはこの「声明」を切実によむことができないことはたしかだとおもいます。ここ数年来、映画をみていないので、「声明」のいう「エロ・グロ・俗悪映画」とか「異常性、残虐性、性倒錯、醜悪性のみを強調拡大し」ている「異常性愛路線と呼ばれる一連の作品」がどの程度のどういう作品であるのか判りません。だから、この「声明」のいうところがほんとうかどうか確認できないというのが適切です。

ただ、わたしは、「エロ」であるかどうかはともかくとして、この社会でいちばん「グロ」で醜悪なものは〈大学教師〉で、そのつぎは〈出版業・編集業〉そのつぎは〈文筆業〉ではないかとおもい、三番目くらいには〈心貧しく謙虚〉な判断をもっているのです。もっとも、新島淳良という早稲田大学という典型的なブルジョア大学の教師によれば、わたしの判断は逆に〈ブルジョア評論家〉的なのだそうです。わたしがいくら謙虚でも、新島淳良をプロレタリア大学教師だなどとおだてるわけにはいきますまい。こういうわたしの判断からしますと、「声明」のいうエロ、グロ、俗悪という判断がそのとおりかどうか、甚だうたがわしいといわねばなりません。この疑問は、じっさいにその名指しの映画をみれば、わたしなりに即座に判断できるのですが、そういう点がほんとうに残念です。

ところで、このような疑問を保留したままでも、映画企業家だけにみすみす儲けさせるような映画にじぶんの創作意欲を投入できず、しかも、下働きをして作品をつくりあげなければならないという賃仕事が「猛烈な嫌悪感」を「全撮影所に充満」させることがあるし、それだけはすくいあげなければならないということは、経験的にも理論的にもわたしにも理解できるようにおもいます。そしてこういうことは、どんな「崇高で・正義で・美しい・映画」をつくるときでも、その作品を商品として売買することに目的をおいているときには、一般的に起りうるものだとわたしはおもいます。そういう意味で理解できるのです。このばあい、儲けのためにつくられる映画が「エロ・グロ・俗悪」であるか、「禁欲的・美的・崇高」であるかということは、「嫌悪感」をほんのすこし多くか、ほんのすこし少なくか刺戟するという差にすぎないというのがまっとうな理解ではないのでしょうか。

わたしは、ある著名な建築家であり、大学教師である人物が設計した公共建築物の工事を、ほとんど毎日のように仕事の帰り道に、傍を通ってみたことがありました。そのとき工事人夫たちが建物の外廓にある〈美的な装飾〉〈わたしにはくだらぬ醜悪な装飾とおもわれました〉のための積石を運んで、ひとつひとつ積んでいるのをみて、この人夫たちはどんなに屈辱を感じているだろうかとかんがえずにはおられませんでした。かれらはきっと内心で〈こんなつまらぬ醜悪な装飾のために、おれは石を運ばねばならないのか。生きることは辛く嫌なものだなあ〉とおもっているにちがいないと推察しました。そして人夫たちの〈口惜しさ〉を、わたしが代弁するとすれば、これを設計した著名な建築家の建築美学を批判するほかにないのだと、熱い気持でかんがえました。それとともに石を運んでいる人夫たちと、〈わたし〉の位相のちがいということをも考えました。人夫たちは、ほんとうは内心で屈辱などを感じていなくて、鋼《はがね》のように心を無表情にしているだけであるかもしれません。しかし、人夫たちの内心に〈口惜しさ〉を思い描いているわたしは、〈口惜しい〉と叫ぶことによっては、人夫たちを代弁することはできず、建築技術や建築美学の問題として批判することで代弁するほかはないのです。

このような経験からかんがえても、「声明」のなかから拾えるものは、ほんのすこしで、しかもその拾える個所は、文化、創造の問題としてしか「助監督一同」としては提起できないのだとするあなたの見解は、まっとうなものだとおもいます。

しかし、このまっとうさは、わが文化左翼にも政治左翼にもうまく通じない現状にあります。しかし、すでにこういう頓馬どもをあてにできないということについても、あてにできないということは前提したうえで、創造の仕事にたずさわってゆくという宿命についても、あなたやわたしは充分に知っているはずで、その意味ではあなたがこれからも残してゆくであろう足跡を信ずることができます。

あなたも、充分に御承知のこととおもいますが、近ごろは文化左翼だけではなく文化右翼も「声明」的になってきました。「日本文化会議」などという「文化右翼」の集団ができてから、この傾向はますます加わったということができます。

最近たまたま、『河上徹太郎全集』の第一巻の江藤淳の「解説」をよんでびっくりしました。江藤淳によるとわたしは、プロレタリア文学の「戦後における後継者」ということになっています。わたしは戦前のプロレタリア文学をも、モダニズム文学をも、止揚すべき文学的な遺産だとかんがえてきましたが、わたしを目して、プロレタリア文学の「一後継者」だという呼びかたは、まったく文学を解しえない心に描かれた「声明」というほかはないでしょう。

江藤淳は、河上徹太郎の「新聖書講義」とわたしの「マチウ書試論」とを比較して、わたしには〈心の貧しさ〉がなく、河上徹太郎にはそれがあるとかいていました。わたしは戦争中（つまり青年期のはじめ）、河上徹太郎のかなりな程度の熱心な読者でしたから、「新聖書講義」というたしか婦人雑誌に連載され、あとで単行本になったこの甘ったれた通俗的な文章をしっています。わたしがどんなに江藤淳のいうように〈心を貧しく〉しても、謙虚になっても、「新聖書講義」は、その低い心、無意味な内容、でたらめな色あげと通俗的な、なにかにこびた情緒などで、文学としても、思想としても、わたしの

「マチウ書試論」と比較すべくもない劣悪なものとみるのが当然だとかんがえます。

わたしは、文学者としての江藤淳を高く評価しています。とうてい「声明」的な「一同」に加わったり「声明」的な文章をかいたりできない資質の人物だとおもってきました。ただ、一年に二三度はあう機会はないわけではなかったのですから、江藤淳の「日本文化会議」への参加や、中教審への証人としてのコミットや、天皇主宰の園遊会への参加などを、心をこめて翻意するよう説得すべきだったかもしれません。そういうことが、しらずしらずのうちに文学者の言葉を「声明」的にしてしまうことがありうるからです。しかし、すべてはおそかったようです。

河上徹太郎を戦後になってはじめて読んだのではなく、戦争中までに〈読み終った〉ものは、それでも河上徹太郎が、ほんとうの意味ではどんな〈心の貧しさ〉も〈謙虚さ〉もないひどい時勢便乗の文章をかき、またそういう公的役割を荷なったかを知っています。そして、文学者を陥し穴にひき入れるものが、通俗的な〈心の貧しさ〉からくる世俗への迎合であることを、充分にくりかえし内省しながら戦後を築きあげてきたのです。

漱石は、かつて、貴紳まねくところの会合を謝絶するのに「ほととぎす厠なかばに出かねたり」という句をもってしました。漱石は、充分に尊王的であり、充分に明治的な、古い道義の囚虜でありましたが、文学者としての自己に固執したときには、どんな狂気を支払っても孤絶した一個人であるという態度にすさまじいまでに耐えて生きた人物でした。

江藤淳は、漱石の何に執着して漱石論をかきつづけるのでしょうか。これから、いままでよりもっとかれの漱石論に注目してゆきたいとおもいます。

あなたの文章をめぐって感想をかきながら、とんだ横道にそれてしまったようです。ほんとうはついでにもっと横道にそれて、加藤一郎という東大総長の民法学者を、徹底的にこきおろしたいという鬱屈があったのですが、いつかかならずそうしたいという予告だけにしておきたいとおもいます。

あなたの創造になる映画作品が、わたしのような映画的ミーハー族の眼の前に登場する日を待っています。

天皇および天皇制について

1

〈国家〉とはなにか。理論的にではなく、わたしにとって体験的になにか。わたしが戦争期に頭から全身的にのめりこみ、その体験に挫礁し、それをひきはがすために悪戦してきた〈国家〉とはなにか。そのときわたしが中位の知的能力をもったひとりの青年だったとして、〈国家〉についてのわたしの体験から、みちびきだせる普遍的な問題はなにか。

すくなくとも戦後のわたしにとって〈国家〉は理論的に解きあかさなければならない課題である以前に、うまく通路をつけることができなければ、どの方向へも脱出することができない泥沼のひとつであった。たぶんそのために、戦後はわたしにとって〈解放〉でもなければ〈平和〉でもないという時期をずいぶん長いあいだ通過しなければならなかった。そしてこの泥沼を脱出できないうちに、こんどは戦後に固有なひとびとの次の挫礁を身に浴びることになったといっていい。いまわたし自身がのこしている戦争期の資料をもとにして、この体験の意味を反すうしてみたい。〈国家〉というかんがえは、戦争後期のわたしには、つぎのようないくつかのイメージで象徴されていた。そのときわたしの年齢は十七歳から二十一歳くらいであり、身分的には、旧制高等工業学校から大学の初年級にわたる時期である。わたしのかんがえはこの年齢と身分として、たぶん平均的なものであったとかんがえてよい。

（１）国家とは〈天皇〉という言葉の代用物である。

（２）国家とは漠然とした、たぶん、じぶんがそこに生き、じぶんが親しんでいるひとびとともそこに生きているという親密感で区切られた境界内のことである。

（３）国家とはわたしが日常生きていることとはあまりかかわりのないものである。そして祝祭日のときや、政治的な事件のときにだけ、意識にのぼるものである。

わたしは、やがて徴兵されてゆく年齢になっており、いく年かのあとにはかならず〈死〉をむかえることになるにちがいない。しかもそのことに不服がないとおもっている以上、わたしはじぶんの〈死〉と交換できるだけの名分をかんがえださなければならなかった。わたしは少年のころから近所の子供仲間とおなじように〈お国のために〉という言葉をたくさんきいていた。お国のためだ、無駄費いするな、お国のためだ勉強しろ、お国のためだ我慢しろ、お国のためだ身を捧げよ……。この〈お国のため〉という言葉は、響きとして悪くなかったが、どうかんがえても、生命をなげ捨ててとりかえっこをするというところまでくると、実体を欠いていて、重量が不足しているようにおもわれた。そこで、わたしが生命を捨ててというところまで自分を問いつめていったときにでてくる交換物は、けっきょくつぎのように変更された。

（１）〈お国のため〉ではなく〈天皇のため〉である。

（２）〈お国のため〉ではなく〈親や兄弟姉妹や親しく善き友たちや想うひとのため〉である。

こういうふうにかんがえると〈お国のため〉よりも狭く貧しいようにみえるかもしれないが、じぶんがそれのために生命を亡ぼしてもいいという対象として、遥かに具体的なイメージがあり、絶対感を充たしやすいものとなる。人間は具体的なもののためには〈死〉の観念をいだきやすいが、理念的なもののために〈死〉の観念をもちにくいのである。ここまできて、当時のわたしは、いくらか安堵感をもったことは確かである。

ここで〈親や兄弟姉妹や親しく善き友たちや想うひとのため〉というのは、〈家族〉の延長線で日常生活の関係としてあるもので、註釈は必要でない。しかし〈天皇のため〉という絞り方については註釈が必要である。

わたしの当時の〈天皇のため〉には、天皇個人の人格がどうであるかという問題はふくまれていなかった。また天皇が現人神であるということを、科学的に信じていたわけではない。ただわたしにとって、ひとつの〈絶対感情〉の対象でありさえすればよかったのである。じっさいに天皇個人が馬鹿であろうが低能であろうが、そんなことはどうでもよかった。その意味では、現在、三島由紀夫が、〈人間天皇〉という観念には不満で、文化的な美的な価値の収斂する場所としての天皇にかれの絶対観念の集約点をみようとしている発想はよくわかるようにおもわれる。なぜ三島がこんな季節外れの迷蒙を主張するのかは理解できないとしても、である。もちろん、わたしが戦後にかんがえてきたことは、三島由紀夫とは逆であった。いかにしてこの宗教的な絶対感情の対象であった天皇（制）を無化しうるかというところにわたしの関心はおかれた。この意味で、当時から、社会ファシストには、それほど共鳴できなかったが、宗教的な天皇絶対主義者の発想はよく了解することができた。当時、わたしはつぎのような文章をのこしている。

帰　命

祖国の土や吹きすさぶ風や
人の心に修羅のかげあるも

いまは

おほきみのみ光の下に
　いのちかへれ
あそこであんなに苦しんでゐる人
　どうかかなしい生命の光もて
修羅の行路を泣いてかへれ

（『初期ノート』所収、「草莽」より）

雲「おれはともかくも　ひとすぢのみちをゆくだらう　蒼い深い空の果てに　おれが西の方へ走つて行くのを見たら　おれはみづいろのネハンの世界を求めて行くのだと思つてくれ　又東の方の日輪のくるくる廻つてゐる辺りに　おれが蒼白い曙の相をしてゐるとき　おれは　おれたちの遠い神々を尋ねてゆくのだと思つてくれ」

花「おれはこの季節が終ればもうこの世界から別れやうとする　おれはおれの生れたところで死なうと思ふ　この宇宙がある限り　この季節になると　おれのゐた茶暗い土からは　生れてくるものがあるだらう　誰が何といつてもそれはおれの再生ではない　誰か見知らぬ奴なのだ　けれどおまへが　何日の日か　その上に戻つて来て　雨を注いでくれたら　矢張りおれは嬉しいと思ふ　おれたちは結局すべてのものの幸のために生命を捨てるのだ」

雲「そんな悲しいことを言ふな　おれたちは生きてゐる限り　どんな淋しささへも　喜んで味ひながら　どこまでもどこまでも真実を求めて行かうではないか　おれはみだりに肯定や否定をしないキゼンとした魂を　きつとあの蒼い空のむかふから摑んで来やうとする　あゝけれど　おれが巻積級の空のあたりで　魚鱗のやうに　真紅に燃えてゐるとき　人は旱天だと言つて面を外らすだらうな」（『初期ノート』所収、「雲と花との告別」より）

このふたつの引用は、戦争期のわたしが、一方はあまりよくない精神状態で、一方はややよろしいときの精神状態で、〈お国のため〉ということをどう受けとめていたかを、主観的にはかなり精いっぱいに象徴しているといってよい。〈お国のため〉ということを〈天皇のため〉というふうにおきかえ、〈親や兄弟姉妹や親しく善き友たちや想うひとのため〉というのを、他者への献身というふうにおきかえながら、それでもわたし個人の息苦しさとか、重荷とか矛盾とかいうものを扱いかねているといった位相だけは、こめられているといえよう。

しかし、敗戦によって、わたしのこのような姿勢は、ほぼ完全に無効であったことを、いやおうなしに露呈させられた。学徒工場動員の直前にかかれた「雲と花との告別」のほうは、いくぶんかは敗戦後の混乱のなかに生き延びる感性をもっていたといえるが、それよりも一、二年まえにかかれた「帰命」のほうは、ほぼ完璧に生き延びるだけの内実性をもたなかった。この部分でのわたしは、まったく打ちのめされて、思想的にも感性的にも死滅したというべきである。しかし、人間は思想的に、あるいは感性的に死滅した部分をもちながらも、心身の総体が死滅しないかぎり、なお生きなければならない。そして、不都合なことに、思想や感性は死滅した部分を切断手術して、さっぱりと切りはなしたり他人の臓器と交換したりするわけにはいかないのである。〈国家〉とは、〈天皇〉とは、〈公共性〉とは、〈社会〉とは、〈自分以外のもののため〉とは……この種の思想的悶着にわたしはじしんで決着をつけなければならない。もしそれができなければ、恥かしくてまともに生きて戦後に滑りこむことはできないとおもわれた。

おそらく、わたしの〈国家〉観や〈天皇〉観は、戦争期の十代おわりから二十代はじめの年齢にあった青年としては、平均的なものであったとおもわれる。そしてこの〈平均〉的というところから出発して、いかにして〈国家〉や〈天皇（制）〉を無化しうるかという過程を明示することが、わたしにはもっとも本質的な思想課題のようにおもわれたのである。すくなくともわたしにとって、ごく平均的な思想的感性から出発して、〈国家〉や〈天皇〉の存在を無効にする方法をしめしえなければ、どんな思想を知識として獲取しても無意味であるとおもわれた。

2

わたしじしんは、現在、すこしも混乱していないつもりだが、〈国家〉という概念は、いまでもさまざまな意味をこめて使われている。

あるものにとって、〈国家〉はじぶんたちの政府をもち領土を占め、そこに包括されている国民をもっているものである。またあるものにとって、〈国家〉は支配者が勝手に動かすことができる階級抑圧の機構であり、また暴力装置である。またあるものにとって〈国家〉は何となくその存在を意識させ、それに包まれているように感じ、ときにより恩恵とか不都合とかを給付してくれる漠然とした集合体である。またあるものにとって、〈国家〉はじぶんたちの遠い祖先のころから居ついていて、何とはなしにもっとも親しみのおけそうに思っている場所や種族のあるところである。

もし、携帯用の録音器をもって街頭にたち、〈国家〉とはなんですかと道行く人々に質問したとすれば、その答えは質問に応じた人物の数だけ異って、はねかえってくるだろう。

そこで、〈国家〉とはなにかという問いを放棄し、〈国家〉という言葉で、それぞれの人物が思い描く表象が異っていることを不問に付することとする。そして〈国家〉についての価値観だけを問いかけてみる。いちばんはっきりした質問はつぎのようになる。

「あなたは〈国家のため〉をとるか、〈あなたのため〉をとるかの岐路にたたされたとしたら、どちらを択ぶか。」

このばあい、きっと〈国家のため〉をとるというものも、〈あなたのため〉をとるというものもおそらく少数である。大多数はこのばあいの〈岐路にたたされたとしたら〉という仮定を納得しないにちがいない。そして〈国家のため〉と〈あなたのため〉とはそう別に喰いちがうとはかぎらないと応えるとおもう。この種の応え方はかなり重要なものとおもわれる。保守的な政治思想によって現在うちだされている国家防衛論は、このような大多数の感性的な支えをあてこんでいるからである。そこでつぎに、この大多数の支えのうえにあぐらをかいた保守的な質問はつぎのようになる。

「あなたはじぶんの〈国家〉が他の〈国家〉から侵略されたとしたら、〈国家〉を防衛するためにたたかいますか。」

このような問いにたいして、大多数の感性はどこにこだわるだろうか。じぶんの所属している〈国家〉が別の〈国家〉から侵略されるということにこだわるはずである。それは愉快なことではないという感性をよびおこすからである。そこで大多数は、そんな事態がきたら、じぶんが〈国家〉を防衛するためにたたかうかどうかは別にして、たたかう人々を（あるいはたたかうということを）支持するだろうとこたえるとおもう。

ここで〈大多数〉というのは、もちろんわたしの主観的な判断による〈大多数〉のことである。そして、わたしの判断の規準は、わが国の〈大多数〉の感性は、けっして二者択一の方法を行使しないはずだという根拠にもとづいている。だから、こういう判断にもとづいて、〈大多数〉の感性を、直列的（リニアー）な命題について択りわけてゆけば、ついに無定型（アモルフ）な、えたいの知れない集合に到達するにちがいない。

わたしの思惑では、こういう場合（じぶんの国家が他国家から侵攻された場合）、わが国の大多数の感性は、じぶんで武器をもってたたかわないとおもう。太平洋戦争の敗戦時がそうであったように、わが国の大多数の感性は、こういうばあいに、自主的に立ち上ってたたかう性格をもっていない。しかし心情的にはこういう事態がもしやってきたら好ましくないという予感をもっている。もちろん、あくまでも仮定的な応えを求めるといった意見聴取の技術的な内部で想定されることである。そこで、じっさいにそういう事態に直面したばあい、わが国の〈大多数〉の感性がどう挙動するかは、さらにつっこんで考察するに価する。

太平洋戦争の敗戦から現在までの共同経験を綜合すれば、わが国の大多数の感性は、特異な〈豹変〉の型をもっているようにみえる。

もしわが〈国家〉を侵略し支配した〈国家〉が、適度に友好的であり、適度に好政策をうちだし、日常的に接触する場面でも、素直さと善意とをみせれば、忽ち、好ましくないとおもった侵略状態は、好ましい友好状態と感ぜられるようになる。どんなに友好的であろうと、支配されているという公的な状態は徹底的に排除さるべきであるという発想はわが国の大多数には存在しない。もし、侵略した他の〈国家〉が、まったくこの逆に適度に略奪的であり、適度に野蛮であり、適度に不気味であれば、理念的に共感をもっているばあいでも忽ち、予想外の根づよい反感をしめす。このような〈豹変〉の仕方にはもちろん論理は想定できない。ただ経験的な感性がその都度判断するところに委せられる。こういう〈豹変〉の型は、個人の挙動としてみれば〈お人好し〉と呼ばれるだろう。しかし、集合的な〈お人好し〉という概念は成りたたない。この〈豹変〉の型は共同的な感性として考察するほかはないのである。

こういう〈豹変〉の仕方でしか適応しない〈大多数〉の感性にとって、〈国家〉は空気のように身近な、狃《な》れきったものとしてあるか、またはじぶんたちの日常生活のくりかえしからはまったく疎遠なもの、としてかんがえられているかの何れかである。そこで〈国家〉は、〈大多数〉の感性にとって、疎遠なものから空気のように身近なものまで包括される幅広い領域とみなされている。〈国家〉はあるときは種族や民族と同義語であり、あるときは家族や近親をそのまま延長した共同体の概念であり、またあるときは、空気のように大切だが、べつだん気にもかからないといった存在である。

こういう挙動をしめすと想定される〈大多数〉の感性は、どう位置づけられるべきだろうか。おそらくここで想定されている共同感性は、じぶんたちにとって必要以上の部分を〈国家〉に預金している感性である。そして不都合な瞋怒《しんど》すべき事態に当面したときには、預金した感性から必要な金額をおろして、〈国家〉にたいする、瞋怒を緩和し、好都合な恩沢を感ずる事態に遭遇したときには、逆に不必要なほどにおおきな感性の部分を〈国家〉に預金してきたのだ。これは、貧しく打ちひしがれてきたものの智恵とよぶべきかもしれない。しかし、どうもそれだけとは思われないところがある。むしろ、この〈豹変〉の型に、異族支配にたいする永続的な智恵をみたほうがいいのではないのか。出自不明な支配者にたいする土着の種族の智恵という考えかたが、わたしには魅力的である。

ここに、太平洋戦争期に文部省教育局が流布した『臣民の道』という宣伝文書がある。

> 日常我等が私生活と呼ぶものも、畢竟これ臣民の道の実践であり、天業を翼賛し奉る臣民の営む業として公の意義を有するものである。「天雲の向か伏す極み、谷蟆《ぐく》のさ渡る極み」、皇土にあらざるはなく、皇国臣民にあらざるはない。されば、私生活を以つて国家に関係なく、自己の自由に属する部面であると見做し、私意を恣にするが如きことは許されないのである。一椀の食、一着の衣と雖も単なる自己のみのものではなく、また遊ぶ閑、眠る間と雖も国を離れた私はなく、すべて国との繋がりにある。かくて我等は私生活の間にも天皇に帰一し国家に奉仕するの念を忘れてはならぬ。我が国に於いては、官に仕へるのも、家業に従ふのも、親が子を育てるのも、子が学問をするのも、すべて己の分を竭《つ》くすことであり、その身のつとめである。我が国民生活の意義はまさにかくの如きところに存する。

ここには、過剰に〈国家〉に預金された〈大多数〉の感性を逆にとって、〈国家〉のほうから合理化しようとする〈かさにかかった〉姿勢が露骨にしめされている。当時の〈国家〉が「臣民」と呼んだ

〈大多数〉の感性は、ただ異族支配にたいする智恵として、共同感性を過剰に〈国家〉に預けたにすぎないといえばいえるのだ。〈国家〉が「臣民」の私生活まで収奪しようとすればするほど、「臣民」は手元の釣り糸を繰りだすように、預金をおろしてこれに応じたのだが、むしろそのとき、もっとも秘されている本質は、〈天皇（制）〉に収斂された〈国家〉と「臣民」の距離の拡大であったといえばいうことができたはずだ。そしてこの距離の大きさが、〈天皇（制）〉の宗教的な絶対化と、〈国家〉の〈天皇（制）〉への収斂を許す根拠となったということができよう。

右の宣伝文書にしめされている異様な思想は、分析的にみれば儒教的な倫理の言葉で、わが〈国家〉の本質を付会したものである。そしてこの〈国家〉の本質は、〈天皇〉の存在価値に収斂されるようにできている。

そもそも、わが〈国家〉の本質は、なぜ〈天皇（制）〉に収斂するように描かれうるのだろうか。そしてなぜ、戦後になって、この収斂がある一定の度合まで断ち切られたとき、わが〈国家〉の本質は、〈天皇（制）〉を息の根がとまるところまで政治体制の外に弾きださずに、いわば不問に付するという形をとったのだろうか？

戦後において、〈国家〉の本質が〈天皇（制）〉へ収斂してゆく過程を断ちきられたとおなじ度合で、〈公〉と〈私〉の生活関係が分離しきれないままで、双頭化しているという事態に当面している。そしてもしわが〈国家〉が他の〈国家〉から侵略をうけるような場合は、これとたたかうかどうかはべつとして、〈国家〉を擁護するたたかいを支持するだろうという〈大多数〉の感性的な輿論がつくりあげられる根拠となっている。

〈大多数〉の感性はこのように、〈天皇（制）〉が〈不問に付される〉という形で存在するところでは、じぶんの〈私〉生活は、なにものよりも重要で、すべてに優先するという徹底した個の尊重の考えに到達することができない。そういう〈私〉生活をじっさいにやってのけることもできない。また戦後憲法では〈天皇（制）〉が〈国家〉の本質をあいまいにしているという理由で、徹底した〈公〉生活優先にも逆行することができなくなっている。

そこで戦後になって〈大多数〉の感性は、戦争期と逆に〈天皇（制）〉の代替物として〈国家〉をかんがえはじめている。しかしこの〈国家〉というのは、かつての〈天皇制〉ほどの魅力（魔力）はもちえないようにみえる。しかし代替物であることにはかわりないため、〈国家〉がどんな愚物たちの政治委員会で占められていても、〈大多数〉の感性はこれを棄てることはできないでいる。

先日、テレビで総理大臣佐藤栄作が遠藤周作・三浦朱門と対談する場面が放映されていた。とりとめもない私的な漫談のあいだに遠藤が、いまもっとも関心をもっていることは何かと質問すると、佐藤はきわめて唐突に〈皇室を大切にしなければならないということだ〉とこたえていた。わたしは内心ですこし驚いた。もちろん、いまさら佐藤の反動性に驚いたわけではない。わたしは当然、佐藤がいま関心があるのは沖縄返還の問題だとか、大学紛争の問題だとか答えるとおもっていた。だが佐藤は皇室を大切にしなければならないというような場違いな答え方をしたのである。この場違いの答え方は、佐藤が政治権力として悪役を演じきるだけの度胸をもっていないことを象徴している。わが国の政治的支配者が一様にとってきた方法を、佐藤もまた採用しようとしている。わが国の政治的支配者は、もちろん、秀才ではあるだろうが小心な官僚にしかすぎない自己を、絶対化することも信ずることもできない。ひどい悪行政を施行するときも、独裁者まがいの暴圧をほしいままにするときも、かれらは依然として小心な秀才にしかすぎない。〈天皇（制）〉はいつも間接的な位相を政治にたいしてとりながら、しかも最高の〈威力〉として、いわばかれらの隠れ蓑の役割を演じてきた。かれらは、じぶんが平凡な政治官僚であるという貌をしながら、かなり大胆な暴圧をやってのけてきた。そして、いつもかれらは精神的な支えを〈天皇（制）〉そのものにもとめたのである。

現在の政治過程をながめてみると、〈天皇（制）〉は格別の役割を負っていないようにみえる。また、現在の政治権力が覆滅されたとき、〈天皇（制）〉もまた覆滅されることも確かである。しかし〈不問に付されている〉という存在の仕方は、天皇が国民統合の〈象徴〉であるとする戦後憲法の規定とともに不気味であるといえばいえるのである。このような状態に〈天皇（制）〉が置かれた時代は歴史的にみればそれほど珍らしくはない。むしろこのような状態で〈不問に付される〉という存在の仕方のほうが、歴史的な〈天皇（制）〉にとって常態であったといってもいいくらいである。そしてかえってそのため〈天皇（制）〉は不死鳥のように存続しつづけ、政治支配者たちは逆に〈天皇（制）〉を免罪符のあずけ場所としてきたのである。

このことは、わたしたちに〈国家〉の〈権力〉という概念を多面的に考察することを強いている。言葉遣いの問題だけでなくて、〈権力〉という概念は、政治的にだけではなく、宗教的な権威にも、風俗習慣の規定力にも、イデオロギーにたいしても適用させねばならないことを示唆している。そして最後には、ある一定の〈公〉的な位相をもった役割が〈世襲〉されるということのなかに、すでに〈権力〉の発生する基盤があるとかんがえるべきであることをおしえている。

律令制以前の古代においては、天皇位の相続は、はっきりと宗教的な権威の相続を意味した。けっして直かに政治的権力の相続を意味しなかった。政治的権力についたのは、天皇の肉親であり、もっと古くさかのぼれば、天皇位の相続はシャーマン的な女性の役割であり、その兄弟である男性が政治的な権力を相続したのである。

古代においては、もともと宗教的な権威は、じかに宗教的対象としての〈自然〉ともっとも近い距離で交感しうる位置として、現世を支配する政治的な権力よりも、上位にあるとみなされていた。そして〈自然〉にはたらきかけ交感することが宗教的な呪術というよりも、人間とはちがったものとの関係とみなされるようになったとき、宗教的な権威の優位性は解体された。そして宗教は神社にあつめられ、宗教のもつ規範的な側面は、政治的な規範力に転化されるようになった。

ところで、わたしたちは〈天皇（制）〉について当惑するような事実にぶつかる。

近代にいたるまで、〈天皇（制）〉は、あるばあいに直接に政治的な権力に接触する朝廷であったり、あるいは直接に政治的な権力とはかかわりのない王家であった。しかしこのいずれのばあいも、かれらは不可解な〈威力〉を保有してきた。各時代をつうじて政治的な権力を掌握した勢力は、権力の護符として、かならずこの王家を担ぎあげたのである。この担ぎあげかたは、文字通り名目的な利用としかいえないやり方から、或る種の畏怖によると考えたほうがいいような形態にいたるまで、さまざまでありえたが、この王家の担ぎあげ自体を方法としてとらなかった政治勢力は皆無であったといっても過言ではない。西欧的な〈王〉の概念では、〈王〉は人民により担ぎ上げられる存在であるとともに、ひき降される存在でもある。もし社会的に好事が続発すれば、それは〈王〉の存在がもつ〈威力〉の結果であるとされ、〈王〉はますます高みに担ぎあげられる。しかし、逆に凶事が続発すれば、それは〈王〉に神をなだめるだけの〈威力〉がないためであり、〈王〉の存在が不吉であるためであるとされて、殺害されてしまう。そしてこの殺害は〈王〉を犯罪者であるとか専制者であるとかいう理由からおこなわれるのではなく、〈王〉の殺害が万能神への宗教的な犠供とみなされるからである。だから〈王〉が高く祭りあげられるということと、簡単に余韻もなく殺害されるということのあいだには矛盾は存在しないといっていい。すくなくとも西欧的な〈王〉の概念のなかにはこのふたつの場合が前提として包括されている。このふたつを事前に容認しないかぎりは〈王〉であることはできないといった意味あいがある。ところで〈天皇（制）〉のばあいには〈王〉としての政治支配にたいして、やや斜めに担ぎあげられるかわりに、自然神への犠供として殺害されるという両価性をはじめからもっていなかったといっていい。〈天皇（制）〉において殺害の歴史がないわけではないが、そのばあいの殺害は勢力のせめぎあいの結果であり、神への犠供という意味あいは、象徴としてさえもふくまれていないといってよい。

なぜ、〈天皇（制）〉は、それ自体が政治権力を行使しえない位相にあった時期でも、一種の名目的な最高〈威力〉の代理物でありえたのだろうか？

実際的に云って、こういう疑問に本質的にこたえるのは容易ではない。戦後、わたしたちはこの問題を、絶対主義天皇制とか天皇制ファッシズムとか天皇制ボナパルチズムとかいう概念によって解こうとする考え方に慣らされてきた。しかしこの考え方のなかには何も検討すべき中味はなかったといっていい。このような規定にはなにかが欠けていて、わたしたちの実感の奥にとどかなかった。わたしたちのイメージは、こういう考え方によって破壊されもしなかったかわりに合致も感じないでおわった。

しかし、そうだからといって、かくべつに神秘性が〈天皇（制）〉のなかにあるわけがない。〈天皇（制）〉は、もっとも政治権力から遠ざけられていた時期でも、間接的に政治権力にある統御力を発揮していたことは確かである。一見すると政治権力によって軽んぜられ、ただ名目的に利用されていると考えられた時期でも、そしらぬ貌で統御力を行使していた。〈天皇（制）〉は、平和愛好的であり、また権道とは縁遠い存在であるといった抜け穴をいつも用意していた。それは政治権力が名目的に〈天皇（制）〉を利用しながら、かれらが権力を行使することは合法的であるという抜け穴を〈天皇（制）〉におしつけたことと対応している。そしてこれがもし事実ならば、じつに卑小な慈悲心に富んだ平和愛好者と、じつに卑小なおどおどした政治支配者とがもたれあって、とても考えられそうもない苛酷な圧政を、ときにやってのけたことになる。そして、あんな平和で善良な王家がそんな残忍な弾圧をやれるはずがないから、君側の奸の仕業のせいだとか、あんなおどおどした小官僚に、おおそれた圧政ができようはずがないとかいう責任者不在の事実がいつも歴史をあいまいにぼかしてきたのである。

わが王権の政治権力との、この不可解な関係の在り方は、どのようにして解明されるべきであろうか？　そしてわが王権はどんな根拠によって、このような最高の〈威力〉をもちえてきたのだろうか？

この問題については、不明な個所がおおく、どこまでも追及しようとすると、依然として闇に溶かされてゆく部分につきあたらざるを得ない。ただ、しだいにわかってきた根拠もけっして皆無というわけではない。

まず、きわめてはっきりしていることは、〈天皇（制）〉が本来的に世襲してきたものは、特殊な宗教的な祭儀だけだといっていいことである。そしてこの祭儀は天皇位を相続する祭儀にもっとも集約してあらわれるといってもよい。

天皇位を世襲するときの祭儀は大嘗祭とよばれている。この祭儀を構成している主要部分は、所定の宗教的な方位に設けられた神田からの穀物（稲）、および供物を、祭儀用の式殿中で即位する天皇が喰べ、式殿に敷かれた寝具にくるまって横たわることから成っている。この祭儀にはさまざまな解釈がなされているが、わたしのかんがえではその本質はつぎのいくつかの点に集約される。

一つはこれが農耕祭儀の模写という意味をもっていることである。神田から抜穂された穀物を食すという儀式は、穀物の豊饒をねがうという意味をもつとともに、穀物の生々する生命をわが身にふき込むという意味をもつ。そして重要なのは、このような農耕儀礼を天皇位の世襲の式に行うことによって、たとえ現実的に何人もそれを認めないとしても、天皇は自らの祭儀の内部では、農耕民の支配者であるという威儀を保持しつづけてきたということである。

もう一つの本質は、天皇が式殿の寝具にくるまって横たわるという行為が〈性〉的な祭儀行為であり、いわば象徴的に〈性〉行為の模倣を意味しているということである。この祭儀行為で天皇の〈性〉的な相手は、かれらが祖霊とかんがえているもの、またはその現世的な代理（巫女）である。農民ではこれは田神であるが、天皇では穀霊であるとともに宗教的な祖霊である。この宗教的な秘儀によって、天皇はいわば宗教的な権威を世襲することになる。

現在までのところ大和王権の出自が、地方の農耕土豪の一つであったか、到来した大陸の異族であったかどうかについて確定することができない。地方の農耕土豪の出身とかんがえることがひとつの極端とすれば、他の極端は、かれらが朝鮮を経由して渡来した大陸の騎馬民族であったという説であるといっていい。しかし、これについて結論をくだすことは現在の段階ではできない。ただかれらがわが列島における農耕社会の出現と時をおなじくして、政治的制覇をとげた勢力だということだけが唯一の確からしさである。

この出自がすこぶる不明な〈天皇（制）〉の勢力は、世襲的な祭儀の中枢のところで、あたかもじぶんたちが農耕社会の本来的な宗家であるかのような位相で土俗的な農耕祭儀を儀式化したのである。もともと〈天皇（制）〉の勢力が、わが列島に古くから土着している農耕族とかかわりのないものだとすれば、大嘗祭の祭儀において、かれらは農耕祭儀を収奪したということができる。またかれらが農耕をいとなむ地方的な土豪の出身だとすれば、かれらは農耕祭儀をきわめて抽象的なかたちで昇華させたといってよい。

異族関係と支配被支配関係とを縫目がわからないほど完璧に消滅させ、即位の祭儀として収奪した仕方はあまりに見事なもので、歴史的な各時代はほとんどこの縫目をみつけだすことができなかった。そしてこのことが祭儀の司掌自体に、最高の〈威力〉をあたえてきた唯一の理由であるとおもえる。

この問題の核心はつぎのような比喩によってもとめられる。

たとえば、わたしが〈生涯ニワタッテ国家社会ノ万人ノタメニ奉仕スベシ〉という家訓を代々継承していたとする。わたしはじっさいに生涯のある時期には〈国家社会ノ万人ノタメニ奉仕〉することがありうるかもしれない。また、その他の時期には事志と反して〈国家社会ノ万人ノタメニ奉仕〉することなどできず、じぶんとじぶんの家族のことをかんがえるのが手いっぱいであったとする。ところで、わたしはどんな時期であろうと、一日に一度は〈国家社会ノ万人ノタメ〉に祈禱しなければならないという宗教的な義務だけは負っていた。そして、じっさいに〈国家社会ノ万人ノタメニ奉仕〉できなかった時期にも、そのために祈禱するというしきたりだけは実行し、子の世代に世襲的に伝承した。ところで、わたしが生涯にわたってこういう祈禱だけは怠らず、これを子の世代に世襲するという情熱を持続したとすれば、この情熱の根拠はなんであろうか？

　すぐにかんがえられることは、じぶんは〈国家社会ノ万人ノタメ〉をかんがえる資格をもっているという人間的な自負をわたしが抱いている場合である。しかし、こういう人間的な自負は、〈国家社会ノ万人ノタメ〉に何ごとかを実行しうる現実的な基盤がどこかにあり、また一方で〈国家社会ノ万人〉のほうで、わたしのそういう資格を承認しているところがなければ、すくなくとも人間的には持続することが不可能であるし、ましてやそれを世襲して子に伝えるだけの情熱をもちうるはずがないのである。そこで、わたしは、もしもそういう現実的な基盤もなく、また〈国家社会ノ万人〉がわたしのそういう資格を承認しないとすれば、家訓を放棄するより仕方がない。だが、〈天皇（制）〉は持続や世襲が不可能とおもわれることを、時代によってはまったく現実的な基盤のないところでも実行してきたのである。そしてこの人間的にはまったく不可能としかいいようのない情熱が〈天皇（制）〉の威力をささえてきたといっていい。かれらの情熱と威力の根源はなにか？　その秘密のカギはなにか？　それは依然として解明に価するというべきである。

　じっさいに〈天皇（制）〉が農耕社会の政治的な支配権をもたない時期にも〈自分ハソノ主長ダカラ農耕民ノタメ、ソノ繁栄ヲ祈禱スル〉というしきたりを各時代を通じて世襲しえたとすれば、この世襲には〈幻想の根拠〉または〈無根拠の根拠〉が、あるひとつの〈威力〉となって付随することは了解できないことはない。いま、〈大多数〉の感性が〈ワレワレハオマエヲワレワレノ主長トシテ認メナイ〉というように否認したときにも、〈天皇（制）〉が〈ジブンハオマエタチノ主長ダカラ、オマエタチノタメニ祈禱スル〉と応えそれを世襲したとすれば、この〈天皇（制）〉の存在の仕方には無気味な〈威力〉が具備されることはうたがいない。

　わたしの考察では、これが各時代を通じて底流してきた〈天皇（制）〉の究極的な〈権威〉の本質である。

ところで、現実的になんの権力的な基盤もない時代でも、こういう〈権威〉を次の世代に世襲するまで持続してゆく〈天皇（制）〉の忍耐力をささえているのはなんであろうか？　かれら自身の異族意識からくる恐怖をじぶんで和げるためであろうか、天皇の特異な人格によるのであるのか、それとも強制された義務であるのか？　もちろん天皇なるものが、こういう馬鹿気た宗教的な秘儀をなんの根拠も支えもないところで生涯持続してゆくほど人間的に特異な人格ばかりであったということは考えにくい。また強制された義務であるということも、持続的な世襲のしきたりを守るためのさしておおきな根拠とはなりえないようにみえる。

すると〈天皇（制）〉は、かれらが社会的に何ものでもないということ、その生活過程に社会をもたないということ、観念上の〈非人間〉であるということによって、このような祭儀の世襲を可能にしてきたというべきであるのかもしれない。そしてこの観念上の〈非人間〉をとりまいている環境は、特異なしきたりからできあがっていて、世襲力を構成的にささえたとみられる。

〈天皇（制）〉の本質を宗教的な権威の世襲としてはじめて本格的に捉えたのは、近世にはいって本居宣長であったといっていい。そして宣長にこの把握の仕方をあたえたのは『古事記』神代の記述を言葉どおりに了解するという方法であった。もちろん宣長の把握は、現在からみれば、まったく出鱈目なものであったが、この出鱈目さは奇妙な経緯をたどって宣長に〈天皇（制）〉の本質の把握をゆるしたといっていい。

高天の原は、前に出て云る如く天を指て云ふ。さて此の大御神は、今も目前天津虚空に仰ぎ見奉れば、今如此事依し賜へる大命の随、常に天を所知看して、四海万国を御照し坐々すこと著明し。然るを世には、此大御神を、大和国或は近江国、或は豊前国に都坐しつなど云説の聞ゆるは、凡て皆いみしき邪説なり。まず此の邪説は、天照大神は、たゞ天皇の大祖に坐す故に、其徳を天つ日に配へて日の神と申すにこそあれ、実は天つ日を申すには非ずと思ひ、又天はたゞ気のみにて、形体なき物なるに、此の国土の如く、さま〴〵の事を云るは、きはめてあるまじき理なれば、高天の原と云るも、たゞ皇都のことにて、その事実はみな、此の国土にありし物ぞ、と意得るより起れり。

（『古事記伝』）

宣長は『古事記』の高天が原を治めるアマテラスを天に在る太陽と解釈した。そしてこのかんがえを太陽信仰のあつまるところとしたのである。原始的な信仰の過程からかんがえれば、太陽信仰はもっとも古く、これについで高所信仰があらわれ、つぎに森林信仰に転化ししだいに神社信仰にうつるというのが一般的な経緯であるといえる。宣長は高天が原を治めるアマテラスをもっとも原始的な宗教概念とむすびつけたのである。

宣長にこういう解釈を強いたのは「天照大神者可以治高天原云々、素戔嗚尊者可以治天下也」という『日本書紀』の記載であった。もしアマテラスが国家の政治的な最高統治者であるとすれば、このような記載はまったく矛盾であり、統治者は二人になってしまうか、またはスサノオの下でアマテラスが一国の国造になるとでも解釈しなければならなくなるというのが、宣長がアマテラスを天上界の太陽神と解釈した根拠であった。

宣長の解釈はもちろん間違いである。ただアマテラスの『古事記』のなかでの権威を、宗教的なものだとかんがえたことだけが、的を射ていたといっていい。

高天が原を治めるアマテラスと天の下を治めるスサノオという『記』・『紀』の記載は、共同体の最高の巫女が神の御託宣を聴取する宗教的な最高権威で、その肉親の兄弟がその御託宣にもとづいて政治的な権力を把握するという氏族的（あるいは前氏族的）な共同体の統治構成を語ろうとしている。その意味で『古事記』はアマテラスに種族の〈母〉の性格をあたえようとしているにすぎない。もちろん宣長の解釈はいちじるしい飛躍であった。

しかし、やがて天皇（おもに男帝ときに女帝）が宗教的権威を世襲し、その一族が政治的権力を行使するという初期の統一的な父系制国家の構成が脱神話の過程からうみだされていったとき、〈天皇（制）〉の歴史的時代を貫く本質的な性格は決定されていったといっていい。

ところで〈天皇（制）〉が統一的な国家の宗教的な権威を世襲するものとして確定された時期は、たかだか千数百年以前の時期としてしかかんがえることはできない。しかし、種族の最高の巫女が共同体の最高の宗教的権威であり、その肉親の兄弟が政治的な権力を行使するという政治形態は、わが国だけでも数千年をさかのぼることができる。この時代的な落差は、そのまま〈天皇（制）〉権力の出自不明な正体を象徴するといっていい。

わたしたちはかつて戦争期に、〈天皇（制）〉から、神話から、伝統の美学なるものからあざむかれ、敗戦によって一挙にほうりだされた体験をもった。しかし、このあざむかれかたには一定の根拠がなかったわけではない。

その根拠のひとつは、〈天皇（制）〉が共同祭儀の世襲、共同祭儀の司祭としての権威をつうじて、間接的に政治的国家を統御することを本質的な方法とし、けっして直接的に政治的国家の統御にのりださなかったこととの意味を巧くとらえることができなかったことである。

またべつの根拠は、〈天皇（制）〉の成立以前の政治的な統治形態が、歴史的に実在した時期があったことをみぬけなかったことである。わが列島の歴史時代は数千年をさかのぼることができるのに、〈天皇（制）〉の歴史は千数百年をさかのぼることはできない。この数千年の空白の時代を掘りおこすことのなかに〈天皇（制）〉の宗教的支配の歴史を相対化すべきカギはかくされているといっていい。

この空白の時代を掘りおこすために、さしあたって必要な前提は三つかんがえられる。ひとつは、現在も宮廷の内部でおこなわれている祭儀が徹底的に公開されることである。もうひとつは、天皇陵と称せられているものの徹底的な発掘と調査を実施することである。さらにもうひとつは、わが南島〈琉球・沖縄〉における歴史学的・民俗学的・考古学的な研究と調査を徹底的に推進することである。とくにこれが南島出自の研究者によって行われることである。本来的にいえば、わが南島が本土と合体する必須の条件は、住民自身によって〈天皇〈制〉〉以後の本土中心の歴史を、相対化すべき根拠をみずから発掘することであるといえる。この手土産なしの合体は、ただかれらの不幸をもたらすにすぎないといえる。

宣長以後の『古事記』、『書紀』絶対化の方法と美意識のなかにあるものは、必然的に〈天皇〈制〉〉以前の〈国家〉の態様を抹殺するにひとしかった。さまざまな研究者や文学者たちは〈天皇〈制〉〉のもつ世襲的な最高祭儀執行者としての不可解な〈権威〉の本体を解明しようとこころみてきた。しかしゆきつく果ては宣長のとった方法であるか、または、この問題をモダニズムによってたんなる王制権力一般の問題にすりかえて回避する道であった。もしも、わたしたちが、わが列島における〈国家〉の発生と、〈天皇〈制〉〉支配の歴史とのあいだにある数千年の空白を、理論的に埋める方法をもっていたとすれば、戦争期に〈お国のために〉を直かに〈天皇〈制〉のために〉に収斂するようなことはなかったにちがいない。また、わたしたちが〈日本人〉的な感性というとき、歴史的な〈天皇〈制〉〉支配以後に大陸文化の模倣下に成立した花鳥風月の美意識と直かにむすびつけることもありえなかったにちがいない。この意味では、わたしたちは宣長以後の方法にあざむかれてきたということができよう。そして、川端康成がそうであるように、また三島由紀夫がそうであるように、わたしたちはいまも宣長以後の方法にあざむかれつづけているといっても過言ではない。

川端康成はノーベル文学賞の受賞記念講演のなかでつぎのようにのべている。

そのボッティチェリの研究が世界に知られ、古今東西の美術に博識の矢代幸雄博士も「日本美術の特質」の一つを「雪月花の時、最も友を思ふ。」といふ詩語に約《つづ》められるとしてゐます。雪の美しいのを見るにつけ、月の美しいのを見るにつけ、つまり四季折り折りの美に、自分が触れ目覚める時、美にめぐりあふ幸ひを得た時には、親しい友が切《せつ》に思はれ、このよろこびを共にしたいと願ふ、つまり、美の感動が人なつかしい思ひやりを強く誘ひ出すのです。この「友」は、広く「人間」ともとれませう。また「雪、月、花」といふ四季の移りの折り折りの美を現はす言葉は、日本においては山川草木、森羅万象、自然のすべて、そして人間感情をも含めての、美を現はす言葉とするのが伝統なのであります。

もうひとつ最近の三島由紀夫の同質の発言をしめすことができる。

全共闘　ぼくは三島氏の作品なんておもしろいと思って読んだことないけれど。たとえば、天皇のことについて少し聞きたいのですけれども、さっきあなたはぼくに、抱きたい女がいたら抱くだろうと答えたけれども、もし、天皇その人が皇后以外の女を見染めて、抱きたいと思ったら、彼はどうすべきか。ところがもし抱きたいと思っても、今のような天皇の在り方じゃ、おそらく制約されて、抱けないんじゃないか。そうすると、人間天皇というのはまことにかわいそうな存在である。もしぼくが天皇を――太陽という表現をするのですが――とにかく何かすばらしいものだと見ようとしても、そこには欲求不満なみじめな肉体しか見出せないということになるわけですよ。そういう天皇の存在について、あなたはどう思う。

三島　実はね、この天皇の問題、少し長くなりますよ。いいですか。私はいまの陛下についても、ほんとうは後宮をお持ちになったほうがいいと思っている。（笑）それで、大体私の天皇観というのはいわゆる右翼の儒教的天皇観と全然違うのですよ。古事記をよく読まれるとわかると思うのですが、古事記の下巻が仁徳天皇から始まっている。これは何を意味するかというと、仁徳天皇から儒教的天皇像というものが、確立されちゃったわけです。そして「民のかまどはにぎわいにけり」というような感じの天皇像が確立しちゃった。それがずっと教育勅語まで糸をひいているわけですな。私は教育勅語における徳目を一番とにかく裏切っているのは古事記における天皇だと思うのですよ。「父母に孝に兄弟に友に」と書いてあるけれども、古事記の天皇というのは兄弟が平気で殺し合うし、父母をちっとも尊敬してない。それから不道徳のかぎりを尽されている天皇もあるわけだ。ところが古事記では一番私のみるところで重要なのは中間にある日本武尊の神話だと思っている。古事記の中であの日本武尊だけが皇太子であるにかかわらず天皇と同じ敬称で呼ばれている。これは天皇自身も自分の皇子《みこ》のことを人神だと呼んでおられる。これはどういうことを意味するかといいますと、日本武尊のお父さんの景行天皇がある時に田舎へ行かれて、非常な美女を見染められた。これを宮廷へつれてこようと思って日本武尊のお兄さんにあの女をつれて参れとこうおっしゃった。ところがお兄さんが途中でその女をやっちゃって自分のメカケにし、隠れちゃった。そして天皇のところへは別の女をつれて行ってこれでございますと言ったので、景行天皇はムッとされたけれども何も言われないでそのままに放置され、その女には冷たくされた。そして弟の小碓《おうすの》命《みこと》すなわち日本武尊はかねがね兄さんのやり方はひどいものだと思っていた。ある時朝ごはんにお兄さんの大碓命《おおうすのみこと》が出てこないので、天皇が、「どうして朝ごはんに出てこないのか、おまえ行って見てこい」と日本武尊に言うのですね。そうすると日本武尊がはばかりに入っている兄さんをいきなりとっつかまえて八つざきにして殺してしまう、こういうような話が出てきて、天皇はこれについて非常におそれおののいて日本武尊をよその土地へ征伐に出してしまう。非常に危険な征服の戦争です。そうするとやっと戦功をたてて帰ってくるとまたあぶないところに出してしまう。それで、日本武尊が伊勢神宮に行って叔母さんの倭比売に天皇は私に死ねとおっしゃるのじゃなかろうかと言って泣いて嘆くところが出てきます。これを私は古事記の中で非常に重要な箇処だと思うのは、あそこでいわゆる統治的天皇と神としての天皇とが分れてしまったのだ。神人分離ということがあそこで起ったのじゃないかと思われる。私の言う天皇というのはその統治的な人間天皇のことを言っているのじゃないのだ。人間天皇というのは統治的天皇ですから儒教的原理にしばられて、それこそ明治維新以後あるいはキリスト教にもしばられたでしょう。一夫一婦制を守られて国民の道徳の規範となっておられる。これは非常に人間として不自然だ。私は陛下が万葉集時代の陛下のような自由なフリー・セックスの陛下であってほしいと思っている。それが私の天皇像で、それがそのまま生かされるかどうかわかりませんが、私が人間天皇という時には統治的天皇、権力形態としての天皇を意味しているわけです。だから私は天皇というものに昔の神ながらの天皇というものの一つの流れをもう一度再現したいと思っているわけです。

わが国の現代作家が、いっぽうは日本人の美的感性の伝統をどのようなものとかんがえているか、もういっぽうは〈天皇(制)〉についてどうかんがえているか、がよくあらわれている。もちろん、ここにみられる美意識や〈天皇(制)〉観が、現代作家のすべてを代表するものではない。むろん数からすれば、こういう主題自体を拒否するとともに、現代の欧米の作家たちの方法についてはそれほど拒否的でないという作家のほうが多数を占めているといっていい。ただこれらの多数は、いずれにせよ文学の究極的な支柱の探索を、はじめから放棄しているという意味では、川端・三島のような安定感から見離されているといってよい。

そしてここで問題なのは、川端康成が、日本人の美感としてさしだしている「雪月花の時、最も友を思ふ」という〈自然〉を〈魔〉とみなすかんがえかたや、三島由紀夫が、司祭(集団)としての〈天皇(制)〉に、究極的な文化の価値を収斂させているかんがえ方が、はたしてかれらのいうように〈日本人的〉なものであるかどうかということである。

さきにのべたように、この種の〈日本人的〉と称せられる美的感性や〈天皇（制）〉観を、はじめて打ちだしたのは、本居宣長である。そして宣長の方法は、最古の古典『記』・『紀』を、そのままそのとおりにうけいれて読むということであった。このことは、いうまでもなく、大和王朝の支配者たちによって実現された政治的体制と、そのもとで大陸の仏教と儒教の影響下に展開された美的感性を、そのまま〈日本人的〉なものとしてよみとるということを意味している。もちろん、宣長のとった方法にようて有効に開拓されていった新しい側面はたしかにあった。そのひとつは、儒・仏的な倫理感を至上のものとみなす文化的秩序が〈神話〉の本質的な働きによって解体されるということである。〈神話〉は架空であるという度合におうじて、神話的な奔逸性を獲取する。この奔逸性は無条件的ではないが、種族の共同観念に抵触しないかぎりでは、倫理的にも存在的にも恣意的に世界を撰択することができる。登場人物はおおらかであり、同時に無作為である。〈これこれのことをしてはまずい〉とか〈これこれのことをかんがえてはまずい〉とか〈これこれのことは事実と反する〉とかいう意味での内省は、はじめから〈神話〉には存在しないといっていい。

宣長のとった方法は、本質的にいえば〈神話的世界〉でだけかんがえられているものを、じつは歴史的時代の記述にまで無作為のまま拡大してしまったといいうる。いったん『記』・『紀』にあらわれた大和王権の宗教的な政治的な〈威力〉を、自然にあたえられた先験的な権力とみなして必然化すれば、そのもとでの歴史的な美的感性もまた自然とおなじように必然的なものとみなされてしまう。

『古事記』の記述だけから判断しても、〈神話的世界〉としてわたしたちが遡行できる時間は、数千年以上であるといっていい（例えば「独神《ひとりかみ》」という概念がそうである）。また、政治的な権力の構造としてかんがえても数千年前までさかのぼることができる（例えば、姉アマテラスが天上を支配し、弟スサノオが地上の農耕部民を支配するという形態は氏族的または前氏族的段階である）。しかし、歴史的な

〈天皇（制）〉の起源は、千数百年以上にさかのぼることができない。宣長は〈神話的世界〉を成り立たせている方法を、じつは千数百年以上にはさかのぼることのできない歴史的な〈天皇（制）〉の各時代にあてはめてしまったのである。

本来的にいえば、川端康成や三島由紀夫がとっている〈日本人〉的な美意識や感性、あるいは〈天皇（制）〉の究極的な価値という概念は無意味にちかいといっていい。『古事記』だけに拠ったとしても、〈日本人〉的という概念は、〈天皇（制）〉の歴史とは無関係な時代までさかのぼることができる。また、朝鮮経由の大陸からの仏教や儒教によって、無常感と混合された美意識や感性は、〈日本人〉的とは無関係であるといっていい。だいいち〈天皇（制）〉勢力が〈日本人〉的な種族であるかどうかも疑わしいというほかはない。すくなくとも現在の古典研究の水準だけからいっても、わたしたちは〈日本人〉的という概念を、歴史的な〈天皇（制）〉以前にさかのぼって成立させることができる。それは、川端康成や三島由紀夫によってとらえられている美的な感性とは似ても似つかないものといえよう。そしてこの段階は南島をはじめわが列島の各地にちらばっている土俗的な宗教と文化にその実体をもとめることができる。

ところで、歴史的にいって、大和王権の成立以後をもって、〈天皇（制）〉に自然的な権力、いわばうまれる以前からの宗教的権威をみとめることは不可能である。中世以前における歴史的な時代において〈天皇（制）〉がとった権力の最上層の構造は、つぎのようないくつかの形態にわけて要約することができる。

（1）天皇に宗教的な世襲権力があり、その兄弟に政治的な統括権がある。
（2）皇太子に現実的な政治的権限があり、天皇は宗教的な世襲威力をもつ形態。
（3）太上天皇（父の世代）に政治的な権力があり、天皇は宗教的な世襲威力をもっている形態。
（4）上皇に政治的な統括権があり、天皇に宗教的な世襲権威があるという形態。

（５）天皇に宗教的（あるいは政治的）な統括権があり、有力な、おおくは外戚関係にある氏族が政治的権力を掌握する形態。

このように要約してしまうと、当然に単純化がおこる。そこでこういう総括の仕方が成立つためには、すくなくとも二つの前提が必要である。そのひとつは、ここでいう〈皇太子〉と〈天皇〉の関係、〈太上天皇〉と〈天皇〉の関係等々は、かならずしも直系の〈父〉と〈子〉の血族関係とはかぎらないということである。べつの云い方をすれば、等親のもっとも近い〈父〉と〈子〉が、太上天皇と天皇、あるいは天皇と皇太子の関係にたつとはかぎっていないということである。もう一つの前提は、ここで天皇が宗教的な世襲威力をもつというばあいでも、〈神話〉時代のように絶対的な優位をもった宗教的な権威を意味していないため、大なり小なりこのなかには、現実的な政治的権力の行使という役割がふくまれていることである。いいかえれば、それほど純粋な司祭的権力の意味をもっていないということである。そのため〈天皇〉は、あるばあい名目的な権威者というだけで、現実の政治権力は、弟や皇太子や太上天皇や上皇にすべて集中していることもあれば、あるばあいには、現実の政治権力の掌握をめぐって、天皇と皇太子のあいだ、天皇と太上天皇のあいだ、天皇と有力氏族のあいだに抗争が生じるばあいもあった。

これにたいして『古事記』に記載された〈神話〉時代の支配者がとった権力の形態はつぎのように要約される。

（１）〈神話〉がそれ以上の時間をさかのぼることは無意味であると〈神話〉自体によって考えられている時代。したがって、権力の構成をかんがえることも無意味であると見做される時代。（〈独神《ひとりかみ》〉の概念で記述されている神話時代である。）

（２）支配者の姉妹が呪術的宗教的な権威を掌握し、その兄弟が政治的権力を掌握するという形態。（〈アマテラス〉と〈スサノオ〉の関係に象徴的に記述されている。）

この（２）の氏族的（あるいは前氏族的）な共同体の権力の形態は，わが国の〈神話〉が、さかのぼりうるし、またさかのぼることに、意味があるとかんがえられるもっとも古い現世的な権力形態である。そして、さまざまな遺制が存在することから、歴史的な〈天皇（制）〉以前に、実際に存在したといえるもっとも古い時代の権力形態であるということができる。

ところで、この〈神話〉時代の権力の形態と、歴史時代の〈天皇（制）〉の権力の諸形態のあいだにある過渡的な空白の時代をどのように規定すればよいのかという問題がとうぜん生じてくる。これは征服王朝説（「騎馬民族説」）を採用すると単純にのりこえることができる。つまり、〈神話〉時代の支配者と歴史的な天皇（制）の時代とは、まったく別個の勢力によって形成されたものであり、〈神話〉はこのふたつを接木したものとみなすのである。その勢力が大陸から渡来したとかんがえるにせよ、古い時代から存在していた勢力とかんがえるにしろ、〈神話〉時代の母系的な農耕勢力にたいして、父系的な狩猟・魚獲勢力が歴史的時代を征服したとかんがえるのである。

この考え方は魅力的ではあるが、かくべつに必然化するだけの根拠をもっているわけではない。

その理由はいくつかある。

ひとつは、〈神話〉時代の権力の形態と、歴史的な〈天皇（制）〉の権力の形態は、見かけほど異ったものではないといえることである。ただ母系的とかんがえられる観念が、父系的とかんがえられる観念に転化したことを前提とすれば、ほとんど区別をつけることはできないほどである。いま、宗教的な権威の世襲が男性によっておこなわれたとすれば、その弟や、世襲上の〈子〉である皇太子や、世襲上の〈父〉である太上天皇や上皇に、政治的な権力が掌握されるという形態は、とうぜん〈呪術〉的な遺制を本質とするとかんがえたほうがかんがえやすい面をもつことになる。また、これらの権力を分担する天皇と弟、天皇と皇太子、天皇と太上天皇、天皇と有力氏族といった権力の分担形態は、そのあいだに血族的に直系にちかい血縁関係がないものとかんがえられるから、権力収奪をめぐる抗争をふせぐための、折衷した形態としてきわめて好都合とみなすことができる。

もうひとつは、姉妹と兄弟によって宗教的な権力と政治的な権力とを分担する形態が、父系支配の形態に転化する過渡的な構造をしめす挿話が『古事記』に存在していることである。この挿話は崇神朝につぐ垂仁朝の頃にあらわれる。垂仁天皇の后サホ姫は、兄のサホ彦から、天皇を殺して、おまえとおれとで天下を統治しようと誘われる。いうまでもなくこのことは、兄弟と姉妹による氏族的（前氏族的）な統治形態をとろうという意味をもっている。サホ姫は小刀で天皇を刺し殺そうとするが、愛しさに耐えずに刺すことができない。天皇はサホ彦の企てを見破って兵を起こすが、サホ姫も兄の陣に入り、じぶんの胎内の天皇の子だけを天皇の手のものにわたし、じぶんは兄と一緒に亡ぼされて死ぬ。この挿話が象徴するものは、政治的な権力の形態の問題である。ここには支配の権力がどんな統治形態を、もっとも強い紐帯とかんがえていたかについて、過渡的な動揺があったことが、サホ姫の行為に象徴的にあらわされている。母系制と父系制との交代の過程を、象徴している。

母系制から父系制へ転化する契機は、定着農耕の拡大にともなう生産力の増大、生産技術の発展、農耕意識の積極化という点にもとめてよいようにおもわれる。もともと穀類の種子を住居の周辺に播き、自生の食用植物を住居の周辺にかきあつめて栽培するという消極農耕の段階では、たまたま海辺に集ってくる魚類を待ちかまえて捕獲するという段階とおなじように、その仕事自体がさほどの重要性をもつとはかんがえられていなかった。またこの段階では、食用の植物や動物を獲得できるかどうかは、〈自然〉の意志の如何にあるとみなされる。いいかえれば〈食料〉そのものが自然宗教の観念に支配されているといってよい。この段階で男子は魚獲や狩猟や食用植物の獲得に遠くまで出かけていったか、あまり働くこともなくて、武器や道具をみがいて、その日その日を無為に過していたかもしれない。ただ、〈遠隔〉へ出かけること自体が、また武器や道具をみがくというような、家族または集落の〈外へ眼をむける〉こと自体が、いわば父系的な〈労働〉を意味していたので、じっさいにそれがどんな収獲をもたらしたかとか、どんな収獲をもたらさなかったか、ということは、なんら〈労働〉の与件ではなかった。ただ、かれらのあいだでは自然宗教の〈外へ〉と志向すること自体が、有意味的なものとみなされていた。

しかし定着農耕の発達は、技術的な注意が収穫を増大させることをおしえ、〈外へ眼をむける〉志向性は、耕作地に固定された農耕〈技術〉への志向に転化された。耕作、灌漑水、天候、農具などの条件をみがくことが、武器や道具をみがくこととおなじ意味をもつようになったとき、父系制への転化のきざしがみえはじめたといっていい。これは魚獲や狩猟についてもおなじ問題を提起した。なぜならば、このような役割は男性のものだとみなされやすかったからである。

父系制への転化は、男性が女性にくらべて体力があったとか、活動的であったとか、能力があったとか、また、女性には男性にない授乳とか育児とかいう仕事があったとかいう理由に帰せられるとはかんがえられない。ただ子を〈産む〉ということにたいして、男性が間接的であることが、一般的に男性にすべての〈産む〉という行為に意識的であり覚醒的であらざるをえなくしたため、技術的な志向がもちやすい位相にあったというにすぎない。

もうひとつの父系制への転化の契機は、女性の現実的な処理能力の増大である。いうまでもなく、母系制の成立するおおきな根拠は、大なり小なり不定婚であるため、系列が女性によってしかたどることができないということではない。母系制が成立するためには、女性の生殖的な機能が、集落にとって自然宗教によって尊化されており、しかも女性自身によって現実的な能力よりも宗教的な能力のほうが重要な役割であることが信じられていなければならない。だから、農耕的な技術の発展がしだいに女性自身にとっても、宗教的な能力よりも現実的な能力のほうが重要だとみなされるようになり、それに適合するように行為されるようになるにつれて、母系制の支配は崩れはじめたといってよい。母系的な支配が集落的に是認されるためには、母性的な特質が集落の共同観念に一致しなければならないが、このような観念的な一致が成立するためには、母性自体が社会的な技術について無関心であり、個人的な技術だけに観念が限定されることが、集落全体によって公知でなければならない。このばあいには母系支配そのものが安全であることが無意識のうちに前提されているのである。母性がすこしでも宗教的な能力より現実の集落社会のなかで現実的な能力を身につけはじめたときには、どんなに逆説的にきこえようと、母系支配は崩壊のきざしをみせはじめたのである。

父系支配が成立した社会では、共同体の宗教意識はひどく低下する。そこでは、もう共同体の宗教は、あたかも隠居部屋や穀倉をどこか一個所にあつめて作り、そこに安置すればよいとかんがえるように、集落のどこかに宗殿をたて、そこに安置すればよいとかんがえられるようになる。そして、宗殿ごとに、住人（神）を系列化すればよい。

このようにして、歴史的な〈天皇（制）〉は、父系制支配の起源にまずあらわれたのである。そこでは、支配の形態はさまざまな形でありえた。はじめには、血族関係による共同支配、あるいは、擬制的な血族関係による共同支配（天皇とその兄弟、天皇と太上天皇、天皇と上皇）が歴史的にあらわれ、のちに天皇と政治支配者（天皇と武士勢力、天皇と藩幕、天皇と内閣政治委員会）による名目的な共同支配というように変遷があったが、ここでも〈天皇（制）〉のもつ呪的宗教的な権威は、形をかえながら存続してきた。

この各時代の支配形態の変遷をつうじて〈天皇（制）〉に固有にあらわれたことは、政治的権力にたいする遠近法とその遠近法の如何にともなう媒介権に、さまざまな質的変化があったという点であった。しかしつねに宗教的（不可視的）な威力の源泉でありえたというのは、〈天皇（制）〉にとって唯一の不変項であった。

すでにのべたように、この宗教的威力の世襲が可能であった理由は、〈天皇（制）〉が政治的な直接支配からつねに一定の遠近法をたもって存在したことと、宗教的な儀式自体のなかで、共同体の宗教的な観念の総和を、わがものとしてたもちつづけたという点にもとめられる。これを作為的なものとかんがえれば、〈天皇（制）〉支配の機密をこのような巧妙な仕方で存続させてきたことに驚くほかはない。しかし、これを無作為なものとかんがえれば、各時代の政治的な支配者たちが、もっとも本質的な政治支配の秘鍵を〈天皇（制）〉に名目化して負荷させることにより、名分の当否とか善悪とかの責任を問われることなく支配権を行使するのに好都合であったとかんがえればよい。〈天皇（制）〉のこの宗教的な威力を制度的に保証したのは、祭儀の構造に所定の序列と秩序を確立することであった。

藤田嗣雄の『天皇の起源』は、この問題についてつぎのようにのべている。

新嘗祭は年々、大嘗祭は即位式の後に、天皇が親祭する祭儀であった。天皇の親祭の中で最も重要なものであった。ポツダム宣言が天皇によって無条件に受諾され、その神格が否定されている今日においても、神格取得のための祭儀（新嘗祭）が、日本国憲法第二〇条（信教の自由の保障）が天皇に対して「完全」に適用あるものとして、「内祭」として年々行われている。

これらの祭儀は、もともとかの地母神の礼拝にまで還元することができ、古代から近東諸国において年々行われていた、一種の「劇祭儀」（ritual drama）または「劇礼拝」（Drama kult）の影響の下において受容されるに至ったものであろう。すでに述べられたように高天原においても、天石窟の変において現出せしめられている。

この祭儀の純粋類型に関しては、すでに述べられている。だがここで繰返していうならば、この種の祭儀は、早期石器時代（palaeolithic）から銅器時代への過程において、日々生ずるでき事および心配事の現象として、食物の供給と生死の神秘に関連して現出せしめられた。この種の礼拝とその神話は、環境に応じ、それぞれ独立する特徴を有してはいるが、共通の劇演出とその基礎をなす本体を有している。

この祭儀は年々一定の時期に君主が主要な役割を演じつつ行われた。この祭儀には次の構成要素を有する。㈠神の死と生の劇的演出、㈡創造説話の吟誦的または象徴的な演出、㈢祭儀戦、神が敵に対する勝利が描写される、㈣神婚、㈤凱旋行進、であって、天石窟の変に際しては、これらの要素が多分に現出せしめられている。だが後の新嘗祭においては、これらの要素が多分に農耕儀礼的に変容された。そして新嘗祭（大嘗祭も含む）に関しては、秘儀とされ、今日においても、その一端が僅かしか公表されていない。

わが環境の下で、この祭儀は水田地帯における「稲米儀礼」として行われた。新穀には霊力が内在し、礼典によって喰べられ、神または強力な精霊との「共餐」によって、君主が神化するとなされていた。

（中略）

天皇がヤマトにおいて、支配権を樹立するにあたって、その支配権を正当化し、持続安定させるために原住共同体がともどもにあった神々とともに、天皇支配に同意し、天皇はそれを尊重したことが、後の神祇行政の出発点をなしている。このような起源から、天皇は常にその祖神として形成された天照大神を除き、すべての神々の上位にあるものとなされた。天皇もまた現御神であったことも忘れてはならない。

神武天皇以来中臣氏が祝詞と太占、忌部氏が神饌と幣帛を管掌したと伝えられている。やがてそれが神祇令によって制度化され、「中臣氏宜祝詞、忌部氏班幣帛」となっている。

新年、新嘗（大嘗）月次の祭祀には朝廷から神祇に対して幣帛が供された。この幣帛も延喜式において詳細に規定された。

奈良朝時代になってから、上代の天社と国社を更に分類し、「社格」が定められるに至った。更に延喜式においては、皇親の神を「大社」とし、励請の神、臣下の神、諸々の神を祀る神社を「小社」とした。大社に対しては「官幣」、小社に対しては「国幣」が供せられた。

延喜式によると、官社二一三二座二八六一所、神祇官祭神（官幣）七三七座五七三所、国司祭神（国幣）一三九五座二一八八所となっており、かつての始源的支配権を有していた共同体の、天皇支配権に対する「抵抗権」がいかに強固に存在していたかが、ここからも知られるであろう。

〈天皇（制）〉支配がもっている祭儀の主掌者としての秘密、そしてその祭儀的な支配が、ほんらいはなんら統一国家的な規模も意味ももたないし、宗教的な感性ですらも、統一的な意味をもたないにもかかわらず、そのような意味づけをつくりあげるために行われた神社格差のとりきめという異教支配の裂け目がたどられている。そして、〈天津神〉と〈国津神〉との別だけは固執されていることがわかる。

さきにものべたように、本来的にいって、〈天皇（制）〉的というとき、ただちに〈日本人的〉ということを意味していない。また「雪、月、花」というとき日本人的な美意識や感性を意味していないのと同様である。わたしたちはこの〈日本人〉的という概念にきわめて複雑であるが、たしかに存在する縫目をみつけだすことができる。そしてこの裂け目をかくすためにきわめて単純な線ではじめに二分線をつくったのは初期の〈天皇（制）〉勢力であった。かれらは、はじめは作為的にのちには不作為的にふたつの原則的な態度をくずさなかった。

ひとつは、あるひとつの共同体を主掌する〈権威〉が存続するためには、その〈権威〉を世襲するものは、〈権威〉のよってきたる当体であるものに直接に関わってはならないということである。

もうひとつは現象的にはこれと逆なようにみえるが、ひとつの〈権威〉が存続するためには、その〈権威〉を世襲するものは、その〈権威〉のよってきたる当体であるものを、つねに、差別的に、つねに部分的にのみ、掌握しなければならないということである。

このことは、藤田嗣雄の著書がいうように興味ある問題を提供する。いったい〈天皇（制）〉なるものと諸国の神社にたむろしている〈神々〉とはいずれが優位であったのか？

これは初期〈天皇（制）〉にとって滑稽でまた厳粛な問いであった。かれらは〈神々〉を祭る最高司祭であるとともに、神格を世襲したもの自体でもある。しかも自身ではただ祭儀の規範を世襲しているという自覚しかもちえず、とうていじぶんを神格とみなすことはできなかった。そして自身が神の御託宣を直接にきく能力をもっていないかぎり、〈神々〉のために神殿をべつにつくって自分から遠ざけるほかはなかったのである。そこで〈天皇（制）〉は、部族の祖神の直系としては、最高の神人でありながら、神社に遠ざけた〈神々〉にたいしては、及びがたい距離から礼拝をしめさなければならなくなった。「このような起源から、天皇は常にその祖神として形成された天照大神を除き、すべての神々の上位にあるものとなされた。」（藤田、前掲書）のである。

3

敗戦後（昭和二十一年一月一日）、天皇はいわゆる〈人間宣言〉を発している。そのなかの一節に、

然れども朕は爾等国民と共に在り、常に利害を同じうし休戚を分たんと欲す。朕と爾等国民との間の紐帯は、終始相互の信頼と敬愛とに依り結ばれ、単なる神話と伝説とに依りて生ぜるものに非ず。天皇を以て現御神とし、且日本国民を以て他の民族に優越せる民族にして、延て世界を支配すべき運命を有すとの架空なる観念に基くものにも非ず。

当時のわたしの実感では、この〈天皇（制）〉の〈人間宣言〉は無意味なものとうけとられた。すでに敗戦時に〈絶対感情〉としての天皇（制）像は、わたしの内部で崩壊していたからである。そうであるかぎり、天皇の人間性がどうであるか、また人格がどうであるかは、〈絶対感情〉の対象としてのわたしの天皇（制）とはもともと無関係であったため、「朕と爾等国民との間の紐帯は、終始相互の信頼と敬愛とに依り結ばれ」というのも無意味でなければならない。そこで、わたしの思想体験は天皇（制）への〈不信〉から〈無化〉への道をたどることになった。天皇（制）への〈不信〉というのは、戦後のわたしにとって割合に容易な感性であった。そしてこの感性は講座派や労農派の〈マルクス主義〉でも簡単に理論的に裏付けることができたといってよい。しかし、これらの方法では、どうしても天皇（制）を無化することはできないようにおもわれた。比喩的にいえば、わたしの感性的な体験の深部をさらうことができなかったのである。迷蒙性は啓蒙性によってとり払うことができる。しかし、たんなる迷蒙以上のものとして天皇（制）がわたしを捉えた部分を残しているとすれば、この部分を無化するためには、発見と探究が必要である。わたしがここでいささかの自己発見と探究を提出しえているかどうかはしらない。ただわたし自身は今後、天皇（制）を無化する方法の見透しについて、わりあいに自信をもっているような気がしている。

不特定の〈大多数〉の大衆が、感性からはいって政治的に天皇（制）の支持にのめりこんでいった契機は、日常の生活のくりかえしのなかで当面する人間関係や自然にたいする感性が、生産の場合でも衣食住について出遭う感じ方においても、天皇（制）にたいする距離や遠近の在りかたと、かれらの内部で似ているということであった。川端康成では自然にたいする感性や距離のとりかたが、天皇（制）にたいする感性や遠近感と似ていることを意味しており、三島由紀夫のばあいには、文学をつうじて文化一般にたいする感性や距離感が、天皇（制）にたいする感性や距離感とかれらの内部で似ているのである。

たとえば日常生活のなかで、関係がうまれてくる他の人間にたいして「信頼と敬愛」をもたなければ円滑にいかないとかんがえたとすれば、この「信頼と敬愛」の中身が、ちょうど天皇（制）にたいする「信頼と敬愛」の中身と位相的におなじなのである。また、自然や文学についてかんがえている本質と、天皇（制）についてかんがえている本質とは中身が似ているのである。

この位相的な同一性が、日本人的であるということと、天皇（制）にたいする感性とを同一のものとみなすという最初の錯覚をみちびきだしたということができる。そして最初の誤解と最初の誤解を脱する方法は、この微かな感性的徴候からはじまるといっていい。

山崎和枝さんのこと

　山崎和枝さんに最初にお目にかかったのは、知人の結婚式の席上であった。わたしは新夫である知人の傍に、新婦として並んでいる山崎さんを、離れた招待席から眺めていた。わたしは結婚式というのをしたことはないし、他者から祝福された覚えもないので、その光景はある意味ではうらやましい限りとおもえた。しかし、じぶんが結婚式をしてみたいという発想はもともとなかったし、そのときもおれだって他者や親族に祝福されて結婚式というのをやってみたかったなあとはおもわなかった。やはり、すこし遠くの招待席からその光景を眺めているのが、じぶんにふさわしいとおもっていたのである。

　わたしは、文芸についても、社会についても、政治についても、もし意志すればどんな批判や論難にたいしても反撃できるという自負をもっている。だが、男女のあいだの問題については、どんな批判や論難にたいしても、黙って頭を垂れているよりほかのことはできそうもない。だから、他者の演ずる男女間の行為について、批判がましいことを云うという発想は皆無であり、またその資格をもってもいない。ようするに、こと男女のことに関するかぎり、人間は心的にも生理的にもどんな愚行でも演じうるものだとおもっている。また、わたしの演じてきたことのうちでもっとも愚行であり、もっとも迷惑を他者におよぼし、もっとも人間的に駄目な場面をさらけだしたのは男女の問題であった。

　わたしは、恋愛はチャンスではなく意志であるという太宰治の小説のなかの言葉がすきである。それとともに、もし好きな女性が望むならやはり無一物になるまで与えるべきだという古風なかんがえを抱いている。

山崎さんの結婚生活が困難になった時期のこと、或る日、電話口の向うにいる山崎さんにただ一度非難がましいことを云ったことがあった。〈貴女はもし、男女間のことに関して、他者に〈第三者に〉なにかを依頼しようとおもうならば、一切を貴下にゆだね、その結果がどんなに不都合であろうと貴下のもたらした結論にしたがうという態度をとるべきではないか。そうでなければ、もともとはたからはうかがいしれない部分をふくむ男女間のことに、一人前の男が介入することはできないでしょう〉という意味のことを電話口のこちら側で喋言った。電話口の向うにいる山崎さんは泣いているようにおもわれた。そして、わたしは云いつのることのすきな女性よりも泣いている女性のほうが、現在では崩壊してしまった〈母性〉の面影を、男性につたえることを改めて感じた。わたしは、わたしの母親のあるかないかのように涙を滲ませた顔をおもいだした。山崎さんの詩が、あるかないかのように涙を滲ませているかどうかはしらない。しかし、山崎さんが詩を公刊するという行為は、それであることをわたしは信ずる。

都市はなぜ都市であるか

——都市にのこる民家覚え書——

1

現在、都市についての構想をたれと語るべきなのかしらない。候補者たちはかんがえられる。都市政治家、建築設計家、モダニスト、懐古的探訪者と民俗研究家、等々。しかし、体験的に語れるのは大工さんだけ、理念的に語りうるのは人称のない〈技術〉だけではないのか。メタボリスト、行動主義者《ビヘイヴアリスト》、都市政治家、ようするに頓馬たち。かれらは〈技術〉に索かれて見喪ってしまった〈主人〉をさがしあるくペーヴメントのうえの〈乞食〉である。大工さんだけは、いま都市の〈主人〉がたれであるべきかを正確にそして本能的に知っている。

2

都市のなかの民家の破壊度をもっともよくあらわしている尺度は、〈格子〉戸や〈格子〉の出窓であるようにみえる。いま着々と〈格子〉戸は開閉扉にとってかわられつつある。これは民家が家族ごとの孤立空間を欲しつつあるという理念に支配されているためのようにみえる。さらにこのことは家族集団がそれ以外のすべての共同性から深く離脱しつつあることを象徴しているかもしれない。

〈格子〉戸や窓の存在は、家屋の占めている空間と戸外の空間とを連結する意識を象徴するものであった。つまり〈格子〉戸や窓をとおりぬけるのは天然の〈風〉ばかりではなかった。家屋はおなじ露路にあるすべての別の家屋に〈格子〉戸をとおして連帯の手をさしだしていた。〈格子〉戸に裏ガラスを張るようになって最初の民家の孤立ははじまった。そして裏ガラスとしていわゆる〈スリガラス〉を総張りするようになってこの孤立は深くなった。そしていま、〈格子〉そのものが民家から絶滅しつつある。もちろん、小資産者たちは、ちょっとだけ伝統をのぞいて様式として採用したがるモダニストの建築設計家と結託して〈格子〉を住居に採用している。しかしかれらには〈格子〉の意識がない。つまり、失うべきなにものをもたない者たちの気安さが。

　文様としての〈格子〉の意識は、縄文式土器の例をまつまでもなくプリミティヴな〈立体〉の意識である。つまりすべての閉じられた文様は〈立体〉感の表現である。建築様式史は、はじめの〈格子〉は正方形の〈格子〉、いわゆる碁盤〈格子〉であったことをおしえている。これはわたしの空想だが――あるときスダレのように細い組子をおなじ方向にこまかく並べたものは、外部から内部を遮るのに、内側からはあまり無理せずに外側を視とおせることが見出された。正方形の碁盤体では、よほど眼をちかづけないかぎり、外側の景物は碁盤状に切断された断片としてしか視えない。そこで、長方形の〈格子〉がつかわれるようになった。だから、長方形の〈格子〉は、外からは家屋の内部はよくみえないが、内からはよく視えるぞという意識のたんなる象徴である。もちろん、じっさいには、アゼ倉造りのように組子を密着させないかぎり、〈格子〉は外からもお見とおしなのだが。

　そこで、わたしはできるだけせまく組みこまれた〈格子〉戸の民家をみつけるのが好きであった。しかし、みつけだすのは困難であった。すでに現在の都市でせまく組みこまれた〈格子〉戸や出窓をもった民家は、数すくなくなっている。その理由はすぐ二つかんがえられる。ひとつは、すでに〈格子〉の意識自体が都市人によって無意味になりつつあるから、手間をかけて〈格子〉をこまかく組むことに理由がみつけられないためである。もうひとつは、いつもなにかに追いたてられているような現在の複雑な都市生活の女性にとって、せまい〈格子〉を拭いたり磨いたりすることに手間をかける余裕がなくなったためである。小資産者とモダニストの建築設計家たちによって造りだされた、いわゆる〈何々氏邸〉なるものにつかわれている〈格子〉は、ただ拘置所の高窓に張られた鉄格子とおなじ意味しかもっていない。いいかえれば家族意識からの脱走よけである。

3

わたしがみつけた組子の巾のもっともせまい、そして安定感のある〈格子〉戸は、その〈格子〉間隔の下限がほとんど三・五センチメートル強であった。現在の都市の民家ではこの巾の〈格子〉様式をみつけだすのは、すでにきわめて困難であろう。

4

藤田元春の『日本民家史』によれば、明暦以後、長屋、裏店とも三間梁より大きな住居はつくってはならぬとされ、そのあとこの三間梁以下は、ながく都市の町屋を限定したとされている。

また、天保年間に水野越前守が勘定奉行にわたした御触書なるものによれば、都市の民家が〈なげし〉、〈杉戸〉、〈附《つき》書院〉、〈入側附〉などをなし崩しに用いたり、〈くしかた〉、〈ほり物〉、〈床ぶち〉、〈さにかまち〉などをウルシその他で塗ったり、金銀ふきの〈カラカミ〉をつかったり、門や玄関などのたぐいを建てたりすることの違反を、厳重に警告していることがわかる。

このような江戸期の都市民家にたいする制約は、しばしば藩幕体制によっておし着せられた階層制が、

北
林町
林町
初音町
日暮里町
坂下町
初音町
初音町
上三崎北町
寺
天王町
茶屋町
団子坂
初音町
三崎町
上三崎南町
真島町
谷中町
藍染町
八重垣町
坂町
片町
清水町

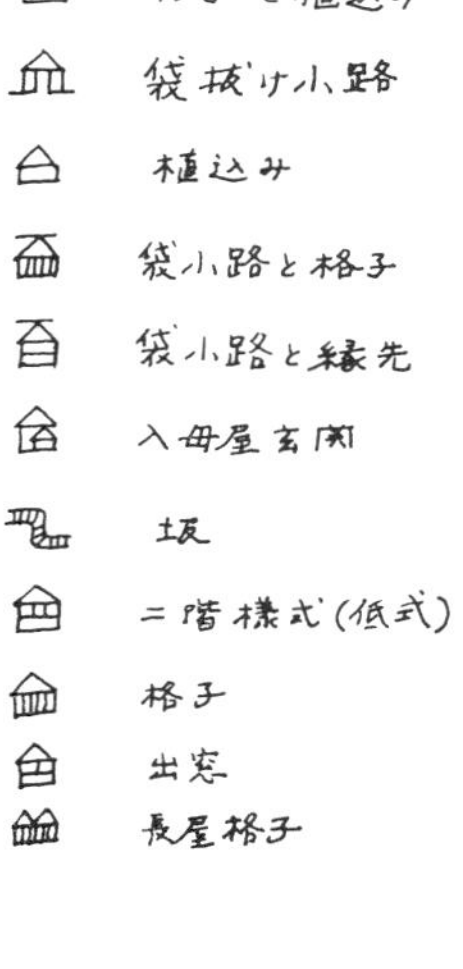
格子と植込み
袋抜け小路
植込み
袋小路と格子
袋小路と縁先
入母屋玄関
坂
二階様式(低式)
格子
出窓
長屋格子

地図＝著者作成

町人の経済的な興隆によっておびやかされたことを象徴している。

5

わたしがみた民家で戸外からみると〈低い二階〉をもったものがあった。この〈低い二階〉は、その屋内の構造をみても、屋根裏部屋、調度置き場、寝所、などの役割しかもたないだろう。なぜ、この〈低い二階〉の様式は造りだされたのかわからない。

ただ、いかにもありそうな理由を空想できないことはない。幕末慶応年間の解禁まで、二階家造りは公的には禁制であった。しかし、二階家造りはある勢いをもって江戸の町をせきけんしたことを、藤田元春は記している。しかし、この二階の部分だけは、幕府の政策が硬化すると、いつおとがめがくるかわからないという強迫観念の関数であった。そこで様式的に〈低い二階〉は発生したのであろうか？つまり、あれは二階ではなく物置き程度のものだという弁解の根拠をつくるために〈低い二階〉の様式はできあがったのではなかろうか？

6

住居の大きさ、構え、調度の様式についての制約は、〈食〉や〈衣〉についての禁習とおなじく、その起源を〈東洋的専制〉いいかえれば中国的な制度に発している。律令制古代このかた、わが国は制度的にはこの中国的なものを逃れたことはないといっていい。近代になって、はじめて中国的なものの専制は、西欧的なものの強制に侵蝕されはじめた。つまりひとつの地獄からべつの地獄へ。

1

2

3

4

5

写真＝吉田純撮影（1～17）
＝著者撮影（18）

7

もしも、民家がその大きさと様式において、律令制このかた〈東洋的専制〉の禁圧下にありつづけたとすれば、住民はどこにこの禁制を逃れる通路をみつけだしたのだろうか。いや、そもそもこういう云い方には不審が残る。人類の住居は古く〈国家〉の起源は新しいからだ。そこで、自然発生的に発達した人間の住居は、〈東洋的専制〉の禁圧をうけてこのかた、どう変化したかと問うほうがより正確である。

ここで、わたしは、郷里を捨てて都市の掘割に刻まれた裏町に住みついたあとでも、親たちが〈イエ・ヤシキ〉という言葉をよく発していたのを思いだす。親たちが都市に住みついてから生まれたわたしの概念では〈イエ・ヤシキ〉という言葉は、繰り返し語としてしかかんがえられなかった。たとえば、〈鯛《タイ》の魚《イヲ》〉というのとおなじように。しかし、どうもそうではなかった。〈イエ〉というのは家屋のことであり、〈ヤシキ〉というのは宅地というような意味でつかわれていた。

藤田元春の著書はこれについて、つぎのようにのべている。

> 我国俗で古い時代の邸宅建設の敷地、即屋敷なるものを垣内《カイト》といつたらしいのは、越中の平野の民家が今も其家の森をカイニョといひ、近畿では垣内《カイト》からニワに入るなどと云ふ語によつて証される。（中略）其屋敷を限るに、中古に出来た築地や・生牆や・土塀・練塀・板塀の類を用ゐないで、舎宅の周囲には、ただ森林、熊本県の所謂クネギを囲らすに止まつた事は、今日に存在する多くの鎮守森によつても証せらる。

つまり〈ヤシキ〉という概念は、じっさいに宅地を村落の首長に収奪されたあとでも、〈東洋的専

6

8

7

9

制〉の制度的な禁圧の手から、住居の概念を守るための観念の砦であったにちがいない。そしていまものこっている都市の裏店の〈袋小路〉はすべての空間を奪われたあとで遺された、店子に共有の〈ヤシキ〉の最後のすがただともいえる。

藤田の著書とともに、わたしたちが学ぶことができる数少ない建築様式論である野村孝文の『南西諸島の民家』は、南島における母屋とカマド屋の別棟形式の民家を考察したあとで、つぎのようにのべている。

日本民家には竪穴住居から発達したと考えられる、もともと主屋の中に土間を含んだ土間系統の民家とゝもに、高床住居でカマドを主屋外につくる別棟系統の民家も大きい流れをつくっていたと思う。(中略)

土間系統の住居の屋内に床が取り込まれた形と、別棟型のもの、主屋とカマヤが完全に合体したものとは出来上った形態からは判断がつき難い。このような事例においては、その建物だけからでなく、その地域の性格を検討しなければ判別しえないところである。この2つの系統の民家が互に混在し、或は融合して今日の日本民家を形づくっていると考える。

ところで、人種的な起源をかんがえるときとおなじように、簡単に、ここでいう別棟式を空間的に南方系とし、土間系統を中国—朝鮮系とすることもできないし、別棟式を時間的に縄文以前のものであり、土間系統を弥生式以後のものということもできない。また、別棟式を制度的に土着的、土間系統を支配者的ということも簡単にできない。そういう厄介な問題はここでもつきまとう。

そして、わたしは空想する。南島の民家にみられる母屋とカマド屋との別棟様式は、ただ〈ヤシキ〉の概念が一定の段階で現存していたときの様式を語っているにすぎないのではないか、というように。

吉本隆明全集 11

月報8
2015年12月
晶文社

「東京原人」吉本隆明

磯崎新

いまや伝説になった新宿花園神社境内での赤テント興業において、超満員スシ詰め状態の観客の頭上を、片肌脱ぎの唐十郎がダンビラをふりまわす。やおらうしろむきになり、刀身を垂直に立て眺めいりながら、神の降臨を待つような間合いを置いて、

〝剣にとって美とはなにか。……。〟

とミエを切る。腰の据わらない剣舞の鋒をよけて低い姿勢をとっていた観客がドッとざわめく。〝ムムッ。吉本隆明！〟

私もそんな観客のひとりで、唾がかかりそうな最前列に座っていたのだから寺山修司の『書を捨てよ、町へ出よう』のアジテーションにのせられ新宿界隈をうろつき、いずれ「新宿騒乱」の主役を演ずることになる満員の観客たちはひそかに『言語にとって美とはなにか』をかかえ深夜興業の『昭和残侠伝』の席で始発電車を待つ。こんな光景を私は記憶しているとしても、深夜二十五時になって佃島あたりの住人が『共同幻想論』『心的現象論』を書き継いで「言語」をその発生の根源に追いつめ裸にしようとしていたコトなど理解できず、街頭に飽きたらず、新宿駅の構内へと改札口を乗り越えて侵入し、山手線をストップさせ、さらには西口広場と呼ばれていたガレージへの斜路を占拠してフォークソング集会を催す。いずれ色分けのヘルメットを着装しはじめるこの原理主義的な隊列が佃島あたりの住人の著作を神託のように受け取っていたとは、アングラ演劇の科白で証明できるだろう。

年譜をみると、私は吉本隆明さんの五歳下。日本敗戦のときはそれぞれハイティーンとローティーン。この年齢差が大きく作用して、巷間を騒がせた「転向論」には私の方の実感がともなわない。それでも最初の著作からの読者であり続けたのは、理系の明晰なロジック展開をみせながら、そのなかに突然下町っ子的な啖呵が交じるその口調にひかれる。アカデミーのもったいぶった論法など歯牙にもかけず、鉄火場仕込みにみえる語り口は、一九六〇年頃のざわめき始めた東京を破壊的に思考したいと考えて、職業的に何の保証もない「都市デザイナー」を

自称していた私には魅力的だったとはいえ、今日世界の思想史において、言語論的回転といわれるかつてのコペルニクス的回転に匹敵する程の思考的なシフトが発生することになる、その先駆的な原理的探索が、新宿深夜興業の時間帯に佃島あたりの住人によってなされていたことなど窺い知るよしもない。言語を剣と読み換えるレトリックこそがアートと考えていた新宿街頭をうろつく者どもにとって、その言語を「う」と自己表出する瞬間に差しもどす、自称「廃人」の思考もやはりアートをやってるんだと感知していたに違いない。すべてが短絡していた。それが根源的だと思われた時代であった。

イザイホーの巫女に列島の原像をみいだしながら、フランス構造主義本家の論者をみずから開発したロジックで片っ端から批判する。『情況』と題されても、たんに新宿街頭や大学構内に発生する都市的事件報道とはまったく違い、きちんと定義されているんだと解説されると、かつて軽はずみに「都市」をデザインするなどといってしまった深夜興業観客のひとりはムムッ！と構えざるを得ない。建築家と自称するわが同僚の一九六〇年東京湾上から大阪七〇年万博にいたる振る舞いに、あの託宣の著者は怒り狂っている。対談の舞台を提供する、と連絡がきたのは『美術手帖』というアート情報誌。慌ててこちらが「深夜」興業で時間を潰している同じ時間帯である二十五時に書かれたとおぼしき文章を見ると、フランス構造主義者たちには一応手続きをふんで論駁しているのに、先輩や同輩の建築家たちは有無もいわさずメッタ切

りに合っている。このアート情報誌、都市東京の路上が騒然としてきたのにつられて過激化し、「アカイアカイアサヒ」と『朝日ジャーナル』の表紙に書き込み、連載をストップされてしまった赤瀬川原平をあらためて起用、日本近代美術史を「切断」させてしまうような長編劇画企画を続行しており、次は建築を、と考えており、私にそれに丸のりする程の才覚がないので、「巫」の託宣のような一刀両断を吉本隆明に期待しているとは承知していた。

この対談は『どこに思想の根拠をおくか』に再録されている。テクノクラート建築家・メディア建築家と後に私が分類した「図面でジャーナリズムに登場したがる」男たちである私の先輩同輩たちがこてんぱんにやられる理由もわかる気がした。佃島の向かい側、築地、新橋あたりにこれぞ未来都市と称する「醜悪」を建て、これが湾岸へ押し出ようとする気配に満ちており、佃島住人としては見過ごすわけにはいかぬ。「露路うらの民家と住人のたたずまい」にいたく心引かれて、「俺は梃子でも動かねーぞ」と立ち退き拒否する「頑固」親父の科白だったのだ。文章だけでおさまらずに「一九七〇東京の民家」（吉本隆明撮影）の写真で証拠をそろえてつきつける。つまり「二十五時」に「思想」をやっている人がその「根拠」にしているのが残り二十四時間の「島」世界での日常だったのだ。これが原像である。難解で近寄り難いと敬遠気味であったこの人の「心的現象」も、「対幻想」は自宅の飼い猫のふるまい、「共同幻想」はこの界隈のすぐに吠えつく野良犬を観察した（つまり根拠にする）とすれば理解しやす

いのではないか。その「島」にすむ悪ガキが「か　こんどろばあよ　あっこはてめえたちだけの　どじじぁえねぞ」と中上健次の路地《どじ》言葉もたじたじになる悪態をつく。「言語」いずれは「像《イメージ》」をその発生状態に遡らせて「像としての都市」へと焦点をしぼり込む。吉本隆明があの対談のなされた一九七一年頃に矢継ぎ早に連発していたのは佃の喧嘩ことばであった。九州育ちでナイフの決闘の立合い程度はやったことがあっても発するコトバは嚙み合わない。そこで私は、初対面だった二十五時の人に「東京原人」の称号を奉ることにしたのだった。

（いそざき・あらた　建築家）

でたらめな人、文を書く

ハルノ宵子

文章は私にとって「鬼門」です。私は文章と無邪気なお付き合いはできません。

実を言いますと、我家は私以外は皆文章のプロなのです。父親はＹ・Ｔという悪名高い評論

家ですし、妹はＹ・Ｂというちょー有名な小説家です。最近母親も俳句という文章の世界に参入してきましたので、文章に関して無責任を決め込んでいるシロウトは私だけです。

モノカキ仕事は怖いです。妹などはよく「感性」のみで小説を書いているかのように評されたりしますが、実は地道で休みない鍛錬とすさまじい集中力をくぐり抜けて獲得した文体であることを私は知っています。

これは文章に限ったことではなく、あらゆる表現に言えることだとおもいますが、「何か」を創り出す作業は、息を止めて真っ暗な海底めがけて潜って行くのに似ています。潜っても息が続かず「何か」に手が届かないかも知れません。「何か」をこの手につかんでも、そこで力尽き光あふれる海面まで戻って来れないかもしれません。命懸けです。

たとえどんなにちょっとしたエッセイやショート・ショート（漫画なら４コマや４Ｐ）であっても、フッと集中力のトンネルをくぐり抜け「海底」まで行って帰って来る。それが出来ていない「表現」は人の目に触れさせるに値しない。

――という暗黙のオキテが我家には存在しています。そんなもん流布させたのは父親には違いないのでしょうが、別に口で言われた訳でもなく「門前の小僧」たちは習わぬオキテをたたき込まれて今に至っているのです。

私にとってそれは漫画ではかろうじて出来ていることですが、文章となるとまた少々位相の

違うテクニックが必要となります。私は「生涯一漫画家」のつもりです。今さらその訓練をしようとは思いませんので、私の書く文章はオキテ破りの単なるタレ流しです。そんなシロモノ、人目にさらして良いものか……？

もう一つ私が文章に対して腰が引けている理由として「私事」を書くことへのキョーフがあるのです。

うちの父親は七面倒臭い評論以外にも頼まれてよくエッセイを書きます。また最近のインタビュー形式の本などでもよく家庭内の私事が扱われます。しかしそいつが困ったことにおっそろしく事実誤認が多いのです。

例えば、私と妹は七歳違いでその間母は二度の流産を経験しているのですが、とある本には「私と妹の間には一度も妊娠しなかった」とある訳です。父に問い質すと「そうだっけ？ でもどうでもいい事じゃん」ときます。

いや……私もモノカキの端くれですから理解はできます。「どうでもいい」どころか、読み手に強調するのにより効果的な「事実」であるならこの程度、取るに足りない事です。しかし、これを笑って見逃せる女性はたいへんまれですので、このテの「筆禍」によって我家が家庭崩壊の危機にさらされたのは二度や三度ではすみません。

かくして私は学びました。あたかも事実として書かれたり語られたりしていても、文章とし

て人の目に触れる形になった瞬間からそれらはすべて「作品」であって決して「事実」ではナイのだと。

――という訳で「よいこのノート」はフィクションであり、実在する人物・団体とは一切関係ありませんのでご了承ください。

（はるの・よいこ　漫画家）

初出：『midnight press』8号 2000年夏

編集部より

＊ハルノ宵子さんの連載は今回、都合により休載となります。著者の許可を得て『midnight press』8号（2000年6月5日発行）に発表されたエッセイを再録いたします。「よいこのノート」というのは『midnight press』連載時の連載タイトルです。

＊吉本隆明さんの書簡を探しています。お持ちの読者の方がいらっしゃいましたら、封書の場合は、文面、封筒の表・裏、はがきの場合は、はがきの表・裏の複写をご提供いただければ幸いです。

＊次回配本（第12巻）は、2016年3月を予定しております。

10

12

11

13

8

わたしがこの界隈の民家でおおくみた植込みの種類は、オシロイバナ、セイヨウフウチョウソウ、ミヤコワスレ、ホウセンカ、コマツナギ、ツルボ、イヌタテ、シオン、シキザキベゴニア、サルビア、リボングラス、ギボウシ、サクララン、エノコログサ、ドクダミ、マツバボタン、小マツ、ササ、サボテン、ヤマブキ、サンショウ、イチョウ、ナンテン、アオキ、ヤツデ、ヤシなどであった。

そして玄関さきや軒場におかれたミカン箱のような木箱や鉢や犬走りに、植えられた野草や雑草やときとして、灌木の〈植込み〉は、古代でいえば信仰のあつまる垣内《カイト》の森、〈ヤシキ〉、庭園、そして最後に〈天然〉そのもの、の追いつめられた姿の象徴であると解された。

9

袋小路の奥から濡れ縁をこちら側に向け、そのまえに植込みの鉢をおいた民家があった。それは露路全体をじぶんの家の〈庭〉とみなしているようにおもわれた。これが住んでいるものの知恵だとすれば、この知恵は自然の山や丘の起伏する姿を借景にとりいれた古都の寺院や離宮の、いわゆる〈名園〉なるものに拮抗せしめるべきである。

10

わたしは、もう十年もたたぬあいだに消滅してしまうかもしれない都市の民家の様式を借んでいるの

14

16

15

18

17

だろうか。文化財のひとつのようにかんがえて幻想のうちに保存しようとするのだろうか。それはじぶんでもうまく了解できないところがある。

ただ、現在、都市の膨脹と機能化のすさまじい進展は、愛惜すべき地域の民家の様式をローラーで押しつぶし、その地域をいわば都市のたんなる場末に転化してしまうことは確実である。そして、そのつぎには、これらの民家は無表情な道路の下に干物のようにのびて敷かれてしまうにちがいない。わたしにはこの必然のような勢いがとめられるとはおもえない。だが、都市の民家が、高層ビルの窓の一個または数個に転化してしまうことをきみは肯定するか？

11

都市はなぜ都市であるか。生産地帯を辺周にひかえていることによってか。政治的な中枢機関が集中していることによってか。学問と文化の機会がひとびとを誘引することによってか。もし都市自体が消滅してしまうことが、都市について描きうる究極のユートピア像だとすれば、現在のままでいっさいのフィジカルな破壊、変更もせず、また現在のような恣意的な都市の膨脹について禁制ももうけずに、為しうる唯一のことは、観念の公共性を誘発するいっさいのものを、都市からたたきだすことだけである。

12

露路から露路へとすき好んで歩いているときのじぶんのイメージは好奇心と安堵感で象徴される。露路裏の好きなものはたいてい高所恐怖の心情をもっているにちがいない。客観的ないい方をすればこうである。都市の民家の集合的本質をはかる測度は、その地域の露路裏、袋小路を基底として、表通りの民家がこの基底からどれだけの〈距離〉をもっているかということである。このばあい〈距離〉という概念は空間性を意味していない。露路裏、袋小路の民家と表通りの民家との大きさ、構え、調度、材質等々の差異が、このばあいの〈距離〉という言葉の意味である。わたしの心をそそる街並みはたいていこの〈距離〉がすくないといっていい。

13

○谷中上三崎南町

本町は、江戸時代においては、西光寺門前、自性院門前、金嶺寺門前、神田感応寺門前と称した地域で、凸凹地多く、寺院と墓地とに富み、それが犬牙錯綜している所で、明治五年に、寺地と谷中村の一部を合して今の町名に改め、同二十四年三月に、瑞輪寺前、上三崎、三《ミ》角《スミ》、谷中町の一部を組み入れたものである。

（中略）

○谷中初音町　一丁目より四丁目　初音の森（鶯谷）
蛍沢

初音町の名は、鶯の声を象徴した「初音の森」が当町三丁目附近に存し、これが鶯の名所となり、鶯谷ともいわれたことから、明治の初年に始めて初音町の名が付けられたものである。（会田範治『谷中叢話』より）

14

わたしたちは建築設計家なるものの存在をしっている。かれらはなにをする男たちであるか。なんのことはない。図面でジャーナリズムに登場したがる男たちを指すにすぎない。その図面を街や広場に実現してみれば、おおくはただ醜悪をつくりあげているにすぎないことが実証される。現在、〈法〉は世界中どこでも、それを行なわずに、それを視たら醜悪であるようにおもわれる文学、芸術に、ワイセツ罪を適用するほど低級だが、醜悪な建築物を視てワイセツ罪を適用するほど高級ではない。そこでこの男たちはいまも通用しているのだ。

15

わたしはまだ独りでこの界隈のアパートに住んでいたとき、どうしようもない孤独感にさらされると、よく銭湯へゆき、見知らぬ群衆のすぐとなりで湯にひたり、いわば生理的にこの孤独感を中和した。この界隈の商店の人々は、二、三度、買い物をして顔をおぼえただけで、朝でかけるときや、夕刻かえるとき眼が合うと挨拶をしかけてきた。それは時としてわずらわしい感じを抱かせたが、銭湯のようにその挨拶を浴びて、慰安を感じたこともあったのは確かである。

16

この界隈の露路うらの民家の古く、低く、傾いたありさまを視ていると、明治維新というのは〈革命〉として、これらの民家の住人たちと無関係にすぎ去ったのではないかと思うときがある。このような〈革命〉はわたしの心を吸引しないが、とりのこされた民家と住人のたたずまいは、私の心を吸引する。

17

『東京風俗志』の著者、平出鏗二郎は、明治三十年ころいわゆる〈江戸ッ児気質〉なるものについて、つぎのように記している。

都人の所謂江戸ッ児気質として誇れるものは、剛強自ら負ひ、気を尚びて屈せず、義を執つて爽はず、財貨を見ること塵芥の如く、事に臨むでは火に投ずるをも辞せず。斯くの如きを旨として弥々これを励ます、而かもその弊は躁急に失して、忍耐の力に薄く、殺伐に過ぎて、嫻雅の風に乏し。

ところが、わたしの体験したみるからに江戸ッ児生き残りといった小間物店のぢいさんや、駄菓子屋のおばあさんはこれとちがっている。おばあさんの方を例にとれば、駄菓子や駄菓子屋式の玩具をかりに四十円買って五十円玉をはらうと、すましてお釣をよこさない。そのすまし方はいつもあまり見事なので、〈十円お釣りぢゃないの〉といい出すきっかけがみつけられないほどである。とくに年寄の駄菓子屋さん相手に、もともと十円お釣りをもらう気がこちらにないときにはいやあな気にさせられる。しかしこの種の体験のおなじように繰返されるパターンを通じて、わたしは、江戸人なるものの人間らしきものがわかったような気がした。そして、このわかったという感じは、意外に爽やかであった。歌舞伎や新派や趣味的な文士がパターン化してきた〈勇み肌〉や、〈義侠〉といったような江戸人の人間像は、絵にかいた餅にしかすぎない、とわたしには思われる。

18

平出鏗二郎の著書は、明治の東京の民家についてつぎのようにのべている。

都下の家屋には常に二個の要素に纒綿せられて、自ら特殊に発達せるを観るべし。其要素とは一は火災の多きこと、一は土地の貴きことなり。火災多ければこそ、家作を粗にして、土蔵を堅く作れるなり。都人曰はずや、貸家は三年火災を免れ得べくば、其資金を復することを得べしと、反言《いひかへ》さば三年の家賃を以て一家を建つるを得るといふに同じ。其の粗たること思ふべきにあらずや。土地貴ければ寸地をも粗略《おろそか》にせず。都人曰はずや、土一升、金一升と。この影響に迫られて家屋の間取の巧みに工夫せられたるを見る。都人は狭き家屋に住める割合に、広くこれを使用し居れるなり。斯くの如くして一般町家には、庭園は素より、二三本の樹をも植うべき余地を有するは少く、洗濯物の干場さへ覚束なくて、火の見を兼ねたる物干を屋根に設くるさまなり。

大垣平地、季節ごとの強いからっ風、人口稠密、が江戸期からのこの都市の民家の様式を決定した。この決定は、制度的な禁制による決定と表裏一体をなしてきたとみられる。

ところで、わたしは幼時に、夜ねるときは枕元に着物をおいて、火事に具えよと教えられた記憶がある。がたがたふるえながらみた夜の近火、その火の粉、とびかう提灯、火事見舞の人々といった記憶もある。そして自分の成長史のなかでは、その火事についての記憶が薄れてゆく度合で、江戸期の名残りもまた民家から消失していったとみなしてきた。
わたしはマンモス都市のなかに置き忘れられたような民家の古い様式の名残りを愛惜する。が、それは懐古からでもなければ、伝統再発見の理念からでもない。わが近代の展開がもたらした諸悪と諸善が、これらの民家とその住人の真うえをとおりすぎたにもかかわらず、いかなる意味でも爪跡をのこすことができなかったという証拠を、これらの民家が提供しているからである。そこには不羈の貌と慰安と、ある意味ではわたしが思想の基底とみなしているものと合致する構えが存在している。

19

かつてわたしが追放されて幻の街へやってきたときもそうであったように、幻の首都へ進撃してゆこうと意志するときも、幻の都市を構想するときも、そしてやがて、現実の都市におしつぶされてしまうとしても、これらの民家が残存してきた根拠とその面魂は、この慰安と老朽ぶりは、この補修のされ方の悲劇と道化ぶりは、わたしに、幻想のなかに組み込むべき永続的課題を提供してくれる。

20

みずからは何ものをも意味しないのに、存在すること自体が価値であるといったもの、ものがこの世界にたしかにありうる。

色彩論

I

色彩とはなにかをかんがえていく場合に、どこからかんがえていったらいいかということが、まずはじめに問題になります。言葉でいいますと、〈あの物体には、あるいはあの衣裳にはこういう色がついている〉といういい方もありますし、〈あの物体あるいはあの衣裳はこういう色をしている〉といういい方もあります。

色彩についてあまりかんがえてない未開の時代を想定しますと、そこでは色彩はもののそのものときり離すことができないような要素とみなされていたとおもいます。だから、あるとき緑であった自然物がちがう色になった、あるいはおなじ物体が、緑であったのが黄色にかわったとか、褐色にかわったというふうにかんがえないで、まったく別のものになったとおもったかもしれません。そういうことはあらゆるものにいえるわけで、たとえば空は青いといっても、曇り日には少しも青くない、そういう場合に、空は空であって、それが色がちがったんだというふうにはかんがえないで、まったくひとつの異変みたいにかんがえた可能性もありうるわけです。

そういう色についてのさまざまないい方はありますけれども、そういういい方のなかには、色彩をかんがえる場合の、今ももっているむつかしさがたくさんふくまれています。そのことから、はっきりさせていかなくちゃいけないとおもいます。

どうかんがえていったらかんがえやすいかというところからはじめます。

われわれがある色のものをみているという場合には、ひとつは対象となっているものがたしかにここにあるということが、色彩が生じる大きな要素だということはいうまでもないことです。つまり、色彩をかんがえる場合は、たしかに対象物がそこにあることが確実に問題になり、これを欠いてはいけないということがあります。

もうひとつは、どこかに光源があることです。つまり光があるということが大きな要素なんです。現在この教室のようなところでは、昼光といいまして、太陽の光が机の色彩、壁の色彩にとって大きな要素となっています。光がどっかにあるということが色彩にとって大きな要素です。つまり、それを欠くと暗黒ということになるわけです。絶対暗黒というのはなかなかかんがえにくいんですが、光があるということが色彩の大きな要素となります。

それから、もうひとつは人間の眼がみているということが大きな要素なんです。

この三つの要素さえあれば、人間がある対象物についての色を、眼でみることができます。だから、色彩とはなにかをかんがえていくばあいには、ほかにいろんなことがあるにせよ、この三つについて、できるだけ厳密な考察をしていくということが必要です。

まずそういうところからはじめていきます。はじめに、対象物というところからはいっていきましょうか。これはたいへんむつかしいですから、近似的につかまえることにします。たとえば、この黒板ふきは、黄色の色彩をたれでも眼に感ずることができます。これは木材になんか塗ったとおもうんです。なぜこれが黄色くみえるかということを、眼の要素それから光の要素というものをぬかして、このものにそくして、かんがえてみますと、そうとう複雑なことになります。どう複雑かを説明します。

ふつう色彩論の本をみますと、光がこの黒板ふきの黄色な部分にあたると、太陽光線のうち黄色な波長いがいの光が吸収されて、黄色の波長に相当する光だけを反射させるから、これは黄色にみえるんだというふうにかいてあります。そうしますと、これが黄色くみえる要素というものは、この木材になにか塗ったものの表面における反射という要素だけで、色彩をみているわけです。

ところで、日光があたって黄色いがいの波長の光をこれが吸収して、黄色だけが反射されて眼にいくという場合の、反射というのはなにかをかんがえると、たいへんむつかしいので、ひとつ明らかにいえることは、この木材の表面、対象物の表面状態ということが、大きな要素になります。そうしますと、この木材の木目のように、ざらざらしているばあいと、これが鏡のようにみがかれているばあいとは、もちろん反射のしかたがちがいますから、色はすこしちがうはずです。ということは、表面状態がどうかということに、色彩は左右されるわけです。しかし、光源がつねに一定の性質のものだとかんがえたばあいに、表面状態のちがいは、このものの色に大差をあたえることはないだろうといえます。つまり、表面状態がちがうために、黄色にみえるものが赤くなってしまうとか、紫になってしまうとか、ということはありえないはずです。つまり、表面状態の相異というものは、たかだか黄色の色相のなかで、多少の相異を生ずるというような程度にとどまります。つまり、表面状態が、ものの色彩に関与しうるところは、せいぜいそういうところです。だから、黄色がまったく表面状態のいかんによって青になってしまった、ということはまずありえません。つまり、光の状態を一定としてかんがえて、そういうことはありませんし、黄色が赤くなってしまったということもありません。表面の状態は、この表面がなだらかであるか、あるいはよく顕微鏡的に観察したら、ギザギザしてたとか、あるいは粒子がデコボコしてるようになってたとか、そういうことの相異として、たしかに色彩に変化をあたえますけども、けっして黄色が赤になるとか、黄色が青になるという決定的な変化はあたえないことがわかります。

そうしますと、この黒板ふきの裏側が、黄色にみえることに、いちばん大きく関与しているのはなにかをかんがえてみます。これはどうやら木材に塗ってある黄色い染料の色です。あるいは顔料かもしれませんけど、そういう色材の色が、黄色を黄色たらしめているいちばん大きな要素だといえます。

つぎに、なぜ黄色の染料は、黄色かということが問題になります。そうしますと、こんどは塗ってある染料の構造に関与してきます。つまり、対象物の色は、表面状態でかわるという部分をのけて考えますと、塗ってある染料の構造が、黄色にさせているのだということがわかります。そうしますと、問題は、染料の構造をかんがえていくことになります。これを厳密にかんがえるとむつかしいですが、ここでは単純なモデルでかんがえてみます。

皆さんがどの程度の科学的な知識をおもちかわからないですけど、物質はどんなものでも原子からなっているというようないい方は御承知とおもいます。原子があつまって分子になり、分子があつまってある物体を構成しています。

この黄色を黄色たらしめている染料について、おなじようにかんがえてみます。たとえば水素の原子をかんがえますと、水素の原子は、単純化しまして、原子核があり、ここに電子が一個くっついています。その一個の電子が原子核のまわりをまわっているというのが、いちばん古典的な水素原子のモデルです。電子はマイナスの荷電をもっていますから、これにたいして原子核はプラスの荷電をもっていて、ちょうどうまく荷電がつりあっていることになります。どんな原子もかわらないわけです。ただ、このまわっている電子の数とか状態とかがちがうということで、いろいろな原子というものがありうるわけです。水素のように気体のばあいですと、原子が二つあつまり、これが一個の分子を構成しています。一般に物質は原子がいくつかあつまって分子を構成しています。黒板ふきの黄色の染料あるいは顔料も、やはりおなじように、いくつかの原子でもって分子をつくり、その分子がいろんな配列のしかたをして、この黄色い染料の粒子をつくり、それが溶剤などに溶かされて塗られていることになります。

黄色い染料の分子がいくつもあつまって染料の小さな粒子をつくっています。そうしますとこのばあいでも、粒子状態、つまりここでいいますと表面状態が問題になります。そのばあいの表面状態というのは、染料粒子の表面状態ということです。つまり、分子がたくさんあつまって染料の粒子をつくっているのですけど、この粒子がまるい状態にあるか四角い状態にあるか、あるいは細長い状態にあるか、あるいは不定型な状態にあるかというようなことで、ずいぶんまた、眼にうつってくる色のちがいはありえます。これはきっと染料を溶剤にとかして吹きつけるか、あるいは塗ったかしたとおもうんですけれども、塗ってしまってかわいたときに、木材の表面にくっついている粒子の状態が、またこの色を左右します。つまり、そうしますと、粒子がどんなかたちをしているかということが、この黒板ふきの表面状態とおなじような意味あいで、色を左右するひとつの要素になっているわけです。だから、そこでもまた粒子の表面状態をかんがえなくちゃいけないことがおこってきます。しかし、この表面状態も、さきほどとおなじように、この黄色を青にさせるとか、あるいは黄色を赤にさせてしまうというような極端な色のちがいについては、それほど大きな作用をおよぼすことはできません。黄色の範囲内でいくらかちがう要素をあたえますが、黄色を赤にするとか、黄色を青にするというような意味あいの変化は、染料粒子の表面状態いかんによってはおこりません。そういう意味では、また主要な要素でないということがわかります。

だから、主要な要素はたぶん染料粒子の内部構造にかかわっています。そうしますと、内部構造は、どうかんがえていったらいいかということがあります。これはまた複雑です。

染料の内部構造をみていくばあいに、最小単位ということで、染料分子をかんがえてみます。いま、非常に単純化しまして、原子核があり電子がいくつもあり、それで原子をつくり、そして原子があつまって分子をつくっている様子を、こんどは染料分子を最小単位と近似してかんがえてみます。一つの分子核というようなモデルをつくってしまうわけです。こんなものはありませんが。原子核というのは実在することなんですけど、分子核というのは、単純化するためのモデルです。一つの染料分子について、まあ分子核があって、そのまわりに電子がいくつもいくつもこうまわっているっていうふうにモデル化するわけです。

そうしまして、色彩に関係する電子を動きやすくて、光のエネルギーをうけとると、励起されたエネルギー状態に移ると仮定します。そういう電子が色彩に関係するとみなします。これはモデルですから、一つの分子にほんとうはさまざまな内部の力がはたらいて複雑なんですけれども、それを単純にモデル化して、分子核のまわりにいわば分子的な電子というものがまわっているっていうふうに考えるわけです。これだけ単純化してもなおかつ複雑ですけど、それをまた単純化して、わりあいに動きやすく動かされやすい電子が、一定のエネルギー状態にうつると仮定します。

いま色彩に関係する電子がふつうの状態で、ふつうの状態の分子の軌道を動いているとします。そうしまして、いまのばあい太陽光線のエネルギーが、この染料分子に入射してきたとします。

光は光子っていうわけですけども、光子っていうのは微粒子がどんどんどんどんふりそそいでくるというようなモデルもかんがえられますし、波動がつたわってくるというモデルもできますけども、粒子であるにしろ波動であるにしろ、物質の微小な要素というものをかんがえていきますと、それはどちらでもおんなじだということでいえます。つまり、ある物質を構成している極微なものの二つの側面が、ある時は粒子であり、ある時は波動であるというふうに理解できるものなんです。つまり光量子というふうにかんがえていきますと、これは光の粒子であるといっても、光の波動であるといってもいいわけです。

いまの場合は太陽光線なんですけども、そういうものがある一定の幅をもった波長でもってこの染料分子のところへ入ってくるとします。そうすると染料分子は、光からエネルギーをうけるわけですけども、エネルギーをうけて、ふつうの状態でふつうの水準にある電子が、より高いエネルギーの水準までもちあげられて、もちあげられた水準の軌道へ跳びうつります。すると、入射してきた光からは電子をもちあげられた軌道に跳躍させるだけのエネルギーは、物質に吸収されて失われます。この際、吸収されたエネルギーは、染料分子の種類によって固有なもので、プランクの常数といわれるもの（hであらわします）と光の振動数の積に比例します。振動数の逆数が波長ですから、染料分子は、それだけに固有な波長のところで、光のエネルギーを吸収することになります。もしこの波長が眼に色彩として感じられる波長であれば、波長の長い赤色から、短かい紫色までの間で、それぞれの染料分子に固有な色彩として感じられることになります。

モデルを単純化しましたけれども、ある対象物がある色にみえるということを、いちばん大きな要素で支配しているのは、今申しあげましたようなことなんです。それはもっぱら対象物に塗られた染料の分子の構造に依存するわけです。

皆さんのようにデザインもやったり、建築を専攻したりしている人にとって、物質の色は、光が表面にあたって反射してでてきて、表面である波長の光だけが吸収されて残ってでてきたのが色だというような説明を聞いておられるかもしれませんが、そうじゃないので、対象物の構造をかんがえないで考察しうる色というものは、表面の反射状態の色ということにすぎないのです。たしかに表面状態がなめらかであるか、あるいは光沢があるかとか、あるいはデコボコしているかということは色を左右しますけれども、しかし、その左右のしかたというものは、黄色い色を赤くしちゃうというような、そういう左右のしかたはしないのです。本質的に黄色を黄色たらしめている機構は、色をつかさどっている物質の内部的な構造に依存するわけです。つまり、それが、ある色彩がなぜそうみえるかということの根本的な原因です。

そのことははっきりつかまえたほうがよろしいので、たとえば、表面状態のいかんによって、色が赤になったり黄色になったり、青になったりするというような程度で、色というものをかんがえていきましても、少なくともデザインとか絵画とかをやるのに、つまり一般的に芸術的な分野に入っていく場合に、少しもさしつかえはないのですけども、しかし、そういうものですまされていくということと、色彩が色彩として本来的にどこからでてくるかという問題を知っているとでは、ちがいがでてくるかもしれません。

もの事の原因とか機構というものは、表面的にあるいは現象的にも解釈できますし、本質的にも解釈することができます。本質的に解釈したからといって、べつにとりたてて役に立つわけでもなくても、本質的な問題としてそれをしってるかどうかということは、大きく問題を左右すると思います。そういう意味あいで、たとえば色を色たらしめている主要な要素はなにかというような問題については、いちおう知っておられたほうがいいのではないかと思います。ふつうの色彩学の本ですと、そういうことはあまり教えてくれないのです。

それから、今申しあげましたところで、なにがむつかしい、なにが混乱しやすいかといいますと、〈大きさの秩序〉ということが理解しにくいとおもいます。

この黒板ふきの表面を黄色たらしめている要素は、染料分子の動かされやすい電子が励起されたエネルギー状態に移るとき、移ってまた元の状態にもどるとき、太陽光線のエネルギーの一部を、その染料分子に固有なだけ吸収あるいは反射するためだという説明の仕方は、大きさでいいますと、分子とか電子とかいうオーダーですから、実際眼にみえる黒板ふきが黄色だという大きさのオーダーにくらべれば、眼にみえない微細な大きさの次元でいっているわけです。だから、そういう次元に色を色たらしめている本質があるということと、実際のこういう具体的な黒板ふきの色彩がどういう色をしているということとは、なかなか大きさの度合として結びつかないんです。しかし分子がたくさん集まって配列されて、一つの粒子状態ができ、その粒子状態がたくさん集まって、そしてそれを塗ったものが、これこれの色彩だということとは、大きさの秩序の隔たりがあります。そういう大きさのオーダーの隔たりをどういうふうに頭のなかで結びつけて理解したらいいかということが、短絡せずにはっきりされていなければなりません。つまり、物質の極めて小さい大きさのところで問題をたてて、色彩を色彩たらしめている本質をかんがえ、それが集まり、配列して粒子となり、粒子がたくさん集まってこれを油かなんかで溶かして塗ったのが、この実際の黒板ふきの色彩の状態であるということが踏まえられていることが大切です。

次に、色彩の原因がどこにあるかという問題ではなく、色彩状態をどうみなしていくかを考えてみます。ふつうある色彩をどういう属性でつかまえるといちばんあらわしやすいかをかんがえてみます。さまざまな表わし方がありますけども、いちばんよく流布されていて、いちばん簡単な考え方を挙げてみます。

一つは色相です。――こういうことは、どの色彩の本にもかいてありますから、ごらんになればいいですけど――色相というのはなにかというと、これがたとえば赤であり、これが黄色でありというような、そういうのを色相といっています。そうすると、色というものは、色相ということだけでいえるかというと、そうじゃないので、この色が明るいかとか暗いかとか、くすんでいるかくすんでないかというのは――混色によって、つまり色を混合することによってくすむということじゃなくて――それ自体としてくすんでるかどうかというような、そういう要素が入ってきますから、大部分が色相ということで色彩というのはいえるわけですけど、そのほかにも、ふつうかんがえられている考え方で、二つぐらいべつの要素が必要です。

一つは明度ということなんです。明度はどうかんがえるかといいますと、黒があり、そして白があるとします。この二つをまぜあわせるとします。そうすると、黒のえのぐと白のえのぐを、黒をどれだけおおくするか、どのくらい少なくするかということでわかるように、黒から白にいたるさまざまな灰色、あるいはねずみ色の段階ができます。そういう段階を明度というのです。

それで、黒と白というのを色彩じゃないというふうにかんがえますと、黒と白の中間にさまざまな段階の灰色あるいはねずみ色があるということは、色でないものの明るさの度合の段階をあらわしていることになります。だから、たとえば白を明度10として黒を0としますと、そのあいだに両方さまざまな割合でまぜあわせた要素を、10から0の中間の数字であらわすことができるわけです。その場合に、これ色じゃない、無彩色というふうにいいますと、黒と白のあいだのさまざまな灰色は、無彩色における明度の段階というものを示しているとかんがえればいいんじゃないんでしょうか。

たとえば赤の場合に、赤と黒を一定の割合でまぜあわせたとすると、赤の割合に暗い色ができましょう。同じ赤とこのねずみ色をまぜあわせると、黒さがそれよりも少ない赤黒い色ができるでしょう。それから、その同じ赤と白とをまぜあわせると、割合にあかるい赤ができるでしょう。そういう場合に、その三つの赤の相異が、明度の相異なんです。それは赤じゃなくても、なんでもいいです。青の場合でもそうです。青と黒とまぜあわせた時に、暗い青になるでしょう。灰色とまぜあわせた場合には、それより暗くない青になるでしょう。それから白とまぜあわせると割合に空色に近い青になるでしょう。その三つの青の相異が、明度の相異ということなんです。つまり、明度の相異というのは、そういうふうに使うわけです。だから、明度というものは、明るさ暗さというふうに常識的にかんがえられても、そうちがわないんじゃないかと思います。だから、色相として混合色でなくても、暗い赤と明るい赤というちがいがあるとき、明度のちがいということになります。

もう一つの要素があります。彩度(クロマ)です。これはちょっとめんどくさく、かんがえにくいんです。もっとも、かんがえにくいのはこっちだけで、皆さんのほうでは少なくともデザインとか建築とかをやりにきたんだから、わかりやすいかもしれません。

彩度というのは、赤に白をまぜていくでしょう。そうしますと、うすくなります。もっと白をまぜる割合を多くするでしょう。するともっとうすくなるでしょう。それで、もっと極端にまぜるのをすくなくして白だけにすれば、白でしょう。そうすると、この場合、赤についての彩度なんですけど、このそれぞれから白をひいたと仮定されるものが、その色についての彩度なんです。たとえば、この原色の赤は、白がすこしも入ってないんだから、ひいたって原色の赤でしょう。それから、その次のやつから白をひきましょう。そうすると、のこる赤は原色よりは少ないでしょう。それから、その次から白をひきますと、赤の量はもっと少ないでしょう。つまり、そういう少なさ多さの度合をその色についての彩度というわけなんです。

だから、彩度というのは、白についていてもいえますし、黒についていてもいえますし、それから先程明度ということをいいましたけど、つまり灰色ないしはねずみ色についてもいえるわけです。今度は赤に黒を少しずつ入れていったという場合でももちろんなりたちますし、そういう場合もやはり彩度ですし、それから灰色あるいはねずみ色をこう次々に量を加えていったという場合についても、もちろん彩度ということはいえるわけです。

そうしといて、彩度というものは、そのつくられた色から白をさっぴいたというふうに仮定した時のその度合が、その色についての、この場合は赤についての彩度なんです。だから、その彩度はこれのほうがこれよりおおいとか大きいとか、そういういい方をするわけです。

たとえば、黄色に黒をいくらか入れたために、どれかの色ができたとします。そして黄色を0にしたら真黒になったとします。その場合は、この三つは黄色についての彩度がちがうというふうにいえるわけです。その場合、彩度というのは、そういうようにして作った色から、黒をさっぴいた時にのこった黄色の要素の大小ということになります。

色相、明度、彩度というものが、色彩の三要素と呼ばれているものです。

つぎに、原色という概念があるでしょう。それも皆さんのほうがよくしってるかもしれません。原色という概念は二つありまして、顔料なんかのように、塗りあわせみたいな時には、赤と黄色とブルーが三原色です。それから、太陽光線みたいのをプリズムで分解して、いろんな色が屈折率のいかんによって分かれるわけですけれども、このうちさまざまな波長でわかれた色のうち、まぜあわせると、もとの白色光になってしまうものを、今度は光についての三原色といいます。その場合には、赤と緑と青が三原色なんです。つまり、光についての三原色というのは、ものの彩色における三原色ということとはちがうので、光の場合には、その三つを合わせると白色光になってしまうというような、そういうのを光についての三原色というわけです。赤と緑と青というものが、光についての三原色ですし、混合三原色の場合には、赤と黄色と青というのが三原色です。

だいたいそのくらいなことがわかっていますと、色彩についての要素がいえるということじゃないでしょうか。そういうことは、今度は専門家が色彩学の講義でもされる時にくわしく聞かれたらよいとおもいます。だから、たとえば、ある所定の色、たとえばあのカーテンの色をあらわそうとする場合に、今いいましたように、色相としてのさまざまな段階というのがあるでしょう。それから、もう一つ明度としてのさまざまな段階があるでしょう。それから彩度というものについてのさまざまな段階があるわけですけども、単純化していいますと、この三つの要素でいいつくすことができるわけです。

たとえば赤から紫までを10で割っておいて、たとえば色相は8のところにあり、それから明度は2のところにあった、それから彩度は6のところにあった、そういうふうにしますと、ある所定の色は、その場合だったら8、2、6というような数字であらわすことができるわけです。それからまた一つの立体座標のある一つの点というようなことで、ある色をあらわすことはできるわけです。もちろん、これだけの要素ではなかなかいえない面倒な係数が、ここにかかってきますけども、まあそれは皆さんが色彩学の本で勉強すればいいですけども、かんがえ方としていえば、ある所定の色は、色相において8、明度において2、それから彩度において6というように基本的にあらわすことができます。

さまざまな数量的な表わし方で、ある色はあらわされますし、逆に、あるシステムであらわされたその数字が、数量的にあらわされていたならば、その数字と係数であらわされた表示をみて、すぐに色彩が自分で頭にうかんでくるというふうに訓練することができると思います。色彩調節みたいなものを専門とされる場合には、今ではおそらく数字と係数であらわされるというような表わし方がおもですから、たとえばそういうようにあらわされたものを読むことで、すぐに具体的な色がわかるというふうになっていくと思います。

そういうことはそういう課目で学ばれたらよろしいので、ここでは、三つの要素のあるシステムをつくれば、ある色はこういう数字のシステムであらわすことができるというかんがえ方があるということが理解されればよろしいとおもいます。そういうかんがえ方はある意味で便利ですし、また使われやすいということがいえます。

だから、変色しやすいようなものについて、あらかじめ測定しといて数量的にあらわしときますと、その絵が、年月がたって変色したというような場合にも、再現の可能性があるわけです。そういう意味あいで、こういう表わし方をしますと便利なもんですから、現在それほど普及されているわけではないですけれども、やがてそういう表わし方が普及していくと思われます。

次に色材の性質をあらわすために用いる概念についてお話します。ひとつは、着色力ということです。着色力というのはどういう概念かといいますと、一定量の色材が、どれだけ対象物を着色する力があるかということです。これは多く色材の場合には、色材と油とかワニスとかラッカーとかそういうものとまぜて使うわけですけども、つまり色材一定量と展色剤——色材をのばすもんなんですけど——一定量とを合わせて、それがどれだけ、ものを着色する力があるかという概念が着色力という概念です。

それからもう一つは流動性（flow property）という概念なんです。ふつう商売人はフローといっているわけですけども、このフローという概念は、本当は日本語でいう流動性という概念と少しちがうので、そのまんまフローということばを使っています。これはどういうことかといいますと、ごく常識的にいって流れやすさなんです。つまり、色材を油あるいはワニスみたいのでのばした場合に、その流れやすさというものと、それからもう一つは粘着性という概念があります。粘着性というのは、粘っこさというのと、少しだけちがうのです。普通、粘っこさというと、単一なある度合の粘っこさを意味するとしますと、ここでいう粘着性というのは、粘っこさが、ある範囲で山があり谷があるというふうにかんがえると、それらを積分した粘っこさとかんがえてみればよいのではないかとおもいます。これらの性質が、色材をどういう対象物にたいして、どんな状態で適用するのに最適かを測るばあいの目安になります。

Ⅱ

色彩の対象物に関連することは、ひとまずこのくらいにしておきまして、次に、人間の眼の要素、つまり今度は色彩を受けとるほうの人間ということで、眼の要素をかんがえてみたいと思います。つまり、眼のほうにどういう要素があって、それから眼をもっている人間の全体がどういうふうなできぐあいにできているために、ある対象物から発せられた色彩が、そのような色として感じられるかというような、そういう問題を、眼と人間に即してお話したいと思います。

ふつうの色彩学の本をみますと、眼の要素について説明はなされております。その説明の特徴はどういうところにあるかといいますと、色彩を感ずる眼のほうの生理的過程、つまり眼がどのように色彩を感じ、どのように受けとるかというような、眼の生理的過程を説明してありまして、眼の生理的過程からはずれるとおもわれる要素については、心理的な問題として説明してあります。いいかえますと、人間の眼の生理的な過程――眼とそれからからだですけども――というものから色彩を説明して、それで説明しきれない要素がありますと、人間の色彩に対する心理的な過程として説明してあります。

こういう説明のしかたは、一種の反映論のかんがえ方でして、あらゆる人間の精神現象あるいは観念の現象というものを、人間のからだの生理的な過程の問題、あるいは心理の問題にしてしまいます。つまり、色彩についての眼の理論は、眼の生理的過程の理論で説明し、生理的過程の理論によって説明されない部分は、色彩の心理的効果で説明されるわけです。こういう説明のされ方は、人間の生理的なあるいは身体的な構造と、人間の精神構造とを、いわば単純に二つにわって説明するといってよろしいとおもいます。この説明のしかたは、現象的にみますと、われわれの日常体験によくマッチするような感じがするわけですけれども、決してそういう説明のされ方がまっとうなわけではありません。

まず、眼の生理的過程というものからお話します。色のついた対象物がここにあるとしますと、これは今まで説明してきました対象物固有の発色のメカニズムがあって、そのメカニズムで、対象物からの光が網膜に到達するわけです。眼の生理的な機構というのは、どういうふうになっているかといいますと、二つの要素があります。網膜には大別して二つの役割をする神経細胞が分布していまして、一つは対象物から到達した光の明度というものを感ずるわけです。つまり、明るさ暗さというものを感ずる神経細胞が一つあります。それからもう一つは対象物の有色性つまり色を感ずる神経細胞があるわけです。

明暗を感ずる神経細胞ということはさておきまして、いま色を感ずる神経細胞はどういうふうなメカニズムでできているかといいますと、神経細胞に感光性のある化合物が存在しているとかんがえられています。そしてこの感光性の化合物は、特に、三原色に代表される波長の光が対象物からやってきた時に、その光の強さの程度にしたがって、感応して、化学変化をおこし、ちがった構造にかわります。そして特に三原色の波長の光に鋭敏に感応します。いわば三種類の感光性物質がありまして、その感光性の物質は三原色に代表される波長のエネルギーをうけとりますと、すぐに構造の変化をおこして、ちがった構造の化合物に変化します。そして、その変化の刺激が、脳の視覚中枢に刺激として伝播されてゆきます。

問題なのは伝播された刺激が、なぜ対象物をかくかくの形をもち、かくかくの色をもつという対象物の像として構成されるのか、ということです。このいちばん問題になるところは説明されていないのです。感光性化合物の化学変化によっておこった刺激が、つぎつぎに脳に送られていった場合に、どうしてそれがこういう対象物の形とか色とかいうものの像を再現するのかということになりますと、ちっとも説明されていません。どういうことかといいますと、感光性化合物が三原色に代表される波長の光をうけた場合に、化学変化をおこすとそれで化学変化の刺激が次々に脳の視覚中枢に送られていったとします。そうしたら、こういう刺激が、どうして形や色の像を結ぶかということはちょっと説明してもらわないと困るわけです。

たとえば、ぼくがたれかをぼかんとぶんなぐったとしたらば、そのぶんなぐったやつが相手の神経へちゃんと伝っていった。そうしたらば、ぼくの像を結ぶ。どうして結ぶんだろうかということなわけです。つまり、ぶんなぐった刺激はやっぱり依然として痛いというようなこととしてしかかんがえられません。どうして刺激が伝播したら、ぼくの像が、つまり一般に刺激を与えたものの像と色がでてくるんでしょうか。そういうことについて説明してもらわないと困るわけですけども、しかしそういうものの説明は、色彩の感覚（色感覚）というものを、一般的に生理的過程として説明しようとするあらゆる説明のしかたによっては不可能です。

つまり、今申しあげましたように、ぼくがたれかを、とんとんとんとんというようにたたいたとします。そうしたらばその人が、そのたたいた刺激から、ぼく自身の像と色を浮べるということは、ぼくには不可能のように思えます。しかし、あらゆる色彩学の本は、いちばんかんじんなそういうところが説明されてないわけです。

刺激が脳の視覚中枢にいくまではいいわけで、それは生理的過程ですからいくでしょう。それで、脳に視覚中枢があるということも、原理的には割合に簡単な実験でたしかめることができると思います。しかし、インパルス（刺激）が脳の視覚中枢にいったら、どうしてその刺激をあたえたものの形とか色とかうかぶんだろうか、ということは説明されなければならないわけです。しかし、その種の説明はまったく存在しないとおもいます。つまり、視覚を眼の生理的過程として説明して、それで終わったという説明のしかたが、本当はナンセンスだということを意味しているとおもいます。だから、視覚とはなんぞやということが、あらためて問われなければならないということになってきます。

視覚というものはごく大雑把に申しあげますと、二つの過程にわけることができます。その一つの過程は対象物の受けいれということです。対象物の受けいれということは、対象物がそういう形をし、そういう色をもちということなんですけども、対象物の受けいれの過程です。この受けいれの過程は、一般に意識の空間化というものの過程なわけなんです。これは色彩についても形についてもおなじことなんですけど、一般に視覚的受容、受けいれということは意識の空間化ということなんです。

意識の空間化というもの——本当はわけるのはよくないんですけども——の次に、受けいれたものを了解するという過程があるわけです。つまり、感覚的に受けいれたものを了解する、つまりその対象物を、それはそれであるというふうに了解する過程があるわけです。了解する過程を意識の時間化というふうにいうことができます。

それで、一般的に視覚過程が完了するためには、人間の側では受けいれということと、それから了解ということと両方の過程がおこなわれます。おそらく脳の生理的過程として説明されうるものは受容の過程がおもなわけです。しかし受容されたものと、受けいれたものを了解することとはちがうことです。だから、了解過程として別にかんがえることができます。この二つの過程が完了した時に、対象物は、その色あるいはその形として受けいれられ、そしてそのものであるというふうに了解されるという過程が完了します。

たぶん了解過程の大部分というものは、本来的には脳の生理的な過程、眼とそれから脳の生理的な過程というものにもとづいていながら、しかし生理的過程そのものではないという性質をもっています。つまり、了解過程なしには、単に生理的な刺激の伝導がその刺激をあたえたものの形とか色とかというものを再現するはずがないのであって、だから、いわば受けいれというものがおわった過程で、了解ということがおこなわれるというようなことがいいうるわけです。

この二つの過程で、視覚過程というのはなりたっているということがいえるとおもいます。だから、この了解過程は、生理過程にもとづきながら、生理過程とは別次元に移行するものというふうにかんがえることができます。

そうしますと、色彩の生理的過程からはみだす過程として、色彩効果とか色彩の心理的過程というふうに説明されているものは、本来は色彩の受けいれから了解過程の問題だというふうにかんがえることができます。こういうかんがえ方は、決して色彩心理学的なかんがえ方ではありません。一般的にいいますと、心理的ではなくて、心的過程としてかんがえられるものです。心理学というのは、簡単で便利なところもありますけど、心理的ということと心的ということはまったくちがうということです。だから、了解の過程、つまり色彩心理学が色彩の心理あるいは色効果、色の心理的効果であるというふうによんでいるものは、いわば心的過程だというふうにかんがえられたほうがよろしいとおもいます。

それで、結局この了解の過程で、一般に心理的というふうにいわれているような要素というものもふくまれてきますし、さまざまな人間の精神的過程というものは、そのなかにふくまれていくわけです。だから、そのものをそのものとして理解しないと、生理的な過程で説明して、それであまったものは心理的効果というふうに転化してしまいます。しかし、生理的過程というもので説明したつもりであっても、たとえば最後のところで、刺激というものが、どうしてその刺激をあたえたものの形とか色とかいうものを、再構成されるのかということについては、まったくふれることができないことになっていきます。そういう過程は、心的過程というふうにかんがえていかれるとはっきりしますし、それから従来の色彩心理学というふうにいわれているものが、まったくできないようなことができるようになるかもしれません。つまり、そこの問題は、生理学と心理学の問題ではないので、生理的な過程の基礎の上にたっている心的な過程というものが、色彩における心的な諸問題の本質をなしています。

たとえば、斜視の人、つまり外斜視とか内斜視とかいう斜視の人がいるとします。サルトルみたいのは外斜視ですね。特殊な例をのぞきますと、斜視は一般的に無限遠視ということなんです。それで、無限遠視だものですから、どちらかの眼が、機能をもたないで、一方の眼でみていることになります。対象物は一方の眼でみるわけです。それが習慣化しますと、その眼がまんなかのほうによってきます。そうしますと、一方の眼もまた、生理的必然によってよらざるをえないのが、内斜視なら内斜視というもののメカニズムですけども、その場合に、一方の眼では機能をほとんど使いませんけれども、その使ってないほうの機能を回復したとしますと、対象物の像は二つ、つまり二重にみえるようになります。二重にみえるようになりますけれども、もしもその斜視の人が、二重にみえた対象物の一つを意識的に消そうとするとします。つまり、二重にみえるんだけれども、それは一重であるというふうにしたいとかんがえたとしますと、二重にみえるはずなのに一方を消すことができます。つまり、そういうことは慣れにより自由なんです。

だから、斜視の人は、対象物が一つあるのに像が二つにみえ、しかしそれは一つであるというふうにかんがえて消そうとしますと、一つは消えてしまいます。そういうことは、ひとつの対象物を受けいれることと、了解することが、いかに別次元であるかを示す一つの例だとおもいます。つまり、たしかに受けいれられたものとしては、二つとして受けいれられるわけですけれども、その一方の像を消そうというふうにかんがえますと、一つは消えてしまうということがありえます。お医者さんにいわせれば、そういうのはあんまりよくないので、二重にみえたら、そのままでみえていないと、なかなか治療がしにくいということになるわけですけれども、そういうことをはなれますと、二重にみえた像の一つを消そうとかんがえて、つまりそれは一つであるというふうにしようとかんがえれば、意識的に一つを消すことができます。そういうことが可能だということは、受けいれということと、了解ということが、いかに別次元であるかということを示しているはっきりした例の一つだというふうにおもいます。

　もう一つの現象はどういうことかといいますと、実際には体験で気づいたんですけども、お医者さんがよく使う機械で、こちら側にたとえば金魚ばちがあり、それでも一つの側に金魚のスライドがあるとします。それでこれをプリズム鏡でのぞくと、一定の操作で、正常な眼をもった人でしたら、メモリがゼロ角度の時に、この金魚ばちのなかに金魚が重なるという機械があります。そういうようにかさねておきまして、またもとへもどすわけなんです。もとへもどして、こっちは金魚ばち、こっちは金魚というふうにするわけです。そうしますと、もしまばたきをしないで凝視しますと、本来ならばまたふたたび金魚と金魚ばちというふうにわかれてしまうはずなのに、それがわかれないということなんです。つまり、かなりな程度これを操作して角度を広げても、なおかつ金魚と金魚ばちがはなれないで、くっついているというような、そういうことが可能です。それから、そういうように、はなれないである程度角度をかえることができるわけですけれども、しかし今度は一瞬でもまばたきみたいのをしてしまうと、今迄ある角度までひっぱってもかさなっていたものが、もうはなれてしまうという現象があります。

　人間の視覚の結び方は、了解作用というところで、かなりな許容性があるということです。つまり、了解作用のいかんによっては、かなりな程度視覚的対象物は生理的過程をはなれることができるということなんです。つまり、生理的過程とパラレルにいかないで、対象物が二つであるならば、必ず二つにみえるというものではなくて、生理的過程というものが二つであるのに、依然として一つとしてひっぱっているというようなことがありうるのです。つまり、生理的過程としては、対象物はこういう形をし、こういう色をしているということがピタッときまっていても、了解作用の許容領域で、かなりな程度融通がきくということがありうるのです。だから、生理的過程としての眼の機能から、色彩について、あるいは形について、みちびきだそうというかんがえ方はよろしくないことは、そういうことからもいえるのです。つまり、そういう生理的過程がきまれば、眼の感覚のすべての問題がきまるかといったら、決してそうではないので、眼の機能のなかにあるさまざまな要因は、この了解作用の許容領域の範囲内では、かなりな程度生理的過程とずれたり、了解作用の過程のところで、かなりな程度生理的過程と矛盾してしまうことがありえます。

このことは色彩についてもまったくおんなじで、まず色彩の生理的過程の説明で、色を感ずる要素は三原色に近い波長の光をうけると、ある化学的な感光物質があって、それが感光して化学変化をおこし、その化学変化は刺激として脳の視覚中枢に伝っていくという過程それ自体は、決してまちがいではないし、真実の生理的過程でありますけども、その刺激がどうして形や色になって再現されるのかという過程については、まったくそういう説明のされ方は不充分であることがいえます。

それから、ひどい本になりますと、そういうインパルス（刺激）が脳の視覚中枢にきますと、視覚中枢のなかに、字幕みたいな像ができあがるみたいな説明をしているのもあります。つまり、わかっちゃいねえということなんですけども、それから形を、どうしても説明できません。だから、たしかに生理的過程なしには、色彩そのものの感覚、それから形を、どうしても説明できません。だから、たしかに生理的過程なしには、あらゆる色についての感覚はありえませんが、生理的過程を基礎として、なおかつ一定の許容範囲をもつ了解作用の領域で、はじめて色についての感覚というものが完了するわけなんです。つまり、そういうふうにかんがえなければ、色彩現象についても、一般的に視覚現象についても、本当はよく説明できないことがいえるとおもいます。

Ⅲ

次に錯視現象についてお話しします。いま二色の同心円で錯視の表を作ってみます。外円を等しい径にして、内円の径を変化させてゆきます。外円が大きいほど、内円は見かけ上、小さく視えます。外円のちがった表を、左右に並べてみますと、外円が小さくて内円との差が少ないほうが大きくみえるとおもいます。それから今度は、表の25ミリの場合についていいますと、一方が大きくみえるとおもいます。(錯視表Ⅴ)

そうしますと、すぐにかんがえられることは、両方がおなじ大きさにみえる個処が、内円30ミリと25ミリのあいだにあるはずじゃないかということです。それをやってみます。(錯視表Ⅵ)今とおんなじように外円が30ミリ、内円30ミリですね。外円が36ミリ、内円が28ミリとしますと、こちらのほうが大きくみえます。それで次に、外円はおなじにしときまして内円が28ミリ、こっちも28ミリとします。そうしますと、やっぱり一方が大きくみえるとおもいます。今度は次に外円がおんなじで、内円が26ミリです。これがおなじにみえるかどうかは別としまして、内円を25ミリにしたときには、こちらのほうが大きくみえるわけです。だから、いずれにせよ、これがおなじにみえるにしろみえないにしろ、ここいらへんが両者がおなじにみえる点だとおもいます。外円が36ミリ、30ミリ、内円がともに26ミリです。そのときに両者はおなじようにみえます。

このまえに、人間の感覚器官が対象物を受けいれ、そしてその対象物がまさにその通りであるというふうに了解するという二つの過程をかんがえて、その総過程を知覚というんだと申しあげました。これは知覚ということばと感覚ということばとの区別みたいなものを申しあげたわけですけど、感覚という場合には勿論対象物を人間の感覚器官によって受けいれて、受けいれたものをまさにそのものであるというふうに了解するわけですけれども、感覚器官が受けいれた過程を基礎にして、人間の感覚器官の作用をかんがえた場合に、それは感覚というふうにかんがえればいいとおもいます。もしも受けいれということに必ずしも重点がおかれるのではなくて、むしろ了解するというほうに重点がおかれるというふうにかんがえるとすれば、それは知覚というふうによんだほうがよろしいとおもいます。ふつう感覚という場合には、耳でする聴覚とか、眼でする視覚とか、嗅覚とか触覚とか、さまざまな感覚作用の受けいれ、了解ということがあります。それからもっとこまかくわけまして、たんに触覚というふうにいわないで、圧覚とか、痛覚とかいろんなわけ方ができるとおもいます。

しかし、ここで問題にしたいのは、そういう聴覚と視覚がどうちがうか、あるいは触覚それから味覚はどうちがうか、嗅覚というものは、そのなかでどうちがうかというような、各感覚器官による感覚作用のちがいではありません。どう共通しているかということを問題にしたいわけなんです。知覚過程は受けいれの過程と、了解の過程という二つにわけてかんがえることができるということは、いずれにせよ共通なことです。もっとこれをくわしくいいますと、受けいれということで、視覚と聴覚あるいは味覚とか触覚とかいうものは共通しています。この共通性は空間化ということができます。空間化ということばはわかりにくいでしょうけれども、どういうことかといいますと、ある形とある大きさとある色をもったある対象があって、その対象物を人間の感覚器官、たとえば聴覚の場合だったら、それから発する音でいいわけですし、視覚の場合には形とか色とかそういうものであっていいわけですし、また触覚でしたら、ふれた時の凹凸なり形態の感覚なりでもいいわけですし、それから味覚でしたら、直接舌でなめるというようなことになるわけですけれども、そういうさまざまな感覚器官によって、さまざまな受けいれの形がありますが、それらは一様に空間化であるとかんがえてよろしいとおもいます。そういう場合の空間化はなにかといいますと、ある対象物が、その形その色その臭い等々において存在していることを、人間の感覚器官が関係づける作用をいいます。つまりその対象にむかって、人間の感覚器官がはたらくわけですけれども、そういう過程を一様に空間化というふうにかんがえていいとおもいます。

その空間化の過程がおこなわれたのちに、了解という作用があるわけですけれども、この了解という作用は、空間化に対して時間化ということができるとおもいます。この時間化ということばも、またわかりにくいかとおもいますけれども、いくらか説明していくうちにわかりやすくはなっていくとおもいます。この了解作用の時間化という場合の時間化は、わりあいに面倒な概念でして、感覚器官というような人間の生理的器官にもとづきながら、しかし生理的過程から離脱していくというそういう作用です。それでその離脱の度合というものを、一種の時間化というふうにかんがえることができるとおもいます。

そうしますと、聴覚つまり耳でする空間化と、触覚みたいにふれてする空間化とはなにがちがうのかといいますと、度合がちがうんだとかんがえられます。つまり、ふつう共通性じゃなくて相異性とかんがえた場合には、聴覚と視覚はまったくちがうようにみえます。一方はなんらかの意味で、対象物の発する音が、鼓膜に到来しなければならないし、他の一方はたしかにそれをみなければならないとすれば、聴覚と視覚はまるでちがうことになります。ただ聴覚と視覚は、共通性をとりだしていきますと、受けいれの過程は空間化ということではおなじですし、ただ他方で、空間化の度合がちがうんだというふうにかんがえられます。また、聴覚と味覚とは空間化の度合がちがうんだということになります。それで、おなじように時間化という概念にも度合をかんがえていきますと、時間化の度合がちがうということで、その度合に応じて人間の知覚作用は、ある時には聴覚であり、ある時には視覚であり、ある時には触覚でありということになります。

そうかんがえていきますと、人間の感覚器官の各作用は、すべてある一つの共通性に還元されるということになります。そうしますと、いったい人間は空間化あるいは時間化というものの手がかりをどっからえてくるのかということが問題になります。実際的な手がかりの起源は、さまざまでありうるはずですし、またさまざまにもなりうるとおもいます。つまり、そういうことは、人間の長い原始時代からの歴史、もっとさかのぼれば動物、生物であった時からの歴史なんですけども、そういう歴史的な過程をへて徐々に形成されてきたものだという意味では、特異な発達をしたり、急激な発達をしたりするということは簡単にはないわけです。ただ人間を生れた時から、というふうにかんがえると、生れた時から青年期にいたるまでのさまざまな意味での教育とか学習とかいうものからえてくる個人差は、非常に大きいといえます。しかし、その相異の大きさも、生理過程の問題としては、あんまりちがいがないともいいうるわけです。

いずれにせよ、知覚作用の空間化と時間化というものを、人間がどっからつかんでくるか、あるいは歴史的にいって人間という生き物は、どっからつかんできたのかという場合には、さまざまな具体的な条件と状態がかんがえられるわけですけども、空間化、時間化という概念の基本的なよりどころになりうるのは、〈身体〉なんです。〈身体〉という概念は、自分は自分の身体をどう受けいれどう了解するかとかんがえるとよいとおもいます。そして、〈身体〉はそれほど生理的に個別差はないので、空間化、時間化をはかる規準としては、確実なものだということができます。

自分が、自分の身体をどう受けいれるか、かんがえてみますと、その受けいれ方が空間化という概念を規定するわけです。自分が自分の視覚を使って自分の身体をかんがえたという場合に、自分を、そういう靴をはき、こういう色のこういうものを着て、それでどうなってるとか、自分の足のどこそこには傷があるとか、いろいろな視覚作用が考えられるでしょう。そういう視覚的な判断の全体に、自分が自分の身体をどういうふうに受けいれかつ了解するかという知覚における空間化と時間化の概念を支える基本的な要素があるとみればよろしいとおもいます。この場合、自分の感覚器官は、自分の身体に属しているわけです。そして自分の身体に属している感覚器官を使って、自分の身体をどういうふうにつかまえるかという問題がおこります。だから、はたのものが、お前の身体はこうなっていると了解することと、自分の感覚器官は自分に属していながら、その感覚器官を使って、自分の身体をつかむということは、対象物が自分以外の対象物である場合とちがうわけです。

そこのところが一番めんどくさいところなんで、もう一回くりかえしますと、まさに自分の身体に属している自分の感覚器官をつかって、自分の身体を把握しているので、受けいれと了解の作用は、一種の二重作用をいとなんでいることになります。あるいは明らかに自分をつかって自分をつかまえているという部分がかならずあるわけなんです。そのことが知覚作用の問題でもっとも面倒なことです。

色彩心理学が、眼にはこういう作用があって、それが脳の視覚中枢へ伝達されるからある色がみえるとか、ある形がみえるとかいって、それで満足してしまうのはどういうところかといいますと、いまいいましたところが、理解できてないのです。心理学といえども、人間の心の動きについては、普遍的な理論だとおもいたいわけですから、そうはいってないんですけど、心理学というのは、だめなのはなぜかというと、感覚器官を、自分の外にあるものとしてかんがえていることです。別の言葉でいえば、感覚器官を、人間の外にあるものとしてみなして、外にある観察眼から、人間の心理を観察しているというふうに、ひとりでに設定してあるからだめだということです。つまり、色彩にともなう心理を、動的にじゃなくて静的にしかかんがえられないところがあることです。いいかえますと、心理をはかる人間は、人間という類の外にいるというふうに、ひとりでに前提されているということです。それから、視覚器官の生理的過程と脳における視覚中枢との中継の問題として視覚というものをかんがえ、それから中継の問題として視覚心理、つまり色彩心理みたいなのをかんがえて、よいつもりになっていることです。そうはいってはいないんですけど、本当は人間の知覚作用のさまざまな効果、結果を考察するのに、人間以外の眼がどこかにあって、そこから、人間の心の動きとか視覚の動きをながめるという視点を、しらずしらずのうちにとっていることが問題になります。

しかし、いま云ったように、自分が自分の身体をどういうふうに受けいれるか、あるいはそれをどのように了解するかをかんがえた場合に、自分の知覚器官は自分の身体のなかに、身体の一部分としてありながら、その一部分をつかってしかも自分の身体をとらえるというようなそういう二重性あるいは特異な作用を、人間の知覚作用はいつでもやっているということです。これは、おおきくいうと心身相関の場ということになるわけですけども、この心身相関の場の理論というものは、あんまりいい理論はないんです。いい理論はないということは、困難な問題がたくさんあるということを意味しています。困難な問題がたくさんあるために、一般的に、心身の相関する領域の問題は面倒で、それでいい理論らしきものはない状態になっています。その場合には、自分の知覚器官自体をも、自分はどうとらえるのかという問題が、またおこってくるという面倒な位相にあります。人間の知覚器官の位相は、そういうところがありますから、それがよくとけないために、一般に知覚についての理論のうち、わたしたちを充たしてくれるものはない状態です。だから、この問題は、本当にやれば大変むつかしいことなんですけども、さしあたってここでかけ足で通りすぎていく分には、かんがえ方の筋道だけ把んでいければいいとおもいます。そのあともっとやりたい人は、自分でかんがえたり、勉強したり、本読んだりすればいいわけですから。

知覚器官のうち、眼を例にとりますと、自分は足が二本あるのに、自分は足が一本あるというふうに把むことはできません。それから人間らしき身体だという意味では、そんなに個別性はないわけですから、自分が人間らしき身体をもっているにもかかわらず、人間らしき身体としてつかまえないということはできないでしょう。人間の身体であるという意味では最小限にいって共通性はあるにちがいないのです。

しかし、経験的にかんがえてもわかるように、自分の身体を自分がどういうふうに受けいれるかということは、そんなに普遍的なものでないし、あるいはそんなにだれにとってもうまくやれているわけじゃないことは、わかるとおもいます。たとえばある時、胃が痛くなって胃の病気になったとしますと、それまでは自分の身体で胃袋なんてものは全然自分で受けいれてもつかまえてもいなかったんだけども、たまたま胃の病気になったために、自分の胃についてかんがえるようになったというような、さまざまな体験はあるとおもいます。そういう意味では自分の知覚器官が、自分の身体をどう受けいれどう了解するかという問題は個別性があるだけではなく、その人間にとっても大変かわりうるものです。

その時に、自分の身体はこうであるというふうに、自分の知覚器官が受けいれ、そして了解したとします。そうすると、この受けいれ、了解はどういうことになっているかといいますと、人間の知覚の特異性ということからかんがえて、そのつかまえ方は、第三者が自分の身体をあっちからながめこっちからながめ、こうかんがえああかんがえというふうにつかまえたその身体と、自分が自分の身体をどういうふうに受けいれ把握したかというその把握の仕方とはちがうということは確実です。いいかえれば、客観的に自分の身体が他者からみればこうみえるとか、他の観測機関からみればこうみえるというみえ方で、自分が自分の身体を把ええないことは確実なことです。なぜならば、極端にいって、把えようとしている自分の知覚器官を、自分がつかまえうるという特異な作用は、第三者の眼で自分の身体をみた場合にはおこりえないからです。つまり、自分の知覚器官で自分の身体をつかまえた場合には、そういうふうにはたらいている知覚器官自体が、自分に属しているということをも、また把えなければならないからです。ところが、第三者が自分の身体を把える場合には、どのような把え方をしようと、それを把えてる自分の知覚器官もまた、自分に属しているという作用だけは、少なくとも不要です。

かりに第三者的につかまえられる身体のつかまえ方をAならAとしますと、自分の知覚器官が自分の身体をつかまえた場合には、それになにものかが加わるということがいえるわけです。加わるというのは差引くでもどっちでもいいですけど、とにかくこれと異うということだけは確かです。そういうことは受けいれの場合でも了解の場合でも、おこるはずです。

この場合に、第三者的につかまえた自分の身体と、自分が自分の身体を把える把え方の相異がなにに由来するかが問題になります。そういういい方は本当はよくないんですけど、判り易いためにいいますと、こういう異い方というのは、自分に象徴される人間の知覚器官が、過去からの――過去からというのは人間の歴史のはじめからですけど、つまり未開、原始の時代からですけど――その時代からなんらかの意味で、みがきにみがかれてきた知覚作用の、現在の到達点に由来するであろうということは確実なんです。つまり、客観的に第三者的にみえる自分の身体という把え方と、自分の知覚器官が自分の身体をとらえるという把え方でおこる相異は、いずれにせよ人間の知覚作用の現在までの歴史的な累積に由来するだろうことは確かなことで、それからもう一つは、この相異は、現在自分がそこにいて、そしてさまざまなことにぶつかりながら生活し、かんがえというふうにして、個別的に現在もっている知覚器官の到達点をあらわすということもまた確かなことなんです。

だから、第三者あるいは第三者的な機械とか器具とかによって、自分の身体を把えた把え方と、知覚器官も自分の身体に属しているにもかかわらず、それでもって自分を把えるという把え方からおこる異いは、人間の知覚作用が現在まで累積してきた到達点に位置しているということも確かですし、またそういう異いは現にその人のもっている個性的な知覚作用の固有性に由来するということも確かなわけです。

その場合に、こういう自分の知覚器官が、自分の身体をつかまえる場合のつかまえ方が、空間化というものの概念を一番よく提示できるところです。空間化、つまり人間の感覚器官が対象物を感覚的に受けいれるということはどういうことなのか、という基本的な問題は、自分の身体を自分がどう受けいれどう把握するかというところにおこる生理的身体そのものとの相異とかんがえてもいいし、相異を含めたそういうつかまえ方全体とかんがえてもいいことになります。そういうものが感覚的あるいは知覚的受けいれというもの、あるいは知覚的空間化というものの度合をはかる目盛を示しているとかんがえることができます。

おなじように、自分の身体を自分がどう了解するかという場合におこる了解というものは、時間化という概念の基本的なところにおいてよろしいとおもいます。基本的なところにおいてよろしいというのは、そういうふうにして人間が自分の身体をかんがえることから、そういう感覚的受けいれとか、了解とかというものを学ぶというような意味ではありません。人間が自分の身体を自分でどう了解しているかということは、なかなかうまくできていないものです。つまり、いつまでたっても、なおかつ新たに発見するというようなところがあるわけです。人間というのは、自分自身の身体についてよくかんがえ、よく受けいれ、よく了解しているわけではありません。そういうことは病気とかなんとかというような個別な必要に応じてしかしないのですけども、人間の知覚的な受けいれの空間化あるいは了解の時間化というような概念を、動揺しないところから規定しようとすると、一番いい規定の仕方は、自分の身体を、自分がどう受けいれ、そしてどうとらえているかを基にするのがよいということです。その問題のなかには、単に現在ここに生きている個人のつかまえ方の固有性があらわれるだけじゃなく、そういう受けいれ方のなかには人間の知覚作用の歴史が、いわば現在の段階まで発達してきた、その歴史として累積されているというふうに、図式的にはいうことができます。

知覚論とか身体論とか、あるいは心身相関の問題とかそういうふうにいわれている問題は、依然として現在もなかなか定まらないし、現在もたくさん問題になりうるのは、そういう問題が簡単なようで、実はそのなかには、人間が感覚器官を、歴史的にみがいてきた長い年月がこめられているからですし、またその人が現在どういう生き方をして、どうかんがえてきてるか、という固有性の問題も含まれてくるからです。

そうしますと、ふつう感情とか心情とか情緒とかよんでいるものは、知覚作用のうちどうかんがえるべきかという問題がおこってきます。つまり、感情とか心情とかというのはどういうふうに把えたらよいかという問題があります。

心理学が、感情あるいは情緒はなにかという場合、人間以外のものが、人間の感情はなにかと観察したり評価したりしてる位相に、無意識のうちになっています。だから感情とか心情とかというものを静的にしかとらえられないところがあります。つまり動的にダイナミックにとらえることができないところがあります。それは結局しらずしらずのうちに、人間じゃないものがどこかにあると想定して、人間の感情とはなにかというふうなことをいっているからです。しかし、感情作用とか情緒的な作用というものが、人間の知覚作用に含まれている場合には、必ずそれは人間的な作用の過程としてでしかないわけです。つまり、人間的過程以外のところから人間の感情とはなにかなどということを提起しても仕方がないので、そういう問題を含めて、改めて考察していかなければならないところがあります。

いま、視覚的にある人間をみて、美しいと感じたとします。その美しいというのはなんなのかということをかんがえていきますと、結局いま申しあげましたとおり、人間を視覚的に受けいれ、了解したという作用がおこるわけなんです。いったんそれがおこりますと、ふつう感情作用がなく冷静な対象物としてみた場合には、いつまでたっても、この対象物を受けいれそして了解するということを持続的にくりかえしているわけなんです。ところが、もし美しいという感情的な作用がはいってきたとした場合に、どういうふうになるかといいますと、まあ最初の瞬間にこの対象を受けいれそして了解するということは確かなことです。そして、その人間によって把握された対象は、次の瞬間には、もう感情が投影して、今度は把握した対象に付け加えられて、もう一度また受けいれと了解というものをやるわけなんです。そうすると、また把握された対象を含めて、これを対象として、もう一度受けいれと了解をやるわけなんです。そうしますと、ただこれだけの生身の対象を持続的に受けいれ、そして把握しているという過程が続くにもかかわらず、もし美しいとかいうような感情作用が育った場合には、生身の対象を受けいれ了解しますと、受けいれ了解されたものを含めて、対象とすることによって、もう一回受けいれと了解というものをやるわけです。そうしますと、感情作用を含めたこの視覚作用においては、対象物はくりかえしくりかえし変形していくわけです。つまり変形していくというのは、皆さんのことばでいえばムードがつけられていくわけなんです。生身の対象物じゃなくて、ムードがつけられたこの対象を、また受けいれそして了解し、そしてまた付けられたムードにより変形された対象物を、また対象化するというふうに、対象自体がたえず変形されていくようになります。そういう作用を、感情作用を含めた知覚作用とよんでよいわけなんです。

だから、その場合には対象が美しいとすれば、アバタもエクボだというふうに、どんどん変形をこうむっていくのです。つまり、変形されていったものが、また受けいれられ、また受けいれられ了解されたものが、また対象としてまた投げかえされ、そうすると、この生身の対象がアバタがあったかどうかというのは問題でなくなって、それはやっぱりエクボであるというふうにだんだん変形されていきます。そして、そういうものをともなっておこなわれる知覚作用を、われわれは感情作用あるいは情緒的作用あるいは心情的作用というふうによんでいるわけです。

そういうふうにして感情作用がおこってくる基盤はなにかといいますと、人間の眼が対象物を受けいれ了解するといった場合には、先程自身の身体ということでいいましたように、自分の身体の客観的な生理的構成というようなものを受けいれているんじゃなくて、そういうことを受けいれようとしてはたらいている知覚器官が、また身体に属しているわけなんですから、必ず何かが加ってしまいます。そして加ったものを受けいれる作用を、歴史的にも現在的にももっていますから、そういうことをもとにして、情緒的作用は必ずおこりうるわけです。だから、本当のことをいいますと、客観的にあの人は美しいとか、あの人はきたないとかということは、相対的なものですから、いったん、人間の知覚作用のなかに感情的、情緒的作用が伴なっていく場合には、知覚作用の仕方はかわって、対象をどんどん変形させるようになってゆきます。対象物が対象物としてそのとおりみえるなんていうことはありえないのです。いくらでも変形できるわけです。

そんなことはすべての感覚器官についてももちろんいえます。色彩なんかについては色彩心理学なんてのはだめだというのはそういうところなんで、こういう色はこういう心理的効果なんてことはありえないのですよ。たとえば、つまらないカラーデザインの作品があったとすれば、それが自分の恋人の作品であったら、よくみえるというようなことはあるんです。心理学っていうものはそういうことをつかまえられないわけなんです。つまり、心理学っていうのは、たとえば赤系統の色は暖色であって、青系統の色は寒色であるっていうようなことばかりいってるわけですが、そういう馬鹿なことはないので、たとえば自分の恋人が、寒色のスーツなんかきてたら、それは暖かくみえたりするのですよ。そういうことは人間の知覚作用のなかにありうるのです。

つまり、一般に心理学が、感情とか心情とか情緒とかいっているものの知覚作用としての本質をよくかんがえていきますと、それは対象の変形なんです。対象をどんどん変形させて、つまり対象にムードをつけていくわけなんです。ムードをつけては、またそれを対象とするというようなことなんですけど、そういうことはよくおこりうるわけです。だから、こういうことは、色彩でいえば、基本的な配色の問題になります。配色心理学の職人芸みたいな人がいるわけですけど、本職みたいな人の配色が、たとえばすぐれたカラーデザイナーの作品——配色についてしらなくたって創造的につくっちゃうというような作品に、かなわないところがあるのは、結局配色の問題というのは心理学の問題にはならないということなんです。

心理学の問題にならないということから、知覚理論の問題になってくるわけですけど、知覚理論の問題として、たとえば配色の問題がでてくるということは、本当は大変むつかしいわけですし、そういうことはなかなかできないし、だからやられてないという問題です。結局そこで色彩理論というものと、創造的な世界というのはちがいますし、工場やなんかのカラーコントロールというような場合でも、個々の人間は、たとえば緑という色は好ましいとおもっていたとしても、緑色のカラーの洋服が好きな恋人とけんかわかれしたような場合には、みるのもいやだっていうふうになりうるわけです。

カラーコントロールみたいなものが制御できるのは、規範としての色彩ということです。規範としての色彩というものは、どうあるべきかというようなことをかんがえるのが、カラーコントロールの役割です。自動車の色それからネクタイの色、そういうものをどういう色に塗るかというような問題でおこる色彩の問題は、規範としての色彩ということなんです。規範としての色彩というのは、もっとくわしくいいますと、共同規範としての色彩ということなんです。色彩そのものということではちっともないのです。色彩そのものをあつかうのは、依然としてやっぱりデザイナーであり画家であり、つまり創造家の仕事であって、それからカラーコントロールみたいなことでいわれているのは、色彩そのものをあつかうのではなくて、色彩が人間の心にある共同性として理解できるような、そういうところに関与する色彩をあつかうのです。色彩そのものが、個人としての人間にどういう影響をおよぼすかという問題を、カラーコントロールはあつかうものではないのです。

知覚作用のうち聴覚と視覚は、受けいれ、そして了解するという存在的な過程以外に、受けいれ即ち了解というような、受けいれということを即座に了解構造にかえうるというようなことが、固有なものとしてあります。そうすると、そういう了解は本来的な了解とちがいますから、これを疑似了解とかんがえればよいとおもいます。

たとえば分裂病の場合に、幻聴というようなことがおこりうるのは、幻聴というのは疑似了解の意識なわけなんです。それから視覚にも幻視というのがあるわけです。幻視というのは幻聴にくらべると、異常な場合でもおこりにくいんです。おこりにくい理由は、おそらく受けいれの空間化あるいは了解の時間化の度合が、幻聴のほうが抽象性が高いからです。だから分裂病者には幻聴というのは簡単におこるんですけども、幻視というのはほとんどおこらないか、ちょっとしかおこらないというようなことがあります。それは空間化、時間化の度合がちがうからです。聴覚のほうがその度合が高いんです。高いっていうのは高級だっていうことじゃないんですけど、高度なんです。

だから、よく音楽の理論家たちが、音楽というのは時間的な芸術だというふうにいいますけど、本当はそうじゃないので、音楽の場合には、聴覚からくる知覚とおなじように、空間化と時間化、つまり受けいれと了解はおこなわれるわけですけれども、今いいましたように聴覚は、特異性がありまして、受けいれを即座に時間構造にかえる、つまり了解にかえるというようなことがありますから、時間性の芸術のようにおもえるだけです。けれど、受けいれの空間化それから了解の時間化というのは、もちろん音楽の場合でもおなじように行われているのです。音楽はそういうようなことで、時間的な芸術ではありません。

視覚にごくふつうにあらわれる特徴を二、三かんがえていこうとおもいます。視覚作用はむつかしいですから、わかんないことがたくさんありますけれども、まあごくふつうに色彩についてでてくる問題は、そんなにむつかしいことはありません。ただ、理解の仕方は人によってまちまちでして、それもまた本当にかんがえていくとむつかしいことになりそうにおもいます。

まずはじめに、一般に視覚心理学が、残像現象と称しているものについてとりあげたいとおもいます。この残像現象というのも色感覚の過程でいえば、生理的な過程なんですけれども、色知覚というふうにかんがえていく場合には、簡単にはそう云えないということがあります。これは残像現象というものをもう少しくわしくやってみるとすぐわかるのですが、たとえば、精神病理学が視覚的直観像とよんでいる一つの現象があります。それはどういうことかといいますと、対象は色であろうと文字であろうとなんでもいいわけですけど、そういうものをかなりな時間、三十秒とか一分とかみていまして、これをとりのぞきます。そうすると、これとおなじものがおなじ個処にみられるという現象です。下地は白いほうがいいわけですけども、そういうところに、ある色彩なりある形なり、あるいはある文字なり、そういうものがおかれていて、それを視覚像にしまして、これをとりのぞくと、おんなじものがみえるという現象です。これはものの本によりますと、大人のうちのある部分、青年の場合には半数にこういう現象があるとかかれています。つまり、わりあいにありうる現象のようであります。たとえば、極端なことをいいますと、試験なんかで提示されていることをじっとみていて、それをとりのぞいたあとで、完全に問われていたことを再現できるという、そういう場合もありうるとかかれています。

この視覚的直観像というのは、たしかに感覚作用、つまり眼の生理的過程に大変多くを依存しているということはまちがいないことです。しかし、この過程は極端になってきますと、了解過程のある種の変化というものを想像しないと、説明できないところがあるかもしれません。つまり、視覚的直観像というのは、イメージとか夢とかそういうものに属する要素や、病理学的にいえば幻視みたいなものに依存するような要素がありまして、たしかに眼の生理的過程の問題にはちがいないのですけれども、かなりな程度了解作用をかんがえていかないとわからないようなところがあります。

そこで、イメージ像と、視覚的直観像は、どこがちがうかということになります。イメージの場合には、ここにこういう対象物がおかれて、ある時ジーッとながめて、次にこれをとりのぞいて、イメージとしておもいうかべてみようとすると、そっくりイメージで再現されることは大変まれなことです。対象物の細部は、再現されないのが一般的です。ただ、イメージの場合には、再現されないけれども、イメージのなかにでてくる像は、了解作用の問題に大変おおく依存しているので、生理的過程は、あまりイメージそのものには関連してこないということができます。

視覚的直観像の場合には、対象物がとりのぞかれたとき再現されるものは、細部にわたって再現されてくるというちがいがあります。ただしかし、あくまで視覚像ですから、それ以外のなにものでもないという要素をもち、了解作用の〈変容〉が大きな力では、関与するということはないわけです。ところが、イメージによって再現する場合にはあきらかに、了解作用の要素が強大であって、細部が再現されるかどうかということはイメージとしてはどうでもいいことなんです。だから総体的な了解といいますか、そういうものがイメージの場合に必ずあるわけですけども、視覚的直観像の場合には、細部は再現されますけれども、べつに綜合的な対象物の構成はどうでもいいことになります。

つぎに補色の残像に触れてみます。これはどの色彩の本にも、それから視覚についてかかれた本にもあります。たとえば、色彩の一点なら一点をしばらくの間視ていて、ふっと眼を傍にむけますと、そのものの補色像が、ある短かい時間うかんでくるというごくふつうの残像現象です。この場合には、一般的にどういうことかといいますと、眼が対象の個処の色彩に適応するように集中しているわけですが、急に転換した場合に、もともとこの色と補色とをあわせて白色光（昼光）になるべき残りの色が、あまりに急激に眼がちがったものを視るものですから急に適応できず、その個処に浮んでくるという説明をしています。そういう説明でいいとおもいます。

もうひとつ同色残像というのがあります。同色残像というのは、視覚的直観像に含めたっていっこうかまわないとおもいます。これをしばらくの時間凝視して、急に白の背景に眼を転じていく、そうすると、これと同色が再現されるという現象です。だから、視覚的直観像に含めてもいいわけですけれども、視覚的直観像の場合には、必ずしも色の問題についていっているわけではなく、文字であったって、形だっていいわけですけども、そういうものを含めていいわれていますから、色彩というような場合でいえば同色残像というふうにいうことができるとおもいます。

大体、残像という概念は、視覚心理学と色彩学の概念ですけれども、視覚的直観像という概念は精神病理学的な概念です。どこからこういう概念がでてきたかという場合には、まったく由来がちがうということができます。だから、残像といっても、なかなかむつかしいので、そう簡単に残像といってもらいたくないというようなものです。

残像現象は皆さんが自分でやってみられることが一番いいとおもいます。人によって残像のできかたが相当ちがうはずですし、それからおなじ人でもその時の状態でちがいます。そのちがう要素をかんがえてきますと、残像という現象はむつかしいので、人によっても、時と処を異にしても、身体状態によってもちがうということがいえます。

つぎに一般的には錯覚といわれているもの、それから眼の場合には錯視というふうにいわれている現象があります。錯視の例は、いくらでも考え出すことができます。たとえば、同じ大きさの円でも、背景が小さい場合と、大きい場合では、ちがった大きさに視えたりすることがあります。また、これはどこの本でもかかれているごくありふれた例ですけど、同じ長さの線でも、線の両端につけた矢印が内を向いている場合と、外へ向いている場合では、長さが異って視えます。要するに、ある視覚的な対象物は、それと対比さるべきものの大きさの如何によって、大きさが変って視えるということです。

これは大きさについてだけでなくて、もちろん色についてもいえます。例えば、同じ色彩のものが、背景の色相の如何によって、ちがった色相に視えてきます。これは試料を参照して下されば、たれにでもわかります。

さきほど申しあげた例で、背景の大小によって、おなじ大きさの対象物が、大きくみえたり小さくみえたりする場合の試料をつくってみました。もし、こういう錯視が成立つとすれば、おなじ大きさの対象物が、背景の大きさとの関係で、ある点までくると錯視を与えない点があるはずです。また、背景が充分に大きいばあいは、対象物の大小に関わりがないことになります。

これは、一種の対比錯視現象だとおもいますけれども、そういうふうになるはずなんです。こういう試料は、錯視の原理さえわかっていれば、切り貼りですぐできますから、自分でつくってごらんになればいいとおもいます。別にこの試料のまねして円形でやらなくたって、なんでもいいですから、作ってみればすぐにわかります。

ほんとうは厳密に、対象とする円と、背景の円の大きさの相異の二つの関数として、つまり、どの程度のバックの大きさの差があった場合に、錯視、つまり、大きさの相異が、おこらないかということを、確定できればよいとおもいます。ところが、そのためには、色自体をかなりな程度厳密に同色をつかい、大きさもまたかなりな程度厳密につくって実験していかないと、確定できないのです。しかし、そういうことは本当はやった上で、近似式ぐらいは出しておかないといけないとおもいます。つまりこれこれの大きさの比以上の場合には、錯視はおこらないとか、これこれ以内ではおこるということを、本当はちゃんと式で示してごらんにいれたいわけですけれども、ここではちょっとできないのです。

それからもうひとつ、対象とするまんなかの円の色相と、バックの色相が、あたうかぎり近似している場合には、こっちがこっちより大きく視えるということはおこらないのではないかとかんがえられます。これは理窟からいえば、そうなるはずじゃないかなといえるわけで、比較すべきおなじ大きさの円と、背景の色とを極端に接近させていった場合には、一方が他方よりも大きくみえる、という現象はおこらないとおもいます。

ものの本にかいてあるんですけど、暖色ていうのかな――波長が長いほうの色なんですけど――そういうのはでっぱってみえるというんですけどね、寒色はへっこんでみえるというんですけど、そういうように視えますか。それは視ようとおもえば視えるとおもうんですけど、そういう場合の現象は、本当はそんなに簡単なことじゃなくて、視ようとおもうとそういうように視えるというような要素が多いんです。

色彩の現象のなかで、長波長側の色彩と、短かい波長の側の色彩とでは、いろいろな背景とか、いろんな大きさとか形とか、そういうようなものにおける効果あるいは影響の仕方が、それぞれちがうようにおもいます。このちがい方は、長波長側の色のあいだのちがいよりも、長波長側の色と短波長側の色とのちがいのほうが著しいといえましょう。その程度に理解しておきませんと、いけないとおもいます。それから、皆さんのほうでも、色盲じゃないという条件さえあれば、みんなおんなじように錯視、錯覚みたいな現象はおこるとかんがえたらとんでもないことで、それぞれの個人によって、あるいは個人におけるそれぞれの状態によって、ちがうと理解してほしいとおもいます。

人間の眼の生理構造については、そんなに詳しくわかっているわけではありません。この前に申しあげましたとおり、網膜の背後には色彩を感ずる神経、つまり光が網膜にあたってきますと、その光によって化学的な変化をおこす化合物をもった神経網がありまして、その神経網は三原色に感ずる要素をもっています。だから、光の刺激で化学変化をおこし、その化学変化の電子的な刺激が、脳の視覚中枢に入っていき、そういうことによって、色彩というものを了解します。それから明暗については、明暗についてだけ鋭敏な神経があって、この神経が明暗の度合に応じて変化します。その一定の変化は伝達性刺激によって、脳の中枢へ行くというようなことぐらいしかわかっていません。

　人間じゃなくて、生体実験ができるカエルについての研究は行われているようです。それをうけ売りをしますと、大体予想どおりの、つまりそうであろうなってとおりの結果なんですけれども、大きさとか形とか、それから動きとか明暗とか――カエルの場合には色はわかりませんから――そういうものの機制にだけ感ずる神経網がありまして、それぞれ形について、大きさについて、動きについて、明暗についてというように、刺激として脳の中枢に伝えられていくわけです。伝えられていって、まさに対象物はその大きさ、その形、その明暗、その状態でみえるということになるんですけれども、これらの個々の機能をつかさどる神経を通じて、刺激が中枢にいったとして、それがどうして一つの綜合的な構成として視られるようになるのかは、もちろんこのような生理的な研究では決定できないとおもいます。つまり、そういうことは生理的過程になにかが加わっていかないといけないので、個々の部分的なものをとらえる動きが、一緒に伝達され、脳の視覚中枢にいったとします。個々の動きの伝達が視覚中枢にいったときに、なぜそれが再現されるかということについては、この生理的過程の研究は一向に教えてくれません。

　視覚作用全般に対して、色彩知覚、色知覚というものをどういうふうにかんがえていったらいいかというような問題があります。その問題は、どういうことにつながっていくかといいますと、配色につながっていく問題なんです。配色についての理論にいくための根本的な問題は、第一に視覚現象というのはなんなのかというような問題と、視覚現象のなかで色彩知覚というものはどういうふうにかんがえていったらいいかというような問題があります。大体われわれは太陽光線というものになれきっていますから、太陽光線が直接的にか、あるいは間接的にさしてくる昼間と、それからそれがなくなってしまって、かわりに星の光とか月の光とかそういうものが直接間接に支配する世界というものになれきっていますから、そういうことはごくあたりまえなことだというふうに理解しています、つまり、日光でいいますと、昼間の日光が白色光であることについては、別に白色光であると意識しているわけでなくても、ごく当然のこととして受けいれているわけです。だから、白色光に順応するといいますか、適応するといいますか、そういうことは人間の視覚にとっては、ごくふつうなこととして受けいれられているわけです。そうしますと、白色光を受けいれる長い習慣をもっているわけで、そのなかで、色彩知覚はどういうふうに位置づけたらいいのかという問題が当然おこってくるわけです。カエルなんてのは色彩についての知覚というのはないので、そういう動物もいるわけですし、色彩知覚のある動物もいるわけです。その場合の色彩知覚は、一般的にいう視覚に対してどういう意味あいをもつかということをかんがえてみなければならないとおもいます。

一つのかんがえ方は、色の概念というものを確定していくことです。つまり、色の概念は、もちろん対象物があって、太陽の光があって、人間の眼（視覚）があって、という要素でしかなりたっていません。もし色の概念を、なんらかの根拠から、拡張することができるんじゃないかとかんがえていくと、その拡張の原理となるものは、人間の側にはないわけなんです。なぜならば、人間の側では、赤から紫までのあいだにある色しか、色として感じられないからです。だから、色の概念を拡張しようじゃないかといった場合でも、人間の視覚の側に拡張する原則となりうる要素は、まずないとかんがえていいとおもいます。

そうしますと、色の概念を拡張する基盤は、対象物にか、あるいは光そのものにか求めるほかはないことになります。そうしますと、人間の視覚によって、色として感ぜられるか感ぜられないかということにかかわりなく、人間にとって色として感ぜられる以外の波長をもった色彩、つまり光をも、やはり色と呼ぼうじゃないかという拡張のされ方がかんがえられます。そうしますと、赤よりももっと長い波長の領域も、それから紫みたいなものよりももっと短かい波長の光をも、やっぱり色の概念のなかに入れることができます。そういうふうに拡張していきますと、色のある大きな系列のなかで、特定の波長の範囲内だけを択ぶのが、人間の視覚であるとかんがえることができます。

そこで、あるひとつの系列の全体に対して、ある波長からある波長のあいだだけを選択するということのなかには、大きな意味があるということなんです。人間は生理的（身体的）にも、観念的（精神的）にも、長い径路をへてきているわけですけれども、その過程のなかで、どういう理由であったかはべつにしても、無限にある光の系列の全体のなかから、ある部分だけを択んで視覚的対象としてきたということのなかには、神経生理の歴史性というものと、現在性というものが含まれていることなんです。まったくおなじようにかんがえまして、それならば人間が、人間の視覚によって、色として把握できる範囲のある部分というものを選択して、そしてその選択したなかから、さらに選択していくということには、やはりおなじような意味で、人間の長い歴史をへてきた生理的また精神的体験と、それからそういう人間の現在性というものとがかかわっているということができましょう。

だから、配色の根柢にあるのは、色を人工的に組合せてつくることにちがいありませんが、単に、この色とこの色とをもってきたら心理的効果がこうだからこうつくるということではなくて、配色というものが、人間の視覚的選択のなかから、また選択する作用だということがわかります。人間の視覚が一定範囲のあいだで択んできた選択を、更に選択するという意味あいをもっているわけです。だから、配色のなかには、単に心理的効果がこうだからこれとこれはこうだ、というような問題があるのではなくて、そのなかには歴史性があり、現在性があり、そしてそのなかには人間の側からのつくる作用というものがあるわけです。だから、色を選択するということのなかには、それ自体のなかに芸術性といいますか、美といいますか、そういうものがあるわけです。色が選択された結果、その選択がある種の効果をあたえるならば、それが美であるということではなくて、選択するということ、そのことがすでに美つまり芸術性ということの要素であるわけです。

その芸術性というものは、なにによって支えられているのかといいますと、それは人間の視覚の歴史、つまり生理的な発達の歴史、それから精神的な発達の歴史、そういうものと、それから、そういうものがまさに現在ここにあるというような意味あいでの現在性というものが関与して力があるということなんです。ある色とある色とを組合せたら、心理的効果があがるはずだとか、だめなはずだとかいう問題では決してないので、人間の視覚自体が、すでに一系列のなかからある範囲の波長だけを色として選択するということを、長い歴史をかけてやってきたわけですし、そのようにやってきた人間の生理機構に依存しながら、しかし一種の創造として、人工的に色を選択するというような場合には、そういう択ばれた人間の視覚のなかから、さらにまたある択ばれた部分を自分が択ぶということを意味します。そのこと自体のなかに、大きな長い歴史性とそれから現在性とが含まれてかんがえられるべき問題だとおもいます。色彩の問題を、あまり簡単に心理学的にかんがえては困るという問題には、そういう根柢があります。

新興宗教について

もしも、新興（土俗）宗教とはなにかと問われたら、教祖がかならず〈女性〉である宗教をさすとこたえるのが、もっとも危な気のない解答のようにおもわれる。しかし、この問題は歴史的条件によってなかなか一筋縄ではいかないあらわれかたをする。或る種の教団は、教祖が〈女性〉であり、しかもあまり知的でない〈女性〉が、更年期になって神憑りの症候によってつくりだした教義を根本原典としていることを秘したがるにちがいない。また別の教団は、教祖である〈女性〉が神憑りになったはてに、精神病理学上の症例となり、ついに人格的な崩壊に達して荒廃してしまったことを秘すにちがいない。またまれに男性がこの〈女性〉の代同物であるばあいが理論的にはかんがえられる。

また新興〈土俗〉宗教においては、教団の実質的な首長となって組織をひろめ、行政的な手腕を発揮して膨大な現世的な勢力をつくりあげるのは、たいてい教祖である〈女性〉の事実上の夫あるいは兄弟あるいは親族あるいは父親であるというのが定石である。

こういう条件をもたない新宗教は、ふつう新興宗教とよばれても、じつは本質的に旧い宗教の再興であるとかんがえていい。

ここで〈新興〉という言葉の意味が問題になる。ふつうには〈新興〉というのは時代的に比較的新しく創始されたという意味でつかわれている。しかし比較的新しく創始されたということには、さまざまな問題がふくまれている。わたしたちは、すくなくとも仏教やキリスト教を新興宗教とはよばずに、ただ宗教とよんでいる。ところが〈新興〉宗教とことさらよぶときには〈土俗的〉という意味をふくませている。いいかえれば、宗教としての普遍条件が地域的にしか成立しない宗教という意味と、宗教としての観念的な水準が、時代の最高の知的な水準でかんがえられるのではなく、文化的により低い水準から教義が発生したことに特殊な意義をあたえている。こういう条件をあたえられて、はじめて〈新興〉という言葉が〈土俗的〉という意味と、時代的に〈比較的に新しく創始された〉という意味とを包括する結果になるといっていい。

ところが、現在でも、しばしば更年期に達しないうら若い〈女性〉が、雑種的な神憑りになり、その神憑りの〈神〉が神仏混合の土俗信仰の対象であるといった事例に遭遇する。このばあいには、〈女性〉はおおく宗教者とならずに、予知者・占い師・人生相談役になっている。この種の〈女性〉は宗教者とおなじように信仰対象をもっているし、常人より過敏な〈超心理学〉的な能力をもっているのは確からしくおもわれるが、新興宗教の教祖である〈女性〉のように〈超心理学〉的な症候を、人間はいかに生くべきかという倫理と結びつけることを知らず、〈超心理学〉的な能力を、そのまま商品として売りに出す結果になっている。そして当人はいっこう自覚していないのだが、この種の〈超心理学〉的な能力が、他者の心的な状態に、容易に共鳴しうるいわば原始的心性ににた心性を、常人よりもおおく保存しているにすぎないことは申すまでもない。つまり、他者のつきあたっている心的な世界の内容を、あたかも、じぶんが察知しえているかのように振舞いうる能力をさしているといっていい。

田中佐和という〈超心理学〉的な能力を商品として売っている若い〈女性〉は、『夢の事典』という著書のなかで、じぶんの超能力の由来についてつぎのようにのべている。

私は六歳の頃、生涯を通じて忘れることのできない夢を見ました。
私は近くの神社の境内で、友だちと遊んでいました。

そこへ、鼻の高い異様な服装をした人がやってきて、木の葉でつくったウチワで私をさし招くのです。友だちはこわがって皆逃げだし、私一人がとり残されてしまいました。

すると、その異様な人物は、つかつかと私に近づくと、「神様が呼んでいる」というがはやいか、私を背負って、たいへんな勢いで走りだしました。

気がつくと私は、深い山の中の大木の下に坐らせられていました。私をそこに連れてきた怪人の姿はすでになく、大木の茂みの間に高い石段がみえます。その石段の上には、白い衣をまとった女の人が、にこやかな笑みを浮べてたたずみ、私を手招きしておられます。

私がこわごわ立って、その女の人のそばへいきますと、その人は「よくきたね」と私の頭を撫でられ、「これから五回、このお山に登ってくるのですよ」といわれると、私の手に、金色に輝く珠をのせてくださいました。

そこで私は目がさめたのです。さめてから後も、しばらくは自分の掌をひろげてみつめるほど、その金色の珠の感触が、ありありと残っているのでした。（以上は夢の記述―註）

その朝、私が父や母にその夢の話をしたところ、女の神様をお祀りしてある高い山といえば、京都の愛宕山に違いないということになりました。

愛宕神社の御祭神は伊邪那美命《いざなみのみこと》で、道案内をしてくれた怪人は、天狗さんだということです。

その後、私は夢の神様の仰せに従って、小学校一年の夏休みを利用し、あるときは父と、あるときは母と、海抜一〇〇〇メートルの愛宕山へお参りしました。

それはまったく夢でみたとおりに、大木の茂みのなかに高い石段があり、そのうえに、神様がお祀りしてあるお社《やしろ》でした。

その昔、和気清麻呂《わけのきよまろ》が、京都御所鎮護のために造営したお宮で、火の神様として名高い霊場です。

いよいよ待望の五回目の参詣のときです。母といっしょに愛宕山の麓に立った私は、目の前に一頭の猪がいるのに気づきました。母にそのことを告げましたが、その姿は母の肉眼には見えません。〝私だけに視える〟これが私の霊視のはじまりです。

そして、私が山を登りかけますと、猪は私のうしろにまわって、キバでぐんぐん押しあげてくれるのです。私は、いつもなら三時間もかかるけわしい山道を、一と息で登ってしまいました。

あとで聞いたことですが、その猪は、愛宕の神様のお使いでした。伊勢の神様は鶏、春日の神様は鹿、稲荷の神様は狐というように、神々にはそれぞれのお使いがあります。あの猪は、愛宕の神様のおいいつけによって、私の満願の日の参詣をたすけてくれたのでしょう。

その日を境に、私には霊能が開け、透視、霊視、霊聴などの心霊現象が始まり、神様のお告げを受けることができるようになりました。（以上は入眠幻覚あるいは白日夢の記述——註）

これは幼なくかなり素直な記述であるが、かくべつ本人が嘘をついているわけではないといっていい。前半の夢の話は、巫女譚として民話や口承のなかにしきりに記録されているものとおなじで、かくべつ変ったところはない。そして夢にみた神社の光景が、あとでじっさいに参詣した愛宕神社の「大木の茂みのなかに高い石段があり、そのうえに、神様がお祀りしてあるお社でした」という光景と一致していたことにもかくべつの神秘性はない。もちろんこの〈女性〉は、両親にこの神社のことについて知らされていたか、あるいはじぶんでは知らずに幼時に、じっさいに連れていかれた光景を、意識せずに知っていたのである。

後半の記述は、この女性の入眠幻覚あるいは白日夢の記述である。目の前に一頭の猪があらわれ、その猪が山道を登るのを背後からキバで押しあげてたすけてくれる。この猪は愛宕神社の祭神の使いである。しかし、この猪は一緒にいた母親には視えないとかいている。このとき、この女性は入眠状態あるいは白日夢の状態にあった。もちろん、そんな猪が実在しているわけではなく、この女性の入眠幻覚のなかに形像としてあらわれたものにすぎない。そしてこの女性は猪を愛宕信仰の宗教的な共同幻想の表象とみなしている。

この〈女性〉は、この入眠体験を契機として一種の精神病理学上の幻視や幻聴をひんぱんに獲得しうるようになった。じぶんでは「その日を境に、私には霊能が開け、透視、霊視、霊聴」がはじまったとかいているが、もちろんそんなことにはなんの意味もない。ただ、手易く病理学上の幻視や幻聴を体験するようになったというにすぎない。この入眠幻覚の状態は、分裂病患者の体験する症候とすこしもかわりないが、病者としてかんがえ難いのは、この〈女性〉が入眠幻覚の状態で、他者の心的状態に容易に移入しうるため、この他者体験が入眠幻覚にある客観性（普遍性）を与えることになりえているからである。それとともに、最初の入眠幻覚が、土俗的な宗教体験としてやってきたため、自身にとってはこの心的な状態が一種の優越感（常人以上の能力をもっているという自負）によって統御されていて、人格的な崩壊をきたさないための支えになっていることによっている。

さらにもうひとつの問題がのこる。

この〈女性〉は、なぜ、自己の〈霊能〉を宗教（新興宗教）の教祖として利用せずに、予知あるいは察知能力として商品化する道を選んだのだろうか？

体験の比較からいえば、この〈女性〉の体験は、新興宗教の教祖の体験がもっているすべての条件を具えている。それゆえ土俗宗教（新興宗教）として教義化することができるはずである。それにもかかわらず、この〈女性〉は自己の入眠体験を教義化せずに、たんなる生理的な体験のままで売りに出している。

わたしには理由はただひとつのようにおもわれる。この〈女性〉は、若いためとるに足るほどの生活思想もなければ、現実的な労苦にたえて獲得した人生観も世界観もない。この意味ではさんざん現実的な生活苦をなめて生きてきた貧農の主婦が、更年期になってから突然入眠幻覚に没入しうる能力を獲得し、〈貧困の惨苦から逃れる〉という願望を、自己の入眠幻覚とむすびつけて理念化したばあいと異っているといっていい。こういう主婦のばあいには、現実の生活的な惨苦から逃亡しようという機制が、病理学的な入眠幻覚の体験とある必然的な結びつきかたをしている。彼女はじぶんの入眠幻覚の体験によって母権制時代の太古の巫女とおなじ位相で、神から告知をうけるものとして択ばれたという優越性の意識に保証される。また、じぶんの現実的な生活の苦しい体験を、貧困な村落人の共同の課題に結びつけることができる。つまり、人間はいかにして現実的な生活の惨苦から逃亡し、これを克服しうるかという課題を、じぶんの生理的な異常体験と結合させ、これを一種の教義の形で理念化することができるといっていい。したがって彼女は必然的に土俗宗教（新興宗教）の教祖でありうるはずである。

しかし、すべての新興宗教のうち、あるものはとるにたらぬ蒙昧な奇怪な宗教となり、あるものはかなり優れた宗教でありうるというのはなぜであろうか？　その理由は、おそらく、あらゆる思想の優劣を問う場合とあまりちがっていない。彼女の生活体験から獲得した思想が、体験に裏うちされて血肉化した迫真性をもっているとすれば、彼女が農家の無智な主婦であっても、その生活思想は、宗教体験としての入眠幻覚とむすびつけられて、かなりの普遍的な真理をもちうるはずである。

天理教の教祖中山みきが神憑りになったのは天保九年四十一歳のときであった。そのときの入眠幻聴は教義書の記載では「我は元の神、実の神である。この屋敷にいんねんあり。このたび、世界一れつをたすけるために天降った。みきを神のやしろに貰い受けたい。」というものであった。もちろん、これはととのえられた表現で、じっさいは土俗宗教に特有な〈女性〉の降神体験の幻聴の、しどろもどろな表現であったにちがいない。中山みきの入眠体験から演繹された宗教的な本質とその段階は、みきが〈親神〉とした天理神の性格づけと、天地創造神話によってとらえることができる。

みきがつくった教義によれば天理神（天理王命）はつぎのようにかんがえられている。

くにとこたちのみこと　北・人間身の内の眼うるおい、世界では水の守護の理
をもたりのみこと　南・人間身の内のぬくみ、世界では火の守護の理
くにさづちのみこと　南東・人間身の内の女一の道具、皮つなぎ、世界では万つなぎの守護の理
月よみのみこと　北西・人間身の内の男一の道具、骨つっぱり、世界では万つっぱりの守護の理
くもよみのみこと　東・人間身の内の飲み食い出入、世界では水気上げ下げの守護の理
かしこねのみこと　南西・人間身の内の息吹き分け、世界では風の守護の理
たいしよく天のみこと　北東・出産の時、親と子の胎縁を切り、出直の時、息を引きとる世話、世界では切ること一切の守護の理
をふとのべのみこと　西・出産の時、親の胎内から子を引き出す世話、世界では引き出し一切の守護の理
いざなぎのみこと　中南・男雛型、種の理
いざなみのみこと　中北・女雛型、苗代の理

〈空間的方位〉概念と人間の〈身体〉性と〈世界〉の総和の概念とを対応づけている垂加的な神道理念の影響をのぞけば、中山みきが一種の綜合的な一般神を人格化して設定した天理神の概念は、〈性神〉の概念と〈農耕神〉の概念とを結びつけたものであることがわかる。そして女性の神憑り体験以後の立言を教義的な原典として創始された土俗宗教（新興宗教）が遡行しうる時間性は、大なり小なり中山みきがしめしている領域に包括されるといっていい。この時間性は、農耕社会の起源の時期まで遡行できるもので、この段階では制度的には国家以前の〈国家〉、いわば血族の共同性を基盤とする集落国家しか想定することはできない。

いまかりに『古事記』を大和王権（天皇制）の宗教的な教義書としてよむという読み方をすれば、当

然のことだが、〈農耕神〉の概念は存在するとしても、〈性神〉信仰の概念は想定することができない。時間性としては、中山みきがしめしている天理神よりも新しい時間性の段階にとどまっている。そこで、天理教のばあいもそうであるが、もしあらゆる新興宗教（土俗宗教）が、その教義的な本質を固執したばあいは、あきらかに大和王権（天皇制）のもつ宗教的本質と、同質であるが、そのためぎりぎりのところでは根本的に対立するほかはない。大和王権の宗教（天皇制の宗教的本質）と新興宗教とはつきつめていけば本来的には並びたつことができず、一方は一方を否定することによってしか存立しえない本質をもっているといえよう。

天理教の天地創造神話が、『古事記』に記載された大和王権の天地創造神話と異っているのは当然である。中山みきの天地創造神話は教典によれば、つぎのようなものである。

この世の元初りは、どろ海であった。月日親神は、この混沌たる様を味気なく思召し、人間を造り、その陽気ぐらしをするのを見て、ともに楽しもうと思いつかれた。

そこで、どろ海の中を見澄される、沢山のどぢよの中に、うをとみとが混っている。夫婦の雛型にしようと、先ずこれを引き寄せ、その一すぢ心なるを見澄ました上、最初に産みおろす子数の年限が経ったなら、宿し込みのいんねんある元のやしきに連れ帰り、神として拝をさせようと約束し、承知をさせて貰い受けられた。

続いて、乾の方からしやちを、巽の方からかめを呼び寄せ、これ又、承知をさせて貰い受け、食べてその心味を試し、その性を見定めて、これ等を男一の道具、及び、骨つっぱりの道具、又、女一の道具、及び、皮つなぎの道具とし、夫々をうをとみとに仕込み、男と女の雛型と定められた。いざなぎのみこと、いざなみのみことは、この男雛型・種、女雛型・苗代の理に授けられた神名であり、月よみのみこと　くにさづちのみこととは、夫々、この道具の理に授けられた神名である。

更に、東の方からうなぎを、坤の方からかれいを、西の方からくろぐつなを、艮の方からふぐを、次々と引き寄せ、これにもまた、承知させて貰い受け、食べてその心味を試された。そして夫々、飲み食い出入り、息吹き分け、引き出し、切る道具と定め、その理に、くもよみのみこと　かしこねのみこと　をふとのべのみこと　たいしよく天のみこと　との神名を授けられた。

かくて、雛型と道具が定り、いよいよここに、人間を創造されることとなった。そこで先ず、親神は、どろ海中のどぢよを皆食べて、その心味を味い、これを人間のたねとされた。そして、月様は、いざなぎのみことの体内に、日様は、いざなみのみことの体内に入り込んで、人間創造の守護を教え、三日三夜の間に、九億九万九千九百九十九人の子数を、いざなみのみことの胎内に宿し込まれた。それから、いざなみのみことは、その場所に三年三月留り、やがて、七十五日かかって、子数のすべてを産みおろされた。

最初に産みおろされたものは、一様に五分であったが、五分五分と成人して、九十九年経って三寸になった時、皆出直してしまい、父親なるいざなぎのみことも、身を隠された。しかし、一度教えられた守護により、いざなみのみことは、更に元の子数を宿し込み、十月経って、これを産みおろされたが、このものも、五分から生れ、九十九年経って三寸五分まで成人して、皆出直した。そこで又、三度目の宿し込みをなされたが、このものも、五分から生れ、九十九年経って四寸まで成人した。その時、母親なるいざなみのみことは、「これまでに成人すれば、いずれ五尺の人間になるであろう」と仰せられ、にっこり笑って身を隠された。そして、子等も、その後を慕って残らず出直してしもうた。

その後、人間は、虫・鳥・畜類などと、八千八度の生れ更りを経て、又もや皆出直し、最後に、めざるが一匹だけ残って、この胎に、男五人女五人の十人ずつの人間が宿り、五分から生れ、五分五分と成人して八寸になった時、親神の守護によって、どろ海の中に高低が出来かけ、一尺八寸に成人した時、海山も天地も日月も、漸く区別出来るように、かたまりかけてきた。そして、人間は、一尺八寸から三尺になるまでは、一胎に男一人女一人の二人ずつ生れ、三尺に成人した時、ものを言い始め、一胎に一人ずつ生れるようになった。次いで、五尺になった時、海山も天地も世界も皆出来て、人間は陸上に生をするようになった。

この間、九億九万年は水中の住居、六千年は智慧の仕込み、三千九百九十九年は文字の仕込みと仰せられる。

これにたいし、大和王権の天地創造説は『古事記』によればつぎのようになる。

昔、この世界の一番始めの時に、天で御出現になった神様は、お名をアメノミナカヌシの神といいました。次の神様はタカミムスビの神、次の神様はカムムスビの神、この御三方は皆お独で御出現になって、やがて形をお隠しなさいました。次に国ができたてで水に浮いた脂のようであり、水母のようにふわふわ漂っている時に、沢の中から葦が芽を出して来るような勢いの物によって御出現になった神様は、ウマシアシカビヒコヂの神といい、次にアメノトコタチの神といいました。この方々も皆お独で御出現になって形をお隠しになりました。

以上の五神は、特別の天の神様です。

（中略）

そこで天の神様の仰せで、イザナギの命、イザナミの命御二方に、「この漂っている国を整えてしっかりと作り固めよ」とて、りっぱな矛をお授けになって仰せつけられました。そこでこの御二方の神様は天からの階段にお立ちになって、その矛をさしおろして下の世界をかき廻され、海水を音を立ててかき廻して引きあげられた時に、矛の先から滴る海水が、積って島となりました。これがオノコロ島です。その島にお降りになって、大きな柱を立て、大きな御殿をお建てになりました。
（武田祐吉訳）

もっとも興味深いこの二つの創造神話の差異は、天理教の創造神話が〈人間創造〉神話であるのに、大和教（天皇制）の創造神話が〈国土創造〉神話であることである。またもうひとつの差異は、天理教の創造神話が、なぜか中山みきによって魚類（水棲類）の比喩によって貫徹されていることである。もちろん、天理教の神話から後世の垂加的な神道の影響と、『古事記』のような制度的な支配の作為がなされていないという点を捨象することを前提としたうえのことである。

「どぢよ」という中山みきの比喩は、田圃に生棲し、おそらく古くから食用に供されたにちがいないことから、その必然性を了解することができるが、それからあと芋づる式に魚類（水棲類）の比喩ばかりがやってくるのは、天理教の発生が奈良盆地の山辺郡というもともと海にそれほどかかわりない大和王朝の地盤にあることをかんがえると不可解な気がする。中山みきには個人として特殊にそういう嗜向があったのかもしれない。これを天理教神話が〈性神〉信仰の段階にあることとかんがえあわせると、教義的な時間性がしめしているものは、大和教（天皇制）よりも古く、また土俗的であることが了解される。そして、また、天理教にとって〈国生み〉の神話は無意味であった。かれらにはもともと国土支配の現実的な意企はなく、〈性〉信仰に基盤をおいて、農耕社会の貧困な人間の心的な世界を救済しようとする意企しかなかったからである。

中山みきにとってもっとも重要な緊急な問題（急き込み）は、天理神の概念に包摂され、現実的な無一物の状態でもなお成立する〈陽気ぐらし〉、いいかえれば宗教的な解放天国（法悦）の生活であった。そのための条件として宗教的な奉仕と一定の勤行が要求される。信仰の対象となる神は人間の〈性〉（生殖）そのものであり、この〈性〉（生殖）の意味は農耕とも結びつけられ、また、つねに宗教的対象たえられる。

〈神〉とそれを具体的に実現するものとしての人間とのあいだの〈架橋〉物としての宗教的な意味があ

大和教〈天皇制〉が現実的な勢力をもちえたのは、それが制度的なものと結びつけられ、政治的な権力への〈架橋〉がいつもかなり具体的にかんがえられたためである。しかし天理教が現実に大きな宗教として発展した理由はまったくちがっている。この宗教には本質的な意味での政治的権力への志向はないといっていい。ただ教祖中山みきには、かなり高度で深刻な生活思想があり、その発言〈おふでさき〉に普遍的な思想体験としての一般的な真理が、かなり高度に存在している。いいかえれば、中山みきの発言は無智な農家の主婦によくあるよたよたした方言と神憑り的な韻文によってなされてはいるが、生活思想としてはかなり高度なものがあり、しかも、その発言が、常人ではとても及ばない無鉄砲な徹底した自己放棄と生活放棄に実践的に裏付けられているため、おおきな影響力をもっているといってい い。しかしここでは天理教のその面に言及するつもりはない。

新興宗教〈土俗宗教〉とよびうるものは、じっさいには教祖の数だけある。別言すれば、入眠体験を宗教化しえた〈女性〉の数だけあるはずだが、そこにおのずから教義としての高低と強弱があるのは、その教祖たる〈女性〉の入眠体験に、どれだけの生活思想的な根拠が存在するかに左右されるといっていい。これは、あらゆる宗教が、教祖の創りあげた馬鹿らしい神話と教義に理論的な意味をあたえたにすぎないか、あるいは大和教〈天皇制〉のように現実社会の政治的支配に乗りだして成功したかに依存しているとしても、それとは無関係な本質的な問題であるといっていい。

わたしが知りあいの精神病理学者から直接に聴いたところでは、戦後になって簇生した新興宗教〈土俗宗教〉の女教祖のうち、あるものは人格的に崩壊し、まったく回復不可能な精神病患者に達しておわった例が存在するとのことであった。このことはいうまでもなく、その新興宗教のもっている教義的な本質とは無関係である。しかし、〈女性〉の更年期の障害の症候や生れつきの考想察知のポジティヴな発現が、新興宗教（土俗宗教）の成立にとって不可欠のものであるとすれば、このような病理学上の生理的な発現には、一定の意味をあたえなければならないというべきである。

あらゆる宗教ははじめに荒唐無稽である。あらゆる国家が、はじめに荒唐無稽であるように。しかしこの荒唐無稽さは、いつも信仰者の恣意的な解釈をゆるすようなあいまいさと多義性をもっている。そしてこのあいまいさと多義性によって、宗教や国家はいつも知的な理念を附与することができる伸縮自在な容器に転化するといっていい。大はヘーゲルのような優れた哲学者から、小はどこにでもころがっている亜インテリにいたるまで、この容器にいわば美酒を盛りこもうと志向することができることは確かである。しかし、宗教や国家はヘーゲルが試みたように、一般理念のひとつの形態というところまで普遍化して理解しえないかぎり、いつも猛毒と蒙昧を含むよりほかない。このばあいには、宗教や国家はその創始者（たち）の生活思想の質と、現実の政治的あるいは制度的権力としての質が問われる。教祖や創始者たちの生理学的な病状よりも、思想としての本質がものを言うのはこのかぎりにおいてである。

わたしのかんがえでは、あらゆる新興宗教（土俗宗教）は、究極的につきつめてゆけばかならずその土壌となった国家そのものと矛盾するほかはない。なぜならば、すくなくとも農耕社会を起源とする国家は、そのはじめに女性を種族の祖とする一個の新興宗教（土俗宗教）であるか、または新興宗教（土俗宗教）をその権力的な理念のなかに収奪することによって、はじめて成立したものにほかならないからである。

ここで教祖が〈女性〉であることには一定の意味があたえられる。ここでは〈女性〉は子を産むという直接能力によって、〈食〉を産みだすという農耕社会の本質的な支配力と結びつけられるとともに、〈女性〉そのものが、社会の文化的な未明性や蒙昧性の象徴に転化する。〈女性〉が教祖であるということは、農耕を社会の本質的な支配力とする時期を起源とする理念の歴史を象徴するとともに、蒙昧な

〈女性〉でさえも（あるいは蒙昧な〈女性〉であるからこそ）、社会の理念を支配的に統御しうるものだという文化のその社会への滲透の度合を象徴するものとなりうるといっていい。つまり、教祖である〈女性〉は新興宗教（土俗宗教）においては、生殖能力の象徴であるとともに、文化的な蒙昧性の象徴であり、それゆえに地域的な生活思想の根強さをほこる宗教にとっては、不可欠の条件としてあらわれる。

註記

おわりに、高橋和巳さんの健筆と健康を祈る。なぜならば、わたしはかれが現在大学教師としてしめしている〈善意〉と〈良心〉の質をさほど評価しないが、その〈善意〉と〈良心〉の質的な特徴にもかかわらずうみだしている幻想と現実にたいする優れた認識や感性の表現と、その人格とを愛惜してやまないからである。

三番目の劇まで

1

戦後、二十数年のあいだにみた商業演劇の数は三つある。あまりすこしなので、すべてを挙げることができる。最初は敗戦後二、三年たったころみた民芸の『林檎園日記』、つぎはたしか七、八年まえにみた民芸の『火山灰地』、三番目はこんどの早稲田小劇場の『劇的なるものをめぐって・Ⅱ』である。

はじめの『林檎園日記』だけは自発的にみた。敗戦を敗戦とおもわぬ世代、敗戦を文化的解放とみなしている世代の劇的感性を知りたいとおもった。もしかして古い黄金時代を回顧する感性だけではなく、長い戦乱の闇をくぐりぬけてきた道すじを照しだしているのなら、学びたいとおもっていたかもしれない。わたしは失望もしなかったが感銘もうけなかった。ようするに、かれらはわたしとどこもちがっていない、お人好しで怠け者として戦争をとおりぬけ、〈戦争が終った、ああうれしい〉とおもっているだけだったのである。わたしは、若かったせいで、敗戦のあとの世界に生きているのが恥かしく、照れくさくてやりきれなかったので、流石にこのもうろくしたお人好したちの劇的感性を、いっぺんで見抜いたような気がした。

覚えているのは、清水将夫の扮する人物が、一升びんから茶碗酒をのんでいる場面で、セリフを忘れてしまい、茶碗酒をなおもビンからついであおりながら、おもい入れよろしく〈いったい、おれはなにを喋言ろうとしていたのかな〉という即興的なセリフを挿み、そのあいだにセリフをおもいだして、継ぎ目を塗りつぶした巧みさであった。

わたしは演劇通から、日本の新劇役者の一流どころが、なにをもって一流と自称、他称しうるかを解説してもらったことがある。一流と称する新劇役者は、どんなときでも、どんな場所でも、こういう設定のもとに笑ってみろ、とか泣いてみろとか注文されると、即座に劇的な〈笑い〉や〈泣き〉をやってのける技術をもっているというにすぎない、と聴いた。〈だが、そんなことすらできる新劇俳優は稀なんですよ。だから滝沢修とか宇野重吉とか杉村春子とかいう俳優に、演劇志望のガキたちは、ほんとうの意味では頭があがらないんだ〉とかれは吐きすてるようにいった。わたしにはそれが判るような気がした。

こういう一流と称する連中は、いうまでもなく、ただの演技の職人にしかすぎない。だからテレビドラマに出演するときのかれらの演技は、ならいおぼえた技巧で流しているだけで、粗雑きわまるから、面つきが美形なだけで映画のスター俳優になり、そのうちなんとなく演技のコツをおぼえたにすぎない連中とくらべても、かくべつ差異はない。演技的訓練もへちまもない。かれらがガキたちや甘ったれた映画スターたちを、演技的にしごいてやるのだなどというのは、だいたいおこがましいのだ。

新劇や新派のガキ俳優が、映画やテレビに出演してのってくると、劇団をとびだすという事態にしばしば遭遇するが、これは当然である。劇団を牛耳っている一流俳優なるものは、ガキたちがテレビや映画出演でちょっと図にのると、にがにがしい表情をみせるくせに、劇団の赤字をすこしでも解消するために、こういう悪のりしたガキたちの人気を中心に興行を組む、というさもしい矛盾をやってのける。これで、演技の基礎もできていないのに、テレビや映画のスターになってしまった新劇志望のガキたちをつなぎとめられたらお慰みである。平幹二朗、緒形拳、『文学座』をとびだした『雲』、『四季』をそでにされた右太衛門の息子、その他おおぜい。双方ともに、偉そうなことを云っちゃいけねえ。かれらは、もったいをつけている左翼のチンピラ批評家とおなじで、その〈離散はおおく利害に依存している〉。記憶にまちがいなければ、映画『せきれいの曲』の少女役で、戦後を出発した有馬稲子という女優が、いちばん哀れにおもわれる。言葉のほんとうの意味で新劇という存在の矛盾の、ギセイ者といえそうだからだ。

戦後、わたしを演劇の世界のいちばん真近まで連れてゆき、勢いのおもむくところ、太宰治の『春の枯葉』で学生芝居のひとつも演出しようという気をおこさせたのは、お人好しのもうろく商業劇団ではなく、東京工業大学劇研の演じたモルナールの『リリオム』であった。主演男優はまだ学生であった建築設計家兼画家の三輪寿荘の息子、主演女優はまだ研究室付きの〈女の子〉であった時代の、阿里道子、演出はまだ学生でボールばかり蹴っていた時代のYMCAデザイン研究所の宇都宮新。はずかしいことに、この芝居をみた日の夜は、興奮して一睡もせずに、天井をみつめ、昼間の『リリオム』のあれこれの場面をおもいうかべていた。そして、〈そうだ、おれもひとつ芝居を演出してみよう〉とおもった。夜、家中が寝しずまってから、台本を片手に、あれこれの動きを予習し、翌日の稽古にそなえた。しかし、これが後にも前にもただ一度という演出家の意図に、俳優どもはのってこなかった。けだし、この演出家には演技指導の実力がないことを、かれら学生俳優はすぐに見抜いて、途方にくれたのである。にもかかわらず、たくさんのことをわたしは学んだ。そのひとつは、河原乞食とはよく云ったもので、芝居は三日やったらやめられない魔力をもっているということ。そして、あげくの果ては、恋愛事件のひとくさりも生れて、お開きになるということ。そして演出家は、この魔力と恋愛の近くにいながら、孤独な裏方であるということ。そして最後に偶然にも死の一年ばかりまえの荒涼とした太宰治に会うことができたのは幸運であった。それ以後、わたしは演劇の世界に近よることはしなくなった。あれは卑しい賑やかな世界だという固定観念からである。ただ、現在でも、宇都宮新という無名の才能から声がかかれば、あの『リリオム』の感銘のお返しはしたいとおもっている。

二番目にみた『火山灰地』は、久保栄の養女、渡辺まさ氏の執念のある勧誘を断りきれなくなったためである。けれど、『林檎園日記』のときとおなじく失望しなかったが、感銘もうけなかった。印象にのこる場面も演技もなかった。ようするに、滝沢修や宇野重吉の演技に象徴される民芸風のリアリズムとは、最大限の演技力と抑制力を発揮しながら、舞台空間を現実空間の自然さの至近にまでひきつけようとすることではないのか。この方法の限度は、舞台がどんなに道具を現実そのままに構成しても、どんなに現実そのままに演技しても、フィクションの空間であり、現実そのものではないという点できわまってしまう。この方法が解体する様式は二つのうちいずれかである。ひとつはドキュメンタリズムにまで陥ち込むこと。もうひとつは、観客をもフィクションの空間へまき込んでしまうような道具立ての手段を講じること。これはある意味で歌舞伎的な様式化に通じる。しかし、その命運ははじめからはっきりしている。観客の〈涙〉や〈人情〉や〈浮世の義理〉を、つまり恒常的な感性を当てにし、その協力をうるよりほかに可能性はない。いいかえれば、おじいさんやおばあさんの協力なしには不可能である。しかし、くそおもしろくもない前衛気取りの劇などを、残り少ない余生を、せめて一瞬でも愉しく、眼にとめておこうとしているじいやばあが観にでかけることは、どんな時代がきてもありえないのである。〈老いる〉ということの本質は、一刻一刻が幼児がえりであるとともに、残り時間を限りなく節約して使うという時間の吝嗇のなかにこそあるからだ。わたしは、渡辺まさ氏にはすまないとおもったが、『火山灰地』をみて、ますます演劇の世界がいとわしくなって、なにか観劇後の感想をのべる気にならずにしまった。

ただ、うつ病のはてに自殺しておわった劇作家久保栄にまつわる心おぼえのために、エピソードをかきとめておきたい。

ある日一度誘いのためにやってきた渡辺まさ氏が、そのころ、留守番がわりに安い家賃で借りていた上野御徒町界わいの問屋街のなかにあるしもたや風のわが家の、格子窓のある部屋をつくづくながめて、〈久保はほんとうはこんな家に住みたかったんですよ〉と滲みるようにいった。久保栄がどんな家に住んでいたのかしらない。生真面目な久保は、きっとやってくる演劇志望のガキたちと限りなく付きあい、気張って表通りの貌だけを他人にみせ、こういうしもたや風の格子窓のある汚ない部屋にごろりと横になって、吹きぬけてゆく視えない風をみ、やがてしらないうちに昼寝におちこむといった生活の仕方を、しらなかったのかもしれないと空想した。そして、すこしだけ悲劇を感じた。

それから、もうひとつ。そのとき渡辺氏からの電話をとり継いだ裏の家の気さくなおばさんが、渡辺まさ氏を、女優渡辺美佐子と勘ちがえして、わたしの妻君にひそかに〈男なんていつ浮気をするか信用できないんだから、あんたも気をつけないとだめだよ〉と忠告したそうである。わたしはげらげら笑いだした。わたしにはセルゲイ・エセーニン風の悲劇はない。また遊びも趣味もない。裏街に育ったが、その裏街は銀座通りへ出るのに、歩いて二十分あれば充分だったので、都会をまんざら知らないわけではなかった。

目を半眼に閉じてごらん。
そうすれば　誰かほかの男が目に浮かぶというものさ。
わし自身　たいして　君が好きというでなし、
遠いむこうの別のおんなに　入れあげているというわけだ。
（エセーニン「お前はわしを愛していないし　かわいそうとも思っていやせぬ」内村剛介訳より）

これは都会を模倣した農民詩人エセーニンの感性であり、とりもなおさず悲劇であった。が、わたしはこういう模倣の必要性に縁がない。

2

なぜ、わたしは新劇をみないか。おっくうな世界で、高級すぎるからである。なぜ二、三の新劇をみたか。たいてい、やくざが商店に花輪を贈るように何ものかへの配慮のためである。

なぜ、わたしは映画をみなくなったか。映画を視るという行為がもつ、家と社会の中間の世界が、おっくうなためである。そして家でごろごろしていてもテレビ劇をみることができるからである。なぜ六、七年まえまで映画をみたか。かつては、暇と不安や焦燥をまぎらわすために、この世界の位相は適していたためである。そしてこんどは、おなじくやくざの花輪のたぐいとしてみなければならぬ。つまり、わたしはもうろくぢぢいの模倣をしなければならぬ。わが国の新劇や映画は、舞台人も常客も高級な〈特殊部落〉の住人である。

社会問題としてかんがえられている〈特殊部落〉とは、新羅《しらぎ》からの労役者の末えいであるとか、なんらかの理由で奴婢層におとされたものの子孫だとか、犯罪者や世捨人や浮浪者のたまり場であったとか、様々な由緒が附会されている。あるいは、これら全部の混合であるのかもしれない。そして、ただ、ひとついえることは〈特殊部落〉などというものは具体的な現実性としては存在しないということである。なぜならば、わたしたちは、だれも、大なり小なり奴婢層であり、犯罪者であり、世捨人や浮浪者であるばかりでなく、大陸経由の朝鮮系からの、あるいは東南アジアや中国南部からの混血者だからである。〈特殊部落〉の最大の障害は、なによりもまず、じぶんたちが共同の〈禁忌〉を保っていることである。そして、このばあい共同のということがなによりも重要である。

レヴィ＝ストロースの親族理論では、〈禁忌〉は、家族的であっても、村落社会的であっても等価なものとみなされている。たとえば、近親姦や同性姦の家族内部あるいは個々の親族内部における〈禁忌〉は、部族における族内婚（エンドガミー）の〈禁忌〉と等価であり、ひとしく家族あるいは部族の血縁的あるいは地縁的な利害にその根拠をもつとされる。しかし、このかんがえはすこぶる疑わしい。なぜならば、家族内部あるいは親族の共同性と、部族社会の共同性とは、まるで次元がちがうとみなされるべきだからである。親族の体系と組織をうごかすものはいぜんとして〈性《セックス》〉の幻想であるが、部族社会の体系組織をうごかすものは、宗教的、法的、そして国家的な共同観念である。後者では、人間は男または女として登場するのではなくて、ただ共同観念として登場しうるだけである。

あるひとつの部族内の家族からひとりの女性が、別のひとつの部族の家族からのひとりの男性と婚姻を結んだ。つまり、親族となった。このような族外婚（エクソガミー）の関係を部族内のすべての家族について想定したとする。ストロースによれば、これは部族相互のあいだに婚姻代償の均衡がうまれていることを意味している。そして、この均衡は有力な部族が他の部族を下従させ併合させるときに破られることになる。しかし、わたしのかんがえでは、部族相互の関係が婚姻による、つまり〈性《セックス》〉による親族体系の拡大を意味するかぎりは、部族相互のあいだに漠然とした親和がうまれることはあっても、下従、支配、呑併を生ずることはありえない。

そこで、〈禁忌〉が家族と親族の体系の次元にとどまるかぎりは、その〈禁忌〉は、ただ、家族あるいは親族のメンバーが空間的に遠ざかったとき消滅してしまう。つまり個々のメンバーが部落をはなれて都市にまぎれこんでしまえば〈特殊部落〉は解体するほかはない。そのことが部落民にじっさい禍福いずれをもたらすかは別の問題である。

もし〈特殊部落〉などというものが、お節介屋の云うように実在するとすれば、それは血縁関係によって存在しているのではなく、ただ共同観念的に、つまり制度的に存在しているだけである。そしてこの制度を牛耳っているのは、ほかのだれでもなく、かならず〈特殊部落〉の内部に存在しているはずである。それが、ひとにぎりの長老的な人物に体現されているか、あるいは人称のない共同の〈禁忌〉に呪縛されているかはどちらでもいい。

物好きな、そして無理論な男たちが、〈部落問題〉などという言葉をつかっているところをみると、いまでも自縄自縛の部落もあれば、天皇周辺のように、自縄自縛を逆手にとってひけらかしている〈特殊部落〉もあるらしい。しかし、くりかえして云えば〈特殊部落〉などというものは、ただ共同観念としてしか、いいかえればしてしか存在しないのだ。それなのにかれら自身も、またお節介屋も、血縁集団として存在するかのように錯覚している。おれの祖先は北部大陸系と朝鮮系が混血していないか？　おれの祖先には犯罪者がいなかったか？　おれの祖先は奴婢層でなかったか？　おれの祖先は東南アジアや中国南部や太平洋の諸島の種族を混血していなかったか？　こういう問いは、限りなく馬鹿馬鹿しい。この問いに〈否〉とこたえられる日本人などひとりもいやしないのだ。

ところで、新劇や映画の問題は、歌舞伎世界とおなじく〈特殊部落〉の問題ではないのか？　現在、芸術の世界は、大なり小なり〈特殊部落〉の問題である。わたしたちは不特定多数をあてにして芸術を創造するには、あまりに拡散して、収拾のつかなくなった世界に住みすぎている。だから、あてにできるのはつねに少数者である。しかし、これはじぶんを〈特殊部落〉の住人とみとめるような閉じられた系をつくって、自縄自縛することとは、まったくちがう。創造も理論も開かれた世界、天窓をうがった世界、壁を無効にする世界を欲するがためにこそ、少数者をあてにするのである。さらに換言すれば、開かれた世界は、ただ少数者を通してしか実現されないというだけで、はじめから〈特殊部落〉をつくり、共同の〈禁忌〉に自縛されて啓示も黙示もなくなってしまった世界をあてにしているわけではない。また、血のかわりに盃をすすりあい、近親のしるしに、死んだ人肉や人骨に歯をあてる風習の世界を粉砕するためにこそ、あえて単独者の世界の構図を模倣するにすぎない。

3

新劇や映画から遠ざかっていたあいだ、テレビはよくみた。ことに探検旅行記録、スポーツ、歌謡番組、チャンバラ劇はよくみた。そのひとつずつについてなにか感想を云ってみる。

兼高かおる『世界の旅』でも、何々大学探検隊の記録をみても、いつも感じるのは、日本人というのはヨーロッパやアフリカへ行っても、ニューギニアの奥地にいっても、どことなくその土地の種族と似た貌をしているということである。これは、日本人の混血度が著るしいこと、つまり人種の墓場（あるいは溜り場）であることを象徴しているようにみえる。そして、世界中どこにも日本人というのは魂を抜かれた貌をして居やがるのだ。

スポーツ、わけてもわたしの好きなボクシング。わたしは一度もなまで観たことはない。それなのにテレビのお蔭で、ひとりのプロボクサーの一生の試合をみてきた。わたしの好きだった益子勇治も青木勝利も関光徳も海老原博幸もすでに引退してしまった。かれらは悲劇である。まだ若く勢いづいていて登り坂であったとき、世界の水準にたかをくくっていたために、技術に熟達し勢いを抑える方法をもたなかった。そして、何回かの世界にたいする敗北のあとで、ボクシングはジリジリと相手を消耗させるもので、ただ自分よりさきに相手を消耗させえたときに、ほんとうに地力で勝利をおさめうることをえとくして、かれらのボクシングに屈折があらわれるようになったとき、いつでも紙一重で世界の水準に敗れるほかなかった。かれらは〈絶対的〉な攻撃をかけるときは、相手はどんな強打の持主でも有効な反撃をなしえないものだという真理を、身をもってみせてくれたことはなかった。この意味では、無器用で素質もそれほどなかったが、〈相対〉的ながら、がむしゃらでおそれずに間断なく攻撃して、しだいに自ら消耗してゆく、というタイプを創造してみせてくれたファイティング原田のほうが優れていたとも云える。

また、かれらは一様に、リングに上ったあとで、相手の出方によって攻撃のタイプを自在にかえるというほどに技術を身につけていなかったようにおもう。わたしはいつも、〈もう二センチくらい内側にいれば勝てるのになあ〉というような感想をもった。ところで、この一、二センチの踏みこみができるかどうかは、じぶんも倒されるかもしれないという、怖れや不安のなかでの意志力の問題である。かれらは、この意志力の問題が、個人の素質や強さというよりも、共同の社会的基盤の問題であるという、そのことのために敗れた。その意味で、いつもわたしはかれらの敗北に文化の問題をみることができた。

現在テレビにフィルトレートされてでてくる流行歌謡は、往年とくらべてはるかに水準が高くなっている。これは作詞と作曲の両面からも、歌い手の挙動からも云える。この低くはない水準はどこからきているのか。わたしの推測では、かつての〈歌ごえ運動〉の流れ（崩れ？）がささえているものとおもわれる。その象徴的なひとりをあげてみれば、たとえば作曲家〈いずみ・たく〉である。発生の当初から〈歌ごえ運動〉をこきおろしてきたわたしは、岸洋子からはじまり加藤登紀子、森山良子、カルメン・マキにいたるシャンソンやフォークソングの歌い手たちが、テレビにフィルトレートされた歌謡番組に登場してきたここ一、二年の傾向をみて、ひそかに喝采をおくったものだった。しかし、この喝采に、それほど深い根拠を想定していたわけではない。

裸足、ジーパンすがたのカルメン・マキが、テレビ歌謡番組に貌をだしてから数週目に、すでに、ピラピラの流行歌手特有の衣裳にかわっていた。そうして、例によって所属劇団との騒動がはじまるのだ。かれら（かの女ら）は、このすみやかな変貌のときになにを感ずるのか？

わたしは、かつて、チンピラの批評家であったとき、ある大出版社の編集者から、そういうことをするとためにならんぞという主旨の脅迫をうけとったことがある。原因の非はわたしのほうにあり、やむをえない私的事情からある企画をすっぽかしたのだが、その非にもかかわらずこの脅迫にはこう然と反撥した。いまだ、そことは無縁である。また、六〇年以降、わたしをもっとも精力的に攻撃しつづけたのは、ともに闘った男たちであった。つまり、それはいわゆる〈味方〉と公称されているものたちである。この男たちのうちいく人かとその勢力を、わたしはいまも赦していない。いつでもあらゆる場面で死闘を演じようとおもって準備を怠ったことはない。

そういうことから推測して、テレビのディレクターとかプロダクションとか、作詞、作曲家とかスポンサーとかいうものが、歌手や芸能人にあたえる無言の威圧というものが、ある程度推測できるような気がする。野坂昭如のように戦災孤児などをうりものにしている男は、〈干されることの怖れ〉を楯にして、トトカマぶった発言をしたりするが、そんなことがなんだというのだ。

どこからみても箸にも棒にもかからぬ大学教授兼政論家が〈言論の自由〉を侵害されたなどと訴えるかとおもうと、どこからみてもどうしようもない風俗小説家や芸能人が、どこからみてもどうしようもない政党に呼応して〈言論の自由〉をまもれなどと声明する。とんでもないカマトトたちである。わたしの体験では、生まれてからこの方、言論の自由などはこの世界にあったためしがないし、それを享受したおぼえはない。こういう連中はよほど甘い汁を吸ってきたとしかおもえない。

もし、かくべきことがあればかき、うたうべき歌があればうたい、演ずべきことがあれば演ずる。この不可避性をだれもおしとどめることはできない。それがなくなれば黙るだけである。かつて飢えて死んだ生活者はたくさんいるが、飢えて死んだもの書きや芸能人などは存在したためしはない。市川団蔵のような孤独な脇役でさえ、死に場所をじぶんでもとめて旅にでたのである。

4

最後にテレビのチャンバラ劇。これは故意にみているというよりも、結果としてチャンバラ時代劇をもっともよく観ていることになっている。ただ、おもしろいから、映画時代からみているだけで、格別の理由があるわけではない。強いていえば、下手なテレビドラマの現代劇なぞは、なまじ身近かに体験することにかかわり、実生活のなかで連想が及ぶため、背すじが寒くなるのにひきかえ、チャンバラものは、いつもおなじパターンが強固にくりかえされ、それには伝承の根強さとマンネリズムがあって、うかうかみているかぎりでは、安心していられるという理由によっている。

わたしは『用心棒シリーズ』が好きであった。『待っていた用心棒』の伊藤雄之介の鮮やかなニヒリスト浪人の演技。伊藤雄之介がおりたあとの『帰ってきた用心棒』の栗塚旭、左右田一平、島田順司のやたらに人を斬ってしまう浪人たちの演技。もし、転向テレビドラマというのがあるとすれば、このシリーズはわりあいに真摯にその問題をあつかっているとおもわれた。ところで脚本、演出の結束信二はしだいに変ってきている。志士であろうと佐幕派の武士であろうと、胸くその悪い奴はやたらに斬りころしてしまう無垢の浪人たちをえがいているうちに、大学紛争、安田講堂事件いらい、しだいにニュアンスが変り、志士気どりで諸国から京都にあつまってきている浪士たちが、集団強盗をはたらく非人間的な悪党であったり、猪突猛進して庶民に仇をなす暴力浪人にすぎなかったりで、三人の主人公は『天を斬る』では、幕府の喰いつめ別働隊としてもっぱらこういう浪士を斬りまくる役になっていった。そして、暴力をふるって猛進する浪士たちは、ひと皮むけばとんでもなく非人間的な男たちで、その末路は哀れなものだというようなお説教をたれるようになった。現在の『燃えよ剣』では、新選組善玉物語にまで変っている。わたしは、べつだんテーマ主義者ではないが、おもしろおかしい転向テレビドラマをみせてくれていた結束信二の変りかたをみていると、そぞろうら哀しくなってくるのはたしかである。この何ものかであるようにみえていた演出家が、変貌するさまをみるのはさびしい。だが、これとは逆に、栗塚旭のはにかんだニヒリストの演技をみるのは愉しい。また、左右田一平や島田順司のような、長いあいだ脇役、仇役、下積み役しか演じてこなかった演技者が、すこしずつ、すこしずつ、じぶんの持ち味をひきだされてゆく変貌ぶりをみるのは愉しい。テレビもかなり持続的につきあっているとこういうことにぶつかることがある、とでもいっておくことにする。

5

こんど七、八年ぶりにわたしがみた映画は、フェリーニ『サテリコン』、今村昌平『にっぽん戦後史』であり、戦後、三番目にみた商業新劇は、早稲田小劇場の『劇的なるものをめぐって・Ⅱ』である。いずれも一束にくくって総称してしまえば解体劇であるといえる。わたしはドラマの解体そのものをドラマとするという方法が、現在、映画や演劇の世界で、一般的な手法であるのかどうか知らない。また、これらの映画や演劇を演出監督しているものが何ものであるのかを、まったく知らない。しかし、かれらは、一様に古典的ドラマの進行する世界が信じきれなくなっているようにみえる。『サテリコン』では、各場面をすべて豪華な古くさい静的な〈絵画〉にすることで、ドラマの解体を補償しているようにみえる。きれいで古くさい〈絵画〉で描かれた現代的な風俗の情況というのがこの映画の核心である。ここでいう現代的という意味は、停滞し、どうしてもドラマチックに進行しない〈事実〉、それにもかかわらず輪廓をきめられないままに混融し倒錯している多層な共時的な〈事実〉というほどのことになる。古典的な手法で、現在の心棒もなく恣意的に進行する人間たちの風俗画を、おもしろおかしくえがけばこういう具合になるのだろう。ひとびとがこの作品から何をみるのかはしらない。おそらく豪華な静的な場面の古い美をみるような気がする。そして少数のひとびとが、みじめになってしまっている現代の風俗的な〈自由〉のやりきれなさを〈金さえあれば〉という感慨で天窓をあけながら眺めるかもしれない。この監督のいいところは、風俗の現代的な混乱をえがくのに民俗学的なローマを択んでいるが、〈政治〉をなまのままつかっていないことである。

いかにも製作費を節約して作っていて、比較するのは気の毒な気がするが、今村昌平の『にっぽん戦後史』はこの意味では誤解している。ニュース映画から切りとってきた戦後の〈政治〉的な事件と、いわゆる〈特殊部落〉出身の娼婦あがりのホステスの個的な〈戦後史〉とは、ほんとうはなんの関係もないのに、強引にふたつを結びつけようとして苦心をはらっている。だから、屍体がごろごろ転がって打棄てられている戦乱の東南アジアの惨憺としたニュース映画をみせつけて、ナレーターが〈これをみてどう思う〉というようなことを訊ねると、終始身の上ばなしを語ることを強いられている主人公のホステスが〈ほんとうかな。自分の眼でみたことしか信じられないよ〉と云うとき、その言葉が生き生きとして、今村の作品自体の総批判になっている。ナレーターはつづけて、〈でも、ちゃんと映画に実写されているわけだろ〉とたたみかけたとき、娼婦は〈でも、ニュース映画というのは、屍体がごろごろして棄てられているところだけをさつえいしたんじゃないかね〉というように応えるとき、この応えだけが、この世界の多様な共時的な構造とでもいうべきものを洞察している。この娼婦の智恵は、凡百のべ平連的反戦運動家よりもはるかに優れているのは申すまでもないことである。乏しい金でありあまる意欲をもりこむことを強いられているわが国の映画監督に同情せざるをえないが、この種の理念的な誤解がいまも意欲の象徴であるのか、という感想では同情の余地はないのである。

わたしは、七、八年まえにくらべて、いくらかカメラワークが判るようになっている。今村昌平作品には、『サテリコン』の静的な豪華な〈絵画〉におとらぬ動的なカメラの〈絵画〉があり、〈ああ、せめて今村にフェリーニが使えるだけの製作費をもたせてやったらなあ〉という感慨を禁じえなかった。馬鹿でもちょんでもゆたかな金をもたせれば、ひとかどの紳士として振舞えるのだ、といった常識から、今村昌平の作品はつき放されている。乏しい金で、たえずびくびくしながら雑誌をやっているわたしは、いたく身につまされた。しかし、真の創造も真の思想も、はたからみればこっけいでみじめにしかみえないという世界からしか発生しない。十二人の頓馬で無智な弟子をあつめて、まるで徒労ともいえる世界の構想を語ってほっつきあるいていた伝説の〈イエス〉は、ローマ帝国の豪華な『サテリコン』的な世界を変えてしまった、ということはありうるのだ。いや、むしろそういうことしか、この世界には起こりえないのだ、それが人間に幸せをもたらしたか不幸をもたらしたことになるのかはわからない。しかし、わたしたちは、いま、こっけいさとみすぼらしさをとおりぬけることなしに、どこかへ達することはできないということはたしからしくおもわれる。

6

そこで、ついに、わたしは戦後、三番目に観劇した職業劇団である早稲田小劇場の貧乏たらしさにもっとも同情をよせた。豚小屋を四つあわせたような小劇場の汚ない舞台で、かれらは必死になって劇的な空間を拡大し多様化しようとしていた。かれらは熱演また熱演を内部の世界にひき込むことで得られるはずの〈含み〉による劇的空間の拡大には、それほど成功してはいない。ともすればセリフと演技を外へおし出そうとして空転しそうになる。しかし、豚小屋のせまさを逆手にとって、数個の劇的展開を共時化する。そしてこの共時化にはゆとりや遊びがなく、それ以外にどうしようもないのだというように、豚小屋のせまさを必然化している。そしていくつかの瞬間的な場面では〈憑かれたもの〉の所作という俳優の起源にかれらの演技は、さっと接触していた。舞台が豚小屋一つ半、観客席が豚小屋二つ半の広さとすれば、これらのいくつかの瞬間には、舞台は豚小屋四つに拡大する。役者たちは発声も演技もちゃんと訓練ができていて、これならどこへ転がしても役者としてなんとかやっていけるな、というような妙なことをかんがえながら観ていた。こういういい方は、役者にたいする侮辱になるのかもしれない。しかし、技巧ばかりでお茶をにごしているだけなのに、大家づらをしている新劇役者たちに拮抗し、これをこえてゆくためには、演技的な訓練は不可避なのだ。これらの役者たちをまっている遠い遥かな走行。問題は初心を〈特殊部落〉化せずに、新劇でなく〈劇〉そのものの世界を解放することにあ

早稲田小劇場風俗図（撮影・構成＝著者）

るのだろうが、わたしには、いまの段階でかれらがゆきつく果てを想定できないし、それをするのは空想のようにおもわれた。いつ、どういう形で、かれらはこの現在の世界の構造に内在から触れることになるのだろう？　抑制してじりじりと持続的に。もし、できるのなら、けっして馬鹿気た演劇理論で武装しないように、ということが必須の条件であるというほかはない。

解説

——平岡正明『地獄系24』——

1

ここ十数年来の政治思想過程のあいだに、わが国で有数の政治的オルガナイザーに接する機会をもった。そこで、わたしは極端にタイプの異ったオルガナイザーを見出した。ひとつのタイプは、ひとたび真正面からむきあうと、強烈なエネルギーを放射しながら論理をかたむけ、対手に肯定と否定の何れかひとつを選択するほかはなく、中間は存在しないということを、いやおうなしにつきつけるタイプである。もうひとつの極にあるのは、おなじように強烈なエネルギーを放射しながら、なぜか対手に、〈この人はそばにいてやらないと危なっかしくて仕方がない〉という不安定な印象をあたえ、けっきょくこの不安定さそのものが、オルガナイズの方法になっているといった人物である。とくに、後者のタイプが、優れた政治的オルガナイザーの資質やオルグの方法としてありうることは、はじめての体験であった。わたしは、労働者とか労働運動家とかいうものの資質や方法については、体験的にかなりよく知っており、べつに物神化もしなければ不信ももたないし、また買いかぶることもほとんどないといっていい。だが政治思想過程のほうはそれほどの体験がなかったので、後者のタイプの政治オルガナイザーが存在することを知ったのは新しい知見であった。

優れた政治オルガナイザーには、また共通の資質がある。それは、〈お人好しでない素朴さ〉とでもいうべきものを、どこか一個所に保有しているということである。このことはおそろしく困難な資質のようにおもわれる。ほとんど味方どうしのあいだの陰謀や術策の世界で大半のエネルギーを費やさなければならないというのは、政治過程の本質であり、この過程は、おおくの政治運動家を腐蝕させる。心が弱いものほど、見掛け倒しの権謀家になる。荒涼とした貌と蒼黒い顔色というのが、もっとも現場的な政治運動家の標識である。かれらはとうの昔にじぶんの正体を紛失してしまっている。わたしはそういう人物に出遇うと、いつも、ここにも犠牲者がいたかという名状しがたい感慨をうけとる。優れた政治運動家は、すこしこれとちがう。ただ一個所だけ風あながひらいており、そこから青空か天井か普通の生活者の世界かしらないが通路がついている仕掛けになっている。

ところで、もっともひどい政治の犠牲者になると、一種の〈観念の伝染病〉ともいうべきものに侵されており、その言語は常同症的であり、もっと病的になると破瓜症的になる。なにを喋言っても繰返しと強迫観念であるか、あるいは世界におけるじぶんの政治過程の位置づけができないために、アクチュアルな独り言しか喋言れなくなっている。この世界では眼に視えない死屍は累々として重なり、死者が強烈に活動していたりする。〈素朴さ〉とか〈素直さ〉とかは、かれが政治運動家として死んでいないことの唯一の標識である。

2

病的虚言症と好訴症は、政治思想過程で強迫観念に追われているものの徴《しるし》である。これは対症的に治癒の可能性はない。しかし、本質的な治癒の可能性ならばある。ただ、毒をもって毒を制するほかはないので、現在のわたしはその任でない。わたしは、かつておまえは〈傍観者だ〉と称した病的虚言症をただ遠ざけた。また、かつてわたしに素っ頓狂な〈公開状〉をかいた好訴症を告訴し、ブルジョワ的法廷を舞台にかりて徹底的に粉砕しようとおもったことがあったが、気の毒になってやめた。ようするにこれらを個々にいためつけても、これらの発生する基盤は、かすり傷も負いはしないのだ。なぜなら、これらは比較的善意であり、心弱いものたちであり、しかも、ほんとうの悪玉はかすり傷も負わぬところに位置している。それに、わたしは、善意も心弱さも嫌いな資質ではない。

3

政治思想過程で、味方どうしの内部的抗争は益のないことで、和解と統一のほうが重要だという倫理家は、つねに存在する。しかし、わたしはこういう倫理家を信じたことはない。かれらは、内部的なせめぎあいを通してしか敵に到達できないのだという政治思想過程の本質を知らないのだ。ただ、不都合なことに、このような内部的なせめぎあいは、いつも強大な権力をまえにして後退していく情況のなかで現われやすい。そこで誤解と混同がおこる。

4

ひとつの政治的な事件にたいする行動にあたえうる思想的な意味づけはいつも臨界的である。いいかえれば、政治的な事件とその反応は、いつも思想的に有限の意義しか与えられない。限界をこえて意味をあたえれば、かれは逆に観念の眼鏡から現実の事件に反応するという倒錯をおかす。そこで、しばしば滑稽なことが起こる。たとえば、金嬉老事件にたいする知識人の反応と副反応。わたしは、純然たる精神病理学的な反応としてその反応をみた。ただ、だれでも観念と現実の関係の倒錯について病者になる可能性を、いつもどこでももっている。この観念の演ずる悲しい劇《ドラマ》について、人間は可塑性をもっていて、これを免れることはできない。免れるとすれば、ただ、偶然が、かれを現実の事件にたいして適切な位置にたたせたからだ。だから、わたしは、この種の愚昧な知識人の反応を嘲ろうする気はすこしもない。しかし、愚昧はどう好意を働かせても愚昧であるというほかはない。〈帰化人〉という呼称がある。この呼称を定義するのは、大へん難しい。おおざっぱにいえば、天皇制統一国家以後にわが国に居住し、国籍をもったものを指している。そして〈帰化人〉問題で、質量ともにおおきな意味をもっているのは、朝鮮人問題である。

　日本人は種族として朝鮮人との混血をしていないものは皆無であるといってさしつかえない。また、八千年以前では朝鮮語と日本語とはおなじ祖語にたっするとされる。そうであるのに、統一国家以後にかぎってどうして〈帰化人〉という呼称がうまれ、近代以後とくに朝鮮人問題があるのか？　わたしは、〈帰化人〉問題にも〈朝鮮人〉問題にも、なんの責任も負わない。わたしは人種的偏見など少ないほうで、子供のときから大学時代もかれらと親しく、好意をもたれたという記憶をもっている。また、制度的な問題としても、わたしは責任を負わない。朝鮮人を虐待し、中国人を虐殺した罪責感だって？　そんなことは知ったことじゃない。また、良心の証しでもない。その責任は、時代を区劃してことさら〈帰化人〉問題をつくりあげた天皇制と、ことさら下従させた近代日本の国家がおうべき責任である。

　だから、わたしには朝鮮人問題は、階級の問題にすぎないし、金嬉老事件の問題は、すべての犯罪者の犯罪的必然の問題にほかならない。金嬉老を説得にゆき、もうこれ以上人殺しをするより裁判所で自己主張したほうがいいなどといった進歩屋。金嬉老を声援にいった頓馬。金嬉老は権力にたいしてよくやっているといったせんき筋の読み屋。そして敗者の断崖が強者の砦だという論理の倒錯。この事件ほど、わが進歩屋が馬鹿であることをさらけだしたことはない。

　わたしが、しっているもっとも生々しい朝鮮人は、戦争中、おなじ工場におなじく徴用動員されていた朝鮮人労務者であった。かれらはおとなしく卑屈であったが、敗戦の翌日から、急に食堂でもぼうじやくぶじんに笑いさざめき、声高に朝鮮語で喋言りだした。わたしは卑屈なときも集合的に好きでなかったが、ぼうじゃくぶじんのときも集合的に好きでなかった。奴れいは解放されても奴れいだという集合的心性がかなしかった。そして戦争中は日本人よりももっと日本人的であろうとし、戦後は必要以上に非日本人的であろうとする帰化様式のなかにしか問題は含まれていないと考えられた。

朝鮮人のもっている悲愴さ純一さ、そして過敏にすぎる屈辱感と集団的報復感。そうでなければ、必要以上の同化意識。この関係意識の誤差のなかに朝鮮人問題の核心がある。お人好しの知識人の罪責論などはもっとも下らぬものである。かれらは朝鮮人と一緒の長屋に住んだことも、肩をならべて焼肉としょうちゅうを飲んだこともないにちがいない。じっさい連中は、いい人間だが、奇妙な図々しさと癇にさわるような卑屈さをもっているよ。

5

労働者運動の偶然的な、あるいは必然的な指導者が、その運動の内部にあって、ぎりぎりいっぱいのときに自己につきつける問いは、労働者の従属する場であるとともに生存の場でもある経済社会機構のある場面を、まるごと押しつぶすまで闘うということに、はたしてどんな根拠があるのか、という問題である。この問題は、ほんとうは何ら心理の問題ではない。労働者運動はけっして社会運動の次元をはみだし離脱することができないという境界の問題である。この問題を、労働者がじぶんたちの手で超えるための唯一の方法は、運動としてではなく、個々の労働者の実存という次元で、単独者として集合するということである。

だから、政治過程に入った労働者運動にはなんの意味もない。せいぜい無意味、たいていはマイナスしか演じない。労働者が無意味でもなく、またマイナスでもなく政治過程にはいるためには、運動としてではなく、個々の生産場面を離脱した労働者の集合として入るよりほかない。しかも、これとても第二義的な意味しかもたない。そして、いまも街頭をぞろぞろ行進している。また、そして、錯覚と迷信は、なにかというと、いまも街頭をぞろぞろ行進している。そして、なにもおこらないが、政治過程の装飾品として、まがいものの政治運動家や知識人の自慰を増殖させるというマイナスだけは演じているのだ。

6

わたしは、戦争中に結社右翼であり、戦後に結社左翼であるものから、戦後になって〈右翼〉だとレッテルをはられたことがある。ところでこの男は戦後になっても、〈濛々たる殺気〉だとか〈人物が小さい（〳〵）〉だとかいう言葉を愛好していた。馬鹿気たことである。

先頃、偶然なことで、浅沼刺殺事件の古いニュース映画の断片をみた。浅沼を刺殺した右翼青年は、中央公論社々長家のお手伝いさんを刺殺した右翼青年とおなじように、とんだ筋ちがいの殺害をやってのけたのである。ところでニュース映画の印象では、この右翼青年は殺害について充分のトレーニングを積んだようにおもわれた。その刺殺の腰はよくきまっており、おそらく突然、短刀の刺殺圏内に踏み込まれたら、これをかわすことは不可能なほどの修練が感じられた。この右翼青年は、だれが重要な敵であり、だれが見掛け倒しの敵であるかも判断できぬ、頓馬な頭脳しかもっていなかったが、武道の実力だけはたしかであるとおもわれた。

なぜこんなことに触れてみたくなったかというと、世界中どこでも、左翼は〈テロル〉について思想的な駄弁を屑かごいっぱいほどもならべたてるが、やることは〈文化的〉であるのに、右翼的な〈テロル〉は、不言実行であることに関心をそそられたからだ。わたしは、数回、右翼と左翼の両方から警告状とも脅迫状ともつかぬものを受けとったことがあるが、もし、これらがほんとうの結社右翼だったらつまらぬ右翼であり、ほんとうの結社左翼だったら、つまらぬ左翼であるとおもう。テロルの回路より、じぶんの頭の回路でも検討したほうがいいのがおおすぎる！

〈文武両道〉の達人などというものが、かつて歴史の上に存在したためしはないのだ。三島由紀夫は例外だって？　嘘をつけ。かれが人を殺せるのは映像のなかだけである。

7

人間が政治のような共同性の問題にも不信を抱き、個人としての自己をも信じられないような拡散を体験するとき、最後にのこる関心は性的な幻想〈エロス〉である。なぜならば、人間の観念から共同性の問題と個体の問題を削りおとしたら、あとには性的な幻想〈エロス〉しかのこらないからである。そして性的な幻想〈エロス〉とは、人間がひとつの個体と他のひとつの個体として関係する世界であり、この世界では、人間は男性または女性としてあらわれる。

ところで、かつてわたしがそういう議論を展開したら、若い連中のあいだでは、一対多数のような乱交パーティというのもあるそうじゃないかとからかった批評家がいた。つまり、この批評家は、事物の現象と本質とが区別できなかったのである。たとえ、一対多数の乱交であろうと、〈乱交の観念〉は一対一にきまっている。そして乱交パーティなるものが存在するとして、その場所がマンションの一室であろうと、ホテルの密室であろうと、キャバレーの地下室であろうと、いわば〈抽象的な場所〉にしかすぎない。乱交パーティなるものが秘密裡に行われるのは、それが現行の法的な規範に抵触するからというだけの理由によるのではない。それが、共同の秘儀という性格をもっているからである。そして共同の秘儀という性格をもつ行為は、この社会のどのような場面からも〈抽象〉された場所でしか存在し得ない。つまり、大なり小なりこの社会に椅子をもたない、というべきである。

レヴィ＝ストロース流にいえば、処女の禁忌が尊重されるのは、ほかのどんな理由からでもなく〈花嫁代償〉を高価値に見込むためであるということになる。そしてこの見込みは、一家族が立てても、部落全体が立ててもまったく等価となるはずである。しかし、問題はこうだ。どうしても処女性（の尊重）に到達できない意識としての男または女は、どうしても〈家族〉という位相に到達できない意識としての人間である。かれは、個性であるかもしれず、共同性であるかもしれないが〈家族〉性ではない。そして〈家族〉性ではない男または女は、〈性《セックス》〉としてこの現実社会に場所をもちえない存在である。かれの〈性《セックス》〉は街頭をさ迷っているか、個室にこもっているかのどちらかである。

〈家族〉は、おそらく人間が歴史にのこす最後のものである。

モダニストは〈家族〉を桎梏としておもいえがく。そして自由な男女の性愛が可能であると錯覚する。しかり、〈家族〉はたしかに桎梏である。しかし、この〈桎梏〉なるものは〈家族〉からくるのではなく、つねに〈家族〉外から、つまり経済社会構成から、つまり政治的国家からやってくるので、〈家族〉そのものの本質からくるのではない。そこで、ただ本質的にのみ語れば、〈家族〉は人間が〈性〉の現実的場面を喪わないかぎり存在することを続ける。自由な男女の性愛という概念は、自由な差別なき社会あるいは世界という概念とけっして等価ではないが、後者は前者の必須条件のひとつである。

8

わたしは、ながいあいだ美しくない貌の異性よりも、美しい貌の異性に惹かれるじぶんが、不愉快でならなかった。これはわたしの思想に違反するようにおもわれたからである。わたしの理窟では貌立ちの美形などは問題ではなく、個体としての〈格〉が問題でなければならないはずである。

そして、わたしが一時的に得た回答は、異性にたいする〈距離〉の問題だということである。つまり、貌立ちが美形であるかどうかが問題となるのは、一対の男女の関係が、ある所定の〈距離〉の範囲にあるときにかぎられる。そして、この〈距離〉がより遠いとき（つまり無関心の圏にあるとき）も、より至近にあるとき（つまり日常的な接触の圏にあるとき）も、貌立ちが美形であるかどうかはあまり問題とならず、ただ〈格〉が問題になる。

　ところで、もうひとつ貌立ちがより美形である異性に惹かれるじぶんが不愉快であったのは、どうも財力ある家族の出身は美形を生みだしやすいのではないかという点であった。しかし、これにたいするわたしの一時的に得た回答によれば、この出身と美形との関係の矛盾は、ただより貧困な人間はつねにより貧困でない人間にくらべて、社会的多数であるということに帰せられるということである。

　しかし、わたしは、こういったわたしの一時的に得た回答にどこか不服であった。そして、いまのわたしは、ようするに人間の歴史は、異性の貌立ちの美形よりも〈格〉が重要なのだと断言できるほど〈家族〉の桎梏をまだ体験していないのだと考えようとしている。たしかに、〈性《セックス》〉のはらむ問題は、構造的には、いま、なによりも困難な課題を提供しているようにみえる。しかし、わたしたちは、まだ、美人をみると吐き気がするほどに〈家族〉や〈性〉や〈親族〉の関係からうちのめされた体験をもっていない。つまり、まだ、結構うまくやっているということになるのだ。

情況への発言

——恣意的感想——

1

この世界に『差別構造研究所』というのが存在するのをはじめて識った。津村喬という男がそれに所属するらしい。(『読書新聞』昭和四十五年八月十七日刊・第一五五九号参照)この世界にある一切の差別を喰いものにしている男たち。こんな『研究所』が存在するために、階級的、種族的差別を存続せしめることが必須の条件であるということを、この男は自覚しているか。この男の倫理的支柱は、階級的・種族的差別の被害者を擁護しているという自己ギマンだけである。しかしかれがほんとうに擁護しているのは、この世界に〈禁忌〉を存在させることだけである。だからかれ(ら)にとって、もっとも重要なのは〈コトバ〉であって実体ではない。〈部落民〉、〈特殊部落〉こういう〈コトバ〉をつかうと、この連中は、すぐに頭にきていきりたつ。なぜならば、かれらは〈コトバ〉を禁忌にして、その概念の指示する実体を喰いものにしているからだ。〈部落民〉、〈特殊部落〉という〈コトバ〉は、あらゆる〈差別〉を粉砕するために、素直に使われなければならないことを、かれは見ないふりをする。この男が『差別構造研究所』などという、この世界の差別を喰い物にする珍無類な『研究所』を、自ら死滅させるプログラムをもたないことは、あらゆる階級的人種的差別を喰いものにしている段階で、いっさいの〈共同性〉を固定化し、至上のものとして歯止めを加えているこの世界の、他のすべてのスターリニストとおなじである。わたしたちが〈特殊部落〉の問題に、また種族的差別の問題に言及しようとするとき、つねに入口で反撥するのは〈部落民〉と俗称されている人たち自体ではなく、この種の〈お節介屋〉、〈口入れ稼業〉、悪質な〈観念の人身売買屋〉であるということを忘れてはならない。

2

この世界に禁忌とすべき〈コトバ〉などは存在しない。〈コトバ〉に禁忌が存在すべきであるという幻想を振りまいたものは、天皇制と〈部落問題〉屋だけである。いっぽうは法権力をつかって禁圧し、いっぽうは、もともとじぶんの所有ではない〈正義〉をつかって、気の弱い知識人たちの倫理感を脅迫して禁忌とした。〈義とするもの〉を、〈義とするもの〉であるがゆえに、〈不義〉以上の〈不義〉の卑しさにおとしめるのはかれらである。

3

関連していえば、岩波新書『沖縄』を卑しい、気持ちの悪い著書にしているのは、その内容ではなく、〈沖縄人〉とか〈琉球人〉とかいう〈コトバ〉を、〈関西人〉とか〈関東人〉とか〈大阪人〉とか〈東京人〉とかいうのとおなじように、なんのわだかまりもなく使えない著者たちの気のまわし方の嫌らしさである。そして、〈琉球・沖縄人〉にも、〈特殊部落人〉にも、〈心〉や〈現実的差別〉よりも〈コトバ〉のいいまわしにたいして過敏になるように外部注入したのは、この種の〈お節介屋〉たちである。七〇年までの政治思想過程は、この種のあいまいな倫理主義のガキを生みおとした。毛沢東主義とあいまいに野合した思想の末路である。

4

江藤淳や福田恆存は先験的に〈真理〉に属することを発言しえない、とかんがえている思想と文芸のスターリニズムは、まだまだ再生産されることをやめない。こういう連中（たとえば高野斗志美）の存在が、いうまでもなく大衆の現在の政治権力への希望を支えているのだ。こういう頓馬たちに権力をもたせるくらいなら、まだいまの体制のほうが、しのぎやすいというような希望を。しかるがゆえに、こういう連中の自滅と思想的覚醒は、現在の体制が倒されるための必須の前提である。わたしは繰返していう。わたしは、江藤淳や福田恆存の思想を批判する。高野斗志美とかいうガキの思想を批判するのと同じように。しかし、かれらの才能が開花することを支持するし、かれらが〈真理〉を語ることがあることをも信ずる。それは、まったく〈常識〉に属しているにすぎない。なぜ、わたしたちは〈常識〉を語らなければならないのか。それは、思想的・文学的狂気の〈創造性〉が、生理的・体質的狂気への〈崩壊〉に転化しつつあるからだ。かれらが自らの〈崩壊〉に気づかないのは、生理的・体質的狂者が、おれは狂気でないと断乎として主張するのと同等である。

5

山口昌男というチンピラ文化人類学者がいる。フィールド・ワークの蓄積もなければ、理論的な訓練もない。あるのは、この男のかく文章の表題だけのカッコよさと、ジャーナリズムに悪乗りする才能と、欧米文献の猿真似の敏感さだけである。へどがでる。

大林太良の優れた著作『東南アジア大陸諸民族の親族組織』や有地亨の紹介論文「クロス・カズン婚

（cross-cousin marriage）の意義」をよんだだけでも、レヴィ＝ストロースの親族理論の基本を把握することはできる。こちらに理論的思想的蓄積があるならば、だ。しかし、かれらが、〈読みもしないストロースの親族理論に言及するとはなにごとだ〉というとき、それはかれらの怠惰を自己告発しているにすぎない。〈読みもしない〉とかれらがいうとき、〈訳しもしない〉で、ストロースの紹介を売りものに、ひとかどの学者づらをしているかれら自身の怠惰は必須の前提である。そして、かれらがストロースの『親族関係の基本構成』という大著をホン訳しないのは、ほかのどんな理由からでもなく、その良心的なホン訳が、相当の長い期間と、地道な語学的な努力を要するからである。つまり、そんなことをしていたらジャーナリズムで人類学者づらができないからな。いったい、この連中は、ストロースの大著を完全に読んじゃいまい。深刻に読みこんでいたら、「道化の民俗学」などという題名ばかりカッコをつけた雑文などを『文学』に書いているひまはないはずだ。このチンピラ学者は、甘ったれるべきではない。こういうヒステリー学者に教授された学生たちが、ヒステリー的感情短絡に左右されなかったら不思議である。こらえ性のない男たちは、この困難な情況のなかで〈ヒトからサルへ〉転化する。わたしはサルの行動を支持しない。サルの口舌も支持しない。なぜならば、わたしは人間だからだ。べつに巨匠の〈コトバ〉をかりなくても、人間はまず〈アタマ〉で行動し、つぎに肉体で行動することができる存在である。

6

六〇年代の政治青年は、七〇年代の政治的ボスとなる。しかし、わたしは思想的な営為とその表現に、ほかのなによりも責任をとってきた。しかし、「都会議員」になろうなどという堕落した政治意識も戦術も、いちども、夢にも抱いたことはない。これは〈口舌〉の問題でもなければ、〈政治的実践〉の問題でもない。断乎たる〈思想〉の問題である。

7

ホームサイド・デシジョンという言葉がある。わたしがはじめてこの言葉をきいたのは、テレビのボクシング放映のときである。小林弘との世界タイトル戦で、パナマの挑戦者アマヤは、二度これにひっかかって敗れた。アマヤは不服そうに、なかなかリングを去らなかった。このホームサイド・デシジョンにひっかかって何回か敗れた経験のある解説者、海老原博幸は、そのとき〈世界タイトルに挑戦しようとして、ボクサーは何年も練習に練習をかさねてやってくるのです。それなのに、こういう判定が下されるのは悲しいことだとおもいます〉と言ってのけた。この言葉はテレビのボクシング解説者の言葉として、わたしがきいた最上のものである。

さて、ホームサイド・デシジョンなるものは、たんにボクシングの世界だけにあるのではない。大出版ジャーナリズムから小出版ジャーナリズムまで、このホームサイド・デシジョンに充ちている。頓馬たちが口裏を揃えてなにかいうときは、ジャーナリストや政治思想組織のボスたちにあやつられたホームサイド・デシジョンであるとおもえばまちがいがない。ところで、街路で出遇ったらブッ飛ばしてやりたいとおもう奴とは、なかなか出遇わないが、これは、わたしに観念のホームサイド・デシジョンがあるがためではないのか?　海老原流にいえば〈悲しいこと〉である。

8

かつて尊敬すべき業績をあげたことのある結晶化学者、三宅泰雄は「海の汚染公害」(『前衛』一九七〇年九月号）のなかで、公害を防止する方法として、第一に環境破壊をふせぐあたらしい産業をおこすこと、第二に「無廃棄物」か「無処分方式」の生産技術の開発を挙げている。そして、これは利益追及をたてまえとする資本主義体制のもとで、どれだけ実があがるかわからないから、結局「一部の国民のための利益ではなく、大多数の国民のためを考える民主政治のもとで、はじめて、わが国の海洋汚染公害が解決されるだろう。」と結んでいる。

ところで、わたしは問題はそんなところに無いような気がする。

現在おこっている〈公害〉問題は、化学技術的にかんがえれば、いずれもきわめて単純な問題である。三宅泰雄のいうのとちがって、有毒な「廃棄物質」や「処分物質」を無毒化する化学的方法は、いずれも簡単である。それは、企業内の化学技術者たちにとって、簡単に解決の方法を見出しうる程度のものである。ただ無毒化物質を生産する部門を、企業が新設しなければならないという問題にすぎない。だから、汚染公害の技術的核心のカギを握っているのは、第一に個々の汚染企業の技術者たちである。そのカギを技術者の手に封じたままにしているのは個々の汚染企業の資本家である。つまり汚染公害の無毒化の方法は、ほとんど技術的には自明のこととして、企業内技術者に考えられているにもかかわらず、無毒化物質生産の部門を新設するという問題の本質を企業家がおしかくして、騒然たる社会倫理の問題にすりかえようとして、被害者の声に合唱しているにすぎない。

さらにもうひとつ、〈公害〉問題は、純然たる〈社会〉問題であり、その解決の方法は社会過程にある。いいかえれば、市民社会のなかに、また、その核心である経済社会構成の個々の場面にある。これを政治過程の問題に単純にすりかえるべきではない。

ところで、純然たる〈社会〉問題は、巨大であればあるほど、最高の〈政治〉権力によってのみ解決されるというのが、アジア的様式の特徴である。そして公害問題も、かならずそうなり、無理論な進歩勢力がそれになだれ込んで合流し、ラジカルな学生運動はこれに反撥して、公害問題を純然たる〈政治〉権力闘争として独立的にたたかうことになる。この図式は眼に視えている。この図式を粉砕するという課題はほとんど絶望的といってよい。現に、わが尊敬すべきかつての微量化学者三宅泰雄は、すでに無理論的な進歩勢力のひとりとして、公害問題を甘くしてしまっている。

9

〈差別〉被害者の味方づらをした道学者たちを告発するには、道学をもってしては無効である。ただ不可避的な〈自然〉科学をもってするほかはない。〈自然〉科学者を装った哲学的駄弁を粉砕するには、哲学をもってしては無効である。必然的な生活過程のしわを拡大してつきつけることによってするほかはない。政治的経験主義者を粉砕するには、生活過程のしわをもっては無効である。ただ、思想の貫徹性をもってするほかはない。かれらは味方が敗退期に孤戦を強いられているのを、おいてきぼりにして、政治経験主義的な八艘とびをやってのけた。なにが〈中核〉派の一貫性だ。

10

だが、思想の一貫性なるものも〈退廃〉する。そして〈退廃〉はべつの〈退廃〉を忌む。現在、わたしが、あらゆる〈拒否〉を行使するとすれば、その理由によっている。しかし、わたしの〈拒否〉をいやすものがあるとすれば、わたしの〈退廃〉ではないのか？　そこでわたしは、わたしの〈退廃〉を〈拒否〉しつづけるよりほかはない。

思考の話

シェルピンスキーの『集合と位相』（熊谷孝康訳）をよんでみると、冒頭のところで、今世紀のはじめには大学の数学科でも集合論は話題にならなかったが、最近では中等学校にさえ集合論がはいってきたというようなことが述べられている。このことでは、わたしも、つい先頃びっくりした経験をもっている。娘が四月から中学校に入学した。そして、しょっぱなから〈集合〉の概念がでてきた。あわてて、もう二十数年まえ、遠山啓先生から聴きかじった初歩の集合論の講義を、記憶の片隅からひっぱりだして即席に対応してみた。そして、あらためて以前に戸惑いしたことは、いまでも戸惑いであることを知った。

ところで、娘のほうは、わたしの戸惑ったところでは戸惑わずにすらりと受入れてゆくようにおもわれた。しかし、わたしならば、間違いそうもないところで娘のほうは戸惑っているようにおもわれた。それは、ある集合が言葉の〈概念〉で述べられるばあいである。たとえば、集合A｛わたしが腹を立てているすべての対象｝であり、集合B｛わたしが腹を立てているすべての人間｝であるとき、$B \subset A$であることを示せというような問題に出あったとき、娘のほうは戸惑うらしかった。なぜ戸惑うかといえば、〈腹を立てる〉という〈概念〉が、一般にかんがえられがちなほど、中学一年生の娘にとっても簡単なものではないと直感されているからだとおもわれた。

わたしは、いま、逆の問題を提出してみる。人間の思考法則のうち、わたしがいまもっとも重要なものだと考えているのは、つぎのいくつかの命題に要約される。

命題1　〈認識の対象は、無条件ならば、必ずしだいに遠隔に向う〉

命題1の系　〈すでに認識に包括されてしまった対象は、必ず認識にとっての自然に転化する〉

命題2　〈任意の場所（空間）についての認識は、ある適切な操作をほどこせば、必ず一定の時期（時間）についての認識に変換できる〉

この〈命題1〉と〈命題1の系〉とは、わたしにとってはかなり馴染んだ、いわば自明とおもわれるものである。〈命題2〉は、直観的に間違いないとおもい、また、あいまいな輪廓のままだが、しだいにはっきりしてきつつあるようにかんがえているものである。これをもう少し論理的にいえば〈ある適切な操作〉というのは、〈関係の構造〉にかかわる操作ではないかと思いはじめている。ここにあげた命題は、簡単に記号化することができようが、わたしが、資格をわきまえていいたいことは、ここでいう〈認識の対象〉は、夫婦や恋人の片割れであっても、科学や数学の研究対象であっても、つまり、どんな対象であってもよいということである。また、〈場所〉とか〈時期〉とかいうのも、世界のある〈地域〉や歴史的な〈時代〉とかんがえてもよければ、じぶんが住んでいる〈場所〉や〈時期〉であっても、人間の〈空間〉認識と〈時間〉認識の関係とかんがえてもよい。

そして、数学について語るには、あまりに資格を喪失しすぎたわたしにいえることは、このいくつかの命題から、たくさんの劇《ドラマ》や生活体験やこの世界におこりつつある諸事件のイメージを、ディテールを失わずに再構成し、それを確実に把握し、どう考え、どう行うべきかという課題もまた、たえまない探究がなければ、すぐに誤謬に転化してしまうほど、困難だということである。そして、それが、数学や科学の世界からとおく隔たってしまったいまのわたしが、なお数学や科学の世界をそれほど遠くないとおもっている理由でもある。

南島論

——家族・親族・国家の論理——

I

本日は「南島論」というテーマでお話をするわけですが、この〈南島〉ということばをどうここで使いたいかといいますと、昇曙夢さんが『大奄美史』の中で、だいたい奄美大島から琉球諸島を含めて〈南島〉というふうに定義しているのにならって、ここでも、大づかみにそこらを指して〈南島〉という言葉を使いたいとおもいます。

略図でいえば、奄美大島から台湾にいちばん近い与那国島までを含めて〈南島〉と呼ぶわけです。〈南島〉は、日本の民族学、あるいは文化人類学にとって、宝庫だといわれているところで、さまざまな古い遺習がのこっていますが、われわれがここで取扱う場合には、まったくそれとはちがう理論的視点を前提としていることを、はじめに申しあげたいと思います。そうしないと、〈南島〉は古い風俗、習慣がのこっていて、文化人類学、あるいは民族学的なフィールド・ワークにとってはたいへんな宝庫であるということになります。けれど、われわれはべつにそういう意味あいで宝庫だと思っているわけではありません。それほど閑人でもないのですから、そういう意味あいとはまったくちがう理論的前提にたっていることを、ことさら申しあげる次第です。

たとえば、ニューギニアの奥地に行くと、まだ石器時代そのままの未開の生活をしているパプア族の

南 島 略 図

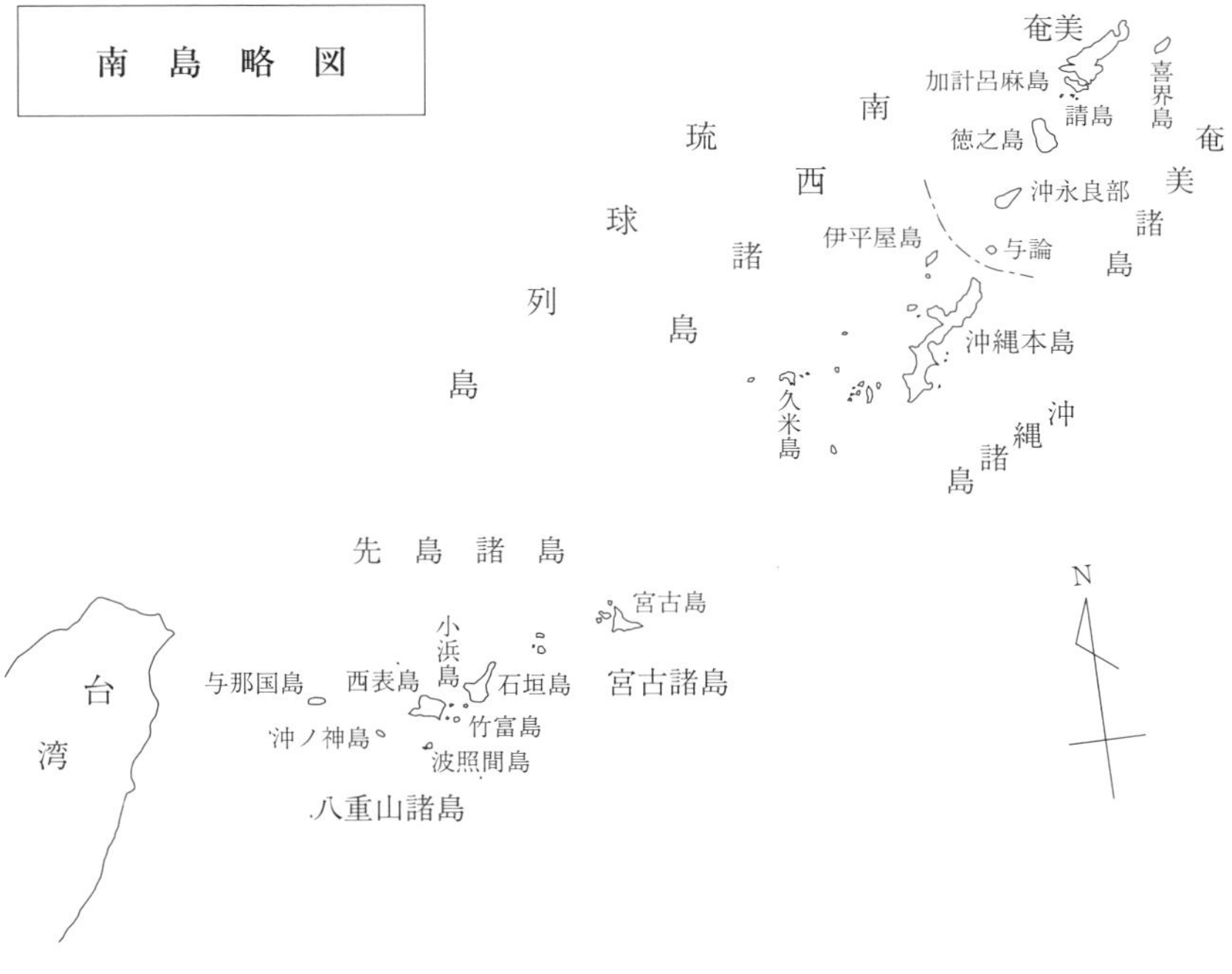
奄美
加計呂麻島
請島
喜界島
徳之島
沖永良部
与論
伊平屋島
沖縄本島
久米島
南西諸島
琉球列島
奄美諸島
沖縄諸島
先島諸島
宮古島
宮古諸島
小浜島
石垣島
与那国島
西表島
竹富島
沖ノ神島
波照間島
八重山諸島
台湾
N

ような種族がいることがしばしばいわれますね。また、サハラ砂漠の近辺に行くと、太古の遊牧民さながらの生活をしている種族がいるというようないわれ方があります。こういういわれ方に、かねがねわたしは疑問を持ってきました。なぜかといいますと、かりに石器時代そのままの生活をしているような未開の種族がいたとして、それをほんとうに石器時代そのままの生活をしているのだと受けとればいいのかどうかということは、充分に問題になります。世界史的にいいますと、そういう未開の種族もまた世界史的現在のなかに存在しています。その意味を、どうとらえたらいいのだろうかという疑問をいつも感じます。檻の中に動物を飼育して、それを観察するというような観点からゆきますと、ニューギニアの奥地に行けば、石器時代さながらの生活をしている種族があるといえば、それでよいわけですけれども、われわれは現在に生きている人類に対して、動物園の檻の中の動物を観察するように観察するとか記録するとかいう観点を持ちえません。人間的にも、思想的にも、また理論的にも、そういう根拠をもっていないと考えています。

このことを検証するのはたやすいことだとおもわれます。たとえば、そういう種族がニューギニアの奥地にいるとして、現在、その地域に文化的、文明的に世界の最高レベルにある文物が殺到していったと仮定します。そうすると、石器時代さながらの生活をしていたニューギニアの未開の種族は、数十年のうちに世界史的現在に到達するだろうということは、まったく疑いのないことだとおもわれます。もちろんそのときに、種族内部では、軋みや歪みが生じることはありうるわけですが、数十年のうちに世界史的現在性の中に投げこまれてしまうことは確かです。

それほど極端な落差ではないですけれども、明治初年の日本を考えても、おそらくはそれに近い経験を味わったと考えてよいとおもいます。その中で、内部的にさまざまな軋轢が生じ、いまだに問題になっているように、西欧文明がはたして日本の深部にどのくらい到達しているのだろうか、単なる表面的受けいれの現象にすぎないのじゃないか、という問題が依然として起っていますけれども、しかし、少くとも世界史的にいって、明治以降の日本の近代国家が、直ちに最高の現在に到達してしまったということは、まったく疑いをいれないところで、現在、ニューギニアの奥地の未開種族を、動物園の檻の中に飼ってある動物のように扱うことができないということの、一つの根拠になりうるとおもわれます。

そういう種族、あるいは今日の話のように、日本の〈南島〉を扱うとして、ただ古き良き時代の名残りが、何らかの形でそこに残っている、という扱い方ではなくて、世界的同時性、現代性というものの視点を包括しながら、それを扱うにはどうしたらいいのかという問題は、依然として問うに価するし、これは文化人類学者や民族学者がよくなしえていない問題であると思われます。これを説明するのはなかなかむずかしいのですけれども、これを説明しないと、あとの話ができませんから、それならばどう扱っていったらいいのかという問題を、はじめに立ててみたいとおもいます。

一般的には、現在、世界の各地域にさまざまな段階で、さまざまな異った様式で生活している種族があり、形成されている国家があり、社会があるとして、それらをどう扱ったらいいのかという問題として取上げてみましょう。その場合に、ひとつの一貫した視点から歴史的に現在の世界を把握しようと考え、その視点を貫徹しようとすると、どういうことが起るでしょうか？　そういう歴史把握の一貫性は、あくまで主観的であり、主体的であるということになります。そうしますと、世界各地域の生活過程とか、風俗、習慣とか、政治的現象とかいうものは、この固執された主観の内部では、単なる〈事実〉というふうに存在してしまいます。つまり、われわれが、ひとつの立脚点、あるいはひとつの視点からの歴史把握を貫徹して、現在の世界をとらえようとすると、世界のさまざまな地域に起っている現象・事件は、そういう歴史把握の一貫性の視点の外に、個々の〈事実〉として現われてしまうだろうということなんです。だから、たとえばベトナムでこういうことが起った、カンボジアでこういうことが起ったといっても、それは個々の〈事実〉として、あるいは極端にいえば偶発的な〈事実〉であるかのように、われわれの把握する一貫性というものの外に出てしまいます。いいかえれば、〈事実〉として、〈報道〉として、あるいは〈情報〉として把握されるものに転化してしまうということなんです。

逆に、もしわれわれが、現在世界のさまざまな地域でおこなわれている現象、あるいは政治的な諸事件というようなものを、一貫した歴史把握の視点を持たないで把握しようとしますと、今度は文化人類学者や民族学者がフィールド・ワークでやっているように、たんなる個々の〈事実〉の集合として世界が把握されて、それ以外の把握の仕方ができないということが起ります。そうしますと、客観的に、これこれの地域ではこういうことが起っているといった具合に記述されたり、情報としてはいってきてしまいます。そうすると、われわれは、ただ偶発的に氾濫するさまざまな事件、あるいは現象の中にいるだけのところで、現在の世界を生きていることになってしまいます。そして、現在の世界をとらえようとして、われわれが用いる視点は、極端にいいますと、いま申し述べた二つのいずれかの方法しかないことになってしまいます。つまり、この二つの相矛盾する視点の中に、われわれが存在するということを、視野に繰入れることができなくなるということです。

日本の〈南島〉をどうとらえるかという場合、民族学者や文化人類学者のように、〈南島〉はさまざまな古い遺習がのこっている宝庫であるというふうにとらえることは、いわば偶発的にのこされた、ある歴史的段階の遺物の集積としてとらえる以外にありません。逆に、ひとつの歴史把握の一貫性で〈南島〉をとらえれば、その把握の外にでてしまう事柄については、まったく偶然にのこされたある〈事実〉、あるいは風俗、習慣として捕捉することになってしまいます。つまり、世界における地域性、場所性、あるいは空間性と、われわれが歴史を把握する場合のある歴史的段階、あるいは時間性とをそれぞれどうとらえて、統一させるかという方法的な矛盾のようなものがあらわれ、この矛盾をどう解いていったらいいかが、理論的な大前提としてのこされます。

いま、われわれが主観的に一貫した視点を貫徹しながら、なおかつ歴史的にも、現在的にもとらえられる対象とは何であろうか、いま申しました矛盾を体験しないでとらえられるものは何だろうかとかんがえてみますと、われわれに最も身近なもの、たとえばわれわれが現在そのもとに生活している日本の国家、社会というもの、あるいはわれわれがそこから出てきた日本の種族ということになりましょう。ここでは、歴史把握の一貫性の視点の中に、歴史的段階における個々の〈事実〉が包括されるため、大なり小なりそうできやすいと考えられます。つまり、われわれは身近なことについてならば、一貫した視点でそれをとらえながら、しかも、とらえた事象から洩れてしまうものはあまりないとかんがえることができます。これは常識的にも、経験的にもいえます。場所的には現に自分がそこにおり、歴史的には現に自分で体験している現在にいれば、われわれは歴史的把握、あるいは時間的な把握というものと、地域的な把握、あるいは空間的な把握とが、わりあいに矛盾なしに、一貫した視点に包括されてきます。しかし、身近でない地域、あるいは身近でない歴史的段階で起った事象をとらえる場合には、いま申しましたように、歴史把握の一貫性を貫徹しようとすれば、そこからこぼれ落ちる事象は、まったく偶発的な個々の〈事実〉というふうにみえてしまうことをわれわれは免れないのです。この問題は、どう解決されてきているかと申しますと、文化人類学者や民族学者は、もともとのんきですから、どこそこへでかけてゆくとこういう〈事実〉がみつかる、とやってくればいいわけで、それはそれでいいけれども、たとえばベトナム戦争をどう把握するかということになると、あれは後進国における国家の問題であるとか、革命の問題であるとかいう把握の仕方をしてしまいます。つまり、われわれが後進国とか、未開の国といった場合、知らず知らずのうちに、その地域、その国家を世界的同時性としてとらえる視点を失っています。大なり小なり、それをある歴史的発展段階にある事件としてとらえているわけです。つまり、ある地域性、空間性に固執し、また歴史的にいえば、現在の最先端にある段階ではない、ある歴史的段階というようにそれをとらえているということを意味します。だから、そこからは後進国革命論みたいなものが起ったり、第三世界革命論みたいなものが起ったりするのです。

これと逆の場合もありうるでしょう。つまり、世界の各地域に起ってくる現象をことごとく世界的同時性の問題としてとらえるならば、そこからこぼれ落ちる地域性、あるいは歴史的段階というものを、ある空間性あるいは時間性に転換する方法を、知らず知らず放棄していることを意味します。われわれは、自分の身近なものではない空間性、時間性、別のことばでいえば地域性、歴史性に対しては、ある視点を切り捨て、一つの視点から単純化しようとする傾向に知らず知らずのうちに陥っているのです。

それならば、把握の視点の単純化もせず、一方、切り捨てて問題をとらえるということでもなく、また民族学者や文化人類学者がやっているように、動物園の檻の中の動物を観察するように、その地域を観察するというやり方でもない、理論的前提はどう獲得されるでしょうか。わたしは、ここで〈時—空性の指向変容〉という概念を提出したいとおもいます。もちろんこの〈指向変容〉というのはわたしの造語で、〈インテンシブ・モディフィケーション〉とでもいっておきます。これはどういう概念かといいますと、身近なことについてなら、起ってくる事象をわりあい包括してとらえることができやすいが、身近でないところの問題の場合には、こぼれおちてくる事象があり、その事象はまったく偶発的な〈事実〉としてしか存在しないかのようにみえてしまう、という矛盾のあいだの〈距離感〉、〈誤差〉というものをはっきりさせるための概念です。

この〈誤差〉とは、おそらくわれわれが〈関係〉といっているものの〈構造〉です。人と人との、物と物との、地域と地域との、国家と国家との関係、眼にみえる経済的関係とか、眼にみえない観念的関係とか、〈関係〉という概念はさまざまに、近く直接的なものとしても、遠く間接的なものとしても使いうるわけですが、そのように考えられる〈関係〉の〈構造〉ということです。われわれが身近なものは、ある歴史把握、あるいは現在把握の一貫性をもって、場所的にも歴史的にもこぼれ落ちずに包括させることができるが、遠い地域、遠い時代の問題に対しては、しばしば、それを偶発的な〈事実〉としてしか記録できないという、その二つの極端の間にある〈誤差〉は、おそらくは〈関係〉というものの

〈構造〉だということです。つまり単純にいえば、この二つの極端の間の差、引き算した答えが、〈関係〉というものの〈構造〉です。

〈関係〉の〈構造〉を把握することの中で、あらゆる時間性というもの、あるゆる歴史的段階というものは、あらゆる地域的空間に、そしてあらゆる地域的空間というものはあらゆる歴史的な段階に、あるいは、あらゆる世界的な共時性というものは、あらゆる世界的な特殊性というものに、相互転換することができるということです。その転換の概念として出てくるものが、〈指向性変容〉ということです。だから、あらゆる地域性、あらゆる歴史性というものは、ある地域性、ある歴史性というものの〈指向変容〉として考えることができるということです。〈指向変容〉の実体である関係の構造を把握することができるならば、そういうことが可能なんだということです。そういう概念として、造語ですけれど、〈指向変容〉という概念を考えてほしいとおもいます。

話し方もうまくないので、よく通じているかどうかは問題ですけれど、しかし、それはそれとして、そういう前提が必要だということです。われわれの理論的前提から申しますと、民族学者や文化人類学者がフィールド・ワークでやっているやり方は、極めて単純に動物園の檻の中に人間を飼っておいてそれを観察し記録してゆくか、わりあいに真面目な人は、自分も動物園の檻の中にはいって（笑）、一緒に暮らしましたということで記録しているか、そのいずれかであるということです。そうでなければ、先にも申しました、ベトナムやカンボジアで起る事件について、それは後進国の問題だといったりすることとおなじです。それは、〈指向変容〉という概念からいえば、まったく問題を切り捨てて単純化しているにすぎませんから、そういう把握の中からは問題の本質は出てこないだろうとおもいます。この単純化は、身近なことでも、われわれが日本の国家の現在性、地域性、歴史性を扱う場合でもしばしばやっていることで、一方を切り捨てればコスモポリタニズムになるか、あるいはナショナリズム、もっと極端にいえばウルトラ・ナショナリズムになるか、どちらかであるということです。つまり、われわれが明治以降持っている、身近にある国家の歴史性および現在性の把握の仕方というものは、大なり小なりコスモポリタニズムか、あるいはナショナリズム、極端にはウルトラ・ナショナリズムのいずれかであるといっても過言ではないということです。そういうところで、依然として、歴史性、地域性における変換のカテゴリーが必要であるゆえんが考えられます。

われわれが〈南島〉を取扱う場合に、政治運動家、労働運動家、それから文化人類学者や民族学者というものの観点とはまったくちがうのだということ、その前提は、まずそういうところにあるんだということをいっておかねばならないとおもいます。

みなさんのなかに、大学で文化人類学を専攻している人もいるかと思いますけれど、そういう概念で聞いていただくとまったく誤解がおこります。ここではまったくちがった視点で話しているのです。わたしは必ずしもおれの考えのほうがいいとはいいませんし、ある分野における専門家を決して尊重しないわけではありません。混同してもらっては困るということです。わたしの持っている視点は、文化人類学や民族学の視点とはまったくちがいます。だから本当をいうと、だいたい全部定義のやり直しからしなければ話が通じないのじゃないかとおもいます。これは全部にわたってやっているわけにまいりませんので、家族とは何なのか、親族とは何なのか、国家とは何なのか、この三つくらいについて考えを申しあげてみたいとおもいます。

まず、家族とは何か。民族学者、文化人類学者が何といっているのでしょうか。たまたまわたしがみました書物から拾った一例にすぎませんけれども、中根千枝さんの『家族の構造』（東京大学出版会刊）という本の初っぱなにこうあります。「家族は、最小の、そして第一義的な社会集団で、人類のあらゆる社会にみられる普遍的な制度（institution）である。この見解はこれまでの人類学の研究によって実証され、これについては疑問をはさむ余地はない。」疑問をはさむ余地はない……というんですよ（笑）。具体的に申しあげましょうか。「家族は……社会集団」というでしょう。なぜこういういい方がだめだと考えるかと申しますと、「社会集団」ということばの定義が必要になるからです。社会集団って何ですか、と聞けば、いや、社会集団とはこうなんだ、これには疑問の余地がない、とそういう答えがはねかえってくるでしょう。すると、その答えの核の中に必ずもう一つ、これは何ですかと聞かねばならぬ、つまり無限に問わねばならぬような概念が無造作に使われているということです。ということは、こういう家族の把握の仕方は本質的でないということなのです。

もう一つ問題になるのは「普遍的な制度」ということです。制度って何ですか、となるわけです。そして前と同じように、その答えの中のどこか核に、依然として、それは何ですかと無限に問い返さねばならぬ問題が出てきます。家族というものを、あたかも動物園の檻の中にいる動物を観察しているような視点で扱い、定義しようと考えた場合、そういうことが必ず起るわけです。

そして「人類学の研究によって実証され、これについては疑問をはさむ余地はない」ということになっています。もし人類学がこういう家族規定を「疑問をはさむ余地はない」というふうにしか研究されていないとするならば、そういう学問はだめだということです。そういう学問は記録としてしか採用できない。ということは、学問というものの根柢にある何かがないのだということを意味しているとおもいます。だからここでもやはり、疑問をさしはさむ余地がないとはどういうことですか、人類学の研究によって実証されるという、その人類学の研究とはどういうことなのですか、と無限に問い返さなければならないわけです。われわれは、そういう学問とまったく観点を異にするのだということを申しあげたいとおもいます。

私が家族というものを定義するとすれば、非常に単純なんです。家族とは何か。それは人間の個体が性《セックス》として現われざるをえない場所である。つまり、人間が男または女として現われざるをえない場所であるということです。ごく一般的にいって、人間の個体が、自分以外の他のひとつの個体と関係づけられる世界は、人間が〈性〉として現われざるをえないところです。そういう世界が現実的な場面、場所を獲得すれば、それが家族であるということです。だから、家族の本質はセックスの関係です。そういうふうに申しあげれば、わたしの考えではそれではセックスとは何ですかと、わたしが無限に問われる必要は絶対にないとおもっています（笑）。人間の個体が、男または女として現われざるをえない世界があり、そういう世界が現実的な場所をもった場合に、それが家族だということです。そう申しあげればまったく充分であると思います。

次に親族ということですが、これも偶然わたしが読んだ書物の中の一例にすぎないので、べつに蒲生正男さんに恨みを持っているわけではないのですが、「日本の親族組織」（蒲生正男・大林太良・村武精一編『文化人類学』角川書店刊所収）にどう書いてあるかみてみます。「親族の本質は人類に普遍的な親たちと子供たちとの間の親子関係（生物学的血縁関係とは限らない）の認知の結果として、出自を共通にする関係である。出自の共通は二人の個人が、（一）一方が他方の子孫である、（二）二人が共通の祖先をもっている、のいずれにも妥当する。」というふうに述べてあります。わたしはこんなことをいってもらいたくないと思うのですが、しかし、こういういい方が必要な世界があるのだということは、やはり知っておいたほうがいいとおもいます（笑）。蒲生さんのこの論文は、それ自体はいい論文で、たいへん参考にさせていただき、ありがたいわけですが、しかし、親族組織を論ずる場合は、一応親族とは何だということをいわねばならないでしょう。そうするとこういういい方になります。やっぱり専門家の世界、つまり文化人類学の世界では、相当の蓄積の結果、こういうより仕方がないような感じで出て来ている定義だとおもいます。しかし、わたしはそんなものはまったく関係ないよというより仕方がありません。どうしてかというよりも、わたしが親族の定義をしてみましょう。

親族とは何かと申しますと、やはり〈性《セックス》〉の関係です。それならば家族という概念と親族という概念とはどこが異うかというと、家族という概念においては〈性〉における禁制、つまりタブーの概念がそのなかに含まれていないのです。というと、みなさんはまた誤解をされるかも知れない。それなら、おれとおれの弟の間に、あるいは妹の間には、性的なタブーはないのかというふうにいわれると困るのです。ここでいう〈性〉という概念は、生理的な意味での性行為ということだけではなく、観念における〈性〉ということが包括されます。自分の弟との間や、妹との間には、もちろん生理的な意味での性的な関係はないわけですけれども、しかし、観念における性的な関係はあるわけです。それがどういう形で現われるかは、もちろん個々具体的でしょうが、わたしが〈性〉という場合は、〈性〉という概念自体が、観念における性という関係を包括している概念として成立っているわけです。だから極端にいいますと、生理的な男性、あるいは生理的な女性というものと、観念的な男性、あるいは観念的な女性というものとはまったくちがうといってもいいという概念が含まれています。つまり、われわれが〈性〉という概念を、観念を包括的に含めて規定する場合には、その観念的な〈性〉というものは、生理的な〈性〉というものと関係が入れ替わっていても一向にさしつかえないということです。観念的な性という概念――わたしのことばでいえば対なる幻想という観念――は、生理的な〈性〉という概念と出どころが異います。ということは軸がちがうということです。だから生理的な意味での男性が、観念的な意味での男性として現われるか否かはまったく別問題です。そういうことをあらかじめお含みおき下さい。よく、人類学者は〈両性具備〉的などといいますが、そういうことをいわざるをえない場合は、〈性〉が擬制としてあらわれる場合ということで、べつに〈性〉などを問題にしなくてもよいということを意味しているにすぎないのです。

家族における〈性〉と、親族における〈性〉とはどこが異うのでしょうか。おそらくは〈禁制〉という観念が、家族における〈性〉の場合には含まれていないということです。そして親族という概念には、性的な親和と同時に性的な禁制がたいへん基本的、本質的なものだということです。つまり〈性〉における親和と禁制が二律背反であるか、ある場合には同じであるかは個々別々でありうるとしても、〈性〉における親和と禁制とが、共に本質をなしているもの、それらを本質として展開されるもの、それがおそらく〈親族〉なんです。それが具体的に現われれば、おれのところは本家で、あそこは分家であるとか、あいつはおれの叔父さんであるとか、従兄弟であるとかいうような具体的な場面で出てくるでしょう。しかし、何をもって本質とするかというと、おそらく〈性〉における親和と禁制とが、親族体系の、あるいは親族組織の展開に対して共に本質的に働くということだとおもいます。そこが親族概念と家族概念との異っているところで、この相異は大したことがないようにおもわれるかもしれませんけれども、たいへん重要な意味あいを持っています。わたしは、家族の集団、家族が形成する集落は、決して国家レベルの共同体には行きつかないと考えています。その場合に、国家、あるいは、共同体と、家族、あるいは家族の集団との媒介をなすのが、おそらく〈親族〉という概念なのです。あるいは親族組織、親族体系という概念なのです。

もうひとつ、国家の定義について考えてみます。鈴木満男さんが「筆者の想定する国家像を提示してみよう」と書いています。（「ポリネシアにおける国家形成の問題点」、雑誌『民族学研究』Vol.27, No. 2, 1963. 3所収）「(1)食料生産革命以後の社会発展のある段階において成立した高度の政治組織である。(2)地位と階層の秩序が確立している。(3)親族集団がその団体性（corporateness）を失って後退し、それに代って純粋に公的、政治的な関係が前面に出てくる。王室氏族（royal lineage）の果す役わりが大幅に減ずるという現象はその一例である。(4)公的、政治的関係は、主として地域——行政地区としての——原理の重視となって現われる。(5)王室親族集団に代る支配・行政の組織として、官僚制（bureaucracy）が成立し発展する。」というふうに国家像を提示していますが、ここでもまた疑問百出というわけで、「食料生産革命」とは何ですか、とか、「高度の政治組織」というその高度とはどれくらいですか、とかいう問いに対し答えようとすると、答え自体が国家という概念を前提としないと答えられないということになって来ます。これも全部の項目にわたって問い返しが可能であり、そしてその項目は果てしなくふえてゆくだけであるという定義だと思われます。このような定義が、学問の基礎となっているということは、ある一つの専門分野の問題であって、わたしはそういうことは関知しません。わたしはそういうふうに問題を取上げるつもりは少しもありません。わたしが国家を定義する仕方は簡単です。

国家とは何か。家族または家族の集団の共同性の次元を、ある共同性がいささかでも離脱したとき、それを国家と呼ぶ、とわたしは規定します。具体的に考えてみます。おれは本家である、あっちには分家がある、あっちには叔父の家がある、というふうに集落が形成されていたとします。そこでまず共同性、あるいは共同体は成立つでしょうが、その次元にある限り、国家、あるいはそのレベルの共同体は絶対成立しないということです。その共同性の次元をいささかでも離脱して共同性が存在しえたとき、それを国家と呼びたいとおもいます。これは、あらゆる共同体は、家族または家族の集団の共同性の次元を離脱すれば、じっさいに国家を形成するか否かということとは別問題です。つまり国家が形成される可能性があるということです。われわれはその可能性を含めてそれを国家と呼ぶと規定したいと思います。

そうすると、ここで共同性、あるいは共同体とは何かということが問題になってきます。これまた専門家がさまざまな規定の仕方をしているでしょうが、われわれはただつぎの問題を取上げればいいわけです。われわれが共同体という場合に、その概念を国家という概念と同等のものとして使っているか、あるいは国家という概念より狭い概念として使っているか、広い概念として使っているかということです。国家というかわりに共同体と呼んでいるにすぎない、つまり国家と共同体はイコールであるという概念で使っている場合が存在します。この場合、家族または家族集団の共同性をいささかでも離脱した共同性が、たとえば、法的に、あるいは宗教的に、風俗、習慣的に、ある一つの規範を成立せしめたとします。そして、その規範を規定する大きさが、国家、あるいは国家におけるさまざまな公的機関が行使する規範の大きさと、まず同等であると考えられる場合、われわれは共同体という概念と国家という概念とを同等に、使っているわけです。しかし、しばしば、その共同性の規範が、国家的規範とおなじ大きさで現われるとは限らないことがありうるのです。

わかりやすい例でいえば、現在の日本の国家と市民社会との関係をみてみます。日本の国家を、法的な意味での国家で代表させるとして、そこには憲法があり、さまざまな法律によってさまざまな規定がなされています。それに対して、われわれは、市民社会の中で生活しています。市民社会の中核は経済社会構成と考えることができますが、とにかくわれわれは、市民社会において、しばしば、国家的規範、つまり法律というものを念頭におかないで生活していたり、そんなものからハミ出して、おれはこう行動しているけれども、これはどういう規定にもないという、そういう仕方で生活しているということがありうるでしょう。これは、市民社会という概念のほうが国家という概念よりも大きいということを意味しています。さっき述べた、共同体という概念と国家という概念とが大きいか小さいかということも、ほぼこれで類推していただければ結構で、国家にしろ共同体にしろ、その本質は、わたしのことばでいえば共同の幻想の中にあるのですが、しかし共同の幻想といえども、それを広く使っているか、同じものとして使っているか、あるいは狭く使っているかということがありえます。国家イコール共同体というふうには、必ずしも使われない場合もありうるということを知っていただければいいとおもいます。

先ほど、親族の組織、あるいは体系というものは、〈性〉の親和性と禁制とが共に強力に働き、それを梃子にして展開されるものだと申しましたが、この展開の梃子において最も基本的な関係は、家族における兄弟姉妹の関係だということができます。兄弟姉妹の関係における生理的な意味での性タブーは、相当古くから存在しています。これは母と子の間における生理的な意味での性行為のタブーと同じくらい古い段階からあると想定されてもいいと思います。にもかかわらず、観念的な意味での〈性〉の親和性が、家族の中でいちばん持ちやすい関係は、可能性としては兄弟姉妹の関係だということができます。

そこで家族における兄弟姉妹の関係を梃子にして、家族分化が起る場合、つまり兄弟姉妹のいずれか、あるいはいずれもが、他の男性または女性と婚姻を結び、地域的にも、あるいは関係としてもたいへんに遠ざかったという形を考えます。そうすると、具体的・生理的な意味での性関係が存在しうる可能性はますますないわけです。つまり、家族の分化過程において、生理的な意味での性のタブーはますます強固になり、かつ可能性としてはますます減少するにもかかわらず、親和関係としては緩くはなってもわりあいに永続しうる、究極的には断ち切れない関係が、兄弟姉妹の関係なのです。そうすると、家族の分化過程の中で、依然として存在しうる血縁の観念といいますか、観念の血縁性といいますか、そういうものは兄弟姉妹関係を軸として展開されるとかんがえられます。この展開の可能性、拡張の可能性は、個々の家族または個々の家族集団の次元をはるかに突破するかもしれません。すくなくとも、理論的にはその可能性があります。

こういう視点をもとにして〈南島〉の親族関係を考察した論文に、伊藤幹治さんの「八重山群島における兄弟姉妹を中心とした親族関係」（『民族学研究』一九六二年十二月号所収）があります。この論文の問題意識はたいへん立派なものだとわたしは思います。親族組織あるいは親族関係を扱う場合、一般的には、父系的であるか母系的であるか、あるいは双系的に展開される親族関係であるかという問題意識か、宗教組織としてどういう結合を結ぶかという問題意識かでなされるわけで、〈南島〉の場合はたいてい双系、つまり父方の親族と母方の親族とが同等に扱われているといわれますが、わたしはそういう問題意識よりも、何を中心として、核として扱うかという問題意識として、兄弟姉妹を中心とした親族関係を扱う扱い方はたいへん本質的だとおもわれるのです。

さっき申しあげましたとおり、兄弟姉妹結婚の禁制、つまり現実的なタブーと、観念的親和性との矛盾、フロイト流にいえば、アムビバレンツを本質として、親族関係は展開されてゆくわけですが、その場合、伊藤さんが八重山の問題として適切に指摘していることで、もし姉妹がいなかった場合はどうなるのかという考察があります。伊藤さんはいくつかの例をあげていますが、その一つの例で、兄弟をもととして考えて、姉妹がいなかった場合には、父方のほうの伯母・叔母が兄弟姉妹関係における姉妹の役をすることがあることを指摘しておられます。それから兄弟を中心にして考えて、姉妹も、父方の伯母・叔母もいない場合には、父の兄弟の娘――イトコですか――が兄弟姉妹関係の代理をなすという例を指摘しておられます。このようなあり方は、父系性といいますか、男系が少しばかり有力な親族体系をもっている社会ではありがちのことだ、と理論的にはいうことができます。

伊藤さんは、もう少し例外的な事例も指摘されています。否定的な事例がみられるというふうに述べて、一、当人が老齢であるなどの理由で、父の姉妹も父の兄弟の娘も存在していない場合には、姉妹の代理をするのが、自己の直系の孫娘であると認められる例が石垣島にあるといっておられます。二つには、兄弟を中心として、姉妹が遠くへ移住してしまったり死亡してしまった場合に、当人の配偶者、つまり奥さんが姉妹の代行をすると考えられるケースが、八重山、西表《いりおもて》であったということです。三番目に、当人に姉妹乃至父方の伯母・叔母、父の兄弟の娘（イトコ）などがいて、兄弟姉妹関係を結んでいても、自分の配偶者がかなり有力な巫女であった場合には、兄弟姉妹関係における姉妹の役割をすることがあると指摘しておられます。それからもう一つ、姉妹がいても幼少である場合には、父方の伯母・叔母が代行する事例も指摘されています。

伊藤さんはこれらの事例を例外的、否定的な事実として挙げておられますけれども、理論的にいいますと、矛盾を来たすことなくありうることで、いずれも兄弟姉妹関係を中心として親族関係の展開を考える考え方にとって、否定的な事実だとはおもわれません。

親族の問題を、国家はどうして国家なのかという問題と結びつけてみますと、いま申しあげましたような親族関係を基軸にして考えられる共同性の展開の中に、国家となりうる要素がないことはないのです。親族は血縁的親和性をもちながら、具体的、現実的な性関係としてはタブーであるという関係をもとにして、地域的に拡張されるものですから、そこに、経済社会関係における利害（土地所有）を中心としての結合も可能性としては発生してきます。この利害が、いま申したような親族の拡張の仕方と、どこかで激突し、どこかで親和し、どこかで矛盾し、という形で国家は形成されてゆくはずですが、氏族共同体の段階の限界内では、親族の本質的な要素はあまり消滅してゆきません。だから、父系制とか母系制といわれている要素が、氏族共同体、前氏族共同体の中に大なり小なりはいってくるわけですが、もし、地域的、あるいは経済社会的な利害関係の共同性、あるいは排他性から生じてくる共同性とのぶつかり合いの中で、血縁的親和性が、宗教とか風俗、習慣としては保存されえたとしても、制度としては保存されないという場合に、それを部族的な国家と呼んでいいとおもいます。そして部族制国家という段階から、統一国家、民族国家というものを想定することができるのですが、ここで一つ問題になりうるのは、そのように親族関係から展開されるところで考えられる国家、あるいは共同体の〈段階性〉という意味は、決して段階的具体性ということではないということです。つまり、どんな国家であっても、そういう段階を追って成立するんだということではないのです。だから、個々具体的にフィールド・ワーカーが、こんな段階は全然踏んでいないところがあったという例をみつけることもできましょうし、それを記録することもできるでしょう。

しかし、わたしはそういう次元で問題を展開しているのではありません。家族の共同性、あるいは家族集団の共同性は、決して国家とか共同体には行かないのですが、もし、親族関係の展開の過程で、国家的な共同体へ転化する契機があるとすれば、兄弟姉妹関係の基軸が非常に重要なんだ、という意味あいで、展開の段階を考えているのであって、具体的な地域におけるある種族が、全部そういう段階を踏むとか、いや一つくらいは飛ばすかもしれない、といった個々具体性をまったく意味していません。だから、そういうものと混同してはならないとおもいます。さらにもう一つ念を押しますと、これを混同することによって、〈段階性〉の意味を、単純に否定してはならぬということです。

わたしもわりあいに否定的ですが、民族学者はエンゲルスの『起源』など、全然ウソだと否定します。そんなケースはじっさいに少ないじゃないかという意味で否定します。しかし、わたしはそういう意味では否定しません。そんなことはどうでもいいのです。個々具体性は偶発的な契機もあり、さまざまでありうるということはまったく当然のことであって、段階を飛ばして人類の集団性が発展していくことなど当然ありうるからです。人間の結ぶ共同性がどういう段階を踏むかという理論的考察を否定する場合、われわれは原理的に否定しなければならないのであり、個々具体的に例外があるとかないとかいって否定してはならないということをお含みおき願いたいんです。また、兄弟姉妹関係を軸として展開される親族関係、つまり家族関係の次元的拡張という視点に対し、別にそうじゃないところもあるぞという実例を持って来たって、決して本質的な否定にはならないし、そういうことは別問題だということをやっぱり強調しておきたいと思います。

さて、国家が、統一国家、つまり民族国家として成立する場合に、ちょっと奇想天外のように思われるかもしれませんが、こういうことがありうるということで、〈グラフト国家〉という概念についてお話したいと思います。これもわたしの造語ですから、そんな概念はないよといったってわたしは知りません。つまり、大衆といいましょうか、人民の共同性が拡張してゆく過程で、階級分化が起り、経済社会構成が拡大され、発展が起るといった契機をもって、国家が成立し、交代しということが、絵に描いた餅のようにあるかといえば、決してそうでない場合がありうるということを申しあげたくて、〈グラフト国家〉という概念を提出いたしました。

どういう概念かと申しますと、ある一つの氏族国家、あるいは部族国家が、かなりの地域を統合して成立していたと仮定します。やさしいことばでいいますと、そこにまったく横あいからやってきて、そういうふうに成立していた国家を掌握、統合することが可能だということなんです。グラフトとは〈接木〉のことです。木が生えているところを削って、別種の木をゆわえておくと、そこから出てきた木のほうが、本筋みたいになってしまうことがあるでしょう。その〈接木〉が国家にとっては可能だということです。つまり、われわれの国家観念の中には、人民が長い歴史をもってそこに住みつき、いろいろな風俗、習慣を強固にもっている。そしてその共同性が上へ上へ展開進化し、高度に洗練されていって、統一国家を成立せしめるという観念が無意識のうちにあるのです。しかし必ずしもそうとは限りません。〈木に竹をつぐ〉ということばがありますが、まったくもとの木とは関係なく、横あいからきて、もとの木の群れを掌握し、統一させることが可能です。種族が異なり、言語が異なり、風俗、習慣が異なるものが、いきなり横あいからパッときて、ある国家を掌握し、統一することが可能なのです。そういう〈接木〉で出来あがった国家を仮りに〈グラフト国家〉と呼ぶとしますと、そういう国家は理論的にはありうるのです。それこそ個々具体的に検証しなければなりませんが、そういう国家のほうが人間の歴史には多いのではないかともおもわれます。そんなことがどうして可能なのかは興味深い問題ですが、さしあたって、そういうことがありうるということだけは申しあげておきたいとおもいます。

日本における天皇制権力の種族的な出自ということも、現在は断定することができない段階にあります。さまざまな学説がありまして、いちばん極端な説を申しあげますと、出雲族を典型的な例として、もともと日本列島に国家以前の国家を成立せしめていた種族が、南シナや東南アジアのある種族だったとすると、天皇制の種族は、北方から来た少数の霊能者――マジナイのうまいやつということでしょう――集団で、それが畿内にはいって来て、土豪の頂点のほうだけを宗教的に掌握して、統一国家をつくったという説があります。あるいは騎馬民族として大陸から朝鮮経由でやって来たんだという江上波夫さんのような説もあります。また朝鮮系または北九州系であるという説もあるし、もとから畿内勢力だという説もあります。それらについて現在の研究は、断定することができない段階にしかありません。天皇制が統一国家を畿内で成立させたとして、それがどこから来たのか、どういう種族であるのか、武力をもって征服したのか、あるいは宗教的・観念的に国家以前の国家を掌握したのかよくわかっていません。いいかえれば、横あいからいきなり来た勢力であるかどうかもわからないのです。ただ、横あいからいきなり来た勢力が、政治的な統一をやり遂げるということは、まったく可能だということは申せましょう。また、そういう国家が数多くありうるはずです。先ほどのいい方からすれば、われわれが歴史把握の一貫性から、わりあいに考えやすいはずの日本国家の成立にしても、起源がわからない状態にある。ということは、横あいからいきなりやって来てということがありうることを象徴しています。いいかえれば、〈グラフト国家〉がありうること、しかもかなりの数でありうることは、現在も依然としてアクチュアリティをもっているたいへん情況的な問題だとおもいます。

Ⅱ

つぎに、〈南島〉を含めて、わが国における宗教性の観念について考えてみたいとおもいます。宗教性の基本的な性格を考える場合、一つの基軸は、それこそ民族学者のいうとおり、〈南島〉に宝庫のごとく保存されている、一種の祖霊信仰です。つまり、自分より前の世代、そのまた前の世代というふうにたどって祖先を信仰する仕方という基軸が一つあります。この祖霊信仰の本質はなにかと申しますと、宗教性の観念が、少くとも家族の共同性から逸脱しないで出てくるところにあるとおもいます。

もう一つ別の基軸に、海の向うには神の国があるとか、黄泉《よみ》の国があるとか、常世《とこよ》の国があるとかかんがえて、そこから神がやって来て村々にお祝いをしてまた帰って行くという、来迎神信仰というのがあります。来迎神信仰の本質は、それが共同宗教だという点にあります。先ほど、家族あるいは家族集団の共同性を離脱したときに、共同体、あるいは国家の成立の契機が考えられると申しましたが、その意味での共同宗教だということです。これにたいして、祖先崇拝、祖霊崇拝というものは、たかだか家族の共同性という次元を離脱しない信仰概念だと理解していただきたいとおもいます。この二つの基軸は、わが国における古い宗教、つまり〈南島〉におおく保存されている宗教概念では混合して現われています。しかし、その錯合した、コンプレックスとなった信仰の実体は解きほぐすことができます。そうしますと、この二つの基軸に分解してみることが、もっとも妥当な仕方だと考えられます。そして来迎神信仰にともなって、まず田の神信仰、稲作到来信仰が現われます。つまり、稲作がとくに〈南島〉で始められ、それがだんだんと本土のほうにさかのぼって行ったというものじゃなく、少くとも、稲作の原点というものは〈南島〉にはないんだという観念があるとおもいます。そこで、稲作の到来ということと、地域的な遠方を信仰するという共同宗教の観念とが裏腹になって、一緒に出てくるのです。これは垂直性とか水平性とかいうことではなくて、共同宗教であるか、家族性の宗教であるか、そのいずれかであるかという問題だとご理解いただきたいと思います。

われわれの宗教信仰の中のこの二つの交叉する軸は、さまざまなバリエーション、可能性を生み出しています。

申すまでもなく、共同宗教であるということは、宗教から法へ、法から国家へという展開の軸から考えますと、権力でありうること、宗教自体が権力となりうることを意味します。そういうものと、祖霊信仰との錯合が、いちばん適切に現われてくるのが、日本の〈本土〉でいえば、近代国家における天皇制、あるいは天皇における世襲祭儀、つまり大嘗祭と呼ばれているものの中なのです。そこで大嘗祭の構造が問題になります。もちろん時間的に継承される宗教性のなかに、共同宗教としての要素がなければまったく無意味です。そして共同宗教であれば、宗教自体が権力、権威としての働きをもちますが、その宗教的威力、権力が、どのようにして継承されるのかというのが、大嘗祭の問題です。大嘗祭はさまざまな人によって解明されていますが、そのされ方の中には、細部において異っているところがあります。ここではわたしなりの解釈を提出してみたいと思います。

ここでは、〈南島〉におけるノロとよばれる巫女の継承の儀式、それから十三世紀か十四世紀ころ成立した琉球王国によって制度化されてきた、聞得大君《キコエノオオキミ》という最高の巫女の継承の儀式をとりあげ、それと天皇の世襲大嘗祭とは〈指向性変容〉の関係にあるというところで、問題にしてみようとおもいます。

ノロ継承の場合行われる祭儀を、核のところでまとめてみますと、いくつかの要素がありますが、第一に〈水撫《ウビナ》で〉という行事があります。これは神前に供えた水を、四回、新たにノロになる女性の額につけるおまじないです。島袋源七さんの「沖縄の民俗と信仰」という論文の解釈では、祓いをかねて神になりうる通行手形を得るための、新しい生命を注ぎこむという意味あいをもつにちがいないといっておられます。

二番目に、神霊を吹きこむ儀式があります。向うでは〈神霊《セジ》づけ〉といっていますが、供物として洗った米を、三粒ほどつまんで頭の上に載せ、新たに継承するノロとしての神名を称える行事です。これも四回くり返されます。これは新しい神の憑降《ツキオ》りの作法で、これをやると神がその人に乗り移ったことになります。

その次に〈神酒もり〉。供物としてあった酒をまず神前に注いで、その残りを新たにノロになる人が飲む。それと共にこの儀式に参加した神人《カミンチユ》も一緒に飲む。島袋さんの解釈では〈共食儀礼〉、つまり一緒に物を喰うとか、飲むとかいうことで生れる共同性の儀礼だといっておられます。

これらの間に神歌といいますか、歌うたいが伴なうわけですけれども、最後に、そういう儀式が終わって、午前三時ごろになると、御嶽《ウタキ》――祭祀の場所です――で一泊します。そのさいに、筵を二枚敷いて、左のほうにノロが寝て、右のほうに神が寝るというわけです。これは島袋さんも「天神と結婚する意味合いの儀式である」といっております。

ノロというものの成立は、相当古くさかのぼれる問題ですが、その性格は、せいぜい氏族共同体、あるいは前氏族共同体の概念、範疇を出ないところで存在していたであろうと考えられます。琉球王朝は、十三、四世紀頃になって、一種の上からの制度化を行ったわけです。村落におけるノロ、あるいはノロ頭、つまり神の代理、あるいはそれの世話をする役割を持っている者の制度的再編成を企てました。琉球王朝は、最高の地位にあるものとして聞得大君――女性ですが――という巫女を設け、そして聞得大君に、各村落のノロが従属するという制度を、権力的に上からつくったのです。

新たに聞得大君になる儀式がありますが、それは〈御《オ》新《アラ》下《オ》り〉と呼んでいます。この儀式の中核にあるのは、一つは〈大グーイ〉の儀式です。〈大グーイ〉とは、大きい庫裡《クリ》（台所）、大庫裡という字を宛てていますが、新任の聞得大君を神座につかせて、頭の上に伝承された冠を載せ、ノロの継承の場合に米を三粒頭に載せて、神名を称えるのと同じように、神名を称えるものです。明らかにこれはノロ継承儀式に金をかけ洗練させ、制度化したものだということがわかります。そういう意味あいでわりあい簡単に関係づけられるのではないでしょうか。

その次に〈ユインチ〉、〈サングーイ〉を巡るという儀式があります。これは神前を順ぐりに廻って参拝するものです。〈ユインチ〉とは「寄満」と書き、寄満では何のことかわかりませんが、ノロの儀式でいえば、御嶽の中に該当するわけです。神聖殿の中にそういうところがあって、それを順ぐりに廻って参拝する。〈サングーイ〉は三庫裡、つまり台所ということで、諸国から貢物が集まるということと、家族の共同性でいえば、台所は竈であり火でありという意味あいになるでしょう。〈サングーイ〉は「三庫裡」という字が宛ててあり、これも神前に巡拝するものです。

次に〈御《オ》待《マチ》御《オ》殿《ドン》〉の儀式。やっぱり午前三時ころから、金屏風を立てまわし、二つの金の枕が用意された部屋で、一泊するわけで、敷物の一つは新任される聞得大君の床であり、もう一つは神の床であるということになっています。これもノロと同じように神との結婚を意味する儀式だと考えられます。つまりノロ継承儀式から聞得大君の御新下りという継承儀式への転化の過程は、類推的に考えることができます。

問題は天皇の世襲大嘗祭ということになります。大嘗祭の枢要な部分だけを申しあげますと、一つに「神との共食」ということがあります。だいたい畿内勢力ですから、畿外の東と西の方向にある場所を、そのつどト定して、その田からとれた稲米を献上させ、それと共にほかの作物も献上させます。それら

「悠忌・主基」殿構成

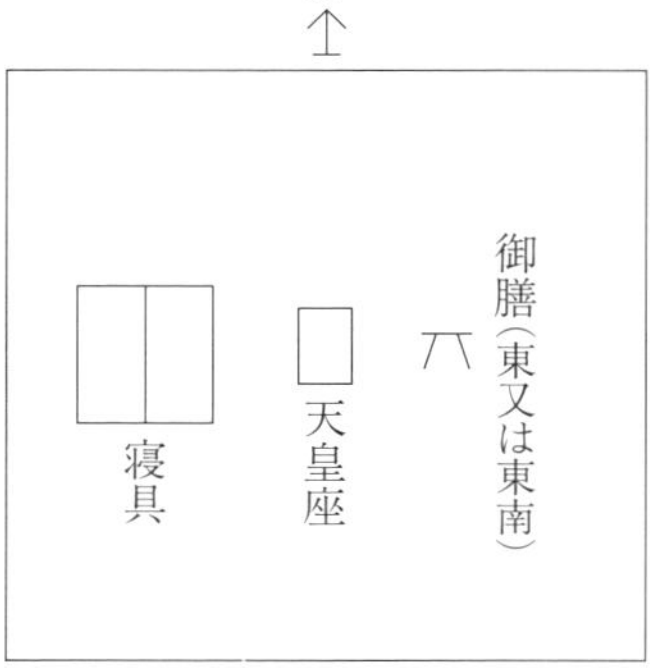

を神前で神と一緒に喰べるということです。この場合に、東と西の両方向にある国は悠忌《ユキ》・主基《スキ》と呼ばれ、悠忌殿・主基殿という二つの建物をそのときの儀式のためにだけ造るわけです。そして、はじめ悠忌殿を廻って帰り、次に主基殿を廻って帰るというように二回おなじことをやります。これは岡田精司さんの『古代王権の祭祀と神話』（塙書房刊）からとりました。細部にわたっては人によっていろいろちがうので、どこからとったかを申しあげておきます。

悠忌殿・主基殿の中は、寝具が二枚敷かれてあります。それは八重畳の上に敷かれ、寝具の裾のところに、旅行をするためのまじないかも知れませんが、杖とか履物とかがおかれます。そして、天皇座があって、また共食儀式をやる御膳が天皇座に対して、東または東南の方向にあります。やはり、午前三時ごろから天皇は寝具にくるまって寝る行事があります。神との結婚を意味する儀式をやるというのが、世襲大嘗祭の中核にある問題だと思います、神と共に寝るという場合に、神のほうは一体どうするんだということになるわけですが、これは現在のことは知りませんけれど、天皇制統一国家が成立して強固になって以降のこと、つまり平安朝以降になりますけれど、そのころには、諸国の豪族から神に仕える女として娘を献上せしめ——それを采女というわけです——、采女を神の代理として、先ほどからのことばでいえば、現実的・具体的性行為を行った時期があったと思います。采女を諸国から進上せしめるということの中に、ある支配性、人質的要素があるわけですし、また諸国における神の代理という要素を采女が持っているとすれば、それは神自身の代理だという意味あいがつきますから、単に観念的な性関係ということじゃなくて、具体的・生理的な性関係が行われたと考えられます。

そうすると、天皇の世襲大嘗祭と、ノロ継承の儀礼、琉球王朝が制度化した聞得大君の御新下りの儀式の間には、極めて共通性があることがわかります。出どころはひとつでしょうが、なかなか一筋縄ではゆかないのです。たとえば、ユインチ、サングーイと、ユキ、スキとは語呂が合うかどうか、合うようにもおもいますし、合わないようにもおもいますしね。たいていこのくらい語呂が合うと、これだというように結びつけるんですけれども、それはあまりやらないほうがいいとおもいます。けれども、非常にはっきりしていることは、宗教的威力、権威の継承形式、あるいは世襲形式の中にある共同宗教的要素の本質を、この三つの類似性の中に一貫してとり出すことができるものだということです。そこでとり出される共通性とは、共同宗教としての祭儀の中に、農耕祭儀的な要素が見え隠れするということです。そして、宗教的権威がある一つの力となりうる、つまり宗教的権力とはまさに観念の観念なんですけれども、その観念の観念が一つの権力となりうるその継承の要素が、この中に含まれていることは確実だということです。

このほかにもなお考察しなければならないことが二つあります。田の神の祭儀、あるいは稲作の儀礼というものを主体として大嘗祭を関連づけられるかどうかということが一つ。もう一つは、ノロと聞得大君とは女性であるわけですね。ところが、天皇制の成立以降はだいたい天皇は男になってしまうじゃないか、それが一つ問題として根拠づけられなければならないということがあるわけです。なぜならば、ノロから天皇制の大嘗祭に至るまである共通性を抜き出すことができると考えた場合に、歴史的な段階としてどちらが古いものを保存しているのだろうかということが、問題となります。もっともノロとは女性であって、〈南島〉でいえばオナリガミという姉妹の霊力が神の御託宣を聞いて、それにもとづいて、その兄弟が政治権力を実際に行使したという制度を考えていいわけですが、こちらのほうが古い形を保存している、男だということは新しい形なんだということが確定的にいえるとすれば、都合がよろしいわけです。だけれども、そういうふうにはなかなかいかないむずかしい点があるとおもいます。もう一つの問題は、家族または家族の集団性が、親族または親族の集団性の展開を媒介にして、国家的共同性に転化する場合に、家族集団の共同性、〈性〉を本質とする共同性という問題は、国家あるいは共同体の中では何らの意味づけをすることができないという問題があるわけです。少くとも権力、あるいは威力の継承という問題の中には、父権的とか母権的とかいうこと、つまり〈性〉が絡まってくる申し方を簡単にしてはいけないのだということです。なぜなら、われわれの理論からいえば、ここでは〈性〉は擬制的な意味でだけ、問題とされなければならないからです。

Ⅲ

〈南島〉におけるノロ継承の仕方、それを制度化した聞得大君の継承の仕方は、天皇の世襲的な大嘗祭と類似性を見つけだすことができます。少し問題に立ち入ってみます。

ノロや聞得大君の継承の祭儀と天皇の大嘗祭の祭儀に共通するのは、あくまでも宗教的〈威力〉の授受なのですが、同時にその祭儀には、農耕祭儀、稲作祭儀のあり方が、潜在的に見え隠れしていることがわかります。逆に、農耕祭儀があらわに顕在化し、宗教的な〈威力〉の継承面がある程度潜在化するという祭儀の形を想定しますと、〈本土〉では能登の田の神行事、それから来迎神信仰のひとつの形ですが、〈南島〉では奄美のナルコ・テルコ神の迎え送りの祭儀を典型的な例として挙げることができます。このナルコ・テルコ神はニライ・カナイの彼方から来た神ということで、沖縄にはいろいろな形で存在しており、たとえば八重山諸島の赤マタ・黒マタ・白マタというような祭儀もそのひとつです。この来迎神信仰は稲作信仰とよく表裏一体になっています。いま稲作信仰の面を前面に出してきた場合、ノロとか聞得大君とか天皇の大嘗祭で潜在化している要素が顕在化され、継承祭儀の面が潜在化されます。能登の田の神行事では、まず〈田の神迎え〉という行事があり、十二月五日、夕刻、農家の主人が正装して戸口で待ちます。田の神はやってきて、まず、風呂に入れて斎戒沐浴させ、供物や料理を一緒に喰べる〈共食〉の祭儀が家のなかで行われます。田の神が喰べたおこぼれは主人夫婦や家の者が喰べます。

つぎに〈若木迎え〉という行事が行われます。未明に、近くの山に行って、枝ぶりのいい松の木を選んで、供物をそなえ、飾りものをし、そこに農耕用の鍬とか鋤を置いて豊作を祈念します。その後、松飾りをした松の木を家へ持って帰り、やはり、鍬や鋤と一緒に飾っておくわけです。それが二月五日から十一日までで、二月十一日の午前三時ごろに、主人が飾り松を持って苗代田に行き、東方に向って松を立てます。二月というと能登地方では雪が降っていることが多いのですが、その中で鍬や鋤で田を耕す真似ごとを三回やり、豊作を祈念するのです。このばあい、田の神の〈威力〉は耕作田に継承されるという意味あいになります。ノロとか天皇の場合は、人から人へと神の〈威力〉が継承されるわけですが、能登の田の神行事の場合には、田の神の〈威力〉が田んぼそのものに継承されるということです。そうすると継承祭儀という面は非常に潜在化してしまい、田の神を迎えて豊作を祈念するという行事が前面に出てくるわけですが、しかし、祭儀としての性格の根柢は少しも変っていないということができます。

奄美のナルコ・テルコ神の迎え送りという来迎神信仰の祭儀の場合でも同じです。これは二月から四月でひとわたり終わるのですが、たとえば、二月の壬《みずのえ》の日、ノロをはじめ神人たちが正装して、アシアゲという祭をやる処に集まって、それから浜辺へ下りてゆき、そこでさまざまな行事がなされます。刀を振り回して敵をうつ真似を踊りの中でしたり、網を拡げて魚をとる真似をしたり、また常世の国、ニライ・カナイからやってくるナルコ・テルコ神を海に向って手招きする動作がはいっている踊りがはいります。その後、小屋がけのアシアゲへ帰って来て、神酒や、米でつくった団子で〈共食〉をし、神歌をうたったりします。これは能登の〈田の神迎え〉と同じ、神を迎える祭儀です。

そしてつぎの壬の日、人頭別の形で徴収された米を練って団子や餅をつくって供え物にします。どんな祭儀かは、わたしがしらべた範囲ではあまり明瞭な記載はないのですが、徳川時代に書かれた『南島叢話』に「夜の入神事也」とありますから、やはりここでナルコ・テルコ神の〈威力〉が入魂の形で継承される意味あいの祭儀があるのでしょう。もう一つ、最後の送り祭の十日前に、また祭儀があったという考えもあって、そのときには米は徴収せず、ただ円陣をつくって踊っているうちに神がかりになって、神が降りるという祭儀のようです。

最後に、ナルコ・テルコ神を、常世の国か、稲が持ち来たされた故地へ送り返す祭があります。いろいろな記録がありますが、その一例をいいますと、四月の壬の日、東の方に向ってススキを三度大きく振って拝むものです。そしてナルコ・テルコ神を常世の国へ送り返します。常世の国というのは、複合があってなかなかわからないところがありますけれども、海の彼方とか海の底という意味もあり、また水稲がやって来たところ、あるいは水稲と共にやって来た種族の原住地という意味あいがあるとおもいます。これはニライ・カナイとか、儀来河内《ギライカナイ》とか、赤マタとか黒マタとか〈南島〉においてさまざまな名称で呼ばれていますけれど、究極的に来迎神であるというところで、統一的な理解がきいています。ここでも一種の稲作祭儀の面が前面に現われていて、その中によくよくみてゆくと、農耕神の〈威力〉を吹き入れて豊作を祈念するという継承の面が潜在的にどこかに見えかくれしています。

〈南島〉では、祭儀がたいへん複合していてむずかしいわけですけれど、農耕祭儀の面が潜在化しているか顕在化しているかというちがいはあれ、それらが一様に一種の宗教的〈威力〉の継承という意味あいを根柢にもつということ、そしてそれが共同の祭儀であるということが最も本質的な点だと思います。

威力の継承、あるいは共同宗教という面からいいますと、天皇の世襲大嘗祭よりも、聞得大君やノロ継承祭儀や、〈本土〉の民間祭事である田の神行事、あるいは〈南島〉奄美のナルコ・テルコ神の共同祭儀のほうが古形を保存しているといえましょう。これらは継承祭儀の面が潜在化するか顕在化するかというちがいや、地域的なちがいはあるのですが、最初に申しあげましたとおり、地域的な相異は時間的な相異に変換することができるという考え方からゆきますと、田の神行事とかノロ継承の行事のほうが、天皇の世襲大嘗祭や聞得大君の御新下りより、もちろん洗練もされていませんけれども、別な意味で、時間的に古形を保存しているといって差支えないとおもいます。そうしますと、〈南島〉のノロ継承のような、直接的な宗教〈威力〉の継承の祭儀であれ、あるいは農耕祭儀の形をとった〈威力〉継承の祭儀であれ、〈本土〉の農耕社会を起源とし、あるいは農耕社会の興隆と共に統一国家を形成した権力の〈威力〉継承の方法である世襲大嘗祭に対し、時間的な上限を語っていると想定できます。つまり、普通弥生式国家と呼ばれている畿内における天皇族を中心とする統一国家の形成を考えると、〈南島〉、あるいは特異ないくつかの地域で、いまも伝承されている祭儀の中に、その上限があるとみて大過はありません。天皇制が統一国家をつくりあげたのは、今からかぞえてせいぜい千二、三百年前でしょうが、弥生式の上限としては二千年なり三千年なりを考えることができますから、その古形は依然として、〈南島〉のほうに存在すると断定できます。

そうすると、〈南島〉に保存されている共同宗教の形態は、単に弥生式の、あるいは稲作種族の支配権の時間的な上限が古い形としてそこに遺されているという意味しかもたないのだろうか、ということが問題になってきます。〈南島〉のはらむ問題は、たかだか千二、三百年の天皇制統一国家に対して、その上限を語っているにすぎない、二、三千年前以降の稲作種族の支配権の確立、その威力の継承を語っているにすぎない、といえば問題は終わるのかということです。それで終わるかどうかは、共同祭儀でない祭儀が、〈南島〉の祭の中に、あるいは〈本土〉の祭の中に、保存されているか否かを検証すればよろしいはずです。その面での開拓は、文献的な研究でも、いわゆるフィールド・ワーカーの発掘、調査からも、手がつけられ始めたというくらいのところで、現在のところ確定することはできません。ただ〈南島〉の祭儀のうち共同宗教と考えられない祭儀があるかというと、それはあるのです。理論的にいえば、たかだか家族の共同性、親族の共同性の次元で考えられる祭、あるいは祭の中心になっている神を引き出してみればいいわけで、火の神、あるいは竈神といわれているものは、そのひとつです。また、祖先崇拝が神に到るもの——それがいちばん現われるのは葬式の形態ですが——の中に共同宗教ではないと考えられる形式、遺制が存在しています。だから、火の神信仰とか、家の世代的遡行から出てくる、たかだか親族における共同性にしかすぎない祭の本質を追求してゆく中に、農耕種族、あるいは農耕神話起源以前における古形が、〈本土〉においても〈南島〉においても明らさまに存在しているのだと考えられます。こういう問題は、やがて調査、発掘の進展と共に明らかになっていくでしょう。そして、それによって、天皇制統一国家に対して、それよりも古形を保存している風俗、習慣、あるいは〈威力〉継承の仕方があるという意味で、〈南島〉の問題が重要さを増してくるだけでなく、それ以前の古形、つまり弥生式国家、あるいは天皇制統一国家を根柢的に疎外してしまうような問題の根拠を発見できるかどうか、それはまさに今後の追求にかかっているのです。

そういう問題のはらんでいる重さが開拓されたところで、本格的な意味で琉球、沖縄の問題が問われることになるだろうとおもいます。こんなことをいっている間にも、さまざまな政治的課題が起りつつあるわけですが、起りつつある問題の解決の中に根柢的な掘り下げ、あるいは根柢的な方向性が存在しないかぎり、依然として最初の問題は解決されないだろうと信じます。それなしには、〈南島〉の問題は、たんに地域的辺境の問題として軽くあしらわれるにすぎないでしょう。つまり、現在の問題に限っても、日本の資本制社会の下積みのところで、末梢的な役割を果すにすぎないという次元で、琉球、沖縄の問題はいなされてしまうことは確実です。現在の政治的な体制と反体制のせめぎあいのゆきつくところは、いまのままでは、たかだか辺境の領土と種族の帰属の問題にすぎなくなることは、まったく明瞭だとおもいます。

共同宗教としての農耕祭儀と結びついた宗教的〈威力〉継承の方法よりも古形の祭儀は、どうとりだしうるか、という問題を、任意の例で具体的に考えてみたいとおもいます。

天皇大嘗祭の本祭の前後に行われる祭儀がありますが、その一つに鎮魂祭があります。法令によれば、新たに天皇を継承する人物の鎮魂祭は、大嘗祭の一日前とされております。どういう祭かといいますと、まず笛を吹いたり、琴を弾じたりしているうちに、巫役が宇気槽を伏せた上に立ち、矛で一から十まで槽を衝きます。すると、多少音が出たり振動したりするわけで、その振動を糸で新任の天皇の衣裳筥に伝えるという一種のまじないです。衣裳、つまり人間の代理物に〈霊威〉を入れる行事です。

この鎮魂祭は、いずれにしろ天皇一族の内部で行われるわけですが、それを空間的に拡大したものが八十嶋祭と呼ばれるものです。この祭は大嘗祭の後、ときには先のこともありますが、難波――今の大阪でしょうか、堺でしょうか――の海辺で行われるもので、儀式の内容は鎮魂祭とそうちがいません。新たに即位する天皇の衣裳の筥を、典 侍《ないしのすけ》、今のことばでいえば乳母が持って、神琴師が琴を弾いている間に、海のほうに向って衣裳筥を開き、それを振るという行事です。この八十嶋祭は、大嘗祭の一年前か一年あと、ときには二、三年あとということもありますので、鎮魂祭を時間的にも空間的にも拡大したものと考えればよろしいとおもいます。祭儀の本質にあるものは、鎮魂祭と同じものと解して差支えありません。

これらの祭儀についても、さまざまな解釈が行われています。滝川政次郎さんの「八十嶋祭と陰陽道」という論文では、これは家祭の性格が強いと解説されています。あるいは、陰陽道といいますか山伏道といいますか、そういう山岳宗教と類比できると考えられています。

また、どうして難波で行われるのかという理由についても、応神、仁徳、履中、反正のようなべらぼうに大きな古墳を大阪や堺のほうにもっている難波王朝が、海辺に住んで漁業をやっていた海人部と関係が深いため、難波王朝に特有の祭儀ではないかという考え方の研究者もいます。

また、天皇一族の家祭、親類縁者の祭という意味をもっているわけですが、それを、わざわざ時間的・空間的に拡大したのは、海の支配権に対する〈威力〉継承という意味をもつので、その点では家祭というよりも共同祭儀としての意味を複合して持っているという見解の研究者もいます。

どの説が正しいかを、にわかに断定することはできませんが、この鎮魂祭にしろ、八十嶋祭にしろ、世襲大嘗祭の一連の祭儀として考えていくと、この祭儀の仕方は来迎神信仰、あるいは稲作信仰と比べて古形で、それも時間的上限として古形だという意味ではなく、質的にちがうもっと古い宗教的遺制が、この中に存在することは確実にいえるとおもいます。

たしかに、鎮魂祭のように場所的、時間的に圧縮されたところでは、家祭——天皇一族の祭儀——という意味が強いとおもいます。これをそのまま、場所的、時間的に拡大した八十嶋祭の場合には、元来が家祭としての意味しか持たないものが、複合して共同祭儀の性格がつよくなり、共同的〈威力〉の継承、という意味をもつにいたるということも確実だとおもいます。これらの祭儀は、家祭、あるいは一族の祭儀であるという意味がわりあいに濃く、稲作種族がもっていた祭の仕方に比べて、はるかに質的に異った先住していた種族の祭儀を象徴するにちがいないとおもいます。少くとも、祭儀の頂点が象徴するものは、これを暗示しているとおもいます。

また、天皇制の勢力とはまさに敵対的な、出雲族とか安曇族とか隼人とかいわれている、天皇制の種族と同等の時期、あるいはそれ以前に存在していた種族で天皇制の権力が畿内で統一国家をつくろうとした過程で、相当激しい抵抗を示した種族の祭儀の一つに、諏訪社の生ける神（大祝《おおはふり》といいますが）の即位の祭儀があります。主要な部分を紹介しますと、新たに即位する大祝には、一応八歳になった男の子が択ばれることになっています。二十日間の精進潔斎の後に、諏訪社の西方にあたる鶏冠社前の霊石の上に葦をしき、その周りにスノコをめぐらして垣とし、まさに生ける神に仕上げられる男の子を、石の上に立帽子だけで立たせて、諏訪社の神長官が山鳩色の衣裳をきせる神事があります。その男の子は東方に向って四方を拝し、神長官が一子相伝の呪文と十字極位大事を授け、大祝は諏訪社圏内にあるいろいろな地域を巡拝します。そして内御玉殿で大祝は、自分が諏訪社の神体になったことを宣言して、不浄なことはしないというような申し立てをするわけです。それが終わったときに、八歳の童児が〈生ける神〉という意味をもち、一年の中ある時期がくると、大祝から神の威力を代理させた使が、村落を廻って、農耕の予祝や、狩の予祝をして歩いたりするわけです。

この大祝の即位祭儀の中に、やはり呪術的要素が本質的に存在しているということ、また、石の上で即位するという様式は、引き伸ばしてゆきますと、稲作信仰以前の山岳信仰につながってゆくとおもわれます。磐座《いわくら》といわれている石に、神は降りるものだという信仰です。山岳信仰とは、狩猟とか、たかだか自然農耕に近いもので、生産をささえ、平野で農耕を正規にやり始める前の時代における信仰です。樹木や山の上の石に神が降りるとか、人間が死ぬと山のてっぺんに死霊が行くとか、そういう形の信仰は農耕祭儀よりははるかに古いわけです。そういう古形と、一種の呪術宗教性とが、こういう大祝の即位祭儀の中に存在しているといえます。大祝の即位祭儀は、たかだか地域共同体に対して宗教的威力を発揮するものにしかすぎません。もっと極端にいえば、統一国家以前の地域国家の中でしか通用しない祭儀です。そういう祭儀の継承方式の中に、農耕祭儀よりも古い祭儀が保存されているということができます。

〈南島〉における火の神祭儀とおなじように、共同宗教として神話をつくり出した勢力が遺さなかった祭儀の中に、現在の段階ではわずかに見え隠れしている祭儀が、もちろん〈本土〉においても〈南島〉におけると同様に存在するわけですが、これらの祭儀を追求してゆく過程で、現在当面している〈南島〉の政治的な問題や、天皇制とは何なのかという問題が露呈されてゆくとおもいます。いいかえれば天皇制統一国家を相対化しうる根拠や、〈南島〉とはたんに辺境の一地区、一島々にすぎないのか、そうじゃないのかという課題を解明すべきカギがかくされているとおもいます。辺境を地域概念としてとらえるということはまったくナンセンスだということ、辺境を地域概念から時間概念に転換したときどういう意味を持ってくるのかということ、そのような問題の追求は、〈南島〉の主要な課題として今後にかかっています。それにもかかわらず、〈南島〉の基本的な問題がどこにあるのか、どういうところに方向性があるのかという問題すら、現在、まだほとんど手をつけられていない状態です。しかし、理論的には自明のことのようにおもわれます。〈事実〉を第一に重んずる研究者はそう考えないかもしれませんが、いまの段階では理論的に接近していって、どういうことがいえるのかが大きな問題なんです。個々の〈事実〉を羅列し、不完全に整理することからは何もでてこない段階なのだということです。しかし、これも保留をつけなければなりません。〈事実〉の羅列と集積に終始すべきで、あまり早急に結論づけてはいけないんだと主張されても、わたしは柳田国男や折口信夫といった人がいうのなら信用しますが、それ以外の人がいったって信用しやしない（笑）。そういう意味では、わたしは理論が到達しうる先見性を確信しています。つまり、あやふやなことは全部抜かせ、早急な結論は全部抜かせというのに賛成ですが、しかし、理論的に測りうる根柢というものは、もし理論に誤りがなければ、今それほどかたまった定説がない問題に対しても、先行できるとわたしは信じています。

もう一つの問題は、ノロ継承の祭儀でも聞得大君の祭儀でも、すべて女性の〈巫女〉の祭儀であるのに、天皇位継承の大嘗祭は、例外的に女性もいますが、その宗教的〈威力〉継承は男性によって行われてきたという問題です。これは、時間的に、いわゆる母系制が先に存在し、その母系制が何らかの理由で崩壊過程をたどって父系制に転化していったと考えれば、わりあい簡単に説明はつきます。そうなると、時代的にも、天皇の世襲大嘗祭が同じ祭儀の圏内にあっても、同じ農耕種族が支配権を握った以降の祭儀の形態をとっていても、〈南島〉におけるノロ継承の祭儀のほうがはるかに古形であるといえましょうが、その場合に、母系制はどのようにして崩壊するかという過程の理論的な追求が必要です。琉球王朝が再編成した聞得大君にしても、はじめは王の姉妹が聞得大君になり、そのほうが位どりとしては高位にあって、その御託宣によって王が政治権力を発揮するという形でした。それが後に、聞得大君は、王の妻君よりも位どりが低くなってゆくという〈事実〉がありますし、天皇の場合にも、天皇の姉妹が伊勢神宮の巫女の頭になるという形から、時代が下っていくと、天皇の娘が伊勢神宮の巫女の頭になるようになるという意味で、母系がだんだん位どりが低く考えられてゆく歴史的〈事実〉があります。こういう問題は論理的にもいえなければなりません。この問題は兄弟姉妹を梃子として考えて、性的な親和性《アフィニティ》と性的なタブーを核として展開される親族理論の問題になるとおもいます。

いちばん簡単な形として、まず性的親和性というものを考えます。それから裏表をなす性的な所有というタブーというものを考えます。それから財産の所有というような意味で所有ということを考えます。わたしは親族理論の本質的な展開の場合、所有という概念を考えたくないのですが、たとえばレヴィ＝ストロースなどは、所有、あるいは女性の稀少価値というものを基盤にして親族理論を展開していますので、それと交叉しないとまずいですから、所有という概念をいれてみましょう。もう一つ、当初に申しあげましたとおり、性的親和性という概念の中には、実際的・具体的性行為を伴なうという問題と、いわば観念における〈性〉という問題があります。この場合、それを分けておいたほうがいいとおもいます。

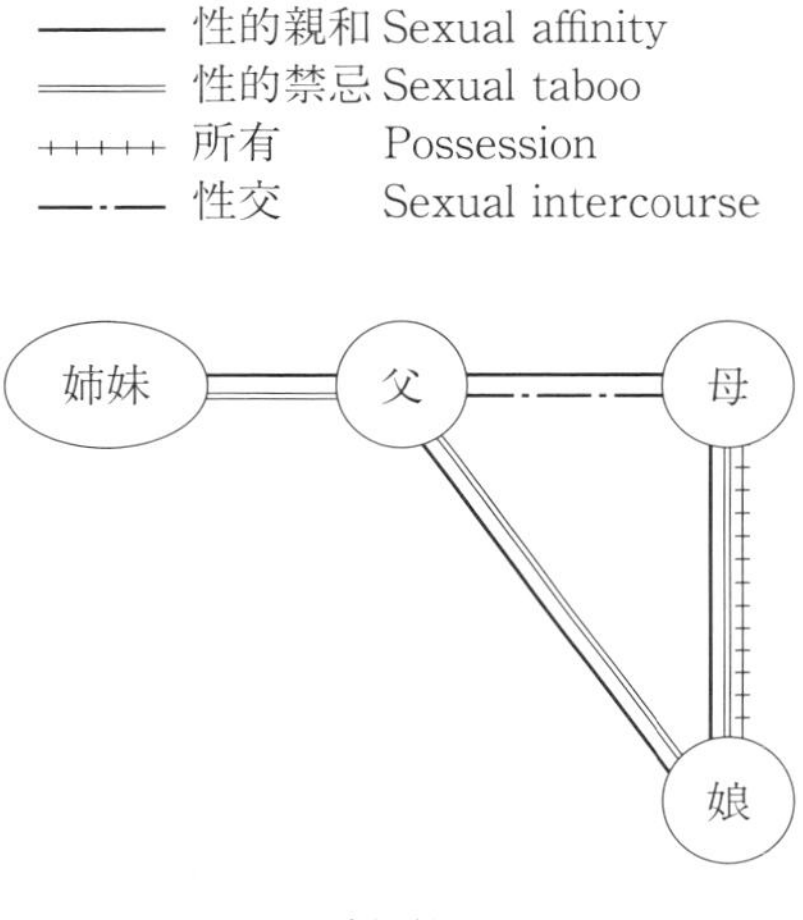

(a) 母系相続の原型

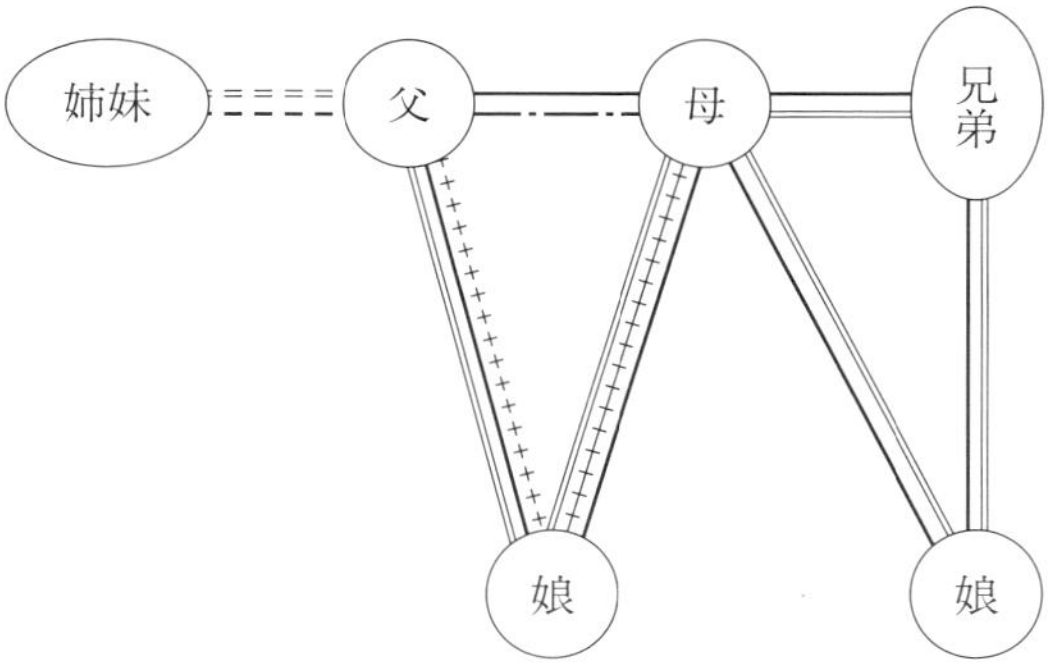

(b) 父系が相伴された母系相続

母系相続の原型を考えますと（図(a)参照）、本人を中心に父親がおり、母親がおり、そして娘がおりという場合に、母親と娘との間には性的な親和性があり、かつ性的なタブーがあります。同時に、母系相続の原型では所有は母親から娘へと伝えられます。父親と娘との関係には、性的親和性と性的タブーとが考えられます。お断りしておきますが、わたしが性的という概念で使っている定義を忘れないでください。誤解を起すといけないですから。父と母との間には性行為と性的親和性とがあります。もちろん性的反撥性もあるでしょうが（笑）、性的タブーはありませんから、この場合、反撥は親和性と同じように考えていいとおもいます。

ところで兄弟姉妹関係を核として親族関係を考えてゆこうとする場合、それだけでなくここに本人の父の姉妹をくっつけますと、父とその姉妹の間には性的親和性と性的タブーが存在します。親族の展開は性的親和性と性的タブーとを梃子にして行われますから、こういう単純な原型では、母から娘へという展開過程になります。なぜならここは所有を伴なうからです。

今度は純母系相続型に対して、男系の発言力が少しだけ強くなったらどうなるのかという問題です（図(b)参照）。単純に考えて、どこがちがうかというと、依然として、所有の相続も含めて、性的親和とタブーの軸は、母親から娘の線にありますが、父親のほうは、所有についてもやや発言力が出てくる、おのれの所有を相続するという感じがやや仮想されるということが考えられます。そして、父と父の姉妹との性的親和と性的タブーの関係も、前の場合よりもやや弱められるだろうと想定することができます。

この問題は本来的にいってせいぜい家族の共同性、あるいは親族の共同性ですから、そのまま制度的な問題にはなりにくいのですが、研究者たちは一種の制度性の問題と混同して例を拾っています。たとえば采女――これは諸国の国造《くにのみやつこ》とか県主《あがたぬし》の娘を一種の巫女代りに中央の朝廷に召し上げるものです――とか、女性神人である鹿島の物忌《ものいみ》とか、やはり巫女の系譜ですが日向の都万神社の黒木氏とか、〈南島〉でいいますと、沖縄の久高島、津堅島、国頭郡の一部など古い遺制をもった地域を除いた首里に近い中頭郡、島尻郡のノロ職とかが、例として挙げられていますが、親族の例を挙げてくれないのです。あるいは親族における親和性、反撥性とか変化の問題を研究してくれないのです。人類学者や民族学者は、母系とか父系とかいった場合に、家族あるいは親族の共同性の問題と、制度の問題とを混同していますから、もっぱら制度の問題しか追求してくれないので困るのです。それはそれとして、これらの例の場合、研究者の指摘によれば、宗教的祭儀の継承が、母親から娘へと行かないで、母親の兄弟の娘、つまり伯叔母と姪との間に行われるということです。ところで、混同するといけないから申しそえますが、親族展開は性的親和と性的タブーとを梃子として展開されるわけですが、もう一つ、家族的、あるいは親族が親族体系そのものとしてではなく、宗教的な形で展開するということもありえます。つまり家族、あるいは親族の共同性にとって、親族の体系が、宗教的に代理されて展開してゆくことがあるとお考え下さればいいとおもいます。しかし、これはあくまでも共同〈威力〉はもたない、つまり国家的な規模での宗教的〈威力〉の継承には行かない限度があります。はじめの原型では、母から娘へと、親族継承の問題も展開するし、宗教的祭儀権も継承されてゆきますが、少し父系の要素がつよくなって来ると、母親の兄弟の娘、つまり伯叔母と姪の間に宗教権が継承されるようになってゆくという移行があります。

次に、父系が優勢になって、なおかつ母系的な相続、あるいは母系的な展開の遺制も無視しえない場

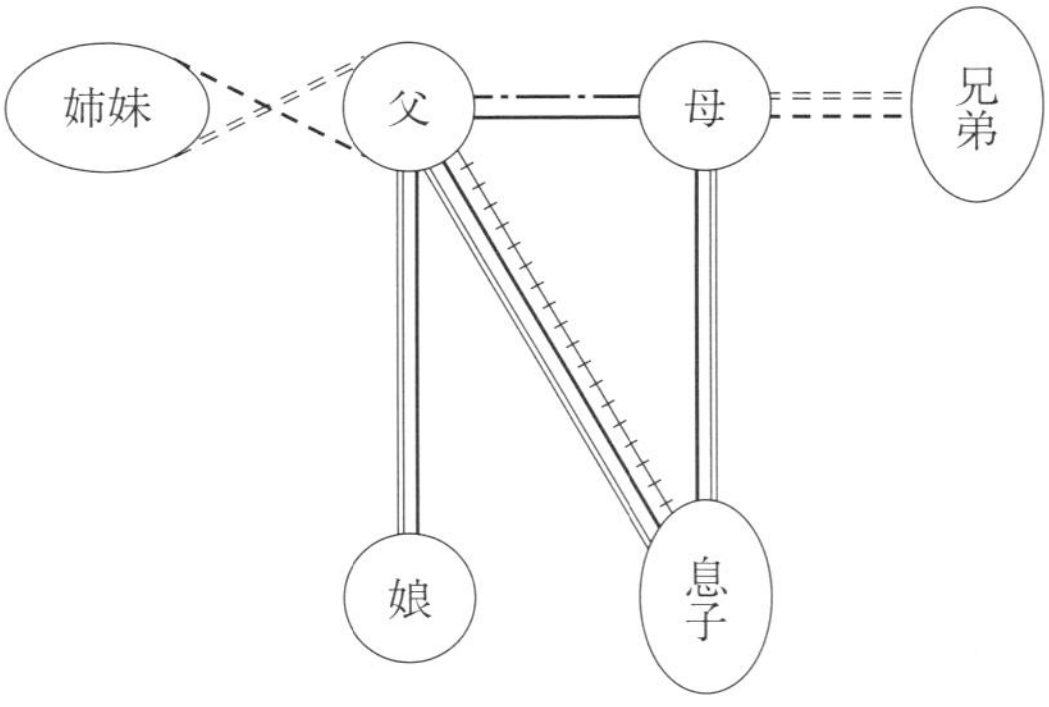

(c) 父系が優勢になった母系相続

合を考えてみましょう（図(c)参照）。こうなりますと、父親とその姉妹との間の性的親和と性的タブーは、いくらかはのこっていますが、切れたと同じ結果に近くなっていきます。そのかわりに、父親と娘の間にそれが転化されるということです。そうしますと父親から息子へという径路が親族展開の一つの方向であり、もう一つ可能性があるとすれば、母親から息子へという方向であろうといえます。そのばあいは、母親とその兄弟との間の性的親和とタブーも薄らいでゆきます。そうなると、どうしても親族展開の可能性はいまの二つしかかんがえられなくなります。所有はこのばあい父親から息子へと継承されてゆきます。これもそういう研究がたくさんあるとここに例を挙げられるのですが、わたしの見た限りではあまりないのです。先ほども申しましたが、天皇の姉妹が、伊勢神宮の巫女になるという形があったのに、次第に天皇の娘が巫女になる形態に変ってゆくという例が採集されています。これはいわば宗教的展開であり、しかもその宗教的展開も共同宗教、つまり政治的権力に転化しうべき宗教性と混同されていますから、ほんとうはあまりいい例ではありません。しかし、親族展開の方向もだいたいそういう形だろうという意味あいは、これでも受けとれないことはありません。みなさんもどうかそういうことをやってごらんになれば、親族体系がどのように展開するのかという問題について、ひとつの基点を得ることができるだろうとおもいます。親族展開の基本となる概念は簡単なことで、〈性〉的な親和と〈性〉的な禁忌の両価的な展開の方向性というだけの概念を使えば充分だとおもいます。

次に問題になることは、婚姻における居住性ということです。結婚したら父方に住むか母方に住むか、あるいは婿方に住むか嫁の家に住むかという問題です。これはみなさんにとって現在はあまり関係ないかもしれません。だから一つは婚姻における居住性はどうなのかという問題の本質的理解という意味で聞いてくだされば結構だとおもいます。

居住性の転化過程を考えてみましょう。まず居住性とは何かということですが、一つは要するにバランスの問題です。つまり、性的親和と性的タブーを梃子にして展開される親族体系あるいは親族宗教の共同性のある段階における全体的なバランスが、居住性を決定する要因だろうということです。もう一つは婚姻制における時間性と空間性とのあいだの相互転換のポイントであるとお考えくだされぱいいとおもいます。だから母系制相続を主体にして考えますと、いちばん簡単に考えられるのは、夫が妻方の家に移って同居するという居住性（一）。母系制相続における居住性の原型はそういうものだと思います。

それから転化した形として、夫が妻方にある期間同住して、その後妻をつれて夫方の家に帰るという形（二―A）があり、もう一つは別居していて、夫は夜だけ妻のところへ通う別居婚（二―B）があります。別居婚なんて形態だけ考えますと、そんなにモダンなものじゃありませんん（笑）。

三番目に考えられるのは、儀式がここで問題になるわけですが、夫が妻方で婚姻式を挙げて、ある期間妻のもとに通い、その後妻子をつれて夫方に移る形（三）。これは父系的要素が強くなったと仮定されるころの一時的方向でしょう。

四番目にはいくつかのバリエーションがあります。妻方で式を行い、ついで夫方で式を行い、その後夫の家に住むという形（四―A）。それから、式は夫方でやり、妻は里方にもどり、ある期間妻訪いが行われ、その後、妻は夫方に移るといういわゆる足入れ婚（四―B）。次に、式はあげず、夫方で仮祝言みたいなものをやって、妻は夫方に住みつくという形（四―B′）があります。だんだん現在に近くなる感じがするでしょう。

五番目に考えられるのは、式を夫方で行い、そのまま夫方に住みつくという形（五）。おそらく現在の大部分はほぼこれに似ているのじゃないかとおもいます。

この婚姻展開の総過程は左のようにしめすことができます。

（一）→ {（二—A）（二—B）} →（三）→ {（四—A）（四—B）（四—B′）} →（五）　現代？

現代において、核家族化がすすんで、夫婦と子供だけで家族を形成し、それ以外の親族依存についてはあまり考えない形態がすすんでいるといわれていますが、もっと高度な形として、一種の別居婚が想定されているかもしれません。男女平等の基盤に立つなら、女性も男性も別の処に住んで、もちろん経済的にも独立し、別々の仕事を行い、時に応じて相逢うという形です。そういう形を核家族化のあとに想定することが、あるいは家族理論の範囲ではあるかもしれませんし、みなさんは、わりあいに好きな形なのかもしれませんけれども、そんなことはちっとも自由な性愛による結合の形態を意味しないということは知っておいたほうがいいとおもいます。なぜそうではないかは、もちろん理論的にもいえますけれども、そんなことをいわなくても、実際みなさんの中でやっている人は実感であまり自由じゃないことがわかるとおもいます（笑）。

〈南島〉における婚姻形態を考えてみます。いくつかの形態がありますが、現在も存在するものもありましょうが、もうこわれたものもあり、また遺制としてだけしか残っていない場合もありますから、全部いまもこうやっているんだとはお考えにならないでください。

㈠　那覇では婿入が先に行われ、新郎は嫁さんのほうで饗食をうけ、妻方の家人の先導でウスムトウ（台所）に行って竈の火を拝み、新婦の母親のもとで盃ごと、つまり三三九度を行い、新郎に新婦の母親をアンマーサイ（お母さん）と呼ばせる風習がありました。今も少しはあるかもしれません。
㈡　山原《ヤンバル》地方では式のときに婿と婿方の親族が酒肴を持って嫁方に行き、やっぱり竈の火を拝んだり、祖先をまつってある仏壇、神棚を拝んで、嫁方の両親と酒をくみかわし、饗食する風習がありました。今もまだ少しあるかもしれません。
㈢　宮古島――台湾にやや近い処に行きますと、式のときに婿をつれた仲人が夜のあけぬうちに嫁の家に行き、嫁の両親と盃ごとを交し、次に祖先の位牌に酒、センコウをあげ、竈の火の神にも同じことをし、嫁の両親に挨拶して帰るという形があります。
㈣　伊平屋《イヘヤ》島では、式のヒロウのとき、一種の竹馬に婿を乗せて嫁方につれて行って、火の神を拝むのだと称して婿をからかったりいじめたりする風習があります。いずれにせよ、嫁方の火の神、家の神に敬意を表するということだと思います。
㈤　与那国島では婿が嫁方のほうに行くかわりに、婿方の仲人が代役で行って嫁方の火の神を拝んだり先祖祭りをしたりすることがあります。

これらの形態は、母系相続制の名残りを尊重していながら、母系尊重と父系尊重とを平等にかんがえているが、しかし、総体には父系的といったほうが適切だとおもわれる双系形態として考えることができます。

だいたいわたしが文献に接したかぎりでは、純母系制というものを考えて、これこれの理由によりこの種族ではいまだに母系をとっているとか、あるいは母系をとっているのは古いんだとかいうことは、あまりいえないとおもいます。単純に時間的前後の問題だというように一般化することもできないし、またそれは地域の問題だというように一般化することもできないとおもわれます。ただわれわれが〈南島〉における共同祭儀を軸として問題を立ててゆくかぎりでは、母系制から父系制への転化を考えてよろしいだろうとかんがえます。

　わたしはたまたま読んだいくつかの文献に依存して、こういうことをいっているわけですが、それらの文献は前にも申しあげたとおり、母権、父権という場合に、宗教から法へ、法から政治へと転化しうる意味あいでの共同体あるいは国家の制度としての父系とか母系とか、父権優位、母権優位という問題を、親族体系における母系、父系相続の問題と論理的に混同してありますから、そういう意味でもこれらの文献をもとにして断定することはできません。

　親族展開の問題は、だいたいそういうところにつきますが、関連としてクロス・カズン婚とよばれている婚姻形態について言及してみます。日本語では研究者は交叉イトコ婚と訳しています。このクロス・カズン婚は、レヴィ＝ストロースの親族理論では基本的な役割をはたしています。ストロースの親族理論はこういうものだなどというと、お前は読んでもいねえくせに、といわれて困るわけですが、しかし、わたしが読んでもいねえのは、訳してもいねえから読んでもいねえのでね（笑）。訳してもいないくせに、ストロースがああだこうだといっている連中のほうに問題があるのだとわたしはおもっているんです。ストロースの親族理論のいい要約だとおもわれるのは、大林太良さんの初期の業蹟で『東南アジア大陸諸民族の親族組織』（日本学術振興会刊）です。この著書がわりあい緻密に適切に紹介しています。それから有地亨さんの「クロス・カズン婚の意義」（『法政研究』第二十五巻第二〜四号分冊）という論文があります。これはストロースの親族理論のある程度の紹介、要約、解説です。わたしが読んでいるのはこれだけですが、しかし、これだけでも、こちらに理論的準備があれば、基本的なところは間違いなくつかめるのです。

　ストロースの親族理論が日本に紹介されていて、その紹介を読んでいる人はいるかもしれません。みなさんの中で人類学をやっている人は、ゼミナールなどでストロースを少しは輪読しているかもしれれません。ストロースは、構造主義者の中で最もいいとおもうのですが、なぜ、日本の構造主義者と称する連中は、ストロース、ストロースといいながら、その主著にとりついて、それを翻訳し、移植する努力をしないのでしょうか。いままでに訳されているのは、つまらんものばかりですよ。そんなものしか訳さないでストロースはなんだかんだといっている。わたしはそういうのはたいへんな退廃だとおもっています。そういう連中がなぜストロースの主著を訳さないかというと、まず相当な大著ですから、語学もよく出来て、しかも専門的にもよく人類学に通じている者が、二年なり三年じっくりやらないと訳せないのですよ。だからやらない。日本にも昔は偉い洋学者がいたのですが、このごろの洋式人類学者は、二、三年かけてストロースの親族理論を緻密に訳していたら人に忘れられちゃうということで、よせばいいのに、つまらない文章をジャーナリズムで書いてチャラチャラしている。それでいてストロースはなんだかんだという。そういう専門家が周囲に充ち満ちているわけです。そういうのが退廃なんです。しかし、ストロースの親族理論の基本的な点は、大林さんの本と有地さんの論文との二つしか読んでいなくても、理論的蓄積からつかめるのです。だからわたしの理解は間違いないはずです（笑）。わたしの考え方がストロースとちがうということはまったく明瞭なことです。みなさんが検証されてみれば、どちらがいいかわかります（笑）。これから二、三年たったらストロースの親族理論の翻訳が出てくるかもしれませんから、みなさん読んでごらんなさい。するとみなさんは、ストロースにくらべて、吉本の親族の考え方は幼稚だなんていうことをいうかもしれません。創造的努力をバカにするなというんだ（笑）。そういうカッコよがりみたいな連中が専門家の中にも、詩人の中にも充ち満ちているんです。そういうのはだめだということを承知しておいてください（笑）。

クロス・カズン婚とはどういうことか。ごく一般的にいって、母系を主体にして考えまして、父系における発言力といいますか、所有をも含めて継承力がやや勢力を増してきた過程に出てくるのがクロス・カズン婚です。仮りに双系的に考えて、所有権についても性的親和、性的タブーを軸にした親族的

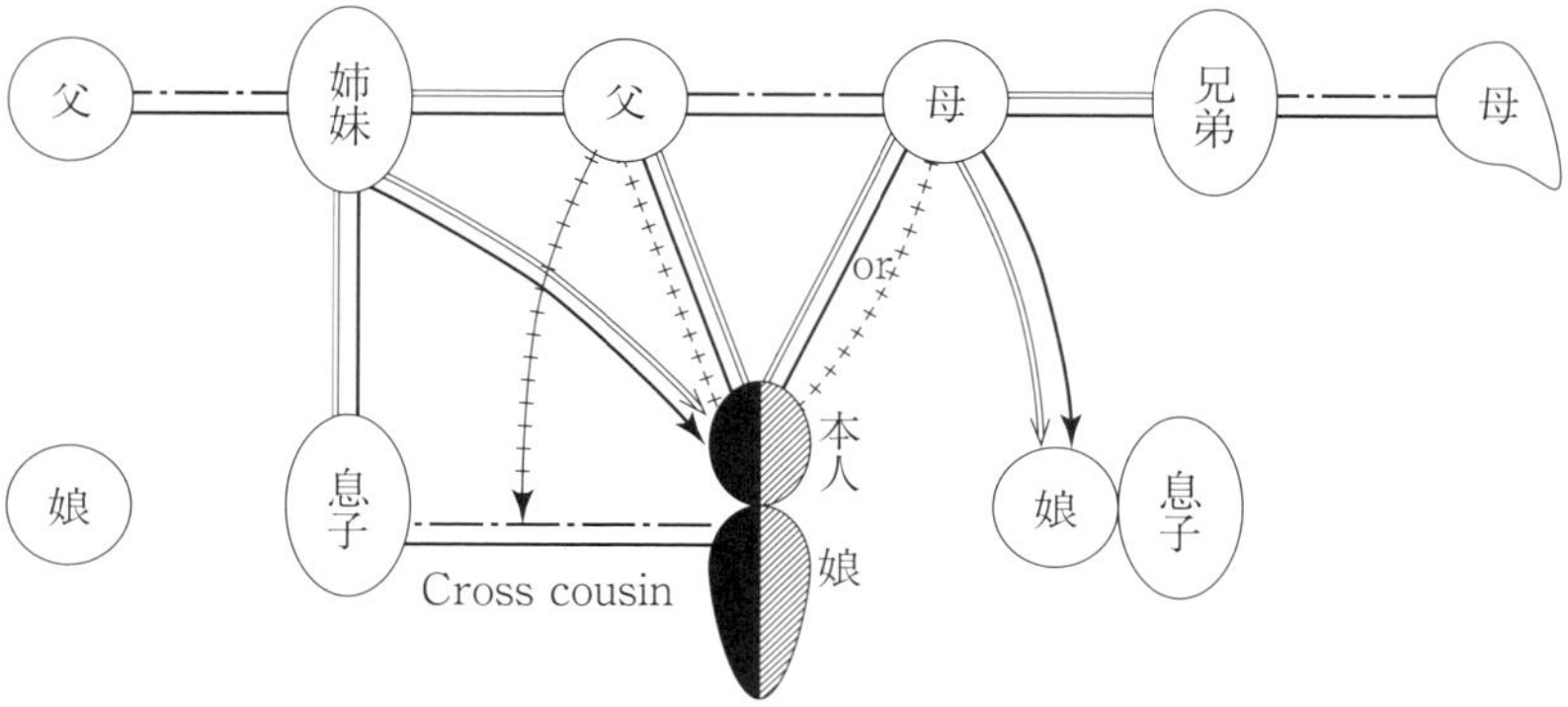

(d) クロス・カズン婚の論理

な関係においても、父親の発言力が増大し、母親と同等になった場合を考えます（図(d)参照）。純母系的にいいますと、父親なんて種馬みたいな感じでしょう。これは面白くないということになると、父親の考えることは、自分の姉妹の息子と、単純な母系継承ならば明らかにそこに軸がある、自分と妻君との間にできた娘とを結婚させるというのが第一段階です。そうならば、自分と姉妹との〈性〉的関係のタブーと親和性から考えて、自分の権限が単に母系的な意味での娘に継承されてしまうのじゃなく、自分の姉妹の息子のほうにも行くのだということである程度意に満つような感じになるわけです。

そうするとどういうことになるかというと七面倒くさいんですけど、もしも本人を規準にして父親と母親が、所有権を含めたさまざまな権限とか発言力が同等だとしますと、論理的には娘に継承されるものは半々になってしまいます。半々になってしまうというのはおかしないい方ですけれども、いくら母系相続といっても、父親にしてみれば自分の娘にはちがいないわけですから、もしも父親と母親の発言力が同等になってきたと考えた場合には、娘に継承されるものは父親にとって半々みたいな感じになってしまうでしょう。けれども、自分の姉妹の息子と娘を結婚させたら、半々で結婚するということはないわけですから、なんとない雰囲気では、なんとなくそこに所有権から発言力までが生かされて、まあ、それならばいいという感じが出てくるわけです。

ところで、そこからがわたしの考え方との相異になるわけですけれども、父親がじぶんの姉妹の息子と自分の娘を結婚させようと考えたと想定しても問題が出てくるのです。兄弟姉妹関係を梃子として考えますと、〈南島〉の例でいえば、父親の姉妹は、とりもなおさず父親にとって兄弟姉妹関係（〈おなり神〉関係）になるわけです。そうしますと、もしも兄弟姉妹関係（〈おなり神〉関係、いいかえれば兄弟にたいする姉妹の霊的優位の関係）の遺制が親族展開の梃子としても、あるいは家あるいは親族宗教の展開の梃子としても、わりあい強力に影響する場合を想定しますと、せっかくじぶんの姉妹の息子とじぶんの娘を一緒にさせたらよかろうとおもっていても、この姉妹と娘の夫との関係は、等価になってしまうのです。さきに、もし父親の権限がある程度増大してきた場合、親族継承や宗教継承は、母親から娘に行かないで、母親から母親の兄弟の娘へと転化すると申しました。そうしますと、姉妹の息子と結婚させせたらよかろうと思ったのだけれども、兄弟姉妹関係（〈おなり―えけり〉関係）を支配していた〈性〉的な親和性とタブー、あるいは宗教的霊位のつながりは、父親の権限が増大してきたところで母系をある程度なかに伴なっている場合では、父親にとって、じぶんの娘と、じぶんの姉妹との関係が〈おなり―えけり〉関係のバリエーションにすぎないため、実質的には姉妹の息子と一緒にさせても母系相続と等価な意味しかもちえないのです。父親の姉妹からみれば父親の娘は、とりもなおさず伯叔母―姪の関係ですからね。それから母親からいえば兄弟の娘に継承がいってしまうこととおなじわけです。そうすると、親族展開の継承性、あるいは家族宗教の展開の継承性の行き方と、元来所有とか権限が行くだろうと予想された行き方とは合致しないことになります。そこでの分裂というものが、〈本土〉も〈南島〉も含めて、明瞭な氏族外婚制をとっていない地域、つまり内婚制で、かつわりあいに双系的な地域で、クロス・カズン婚が特に問題とするに価しない要因だとおもいます。そのことは、クロス・カズン婚にポイントをおいて親族構造をかんがえる理論に、かくべつの普遍性があるわけではないことを意味します。また所有とか、女性の稀少価値とかいうような、略奪婚遺制からみちびきだされる婚姻における等価交換制と、氏族内婚を禁忌とする制度とは同等だとストロースは考えているわけですが、わたしは所有性が決して親族体系の展開を支配するものではないとおもいます。現在の段階で、親族展開の問題について、論理的にかんがえられることから導きうる課題は以上に尽きるとおもいます。

さきに家族における宗教体系の展開、あるいは親族体系の展開は、国家制度、あるいは部族共同体の制度の問題とは別個のものとして考えなければならないと申しましたが、その例として〈南島〉で長く遺制をとどめたいわゆるヒメ―ヒコ制の問題があります。琉球、沖縄でも、『魏志倭人伝』の邪馬台国でもいいのですが、宗教的な威力をもった女性が神からの御託宣をいただいて、その御託宣にもとづいて、その兄弟が政治的権力を行使するという形態をヒメ―ヒコ制といっています。そういうヒメ―ヒコ制における権力形態とは、いったい何を意味するのかという問題がのこります。われわれの当初からの考え方によりますと、政治権力、あるいは国家権力の首長が男性であるか女性であるかは問題にならないはずです。人間が男性として、あるいは女性として現われるのは、人間の個体が他の個体と出遇うところ、つまり家族あるいは親族のところでしかないので、部族共同体や国家の次元で、その首長が男であるか女であるかは、まったく擬制的なものにすぎません。つまりヒメであろうと、ヒコであろうと、そんなことは問題にならないということです。だから親族あるいは家族の共同性の展開過程を、政治体制のヒメ―ヒコ制と即座に結びつけて考えることはできません。支配者が男であろうと女であろうと、そんなことは問題にすべきじゃないんだということです。だからもし、邪馬台国のヒミコと弟王のようなもの、あるいは聞得大君と琉球王朝の王との関係のようなものが、国家的制度として〈威力〉を発揮していると想定される場合、まずはじめに、制度としての〈性〉は擬制的な意味しかもたないので、宗教的首長や政治的首長が、男性か女性かはあまり問題にすべきではないということだとおもいます。

それにもかかわらず、もしそういうことが問題として存在するのならば、氏族制以前の段階の遺制が、強力な形で保存されている政治制度だと考えたほうがよいとおもいます。また、この政治制度が大和朝廷以前としてあることはまったく確実なことです。大和朝廷は、『記』や『紀』のなかで、ヒメ―ヒコ制を、アマテラスとその弟のスサノオの関係として、神話時代に追いやっていることは、ひとつの傍証になりましょう。姉が宗教的権威をふるい、弟が農耕社会における首長として権力をふるうという形は、日本神話の基本構造を決定しています。

神話はさまざまな観点から考察されますが、神話をつくった直接の勢力は、いずれにせよ作為的に伝承を編集することだけはまちがいありません。それにもかかわらず、神話が、神話をつくった勢力に包括される種族の共同幻想と何らかの形で関連があり、何らかの形でそれの表象とみられるところでは、よくよく考えなくてはいけない本質的な問題があるとかんがえられます。

神話にはいろいろな解釈の仕方があります。比較神話学のように、他の周辺地域の神話との共通点や相異点をくらべていく考え方もありますし、神話なるものはすべて古代における祭式祭儀というものの物語化であるという考え方もあります。また神話のこの部分は歴史的〈事実〉であり、この部分はでっち上げであるというより分けというやり方もあります。そのどの方法をとっている場合でも、この説がいいということは、いまのところ残念ながら断定できません。プロ野球で三割の打率があれば相当な打者だということになるのと同じように、神話乃至古代史の研究において、打率三割ならばまったく優秀な研究者であるとわたしはおもっています。じぶんでそれ以上の打率があるとおもっているやつはバカだとかんがえたほうがいいとおもいます（笑）。

ただわたしが断定できるのは、神話をつくった勢力に包括されているとみなされる種族の共同幻想の核であるとみなされるところがもしあるならば、歴史的〈事実〉としていかに架空とおもわれても、そこには本質的な問題がかくされていると考えるべきだということです。反対に、歴史的〈事実〉といかに類推が利くようにみえる個処が神話の記述にあっても、種族の共同幻想の核と関連性がないとみられるならば、捨てたほうがよろしいということです。

〈南島〉の問題は、単に政治的に現在を通過してゆく問題としてのみじゃなく、一個の強烈な世界史的な課題をになって、われわれの眼前に現われてこなければなりません。そういう問題が現われ、それが追求されてゆくのは今後に属するでしょう。われわれが単に辺境地区であるとか後進国であるとか、あるいは第三世界とかいっている問題が、単に辺境や未開の問題、あるいは地域的に遠く隔たった場所の問題ではなく、切実に世界的同時性の問題であるということがわかってくるのは、ここで申しあげたような問題が、根柢から追求されたときであるとおもわれます。

〈南島〉の研究者がどういおうと、アジア・アフリカ研究者、中国研究者、東南アジア研究者がどういおうと、かれらがやっていることは、単に世界を局所的な地域として差別してみることにはちがいありません。かれらの脳髄のなかでは、差別された未明の地域は、世界の文明の最先端にある社会・国家から被害を受けている地域であり、被害者が住む世界なのです。そして、われわれは、いくぶんかずつ加害者なんだという甘ったれた考え方でしかみることができなくなっています。しかし加害者が、じつはほんとうの意味での被害者であるということもありえます。そういうことが本格的に解かれてゆくのは理論的にも、実践的にも、まさに今後の問題です。それは〈南島〉の問題であることによって、同時にすべての辺境とか、後進国とか呼ばれている地域の問題でもあり、その課題はただちに世界の歴史的現在の課題に〈指向変容〉しうるものでなければ、無意味であるといって過言でないと存じます。〈南島〉を追求してゆくことは、そういう課題に対する身近な、そして切実な核の一つにとりつくことだとおもいます。

文学における初期・夢・記憶・資質

今日は皆さんの主題を、文学の側からせばめまして、文学において初期ということ、それは文学創造の初期という意味あいにとられても、あるいは文学作品をつくる、あるいは詩を書くというようなこと以前という意味にとられても、いずれでもけっこうなわけですけれども、初期というものが、自分が自分であるということを問う場合に、どういう意味をもつのかという問題についてお話してみたいとおもいます。

どういうところからはじめてもよろしいわけですけども、自分の体験から申しますと、ちょうど十二、三のころでしょうか、あるいは十四、五のころでしょうか、あるいはもっと以前、十一、二のころかもしれません。当時、いまの都電は、市電といっていました。市電に乗ってどこか遠くへ行くことにあまりなれていませんでした。どこで乗りかえて、どうするかなんてことにあまりなれていない時期に、しばしば体験したことなんです。市電に乗りますと、車掌さんが〈切符を買っていない人は〉ということで、車内を通りすぎて行きます。そのときに、お金を出して一所懸命になって車掌がこっちを向くのを待っているわけです。それで、たまたま自分の前を通りすぎた時に、お金を出して切符を買おうとするんだけど、車掌のほうは、そしらぬ顔をして通りすぎてしまいます。通りすぎて、そばの人だと〈どこまでですか〉なんていうふうにお金を受けとって切符を切ります。それで、帰りにまた前を通るはずだからということで待ちかまえて、なれないため緊張して、お金を出すんですが、もう次の駅に近くて、さっさかさっと通りすぎて行ってしまう。そういうようなことで、どうしておれの前だけはとまってくれないのだろうかというような、〈齟齬〉といいますか、ゆきちがいといいますか、そういうことが非常にひっかかった時期があります。

そのことには、おそらくあんまり意味はないのですが、なぜそういうふうにひっかかるか、なぜ自分の前だけ通りすぎて行ってしまうとおもえるかというと、こっちが慣れないことで、過剰に期待してかたくなっている、それで、来たら待ちかまえてというふうに思っていることが、おそらく自分のところだけ通りすぎてしまう感じの、根柢になっているのではないかとおもいます。そういうところでは、自分の期待どおりにはいかなくて、ひょろっとタイミングよく手を出して切符を買うというようなところには、スッとまるというような感じで、しかし自分が待ちかまえてお金を引っこめたり出したりしている、そういうところには、ひゅっと通りすぎてしまうというような、そういう場合に感ずるゆきちがいというものが、長いあいだひっかかっていた時期があります。

そういうところからなにをみちびいたかというと、ある現実的な事件、あるいはことがらに対して、自分はどうしてもタイミングよくそこにぴたっといかないで、いつでもずれて行くこと、それは一般的に、社会全体に対しても、あるいは限られた範囲の関係でもおなじで、いつでもズレて、タイミングがあわないということはどこからくるんだろうか、それは自分の資質ではないかということだったとおもいます。

この種の体験は、大なり小なり皆さんのほうでも、もっているとおもいます。それでタイミングがよくあう人は、羨望にたえないという思いもありますけれども、また逆な意味では、タイミングがあわないという自分の資質といいますか、そういうものを掘りさげていこうという逆の感じ方もしたという体験は、人間の生涯の初期にはあるんではないかとおもわれます。そういうことを感じないですむ少数の幸福な人たちもいるとおもいますけれども、しかし、この社会のなかにいながら、そしてそこのなかで成長し、そして老いていくというような過程のなかで、その種の、なぜ自分のところだけに、こんなことがふりかかるのであろうかとか、なぜ自分の時だけゆきちがいというのはおこるんだろうかというような、そういう体験は皆さんが記憶の片隅にとどめている、あるいは気持のどっかにとどめているということがありうるとおもいます。つまり、そういう問題は、もし掘りさげようとすれば、掘りさげるにあたいするのではないでしょうか。

　話がとんでしまいますが、夢というものがあります。夢のなかに、正夢《まさゆめ》というものがあります。正夢というものは、極端にいいますと、自分がある見たこともないような情景をおもいうかべた、そしてその情景をおもいうかべて、そしてある時、実際にどこかを通りがかったら、ちょうど夢でみたとおんなじような場所があったというような場合にいわれます。それからまた自分は、故郷のおばあさんが病気したという夢をみて、しばらくして郷里から、おばあさんが病気になったから帰ってこいという手紙が来た、というような場合に、夢があたったというわけで、そういうものが一般に正夢というふうに呼ばれています。もっと極端になりますと、夢のお告げというようなことがあります。たとえば、夢のお告げでこれこれのことがあった、だからあなたは必ずこういうことがございますよというようなことを、商売にしている女性もいるわけです。そういうようなことを商売にしている人は、たくさんいます。そういう人は信念をもっていまして、自分の夢占いは必ずあたるんだ、必ずそういうことがあるんだ、という確信をもっています。

　これは極端な例ですけれども、しかしこの極端な例は、たとえば自分らがごくふつうの場合でも、電車に乗って車掌が故意としかおもわれないように、自分の前だけは通りすぎて行く、自分が金を出して切符を買おうと待ちかまえていると通りすぎてしまい、隣りの人のところにはとまるというような、そういう体験を、極端に引きのばしていきますと、あんたにはこういうことが必ずありますよというようなことが、商売になるほど自分の夢は、よくあたるというところまで、ひきのばすことができるわけです。もちろんほんとうは、当るわけではけっしてないのです。当らないんです。つまり、当ったということは、大なり小なり偶然に属することです。

しかし、ある場合に夢をみて、そのとおりのことが実現されたという場合、それを逆のほうに極端に引っぱっていきますと、朝起きてゆうべみた夢を記憶しているということが、たれにでも普遍的にあります。そして、そういうものは正夢であるといえます。つまり、大なり小なり、朝起きて記憶に残っているような夢というものは、正夢であるというふうにいうことができます。なぜかといいますと、朝起きて記憶している夢というものは、ほんとうに、睡眠中にみた夢そのままであるという保証は、どこにもありません。むしろ、そのままでないというふうにかんがえたほうが妥当です。なぜならば、睡眠中の心の世界というものと、さめてのちの心の世界というものは、別次元だとかんがえたほうがよろしいからです。別次元の時の夢を、朝眼がさめた時におぼえているとすれば、睡眠状態における心の世界と、それからめざめてのちの心の世界とを、どっかつなぐ通路といいますか、接点といいますか、そういうものが必ずあったということを意味しているのです。だから、ごく常識的にいいますと、ゆうべこんな夢をみたというようなことを、朝記憶しているというのは、記憶のとおりの夢をみたというふうに常識的にはかんがえられやすいですけど、本当はそうではなく、まったくちがう夢をみたので、そのなかで、ある部分だけはさめてののちも、なおかつ覚えていたということだとおもいます。だからさめてののち覚えているような夢は、大なり小なり正夢だというふうにかんがえたほうがよろしいのです。いいかえれば、それはなんらかの意味で、自分の心の世界にひっかかっている重要な夢、つまり、睡眠中の心の世界とさめたのちの心の世界をつなぐことができるほど、重要な意味をもつ夢とかんがえたほうがよろしいのです。だから、さめてののち記憶している夢というのは、正夢であるというふうに、正夢という概念を拡張してかんがえることができます。

だから、さめてのち記憶しているような夢というのは、大なり小なり自分にとって意味があるといいますか、よく探求するにあたいするといいましょうか、つまりひとにとってどうであれ、自分にとっては探求するにあたいする夢であるというふうにかんがえたほうがよろしいということになります。そこを一方の限界とし、またもう一方の限界は、おれの夢は必ずあたるんだということを、商売にしているような人の夢といいますか、そういうものをまたひとつの極端として、その二つの極端にはさまれる夢を、すべて正夢だとかんがえたほうがよろしいとおもいます。

記憶ということもおなじです。幼年時代のこういうことを記憶しているということは、たれにもありえますが、その記憶している情景は、正にその時体験した通りだと、おかんがえにならないほうがよろしいとおもいます。現在記憶していることは、必ずそれはちがうものになっているはずです。だから、記憶は過去の心の世界と、現在の心の世界とをつなぐだけの意味をもったものが、人間のいわゆる記憶として残っているとかんがえたほうがよろしいので、記憶していることは、すべてかつてあったことの再現だとおかんがえにならんほうがよろしいとおもいます。だから、記憶のなかには、記憶するその人にとって大きな意味をもったものが含まれているというふうにかんがえるべきものです。夢の場合は、きのうあったことが、けさというようなことで、そういう意味では、時間的に同時なんですけども、記憶の場合は、過去と現在という意味あいで、過去の世界と、それから現在の自分の世界というものをつなぐ、なんらかの通路を通りすぎたものだけが、記憶として現在残っているとかんがえるべきものです。そうかんがえれば、記憶されている自分の幼時体験というようなものは、少くとも自分にとっては、考えるにあたいするものです。つまり、その記憶がどんなつまらないようにみえようと、あるいは単なる情景にすぎないようにみえようと、記憶している当人にとっては、大変重要なことが含まれているはずです。

そういう意味を記憶というものはもっているとおもいます。そして、今いいましたように、記憶とか夢とかというようなものは、もしさめてのちの世界になおかつ残っているならば、それは大なり小なり自分がもって生れた、あるいは自分が現在まで体験してきたなかで、その体験を濾過してなおかつ残っているいわば自分の資質というものを、なんらかの意味で象徴しているものだというふうにかんがえられます。自分の資質を象徴しているものだとすれば、夢とか記憶とかというものは、自分にとって掘りさげていくにあたいするとおもいます。それを掘りさげていくことのなかに、自分の資質を掘りさげていくという意味が含まれているとかんがえられるはずです。

人間というものを人類とかんがえないで、個体とか個人とかというふうにかんがえるとすれば、人間の個人の生涯の曲線のなかで、初期に出てくるもの、つまり幼時体験とか青年時代の体験とか、そういうものとして出てくる夢とか記憶とかは、自分の資質に関係が大変深いことで、自分を問うという意味あいで掘りさげていくに価する問題が含まれています。つまり、幼年時代から青年期の前期のあいだにあらわれてくる世界は、大なり小なり、自己資質が全面的に押しだされて出てきます。個体としての自分をかんがえてみれば、第一次的な環境として家とか、友人関係とか、そういうものからの影響がいちじるしいはずですけれども、そういう要素はあまりかんがえられないで、資質の問題だというようなかたちで、その問題は出てくるとおもいます。この問題はやはり文学としても、それから文学外の問題としても、掘りさげていかなければならないし、あるいは掘りさげるに価する問題だとかんがえられます。

なぜならば、もし個人の生涯の曲線といいますか、そういうものをかんがえていく場合に、そういう自己資質の世界というものは、ひとたび通りすぎたら二度とかえってこないものだからです。つまり、ふたたびそれをかえってこさせることはおそらく出来ないのであって、かえってこさせる場合には、いわばそれを論理的なかたちで、あるいは思想的なかたちで、ふたたび再構成するよりほかありません。自分が純粋に自己資質の問題として、あるいは幼時体験の記憶とか夢とか、そういう問題として保存してきたもの、そして通過してきたものは、ひとたびその時期を立ちさせれば二度とかえってこない世界だとおもいます。

そのような世界を再現しようとして、文学作品としては、処女作の世界があらわれます。よく作家は必ず処女作に回帰するものだというようなことがいわれます。このいわれ方は、当てにはならないのですけれども、そういういわれ方のなかに、真実が含まれているとすれば、ひとたび去ったらばもう二度とかえってこない世界に対する、愛惜という意味あいの重要さが象徴されているのだとおもいます。作家は処女作に回帰してくるものだ、なぜならばそれは資質の世界だから、ということだとおもいます。実際には必ずしもそうではありません。しかし、そういういわれ方のなかに重要な真実が含まれていることは確実だとおもわれます。

今ここで、ぼくの好きな作家の作品で、そういう問題をもう少し具体的に敷衍して申しあげてみたいとおもいます。

ひとりは島尾敏雄という作家です。皆さんはなにを専攻しているのかしらないのですけど、特別な人をのぞいては、聞いたこともないような作家でしょう。島尾敏雄という作家の初期の作品に「原っぱ」という作品があります。「原っぱ」という作品は、自分の幼時体験の記憶を作家としての初期に再構成している作品です。それは一般的な意味で大変すぐれている作品だとか、あるいは芥川賞くれるとか、そういう作品では決してありません。そういう意味では大変幼いといえば幼い作品です。だけれども、今いいましたような意味で、自分の資質の世界を掘りさげた作品だということができます。

書かれている内容は、主人公の少年が、横浜に住んでいて、横浜の市電に乗った話です。市電がある曲り角のところにきますと、スピードが遅くなることを少年はよく知っています。その曲り角のところで、ヒュッと飛乗りをやるというのが、少年の世界では大変冒険で、そして大変興味深い行為であるというような、まあ近所の少年たちのあいだでそういうふうになっているんです。

ある時、主人公が駅から駅のあいだに曲り角があって、そこではノロノロ運転になる、そういうところでヒュッと飛乗りをやるのです。車掌にみつからないように飛乗りをやって、大変得意でいるわけです。ところが、飛乗ってみてから、さぐってみると、自分は切符をその時にかぎって持っていないことに気付きます。つまり、みつからないように飛乗りをやって、そして終点にきて切符を出せば、それでよろしいというわけになるわけですけれども、飛乗ってみて、こうさぐってみるんだけれども、その日にかぎって切符を持ってないということに気付きます。

で、主人公が大変おろおろするし、恐怖にかられます。それで、いいだそうかいいだすまいかというふうにおもいながら、お金もないし、そうおもいながら、そういう教育をされているもんだから、やっぱり車掌が通りかかった時に、実は切符を落しちゃったんだけど、というふうにいいます。すると、車掌が、そいじゃちょっと待っていなさい、というふうにいったまんま、通りすぎて行く。主人公の少年は、やがて自分の処に車掌がとまって、どこから乗ったとか、どこまで行くんだとか、そういうように聞いて、じゃあまあ、今日はいいけれども、こんどから注意しなさいとかなんかいってくれるんだろう、そうすれば自分の不安が解消するんだけれど、とおもいながら、そういうのを待ちかまえています。だけれども、車掌は何回も自分の前を通りすぎるんですけれども、見むきもしないで、忘れたように通りすぎてしまう。それで、主人公は——このところは共感するわけですけれども——どうして、さっき云ったのに、自分の前に止って注意してくれないのだろうかとかんがえるのです。だけれども、車掌は何回も通りすぎても、知らんぷりして通りすぎてしまう。少年の不安はつのるばかりです。やがて終点にくると、ちょっときなさいということで、電車の出張所みたいな処につれていかれて、お前どっからきて、どこまで行こうとおもったんだというふうに問いつめられて、結局、その曲り角で飛乗りをやったということをいわせられてしまいます。それで、そんなことはしてはいかんというふうにおこられて、出張所にいる人から、切符を持ってきなさいといわれるわけです。主人公は、心にひっかかってしようがないから、泣きべそをかいてうちへ帰って、母親へ切符を落しちゃって、出張所で持ってこいというふうにいわれたからといって、うちにあった切符を持って出張所へ返しに行くわけなんです。

その途中ですけども、少年ながら自分が秘かにあこがれている女の子がいます。その女の子が友達同士で遊んでいるのに出遭います。その子が遊んでいながら落し物をします。主人公がその落し物を拾ってあげると、女の子がありがとう、ちょっと持っててねというふうにいって、そのまままた遊びをつづけてしまう。そうすると主人公は、またどうしてあの女の子は、どうもありがとうといって、遊びをやめて自分からそれを受けとってくれないのだろうかというふうにおもうのです。だけれども、おそらくそのあこがれている女の子のほうでは、別にそんなことは気にしているわけではなく、遊びに夢中になっているというような、ただそれだけのことにすぎないのです。だけれども、主人公のほうは、どうしてそういってくれないのだろうかというふうにおもいます。なぜ、そうおもうかというと、おそらく一方的にあこがれているからです。ところが、女の子のほうはごくふつうにふるまっているだけです。それで落し物を自分から受けとってくれないので、きっと遊びがおわるまでは大丈夫だろうとおもって、それから一度うちへ帰ったりするのです。うちへ帰ったりして持ってくると、もう遊びがおわっているんです。それで女の子が、あんたひとのものを持ってどっかへ行っちゃうなんていうことはいけないじゃない、だめよ、というふうにおこられ機嫌を損じてしまいます。つまり、そこがいわばまたゆきちがいの世界なんです。

つまり、「原っぱ」という作品が、その二つの体験を、いわば一つのゆきちがいということでむすんでできあがっている作品なんですけれども、そのこと自体は島尾敏雄という作家の掘りさげるにあたいする資質の世界、あるいは記憶に長くとどまっているそういう世界を、文学表現行為の初期に、再構成したものだとかんがえることができます。

そういうことは、おそらく皆さんのほうでも大なり小なり体験があるんじゃないでしょうか。あるいは、皆さんのほうは体験なくて、皆さんのほうをあこがれている人のほうが、そういう体験があるのかもしれません。しかし、皆さんのほうはそういうことはいっさいしらないわけです。そういう場合に、男女関係でいえば、失恋とか片想いとかいう世界というものが出現します。皆さんはあるいは自信があって、じぶんはたくさんの人から片想いされているかもしれないとおもっているかもしれません。あんなのじぶんは問題にしてないんだというふうな（笑）ことがあるかもしれませんけれども、損得というのは別に利害という場合に、どっちがとくかと——損得というのはおかしいですけれども、損得というのは別にそのふうにかんがえないで聞いてほしいんですけれども——というと、おそらく片想いした側のほうがとくなんです。もし、その人にじぶんの資質の世界というものを掘りさげるだけの準備があるならば、おそらく片想いした人のほうが、そういう場合にはとくするんです。いいんです（笑）。それからまたそのほうが神に近いんです。つまり、二度とかえらぬ世界を持つ瞬間なんです。そういう意味あいで、片想いしたほうの人に、もし準備があるならば、そちらのほうがとくなんです。そういう場合に、じぶんはいろんな意味で自信があって、たくさんの人に片想いされているし、片想いだけじゃなく、現実にもどうもそうおもわれている、というふうに、まあおかんがえの方もいるでしょうけれども、それは割合に損ですよ（笑）。つまり、女性がそういうことに気がつくのは、大変ばあさんになってからというようなケースが多いので、それは早く気がついたほうがいいんじゃないでしょうか（笑）。まあたくさんの人から片想いされているとか、たくさんの人から現実的におもわれているというようなことは、割合にいい気持でしょうけれども、そのいい気持というのは、ちょっとおかしいんじゃないでしょうか（笑）。おかしいんじゃないかなというふうに、その問題は掘りさげられたほうがよろしいんじゃないかとおもわれます。つまり、それがじぶんの資質というものを掘りさげるということに通ずるとおもうんです。なぜかといいますと、ばあさんになりますと、まあじいさんだっておんなじだけれども、そんなに多くの人から片想いされるとか、本当におもわれるということはありえませんから。つまり、人間の個体というもの、個人というものの生涯の曲線のなかで、そういうことがありうるのは、やはり青年時代まであってね、だから一度あったら二度とかえらない世界という意味では、そういう体験というのは非常に重要な問題だとおもいます。だから、その際に、いやあ、わたしは大したもんだというふうにおもわないで、ちょっとわたしはおかしいんじゃないかというふうに、つまりおかしい問題というのは、自分のほうにあるんじゃないかというふうにかんがえられたほうが、おそらくはとくするというふうにぼくにはおもわれます。

ぼくはそういうことたくさんかんがえたことがあるんです。つまり、男女の問題というようなことをです。たくさん片想いしたり、実際におもったりというようなことがあるでしょう。そういう場合ね、きれいだとかスタイルがいいとか、非常に頭がよくはたらくとか、センスがあるとか、そういうことはものすごくひかれる要素になるわけですよ。そうすると、どうもおれはおかしいんじゃねえか、そういうのはおかしいんじゃないかなというふうに、ぼくはかんがえたわけです。つまり、これはおれの思想と矛盾するのではないかということを、ずいぶんかんがえたことがあるんです。どうしてかといいますと、幼い時から、働かなきゃくえないとかということで、まあメイドさんになって（笑）働かざるをえなかったとか、女工さんになって働かなければいけないというような人は、いろんな意味あいで、きれいになるっていうようなゆとりはないでしょう。そうならば、じぶんの思想からかんがえて、そういうのにひかれるのが本当じゃないかというふうにかんがえるわけですよ。ところが、感性的にはそうじゃないんです。つまり、そうじゃないということがあるんですよ。そういうことは矛盾じゃないのかというようなことでね、ずいぶんそういうことをかんがえたことがあります。そういうことをかんがえたということから、ぼくはいわゆる利害という意味あいじゃなくて、ずいぶんとくしたというふうにおもいます。この問題をどう解決したかというのは、ぼくなりの解決があるんです、つまり理窟があるんですけど、まあそれはこの際どうでもいいとして、いろんな意味で皆さんにはそういう体験があって、具体的におもわれているということもじぶんはしっているし、潜在的におもわれている、つまりじぶんを片想いしているやつは、もっと多いんじゃないかというような時期には、たくさんかんがえられたほうがいいとおもうんです。その時、人間よりも神に近いのは片想いしているほうのひとで、おもわれているほうの人は、おそらく生涯でもっともたるんだ時期だといいましょうか、悪魔に近いというような（笑）そういう時期なんだとおもいます。その大なり小なり悪魔に近いという時代は、やっぱり二度とかえってきません。人間は、大なり小なり神と悪魔の中間のところで、どうにか、まあばあさんになったり、じいさんになったりするというようなことになってしまうわけです。それがいわば個人というものをかんがえた場合の、生涯の曲線のあり方であるわけです。だから、そういう神に近いか悪魔に近いかという時代は、二度とかえらないという意味あいでも、それから得意であるか失意であるか、そのどちらかであるというような意味あいでも、生涯かんがえるに価する問題のきっかけがつかめるときだとおもいます。

島尾敏雄という作家が、なぜすきかというと、そういう資質の世界に対して着目して、それをごく初期の段階で再構成できていることです。この作家よりも小説をかかせたらうまい作家はごまんとおりますし、それから構成力の雄大さとかそういうことからかんがえても、この作家にくらべてもっとすぐれたというようなのもたくさんおります。しかし、文学において、その作家にひかれるかひかれないかという問題は、決してその作家が大作家であるか、あるいは非常にもてはやされている作家であるか、そうでないかということにかかわらないということがありえます。そういうことはどうすることもできないわけです。どうすることもできない問題というのは必ずあるわけです。そういう意味あいで、文学創造の技術からいってももっとすぐれた作家をさがそうとおもえばいくらでも現存しています。それからまたもっと大作家で、より大きな問題をもっているというような作家をさがしてもそれは何人もいるかもしれません。しかし、なぜこの作家にひかれるかといえば、やはりそういう資質の世界に対して非常に大きな意味あいをもたせた作品をつくり、そしてその資質の世界というものを拡大していくという問題については、大変ねばり強く、現在でもねばり強くやっているということです。その意味でぼくは大変すきな、あるいは惹かれる作家です。

文学作品の世界でも、現存する作家の世界でも、たくさんの作家の作品にひかれたり、それからひかれなかったり、反撥したり、というようなことをくりかえしくりかえしやりながらでしか、この種の作家はなかなかみつけられないんです。しかし、作家の世界を追求していったあげくに、やっぱりすききらいの問題を自分自身の資質の世界と結びつけてかんがえることができるという問題が、やはり文学の鑑賞の場合でもありうるとおもいます。

もう一人ぼくがすきな作家があります。埴谷雄高という作家です。この作家に『死霊』という作品があります。この作家の名前も、特別に文学が好きだとか、じぶんで文学作品をつくっているとか、そういうような人をのぞいては、あまりご存知ないのではないかとおもわれます。またこの人の『死霊』という作品を読まれた人は、ごく少ないんじゃないのかなとおもわれます。しかし、この『死霊』という作品をかんがえてみますと、ここにもまたじぶんの資質の世界というものを、じぶんの思想体験に結びつけたそういう世界が描かれています。この作品は、いわゆる文学作品という意味あいで、決しておもしろいともいえないですし、また読みいいともいえないですし、またそういう意味あいでいえば、うまいというふうにもいえないとおもいます。けれども、じぶんの資質の世界を、じぶんの思想体験の世界に結びつけた、そういう世界が、『死霊』という作品のなかにあります。

この作品は、戦後すぐにかかれたものです。すでに戦前に左翼運動の中枢にいて、そして戦争中を、沈黙のうちに、あるいは蓄積のうちにくぐりぬけて、戦後すぐに発表された作品で、未完の作品です。大きな長篇の一部なんですけれども、その後この続篇がかかれたということはないですから、まだ未完の作品です。この世界がやはりおなじように、じぶんの資質の世界が、じぶんの思想体験の世界というもの、つまり現実社会における波をかぶった場合に、あるいは政治的世界の波をかぶった場合に当面した問題を極限の形で再構成したものといえます。

この作品のなかにも三人あるいは四人の主人公がでてきます。その主人公たちが高等学校から――高等学校といっても旧制、昔の高等学校ですから、いまの、まあ皆さんの年齢にあたるのでしょうか――はじまって、現実社会の波をかぶってゆく、いわば自己資質の世界から現実社会における荒波をかぶっていったそういう世界へのうつりゆきというものをまず描いています。その主要人物のうち、ごく簡単にいって、一人の人物、作品のなかでは矢場徹吾という名前になっている一人の高等学校の生徒は、ある時その高等学校をおとずれてきた女性と一緒に、失踪したまんまわからなくなってしまいます。それで学校ではしかたなしに放校処分にするというようなことになります。再び他の二人の主人公が、その矢場徹吾という人物に出遭うことができたのは、精神病院の一室であるわけです。それは、その間に左翼運動に従事して刑務所体験をして、そして狂気となって病院に収容される、そして収容された時にはじめて消息がわかる、そして消息がわかった時にはすでに狂気であり、また失語症になっていてしゃべることができないというような、そうなっているところで遭遇するわけです。

これらの主人公が初期において、じぶんの資質にもとづいたテーマがあって、それぞれの掘りさげ方を三人三様にするわけです。それらはいずれも、どういうふうに要約されるかといいますと、テーマはなんであってもよろしいわけですけれども、問いつめていったらどういうことになってしまうかと、三人三様に追求して、そして三人三様にじぶんなりの世界をつくってしまいます。しかしその世界はごく一般的にいって、他人に通ずるかどうかということははなはだ疑わしい、しかし、じぶんなりに問題があって、その問題をどこまでも掘りさげていく、どこまでも追求していって、とにかくとことんまでいってしまう。とことんまでいってしまって、もう言葉自体も、おそらく常識的な世界には通用しないのはもちろんですけれども、またひとにそれが通用するかどうかもわからないというようなところまでそれをつきつめていってしまいます。それじゃ、そういうふうにつきつめられた世界は、どういうふうにいっていいかというと、先程の言葉でいえば一種の神に近い時期というのに該当するわけです。人間には精神の世界があるということと、精神の世界がいろんな事件とかことがらとかあるいは現実的ないろんな問題とかに当面した時にどういう反応の仕方をするかということのあいだに分裂、つまり空隙があるとすれば、その空隙ということが、いわば生活するということだということなんです。そんなところまで資質の世界をとことんまでつきつめてしまいます。

そうすると、生活するということ、あるいは生きるということは大なり小なり、精神の世界が存在するということが、なにかにつきあたって反応する仕方のことですから、そこに生ずる空隙が、その主人公たちはごく初期に、醜悪なことだというふうにかんがえます。だから生きるということは、あるいは生活することは、醜悪なことなんだとかんがえるわけです。このかんがえ方は、じぶんの資質の世界を純粋な形でつきつめていく時に当面する価値観というものが、大なり小なり到達する観念です。この到達した観念が、まず精神のあり方として正当であるかどうかということ、あるいはいいことか悪いことかということとは別問題です。ただ青年期にいたるまでの個人の生涯の曲線をとことんまでつきつめていけば、精神のあり方としてたいへん理解できることなんです。そういう価値観がいいか悪いか、あるいは正当かどうかということは全く別問題なんで、もしも青年期にいたるまでの資質の世界を生粋につきつめていけば、大なり小なりそういう観念に到達することは、みやすいことだとおもいます。また、そういうことはたいへん重要なことにおもわれます。そういう重要な資質の世界を、作品のなかにまず定着するところから、『死霊』という作品がはじまっています。

それで、作品の主要人物と目される三人の人間は、そういう三人三様の資質のあり方で、やっぱり生きることをやめる以外に、そういう価値観を貫徹する方法がないじゃないかというようなところに三人三様の仕方で追いつめられていきます。そういう価値観をもって戦前の政治運動の世界にとびこんだその三人のうちの一人は、究極的に狂気となって、しかも失語症となって病院におくられてくるというところで、他の二人が、失踪して消息不明であったその一人にはじめて出遭うという形になっていくわけです。資質の世界が、どうやって現実社会の波にぶつかって、思想を獲得するか、あるいはじぶんの資質の世界を拡大するかというような問題、どういうあり方をするかっていうようなことが、まず描かれて、そういうふうなところから作品が展開部に入っていくわけです。

その作品の展開部では、主人公のひとりが失語症となって入院した病院の岸博士という若い医者が、いわば狂言回しの役割となって、三人三様のつきつめた世界のつきつめ方をききただす役割を果すのです。あとの二人のうち、一人は、恋人がいるんですけれども、恋人が、その人は究極的にはどうもわからないところがあるとしかかんがえられないようなところをもった、あまりしゃべらない、そして生活的には、のらりくらりしているというようなタイプの青年になっていきます。もう一人は貧民街の屋根裏部屋に住みついて、作品では「虚体」――虚体というのは、いわば実体ということの反対概念ですけれども――という概念につかれ、つまりなにをやっているのか、なにをかんがえて、なにを追求しているのかわからない生き方の世界に行ってしまいます。そういう三人三様の生き方をするっていうようなところで、小説としての展開部というものが始まっていくわけです。未完の作品ですが、最後の場面は、「虚体」という、架空のことにつかれた貧民街の屋根裏部屋にすんでいる主要人物の一人と、強力な政治的なオルガナイザーであり、主要人物三人のうちの一人の兄貴と、学校時代友人であったという首猛夫という人物との問答といいますか対立といいますか、そういうところで、その作品は未完のままおわっています。

その政治運動に従事している強烈な人物が、この男は屋根裏部屋に住んでなにをかんがえているのかというようなことを、さかんに追求し、それをまたぶちこわそうとかんがえて問答をしかけるわけです。結局わかりえたことは、その人物は、もしそういう仮定がなされるならば、極限の未来というものをかんがえて、その極限の未来の眼から、現在をみるというようなかんがえ方じゃないかということがわかります。

遠い未来、あるいは極限の未来から現在をながめる、という眼がなぜ必要なのかという疑問が、その問答でも出されます。そういうことよりも、現在をみて現在を打開する生き方のほうが本当なんじゃないのかということです。いや問題はそうじゃない、かつてもし人間についてかんがえ、それから現実社会についてかんがえ、そして正義についてかんがえ、そして世界についてかんがえて、偉大だといわれている思想があるとすれば、その思想が一様に到達していないところはあり、そこが限界であって、それ以上の問題については不問に付しているか、あるいは到達しては決していない、なぜそういう限界があるのかというと、精神の世界を一つの完結した世界というふうにかんがえますと、一人の具体的に生きて生活している人間が、そういう精神の世界をもつわけですけれども、これを逆に、じぶんは精神の世界として生きているので、現に具体的にこういうふうに存在し、そして三度の御飯をたべ、それから会社に行って働きとか、それから闘争があると出かけというような世界を、まったく架空の世界で、精神の世界の方が架空じゃない、つまり実体のある世界だというふうにかんがえたらどういうことになるでしょう。人間は具体的な社会に具体的に生きており、そして具体的に何々という事件がおこり、それに対して人間がもっている精神の世界が反応し、その反応の結果、こう行動するとかこう行動しないとか、あるいはこう文学作品をつくるとかつくらないとか、というように出来上っています。ところで社会があり、そしてこういう事件がおこりというような、具体的な世界を全部架空であるとかんがえ、じぶんの観念が作りあげ展開した世界のほうが実体なんだというふうに、逆にひっくり返したらどうなるでしょうか。そういう問題意識をもとにしてかんがえ方を追求した人物というのはかつていないんだ。じぶんが追求しようとしていることはそういうことなんだ。そうすると、未来からの眼というものは、現在かんがえれば空想的なわけですけれども、観念の世界と物質的な世界とが逆にひっくり返っているとすれば、決して空想ではなくて、未来の眼ということのほうが、まことに実体というべきで、未来の眼から今をみるということがまた可能であるし、そういう眼だけがおそらく人間のかたちづくる世界の極限というものを表現しうるのだ、と貧民街の屋根裏部屋に住んでいるその人物は、そう語ります。それに対して、かんがえ方の筋道は理解できるとしても、そんなものは問題ではないのだ。現在をどうするのかということだけが問題なのであり、おまえのようなかんがえ方ができるそういう頭蓋を、打砕いてしまうということこそが問題なんだと、問答をしかけた強力な政治的なオルガナイザーとして設定された首猛夫という人物は対立します。

しかし、この対立のなかに、もし共通点があるとすれば、登場する人物たちがどういうタイプの人物であり、どういうことをかんがえ、あるいはどういうことを行っていようと、自己資質の世界を、とにかくとことんまでつきつめた人物だけが登場して、そしてそういう物語の世界というものが構成されているということです。こういう意味あいの極限性というものを描いた作品は、まあほとんど皆無といっていいくらい、日本の文学にはないのです。『死霊』という作品は、未完のいわば入口にある作品ですけれども、その作品には、資質の世界がやがて外部の世界に当面して、そして不可避的に同化せざるをえないときの劇《ドラマ》を展開部として、作品世界が構成されているのです。

これをひっぱっている一人の作家をかんがえますと、じぶんの青年期の資質の世界、それから政治的な体験の世界、あるいはそれ以降における戦争をくぐった体験の世界、そういう具体性のなかで、じぶんの資質を荒れ狂った外界と必死に格闘させながら、〈かんがえること〉を続けてきたということで、徹底した生き方をしてきた、そういうことがぼくはいえるとおもいます。そしてそういう世界を表現している作家は、非常に寥々たるもので、その寥々たるものであるというところで、見失われていく貴重なものはたくさんあるとおもいます。ぼくは皆さんがやがて文学が好きになり、そして文学の創造の世界に入っていくことが望ましいとはちっともかんがえていません。できるならば、そういうことはやめたほうがいいとおもっていますけれども（笑）、しかしそういう資質の世界が、やがて現実の世界へと展開していった場合に、その現実の世界へ進んでいく行き方が、どのような道すじであれ、その時に当面する問題というものは、おそらくは二度と体験できない貴重な世界をふくんでいるわけですから、やっぱりその世界というのはいろいろな意味で大事にした方がいいですし、もし大事にしまっておくこと以上のことをできるのならば、掘りさげていったほうがいいだろうとおもわれます。

もし個人をもとにして、あるいは資質をもとにして、人間が生きていく生き方をかんがえていくとすれば、大変限界のあるものです。つまり、じぶんがどう生き、どうなっていくかということは、たれにもわからないし、もちろん予言者でもわからないのです。しかし、そういうわからなさのなかで、じぶんはこういう道を、こう進もうという意志をもっていて、その意志をもっていることと、それが実現されるかどうかということとは、まったく別だということは明らかなことです。その場合に、じぶんの意志力が貫きうる範囲は、まあせいぜいいって半分です。あとの半分は外界が決定するのです。外界というのはなんでもいいのです。これを家庭的環境とかんがえてもよろしかろうし、経済的基盤というふうにかんがえてもよろしかろうし、また政治的権力からふってわいたようにおこってくることがらであるとかんがえてもよかろうし、あるいは社会全体の構成というふうにかんがえてもよかろうとおもいます。そういうものが個人の意志する世界と、強固に必ずぶつかりあい、その結果、不可避的にでてくる方向というものが、その個人あるいは自己資質の世界の歩み方を決定することはまちがいのないことです。

それでは、じぶんが意志をもち、そしてその意志力にもとづいてじぶんの構想をたて、それにもとづいて歩むということが、無駄なのかというようなことになりましょう。しかし、それは決してむだではありません。なぜならば、そう意志しないかぎりは、自己資質としての人間は、決して不可避性に生涯ぶつかることができないということです。つまり、おれは仕方がないからこういう道を歩んだんだ、その道が善であれ悪であれ、人からどういわれたって、それは仕方がないのだというような世界と出遭うためには、そうするよりほかにありません。そうでなければ、個人の生涯は偶然的な事実の羅列によって左右されるだろうとおもわれます。

ぼくはそういう生き方が、つまらぬものだとは決してかんがえません。つまり、そこには価値観とか倫理観というのはぼくにはないのです。つまり、どちらでもぼくにはいいのです。だけれどもはっきりしていることは、もしじぶんのほうに構想がなければ、じぶんの資質の世界の展開の仕方というのは、その時々の偶然に左右されて、いわば事実のつみ重ねということで、生涯をおえるだろうということです。それから、強固な意志力をもてばもつほど、外界とのぶつかりあいの圧力が強くて、その時に出てくる不可避の道すじも、決定的な強さで強圧力をもつことも疑いありません。もちろん、逆にこっちが尊重すべきで、こっちが尊重すべきでない、というようなこともないとおもいます。

その場合に、偶然の事実のつみ重ねというような生き方は、人間の生き方としては、原点になりやすいでしょう。多数の大衆の生活をかんがえた場合には、そういう原点からかんがえるとかんがえやすいということがあります。それからじぶんの意志を形成して、そしてそれにもとづく構想をたてて、それにもとづいて生きようとし、なにかしようとしたんだけれども、外界の圧力とぶつかりあったところで、不可避的に決定されたコースというような、そういうところの生き方のなかに、あるいは大なり小なり少数な人間の生き方が、象徴されているかもしれません。そして生きるという場合に、あるいはじぶん自身というのはなんなのかというような問いを発する場合に、大なり小なりその中間で存在するわけですけれども、しかし、ただ中間で存在する仕方のなかで、極度にまた逆方向におしすすめた場合にどうなるか、をしってるとしらないのでは、大変なちがいがあるかもしれません。おなじ体験でも、生き方の深さといいましょうか、じぶんに対する問いかけの深さというものも、またおのずからちがってくるということがあるとおもいます。

もし初期ということが――これは創造者の側からも鑑賞者の側からも――文学の側で問題になり、また初期の世界をおし広げていくとか、初期の世界が外界とぶつかった時に不可避的にでてくる問題を文学のモチーフにえらんだ意味あいは、いま申しあげたようなところに、核心があるとぼくはかんがえております。そういう核心というものを表現している作家は、大変少数ですけれども、しかし決して存在しないわけではありません。そしてそういう作家の作品に、もし皆さんがある時偶然にでも当面しえたとしたら、大変幸運なことじゃないでしょうか。文学はどうせ架空の世界に本領があるわけですから、その架空の世界がもし現実に生きている人間になにかを寄与しうるとすれば、いまいいました自己資質の世界およびそれが展開する世界、あるいは自己資質が、さまざまな政治問題とか思想問題とか社会問題とかに当面した時に、不可避的にゆかざるをえない方向の表現を、どこかにふくんでいることにあるかもしれません。そういうことがもしあるとすれば、まったく架空の世界を本質とする文学とか芸術を鑑賞することも、またむだではないのではないかとおもいます。文学にもし効用性といいますか、生き方とか、社会に役に立つことがかんがえられるとすれば、まったくそういうことを通じてしかありえないとおもいます。そういう意味あいで、役に立つという作品に、もし偶然にも当面しえたとすれば、それは大変幸福なことだといえましょう。それは現在でも、また過去でも、寥々たる世界ですが、けっして存在しないわけではありません。これで終わらせていただきます。

情況への発言

——暫定的メモ——

三島由紀夫の劇的な割腹死・介錯による首はね。これは衝撃である。この自死の方法は、いくぶんか生きているものすべてを〈コケ〉にみせるだけの迫力をもっている。

この自死の方法の凄まじさと、悲惨なばかりの〈檄文〉や〈辞世〉の歌の下らなさ、政治的行為としての見当外れの愚劣さ、自死にいたる過程を、あらかじめテレビカメラに映写させるような所にあらわれた、大向うむけの〈醒めた計量〉の仕方等々の奇妙なアマルガムが、衝撃に色彩をあたえている。そして問いはここ数年来三島由紀夫にいだいていたのとおなじようにわたしにのこる。〈どこまで本気なのかね〉というように。つまり、わたしにはいちばん判りにくいところでかれは死んでいる。この問いにたいして三島の自死の方法の凄まじさだけが答えになっている。そしてこの答えは一瞬〈おまえはなにをしてきたのか！〉と迫るだけの力をわたしに対してもっている。しかし青年たちが三島由紀夫の自死からうけた衝撃は、これとちがうような気がする。青年たちは、わたしが戦争中、アクロバット的な肉体の鍛錬に耐えて、やがて特攻機でつぎつぎと自爆していった少年航空兵たちに感じたとおなじ質の衝撃を感じたのではなかろうか？

青年たちのうけたであろうこの衝撃の質を、あざ嗤うものはかならず罰せられるような気がする。そして、この衝撃の質は、イデオロギーに関係ないはずである。どんなに居直ろうと、〈おれは畳のうえで死んでやる〉などという市民主義的な豚ロースなどの、弛緩した心情になんの意味もないのだ。〈言葉〉は一瞬世界を凍らせることができる。しかし肉体的な行動が、一瞬でも世界を凍らせることは〈至難〉のことである。青年たちの衝撃は、この〈至難〉を感性的に洞察しえているがためにちがいない。わたしが青年たちと、うけた衝撃の質を異にするのは、耻かしさや無類の異和感にたえて戦後に生き延びたことから、〈死〉を固定的に、つまり空想的にかんがえないという思想をもっているためである。

三島由紀夫の割腹死でおわった政治的行為が、〈時代的〉でありうるかどうか、〈時代〉を旋回させるだけの効果を果しうるかどうかは、たれにも判らない。三島じしんが、じぶんを正確に評価しえていたとすれば、この影響は間接的な回路をとおって、かならず何年かあとに、相当の力であらわれるような気がする。だが、かれ自身が、じぶんを過大にかあるいは過小にかしか評価できていなかったとすれば、まさに世の〈民主主義〉者がいうように、時代錯誤、ドン・キホーテ、愚行ということにおわるだろう。この問題はいずれにせよ、早急に結果があらわれることはない。

わたしがまさに、正体不明の出自をもつ〈天皇〉族なるもののために、演じた過去の愚かさを自己粉砕する方法の端緒をつかみかけたとき、三島はこの正体不明の一族にあらゆる観念的な価値の源泉をもとめるという逆行に達している。このちぐはぐさはどこからくるのか。かれは自衛隊の市ヶ谷屯営所の正面バルコニーで、一場の無内容なアジ演説を隊員にぶったあと、もっとも愚かしい〈天皇陛下万歳〉を叫んだ。そして、この最も愚かな叫び声のすぐあとに、もっとも不可避の衝撃力をもつ割腹、刎頸の自死の方法が接続される。潜行する衝撃の波紋と、故意にこの衝撃の深さに蓋をしようとしている大手新聞をはじめとするマス・コミの報道は、かれの自死の方法の凄まじさにだけは拮抗できないし、また、これを葬ることもできない。

肉体の鍛錬に思想的な意味をもたせるすべての思想は駄目である。〈若者よ、からだを鍛えておけ〉という唱歌をつくった文学的政治屋が駄目なのは、そのはなはだしい例である。肉体を錬磨すること、健康を維持し、積極的にこれを開発すること自体にはそれなりの意味が与えられる。しかし、それは個体にとってだけだ。戦中派と称せられる世代には、これを錯覚して、肉体の錬磨に公的な意味をもたせようとする抜きがたい傾向がある。そのあげく、人工的にボディビルし、刀技をひけらかし、刀を振りまわしたりするところへつっ走る。もちろん、これとて個体の内部では意味をもつにちがいない。最小限に見積っても、飯《めし》が美味《うま》くたべられるとか、気分が爽快になるだとかいう有効性はある。しかし、刀が肉体をふりまわすに至ることだってありうるのだ。そして刀は肉体だけではなく、精神をもふりまわす。

愚行を演技したものにむかって、愚行だと批難しても無駄である。ご当人が愚行は百も承知なのだ。〈三島由紀夫に先をこされた。左翼もまけずに生命知らずを育てなければならぬ〉という左翼ラジカリズム馬鹿がいる。〈三島由紀夫のあとにつづけ〉という右翼学生馬鹿がいる。そうかとおもうと〈生命を大切にすべきである〉という市民主義馬鹿がいる。三馬鹿大将とはこれをいうのだ。いずれも三島由紀夫の精神的退行があらかじめはじきだした計量済みの反響であり、おけらたちの演じている余波である。しかし、いずれにせよ、この種の反応はたいしたものではない。真の反応は三島の優れた文学的業蹟の全重量を、一瞬のうち身体ごとぶつけて自爆してみせた動力学的な総和によって測られる。そして、これは何年かあとに必ず軽視することのできない重さであらわれるような気がする。三島の死は文学的な死でも精神病理学的な死でもなく、政治行為的な死だが、その〈死〉の意味はけっきょく文学的な業蹟の本格さによってしか、まともには測れないものとなるにちがいない。

三島由紀夫の死は、人間の観念の作用が、どこまでも退化しうることの怖ろしさを、あらためてまざまざと視せつけた。これはひとごとではない。この人間の観念的な可塑性はわたしを愕然とさせる。〈文武両道〉、〈男の涙〉、〈天皇陛下万歳〉等々。こういう言葉が、逆説でも比喩でもなく、まともに一級の知的作家の口からとびだしうることをみせつけられると、人間性の奇怪さ、文化的風土の不可解さに慄然とする。

知行が一致するのは動物だけだ。人間も動物だが、知行の不可避的な矛盾から、はじめて人間的意識は発生した。そこで人間は動物でありながら人間と呼ばれるものになった。〈知〉は行動の一様式である。これは手や足を動かして行動するのと、まさしくおなじ意味で行動であるということを徹底してかんがえるべきである。つまらぬ哲学はつまらぬ行動を帰結する。なにが陽明学だ。なにが理論と実践の弁証法的統一だ。こういう馬鹿気た哲学を粉砕することなしには、人間の人間的本質は実現されない。こういう哲学にふりまわされたものが、権力を獲得したとき、なにをするかは、世界史的に証明済みである。こういう哲学の内部では、人間は自ら動物になるか、他者を動物に仕立てるために、強圧を加えるようになるか、のいずれかである。

ひとつの強烈な事件を契機として、いままで潜在的であったものが、誘発されて顕在化し、その本性を暴露するということがありうる。三島由紀夫の自死の衝迫力は、いままで知識人であったものから蒙昧をひきだし、いままで正常にみえたものから狂者をおびきだし、いままで左翼的な言辞をもてあそんでいたものから、右翼的言辞をひきだし、いままで市民主義をひけらかしていたものから、たんなる臆病をひきだし、いままで公正な与論を装ってきたものから、狼狽した事なかれ主義の本性をひきだした。

死は、とくに自殺死は〈絶対〉的である。ただしその〈絶対〉性は〈静的〉である。わたしたちが〈自殺〉死にたいしてもつ、せん望や及び難さの感じは、〈死〉にさえ意志力を加えているという驚きと、〈死〉の唐突さに根ざしている。

なぜならば、黙ってほっておいても、人間はいつか〈死ぬ〉ものであるという認識は、ほんとうは疑わしい識知であるにもかかわらず、一定の年齢に達した以後の、すべての人間を先験的に捉えているからである。しかしながら、ある個人の〈死〉に加えられた本人の意志力は、まったくその本人の意志と、私的事情に属するとともに、本人が意識すると否とにかかわらず、ある〈共同意志〉からやってくる。そして〈共同意志〉なるものは、人間の観念の生みだしたもののうち、もっとも不可解な気味の悪いものであり、それは人間だけが生みだしてきたものである。そして、同時に、人間は個人として、具体的に〈共同意志〉に手で触れることもできなければ、眼でみることもできない。だから、〈自殺〉死は〈絶対的〉であるとともに、どこか〈静的〉にしかみえない。

青年がとくに〈自殺〉死にたいしていだく〈先をこされた〉とか〈及び難い〉とか、〈あとにつづかねば〉という感じと焦燥は、〈自殺〉死のもつ〈絶対〉の〈静止〉を、〈動的〉なものと錯覚するからである。つまり、〈死〉は自殺であろうが、他殺であろうが、自然死であろうが、また逆に〈生命を粗末にするな〉とか〈生命を尊重せよ〉とかいう〈反死〉であろうが、いつもたれにとっても可能性のある世界で、これは臆病だとか勇気だとかに無関係であるということが、青年期には判らないように、人間はできている。人間の存在の仕方と、認識の在り方の〈動的〉な性質は、年齢によってはよくのみこめないのである。きみが臆病であろうが、勇気があろうが、〈死〉だけはきみの体験や意志力の〈彼岸〉からきみにやってきうる無責任さと可塑性をもっている。

サルトルを研究すればサルトルにかぶれ、メルロオ＝ポンティを研究すればメルロオ＝ポンティにかぶれる。毛沢東を研究すれば毛沢東主義にかぶれる。そしてもしかすると、天皇制を研究すれば天皇主義にかぶれる。サドを研究すればサディズムにかぶれ、バタイユをよめば〈死〉と〈エロス〉のつながりとやらにかぶれる。これは〈空間〉的なかぶれである。

したがって〈時間〉的かぶれというのもある。古代を研究すれば古代主義にかぶれ、武士道を研究すれば〈サムライ〉にかぶれて、比喩でもなんでもなく〈サムライ〉気取りになる。これこそが日本の文化的悲喜劇である。

ところで、人間的悲喜劇というのもある。肉体を鍛錬すれば肉体主義にかぶれ、武器をもてあそべば武装主義にかぶれる。そのあげく〈自衛隊〉などに肯定、否定にかかわらず過剰な意味をつける。なるほどそれは巨きな武装力をもち、いつでも〈命令一下〉武器を暴発してわたしたちをも、仮装敵国をも殺りくできる存在である。しかし、武器をもてあそび、それに至上の価値を与える者ほど〈人形〉にすぎない、ということを忘れるべきではない。それらは〈命令一下〉どんなもったいないほど税金をしぼってつくった武器でも、屑鉄のように捨ててしまえる存在である。そのあとには〈人形〉、〈御殿女中〉しかのこらない、あるいは貧しい〈サラリーマン〉しかのこらない。〈自衛隊〉に反戦や反乱の拠点をつくれという発想も、〈自衛隊を利用せよ〉という発想も、シビリアンコントロールによる〈自衛隊〉の国軍化という発想も、〈自衛隊〉に拮抗しうる軍事組織をつくれという発想も、〈自衛隊をつぶせ〉という発想も、中途半端に威かくされたり、なんの役にもたたない刀などをふりまわしたりした経験のある者の、考えそうな頓馬な〈空想〉である。〈自衛隊〉をどうするかなどという発想には、〈政治〉的にも〈階級〉的にもなんの意味もない。

これらの発想は三島由紀夫の政治的行動のうち、もっとも劣悪な側面が誘発した劣悪な反応であり、また余波である。

三島由紀夫の〈死〉にたいする観念には、きわめて〈空想〉的な部分がある。それは、かれが〈法〉に抵触した行為をしたときには〈死〉ぬべきだ、とおもいつめていたところによくあらわれている。この思いつめは、もともと本質的な〈弱者〉であり、本質的な〈御殿女中〉である封建武士が考えだしたものである。〈サムライ〉なる江戸期の体制べったりの徒食者層が、恥をかくとやたらに腹を切ったのかどうかはしらない。しかし、この体制的徒食者層の教養が、事物の〈過程〉にあるみじめさや、屈辱や、日常のさ細さに耐ええないで、〈跳び超したい〉という、生活的弱者や空想家の願望に根拠をもっていることは確からしくおもわれる。

三島由紀夫は座談集のなかで、安田講堂にこもった全共闘の学生指導者は自死すべきであるのに、ひとりもそういう行為に出たものがいないのに、落胆したという意味のことをのべている。また、安田講堂事件のとき、機動隊に排除されてゆく学生たちの姿を指を加えて傍観していた戦中派教授が、〈なんだひとりくらい飛び下り自殺でもするかとおもった〉と冷笑したという風評を当時耳にしたことがある。これらの発想は、一様に〈死〉についての〈空想〉家のやる発想にほかならない。

なんべんでもいうが、〈死〉は、どんな死に方でも〈空想〉ではないかわりに、どんな死に方でも、傍観教授や〈畳の上で死んでやる〉という市民主義ボスをも不可避的におとずれる可能性があるものである。そして人間は、不可避的にか、あるいは眼をつぶった〈跳び超し〉以外には、どんな死に方も可能ではない。可能でないところでは死ぬことはできないし、死なぬ方がいいのである。

三島由紀夫の〈天皇陛下万歳〉は、これを嗤うこともできるし、時代錯誤として却けることもできる。また、おれは立場を異にするということもできる。しかし、残念なことに、天皇制の不可解な存在の仕方を〈無化〉し、こういうものに価値の源泉をおくことが、どんなに愚かしいことかを、充分に説得しうるだけの確定的な根拠を、たれも解明しつくしてはいない。したがって三島の政治行為としての〈死〉を、完全に〈無化〉することはいまのところ不可能である。根深い骨の折れる無形のたたかいは、これからほんとうに本格的にはじまる。ジャーナリズムにやたらにあらわれた三島由紀夫の自称〈好敵手〉などは、このたたかいの奥深さとは、なんの関係もない存在である。それらは、三島由紀夫の同調的または非同調的なおけらにしかすぎない。そうでなければ、もともと三島の思想とは無縁の、すれちがいのところで思想的な営為をやってきたものにしかすぎない。

才能ある文学者には、才能あるものにしかわからぬ乾いた精神の砂漠や空洞があるかもしれぬ。わたしにはそれがわからぬ。

三島は生きているときも大向うをあてにして、ずいぶん駄本をかいてサービスしている。そして〈死〉にいたるまで大向うにたいする計量とサービスを忘れなかった。これは、充ちたりた分限者か、成り上った苦学生のつかう方法である。ほかのどこが似ていても、三島由紀夫と二・二六の青年将校たちとはこの点で似ていない。あの将校たちの背後には、飢饉で困窮した農民たちの現実的な姿があり、その姿はかれらの部下の兵士たちの故郷の平野の中にあった。三島の思想にも政治的行為にも、そんなものはひとかけらもない。いわば〈宮廷革命〉的な発想である。比喩的にいえば、〈蘇我氏〉にたいする〈物部氏〉の反動革命などになんの意味があるか。わたしたちが粉砕したいのは、それら支配のすべてである。

三島が〈日本的なもの〉、〈優雅なもの〉、〈美的なもの〉とかんがえていたものは、〈古代朝鮮的なもの〉にしかすぎない。また、三島が〈サムライ的なもの〉とかんがえていた理念は、わい小化されたた

〈古典中国的なもの〉にしかすぎない。この思想的錯誤は哀れを誘う。かれの視野のどこにも〈日本的なもの〉などは存在しなかった。それなのに〈日本的なもの〉とおもいこんでいたのは哀れではないのか？

神話や古典は大なり小なり危険な書物である。読みかたをちがうと、それをあつめ編さんし記した勢力の想像力の軌道にしらずしらず乗っかり、かれらの想像力の収斂するところに〈文化的価値〉を収斂させることになる。これはある意味では不可避の必然力をもっている。こういうときには、神話や古典時代のわれわれが、竪穴住宅に毛のはえたような掘立小屋で、ぼろを着て土間にじかに起居していたのだということを思いだすのも、けっしてわるくはない。小唐帝気取りだった初期天皇群は、衣・食・住のすべてにわたって、等級と禁制を設けて、中国の冊封体制に迎合した。文学者がさわりだけで神話や古典をいじるのはあぶない火遊びである。

閉じられた思想と心情とは、もし契機さえあれば、肉体の形まではいつでも退化しうる。これはどんな大思想でも、どんな純粋種の心情でも例外はない。

わたしはこの同世代の優れた文学者を、二度近くで〈視た〉ことがある。一度はもう二十年ほども前、知人の出版記念会の席であった。もう一度は去年の夏、伊豆の海からの帰り、三島駅から乗った新幹線のおなじ箱に、熱海駅から乗り込んで、わたしの席の四つほど前に座ったのをみた。これが因縁のすべてであるといいたいが、かれは一度、編集者の求めに応じて、わたしの評論集に、親切な帯の文章をよせてくれた。かれは嫌いながらも、文士や芸術家や芸能人たちによくつきあい、わたしは嫌いだからつきあわないので、一度も言葉をかわしたことはなかった。これは幸いであった。わたしにかれの死が

〈逆上〉も〈冷笑〉ももたらさないのはそのためである。ただ、かれの〈死〉は重い暗いしこりをわたしの心においていった。わたしの感性にいくらかでも普遍性があるとしたら、たぶんこの重い暗いしこりの感じは、かれが時代と他者においていった遺産である。

（45・11・25―46・1・13）

『死霊』考

ひとが〈独房〉のなかに閉じこめられているときに、いちばん辛いことは、社会から隔離されているとか、話をするにも壁と高窓と扉しかないとか、親しい人たちが身近かにいないとかいうことではないにちがいない。また明日はじぶんの身がどうなるか予測もつかないということでもないような気がする。むしろ、ときどき〈しゃば〉の世界の匂いをはこびながら、ざわめきがつたわってくる通路がつけられており、その通路から心的な世界が撩乱されるようになっていることが、いちばん辛いのではなかろうか。

　すくなく見積っても、観念の働きにとっては、たえず習慣的な挨拶を強いられるにぎやかさより、〈独房〉のほうが不便だという理由はないようにおもわれる。

　西欧的な思考法のなかには、つねにこの〈独房〉の匂いがたちこめていて、わたしを驚かせる。そこに考えるべき〈事象〉があるから考えるのでもなく、そこに追及すべき〈対象〉があるから追及するのでもなく、そこになにもなくても、あるいは、なにもないからこそ追及すべき課題を創りだすのだといった巨大な徒労の精神がいつも存在している。これは現世利益や道義のためだとか、必要で役に立つからとか、徒食者の心のつっかえ棒として、苛しゃくにかられた良心の不安を打ち消すためからしか、思考しない遺風をもったわたしたちの哲学の風土とは、決定的にちがっている。つまり〈独房〉の思想ではなく、生活し、なめまわし、転がしているうちに、味覚とか触覚とか視覚とかの端れのほうから、やっと概念らしいまとまりがついてくるといった庶民の哲学でなければ、倫理的な規範をことさら痩せこけさせて、縫い針のように尖がらせ、あげくにわが身を呪縛する〈撰民〉の哲学しか、わたしたちには馴染がない。この風土では、もともと徒労な概念をあみだして追跡したり、無茶苦茶な類推をやって一生を棒にふるようなことはやりたがらないし、そういうことに血道をあげれば〈コケ〉あつかいにされてしまう。いつも〈日常性〉のなれあいからうまれ、なれあいの利益に必要がなければ、決して思考しようとしないのである。この〈日常性〉の思考に熟達すると、やたらに勘が鋭敏になり、眼の裁断が発達してくるが、〈論理〉と〈科学〉だけは絶対に創設されたためしがない。〈独房〉の思考法に馴染もうとしても、また、この思考の旅に一歩踏みだそうとしても、すぐに関係の世界からなしくずしにされてしまう。もちろん、こんなことは、ちょっと気のきいたものなら、たれでも指摘していることである。だが、じぶんで〈独房〉の思考法を実行してみせたものはほとんど見あたらない。理由は簡単である。観念の作業にふけるとき、ひとは、神話の世界の女の出産のように〈本《もと》つ国〉の獣のすがたに化身して、のたうちまわらなければならない。この姿を他人からのぞかれることは、照れくさかったり、恥しかったりという感情をともなう。つまり、わたしたちの思考の風土は、〈日常性〉から、思いがけないじぶんの変貌をみられるのが耐えられないように馴らされてきたのだ。

　ここに、ひとりの資質ある青年が、不可避的に〈独房〉の思考法を獲得する機会に遭遇した。かれはなにをするのだろうか。まず、ひとびとのあいだで出遇いがしらに綿々とくりかえされるあの挨拶の文体を一切排除し、〈ぷふい〉とか〈あつは〉とかいう言葉で、片づけようとするにちがいない。つぎに、食事をするとか、団らんするとか、無駄話の愉しみとかを文章から排除するかもしれない。また、痴呆、精神的自閉症、いいかえれば〈大人〉か動物に似ている人物のほかは生臭いからという理由で、〈子供〉は表現から排除されるだろう。そして、もしかすると感性の世界や性《セックス》の世界や肉体の具体性をも、その表現から排除するかもしれない。ひとくちにいって、これが『死霊』における埴谷雄高である。

推測にすぎないが、埴谷雄高が戦争をくぐりぬけて、大作『死霊』の構想をひっ提げて戦後の一点に立ったとき、じぶんに課した〈戒律〉はふたつある。

ひとつは、じぶんの観念の世界を実在するものとみなし、日常生活するじぶんを幽霊とみなすことであった。

もうひとつは、どんなばあいでも、実生活上のじぶんの行為に、かくべつの意味をつけてはならないということであった。

なぜこういう〈戒律〉は必要であったのか。またわたしの推測にすぎないが、この〈戒律〉を自ら破りすてるとすれば、戦争をくぐりぬけたという体験は〈無〉に帰するからである。かつて戦前に社会の秩序に抗し、国家に抗したことがあり、しかるがゆえに戦後も社会の秩序に抗し、国家に抗するのだといいうるものは、厳密にいえばわが国の思想者、文学者（政治運動家はなおさら）として皆無であるとみなされてよい。もしこういう体験がありえたとすれば、どうしても戦争を生きてくることはできなかったはずである。しかし、じっさいに戦後の一点に生きて立ちえたとすれば、〈観念〉の意味は生き、〈肉体〉の意味は死んだ、としなければ辻つまがあわないはずである。そして、こういう厳密さを、〈戒律〉として戦後の風俗的な解放感や安堵感に対置しえたのは、『死霊』に実現された埴谷雄高の方法いがいにはありえなかったといっていい。

ところで〈戒律〉は、破られそうな誘惑をまねきよせるからこそ〈戒律〉とよぶに価する。わたしは、この著作家に馴染むようになってから、いくたびかこの先覚的な文学者が〈快楽〉（つまり思想的解放感、つまり思想的自由感）に誘惑されて、〈戒律〉を自ら破るのではないかと疑ぐった場面をみたような気がした。しかし、はらはらさせられる地点でも、この文学者は、他の〈生きて政治的社会的に活動している文学者よりも、はるかに生きている〉というわたしの判断は、打撃をあたえられることがなかった。

埴谷　まあ二十世紀、二十一世紀はそうでしょうね。残念ながら、ヒトラー時代が二十一世紀まで続くと思いますね。指導者と被指導者をヒトラーは確然と絶対的に分けたが、これは卓見であって、残念ながら、現在のコンミュニズムもそれには対抗できない。これは二十一世紀まで続くと思います。そこで僕は芸術家と言ったのです。政治家ではないのですよ。ひたすら暗示すればいいのです。死とか死の情熱とかを、ヒトラーと同一次元に立ってやってはだめなんですよ。そうではない。それは違った次元のもので、象徴的にいえば、白紙に書いたただの一字です。

三島　僕は文学というのは、もっと精妙なものだと思いますね。ことばというのは、もっと精妙なもので、人を死なせることなどは、絶対にできないと思いますね。ことばというものには絶対、限界を感じます。つまり、ファイアプレースのそばに人を置いて、どんな激しいことばをつらねた本を読ませても、そのファイアプレースのそばから、人を立ち上がらせるのは、しょんべんをしたいということのほうが強いですからね。

埴谷　それはあなたの言うとおりですよ。しかしさきのゲバラというのも、ことばにすぎないのですね。

三島　でも、やはりゲバラという人間は死にましたよ。

埴谷　だから、実質を持ったところの象徴的なことばに達すればいいのです。

三島　まあ、しかし実質はあるでしょう。文学に実質がありますか。

埴谷　ゲバラの実質はほんとうは誰も知らないのですよ。死ななければ力を持たなかったでしょう。キリストにしても殺されたから力を持ったのであって、僕のいう芸術家は生身で、しかも、死んでいるふりができるのです。僕は妄想みたいなことを言ってるだけだが、僕達はそういう工夫をしてきたのだと思いますね。

三島　それは昔からの工夫で……

村松　芝居がそうですね。ギリシャ悲劇はそういうものだった。

三島　そう芝居なんです。僕は団蔵が死んだときに、書いた文章があるんです。八世市川団蔵が入水しましたね。あの歌舞伎の世界というのは、名優は自分が死なないで、死の演技をやる。それで芸術の最高潮に達するわけですね。しかし武士社会で、なぜ河原乞食と卑しめられたかというと、あれはほんとうには死なないではないか、それだけですよ。そのひと言だけで芸術はペッチャンコですよ。団蔵は悲しいかな、ほんとうに一流の歌舞伎俳優で死んだのなら、立派だけれども、演技力は二流だった。それで死によってはじめて彼はなにものかに達した。そうすると団蔵くらい河原乞食の悲哀を知っていたものはないような気がする。自分がほんとうに死んだのだから。しかし芸術というのは、全部そういうふうに河原乞食で、なんだおまえは大きなことを言ったって死なないではないか、と言われるとペチャンコですよ。

埴谷　そうですか。僕は暗示者は死ぬ必要はないと思う。

三島　いや、僕は死ぬ必要があると思う。

埴谷　二十一世紀の芸術家は死ぬのではなくて、死を示せばいい。

三島　それは歌舞伎俳優と同じだ。

埴谷　妄想的にいえば、白鳥座六十一番からでもいいが、なにかがやってきて、天に黙示があらわれたとか、あるいはなにか音を発したというようなことをやればいいわけですよ。そういう工夫をする。実質もしれぬ誰かが死の重みによって何かになったように、それと同じ重さを文学の上に工夫するのです。新しい芸術家はこれから必ずしも原稿用紙に書くかどうかわからないけれども。

三島　予言ですか。

埴谷　予言も含んでおり、すべてを含んでるわけですね。

三島　啓示ですね。

埴谷　一種の啓示でしょうね。これまではここにことばの発信者がいて、受信者がいてそれで伝達が完了したわけですね。それが発信者兼受信者といったぐあいに相互感応する世界になる。ギリシャ以来、われわれはいろいろな方法を考えたが、これまで大して進まなかった。「大審問官」は、歌と踊りで人間をごまかしたが……たしかにいままでは歌と踊りしかないのですね。

三島　キューバがちゃんとそれをやったのですよ、最近。

埴谷　人類数千年の歴史のなかで、それしかないのかということは、現実の歴史ではともかく、白紙の前では恥じるべきですね。今後の長い歴史のなかでは、白紙の上にあるのは黙示者といったものでしょうね。

三島　またやはり、結局予言者に戻るわけですね。ことばというものが、結局、予言の機能、啓示の機能、それだけのところに集中していくわけですね。

村松　そうなればなるほど、予言者は死ななければならない。

埴谷　いや、姿も見せないのだと思いますね。

三島　姿を見せないですかね。

埴谷　そこにいないのだから。

三島　予言者のもうひとつ手前をいくわけですね。

村松　神秘主義だな。

埴谷　出版物には著者があり、著作権があり、個性があり、独創性というものがあるが人類全体が相互感応するようになると、そこに昔ふうな予言者などいなくても、電気が感応したように、一瞬のうちに全部わかっちゃう。芸術であり、思想であり、コンミュンであり……

三島　テレパシーですね。

埴谷　個人のそれぞれが、宇宙中継をうけてる受像器みたいなものになるわけですね。（座談会「デカダンス意識と生死観」『凝視と密着』所収）

烟にまいているわけではなく、埴谷はここで本気なのである。もちろん、三島由紀夫も本気であることがのちにわかったが。

フィクションで死んでいるうちは、芸術家はたんなる河原乞食であり、じっさいに死んでみせれば、芸術などいっぺんでペチャンコだという考えに憑かれている三島由紀夫に、埴谷雄高はじぶんの〈戒律〉からひきだせる人間と人間がつくる関係の世界のあるべき像を語っているが、じつは妄想としかうけとられていない。芸術家がじっさいに死ななければ、死について描かれたり演技されたりする芸術は、たんなる河原乞食や芸者の世界にすぎないという三島の考え方は、すべての芸術的な弛緩にたいする否定である。これにたいし埴谷雄高は、べつに死ぬことなどはどうでもいい、というより、芸術は究極的には「姿を見せない」ものによる黙示であるし、この黙示の受容に必要な条件を、芸術として未来に描きだせるとすれば、芸術家の意志的な死が、芸術を芸術たらしめる最後の条件だというかんがえ方は、意味をなさないと主張している。この主張は三島由紀夫にはまったく通じていない。紙のうえにフィクションの世界をつくることに空虚さや自己ギマンを感じとっているものに、芸術の無際限の主題と伝達の可能性に憑かれた言葉は妄想としかうつらないのは当然である。しかし、埴谷のこの妄想の核心は、じつはじぶんに課した〈戒律〉から成りたっていることを洞察するのは難しいことではないはずなのだ。三島由紀夫には、じっさいに在った「武士社会」も、じっさいに在る「キューバ」も、じっさいにちゃちな革命家であった「チェ・ゲバラ」も判っていない（あるいは判ることを拒否している）。そのために、埴谷雄高の〈妄想〉の背後にある〈戒律〉が洞察できていない。歌舞伎役者が〈河原乞食〉とよばれたのは、まず、発祥や出身が服従の契約をさせられた賤民制や、異族の犠牲者だったからであり、

「武士社会」が三島の云うのとは逆に、町人たちから軽蔑されたのは、「武士社会」なるものが、無能な、かっこうや見栄ばかりつけたがるなんの取柄もない「虚栄社会」だったからである。そして、少し自尊心を傷つけられたり、主君の寵愛を失ったりすると、すぐに女々しいつら当てじみた切腹をやったり、下層者に八つ当たりしたりするような、徒食者に固有の不安をたえずもたねばならなかった階層だったからである。芸術は、表現したり演技したりしたものが、ついに〈表現〉でもなければ〈演技〉でもない〈事実〉であることをしめしえなければ、〈河原乞食〉にすぎないという三島由紀夫の芸術観は、じしんの〈切腹死〉をもって自己証明することでおわった。だからそれなりの説得力をもっている。しかし、その前提にたっても、なおひとつここに誤解がのこされている。それは〈死〉と〈死の伝達〉とを三島由紀夫がかれが区別できていなかったということである。このことは換言すれば、〈芸術〉と〈芸術の伝達〉とをかれが区別できていなかったことを意味している。市川団蔵は、三島由紀夫のいうように二流の演技しかもたない役者だったかもしれない。しかし、団蔵はじぶんの〈芸〉と〈芸の伝達〉を混同することはなかったし、じぶんの〈死〉と〈死の伝達〉とを混同して、〈入水死〉にテレビ・カメラを動員することも、刀を振りまわすこともしなかった。かれの〈芸〉があまり知られなかったように、その〈入水死〉もひっそりとしていた。この点では三島の芸術や〈死〉の認識は、団蔵に遥かに及ばないのである。

ところでここで、もうひとつ問題になりうるのは、埴谷雄高の小説概念である。埴谷が三島に力説しているのは、『死霊』の方法と、未完の『死霊』が完結へむかうはずの方向なのだが、これは埴谷が自己の小説にあたえている独得の概念がうまく伝わらないかぎりは、了解されそうもない。

未完の『死霊』にうまく結晶されている埴谷雄高の小説概念は、ひとことでいって〈理念〉小説と呼ぶことができよう。しかしここで〈理念〉小説とよぶとして、長与善郎の『竹沢先生といふ人』も理念小説であり、倉田百三の諸作品も、武者小路実篤の諸作品も、理念小説であり、プロレタリア文学の諸作品も、理念小説であるという意味で〈理念〉という言葉をつかいたいのではない。『死霊』が〈理念〉小説であるというとき、この〈理念〉とは、厳密にカントが純粋理性とよんでいる概念に対応する〈先験的理念〉の謂《い》いである。

埴谷は、〈独房〉生活のなかでカントの『純粋理性批判』にはじめて出遇い、〈朝に道をきけば夕べに死すとも可なり〉というほど精神の震撼をうけたと戦後に述懐している。この震撼の意味を現在再現してみせることはむずかしいが、範疇的な思考の上位に、はじめて〈原理〉的な思考を設定し、これを〈先験的理念〉と名づけた『純粋理性批判』が、埴谷の論理的な極限志向に、はじめて飢餓をみたす糧を提供するものであったことは想像に難くはない。もとより〈マルクス主義〉もまた〈原理〉的な思考を提出しようとしたといいうる。しかし二〇年代のロシア・マルクス主義哲学がしめした〈原理〉が、とうてい原理とはいいえないのは、『竹沢先生といふ人』や倉田百三の『出家とその弟子』や、プロレタリア文学の諸作品が、〈理念〉小説といいえないのとおなじであった。なによりもこの哲学には〈党派〉性を揚棄する過程が欠けていたのである。

カントの〈純粋理性〉の概念は、おおよそふたつの面から導きだされている。人間の認識が感性的なものから悟性的なものに馳せのぼり、理性的な認識におわるとかんがえられるとして、ひとつは、あらゆる〈規範〉的な思考が、悟性的な認識によってつくりだされるということである。悟性がひとつの自覚的な識知だとすれば、この自覚性には〈倫理〉がつきしたがうといっていい。もし〈倫理〉という概念から、言葉につきまとう夾雑物を捨象するとすれば、すべての〈規範〉的な思考という意味に転化される。ところで〈規範〉という概念にも夾雑物がつきまとっている。人間は〈自然〉のままに放置すれば、どんなことでもやりかねない存在だという認識が、逆に〈規範〉という概念をささえ、正当化しているとみなすことができるからである。そうだとすれば〈自然〉はひとつの〈恣意性〉の別名にほかならなくなる。カントはこのばあいの〈自然〉状態を、整序された系とみなしたかった。そこで、〈規範〉的な思考の意味は、〈自然大〉のところまで拡張されなければならない。そこにカントは〈範疇〉的という概念を設定し、この〈範疇〉に対応するものを〈純粋悟性〉とかんがえたのである。このようにかんがえられた悟性は、それが〈自然大〉に拡張された〈秩序〉であるために、大なり小なり先験的な概念とみなされている。

ところで、〈理性〉にとっては、悟性概念に対応する〈範疇〉的な思考は、すでに前提され、包括された基盤にしかすぎない。だから〈理性〉は、人間の感性的な認識からはじまる認識諸力とその対象界を統覚しうる、最高の形態にほかならない。だがこの〈理性〉なるものは、そのままでは客体的なものであるのか主体的なものであるのか、あるいは両者にまたがるものであるのかを言明するだけの根拠をもつことができない。そこで主体にしたがうものであるとともに客体にしたがうものであるという明晰な根拠をあたえられた思惟の最高の、統一能力を〈純粋理性〉という概念で包括させ、これを〈先験的理念〉と名づけたのである。

カントは〈先験的〉という意味をつぎのように説明する。

然しながら人間の理性が真の原因性を示し、理念が〈行為及び其の対象の〉活動的原因となるところの領域に於て、即ち道徳界に於てのみならず、自然そのものに関しても、プラトンは正当にもそれが理念に根源することの明瞭なる証明を見たのである。一つの植物も、一つの動物も、宇宙の規則的順序も〈すなはち恐らくは全自然秩序も〉凡て理念に則つてのみ可能的なることを明らかに示してゐる。固より如何なる個物もその現存在の個々の条件に於てその種類の最完全なるものの理念とは合致しない〈恰も人間が其の行為の原型として、しかのみならず彼自身の心中に有する人類性の理念と一致せざるが如く〉、とは云へかの諸理念は至高悟性に於て個別的、不変的、汎通的に限定せられてもつて物の根源的原因を成してゐる。そして宇宙における物の結合せられた全体のみ

がたゞ独り理念に全然適合するのである。(『純粋理性批判』天野貞祐訳)

私が理念といふのは必然的理性概念であつて、これに合致する対象は決して感能に於て与へられることはできぬ。して見ると、我々がこゝで考察した純粋理性概念は先験的理念である。それは純粋理性の概念である。何となれば、それはあらゆる経験認識をもつて、制約の絶対的総体性によつて限定せられたものと看做すからである。それは気儘に空想せられたものではなく理性其のものの本性によつて課せられたもので、従つて必然的に悟性使用全般と関係する。最後にそれは超験的であつて一切経験の限界を超絶する、だから経験に於ては先験的理念に完全に合致する対象が現れることは決してできない。(同前)

それならば〈先験的理念〉は、極限の理性概念であり、どこにも具体的な実現を想定することができない無意味な概念ではないのか。

たしかに、カントの設定した〈先験的理念〉あるいは〈純粋理念〉の概念は、けっして対象的には到達できないもの、いいかえれば概念でありえない概念であるというほかにないものである。それは、もしそういう言葉がつかえるならば、ただ〈宇宙〉的な〈規範〉あるいは〈宇宙〉的な〈範疇〉であるというにすぎない。だが〈宇宙〉的なるものは、ただ絶対的に〈先験的〉なものであり、それ以外に認識の領域が規定できないがゆえに、問題とすることが無意味な概念である。ただ、わたしたちは〈規範〉あるいは〈範疇〉という概念が〈存在しないものの志向性〉ともいうべきもの、あるいは形のない志向性、確められない志向性ともいうべきものに転化されるにちがいないといいうるだけである。

埴谷雄高が〈独房〉のなかで、カントの〈先験的理念〉に震撼されたのは、すでに頭脳を行使する以外の道を閉ざされていたためであるのか、あるいは逆に〈純粋理性〉というカントの概念が、埴谷の

〈独房〉の思考作業にたまたま合致するものであったために、震撼されたのかはわからない。また、そういう因果のあとさきをいうのは無意味であるかもしれない。ただ、経済社会的な〈範疇〉に限定されていた思考の野が、無際限に拡大される契機を獲得したことは確からしくおもわれる。

『死霊』は『不合理ゆえに吾信ず』という戦争期にメモされたアフォリズムに媒介されて、カントの〈先験的理念〉の文学的実験場となった。そして『死霊』の登場人物は、それぞれの麓から〈宇宙〉の〈規範〉に到達しようとする化身たちである。もしここに埴谷雄高の青春の歌があるとするなら、浪漫的な意味での〈純粋〉ではなく、先験的な意味での〈純粋〉という概念を、登場人物たちが背負わされている点にあらわれている。

〈純粋理性〉の化身の一人である三輪与志は、〈虚体〉という概念に憑かれている。〈虚体〉とはなにを意味するのかはいまのところ、定かではないが、じぶんの存在をひとつの〈宿命〉とみなしたがる青年の無限の情熱を象徴する思考のひとつの形であることはたしかである。精神病医岸博士がなにをもとめ、なにをつくりだしたいのかと問うのにこたえて三輪与志は「嘗てなかつたもの、また、決してあり得ぬものです」と答える。これだけならば不可能なものに挑みたいという青春の情熱の度外れた象徴であるともいえる。そのかぎりでは、〈虚体〉であっても、また、別のなにかであっても、思考の到達点として不可能でありさえすればよいはずである。ただ、あきらかに類型を忌み、理解されることを拒絶し、極端に自己が自己であることを際立たせたいと願う〈アドレッセンス〉一般を象徴していさえすれば、歌は唱われる。もし、はじめから万人に可能な概念ならば、それはすでにたれかによって成されているか、または成すに価しないものにすぎない。こういう思考に憑かれた人物は、はたからは緘黙した心やさしい人物に映るかもしれないし、優柔不断な変人とみえるかもしれない。たしかなことは、〈先験的理念〉にのみ支配されて生きているため、〈性〉としては得体の知れない人物に映ることだ。そのため、与志の許婚者にも、その母親にも、もっともわかりにくい人物として描かれている。ただ若い許婚者には、三輪与志の得体の知れなさのなかに、ありあまる〈アドレッセンス〉の情熱が潜在することは匂いのように嗅ぎわけられている。

三輪与志の〈虚体〉はちょうどカントの〈存在体〉の概念の裏方であるといっていいかもしれない。カントの〈純粋理性〉が、実在の絶対的必然性にかなうもの、それに背反しないものを〈存在体〉と名づけたとすれば、〈虚体〉もまた絶対的必然性にかなう〈存在しないもの〉の概念であることはたしかである。ただ、わたしには、三輪与志がなぜ〈虚体〉を追及する〈純粋理性〉の化身であるのかは、きわめて時代的なものとして受けとれる。

もし、自己が自己であるという確証をしっかりとつかみたいために、〈存在しないもの〉を純化した〈理念〉として所有したいのならば、自己の存在を抹殺してしまえばよいことになる。しかし、三輪与志には自己を抹殺しようとする気配はおとずれない。なぜならば三輪与志はいちども「俺は俺である」と断言できるような存在感をもったことがないため、ちょうどその度合いだけ、自己を抹殺することができないからである。この度合いが『死霊』のなかでも、その前提をなしている『不合理ゆえに吾信ず』のなかでも〈不快〉とよぶ〈原理〉となっている。そしてこの〈不快〉は、存在体としての身体がなければ、すべての観念は存在しえないにもかかわらず、自己の肉体を抹殺することなしに、観念を無際限に先験的に拡大しようとするところからきているようにみえる。肉体を自己抹殺せずにnobodyの観念を先験的な理念としてくりひろげようとするとき〈自同律の不快〉が三輪与志にやってくる。そして〈不快〉はたとえ〈原理〉として描かれていても、感性的な根拠がなければならない。

彼（三輪与志—註）は肉体に触れる感触が嫌いであつた。それが人間の肉体であれ、動物の肉体であれ、或いは彼がその舌で触れその歯で嚙まねばならぬ一片の肉塊ですら、一種名状しがたい、謂わば自身を持ちきれぬような悪感を、彼に与えた。（『死霊』）

とうぜん三輪与志の「悪感」は、じぶんの前から消えてくれないじぶんの肉体にたいする自己「悪感」から発祥している。意識があたかも肉体があるかのように生々しい存在感を湛たえ、意識が自己幻想であるのとまったくおなじように肉体が〈存在しない〉ことが、三輪与志にとって理想だとすれば、自己意識にとって不可避であるにもかかわらず存在したくないとおもっている自己の〈肉体〉が、〈不快〉でないはずはない。そして自己の〈肉体〉が〈不快〉なものにとって、他者の〈肉体〉に触れることもまた〈嫌悪〉であるほかない。もちろんこのような先験的な観念に憑かれることは、ある種の知的な〈アドレッセンス〉にとって普遍的であるかもしれない。だが、感性的な識知を拒否して、ひたすら〈純粋理性〉の化身でありたいという願望は、三輪与志に固有なものである、という風に三輪与志は『死霊』のなかで位置づけられている。

三輪与志の思想的な隣人として描かれているのは黒川建吉である。黒川建吉のメタフィジックにとっては、自己の存在感の自己疎隔はあまり問題とならない。自己が存在することが自己にとって〈不快〉であるという感性から発祥する三輪与志の〈虚体〉論は、いずれにせよ自己の存在から発してどれほど拡大されても、自己の存在に円環してくるメタフィジックである。その意味では三輪与志にとって〈先験的理念〉はひとつの方法の分野に属している。だが、黒川建吉にとって〈先験的理念〉はひとつの方法ではなくて、拡大された認識自体の分野であり、カントが信じたとまったくおなじ意味で、この〈宇宙〉のすべての存在がそれに従うべき法則であることが信じられている。すべての経験しうるもの、すべての思考しうるものの範囲では、カントのいう〈先験的理念〉が物をいうかどうかはあきらかではない。経験しうるもの、経験をへて獲得された思考、経験の尻尾をどこかにひきずっているすべての思考は、いずれにせよ〈先験的理念〉の聖域にふみこむことはできない。経験的なものと、経験的なものから導かれた歴史法則とを〈逸脱〉しようとするとき、はじめて〈先験的理念〉が物をいう領域があらわれる。そして〈先験的理念〉に全一に合致しうるためには、法則あるいは原理は〈宇宙〉的でなければならない。黒川建吉にとっては、自己の存在感をたしかめるためならば、裏街の貧民窟の屋根裏部屋や、汚れた運河や、露路の景物や、貧しく善意で狂信的な隣人があれば充分である。だから、ただ超験的であり、合理的なものを超えてしまった思考の領域に認識をあずけることだけが問題なのだ。作者にとってどんな意図があったのかは別として、三輪与志や黒川建吉がわたしたちにあたえるイメージは、ナイーヴで、そこはかとない古色を帯びている。そしてこの古色にはある時代性がこめられているような気がする。つまりわたしたちは、この古色を、戦前の旧制高等学校の俗化されたイメージから占うよりほか手段がないのだが、この種の禁欲的な〈アドレッセンス〉の象徴が、時代的象徴として都市の街衢の一角に、世界をつくっていたかもしれない時期を想像する。そして、この世界はかつて作者が住んでいた影の世界のような気がしてくる。ここには〈意気に感じない〉し、〈眼が外界をみないで内界だけをみている〉ものの世界がある。

黒川建吉は首猛夫に問いつめられて、自己の〈逸脱〉の方法を語る。

——私は……まず変更してしまうのです。

——ふむ、何を変更してしまうのだろうかしら?

——私は、目的を変更してしまうのです。

と、その場に身動きもせず立ちどまつたまま、黒川建吉はそつと洩らすように声低く云つた。それは物静かな、穏やかな語調であつたけれども、相手の胸の何処かをぐさつと刺したらしかつた。こちらはぴくりと息をのんで棒立ちになつたのであつた。

——あつは、人類の理想とは何ぞや、だな。

——そうです。人類史の目的が見あたらなかつたので、歴史判定の基準がいままでなかつたのです。

と、黒川建吉は凝つと据えられた鋭い眼も動かさず、ぽつりと云つた。急速な沈黙が彼等の間におちた。こちらはそんな荘重な言葉へわざとらしい薄笑いでも浮べようとぐいと肩をそびやかしかけたが、そんな動作はぴたりと止まつた。相手が深く息をのんで胸奥から何かを奔しらせるような気配がその瞬間に感ぜられたのであつた。事実、遥か遠い空間へ凝つと据えられつづけていた黒川建吉の鋭い眼から黒い紗を透してくるような薄白い光が放たれはじめたのであつた。

——目的が変ると、あらゆるものが変ります。あらゆるものの基準が一変してしまう。あらゆる形が新たな、鮮やかな光をうけて、まるで違つた相を現わします。世界の隅々に至るまでまるきり違つた価値を私達の前に示すようになるのです。

——ふむ。そうだ。俺もそんな目新らしく、目覚ましいことを考えたことがあつたつけ。あのきちようめんなワグネルが手もなく足もない小人《ホムンクルス》をつくりあげたとすれば、人間的な尺度からいつて、それはまさしく畸形児だが、そんな尺度など問題外とすれば、それはとにかく一つの見事な、まつたく新らしい創造なのだな。あつは、逸脱者たる栄誉をになう以上、何を創るかでなく、まつたく新たなものを創つてみせねばならん。

——そうです。人間を基準とする目的は無限大のなかへ消えこまねばならないのです。

——ふむ、なかなか荘重な事業だな。

——そうです。人間的な匂いは、あちらへ移つてしまわなければならないのです。

——えつ、あちらへ……？

——そう、無限大のあちらへ、です。

——というと、其処は何処だろう？

——人間的な何物も嘗てなかつたところです。人間の匂いのいまだ及ばなかつたところです。

——というと……其処は何処だろう？

——存在が存在たり得なくなつた無限の涯の地点です。

——おお、おお、そんな場所へまで俺達はこの身を移せるだろうかしら？

——おお、そのためにこそ、あらゆる目的が変更されねばならない。人間にまつわるあらゆる目的は一変されねばならないのです。

——あつは、人間にまつわるあらゆる目的を一変してしまうなんて、果たして可能かしら？

——可能です。もし私が、私自身を超克し得れば——。

——えつ、君自身を超克するのだつて……？

——そうです。人間はもはや人間を超克せねばならない。それは既に可能です。それはもはや起らねばならない。

——ふむ、なんのためにそんな馬鹿げたことを、君は思いついたのかしら？

——そのとき、存在の姿が自分自身の姿でも眺めるようにはつきり見えます。

——というと……どんな存在の姿？

——私一般によつて癒やしがたい傷をつけられた、いたましい姿です。

と、黒川建吉は不意に奔しるように云つた。

この黒川建吉の考えには一種の焦慮がつきまとっている。この焦慮はあらゆるものを極限化して際立たせたいという〈アドレッセンス〉一般の焦慮だろうが、人間を人間の関与するすべての世界の〈彼岸〉からみようとする発想が、あらわな像を結びえないという焦慮に根ざしているようにみえる。三輪与志の〈虚体〉の概念には、じぶんは存在しているという人間の感性的な存在像だけはのこるのだが、黒川建吉は歴史や社会や日常性にまつわる存在から出ていって、「あちら」からの眼に化したまま、もどってこない認識を追いもとめる。三輪与志の〈虚体〉が〈時間〉的なものとすれば、黒川建吉の〈虚体〉は〈空間〉的なものを象徴しているといっていい。まず〈物〉の世界を呼び醒まさないかぎりは人間の世界は変らない。そして、〈物〉の世界を呼び醒ますには〈宇宙（の認識）〉を揺さぶるほかはない。そのためには人間はある場所に位置しなければならないのだが、この場所もまた〈空間〉的な意味で〈嘗てなかつたもの、また決してありえぬもの〉でなければならず、そこでは人間は人間のままでは済まされない、というのが黒川建吉のいいたいことのようにおもわれる。

三輪与志も黒川建吉も、埴谷雄高にとっては、よく統御された認識の〈化身〉たちである。これは〈先験的理念〉の〈地図〉をたどりながら、同時に〈バーズ・アイ〉としても、その〈地図〉を立体視することができるという埴谷雄高の認識法の習練が生んだ化身たちであるといってよい。

ところで『死霊』に登場する〈先験的理念〉の化身たちの〈理念〉には、わたしたちを疑わしくさせる要素がないわけではない。それは、これらの化身たちの、限界を超えて思考しようとする衝動が、知的な〈アドレッセンス〉に固有な情熱、いいかえれば誤謬であろうが虚妄であろうがいっさいかまわずに、極限までゆきつきたいという衝動によるものであるのか、あるいは、確信された情熱であり、〈理念〉のゆきつくはてにある〈教儀〉にこそ意味があるのだというように存在しているのかが、あきらかでないということである。そしてこの不分明さは、作者の〈理念〉が、どこまでこれらの化身たちの展開する〈理念〉に信をおいているのかがあいまいな点に帰せられる。『死霊』に登場する化身たちの〈理念〉が、作者の〈黙示〉であるとすれば、作者はもうすこし化身たちとの距離をつめるか、あるいは化身たちをつき離さなければならないように思われる。作者はちょうど、まずいところに位置し、そのまずさの分だけためらいをのこしている。

この問題はべつのいいかたも可能である。現代においては、どんな〈理念〉も〈教儀〉としてさしだしてはならない。なぜならば、あるひとつの〈理念〉が〈教儀〉となるための条件はふたつしかない。

ひとつは、すべての〈求めようとするもの〉をたえず愚昧にしておいて、しかも〈求めようとするもの〉を〈聖化〉すること。もうひとつは〈理念〉を〈教儀〉としてさしだすものは、自殺によって〈祭壇〉をのぼりつめねばならないこと。そして、このいずれも過去に必然であったようには、現在も、おそらく未来も必然の強固さのうえにないことを、『死霊』の作者は熟知しているのだ、と……。そこでは〈黙示〉者と文学者とはたえず諍いをおこしているより仕方がない。もし〈求めようとするもの〉たちが、〈あなたの黙示にどこまでもしたがいましょう〉と身をすり寄せてきたら〈わたしの知っているのは一杯の酒の味、一夜の女との愛歓、その日ぐらしだけだ〉といわなければならない。また、もし〈求めようとするもの〉たちが、〈あなたはこの世界にありふれた売文、口舌の徒にすぎない〉と身をひきはなしていったら〈わたしは黙示者だから、わたしの黙示以外のものでこの世が革まることはない〉と断言しなければならない。埴谷雄高がこういうとうかいの必然性をしらないはずがない。文学者が文学者を超えることは人間が人間を超えることと同義である。また、黙示者が〈教儀〉を否定することは、人間が人間であることを否定することと同義である。ここでは〈政治〉も〈文学〉も関係としては問題にならない。なぜならば、ただあらゆる経験的な〈事象〉は、絶対的に絶望的なものであり、いささかでも希望ににた光を放射した〈事象〉はかつて歴史のなかにはなかったし、これからもありえないだろうから。そして、しかるがゆえに〈先験的理念〉の無際限の行使だけが何ものかでありうる。埴谷雄高はつまり『死霊』によって、そういいたいのかもしれない。

〈純粋理性〉という概念を、新たに〈発見〉したカントは、窮極のところでじぶんの〈発見〉した概念に否定をくわえることで〈黙示〉者の道をえらばずにアカデミックな〈哲学〉者の貌をえらんだといえる。カントが〈純粋理性〉の概念にじぶんで死を加えた論理は、おおざっぱにいえばつぎのようになる。〈理性〉はもっとも高度な人間の認識能力である。〈理性〉的な断言は〈範疇〉をよびさます。〈純粋理性〉はさらにあらゆる経験を超える全体的統一の〈原理〉をよびおこすものであり、その意味では〈純粋理性〉の断言に相応するものは、必然的な〈存在体〉が現存するという概念だけである。しかし、この〈宇宙〉に必然性をもって存在するものが想定できるとすれば、この存在体は必然的に存在するものであるがゆえに、いかなる制約からも免れていなければならないはずである。べつの言葉でいえば、あらゆる制約を充たすもの、いいかえれば現実に存在する、制約をまぬかれないようなもののすべてを、胎内に包括する存在体でなければならない。それゆえに〈純粋理性〉の概念が窮極的に開示するのは、このような〈最高〉の存在体が、必然性をもって存在するということにほかならなくなる。これは矛盾でなければならない。

実在するどのようなものも必然性をもって存在するといいえないとすれば、必然性も偶然性も、実在するもの自体に無関係であるというほかはない。そうだとすれば〈理性〉は主観的にだけ〈範疇〉をよびおこしうるといいうるのみとなる。そこで、〈純粋理性〉とは、

即ち一方に於ては実在するとして与へられてゐる凡てのものに対して必然的な或ものを求める事、換言すれば先天的に完成せられた説明に到達するまでは何処に於ても探求を中止しない事、他方に於てはこの完成をも決して期待せぬ事、換言すれば、如何なる経験的なものをも無制約的と想定しない事、即ち斯かる想定によつてそれ以上の導出をせずしてすまさうとせぬ事、斯ういふ事の主観的原理たるにすぎぬ。(カント『純粋理性批判』天野貞祐訳)

カントは自己の新たに〈発見〉した〈純粋理性〉の概念が提示する窮極的な解決の分野を新たに提起し、その都度これに否定的な断案を下している。この断案の性質は「主観的原理たるにすぎぬ」というところに要約されて尽きている。〈純粋理性〉は原理的であるがゆえに先験的な理念としてすべてのものと自然的な秩序のなかに無制約的に合致する〈存在体〉をみつけださずにはおられない。だが、その

ような〈存在体〉はいつも超経験的であるよりほかない。そしてしかもそれを追いつづけることをやめることは座礁することとである。そうでなければ〈主観的なもの〉が〈原理的なもの〉と結びつけられることはできないのだから。そしてまさに〈主観的な原理〉というようにカントの〈純粋理性〉は〈発見〉され、かつまた〈座礁〉させられるのである。『死霊』のなかで、首猛夫だけがいまのところ、ただひとり先験的理念がその理念自体の自己証明によってではなく、現実によって〈座礁〉させられるかもしれない存在であるかにみえる。また作者の〈理念〉が現実にむかう通路を最大限に拡大してみせた異質の〈化身〉であるともいえよう。

さまざまな悪が許容されてはきたものの、前世紀の中頃までは、殺人を許し得ざる罪と信ずる多数の人々がまだ残つていた。ただ少数の文学かぶれの人々が、自殺だけは認めていた。ところが、現代では、誰もかれもが——腹黒い金儲けの徒から、人類の理想を説く高潔な士に至るまで、誰一人残らず殺戮の必要を衷心から認めている。ふむ、何ら内心の抵抗なしに認めてしまつた。現代の世紀とは、つまり、或る人々のいうごとく、公然たる、万人の許可を得た、戦争と革命の時代です。青春から溢れ出た荒々しい衝動の一面は、そこに心ゆくまで医やされる。おお、理想なんて言葉は、口にするだに恥かしい。たまにそれを口にするのは、自分が他の何者かを圧服しても好いという一つの気休め——百万人の首ぐらいちよん切つても好いという保証を他人及び自己に示してみせるときだけに限られている。ちよつ！　それは、必然悪とやらを唱える頭の好いやつも、訳も解らぬ一つ覚えのみを喚きたてる愚かなやつも、誰もかも同じことです。あつは、どれほど殺戮をつづければ、生を全的に肯定し、「われ生きたり」という万人妥当の理由を未来へ向つて確然と公言し得るようになるのだろう。真にゆるぎなき、充足した生の微光は、何処から射してくるだろう。おお、眼に見えず発光しはじめる神秘な栄光を僕達の新らしい眼がとらえるのは、まだなのだ。見られた自然とは似ても似つかぬ、恐ろしい不可視的な世界をなお脚下に踏みしめて、毅然と「われ生けり」と叫び得るのは、まだなのだ。おお、それは恐ろしい時間の幅だ。僕達がそこへ達したとき、僕達はあまりの歓喜と怖ろしさにこなごなに砕けてしまうかも知れない。それはまだまだのことだ。これぞよしと真にゆるぎない確信をもつて、生か死かを選ぶ真の決然たる判定はまだ僕達についていない。新らしい、恐ろしい肯定者の鼓動を僕達はまだ聞いていないのだ。だが、それが現われるとしたら、それは恐らく僕達の死の廃墟から立ち上り得る者のみだろう。僕達はただしやにむに死の淵にひしめき合い、押し合うだけだ。あつは！　僕達の世紀はまだ死への下降段階をまつしぐらにつき進むのだ。僕の前には、忌まわしい否定像——怖ろしい、救いようのない否定像しかありやしない。僕は、死を——絶えざる死を閃かせてちつぽけな生を頑くなに信じている者を脅かすんです。僕は手套を投げるように誰にでも迫るんです——生か死か、とね。僕はそいつに、絶えざる死の響きを聞かせる。そいつがぴたりと死と眼を見合わせても、眼もそらさず、たじろがなくなるまで、ね。僕は貴方に宣戦布告して——既に戦闘を開始したんです。おお、僕は、死の福音をのべる十二使徒の一人になるんです！

この首猛夫の〈理念〉は、埴谷雄高が戦後の世界史的な事件を裁定するときに、しばしば用いた〈理念〉であるといえる。その意味で『死霊』のなかで、首猛夫は経験的な世界の現実に通路をもった唯一の〈化身〉である。また、埴谷雄高の悪意ある囁きが、いささかでも〈政治的理念〉に関心をいだくものがあれば、それを包括してきたのは、首猛夫の方法をネガ板に反転して行使してきたためであるといいかえてもよいかもしれない。そして、それがこの作家にときとして恐るべき政治家の貌をみさせたかとおもうと、あれもよしこれもよしのあいまいな包括者の貌をみさせるといった二重性の根柢にある〈理念〉かもしれない。

わたしたちは、首猛夫と逆に現代は「戦争と革命」が不可能な時代だ、といいかえてもよいかもしれない。しかし、そういいかえれば、この世界の通俗的な革命家たちは、すぐにその根拠を失うことになる。そして真の革命家は『死霊』の開示する〈理念〉のなかでしか生きられないことになる。それもまたいいかもしれない。ただ、枯木も山の賑わいということがあり、賑やかな大衆の存在に根拠があるかぎり、賑やかな枯木も存在の根拠をもっている。けれどあくまでも大衆の鏡としてであり、主役としてではない。

詩的喩の起源について

今日は詩的な喩の根源についてお話したいとおもいます。

皆さんが詩をかいておられるなら必ず思いあたることがあると存じますが、俳句をつくっていた人が、ある時から詩をかきはじめたとします。そうしますと、それ以前に俳句をかいていた体験が、かならず現代詩をかく場合に役に立つということがあります。それから、現代詩をかいていた人が、ある時から小説をかくようになったとします。そうすると、おそらく小説をかくさいに、現代詩をつくっていたという体験が必ず役立つだろうとおもわれます。ところで、ここに短歌をかいていた歌人がいたとします。歌人であった人が、小説をかくとか、あるいは現代詩をかくようになったとしますと、短歌をかいていた体験が、何らかの意味で役に立つかどうかをかんがえてみますと、こんどはたぶん役に立たないだろうとおもわれます。それは短歌というものが、詩として独自な展開の仕方をしているからです。そのために俳句や現代詩とちがって、一種の詩的迷路というべきものが短歌のなかにあります。だからある意味で独自な詩形式ですけれど、それが現代詩とか小説をかく場合に役立つことはないという結果をもたらします。短歌で、もうひとついえることは、歌人としてある一定の水準まで達してから以降が、大へん難しいのではないかとおもいます。短歌の詩としての迷路がそれを難しくしているのではないのでしょうか。これは、ほかの詩形式とちょっとちがった点だとおもいます。そういう意味あいで短歌は独自な詩形式なんです。ところでわたしたちが現代詩における暗喩とか直喩とかいうものをかんがえてゆく場合に、その起源がどこからくるか、べつのいい方をすれば、日本語における喩の起源はどこからくるかという問題にいちばん近づきやすいのは、俳句や現代詩ではなく、短歌ではないかとおもわせるものがあります。その理由も、やはり短歌が、古代から詩的な迷路を、不可避的に体現してきた詩形式であるという点に求められるような気がします。

この問題にすこし具体的にたちいってみます。ここに四つほど例をあげてみます。

Ⅰ　筑波嶺のをてもこてもに守部すゑ母い守《も》れども魂ぞ逢ひにける

Ⅱ　ま愛《かな》しみさ寝《ね》に吾《あ》は行く鎌倉の美奈の瀬河に潮満つなむか

Ⅲ　見渡せば明石の浦にともす火の秀《ほ》にぞ出でぬる妹に恋ふらく

Ⅳ　辛《から》人の衣染むとふ紫の情《こころ》に染《し》みて念《おも》ほゆるかも

ⅠとⅡは万葉の東歌といわれているものです。東歌というのは、詩の形式あるいは短歌の形式として、わりあいに古い形を保存しているものです。今の言葉でいえば民謡にちかいものです。ただ、古い形を保存しているということは、時代的に古いかどうかということとは一応かかわりありません。つまり表現的に古い形を保存しているというふうにかんがえます。いま、Ⅱの「ま愛しみさ寝に吾は行く鎌倉の美奈の瀬河に潮満つなむか」をとってみます。これはどういう詩かといいますと、愛している恋人と一緒に寝るために自分は行く、ということです。これが一首の作品としてのすべての意味です。作品としての意味はそれだけのことで、いきおいあとの「鎌倉の美奈の瀬河に潮満つなむか」というのは一首の意味とはまったく関係ない表現です。関係がないということは、いわばノンセンスということ、無意味ということです。無意味というのはどういうことかと申しますと、いとしい恋人と寝に行くということとはなんの関わりもない表現だということです。これを現代の短歌の研究家とか学者とかに解釈させますと、そうじゃないんだということになります。この場合には下句ですが、この表現はある意味で風景の描写なんですが、風景の描写というものが、上句の「ま愛しみ」ということの、いわば序詞、イントロダクションになっている、というのが現代の研究者による解釈です。

もっといい例としてⅠがあります。これも東歌なんですが、この場合には一篇の詩としての意味はまったく下句にあるわけです。つまり、母親が監視しているけど、自分と恋人との仲は魂が通っているのだ、ということをいいたいわけです。この場合、上句「筑波嶺のをてもこてもに守部すゑ」はまったく意味がない描写です。これも現代の短歌の研究者、学者にいわせると、下句をおびき出すためのイントロダクションだということになります。しかしぼくはそうはおもいません。上句と下句はまったく関係がない表現だとかんがえます。上句は、筑波山のあちらの山際こちらの山の面そういうところに守備の兵士たちがいて、異変がないか見守っている、という意味ですが、この「守部すゑ」が「母い守れども」というのとひっかかってきます。つまり「母い守れども」をひっかけるために上句はあるんだというのが現代の、研究者の一般的にとっているかんがえ方です。しかしぼくは、まったく関係ない表現で、これをイントロダクションということはできず、むしろ虚詞といいますか、無意味な表現だというふうにかんがえたいとおもいます。この無意味な表現というものがきわめて大切なことだとおもいます。ちょっとみると、無意味な表現といっても、序詞つまりイントロダクションといっても、それほどかわりないじゃないかとお思いになるかもしれませんが、そこに微妙なちがいがあるのです。イントロダクションだというふうにかんがえてゆきますと、たとえばⅠでいえば上句、Ⅱでいえば下句が、喩の起源ということになりましょう。しかしこれをイントロダクションでなくてナンセンスな表現つまり虚詞であるとかんがえた場合には、上句または下句は喩にはならない以前のものということになります。無意味な、下句または上句とまったくつながりのない表現ということになります。ここは微妙ですけれどもたいへん重要なちがいなんだとかんがえられます。

明治以降でも『万葉集』復興のような動きが、アララギの歌人を主体にしてでてきたわけですが、その場合に、アララギの歌人たちが一様に誤解したのはどういうことかといいますと、いま申上げたように、Ⅰでいえば上句、Ⅱでいえば下句の景物表現とみえるものを、イントロダクション、現代詩の言葉でいえば喩であるというふうに理解した点でした。その誤解は、アララギ派の歌がもっている写生歌のくだらなさというものに通ずることになるとおもいます。このことは重要なことだとぼくにはおもわれます。

日本語における喩の起源というものをかんがえてゆく場合に、最初に、喩になりきらない、あるいは喩になることができない無意味な表現というものが、詩形式のなかに必要であったということに重要な問題がかかっていました。これをイントロダクションであるとか、誘導のための喩であるとか理解するのは、ちっぽけなことにおもわれて、じつはたいへんにちがうということが重要だと思います。日本における詩形式の、わりあい古い形をたどっていってみると、なぜ詩形式の約半分を使って無意味な表現をしなければならなかったか、あるいは逆にいいますと、なぜ有意味な表現がほんのちょっぴりしかあってはならなかったか、このことが、日本の詩形式あるいは詩の喩というものをかんがえる場合におおきな問題を提供しているようにおもわれます。

そこでいまⅠの一首で「筑波嶺のをてもこてもに守部すゑ」というのは景物の写実的な表現であろうか、というようにかんがえてみましょう。Ⅱの「鎌倉の美奈の瀬河に潮満つなむか」も景物描写の表現であるかどうかかんがえてみましょう。子規にはじまる馬酔木、アララギ系の歌人たちのかんがえたのは、実相観入ということになって、これを景物描写の表現にちかいところで理解し、そこから写実主義の短歌がでてきたといえます。しかしこれは、景物の表現のようにみえますけれども、写実でもなんでもありません。この場合の景物は「筑波嶺の……」でも、「鎌倉の美奈の瀬河……」でも自然の描写ではないのです。たとえば美奈の瀬河というのは、現在の鎌倉で稲瀬川といっている河ですが、これを〈水無瀬河〉という字で宛てれば、水無瀬川という名の河は何処の地方にでもあるものです。そういうふうに、到る処にあるということが、景物を詩形式に入れるときのひとつの重要なポイントです。いいかえますと、景物の写実的表現というよりも、景物自体が、ある共同体の観念的な象徴という意味あいで使われている「景物」なんです。「筑波山」もそうです。これは関東地区における古代の村落共同体にとって、何らかの意味で象徴的な山で、そういうものがここで景物描写のように存在して、一首のなかに無意味な表現としてでてくるのです。それはけっして写実でもなければ、われわれが現在かんがえているような風景描写というものともちがいます。そういうことをよくかんがえないで、写実化、しかも景物に対する写実化というものが、微細にわたって追求されるということが、近代以降においても行われてきているわけです。そこからひきだされる万葉解釈は、どこか勘どころがちがうのですが、その勘どころは、叙景の表現を虚詞つまり無意味な表現としてみるか、あるいは一首の詩の心の在りどころをおびきだすためのイントロダクションとしてみるか、そういう微妙なちがいにあるとおもわれます。いいかえれば、写実としてみるか、あるいは宗教的にか生活的にか、共同の観念があつまるところの景物としてだされてきたとみるか、そういう解釈の微妙なちがいのなかに問題がかくされているとおもいます。

そういうふうにみてゆきますと、日本の短歌形式というものの起源の独自さと迷路が、はっきりして、そこのところで日本語でかかれる詩の問題の発端が、大きくあらわれてくるとおもわれます。もうひとつの問題は、言語学上の問題になってしまいますが、日本語と周辺にある地域との言語年代的な比較をやると、どこにも類似の言葉がないということが現在のところでてきます。日本語となんらかの形で共通性があるらしいとみられうるのは、まず琉球沖縄語が三、四千年程以前には同じ祖語であったろうということと、もう一つは、七千年から一万年ぐらいさかのぼると日本語と朝鮮語とがあるいは同じ祖語に行き当るのではないか、ということがわかっています。ところで、周辺の領域とまったく関係のない、つまり類推がきかない言語というものは、言葉の本来的な性質からしてありえないのです。もし日本語というのが、どこにも周辺に類推する基盤のない言語、あるいは類似の言葉がみつからない言語であるとすると、それはどういうことを意味しているかと申しますと、そこにはたいへんな誤解があるにちがいないとおもわれます。その誤解の主なものは、日本語の音を、漢字の音で置き換えていって、はじめは音をあてるために漢字をかりてきたのが、年代を経るにつれて、漢字自体にそれぞれ意味があるから、だんだん意味のあるものとして変ってきてしまうということがありうるということです。

たとえばⅡで、「美奈の瀬河」とあれば、この「美奈」という宛字から、なんとなくきれいでおっとりした、そういう感じをうけるでしょう。そして、河の名称自体にそういう意味あいがあるみたいに感じるでしょう。しかし、そこが言葉のうえの迷路のはじまりでして、そんなことは本来の河の名称とはまったく関係ないのです。それとおなじことですが、〈水無瀬川〉というのが畿内周辺地方にゆくとありますが、こういう宛字をやると、水があまりなくて河の瀬が浅くでているという印象を自然にうけてしまうでしょう。しかしそんなことはなんの意味もないのです。語音に漢字を宛てると、ひとりでに字が意味を与えていって本来の語音とはべつのものに変ってきてしまうのです。この種の迷路を古典語から見わけて、振りわけたうえでないと、言語年代学的な比較というものがきかない、ということがあるのです。それを択りわける方法をつかまない限りは、日本語は周辺から孤立していて、周辺の領域に共通の言語がみつからないとか、共通の祖語にゆきつかないということがでてくるとおもいます。けれどこういうことはおかしなことで、本来的にありえないことだとおもいます。

ここにⅢの歌が挙げてあります。「見渡せば明石の浦にともす火の秀《ほ》にぞ出でぬる妹に恋ふらく」。この場合でも一首の意味はまったく下句にあります。自分たちの恋が他人になんとなくわかるようになっちゃった、というのが一首の意味です。ところで上句ですが、この場合の上句は、あきらかに暗喩になります。「見渡せば明石の浦にともす火の」は暗喩で、研究者のいう序詞、イントロダクションというふうにかんがえていいものです。Ⅳの短歌もそうなんです。「辛人《から》の衣染むとふ紫の情《こころ》に染《し》みて念《おも》ほゆるかも」の一首の詩の意味は下句にあります。心にしみ入るほどに恋人のことを思う、ということが一首の意味です。上句は何かといいますと、一首の意味を導きだすためのイントロダクションで、現在の言葉でいえば詩的暗喩であるといえるとおもいます。そうすると、Ⅰ、ⅡとⅢ、Ⅳとではいったい何がちがうかといいますと、上句または下句が、暗喩の起源となり得ているかどうかということです。Ⅰ、Ⅱの場合は暗喩ではありません。これはまったく無意味な表現です。だからこの場合は虚詞といえるものに他ならないとおもいます。ここからどういうことが考えられるかというと、Ⅰ、Ⅱのふたつは表現として古い形を保存している。そしてこの古い形というのは、どういう意味あいを持つかというと、短歌をかいてつづる段階にもちろんあるわけですが、なおそれ以前に、歌垣、あるいは祭のあつまりのようなところで、たれかが言葉で上句に該当することをいう、下句に該当することをいう、するとまたそれを受けて異った人がふっと連想から即興的に、下句または上句に該当することをだしてくる、というような、音声をだして掛けあいをやった場面での音声言語を、ある程度保存した表現だとかんがえられます。しかしそうはいってもそんなに遠く古い表現ではありません。古い表現ではないといいますのは、日本語でもっとも古い詩の表現だといわれている『古事記』とか『日本書紀』に入れてある詩とか、『万葉集』のこういう東歌のような、当時でいえば辺ぴなところでうたわれた民謡的なうたは、いくら古いといっても本当はとても新しいものです。だから、ほんとうに日本語の詩の起源とか、日本語のいいまわしの起源というものにたどりつくためには、沢山のことを択り分けないと、そういう類推をきかすことができないことが、本筋であろうとかんがえられます。

こういうことから詩的な喩の起源としてかんがえられることは、一篇の詩が詩形式のすべてをつかって主観的な感情をあらわすというふうには、詩の表現は可能でなかったということです。それはおそらく日本語の性格ということにもよりましょうし、日本人の現実の生活の仕方ということにもかかわりましょうし、様々な要因にかかわりましょうけれども、すくなくとも日本の詩が発生の起源にわりあいにちかいところで保存しているものから、現在類推できることは、日本の詩は、どういうわけかかわりませんが、詩のなかに意味をこめるということがたいへん難しいということ、つまり、意味をこめるところには詩の問題というものは本当はなかったんじゃないか、ということがいえるということ。もうひとつべつの意味でいいますと、一般的に風景の描写とか日本的な自然美というふうにいわれているものは、本当はまったくの錯覚であって、詩の起源にちかいところで、「景物」が表現にあらわれている場合、その「景物」は、けっして写実的な意味での「景物」あるいは「自然」ということを意味しないので、むしろ宗教的なあるいは自然信仰の段階において、個人の観念でなく共同体の観念が象徴的によりあつまるところとして「自然」というものが詩の表現のなかに存在していた、ということがかんがえられます。しかし、近代における歌人や学者による様々な研究が、しらずしらずのうちに、現在の詩の段階から過去の詩の段階を推し図るというようなところに陥るために、もともと虚詞にすぎないものを、イントロダクションであるというふうに理解したり、暗喩であるとか比喩であるというふうに理解してしまったところに、近代以降の短歌の問題があると考えます。そしてそれはおそらく短歌の問題だけではなく、おまえは俳人か、おまえは歌人か、おまえは詩人か、というふうに断らなければならない現在の詩の問題にもつながっています。これは現在にいたるまである問題ですが、たぶん、なんらかの意味あいで、日本語における詩、詩の起源に対する誤解にもとづく、とかんがえられます。

古典は理解するのにたいへん難しいものです。それは言葉の難しさということもあるのでしょうが、しかし、言葉の難しさというのは、いずれにせよ蓄積された語釈の業績がありますからたいしたものではなくはないようにおもいます。手間暇さえかければよいでしょう。それよりも、詩とはなにか、という本質的な問題のところで、何か錯覚があるとしたならば、たいへん解りにくい迷路に入ってしまうということが、日本の詩には、現在でも依然としてあるとかんがえられます。そこの問題がほんとうに難しいので、これは喩の表現として問題があるばかりでなく、おそらくは言語学上の問題が、そのなかにたくさん含まれているだろうとおもわれます。こういう迷路を解くのは、現在の段階では不可能に近いのですが、やがてそれが積み重なって解かれていったときには、現代詩であるとか俳句であるとか短歌であるとか、そういうふうにいちいち断りがきをしなければ詩についてなにもいえないというような馬鹿げた情況が、おいおい解消してゆくだろうとおもいます。残念ながら現在のところ、言語学的にも、詩の表現としても、あるいは詩形式の問題としても、そこまで到達できていないというところで、様々な問題がおこっているのだとおもいます。このへんのところを、徐々にはっきりさせてゆくことで、日本の詩の本質的な問題が、本格的なものになってゆくだろうとおもいます。こういうふうなことをここで申上げても、これ以上のことは今のところ確定的に指摘することができない状態があります。これはぼく以外の人がやっても、今のところではどうすることもできないことではおなじだとおもいます。しかし、問題の所在は、いま申上げたようなところにあるのではないでしょうか。これを学者なり現代詩人なりが認める認めないということはおのずから別問題ですが、問題の所在はそのへんのところにあるとぼくにはおもわれます。

本日問題にされておりますす西脇順三郎さんの詩も詩論も、詩というのは何か、それはナンセンスである、人間が如何に生くべきかとかいうようなことは詩の問題とかかわりない、という主張だとおもいます。それは西脇さんの詩の現在でもかわらない点だとおもいます。このなかには、現代詩における詩の表現とはナンセンスであるということ、ナンセンスこそは現代詩における本質的な問題なんだというモチーフが含まれているとおもいます。これはある意味で本質的な問題でして、明治以降様々な人が、様々に、詩というものはナンセンスじゃないと頑張ったわけですが、それはどうすることもできないところがあるのです。何故そうかと申しますと、それは日本語の詩の表現の起源、あるいは日本語における詩的喩の起源の由来からかんがえても、いままで申上げたように不可避の根拠があるのです。この問題は現在でもひきずられています。詩とはナンセンスであるということには、一個の詩人としての主張であるとか、詩的方法とかいう問題を超えて、重要な問題が含まれているとおもわれます。ぼくには、詩がナンセンスであろうと、意味があろうと、そんなことはどうでもいいような気がします。そういうところに争うべき問題はないのであって、それよりも、詩というものはナンセンスであればいいんだ、あるいは言葉であればいいんだ、というような問題のだされ方が、どこからきたのか、ということのほうが問題なんです。現在の世界のどこででも詩の問題の本質がそういうところにあるという傾向があり、そこからそういう云われ方が流布されているのだとすれば、それほどたいした根柢はないのです。現代詩は徹頭徹尾ナンセンスであればいいのだという主張のされ方が、いままで申上げた日本語の詩的な起源とか、詩の喩の起源とか、あるいは日本語の本質的な問題から根柢的にだされてくるようになるとすれば、そのとき、はじめて重要な課題が一歩をふみだすことになるだろうとおもわれます。しかし現在の段階では、詩の表現はナンセンスであるという主張にしろ、あるいは有意味なものであるという主張にしろ、あたかも本質的であるかの如く語られて、じつは現象的なものにすぎないというふうに提出されています。そのことのほうが問題なのです。これは早急に解決できない問題ですが、様々な詩人の実作、検討のなかから徐々に薄紙をはぐようにはっきりしてくるだろうとおもいます。

南島の継承祭儀について

――〈沖縄〉と〈日本〉の根柢を結ぶもの――

本日与えられているテーマは、南島すなわち琉球、沖縄のノロの首長である聞得大君《キコエノオオキミ》の就任儀式と、天皇の世襲祭儀である大嘗祭との類似を探るということです。この二つは大へんよく似ていて、同じところから発生しているといえるとおもいます。この問題については重要であるにもかかわらず、まだ解明されていないところがたくさんあります。その解明されていないところについて、わたしはこう考えるということを申しあげてみたいとおもいます。

なぜ、こういうテーマが重要な意味あいをもつかといいますと、ひとつは琉球、沖縄の人たちに対する沈静剤の意味があるのです。

沈静剤とはどういうことかといいますと、むこうの知識人や研究者たちは、本土の人間も日本人であり、自分たちも日本人であるということを民族的な意味からはじまって、イデオロギーの問題にいたるまで、重要なモチーフとして、方向づけてきました。その場合に、琉球、沖縄のノロの首長の新任の祭儀と、天皇の世襲儀式とが同根であることは、そういうモチーフの重要な裏づけになります、天皇制自体は、政治的な権力、象徴的な権力、社会的な権力であるわけですが、また一つの宗教的な権力と考えることができます。宗教的権力の面からみた天皇制の問題の実体を解明する鍵が、沖縄における聞得大君の就任儀式にみる宗教的威力の継承の仕方から解明することができるとすれば、その意味もまた大きいとおもいます。つまり、本土の歴史上であらゆる意味での最高権力の成り立ち方を解明する鍵のひとつが、南島にあるということは、おおきな意義があるということです。

もう一つの問題点は、沖縄、琉球の人間も日本人であるし、本土の人間も日本人ではないかという問題意識を度外れに拡張しますと、政治的に現在そうなっているように、沖縄の本土復帰とか祖国復帰とか、本土への奪還という観点に全部吸収され、帰着していくということになるのです。ところで、本当に重要なことはその先にありますが、これは本日のテーマに即していえば、沖縄における聞得大君の就任儀式の中でわからないこと、不明なことが、その先の問題に対応するようにおもわれます。聞得大君の就任儀式についていては、古老に聞くとか、記録が残っているとか、さまざまの研究結果とかの形で解明されているのですが、それでも、ほんとうはよくわからない問題がのこされています。そのわからない部分に重要な問題が含まれていると考えられます。その問題は事実としてもはっきりしないわけですから、定説があるわけでもなく、解明がすすんでいるわけでもありません。それぞれの推測にとどまっているのですが、わたしは、じぶんなりの推測で、解釈をしてみようとおもうのです。

それには一つの前提がいるのです。ある国家、ある共同体が、既に存在する場合、その共同体に対して下から叛乱をおこして、その共同体の権力を奪取するという場合でも、権力上層だけの対立・抗争がおこり、その中のひとつの権力上層の勢力が、統合のかたちで権力を奪取する場合でも、また既存の共同体・国家と種族的にも文化的にも無関係な勢力が、横あいから突然やってきて権力を獲得した場合でもいいのですが、ある共同体をおおうだけの権力を、ある勢力が獲得した場合、その勢力は何をするかということです。勿論、まず第一に政治的権力を掌中に収めるということですが、その根柢にあるものは、すくなくとも、古代では、宗教的な、イデオロギー的な権力をまず掌握することです。

その場合、どうすれば権力を掌握できるかといいますと、様々なかたちがありうると思いますが、わが国の例でいいますと、それ以前にあった共同体における宗教的・イデオロギー的な中枢・核といったものを、次の共同体あるいは国家の権力は、自分たちのイデオロギー的構造の中に包括してしまうことです。既存の共同体の宗教的な、あるいはイデオロギー的な中核の部分だけをとりいれてしまうと、どういうことがおこるかと申しますと、自分たちがすでに遠い以前からそれを掌中にしていたのだというイデオロギー的な擬制が可能になります。だから、本来自分たちより以前の共同体が持っていたであろうイデオロギー的権力・権威というものを、あたかも自分たちがずっと以前からもっていたのだというようにとりこむことができるということです。また、とりこむことによって居直ることができるのです。よくみてみると大抵がそういうことになっています。

政治的な、軍事的な闘争の場合、苛酷な闘争とか勢力争いがおこなわれるのですが、宗教的・イデオロギー的な権力の闘争は、前の共同体がもっていたものを、あたかも自分たちが本来もっていたかのようにとりこんでしまうというふうにおこります。そのために、権力中枢の最高の部分におけるイデオロギー的・宗教的権威の継承の仕方があるとしますと、どこかに不明な複合した部分があり、それ以前にあった共同体ないし国家の宗教的・イデオロギー的中核にあたる部分があるはずだということになるのです。もし、この問題を南島において掘り下げることができるならば、本土における統一国家成立以降とられてきた、歴史的・現在的な権力、あるいはそのもとにおける社会というものを相対化できる根拠がつかめるだろうとおもいます。この問題は様々な方向からの追求が可能でしょうが、宗教的な、イデオロギー的な威力の継承の仕方の中で、問題を探っていくというのが、きょう与えられているテーマです。

すでに、ある程度わかっている部分については、いくつか公表された考え方、論文、研究があります。まず、天皇位の世襲にさいして行われる宗教的な祭儀（大嘗祭）があります。この祭儀がどういう構成になっているかは、次頁の表で図示しておきました。

二つの方位にある地域を占いできめまして、その卜定された田地からとれた稲を、収穫してきて、天皇位を継承する人物が喰べるということが、そのひとつの構成要素です。喰べるということはどういう

宗教的威力（macht）の継承方式

ノロ継承祭儀

△「水撫《ウビナ》で」
神前に供えた水を四回ノロの額につける。（祓いをかねて神に通ずる新しい生命を注ぎ込む）島袋源七解釈

△「神霊《セジ》ヅケ」
洗米を三粒ほどつまんで頭にのせ、継承する神名を称える。これを四回繰返す。（「新神憑降《ツキオ》り」の作法）

△「神酒モリ」
素焼の杯についだ神酒の御初を注ぎ込む。神人《カミンチュ》も相伴する。（共食儀礼）

△「神と共に寝る」
午前三時頃神人たちと夜食をすませ御嶽《ウタキ》の中で一泊する。莚の座にノロが寝る。もう一枚に神が寝る。（天神と結婚する意味の儀礼）

聞得大君御《オ》新下《アラオ》り

△「大グーイ」の儀式
聞得大君を神座につかせて王冠を頭にのせ「聞得大君みおうしぢ」と称える。
（大グーイ＝大庫裡）

「神前巡礼」
「ユインチ」
「サングーイ」
（ユインチ＝寄満
＝タツの方位＝南東）
（サングーイ＝三庫裡
＝ウシの方位＝北北東）

△「御待御殿《オマチオドン》」儀式
午前三時から金屏風を立てまわし、二つの金の枕が用意された部屋で一泊する。一つは大君の枕、一つは神の枕である。（神との結婚）

天皇大嘗祭

△「神との共食」
畿外の東と西方向にあたる二国を卜定して稲米を献上したもの。また二国からの供物を神前で神と共食する。この二国を悠忌《ユキ》・主基《スキ》国という。

「悠忌」殿
「主基」殿 巡廻

悠忌・主基殿構成

寝具（八畳の上に敷く。机、フスマ、寝具のスソに杖や履物）

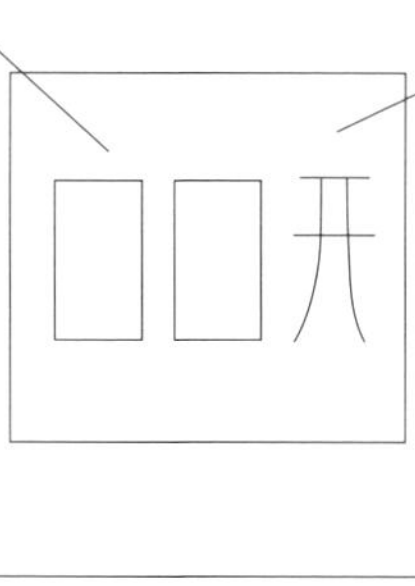

御膳（東又は東南）

△「神と共に寝る」
午前三時頃から天皇は寝具に寝る。他の寝床は神である。
神↕代理↕采女

ことかといいますと、これは共食するということで、部落中が一緒に喰べるとか部落の主だったのが食事を共にするということとおなじで、天皇位をつぐ人物が神と共に食事するという意味になります。共食というのは利害が同じだとか、血筋が同じだというマジックを成立させるのです。だから共食祭儀は世界のどこにもあるものです。この神との共食は天皇位の世襲祭儀の一つの大きな問題なのです。大嘗祭では、二つの方位のちがった地域から、田地をえらんで稲をもってきますが、同じように二つの仮の小殿を建てます。それを悠忌殿《ユキ》・主基殿《スキ》といっています。そこを天皇位をつぐ人物が巡廻するのです。そうして神との共食を行います。この神との共食は、農耕社会における国家権力であるという意味あいをもっていますが、宗教的権威・威力というのは、そういうところから選定された米を、神と一緒に喰べるということで、つまり〈権力であるぞ〉という擬制が成立するのです。

もう一つの構成要素は、神と共に寝るという、性行為です。つまりセックスです。神と共に寝るということによって、神の威力を自分が受け取るという意味をもたせるわけです。

悠忌殿・主基殿の巡廻のあと、夜中すぎ午前三時頃に、天皇位を世襲する人物が、蒲団にくるまって寝るわけです。蒲団は二つ敷かれてあって、その一方に天皇が寝て、片一方に神が寝るということになっています。神と寝るといったって神はいないわけですから、ある時代には神の代りに諸国の豪族の娘が、中央の宮殿にはべっていて神の代理として、実際、性的行為を行っていた時代もあります。いずれにしても神はいてもいなくてもいいわけで、ようするに神と性的に寝るわけです。そして、そういうことによって神の威力が自分のところへふき込まれるというマジックが成立します。別の解釈をすれば、性的行為をしないで、ただ生殖行為をすることによって、その歳の豊作を予祝するという祭が全国いたるところにありますが、それと同じで、農耕社会の豊作を生殖あるいは性行為によって象徴的に演ずるという意味も多分にあります。こうみてきますと、天皇位の世襲の構造は「神との共食」と「神との性行為」という両方から成立していることがわかります。いずれにしても両方を成就した時、神の威力が天皇位を相続する人物の中にふきこまれるということが一つと、その行為が農耕社会における水稲の耕作と重なることで、農耕社会の支配者として農作物の豊饒を約束するという意味の二つがあるのです。この二つが天皇位の世襲祭儀における重要なパターンだということができます。

　これに対して琉球、沖縄の聞得大君という最高の巫女は――大体において当初国王の姉妹がなるわけですが――ノロという村落共同体の女祭司を、体制的に編成したときの最高位の巫女です。もちろん現在とちがって、宗教性が政治性よりも優位、あるいは根源におかれた古い時代では、聞得大君の御託神・御託宣によって実際の政治を行って、その兄弟である王が、国家・共同体を支配することが行われていました。この政治体制は一般的にヒメ―ヒコ制と呼ばれていますが、聞得大君は、そういう意味で体制化された最高の巫女であるということです。一方、各村落にも同じような宗教的権威をにぎっているノロと呼ばれる巫女がいて、この体制の裾野を形成しているのです。この編成に入らない巫女のことをユタと呼びます。それは里巫女ともいわれています。ユタは村々を巡廻して、祈禱していくらかの布施をもらって歩くのですが、それ以外は聞得大君という国王の姉妹の下に編成されていたのです。

　ようするに聞得大君の御託宣によって、その兄弟が実際には政治権力を行使するという権力構造があったのです。その就任儀式を、南島では〈聞得大君の御《オ》新《アラオ》下り〉といってます。その〈御新下り〉はどういう構造をもっているかというと、天皇位の世襲大嘗祭とよく似ていて、構造からいえばほぼ同じといっていいのです。五五八頁に表示してあるように、即位の祭は、大庫裡《オオコオリ》というところで行われます。どういう祭式かと申しますと、大庫裡で、王冠を頭にかぶって一種のおまじないをするのです。それからもう一つ、ユインチ、サングーイ（漢字であてると寄満、三庫裡ですが）を順々に巡拝していく行事があります。天皇の大嘗祭でいえば、ユインチというのは、悠忌の国・悠忌殿といっているものに対応し、サングーイというのは、主基の国・主基殿といっているものに対応するとおもいます。そういう巡拝が終わると御《オ》待《マチ》御《オ》殿《ドン》といわれているところで――二つの蒲団が敷いて金の枕があるのですが――聞得大君がその一方に寝て、神がもう一方で寝るという儀式があります。神が寝るといってもいないいじゃないかということがあります。天皇の場合だったら大体男性なので対手が女性であればいいのですが、聞得大君の場合は女性なので、対手が男性でなければならないことになります。ここで様々な説があるわけです。聞得大君の就任儀式で、神と共に寝るというのは象徴的な行為で、男性が神の代理として性行為を行ったということは記録的にはないという研究者もあるし、記録的にある、ないは別にして、実際には村落の首長が、神の代理として対手役をつとめたという考え方もあります。どちらかということはわかりませんが、いずれにせよ性的行為によって神の威力をふき込むということが主眼であり、農作物の豊饒を期待するという模擬行為であり、これは天皇位の世襲大嘗祭の場合とおなじだとおもうのです。

ここでもう一つの問題は、天皇位の世襲大嘗祭の場合の〈神〉とは何かということですが、それは天皇の先祖の神である神だというこじつけがあり、もう一つは、天孫降臨という〈聖なるもの〉としての帝王であるということがあります。また、大嘗祭というのは、各地の村落共同体にある、田の神祭等の豊作の神という解釈もつけられます。そういった解釈のいずれか一つというのでなくて、大嘗祭における神というのは、それらが複合したものとして神が存在するのであろうとおもわれます。それに対して〈聞得大君の御新下り〉の場合の対手方の神は何であるかというと、一つは穀霊神ですが、もう一つは種族の原点というか、故郷からやってくる神だという解釈がつけられます。勿論、ごくどこにでもある田んぼ神であるというようにも、意味づけられます。やっぱりそれらの複合として考えるのがよいとおもいます。

それでは、天皇の大嘗祭の神と〈聞得大君の御新下り〉の儀式における神とは、どういうところが異うかを考えてみる必要があります。天皇の世襲大嘗祭の場合、神がまっすぐ降りてくるとか、神聖な山の頂きを介して降りてくるとかいう信仰が優勢ですが、そのことは、いずれにしても神が上の方にあるという考えが優勢だということだとおもいます。それに対して聞得大君の世襲儀式における神は、海の彼方（ニライカナイ）から、あるいは海の底からやってくる神であるというべつの考え方があります。ということは、海の彼方からであれ、海の底からであれ、上方からということでなく、どこか水平線の彼方からということなのです。そのどこかとは、種族の故郷と考えられたり、死者の霊魂が行くところと考えられたり、海の底の竜宮とか、海の底の死者の眠る国と考えられている場合もあります。いずれにしても天からということでなく、水平線あるいは水平線下の海の彼方からという要素が濃いわけです。

　だから、人類学者や民族学者のあいだでは、日本における神々というのは、垂直の概念と水平の概念との二つから成り立っているという説があるくらいです。しかしその二つは、おそらく同じことだといえるとおもいます。つまり、神は海の彼方、水平線からやってくるという考え方と、神は上から降りてくるという考え方とは、根本的に同じものではないかということです。ある歴史的時間性の概念というものは、ある操作をほどこすと地域的空間性に転換できるということです。その操作というのが問題になりますが、歴史性・時間性と考えているものは、ある操作によって空間性・地域性に転換することができるということです。これは、どういう場合でもいえるのですが、後進国アフリカとか後進地域沖縄とかいう言い種があるのですが、後進地域とか辺境という概念は、えてしてはるかに遠い片田舎というので終わってしまいがちですが、そういうことではないのです。ある一地域といった場合、その地域なるものは、ある操作をほどこせば、歴史的時間性というものに転換していくことができるということです。後進地域沖縄といった時、後進ということで時間が進んでないという概念をあらわす言葉として時間的な概念でいってるのですが、それは空間性の問題に転換できるということです。すべての辺境なるものは、時間性に転換できるし、すべての時間性は空間性に転換できる。どうして転換できるかというのは理論上の問題です。そうでないと辺境は辺境、片田舎は片田舎で、片田舎の方も〈おれたちは片田舎だ、もう少し何とかしてくれ〉というい方しか出てこないのです。そうではなくて片田舎の方は、やはり都であり、その都であるというためには、ある歴史的時間性というものが思想的定義の中に入ってこなければならないということがあります。もし、それが入ってくるならば田舎は田舎ではないということがいえるし、後進地域とか辺境とかという言葉も、文字どおりでは固定化することはできないし、固定化しないことが重要だと考えるのです。

そういう具合にみていくと、聞得大君の継承祭儀にみる宗教的威力・イデオロギー的威力のふき込み方と、天皇の世襲大嘗祭の威力のふき込み方とは殆ど同じものだといえます。こういうふうにいうことには一つの意義があるのです。なぜならば、沖縄は本土の支配に甘ったれており、その裏返しとして沖縄の人たちは、自分たちが見捨てられた後進地域だという一種の劣等感をもっているのが否定できない現状だとすれば、日本国家における千数百年保持してきた天皇位の世襲大嘗祭の構造と、沖縄の聞得大君の継承祭儀の威力のふき込み方が全く同根であるということの認識は、この沖縄と本土との歪んだ関係づけの仕方を消滅させる意義をもってくるのです。そのことをはっきりさせれば、本土の支配者が〈あいつらは片田舎の県民にすぎない、甘ったれているんだ〉といういい方に対して一つの爆撃となりえるし、沖縄の人たちがいわれない劣等感をもっている現状に対して、それを爆撃するという意義もあるとおもいます。わたしの問題意識からすれば、沖縄の住民が日本人であるということは、申すまでもない前提になっています。だから、現在何が問題かというと、その前提全部も含めて、統一国家として歴史的に固持してきた千数百年という本土中心にみた日本国家の浅さを、根柢的にくずす仕方が、南島にもとめられるということだと考えます。こういう問題は未開拓な部分が多く、その不明な部分について、何が不明であるかということを含めて話してみたいとおもいます。

沖縄の聞得大君の就任儀式は、沖縄本島の東よりの久高島《くだか》――日本本土でいえば天孫降臨の地という意味あいの島ですが――とそれに対して真西にある聞得大君が就任儀式をやる聖地（斎場御嶽《サイバウウタキ》）があって、その聖地と久高島の間が、この場合のもっとも重要な祭儀空間です。久高島の聖地（コバウ御嶽）の真西に対応する本島の聖地のことを斎場御嶽といいますが、新任の聞得大君は、この内の聖所を巡廻

斎場御嶽の構造

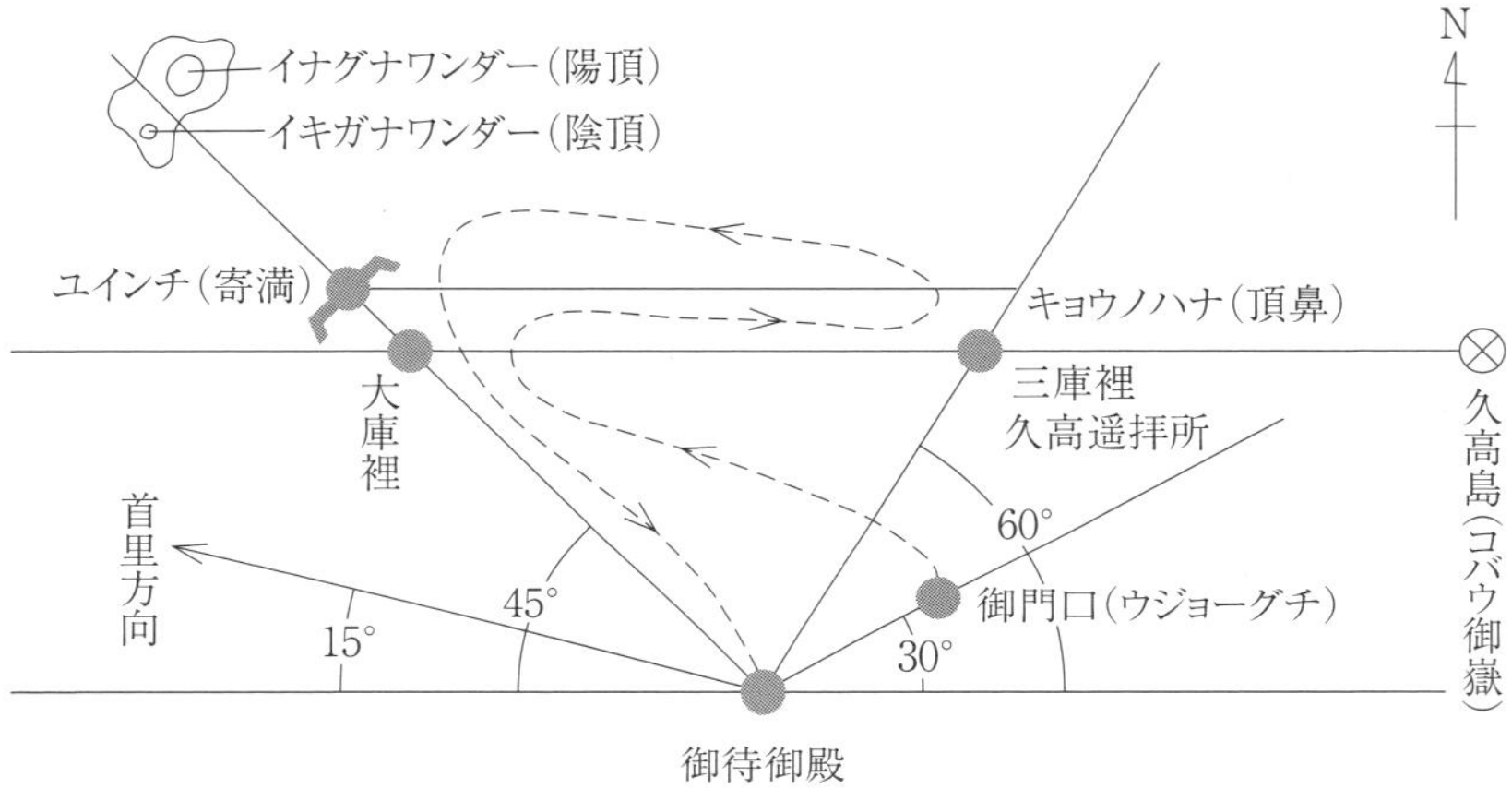

して、就任儀式を行い、神と共に寝るという行事にうつります。ここで不明な点は何かといいますと、新たに聞得大君に就任する巫女が、神と共に寝る御待御殿から巡廻していく径路です。文献資料としてあげた島袋源七さんの「沖縄の民俗と信仰」（『民族学研究』昭和十五年二月）、山内盛彬さんの「聞得大君と御新下り」（木耳社刊『わが沖縄』第四巻の補足論文）などが、最も詳しく、進んだものですが、どういう巡廻をしていくのか、古老に聞くとかということで、記憶ちがいや語りちがいがあって不明です。

もう一つ不明なことは、巡廻の場合に、大嘗祭のときには、悠忌・主基殿の二つの場所を設定してそこで共食祭儀が行われるのですが、それに該当する寄満《ユインチ》・三庫裡《サングーイ》という聖所があるのですが、そのほかにも大庫裡という聖所があることです。これは一体何かということです。

悠忌・主基殿に該当するものだけでなく、どうしてもう一つ聖所があるかを説明してみます。もちろんわたしの解釈ですからこの通りだと断定はしません。（上図を参照）

先ほどもいったように、沖縄本島の聞得大君が、就任儀式をする聖地を斎場御嶽というのですが、それは久高島における聖地（コバウ御嶽）に対して、真西に置かれています。いま、その真西・真東を結ぶ方位に対して、三〇度の角度で延長線を引くと聖地に入る入口（御門口《ウジョーグチ》）が設定されます。いいかえれば、入口の位置は三〇度の角度で決定されているということです。その聖地の入口に対して六〇度の角度で、久高島における聖地と、それに対し真西にある本島の聖地とを結んだ線と交わった処に三庫裡《サングーイ》が設定されています。この三庫裡というのは、就任する巫女の行列が聖地に入る入口から行くところですが、この設定の順序は間違いないとおもいます。三庫裡の内部はどうなっているかといいますと、石畳が敷いてあって、カワラケが置いてある神聖な場所です。そこに神木を伝わってきた神が垂直に降りてくると考えられているのです。就任の儀式をする場所を大庫裡というのですが、どうこれが決定されるかといえば、東西線に対して四五度の延長線を引いて交わった地点が大庫裡として設定されます。

その四五度の延長線をさらに延長して、三庫裡と平行な線と交わる地点に寄満《ユインチ》があります。サングーイ、ユインチというのは、天皇の大嘗祭の、悠忌・主基の方向とか国とかに該当するのですが、おおよそ真西・真東であって、東西線というのはこだわりのある線だとおもいます。

問題になるのは寄満の（主基殿と対応する）場所を延長したところに、標高三九〇メートルぐらいの山があります。そこには、男根と女陰の形をした頂きがあり、人骨が埋められたりしているのです。それは一体何かというと、一種の山岳信仰・性神信仰ということではないかということです。遠い以前、琉球王朝が、聞得大君などというのを作らない、つまり政治的に再編成しない時代には、寄満といわれているものは、山岳の頂点に男女のシンボルをかたどった聖地を拝む場所であっただろうと推定します。琉球王朝が政治的・制度的に再編成した時点での聞得大君の儀式は、順序がわからないですがこの三つの地点を廻るのです。もっとさかのぼれば、寄満は、最高の巫女が巡廻する聖地とは無関係であったろうということです。無関係と考えると、新たに就任する聞得大君という最高の巫女は、三庫裡へやってきて、神聖な樹木を経由して降臨してくる久高島からの神と共食し、拝み（もしかしたら神と共に寝るということをしたかもしれないが）、ともあれ、そこで神の霊を受肉し、大庫裡で就任儀式を行い、御待御殿で神と共に寝るということですが、おそらくこれはなかったのではないでしょうか。

　寄満というのは、男根と女陰をかたどった山岳信仰の聖頂を拝む拝所としてあったとおもうのですが、これをごたまぜに混合して、もともとこういうものだったとして祭儀を再編成した証左だと考えられます。つまり、一つの既存の共同体で、別の勢力が権力を掌握した場合、既存の共同体の祭儀自体をも、自分たちの祭儀であるごとく設定してしまうということを先に申しあげましたが、それと同じ混合が、寄満に対しても行われたのだと考えられます。現在では、山岳信仰、それも性神信仰の存在は何のためなのかというのがわからなくさせられてきているとおもいます。

　だが、それ以前にさかのぼった共同体の祭儀によれば、この寄満から性神の宿る山の頂きを拝むといった山岳信仰が、それ以前の共同体の宗教として存在したであろうということです。それが故意か偶然か、複合されて、新任する聞得大君は三カ所を巡廻するということになったと推測します。この間の事情が、現在、不明である祭儀構造を解明することの困難さの根源を物語っているとおもうのです。悠忌・主基の意味については、大嘗祭の研究の一環として種々おこなわれています。たとえば折口信夫は、悠忌・主基というのは、種族の原住地とそれが移動していった方向と、その二つを象徴するんだといっています。それに従えば寄満という山岳信仰としての拝殿と、三庫裡を、久高島の聖地との関係において聞得大君の就任儀式の主要な部分において複合させてしまったということがいえるようにおもわれます。ごく一般的にいえば、ある共同体の信仰の段階は、性神信仰の以前に、天空信仰がまずあり、次に山岳信仰と結びついた性神信仰がやってきて、そのあと平地のはずれの森林や樹木信仰に結びついた農耕神信仰の段階が考えられます。天皇制勢力と同じ種族だと称している琉球王朝の聞得大君の就任儀式の社会的・政治的再編成のはるか以前にあった信仰を、就任儀式が複合してしまったというのが最大の問題であると考えるのです。

神と共に寝るという構成要素が、大嘗祭と〈御新下り〉の共通の構造ですが、これが重要な要素だとすると、神と共に寝る小屋の位置は、まず原点あるいは基点として択びうるということを前提として考えることができます。それに対して三〇度の角度で東西線を交叉する地点を聖地への入口と設定したと考えられます。それが三庫裡だということだとおもいます。これが聖地の入口より先に設定されたということは考えられませんから、後に定められたということでしょう。問題になるのは、もし性神信仰をもっとも古いものとするならば、この山岳の地点はどういう具合に択ばれるかということです。東西線に対して、四五度地点として拝殿が択ばれるとすると、神と共に寝る、神と共食するというのは、性神信仰（山岳信仰）というのとは関係なく設定されていることになります。このあとから久高島との関係で大庫裡というのが設定され、ここが基点になるのです。〈御新下り〉の儀式の巡廻も、大嘗祭の巡廻もここが基点になるわけですが、もとの基点というのは別でないかということです。本来的には別のものであってそれが複合されて、こういう形になったのだろうと思います。

ところで、何故三〇度、四五度、六〇度というような角度が、聖所の設定の場合に意味をもつのでしょうか。あっさり常識的に考えて、そういう角度がつくりやすいからだといえましょう。九〇度とか四五度とか三〇度とか簡単につくれる角度ということです。かつて縄文土器の唐草とか直線のジグザグ線の角度を測ってみたことがあるのですが、やっぱり一五度だとか三〇度だとか四〇～四五度とか六〇度だとかをとるのです。ようするにその角度が引きやすいということです。そうしたことを原島礼二さんという学者が、天皇の古墳の研究（『大王と古墳』学生社刊）の中で、古墳の編年史の研究としてやっています。これは大変みごとな仕事だとおもいます。何故かというと、ある信仰の基点から、こうしたあっさりした角度でこういった古墳がつくられるということで、古墳の編年をすることができるのです。どういうことかというと、信仰の基点となるところから一定の角度で古墳がつくられていることの編年をし、そのことによって埋まっているのは誰であるかを推定しているのです。

たとえば堺市のあたりに仁徳陵というのがありますが、原島さんの研究でいけば、仁徳天皇なんていなかったということになります。原島さんの角度から古墳の年代順序をきめている方法は、儀式をやる聖地の中がどういうことになっているのか、どう理解したらいいのかわからない時、使うことによって、解ける部分が出てくるようにおもわれます。わたしはそういう考え方を承認します。つまり、簡単につくれる角度、方位ということですね。

これからいって、久高島の聖地（コバウ御嶽）に対して就任をする沖縄本島における聖地（斎場御嶽）は、真東に対して真西というのは、信仰上当然の帰結だとおもいます。こうして現在不明とされている巡廻の順番とか、聖所の択ばれている理由とかに、ある推定を下すことができそうです。

前古代的（弥生国家に対しては前共同体なんですけれども）な共同体における信仰の核（それは山岳信仰ですが）と、次の段階の共同体の祭儀（ここでは沖縄本島の聞得大君の就任儀式）の構造は、本来分離されてあったものが複合して、土地の宗教的威力を継承するという儀式によって吸収されてしまい、聞得大君の琉球王朝成立期における即位式の祭儀構造に変ってしまっているとみればよいとおもいます。さかのぼってみれば接木して複合したのだろうといえます。この斎場御嶽の内部の聖所の問題は、このかぎりでは何でもないことですが、こういう手がかりを契機として、ある共同体なり国家なりというものが、それ以前にあった国家なり共同体を、武力的に政治的に、あるいは経済社会的に征服する仕方は様々でありうるのですが、その根源にあるイデオロギー的あるいは宗教的権力・権威としての征服の仕方はどうなのかという問題に普遍化することができます。政治の本質は観念としてみることができますから、宗教的威力の継承の問題が重要になってくるのです。

前古代的共同体の宗教的威力の核心を吸収・継承し、自分たちの宗教的空間というものが、前古代的共同体をおおいつくすだけの大きさと時間的な古さをもっているのだという形で、前古代的共同体を征服するといいうるのです。この征服の構造を、琉球、沖縄という地域の中で徹底的に掘り起すことができるならば、宗教的・イデオロギー的権力としての支配構造、あるいは歴史的・現在的な政治権力のあり方というものをことごとく含めた上で、それらを根本的に相対化していくことができるのだとおもいます。

そういうとっかかりの中で、単に南島を日本の辺境であるとか、古いものが壊されずに残っているところだとかいった懐古趣味的な舞台としてではなく、根柢的に日本国家の歴史性・現在性を掘りくずしてしまう視点から見直すことができます。その意味で、琉球、沖縄は最も根柢的な領域であり、宗教やイデオロギーの機構としてそれらの問題をたぐりだすことができる場所だとおもいます。

現在、緊急な政治問題として出てきている琉球、沖縄の問題というのが、いかに根柢が深いものであり、いかに大きな普遍性への道につながるものかということがこれらの方向からの接近であからさまになってくるのです。この問題について、現在までとおってきた研究方法や追求の方向性は、後進地域とか辺境の沖縄とか、本土も日本人、沖縄も日本人という形でしか出てこないところに現在の困難さの根源があります。この根柢を掘り下げるべき課題を、琉球、沖縄が引き受けるならば、日本国家の歴史性・現在性のすべての構造を、もっと根深いところあるいは包括的なところから掘りくずしてしまう視点が得られるのではないかとおもいます。これは皆さんからみれば迂遠なようにみえるかもしれませんが、根柢的な意味で、あらゆる闘いの場とつながるし、闘いの場を把握し獲得するという可能性をはらんでいる課題だとおもいます。依然として手つかずのままの状態といってもよいこの問題は、緊急な政治課題と両々相まって本格的な追求・研究は今後に属するわけですが、これ以外、政治的にも学問的にも本当に要求されている課題はないとおもいます。きょう与えられたテーマに即しましては、わたしはこういうところあたりまでが考えられるすべてで、それ以上のことはわからないというのが素直なところです。わたしが到達している地点は、残念ながらここにつきるということです。これ以上はしゃべろうとおもってもしゃべりようがないということで、お話を終わらせていただきます。

情況への発言

——きれぎれの批判——

1

一連の駄ボラ吹きたちが〈自立主義者〉というレッテルを乱発している。その尻馬にのって七〇年のたたかいに、もっとも眼ざわりになったのは〈自立主義者〉だなどと、じぶんの政治的な、思想的な無能を棚上げして、これっぽっちも関わりない〈自立〉に、責任をなすりつけようとする新、旧スターリニストがいる。太てえ野郎だというほかない。われわれが〈自立〉といった時点で、とうに無毒化して廃棄したへドロを、がぶ飲みにして、下痢をしたとか、公害だとかわめいても、〈自立〉はいっさいのスターリニストの混迷などに責任を負わない。自分の始末くらい自分でつけるがよい。また毛沢東の文化革命の尻馬にのって、〈大長征〉だとか〈大後方〉だとか聞いているほうが恥かしくなるような言葉を、照れもせずにわめいている夜郎自大にも〈自立〉は責任を負わない。名指していえば、一方は太田竜、平岡正明、松田政男ら、一方は津村喬、久保覚、石田郁夫ら「新日文」に逃げこんだ無原則主義者。なにがかれらの共通の標識であるか。ようするにここ数年来、毛沢東のタクトにあわせて踊った思想の〈第三国人〉だということだ。現在の中共の手口とおなじように、ほうっておけばすぐに、ズッコケるが、べつだんほうっておく必要はない。わたし（吉本）は折があれば各個に反撃し、粉砕しようとかんがえている。〈世界革命浪人〉だとか、〈大後方〉だとか、駄ボラを吹かせておく手はない。

2

新島淳良というとび切り頓馬の中国研究家が、〈わたしは中国の文物や革命を種にして文章を販り、中国人民にたいして犯罪をおかしました〉などというゾオーっと鳥膚が立つような坊主ザンゲを書いている。わたしは驚きあきれた。つまらぬ文章で、つばをはねかえした日本人にも、ついでにザンゲしたらどうか。中共は〈松村先生〉や〈藤山先生〉や〈ピンポン中学生〉や〈こんな大学教師〉しか〈友人〉にもっていないのだ。これはまったく中共そのものの馬鹿さ加減の鏡である。〈恥を知れ、恥を〉という言葉を、この種のお人好しの左右利権屋に吐けばいいのか。かれらの鏡である中共に吐けばいいのか。たぶん、両方に対してである。

3

津村喬という駄ぼら吹きは、偉そうなことを書くまえに、じぶんの〈父親〉や〈部落解放同盟〉の戦争責任を追求することだ。どんなことを書くよりも多くのことを学びうるはずである。資料がなければ、国会図書館で戦争期の新聞雑誌をあさればすぐにでてくる。居直りが赦されないのは、まず戦後左翼であり、それは戦後左翼的な視角からのみ赦されないのだ。部落解放運動何十年などというのは真赤な嘘で、かれらは他の誰でもない自分あるいは自分たちの組織の手で、解放運動にとどめを刺したのだといううことを忘れるべきでない。また、大衆が政治などに無関心だから、かれらやかれらの組織が存在しうるのだということも。だまされる方が悪いのだとはいわない。泣き言などいわずに、だましたものの根源を摘出すべきである。わたしたちは知っているかぎりでも、いくつかの特殊部落をもっている。曰く、サンカ部落、曰く異族と俗称されてきた〈へき地〉の村落。これらはすべてが差別さるべきどんな根拠ももっていない。しかしながら、これらの特殊部落の内部では、長老によって外来者や新参者は逆に警戒され差別される構造をもっている。そしてその度合に応じて、これらの特殊部落は、外部から差別される。この差別は経済的な窮乏のためでもなければ、人種が異なるためでもない。その意味ではどんな根拠もない。ただ、〈差別の観念〉が共同性の位相で存在するためである。しかるがゆえに共同性の位相で、このいわれない差別を揚棄しようとするものは、じぶんたちの共同性のなかに〈差別〉を固定化している一半の責任があるという自明の理に覚醒すべきではないか。お人好しの進歩インテリを脅していい気になっている自らの組織の腐臭に気付かなければ、救いようはない。

4

芸人はなぜじぶんの芸にゆき詰まると国会議員になりたがるのか。一龍斎テイホウ、立川ダンシ、野末チンペイ、青島ユキオ、横山ノック……、じぶんのヘタな芸に大衆がのってくるので味をしめたのか。大衆はひまつぶしでしかかれらの下手な芸にのらないのだということを忘れた結果である。大衆が偉いとおもっているものにじぶんがなりたくなった。幇間が鬱屈をつのらせたあげく、札ビラを切って威張っている興行主に、たまにはなりたいとおもうのとおなじだ。比喩的にいえば水商売の女が堅気の主婦に憧れを感じながら、じっさいになれないので、おなじ水商売でも大衆の信用のありそうなものになりたいとおもうようになった……。理由はいくらでもある。ただ重要なことは、大衆芸術に信をおくどんな思考も反逆思想も、どこかで権力に迎合する契機をもつということである。そのときかれらはズッコケる。ジャズやロックを〈聖化〉する男たちもおなじ。圧制された種族の芸術は、どこまでいってもドレイの芸術であり、幇間芸はどこまでいっても幇間芸である。ということは、何ら軽蔑の意味からではなく真実である。

5

〈殺人〉とは特定の人間が特定の人間を殺そうと意図して、それを遂行し目的をとげたときにのみ使用できる概念である。ひとつの勢力と他の勢力とが衝突して、その結果死者が生じたとき、それは〈殺人〉でも犯行でも罪科でもない。だが切実なたたかいの結果であることは確かだ。問題はただそれだけの切実さをもった軋みあいが、この情況に客観しないという点に、いいかえれば衝突の密教性と局部性になければならぬ。

6

すべての娼婦の願いは、ありきたりの家庭の主婦になることである。すべての浮浪者の願いは、定収ある下層労働者になることである。すべての人身売買や、戦争によって異土でやむなく異族の妻妾になったものの願いは、そこで埋もれることである。古代からこのかた韓族や扶余族や漢族から疎外された中国辺境民は、そのように日本列島に埋もれ、倭人の〈生口〉はそのように漢族や韓族や扶余族のあいだに埋もれた。わが列島におけるその痕跡は、形質人類学によって現在おおよその分布をたどることができる。

太田竜という自称世界革命浪人は、これらとりこぼされたものに、ロマンチックな〈待機〉の恋情を告白している。だが、かれらは世界革命浮浪人などの駄ボラをもとめるよりも、ひとりのヒモをもとめている。ヒモになる気がないならば、この男は三文の根拠もない駄ボラをやめるほうがいい。

この男はしきりに撲殺されたがっている。しかし現在の市民社会に存在しない幽霊をどうやって撲殺するのか。撲殺されるためにも資格がいる。かれが手から口へ食物を運んでいるところを視た目撃者の証言がいる。

また、この男は、しきりに左翼諸組織や、市民社会の知識人や、サラリーマンを、あの世から呪い殺したいらしい。なぜ呪い殺したいのか？　なぜ永久に呪い殺せないのか？　〈生存〉することが、市民社会でもそれ以前の社会でも、また、かれが実在しなかったのにでっちあげている〈原始共産制社会〉でも、諸分業以前の必須条件であり、いまも必須条件として一介のサラリーマンの根柢にも存在することの重大さに覚醒していないからだ。しかり、たしかにわたし（吉本）もできることならどんな既存の政治諸組織や市民的市民をも呪い殺したい。しかしこれは自己の呪い殺しを必須の前提とすることをわたしはよくしっている。

ここでもかれは世界革命浮浪人になるまえにサラリーマンになる労を惜んでいる。そんな労すら惜んで、どうやって「辺境の最深部にむかって退却」するのだ？　どんな市民的市民でも、自称世界革命浮浪人よりはましである。なぜならかれらは〈生存〉しているのに、かれは幽霊だからだ。

7

太田竜が革命的な小説だと賞めそやしているアングラ出版の小説『天皇裕仁は二度死ぬ』は、タルンだ駄作である。このタルミはどこからくるか。もちろん作者が幽霊を気取っているそのタルンだ根性からきている。なぜ、太田竜はこういう駄作を革命的小説だなどとん馬な評価をしているのか。この男には芸術がわからないというような高級な問題ではない。政治がわからないという低級な問題なのだ。ブルジョワ社会では、芸術の創造は個人の恣意としてしかあらわれない。この恣意性は同時に、創造する個人を具体的な個人として指名し、そこにすべての責任を負わせる。これはアングラであろうと〈天上〉であろうと出版形式に関係しない。この問題を無意識のうちにも背負わされるブルジョワ的〈地上〉出版の風化しない部分の創造者のうちに、えてして優れた作品が集中するのは当然である。このことは素材や主題の問題でもなければ、同情やセンチメンタリズムや政治的駄ボラの問題でもない。不可避の問題たるにすぎない。下手な幽霊の書いた小説『天皇裕仁は二度死ぬ』は深沢七郎の『風流夢譚』以下の小説である。沼正三という唯名的な幽霊の書いた『家畜人ヤプー』もまた水準以下の駄小説である。なぜならば、どんな中間娯楽小説でも、よく読めば作者の創造力の恣意性の核を指摘できるが、この作品はかりに作者が実名や素顔を晒らしても、特定の作者を指定する力がないからだ。あるのは貧弱なアナロジーの能力だけである。

8

現実の具体的な〈差別〉に着眼し、それに窮すれば〈差別の差別〉に着眼し、なお窮すれば〈差別の差別の差別〉に着眼し……という無限の情緒的系列は、政治的な退廃の一変種たるにすぎない。何となれば現実の具体的な〈差別〉の無限の系列は、何ら〈階級〉の問題でもなければ、〈政治〉的な問題でもなく、あくまでも個人的な〈倫理〉の問題であり、もっと卑小な形では革命的なセンチメンタリズムの問題にすぎぬ。現実の具体的な〈差別〉が重要だと云いきれるのは、あくまでも生活する個人の視点としてであり、したがってかれが生活者である自己および他者を最も重要なものとみなす価値感を前提としている。この意味では、太田竜も部落解放同盟も津村喬も、おなじ穴のムジナ、いいかえれば駄ボラ吹きの同類たるにすぎない。

ここまで書いてきて、三島事件以来、馬鹿だ馬鹿だとおもってきた滝田修が、三里塚の衝突で警官三人が死亡したことにふれて書いた文章が眼に入った。銃ひとつ操作できず、戦闘体形ひとつ判らぬくせに〈軍事〉だ〈軍事〉だなどと口ぐせのようにほざいている挑発の馬鹿さ加減を除けば、どうということもない文章だが、毛沢東の馬鹿さ加減、頭脳の程度をしめした「人はいずれ死ぬものだが、死の意義にはちがいがある。……人民の利益のために死ぬのは、泰山より重い。ファシストのために力をつくし、人民を搾取し人民を抑圧するもののために死ぬのは、鴻毛よりも軽い」などという文句を引用し、警官とか機動隊員とでもよべばよいのをわざわざ「治安軍人」と大げさによびかえている。ほんとうに馬鹿だねえ、この男は。毛沢東自身が「人民を搾取し人民を抑圧するもの」であるかないかは、こういう毛の排中律的な形式論理では、ただ毛の主観とその実践のなかにしか存在しえないことは自明である。滝田は、この程度の自己合理化とその実践だったら、ヒットラーもムッソリーニも、日本の社会ファシストも農本主義者も軍人も、ちゃんとやれていたのだということがわからないのか。〈思い込んだら生命がけ〉というのは決して悪くはないが、そんな思い込みで「人民の利益」になっているか「人民を搾取し人民を抑圧するもの」になっているかが決定できるくらいなら、毛沢東にいかれている滝田などより、戦争中の農本主義者にいかれた者のほうが、まだ虚像がないだけましなほどである。それだけの根拠がなければ、社会科学も文化もそれ相当に学んだはずの戦前左翼知識人が、みんながみんな社会ファシズムや天皇制農本主義に心からなだれ込んだわけがないのだ。なんなら毛の思想を農本主義ファシズムとよんでも、毛体制をアジア的専制の変種とよんでもよいのである。幼稚なアジテーションで人民をオウムやイノシシに仕立てあげる指導者にも、たぶらかされて筋肉もりもり体を鍛えて、身を「鴻毛よりも軽」くして死んでいくアジア的な貧困の人間的の様式にもこっちは瞋りしか覚えないのだ。

もちろん三里塚で機動隊を排除するために衝突し、その間、警官三名が死亡したというのは、衝突の結果であって、べつに〈殺人〉ではない。しかし、もちろん滝田のようなふざけた挑発者のいうような「軍事的勝利」でもない。滝田はよほど「軍事」が好きらしいが、戦中派以前の年代は、知識人から魚屋のおっさんにいたるまで、保守政府の政治委員から共産党の中央委員にいたるまで百人が百人とも〈軍事〉を滝田よりも経験的に知っているはずである。しかし、〈軍事〉などというものが、何ら〈物神〉化すべきものでないことは、御覧のとおりのわが国家と市民社会のていたらくがよく証明している。また、政治的諸党派と〈世論〉なるもののインチキさ加減がよくみせしめている。

9

われわれが〈自立〉を問題にするとき、かつて〈自立〉学校の事務局にたむろしていた松田政男や平岡正明が〈自立主義者〉であった視野の範囲でいうのでもなければ、左翼的大地主にすぎぬ「新日文」などに寄生して、犬となって遠吠えしてきた津村喬、久保覚、竹内泰宏、石田郁夫、竹内芳郎のような、事大主義者の視野の範囲においてでもない。

他愛なくいえば、〈自立〉はいまのところ現在の世界の資本主義国的あるいは社会主義国的な創造への制約から、たんに創造する個人の恣意性、主題の自由、想像力の個人的自由、やさしくいえば〈書きたいことを書き、公表する自由〉を本来的な意味で確保したいという欲求の別名であるにすぎぬ。しかし、深刻めかしていえば、かつてわが国の何人も試みなかったことを日常茶飯の気分で試みているにすぎぬ。その困難さは、駄ボラ吹きどもの想像を絶するものだが、〈自立〉は何ら価値ではなく、ごくあたりまえの前提であるため、われわれは落着いてやっているだけだ。

10

太田竜は「超級戦犯たる天皇」を「人民裁判」にかけ「白日のもとへ屍体を引きずり出」すという幽

霊の見解が気に入っているらしい。中核派は戦犯天皇の訪欧（それは退位への花道である）を阻止したいらしい。しかし、わたし（吉本の私見）は、ただ、天皇一族の財産や処遇やその他神秘化と隔離のために護持しているわたしにも全部はわからぬ諸法規や習慣律を廃絶せしめれば、天皇制の問題は充分だとおもっている。いや、このことに触れないで人民裁判や屍体処理や訪欧阻止を云うことは、じつはまったく無意味だとおもっている。どれが真に革命的な見解であるか。問わなくてもはっきりしているのだ。

11

現在、おおくの左翼的、中間的あるいは資本家的利権屋が中共になだれ込んでいる。保守的な国家の政治委員会は米中のサーカスをみて蒼白になっている。わたしは、それらすべてがどこでズッコケるかを見極めたいだけだ。ズッコケるのは不可避であるが、それぞれのズッコケる仕方は、おそらく七〇年代の最大の政治的教訓となるにちがいない。

12

わたしの見聞にしばしば、左翼を重役とする株式会社における争議や紛争のことが入ってくる。そして左翼はじぶんが資本家的になると、より巧妙に、より苛酷に労働組合を弾圧する。そして労働組合を牛耳る左翼も、ほんとうは労働者の運動が社会運動を本質とすることを知らない、半端な政治的ラヂカリストにすぎない場合がおおい。数百人から数人の株式会社は、かくして、やり場のない左翼的鬱屈の墓場になり、ヤジ馬は賑やかにそれをとりまく。しかし、本来ひとつの中小企業内のたたかいは市民や学生の耳目の外で、暗黙のうちにたたかわれ、暗黙のうちに結着され、暗黙のうちにたたかいを指導したものは、孤独な背中を資本家や労働者の眼に晒しながら消えてゆくのではないか。

わたしは、それ以外の社会的たたかいを認めがたい。政治的なスター意識から、情報産業的なスター意識に直行した連中のお祭りさわぎになんの意味もない。

書物の評価

〈書物〉というのは、さまざまな性格をもっている。また、そのためにさまざまな評価の仕方がある。もう十年以上も前に、失業と結婚がおなじ時期にかさなっていたとき、じぶんの蔵書といっしょに他人から寄贈された書物を売り払って、〈米塩の資〉に供していたことがあった。じぶんの蔵書については、買うときはあんなに高価であるものが、こうも安いものかという思いで、やりきれない気分に襲われるのが常のことであった。そしていくらかの愛着も伴うのでいっそうみじめな気になってゆくこの繰返しのなかに、なにか追われるものの立場が普遍的にあり、そのみじめさのなかに失墜の世界がこもっていた。どこかで、一挙にこの気分を喰い止める方法はないかともがいたが、なかなかその手立てはみつけられなかった。

他人から寄贈された書物を売り払うことも、背信行為をやっているようで頗る忌わしい感じを伴った。それで、せめてもの自慰から、寄贈者の名前を、カミソリで削りおとしたり、見開きを一枚カミソリで切りとったりしたが、いずれも巧くいかないので、かえって安値を呼ぶということになる。労おおくして効すくない方法であることがわかった。そのあげく、えい、ままよ、署名をそのままに売り払え、これも腹のたしであればやむをえないとじぶんを強いてかりたてて売り払いある経路をへて寄贈者ご当人から指摘され〈ああ、おれはこの人から悪党だとおもわれても自業自得だ、どんな弁解もすまい〉と心の中でおもいながら、ただただ恐縮の意を表したことがあった。たまたま、その寄贈者は寛大で、わたしを罵ったり非難したりしなかったが、わたしの方の気分はかえっておこられた方が楽であったかもしれない。その経験があってから、わたしは、ふたつのことを心の奥で思いきめた。ひとつは、書物を寄贈するときはけっして署名をすまいということである。なぜなら寄贈されたひとが何かの理由で売り払うとき手間がかからず、また、わたしに背信感をもたないですむだろうからである。もうひとつは、わたしの著書が売払われて古本屋の店頭にあるのを見つけても、けっしておこったり不快の念をもったりすまいということである。なぜなら、書物は、心の糧となりうるとともに、文字通りの〈糧〉ともなりうるものだからである。

わたしの著書で署名入りのものが古本屋で流布されていたら、それはかならずその所有者から依頼されたものであると断言できる。文学者のなかにはじぶんが署名入りで寄贈した相手が、それを売り払ったあげく古本屋に流布されているのを発見しておこる人がいるが、わたしにはそういう著作家は〈書物〉が心の糧ばかりではなく生活の〈糧〉でもあることを骨身に沁みて知らないからだとしかおもえない。すくなくともわたしならば、手ばなしで喜ばないまでも、〈おう、やってるな〉と微笑するだろうことも、断言できるような気がする。

その頃のわたしには、書物を評価する基準は、いくらくらいで売れるかということであった。この基準からすれば、古今東西の名著をあつめた〈何々文庫〉というのは、もっとも矛盾の大きい書物であった。内容をかんがえれば、たしかに価値の大きいものだが、売り払えば二足三文でしかない。そこで、どうしてもこの種の書物は売り払いにくいので、自然にとり残されることになった。

そこでおもうのだが、現在、古典としてのこされている書物は、当時において、おおくこの種の矛盾をはらんだものではなかったのだろうか。著名な古典が、誰某の写本というような形で存在するのは、それを譲りわたして代償を得るということができにくいために写して流布されるということになった当然の帰結のようにおもわれる。もちろん時代が遠くなれば、富豪や篤志家や社寺が万金を積んで買い求めることになる。そのときは何々寺蔵本とか誰某氏私蔵本とかいうことになるのも、また当然の帰結である。

〈書物〉とはいったい何だろうか！　それを評価するとか、読むとかいうことは何を意味するのだろうか？　それを売るとか買うとかいうことになるのは、何だろうか？

これらの問いに、もっとも近づきやすいのは、〈書物〉を人間からもっとも遠くにある観念の〈人間〉とみなすことである。わたしたちは誰でも、子供のころは親とか兄弟とか友人とか教師から知識や判断力や事物にたいする習慣的な位のとり方を習いおぼえる。そして青年期に足を踏みこむと、しだいに親や兄弟や教師たちを、教え手としては物足りなく思いはじめ、離反するようになる。これは個人にとっては〈乳離れ〉とおなじで必然的なものである。しかしわたしたちは誰もここで錯覚した経験をもっている。親や兄弟や教師などはくだらない存在であり、自分はかれらより優れてしまったし、かれらより純粋であるし、かれらから学ぶものはなにもないというように思いはじめる。こういう思い込みが真実でありうるのは、半分くらいである。あとの半分では、青年期に達したとき、わたしたちは眼の前に何を与えられてもくだらないし、何にたいしても否定したいという衝動をもつようになる。これは自己にたいする不満の投射された病いにすぎない。つまり誰もかれを満足させるものではなく何を与えても否定的であることの一半の原因は、対象の側にはなく自己の側にあるだけである。

この時期に、わたしたちは、じぶんを充たしてくれるものとして、〈書物〉をもとめる。〈書物〉は周囲で眼にふれる事柄や人間にすべて不満である時期に、いわば〈肉体〉をもたない〈親〉や〈兄弟〉や〈教師〉の代理物としてあらわれる。ほんとうは〈書物〉は身近にいる〈親〉や〈兄弟〉や〈教師〉などよりつまらないものであるかもしれない。しかしわたしたちは青年期に足を踏みこんだとき、〈書物〉には肉体や性癖や生々しい触感がなく、ただの〈印刷物〉であるということだけで、不満や否定から控除するのだといってよい。そこで〈書物〉は身近にいる〈親〉や〈兄弟〉や〈教師〉などより格段に優れた〈親〉や〈兄弟〉や〈教師〉に思われてくる。つまり、遠くの存在だということだけで苛立たしい否定の対象から免かれるのだ。

しかし、青年期にはいったときわたしたちは、さらに錯覚する。こういう優れた〈書物〉を書いた著者は、人格も識見もじぶんの知っている〈親〉や〈兄弟〉や〈教師〉などより格段に優れており、平凡な肉身や教師たちとちがった特異な生活をしているにちがいない、ぜひ一度会って、できるならばその生活ぶりも知りたいものだというように。しかし、かれが実際に訪れてみると、その〈書物〉の著者は、すくなくとも見掛けたところ、ごく普通の生活をやっている平凡な人物にすぎない。じぶんの〈親〉や〈兄弟〉や〈教師〉とおなじように、子供を叱りとばしたり、女房と喧嘩をしたり、くだらぬお説教のひとつも喋言るありふれた人物である。ここで、青年に足を踏みいれたときわたしたちは落胆した体験をもっている。だがこの世界に超人などはいないので、いるのはありふれた生活人と、ありふれた生活人の観念の世界に宿る奇怪とも果てしないともいいようのない心の働きだけである。

わたしの体験に則していえば、〈書物〉というのはまったく嘘っぱちで、やくざで、こういうものを信用することはまったく馬鹿気たことであるという感じに襲われたのは敗戦時であった。〈書物〉はもとのまま戦争を挑発しているのに、その著者のほうは一夜にして軍国主義者から平和な民主主義者に、社会ファシストから共産主義者に転化してしまったからである。そこでわたしは蔵書をすべて売り払った。わたしが〈書物〉を売り値の大小で評価し、また〈書物〉を売ることを覚えたのは、さかのぼればこの時からである。

しかしながら、あとから冷静になってかんがえてみると、わたしはそのとき〈書物〉というものをいくらか誤解していた形跡がある。それが証拠に、後になって高い銭をはらって戦争中の〈書物〉を、ふたたび資料として探したり買いもとめたりした。

いったん書かれ刊行されてしまった〈書物〉は、作者の転変がどうであれ、印刷物の形で固定されそして固定されたままの姿で生きつづける。それはたしかに著者のある時期にかんがえた内容をもつという意味では、著者とかかわることではじめて生きているにはちがいないが、ある面からは著者から独立した〈書物〉という存在である。たとえ、つぎの瞬間に著者から捨てられ、逃亡されたとしても、なおもとのままで生きていることをやめない。そうだとすればつぎの瞬間に著者から裏切られ捨てられても、著者以外のものにたいしては、おなじ語りかけをやめないから、あたらしい年代の読者にとっては、やはり嘘っぱちで、やくざでとはいえない意味をもって語りつづけている。この意味では、著者への不信は、すぐに〈書物〉への不信につながるとはかぎらないのである。それにしても、こういうばあいにあらわれる〈書物〉の評価は、あまり絶対的な意味を与えることはできそうもない。すべての〈書物〉が嘘っぱちであっても、そうでなくとも、また、すべての〈書物〉がやくざなものであってもなくても、それはコップのなかの著者と読者とのあいだのさ細なできごとと関係にすぎない。

〈書物〉を著述するもの書きとしてのわたしが、いちばん大切にかんがえている声や視線は、けっしてわたしの〈書物〉を読まない人々の声や視線であり、一般化していえばけっして〈書物〉を読まない人々の声や視線である。もちろんそれらの人々の姿はわたしには視えないし、その声はわたしには聞えない。しかし書き手としてのわたしの方がその視線を感じその声を聴こうとするのである。それらの〈書物〉を読まない潜在的な人々をおそれるのである。

感性の自殺

——井上良雄について——

文学の世界では、うつ然たる大家と呼ぶにふさわしい人たちがいる。たとえば幸田露伴であり斎藤茂吉である。しかし、この呼び方にはどこか文学外の因子がつきまとっているようにおもえる。また、晩年まで老いずにじりじりとのぼりつめて、ばたりと倒れた大家もいる。たとえば夏目漱石であり森鷗外である。かれらはわが近代文学の歴史のなかでは、例外的存在というより仕方がない。呆けても大家といった作家たちもいる。たとえば志賀直哉であり、谷崎潤一郎であり、佐藤春夫であり、それよりまえに永井荷風である。おし出されて停年退職といった比喩があてはまるような大家がいる。たとえば正宗白鳥であり、川端康成である。わたしはこういう云い方の適確性に、ある種の確信をもっているが、この確信をささえてくれるのは、じぶんのささやかな作品体験と、ある感性体験のようなものである。例外をのぞけば、これらの大家たちは、老齢になるまで優れた作品をかきつづけてはいない。さすがに眼をおおいたくなるような駄作をみせはしなかったが、いくらかの敬老精神を加算しなければ、ことさらとりあげるに価しないような作品しか晩年にはかいてはいないといってよい。スポーツ選手が、はげしく、きびしいスポーツであるほど最盛期が短かいように、文学の創造にも〈感性〉の最盛期といったものがあり、それをすぎると衰弱にむかうものであろうか。そうだとすれば〈感性〉の仕事もまた〈筋力〉とおなじように、生理的な年齢に支配されて盛衰するものだろうか？

ここには解きあかすのが難かしいような問題がひそんでいるようにおもえる。瑞々しさ、外的世界との激突、倒れんばかりの立ちくらみ、といった〈精神〉の徴候は、青年期に固有なものかもしれない。それが生理に基づくときめてみても、なお解くに困難な問題はすこしも差引かれるとはおもえない。なぜなら、〈精神〉も生理とおなじく老廃物で詰まってくるだろうが、生理とちがって、代謝の衰弱がかんがえにくいからである。このことはもっと徹底してつきつめてゆく必要がある。〈精神〉にとって代謝の減衰がかんがえにくいのは、その作用が不可視であり不可触であるという領域をかならずもっているからであろう。その領域では無駄を忌むという鉄則から、生理は関わりがないような貌をしてみせる。そして、無駄を忌むという鉄則にひきずられる〈精神〉の現象だけを同伴にして、衰弱にむかうのである。

わたしたちの知っている大家は、例外をのぞけば、たぶん、無駄を忌むという生理の鉄則にやられる〈精神〉しか行使してこなかった。かれらの作品の衰弱の仕方が、かつて生理を超えたことがなかったことを、あまりにもありありとみせつけているのではないのか。もっとも、わたしは老齢の実体を体験的に知っているわけでないから、独断におかされているかもしれない。しかし、老齢の世界を生理以外のものとして作品化した大家たちを、ほとんどもっていないことも確かな事といっていい。

なぜ、かれらは〈感性〉の制作物を、生理的な年齢に服従させてしか成熟できなかったのか？　わたしのおぼろ気な推測では、とある老齢期のひとこまに、じぶんをとりまく社会的な負担にくらべて、仮構の世界をつくりあげることがとるにたりないという体験に出遇ったのだ。この体験の主な原因は、かれら個人にはなく、あまりに早急で、あまりに錯綜した矛盾をかかえこんだわが近代にあるといったほうが解りやすい。この現実的な負荷にくらべれば、仮構の世界に没入することは子供だましのようにしかみえない。観念がひとをおしつぶす仕方は、個別的とはいいえないが、社会がひとをおしつぶす仕方はかりに共通の根拠があったとしても、ひとりひとりをおしつぶすことになってしまう。

ところで、〈筋力〉を行使するスポーツ選手のばあいでも、おなじ問題があらわれるのではないか、という疑問をわたしは禁じえない。
スポーツ選手の〈筋力〉は、その上向期には、たぶん、肉体の若さに関わるだろうが、その下向は生理的な下向であるよりも、さまざまの世俗的な条件からくる修練の中断や怠惰によっている。あるいは修練と生理的な年齢のあいだの関係についての、ある錯誤にもとづいているといいかえてもよい。また、もっと通俗的な形で、〈筋力〉を練るというスポーツ選手の一仕事が、なぜ、なんのために、なんの役に立つのかという自問に、みずからこたええない時期に出遇ったとする。かれは防衛すべきものとして〈筋力〉以外のものを択ぶことは確実である。それが生活であるのか、金銭的な蓄積であるのか、そのほかの世俗的な条件であるのかはわからない。〈筋力〉はこのばあい〈幻想〉のように無目的なものにすぎなくなる。

文学の創造についても、この事情は一層深刻なそして逆な意味で真実でありうる。文学者がしめしている青年期における〈感性〉の鋭敏さと豊さや、老齢期におけるその衰えの問題は、けっして生理的な盛りと衰えを象徴しているのではない。文学の創造という行為にかけたことの意味が、年齢の成熟とともにやってくる世俗的な条件の重たさに出遇って、けっきょくは空しくおもわれたことを意味している。いいかえれば、かれは創造行為が馬鹿馬鹿しくなったのだ。また、世俗的に身を処してゆく重たさが加わるにつれて、むきになって架空の文字を連ねることが空しくなったのだ。そこで、習慣以上の意味をこめて文学を創造することをやめてしまった。たぶん、文学の創造行為がもつこの〈筋力〉の衰弱のような空しさを、もっとも正直にたどってみせたのは志賀直哉である。かれは壮年期までの創造行為にかけた情熱を喰いつぶすこともせず、また、習慣的に継続することもせず、ただ〈年金〉として召還することで、〈書かざる〉大家としておわった。志賀直哉は、なぜ、書かないのに大家になりおおせたのか。ひとつには〈もし『暗夜行路』の作者が筆をとれば〉という期待を、いつもひとびとの胸のなかに膨らませつづけたからである。もうひとつは、書かないのに、文士仲間の世俗的なつきあいで、たぶん、一種の気ままな断言者であり、生きることの達人とおもわせつづけたからである。これにくらべれば、空気の抜けた作品をかきつづけた挙句に、預金通帳を肌身につけて頓死した荷風は、いわば習慣的に書くという行為と、偏執的な孤独な生活者との間で、見事な老残の姿をひとびとに感銘させて死んだといってよい。そして、〈感性〉の衰えをしめすはずの年齢にありながら、いささかもその徴候をみせぬどころか、青年期よりもはるかにとおい深淵と、ゆけども迷路は増すばかりであるというような、人間存在の在り方をのぞかせながら死をむかえた文学者は、明治以後に、ただ夏目漱石とべつな意味で森鷗外を数えられるだけである。

なぜ、漱石と鷗外は例外的でありえたのだろうか。月並な大家のばあいと反対の理由をかんがえれば足りるかもしれない。しかし、かれらの創造行為には社会の条件をもっても、家族の条件をもっても、脱力できない必然的な促がしがあったにちがいないのである。それはかれらを裸の個体にしてしまうとともに、個体の存在をさえ危うくしてしまうような〈存在〉の問題を露出させた。そのとき、かれらは文学の創造行為に促がされるよりほか、術がなかったのである。もちろん、かれらを促がしたものは〈魔〉でもなければ〈鬼〉でもなかった。じぶんがこの世界に在ることと衝突してしまう何かが、漱石や鷗外にはあったのである。これを名づけるのに適当な言葉を見出しにくいが、うたがいもなく、ひとつの実体を指していた。その実体は、比喩的にいえば〈仮面〉であり、この〈仮面〉は、肉から剝離することはできなかったのである。たえず、かれらの〈仮面〉の下で、〈おれは虚偽の貌で生きている。だがこの貌をひき剝がすことはできない〉という自問はつづき、〈おれの行為、おれの生活は虚偽であり、ほんとうのおれの姿ではない。だがこの空隙を埋める手だては、どうしても見つけることができない〉という自答はつづいていたのである。もちろん、これに気付くのは、生活者と芸術家の二重性に気付くことと同義で、けっして理解を絶しているわけではない。しかし、理解できることと、この剝離感が自己の存在をおびやかすこと自体を生きることとは、まったくべつである。かれらの創造行為は、この剝離を〈感性〉的な実践によって埋めようとするやむを得ない劇《ドラマ》にほかならなかった。
もともと〈感性〉は、詳しくいえば感性の表現は、固有の劇《ドラマ》をうしなったときに、生理的な年齢に服従するにちがいない。そして〈感性〉は、青年期にはいわば花のひらくように当然のすがたをとるのだが、この劇《ドラマ》が老年にむかって幕を下ろさないためには、さまざまの醒めきった識知が必要なはずである。このことに気づかなければ、すでに〈感性〉の劇《ドラマ》は幕を下ろしているのに、主観的には生きた〈感性〉を表現しているつもりになるということが、しばしばおこりうる。これこそが文学者にとって最大の悲劇でなければならぬ。

わが井上良雄は、このような真の意味での悲劇を免れた、数すくない昭和期の文学者のひとりといってよい。かれの悲劇からの免れ方は、ただ一言で〈感性の自殺〉によって、といいつくすことができよう。この感性的な〈自殺〉は、あたかも芥川龍之介の自殺の数年あとに、ちょうどプロレタリア文学運動が、昭和初期の文学の世界をせきけんしつつも、同時に崩壊の兆候をあらわしつつあるときにあたっていた。井上良雄の感性的な〈自殺〉の論理は、自身によって開陳されている。

> 西脇順三郎は云ふ、「現実はつまらない」（「超現実主義詩論」）。併し現実はつまらないからと云つて、これから逃げおほせると考へてゐられた頃、インテリゲンチユアは未だ幸福であつた。例へば諸君は十九世紀初頭のロマンテイストと、十九世紀末の所謂「世紀末」のロマンテイストを比較してみられるがいい。前者には現実からの逃避場所として未だ宗教が残されてゐた。併し後者にとつては宗教は最早逃避場所ではあり得ない。いよいよ切迫して来た現実の追跡から逃れるためには、彼等は宗教よりも一層強烈な手段を用ひねばならなかつた。彼等は好んでアルコホルを、オピアムを、コカインを用ひたのだ。――その「世紀末」も今では既に三十年の昔になつてゐる。現実の追跡は日一日と急である。この今となつてはわれわれは何をすればいいのだらう？　最早われわれは酒を

飲んでも、オピアムを吸つても、たゞますます白々と冴え返つてゆく理智の過剰に――この文明がわれわれに与へてくれた理智の過剰に気付くばかりであらう。併したゞ一つわれわれに残された途がある。云ふまでもない、それは自殺である。肉体的に自殺すること――これも一つの方法に相違ない。芥川龍之介――その一生を己の内にある文明人と浪漫人との不断の戦に苦しめられたこの文人は、最後にこの方法を取つた。併し詩人が肉体的に自殺して了つたら、それは最早詩人ではない。問題は文学論の外に脱出してしまふのだ。それに第一この方法は既にわれわれに多少の旧世紀的なセンチメンタリズムの臭気を感じさせないだらうか。

　私は冗談を云ふのではない。併し私は今一つの自殺の方法を知つてゐる。それは精神的に自殺することだ。われわれの肉体のあらゆる機関を滅して、眼丈を残す方法だ。われわれの精神の主観的、実践的能力を滅して、客観的、観想的能力のみを残す方法である。われわれの文学はこの自殺によって生誕するであらう。（「宿命と文学に就いて」）


表現の場について、ささいな同人雑誌を強いて出ようともしなかった一介の文芸批評家が、〈感性〉の感度では、まさしく一級品であったことは、これだけの引用でも明瞭である。

後ろには理智の仮構物を造る緊張に耐えず、自己の出生にたちもどることもできず、ひ弱な神経と肉体をおしつぶして自殺した芥川龍之介の亡霊があった。前には、見掛け上どんな粗雑なぐうたらな、作品群をうみだしていたとしても、人海戦術と、絶対の〈歴史的必然〉の大なたをふりかざしたプロレタリア文学運動があった。そのあいだにはさまれたものは、もし〈良心〉があれば、絶対に〈自殺〉するか、それとも〈同伴者〉知識人としてプロレタリア文学の側に移行しなければならなかった。すくなくともその何れかの道しかのこされていないようにみえた。それが嫌なら〈歴史的必然〉の敵にまわるよりすべがない。このはざまにあって、井上良雄は〈感性〉の〈自殺〉に血路をみたのだったといってよい。

中すまでもなく芥川龍之介の〈自殺〉も、プロレタリア文学運動の〈自殺〉も、早すぎた〈自殺〉にしかすぎなかった。芥川の〈自殺〉はひ弱な肉体をじぶんで殺したため、死者としてしか蘇えることはできなかった。しかし、プロレタリア文学運動の〈自殺〉は、理論の〈自殺〉であったために、やがて戦争期に〈他殺〉を装おうだけの余裕はあった。この装おいは、いかに強弁しようとも、ただの衣裳にすぎなかったから、戦後ふたたび〈歴史的必然〉にまたがった駑馬として登場することができたのである。この駑馬の〈他殺〉の装おいを見抜けなかったのは、文学史的にみれば戦後文学の不覚のひとつであるといっていい。

このはざまにあって〈感性の自殺〉をとげた井上良雄は、戦後にキリスト教神学の一研究者としてのみ振舞いつづけてきた。第一義は〈神〉にゆだね、第二義以下のことだけが、人間の観念的な所有に属するというのが、戦後の井上良雄のすがただと要約してよい。

まず、井上良雄は、当時、プロレタリア文学運動の主動的な理論であった蔵原惟人の〈プロレタリア・リアリズム〉論に、きわめて適切な批判をくわえた。この批判は〈敵〉としての批判というよりも、内在的な批判として、また理論的な誤謬にたいする理論的な批判として優れていたといってよい。

井上良雄のプロレタリア・リアリズム批判は、おおざっぱに二つにわけることができよう。ひとつは、勃興しつつある階級の芸術は、アイデアリズムまたはロマンティシズムであり、レアリズムはいつも文化的に安定した繁栄期の階級の芸術態度だという主張であった。そうだとすればプロレタリアートの芸術理念が、レアリズムでなければならないというのは、たんに宿命論的な固定化した唯物論にしかすぎない。それにもかかわらず、プロレタリア文学運動が、レアリズムを芸術理念として固執するのはなぜか。それはプロレタリア文学運動が、プロレタリアートに担われているのではなく、〈階級移行〉した小市民知識人によって担われているからである、という主張である。

プロレタリアートのイデオロギーは果してレアリズムであつてい、か？　プロレタリアートのイデオロギー――これは概念的に云へば、云ふまでもなく弁証法的唯物論である。それが唯物論であつて、飽くまで唯心論でない以上、それは一つのレアリズムであるとは云へるであらう。この意味で蔵原の右の必要論は、一応正しいと云へるのだ。併し問題はそれに止らない。われわれはこの唯物論が単なる定命論的唯物論ではなく、実に「弁証法的」唯物論である事を忘れてはならないだらう。われわれはマルクスがこの弁証法を学び取つたのは、ドイツ浪漫主義哲学の最高峰と云はれるヘーゲル哲学からである事を屢々教へられてゐる。そしてこのヘーゲル哲学が、すなはちその観念弁証法がロマンテイシズム、アイデアリズムと呼ばれるのは、単にそれが認識論的に観念論であつた為丈ではない。実に弁証法自身も亦、アイデアリズムの、ロマンテイシズムの直接的な表現に外ならないのだ。現に三木清はいかにヘーゲルの弁証法が、当時の浪漫派《ロマンティーク》の発展史的な汎神論から生れた思惟形式であるかを指摘してゐる（「ヘーゲルとマルクス」）。対立物の和解といふ事、あらゆる有限的なものは自己の中の矛盾によつて否定されて、無限的なもの、中へ解消されてゆくといふ事、これらあらゆる弁証法の命題は、すべてキリスト教の教義の哲学的代弁に外ならない。かくてマルクスがヘーゲルとフオイエルバツハのジンテーゼであるといふ事は、単にマルクスがヘーゲルに於けるアイデアリステイツクでない部分、すなはちレアリステイツクな部分と、フオイエルバツハのレアリズムとを綜合したなどと理解されてはならない。実にマルキシズムは、レアリズムとアイデアリズムのジンテーゼとして始めて正当に理解されるのだ。その中には現実に対する服従と共に反逆が含まれてゐなければならない。現実の享受と共に拒絶が含まれてゐなければならない。「プロレタリア作家の現実に対する態度はあくまで客観的、現実的でなければならない」（蔵原）と云ふ丈では未しいのだ、誤解を恐れず云ふならば、それは同時に主観的であり、現実を越えるものでなければならない。(「宿命と文学に就いて」)

この批判は当時のプロレタリア文学運動にたいする批判としては最上のものである。ただ井上良雄はこの批判を持続する根拠をどうしても築きあげることができなかった。たぶんこの場合に、井上良雄のまえに立ちふさがったのは〈時代的な制約〉である。どんな時代にも人間の認識や〈感性〉には、時代的な制約はあるにちがいない。しかし、その意味でなら、時代的制約は、制約自体に自覚的であるかぎり撤廃できるはずである。井上良雄のまえに立ちふさがった〈時代的な制約〉は、いくらかちがっている。プロレタリア文学運動は〈歴史的必然〉と〈階級的正義〉をふたつながら所有しており、その背後にはソヴィエト文学理論と哲学が、いわば絶対的なすがたで聳えたっていた。この重層的な偽瞞を、どうしても衝きとおすことができなかった。これこそが〈時代的な制約〉であった。ほかにどんな手抜かりがなかったとしても、井上良雄はこの地点で手抜かったのである。そこにこの俊敏な批評家の悲劇は集約されたといってよい。これは井上良雄を後世だから気楽に裁断できる、といった意味から云うのではない。

井上良雄のまえに、この時立ちふさがった〈壁〉は、現在ではそれほど困難な〈壁〉ではない。もちろん、わたしの云うところが納得されるかどうかは、現在でも別問題だが、すくなくともわたしにとっては、誰が何と云おうと解決ずみのことにしかすぎない。

どんな理念や仕事をもち、どんな階層の出身であっても、また、どんな社会組織や政治組織にあっても、またどんな根拠をもっていても、階級の存続する世界で、文学や芸術の創造にたずさわるものは、その局面ではすべて〈知識人〉であり、小市民であることはいうまでもない。階級としてのプロレタリアートといえども例外ではない。プロレタリアートもまた、一旦、文化、知識、芸術、政治の領域に登場するや否や、いいかえれば、その生活の生産と再生産の領域の外にでるやいなや、また、いいかえれば幻想の領域（いうまでもなく政治も幻想の領域である）に登場するや否や、かれは小市民的な煉獄の領域にはいるのだ、ということは、自明のことに属する。

このことは、ロシア・マルクス主義哲学と文学理論とが、つきつめることができない誤謬であった。また、いまもそうである。終始一級品の感度でプロレタリア・リアリズム論の批判を提起してきた井上良雄は、ここで躓かざるを得なかった。時代的にみれば、むしろ躓くのが当然であり、やむを得なかったというべきかもしれない。

井上良雄は「スピノザの真の相続人は近代プロレタリアートのみである」というデボーリンの言葉に促がされて、近代プロレタリアートこそが、生活者と芸術家との分裂を体験せずにすむ存在であるという錯覚に同調したのである。しかし、この考え方は、まったくの神話にしかすぎない。階級的プロレタリアートといえども、一旦、幻想の領域、いいかえれば芸術、文化、政治、知識等々の領域に登場するやいなや、ブルジョワジーが当面した生活と芸術との分裂に見舞われるということは、歴史的な鉄則にほかならないからである。これは政治革命を体験したことのある〈社会主義〉体制のもとでも、未だしい〈資本主義〉体制のもとでも、階級そのものが存在するかぎり免れがたいものである。そして、この鉄則に気付いていたのは、結果的にみれば、わずかに良い見解をしめしたときのレーニンとトロツキーのみであったといっても過言ではない。人間の観念の働きが、現実の諸関係との結びつきを断たれて独行しえないかぎり、どんな階級にとっても、現実生活と観念の表現とを〈調和〉という容器に入れて、純粋培養することなどできるはずがない。もし、歴史がつみかさねてきた人間の観念の達成に、それなりの必然と欠陥があるとすれば、この達成を踏まえずには、どんな否定の観念も新種の観念も生みだすことはできない。ただ脅迫することができるだけである。そして、この鉄則を認識し、明晰に把握しうるかどうかという〈壁〉のまえで、井上良雄は、はじめて躓いたのであった。

「スピノザの真の相続人は近代プロレタリアートのみである」とデボーリンは云つた。この「神即自然」であつた哲学者と、近代プロレタリアートとの結びつきが唐突でないやうに、志賀直哉氏と近代プロレタリアートとの結びつきも唐突ではない。未だ生活者と芸術家の分裂を知らぬ人間、実践と理論、行動と思索の統一がその中で実現されてゐる人間、「『想ふ』といふ事と『為す』といふ事の間に境のない」人間、直接な主観的な愛憎がそのまま客観的な道徳律であり得る人間、愛がすべてである基督教的デカダンスを知らぬ人間、「真実の人間的自由――認められた自然法則との調和した生活」(エンゲルス)の約束者、何よりも自然の内部での実践的な生活人――これは志賀直哉の人間であると共に、まさに近代プロレタリアートの人間に他ならないのだ。(「芥川龍之介と志賀直哉」)

ロシア・マルクス主義をへし曲げ、この俊敏な批評家を躓かせたものの根柢は、いったい何であろうか?

ひと口にいえば、総じて観念の表出に属するものは、知識であれ、芸術であれ、政治や文化であれ、それ自体では〈自然〉過程にほかならないということである。これは階級としてのプロレタリアートといえども免がれるものではない。また同情も必要も理念もこれの免罪符ではありえない。なぜならば観念にとってそれが〈自然〉過程だからである。それゆえ、階級としてのプロレタリアートといえども、これら人類の社会が〈資本主義〉にいたるまでに獲得した観念的水準に達するほかないこと、それ以外にどんな免罪符も、知的な早道も、間道もないことは、〈自然〉的な必然であって、これらの頂きを登りつめたのち、はじめて〈無階級〉の社会の問題が眼前にパノラマのように展開する。それ以前に階級としてのプロレタリアートが、無限に拓けてゆくパノラマを視たり、視うるものだと考えたりしたとすれば、それはただシンキロウを視ているにすぎないことは言うも愚かである。もちろん、ひとはたれでもシンキロウを視る自由も、シンキロウを念出する自由ももっている。ただ、かれはかれの幻影をみているというだけだ。必要があればアルコールや阿片《オピユム》のかわりに、理念の錯誤を飲みほして酔うことも、けっして悪いとはいえない。ただ、そのとき真理を所有しているのでないことに自覚的でなければならない。

井上良雄は、志賀直哉の〈自然〉な肉眼の創造物の上に、プロレタリアートの〈感性〉を接ぎ木しようるとしたとき、デボーリンとおなじようにこの問題に躓いたのである。ほんとうをいえば、志賀直哉の作品のうちで意義をみとめうるのは、初期に属する「城崎にて」という短篇だけだといっていい。それ以後は、ただ無意識の調和と、才能の仮構力と、技法的な成熟とで慣性的に創作をつづけたにすぎなかった。志賀直哉の作品は、とくに長篇では、意義を認めようとすれば、いくらでも深読みできても、ほんとうは意義をつけようにも、つける手だてはないといった両義性を、いつももっている。太宰治が批判したように、馬鹿でも〈書く〉ことにだけ才能があれば、充分書きうるのだ。驚くほうが化かされているといった無意識の産物とかんがえても、いっこうさしつかえない。だが、井上良雄は同時代のおおくの批評家とおなじように、ここに肉体と理念との調和、眼と行為との一致、生活と芸術との自然な融合を視てしまったのである。深読みしたほうが化かされたのだ、とはいえないまでも、こういう深読みの衝迫を井上良雄に促がしたものは、その俊敏な感度と、ロシア・マルクス主義にたいする優れた理解力と、それゆえに一身に浴びたロシア・マルクス主義そのものの限界とに外ならなかった。わたしは、いまだに、ひとはいかに生きるべきかを知らないから、井上良雄の〈感性〉の〈自殺〉の背後にある劇《ドラマ》を、不幸であったと断定するつもりはない。また、あたら優れた才能を自ら殺したことの不都合なめぐりあわせを、悔んでみせるほどの芝居っ気ももちあわせていない。ただ、ひとは何べんでも誤謬を繰返しうる存在だが、誤謬によって自ら死ぬことだけは避けるべきだと考えている。この考えをもっともつよくおしえたのは、あの戦争の果てであった。

ともあれ井上良雄は、この〈壁〉のまえで、はなはだ必死に、また、はなはだ真摯に選択を強いられた。棒立ちになった姿勢で、このときかれが択んだものは〈感性〉の〈自殺〉という、その当時きわめて少数が択びえた方法であった。

われ〳〵はプロレタリアートと共に理論する事は出来ても、感情することは出来ない。更に感覚することは？——これは恐らく古風な宿命観であらう。或ひは卑怯な宿命観かも知れない。勇ましくプロレタリアートの陣営に転向してゆかれるインテリゲンチユア諸君は、恐らくかゝる宿命観を土足にかけられるだらう。併し土足にかければかける程泥土の様にわれ〳〵の足に粘りついて来るものは、矢張りこの宿命の様に私には思はれるのだ。先に私の述べた今日のプロレタリア文学の誤謬——すなはちその弁証法的な精神の忘却、古い定命論的唯物論への固執、従つてこれから私がプテイ・ブルジヨア・レアリズムとして述べやうとするものへのその接近——も私にはこのインテリゲンチユアの宿命の紛ふかたない現はれの様に思はれるのだ。（「宿命と文学に就いて」）

このとき井上良雄はプロレタリア文学への、転向者たちの虚構を衝くとともに、〈プロレタリアート〉を〈異形の者〉に〈聖化〉し、じぶんの理念がつくった虚像との、距離の遠さに深く絶望したのである。だいたいこの世界に共に理解することはできても、共に感情することも感覚することもできない人間などは、どんな階級にとっても生存することを許されていない。まして階級として登場するどんなプロレタリアートも、人類史がそれまでに達成した論理や感情を踏まえることなしには、政治的にも、芸術的にも登場することはできない。このことを、わがプロレタリア文学運動の評論家たちはいうまでもなく、ロシア＝ソビエトは、いいかえればスターリニズムは、井上良雄に開示してみせるだけの力も理論ももたなかったのである。

井上良雄は、この〈壁〉にはばまれたときに、肉体は生き〈感性〉を〈自殺〉せしめるという方法をえらんだ。井上良雄個人にとって私的におおきな意味をもち、文学史的にはちいさな意味しかあたえられそうもない「仲町貞子」を論ずることで、自らの〈自殺〉を公開し、この俊敏な批評家は〈感性〉の生命を絶った。

それ以後、「バルトにおける教会と国家の問題」という戦後の論文にいたるまで、井上良雄に貫かれているのは、認識が道をつけるかぎりは、その道がどんなものであれ歩むことを赦される、なぜならばあらゆる人間の認識も理念も、キリスト神的終末と降臨の絶対性にいたるまでの、相対的な振幅にほかならないという確認であるといってよい。いいかえれば井上良雄は、その俊敏な認識力と情熱とを、ただ相対的な課題のみに行使し、けっして絶対的に人間の命運を左右するような課題に傾けてはならぬという戒律を、じぶんに課しているようにみえる。井上良雄のキリスト教への転身が、仲町貞子との私的な関係によるものかどうか、わたしはつまびらかにしない。わたしにたしかに視えるようにおもわれるのは、人間は〈じぶんは〉、人間の運命を左右するようなことに口をはさむのを禁忌されている、それが赦されるのは絶対者のみであるという井上良雄の戒律だけである。そしてこのばあいの〈絶対者〉が、キリスト教的神であらねばならない必然は、残念ながら、わたしにはそれほどあきらかに視えてこない。

Ⅳ

内村剛介について

不幸であっても、苛酷きわまるものであっても、陰惨な裏切りあいの世界であっても、はたからは慰めも同情もならず、またとって代ることもできない体験というものはある。その体験がひとをどこへ連れ去ろうと、眺めやるものは深い淵を越えなければかれへの肯定も否定も赦されない。そこで、わたしはいつも居直った。体験の深刻さなどは、思想の深刻さを保証しやしないと。

内村剛介は、深刻な体験のなかから、〈いや、ひとはたれも、どんな体験のまえでも立ちすくむ必要はないのだ〉という道を、無類の饒舌とロシア的な悠長と、朗らかなせき込み方でわたしに照しだしてみせたわが国ただ一人のロシア学者である。かれの饒舌の裂け目から、いつも新鮮な角度のロシアの大地がみえた。おっくうなわたしは、そのときだけロシアを体験したとおもった。

竹内好さん

竹内好さんは、ある意味でわたしには大へん苦手な思想家である。人格、風貌にほれているので、その思想、理路よりさきに、どうしてもこの人を好きだという感性がやってきて、思想的あるいは理論的対立をまたげるからである。この思想家と対話しても、最後のところでは、どうしても言いつのる気がおこらない。これは公的にはあまり愉快なことではないが、仕方がないとおもっている。

もうひとつ、竹内好さんは、わたしにとって異教的な思想家だということがある。わたしには、毛沢東の『文芸講話』や『矛盾論』や『実践論』のような、どうかんがえても間違いだらけだとしかおもえない思想が中国人民にとって玉条となりうるという秘密が、どうしてもわからない。しかし、竹内好さんは、わが国でただ一人この秘密を実感的にも思想的にもわかっている人であるような気がしている。わたしの知っているかぎりでは、竹内好さんはこの秘密をわたしたちに納得できるように展開してはいない。いわゆる〈あばたもえくぼ〉としか他人には通じない程度のこととしか言っていないようにおもわれる。

しかし、近来、〈天皇制〉の不可解な牽引力についてあれこれと思いめぐらしているわたしには、竹内好さんが〈中国的専制〉の核のところを異邦にありながら把んでいるとおもえるのは、驚くべきことではないのかとかんがえている。

かつて優れた詩人が、わたしに、ある国家のもっとも重要なポイントは、異邦人が決して入り込めないところにあるのだ、ちょっと留学したり移住したりしたくらいで理解できるところは、どうせたいしたポイントではないのだ、と語ってくれたことがある。わたしは、竹内好さんが中国を中国たらしめているポイントを論じきってくれることを望んでいる。そのとき中国は解放される。

『埴谷雄高作品集』推薦のことば

埴谷雄高は、戦後のかずかずの世界史的な難事件をくぐりぬけながら、ただひとり文学的に横死していない〈戦後派〉作家である。すでに死んだはずの〈戦後派〉作家が仮死状態のまま醜い漂流をつづけている喜劇的な風景のなかで、かれの作品が一条の闇のなかの道を暗示しているさまは、文学的な劇の底しれない深さと悲しさとを、あとからゆくものに与えつづけている。

鮎川信夫自撰詩集を推す

戦後詩を厚い荒廃した大気のなかから発進させた詩の
　担い手たちは、
もうわたしの視野からは視えなくなってしまった。
方向舵を失ってしまったのか静かな憩いに慣れてしま
　ったのか。
自分で詩と情況におさらばしたのか。さようなら先行
　者たち。
わたしは、ただひとりの詩人をもっているがために
たくさんの先行者たちに袂れることができる。
この詩人は、あるときはわたしのすぐ傍で、
あるときは見知らぬ雑踏の街で、あるときはわたしの
　脳裏で
半透明の支柱であることを一刻もやめたことはない。
そのレンズはいつ磨かれるのか、その生涯にたいする

放棄は
いつ研ぎすまされるのか、わたしは知らない。ただ、
現在もなお
誤差のない磁針をもっていることに舌をまいて驚嘆する。

『国家の思想』編集・解説関連

収録作品紹介

族長法と王法（石母田正）
わが国の未開な固有法について、族長法から王法へ、神法から俗法へという視点から接近を試みたもの。わが法的な国家の発生の機構について整理された考察を提出した、重要な論考である。

古典における罪と制裁（井上光貞）
わが国の古代法のもとになっている概念を、法的概念と、それからはみだしてしまう宗教的な概念によって解釈したもので、未開な法がもつ〈含み〉の問題に、光があてられている。

天津罪国津罪再論（石尾芳久）
わが国の未開の固有法の二つの類型である天津罪と国津罪を、部族法と民族法を意味するものと考えた場合、この両者の相互関係はどう位置づけられるかを、可能なすべての場合を想定して考察をくわえた綜合的

な論考。

天皇制（藤田省三）

国家を実体あるものとしてみる立場から、わが国の近代天皇制のもっている綜合的な条件を、簡潔に周到に要約したものである。短文ではあるが、天皇制についての優れた定義としての意味をもっている。

天皇制に関する理論的諸問題 より（神山茂夫）

第二次大戦中に書かれ、戦後に公刊された天皇制の解析の一つ。当時として、驚くべき水準をもつ。講座派と労農派にたいして、天皇制の観念的な権力の側面を重視することで、神山理論ともいうべき独自な位置をもつ。

日本国家論（志賀義雄）

第二次大戦後の初期に、エンゲルスの『起源』に依拠しながら、国家発生の条件を解明し、わが国家の起源についても言及した啓蒙的な論説。共産主義運動の初期からの政治運動家の知識的水準が、平易に示されている。

個人意志・階級意志・国家意志の区別と連関——丸山政治学の論理的性格（三浦つとむ）

近代政治学の高峰である丸山真男の所説を俎上にして、独自の国家意志論を述べたもの。この論考は、著者によってわが国ではじめて国家論に導入された共同意志の位相が、素直に語られている。

マルクス主義と国家の問題（津田道夫）

第二次大戦から自己形成の影響をうけなかった世代によって書かれた、典型的な国家論の代表的なものの一つである。国家を、社会的機能と政治的機能をもつ二面的な構成とみなすというのが、基本的な立場である。

大衆国家の成立とその問題性（松下圭一）

大衆社会あるいは大衆国家とよばれる場合の「大衆」の概念と歴史的な意味あいを明確にしようとする試み。著者を先駆的な一人とする戦後の大衆社会論の基礎づけの意味をもっている。

天皇制ファシズム論 より（中村菊男）

「事実」の次元で考察した場合、天皇制ファシズムは存在しなかったことを論じたもので、第二次大戦までの日本近代国家は、明治憲法の法的秩序を逸脱しない範囲での、天皇中心の政治支配であるとしている。

武装せる天皇制——未解決の宿題（林房雄）

幕末期いらい、天皇制は国家的に近代化を遂行するためにも、列強の侵攻から防衛するためにも、武装を強化し、継続する戦時体制を保ちながら、第二次大戦まで突入したという独特の考えを述べている。

戦争責任と天皇の退位（大山郁夫）

戦後の天皇制論議としては、廃止論と擁護論の中間に位し、戦争責任をとるという意味でも、人心の一新という意味でも、退位の可能性を検討すべきだとする考えを、比較的に温和な形で披瀝している。

日本の皇室（津田左右吉）

戦時下の天皇制の在り方について批判的な立場を貫いた初期の年代の自由主義者は、敗戦後になぜか天皇制の擁護にまわった。この論文は、すぐれた一貫した自由主義者が描いたその軌跡を、典型的に示している。

天皇の戦争責任（村上兵衛）

戦時下の天皇制のもとに自己形成をとげ、天皇制の思想に育てられ、それ以外の思想によって育てられる機会をもたなかった世代が、敗戦後に自己思想にとっての至上物にくわえた責任追及の仕方を典型的にしめす。

大東亜戦争の思想史的意味（上山春平）

大東亜戦争は、太平洋戦争の戦時下における呼び方である。戦時下の熱狂的な肯定と戦後の全的な否定の風潮のなかで、その戦争の意味をそれ自体でとりあげ、それ自体で考察しようとした、数少ない論文のひとつである。

乃木伝説の思想——明治国家におけるロヤルティの問題（橋川文三）

乃木殉死は、鷗外、漱石、龍之介、秀雄などによって、それぞれの仕方でとりあげられている。著者はそれらを念頭に、じぶんの政治思想史研究の方法の原体験ともいうべきものを、肉声をこめて封じこめている。

わたしのアンソロジー（鶴見俊輔）

じぶんの愛好する詩歌について語るという形で、国家形成のイメージと国家に対して戦うイメージの内面的なせめぎあいの姿を、戦時下の自己体験にそくして語っている。著者のもっとも優れた文章のひとつである。

祖国について（石原慎太郎）

戦争の影響をまったくうけない戦後世代によって語られた国家像としての意義をもつ。国家について挫折の体験をもたない世代の国家肯定の仕方として、おなじ世代の国家否定の仕方とともに注目すべきものである。

文化防衛論（三島由紀夫）

文化価値としての天皇制の美的な思想的な意味を、かなり屈折した仕方で復元しようとする試みと考えることができる。わが国における芸術思想が究極において収斂するひとつの極限を開示しようとしている。

「南島論」講演資料

Ⅰ　理論的前提

㋑任意の〈地域〉あるいは任意の歴史的な〈段階〉をあつかうために、なぜ理論的前提が必要か

㋺時—空性の〈指向変容〉という概念

Ⅱ　民族学、人類学における諸定義をしなおすことの必要性

㋑〈家族〉の定義

㋺〈親族〉の定義

㋩〈国家〉の定義

例

㋑「家族は、最小の、そして第一義的な社会集団で、人類のあらゆる社会にみられる普遍的な制度（institution）である。この見解はこれまでの人類学の研究によって実証され、これについては疑問をはさむ余地はない。」（中根千枝『家族の構造』東京大学出版会）

㋺「親族の本質は人類に普遍的な親たちと子供た

ちとの間の親子関係（生物学的血縁関係とは限らない）の認知の結果として、出自を共通にする関係である。出自の共通は二人の個人が、（一）一方が他方の子孫である、（二）二人が共通の祖先をもっている、のいずれにも妥当する。」（蒲生正男「日本の親族組織」、蒲生正男・大林太良・村武精一編『文化人類学』角川書店所収）

㋩「筆者の想定する国家像を提示してみよう――

(1)食料生産革命以後の社会発展のある段階において成立した高度の政治組織である。

(2)地位と階層の秩序が確立している。

(3)親族集団がその団体性（corporateness）を失って後退し、それに代って純粋に公的、政治的な関係が前面に出てくる。王室氏族（royal lineage）の果す役わりが大幅に減ずるという現象はその一例である。

(4)公的、政治的関係は、主として地域――行政地区としての――原理の重視となって現われる。

(5)王室親族集団に代る支配・行政の組織として、官僚制（bureaucracy）が成立し発展する。」（雑誌『民族学研究』Vol.27, No.2, 1963. 3所収。鈴木満男「ポリネシアにおける国家形成の問題点」）

Ⅲ　共同体と国家との関係

㋑共同体＝国家（共同体と国家とはイコールである）

㋺共同体＞国家（共同体は国家より大きい）

㋩共同体＜国家（共同体は国家より小さい）

Ⅳ　親族組織（共同性）の位相

㋑本質は〈性《セックス》〉の関係である

㋺家族と親族とはどうちがうか

㋩〈性〉の関係における〈禁制〉と〈親和〉の意義

Ⅴ　国家の成立

㋑親族→氏族→部族→民族

㋺グラフト国家

Ⅵ　宗教祭儀の時―空性

㋑来迎神祭式

㋺田神祭式

Ⅶ　南島における宗教神継承の方法

㋑ノロ・聞得大君《キコエノオオキミ》の継承法

a、ノロ

△「水撫《ウビナ》で」

△神霊《セジ》づけ

△神酒もり

△神と共に寝る

b、聞得大名

△大グーイの儀式

△ユインチ（寄満）・サングーイ（三庫裡）の巡拝

△御《オ》待《マチ》御《オ》殿《ドン》における神との共床共寝

Ⅷ　南島における宗教神継承の方法と天皇制

㋑女系制と父系制のちがい

㋺何れが時間的原型か。

Ⅸ　南島における村落祭祀の場所的構成の例（雑誌『民族学研究』15—2、1950.11所収、島袋源七「沖縄の民俗と信仰」）

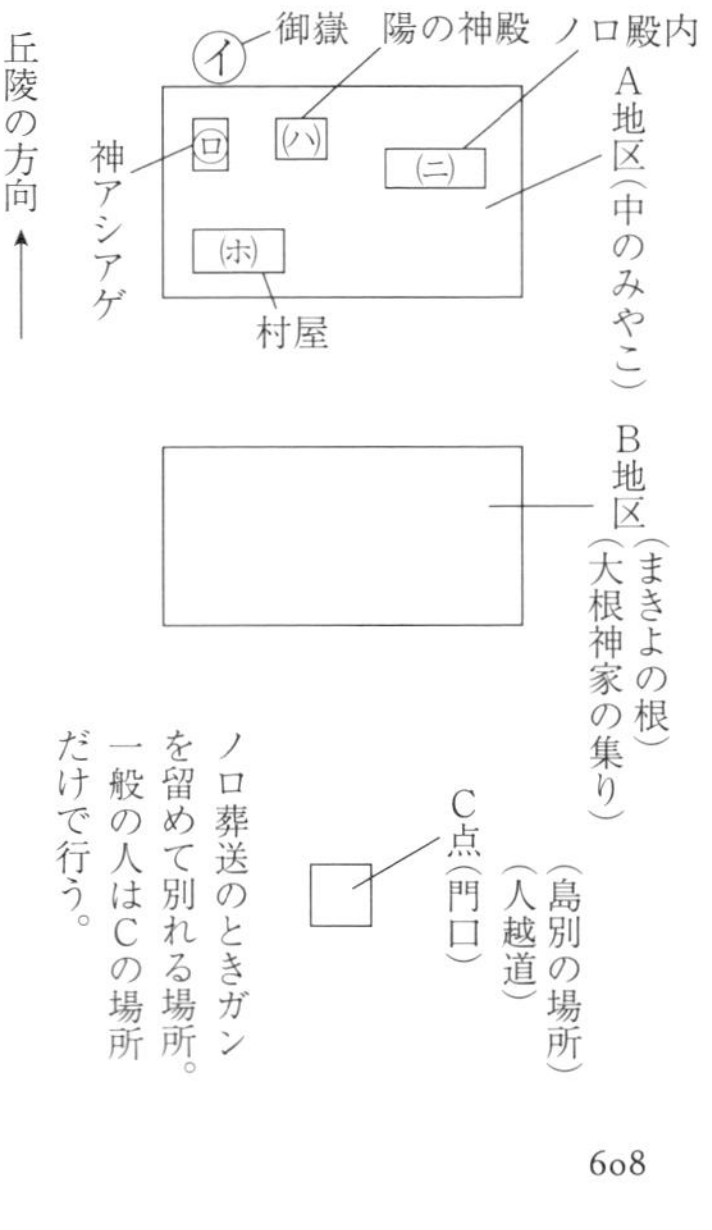

Ⅷ　南島における宗教神継承の方法（承前）

(i)　南島（奄美）のウムケ・ウホリ

㋑ナルコ・テルコ神の迎えと送りの祭で、二月壬の日に迎え四月壬の日に送る。

㋺ナルコ・テルコ神＝来迎神で、ニライ・カナイの神、ニルヘ・テルヘ神と同一の性格のもの。

(ii)　能登の田神行事

(iii)　八十嶋祭

㋑天皇大嘗祭の本儀の前後に行われる。場所→摂津の国、難波津の浜辺。

㋺祭の主宰者は即位する天皇の乳母である。

㋩衣裳筥のフタをあけ、衣を振ることで、衣裳に入魂させる呪法。
(iv) 諏訪神社の大祝《おおはふり》即位

Ⅸ 母系制はどうして崩壊しうるか

(i) 母系と母権
㋑げんみつにいえば制度、政治について母権か父権かをいうのは意味がない。
(ii) ヒメ—ヒコ制というもの
(iii) 神話というもの
(iv) 周辺地域における母系・父系分布
日本列島周辺地域における分布状態（図面参照）
(v) 婚姻・居住制・親族理論

Ⅹ 種族的重層性

(i) 南島における共同祭儀の層
(ii) 南島における共同祭儀の上限はヤヨイ式文化の上限である。
(iii) 葬判・家造り・村作り
種族的な重層性とはなにか。
(iv) ㋑村落内法の限界は親族展開の限界である。
㋺国家はどうつくられるのか。
㋩南島の位置

現代名詩選

『讃美歌』（明7〜昭6）
『小学唱歌集』
『新体詩抄』
湯浅吉郎　「十二の石塚」
湯浅半月　「秋田家」（『半月集』）
北村透谷　「楚囚之詩」「蓬萊曲」『透谷集』
与謝野鉄幹　「僑居傍題」「伊藤落葉と飲む」（『東西南北』）『鉄幹子』
島崎藤村　「おくめ」「別離」（『若菜集』）
土井晩翠　『天地有情』
薄田泣菫　「公孫樹下にたちて」（『二十五弦』）「ああ大和にしあらましかば」（『白羊宮』）
蒲原有明　「智慧の相者は、我を見て」（『有明集』）『独絃哀歌』
森林太郎　「都鳥」「三枚一銭」（『沙羅の木』）「我を殺せ目を焼け」「群を離れてただひとり」（『迷の跡』）
伊良子清白　「漂泊」（『孔雀船』）
北原白秋　「みなし児」「足くび」（『思ひ出』）

三木露風　「雨の歌」「夏の日のたそがれ」（『廃園』）
石川啄木　「はてしなき議論の後」「呼子の笛」（『呼子と口笛』）
高村光太郎　『道程』
山村暮鳥　「曲線」（『聖三稜玻璃』）
萩原朔太郎　『月に吠える』「艶めかしい墓場」「軍隊」（『青猫』）
村山槐多　『槐多の歌へる』
佐藤惣之助　「無惨な姿」（『狂へる歌』）
宮沢賢治　『春と修羅』
中野重治　「浦島太郎」「しらなみ」「あかるい娘よ」「最後の箱」「煙草屋」
金子光晴　「鬼の児の唄」
中原中也　全作品
立原道造　全作品
飯島耕一　「他人の空」「切り抜かれた空」
岩田宏　「いやな唄」
中村稔　「凧」
天沢退二郎　「空もどき」
高野喜久雄　「海辺にて」「独楽」「崖」
田村隆一　「十月の詩」
北村太郎　「墓地の人」「地の人」「朝の鐘」
茨木のり子　「根府川の海」「花の名」
渡辺武信　「暗い朝」「恋唄」
三好豊一郎　「われらの五月の夜の歌」
大岡信　「さわる」
長谷川龍生　「瞠視慾」
吉岡実　「僧侶」
清岡卓行　「子守唄のための太鼓」
長田弘　「ブルー・ブルース」
黒田三郎　「賭け」
中桐雅夫　「人民のひとり」
山本太郎　「奥鬼怒幻想」
川崎洋　「日曜日」
石原吉郎　「条件」「納得」「葬式列車」「その朝サマルカンドでは」
安東次男　「夕立」
吉野弘　「名付けようのない季節」「乳房に関する一章」
黒田喜夫　「空想のゲリラ」「毒虫飼育」
谷川俊太郎　「窓」
中江俊夫　「女の自尊心にこうして勝つ」
関根弘　「アメリカ」「繋船ホテルの朝の歌」「橋上の人」
鮎川信夫
谷川雁　「雲よ」「商人」「東京へゆくな」「成形」

（『谷川雁詩集』）
那珂太郎　「てのひらの風景」

戦後名詩選

片桐ユズル　「わたく詩」
金井直　「枝」
「留守」
渡辺武信　「朝のおいのり」
安東次男　「夕立」
三好豊一郎　「われらの五月の夜の歌」
中桐雅夫　「人民のひとり」
中江俊夫　「夕暮」
高野喜久雄　「崖」
吉増剛造　「波のり神統記」
渋沢孝輔　「はじめに」
高良留美子　「木」
田村隆一　「幻を見る人」
「四千の日と夜」
「細い線」
「立棺」
谷川雁　「帰館」
「成形」
「商人」
「革命」
岩田宏　「鎮魂歌」
清岡卓行　「愉快なシネカメラ」
「子守唄のための太鼓」
黒田三郎　「もはやそれ以上」
「賭け」
黒田喜夫　「空想のゲリラ」
「毒虫飼育」
「死んだ男」
鮎川信夫　「アメリカ」
「繋船ホテルの朝の歌」
「橋上の人」
「兵士の歌」
飯島耕一　「何処へ」
天沢退二郎　「死刑執行官」
吉野弘　「謀叛」
長田弘　「八月のひかり」
吉岡実　「僧侶」
安西均　「新古今集断想」
長谷川龍生　「嫉妬二編」

高橋睦郎　「理髪店にて」
茨木のり子　「鳩」
　「根府川の海」
安水稔和　「花の名」
　「鳥の話」
鈴木志郎康　「売春処女プアプアが家庭的アイウエオを行う」
　「帰還」
大岡信　「さわる」
　「女の自尊心にこうして勝つ」
関根弘　「条件」
石原吉郎　「脱走」
　「帰郷」
　「五月の別れ」
　「夜の正体」
谷川俊太郎　「連鎖のゆるやかな視線の内に」

増補版のための覚書

川上春雄氏の執念によって、こんど『初期ノート』発刊以後に氏によって見つけだされた初期の文章をあたらしく収録して増補版をつくることになった。記憶に徴して、あらたに見つけ出された草稿類をまえに、なにか手品をみるようなおもいがする。いずれも、わたし自身にとっては、じぶんの耻をみるようなものだが、この耻には不快さはない。それとともにじぶんについてのじぶんの記憶などあてにならないものだと改めて感じさせられた。わたしは増補された稿をみて、記憶を修正したり、まったく忘れていたことをあたらしく想いだしたりした。よく、人間は忘れたいとおもうことを忘れるものだ、というが、それはあてにならない。ただ、人間は初心を忘れることだけは確かであるらしい。すでにわたしが喪ってしまったものが、善も不善もふくめて想起され、それがわたしを刺戟する。川上氏の努力がなかったら、じぶんがこころに保存しただけの片端な記憶で、わたしはじぶんの初心を再現しなければならなかったろう。この増補版のお蔭で、ほとんどすべての〈わたし〉の〈初期〉に対面できるにいたったといってよい。

もちろん、この草稿類がわたし自身に与えるもののほうが、他人に与えるものよりはるかに多いといった、私的な性格がつよいのは残念だが、この残念さは川上氏の努力と、刊行の仕方のつましさが救済してくれているとおもう。

姉の死に際してかいた文章も、四首の短歌も、宮沢賢治についての草稿も、その存在だけは記憶していたが、再現は不可能だとおもっていた。ことに宮沢賢治についての草稿は、洪水のさいに水びたしになり流してしまったものとおもっていた。そう書いたこともある。だから、これで全部がつくされているのかどうかもわたしにはわからない。ただ、じぶんの記憶の誤りだけはこの際指摘しておきたい。

姉は肺結核症で京王帝都線聖蹟桜ヶ丘駅の近くにあった厚生荘という結核療養所で、長い療養生活のはてに死んだ。敗戦あとの食糧もおもうにまかせない時期であった。そこでの生活中に短歌を作りはじめ、服部忠志氏の主宰する『龍』に短歌を投じ、故人となったときいている小出博氏の『八重垣』というガリ版の短歌誌に、かなりの量の作品をのせていた。わたしは、姉の死を報告に小出氏を一度おとずれたことがある。これは、わたしの学生時代の勘ぐりにすぎないが、姉はこの人に秘かに好意を寄せていたのではないかとおもう。「夕星の輝きそめし外にたちて別れの言葉短く言ひぬ」という姉が最後に『龍』にのせた作品をよむと、なぜか、この人をおもいうかべた。小出氏にこの作品はいいとおもうがどうかとたずねたが、姉と同病のようにみえた小出氏は、短歌というのは、これからが大変なんですよと云っていた。そのときわたしにはその意味がわかるような気がした。小出氏は学生のわたしに、「妻子がいると死ぬにも死ねないじゃないですか」と憤ろしそうに語ったのをおぼえている。たいへんな薄暗いあばら家のひと部屋であった。なにはともあれ、歌よみというのはひどいものだなあと感じた。姉も短い詩形式であることに誘惑され、病臥生活中に短歌をつくりはじめ、深みにはまりこんで、いよいよこれから辛い最初のやまばにかかろうというときに死んだ。しかし、姉にとってこの詩形式は、唯一の生の慰安であり、慰安であるままのところで死をむかえたのは、その意味では幸いだったとおもう。子供のときは算術や国語をおそわったり、お手玉やおはじきをおそわったり、近所の子供たちと「花いちもんめ」をして遊んだり、姉弟喧嘩して髪の毛をひっぱって泣かしたりといったごく普通の姉と弟だったが、長く病みわかれて住んでいたせいか、優しくよき姉という想いだけがわたしにのこされている。

川上氏の努力でみつけだされて収録されている巻頭の「姉の死など」という文章を読んで、あまり生意気なことがかいてあったので、こういうことを語ってみたくなった。また、あまりに同化作用のつよい「宮沢賢治」の草稿には、逆な意味で水をぶっかけてみたくなったが、これはいつかまともにやってみる機会があるような気がする。

なにはともあれ、川上春雄氏と〈増補された〉わが過去の愛憐と耻とに敬意を表する。

一九七〇年五月十八日

『試行』後記

第二七号

『試行』27号は、需要に応じきれないためにまた少し部数をふやした。おくれをとりもどすための努力もやったが、おもい通りの結果にならなかった。原稿の集積がはやい場合は印刷がおくれ、原稿がおくれたときには印刷がはやいというようなスレちがいがおおく思い通りにはいかない。

『試行』は現在のところで、在庫は皆無である。したがって26号以前の『試行』は篤志的な本屋さんか、個人によって求めるほかない。

大学紛争はあれよあれよという間に一挙に両極分解にまでできてしまったようにみえる。その過程でわたしたちが希望した教師たちの市民民主主義と学生たちの急進主義との思想的な対決のすがたは、とうとうみられないままに、紛争は全国的な規模でひろがっていった。分解した両極には臆病なアカデミズムの壁にしゃにむに閉じこもってしまった教師たちの像と、政治運動も社会運動もお構いなしにごっちゃにして、政治主義的に頭脳を単純化してしまった急進的な学生たちの像がのこされた。まったく、あれよあれよである。

　あれよあれよはもっとある。戦後二十数年を、「民主主義」をうりものにしてきた連中が、なんのことわりもなしに東大全共闘を支持する声明を発する場面にも出遇った。フルシチョフ路線を金科玉条として唱っているこの連中と東大全共闘の闘争とどこに関係があるのか。

　また、東大全共闘の助手どもは、文学思想運動上もっとも悪質な役割をはたしている連中と野合してしまった。この連中は相互に耻を知れというのだ。

　また、もの書きを軽蔑しながら、ものを書くことの怖ろしさもしらぬ駄文をジャーナリズムで書きちらしている東大全共闘の学生指導者たちも耻をしるべきである。じぶんたちのやった闘争をじぶんたちで丁消しにするような馬鹿な真似はよせといいたい。

　どんな微小なもの書きでも、もしかれが本質的なもの書きであるならば、みずからの秘かな原則を守って文章を発表しているということを知ったほうがよい。その上でもの書きを否定しきれるならば否定してみるべきである。よほどつまらぬ文筆家しかやらないことをやりながら、偉そうなことを云っても無効である。

　現在でも『試行』の直接購読者で住所変更の連絡がないために、送付した雑誌がもどってくるケースが二、三ある。また通信事務上のゆきちがいも少数おこっている。なにか事務上のゆきとどかない点があったら、どんなことでも連絡して欲しいとおもう。そうでないと空しく雑誌をねかせてしまったり、再送付したりしなければならなくなる。

　茶番劇、猿芝居をさんざんにみせつけられながら今年もはじまった。これからも何度もそれをみせつけられるだろう。見物料がただだからみるのではない。みる気があろうがなかろうが、不可避的にみせつけられるのである。そして不可避的にみせつけられるといった位相でみえるものだけが全社会的な課題でありうる。いま起りつつある事態は、いずれも情況の象徴であって、情況そのものではない。情況そのものだと自惚れているのは当事者だけであり、また本質的にはそれ以上の意味をもっていない。『試行』はひたすら前へ、ひたすら深くである。

第二八号

『試行』28号は、また求めに応ずる部数を確保できずに、先号より若干増刷することになった。これは『試行』刊行の物質的基礎をかんがえれば喜ぶべきことである。27号ですこし油断（?）して、寄稿原稿を一つ二つおおく掲載したところ、全部さばいても送料分だけは赤字であるという結果になった。しかも、当然、掲載すべき水準にある寄稿はそれでもさばききれないのが現状である。『試行』はいつでもこの意味では口惜しいおもいをしている。しかし、直接および間接購読者の予約あるいは店頭購読費以外の何ものにも物質的な支えを求めまいとする『試行』の原則からは、この〈口惜しさ〉が実力相応ということである。わたしたちはこの〈口惜しさ〉のもつさまざまな意味合いをかんがえることをやめまいとおもう。それとともに、なおおおくの予約直接購読がほしいことも確かである。わたしたちは、けっして勧誘しない。しかし、現在の情況のただ中で、もし『試行』の内容が読むに値するとかんがえる読者は直接予約購読によって本誌の存続と増頁の意欲を支えてほしいとおもう。

全共闘の学生指導者のひとりが〈口先きで云うだけで行動しないものを信じてはならない〉とあるメッセージに書いていた。なかなか愉快な発言である。『試行』もまた朗らかに云う。行動家が行動のあいだにちょろちょろ書いたような文章など、まったく信用するな、と。そんな文章を否定できないのは表現者の恥辱である。

つぎに頓馬な学生運動あがりのジャーナリストがいう。〈権力の問題にぶつからないような学問など学問ではない〉と。つぎに頓馬な大学教師たちがいう。〈学園闘争は文化革命の問題だ〉と。つぎに頓馬な文学者ともいえない左翼文壇の紳士がいう。〈文学者の全共闘をつくれ〉と。つぎに頓馬な学生運動家がいう。〈大学にたいして反大学を〉と。かくて頓馬は頓馬を生みだし、ほかの何ものをも創造しやしない。かれらをしてかれらの誤謬の結果を刈りとらしめよ、である。

頓馬は保守文壇にも波及してきた。一個の文学者は手易く、保守的な現実政策に迎合するデマゴーグになりさがる。かれらは〈政策〉が〈政治〉であると錯覚する。そして、国家の政策や、日本文化の進路について相集まって語りはじめる。かれらを自滅させるまで語らせよ、である。

学問らしい学問ほど〈権力〉などにぶつからない。追及してゆくものが真理ならば、それはあらゆる〈権力〉の消滅しか指向しはしないからだ。それで学問はいつも一足とびに究極の真理を指向しているか、〈権力〉などにぶつかる以前の、具体的なディテールにかかずらわっているかのいずれかである。権力にぶつかったり、自らが権力を目指したりしている学問など学問でない。

左翼文壇に巣くっている学生運動上りのやりたがることは新興宗教とおなじに〈塔〉を建て〈伽藍〉を荘厳にすることである。しかし『試行』がやってきたし、これからもやってゆくことはまったくこれと反対のことである。あらゆる表現行為、文学的、思想的、政治的表現行為には可視的な〈塔〉や〈伽藍〉の建立はありえないという原理が、『試行』を不屈の粘り強い表現者たらしめている基盤である。

第二九号

『試行』29号は、おくれをとりもどそうとつとめたが、わずかに刊行がはやめられた程度であった。また、需要がおおくなり、再びいくぶん増刷することになった。経済的な得失からいえば、次号の発刊の資金にやきもきするといった憂慮はどうやら無くなってきている。また、長い間直接購読者として『試行』の刊行を、意識的にまたは無意識的に支えてくれてきた読者が、ほんどはぼつぼつ優れた表現者としての片鱗をのぞかせながら、寄稿によって『試行』の刊行を支えるという位相に転化してきている。これほど愉快なことはない。それらがそれらの自身の課題を深化しながら並び立つという姿は、わたしたちが夢想してきた到達点への第一歩であるのだから。

情況は、なにものかへ一歩でも近く肉迫したいという焦慮と、なだれのような崩壊と、無気力な明るさとに充ちている。そして、それらの現象をつなぐ脈絡は、もはや断たれてからひさしい。主観的にいっても、つまらぬものを相手にするのは御免だ、そんな閑暇は手にもっていないといいたいほど、おっくうになっているといっていい。しかし、気力をふるいおこしてわたしたちの理論的な、また思想的なそして創造的な指標を掲げつづけてゆかなくてはならない。どうしようもなくなってから何か方策はないかなどといわれても、どうすることもできないにきまっている。わたしたちは、遠くまで歩いてきた。そしてなにものかへの大道を暗示してきた。しかし、過去をふりむいて感慨にふけることは許されていない。学びたいものは、まだまだ、わたしたちから学ぶことができるはずである。そしてわたしたちの歩みは、そう手易く途絶えてしまわない道をつけてきた。そして、もっともっと前へ前へつっこんでゆくだろう。

『試行』は、読者の拡大とともに、事務量も拡大してきた。それにつれて、以前にはとうてい考えられなかったようなミスがおこることもでてきている。何か事務上の間違いがあったときは、どんなことでも、ためらわずに指摘してきて欲しい。その種の指摘はきびしければきびしいほどよい。また、あればあるほど助かる。内容上の指摘についてもおなじことが云える。『試行』はこれでいいなどと安堵したことは、事務上でも内容上でも一度もないし、尻を叩かれなければ前へゆけないような歩み方もしていない。しかし、それにしても批判や疑問の提出や、勇気づけはあればあるほどよいのである。

直接、間接購読者を問わず、寄稿があれば必ず読み、感想と批評を記し、水準にあれば掲載する。そして購読者が表現者に転化することは、いままでも、これからも、もっとも望ましいことである。『試行』は恩を着せたり、セクト固めをしたりというようなケチなまねはしない。また、そんなことに低迷しているほどもうろくも動脈硬化もしていない。やりたいことも、権力と諸セクトへの憤怒も、無関心なものに打ちこむべき思想的通路をみつけだすための営為においても、奔騰している。とうていじぶんたちのいままでの達成に甘んじたり、セクト的な勢力づくりをやったりしている閑暇はないのだ。

わたしは体験上、ひんぱんに住所を変更せざるをえない直接購読者たちに同情する。けれど忘れずに移転通知を出して下さい。田辺泰志氏の住所を、本人または知人から連絡して下さい。

第三〇号

『試行』30号は、ふたたび増刷することとなった。これは直接予約購読者の激増と、小売店における間接購読者の増加のためである。ここで、原則上のことを再確認しておかなければならないが、『試行』が直接購読者に精神的な、そして経済的な支柱をもとめ、直接購読者の意向によって、運用が行われるという原則はすこしも変更されない。漫然とした偶然の読者が増大するよりも、はっきりした意志的な読者が少数でも強固に『試行』の刊行を支えるということが望ましい。また、寄稿者のばあいもこの原則はそのまま適用できる。

すでに、本文に予告されたように、32号から定価の値上げを行うことが提案される。直接購読者には、きわめて近い時期に詳細な理由をのべ、賛否をたずねる手筈になっている。なによりも寄稿者に存分の紙面を確保するためにこの措置はなされる。『試行』が内容的に満足すべきものだとは少しもかんがえていないが、現在の混迷と怠惰のなかで、『試行』のもっている相対的比重が増大していることは確かであり、この他動的な『試行』の位置づけに応えることも大切なことであると考える。

はじめての読者から『試行』の水準が予想外に高いのでびっくりしたという感想があった。そんな感想があると〈穴にでもはいりたい〉ほどの恥かしさをおぼえる。いったい『試行』の内容が、なにをひとびとに与えうるのか？　このような問いにたいして、ほとんど応えられない程度の段階にあるといっていいからである。しかし、〈大〉出版社や〈小〉出版社から発行され、店頭に並べられている雑誌よりも、『試行』の水準のほうが高いことは確かである。つまり、現在では、そういう雑誌のほうが三文同人誌なみの水準に下落し、そこにガン首をならべている執筆者、著者なるものの大部分が、大学紛争のあおりを喰ったこともあって、ますますじぶんの学問や芸術の研さんを積まずにお茶をにごすようになってしまったのだ。『試行』はすくなくとも研さんだけは何れよりも怠っていない。家系だけで左翼づらをしたり、芸術家づらをしている連中の転落は、紙数が増加してもたんに広告が増加したにすぎないある種の商業新聞とおなじで、ますます安易で、あたりさわりなく、読者の趣味感に迎合しつつある当然の帰結である。趣味の左翼、趣味の右翼、趣味の保守、趣味の芸術、趣味の政治、趣味の学問、そして趣味の大学……おもいだしただけでぞっとする。そしてこういう趣味の〈趣味〉を支えているのは、ほかでもない大学紛争を機動隊で暴力的に〈解決〉し、みずからの撰民意識を保持するために、警官に守られて新入りを〈試験〉している大学の教師たちである。わたし（たち）は、こんな連中と縁もゆかりもないが、たまたま、テレビや新聞や雑誌にこんな連中が貌を出しているのに出っくわすとムカムカしてくる。こんな連中と一緒に座談会などで喋々とやっている連中をみても、ぞっとしてくる。〈坊主にくけりゃ、ケサまでも〉ということわざがある。いつかコミでぶちのめすまで批判してやるつもりだ。

さて皆さん。『試行』がその存在理由をみずからの手で獲得するのはこれからである。わたしたちの研さんを見守っていて下さい。そして、みずからも研さんの成果で『試行』に参加して下さい。誰がなんといおうと『試行』は、左右、前後を問わず与太な名目主義者を必然的に粉砕しつつ、じっくりと熔岩のようにすすむ。

第三一号

はじめに、直接購読者全員に配布した値上げ案とその理由、値上げにともなう事務処理上の手続等を内容とした提案、それにともなう直接購読者からの回答について報告する。

提案の配布総数	一〇七〇
賛成回答	六九七
直接購読の取消し	二
反対	一
保留	二
一任	一

（八月二七日現在）

以上の結果、三十二号からの値上げを決定することとした。念のため、値上げ後の雑誌の価格を再掲すればつぎの通りである。

定価各一冊	二百円	送料六五円
四冊予約	千円	送料不要
二冊予約	五百円	送料不要

一年予約とか半年予約とかいう言葉をつかわないのは、隔月刊をたてまえとしながら、実質的に不定期刊であり、刊行の年月数をいうのは意味がないからである。

値上げにともなう事務上の処理は、難渋をきわめた。これはすでに32号以上入金済みの購読者の送金がまちまちであり、その処理が難しかったことが主な原因である。そのため、三十一号の刊行が可成りおくれた。しかし、いつかやらねばならない処置であり、それにともなって得られた直接購読者の素直な雑誌にたいする意見、批判、感想、激励など多様にわたる見解をきくことができた貴重さにくらべればやむをえないことであった。

回答結果について若干説明する。回答総数は、当方の予想をはるかに上廻った。賛成回答にも意見やいちゃもんつきのものもあり、参考意見として胸にたたみこんで、これからの雑誌刊行のなかで消化してゆく。直接購読取消し二通は、心情的なあいまいな位相で直接購読してきたことが嫌であるからという理由からであった。反対一は、郵送料（これは赤字額に該当するという意味で）を購読者負担にすれば、値上げの理由はないというものである。保留二の意味は、値上げは賛、否をいうべき筋のものではないというように解釈されるものである。

また、三六七の回答なしは、提案中に付言したように、値上げ賛成とみなされる。この回答なしは、無言の見解とかんがえれば、おそらくその内容は多種多様であるとかんがえることができる。ある意味で『試行』にたいする無言の批判であり、また、ある意味ではは無言の無条件信頼であり、また、ある意味で、〈面倒くさい、そんなことはどうでもいい〉という見解の表明ともうけとれる。

直接購読者の批判的見解のうち、直接購読約一〇〇〇にたいし、店頭売り二八〇〇は落胆したというのがあった。たしかに落胆すべきである。ただ、このばあいの店頭売りは、一店を除いて、店主が直接購読者またはそれに準ずるものばかりであることをお知らせする。『試行』は、事務上の整理をおえ、流通体制をととのえたうえ、新たな段階に入ることになる。

第三二号

本号から定価が値上げされる。それにともなって郵送料が値上げになる。雑誌の配布と流通の方法は、しだいに整備されてきつつあるが、まだ、いろいろな故障がおこってきており、それらを徐々に解決しながらすすめてゆくつもりである。何か不都合なことがあったら、直ぐに通知していただきたいとおもう。整備の段階なので手落ちがあったり、混乱があったりするかもしれないが、直接に通知してくれると大へん役立つ。三十二号からの定価と直接予約購読費を念のため再び掲げる。

定価各一冊	二百円	送料六五円
四冊予約	千　円	送料不要
二冊予約	五百円	送料不要

三十一号までに出揃った『試行』刊行上の主な問題点は左の通りである。直接、間接購読者の参考に供するため、素直に列挙してみる。

(一) 定価値上げ処置にあらわれたように、いつも若干の赤字で刊行されてきたこと。しかもこの赤字は直接予約購読者の入金を先まで喰い込んでいるため帳簿上の赤字にはならないこと。

(二) 購読者は、直接、間接ともに増加の一途をたどっているが、直接予約購読者と間接（店頭）購読者の増加の比率は、かえって減少しつつあったこと。つまり、不特定多数の購読者の増加の部分で部数が増加していたこと。

(三) (二)と相関することだが、『試行』の流通の一部が、商業雑誌となんら変りのない方法で行われていたことが判ったこと。

(四) 『試行』の一部分が〈特価〉本的に流布されていたかもしれないこと。

これらの問題点を一掃するための大部分の処置はおわった。少しずつ効果があらわれてくるとおもう。ここでも読者のみなさんにお願いするが、疑わしい現象があったら、素直に詰問、質問、批判、感想等を寄せて下さい。こと『試行』に関するかぎりは、大出版社に寄生しながら市民主義的太平楽をならべているものたちや、たかりで雑誌を継続している文壇左翼運動誌などと、はっきりと自己を区別している。この区別とても絶えずなし崩しの危険にさらされているが、気がついたときには直ぐに防護策を講ずる。『試行』は直購者の予約金を基礎にし、若干のよく主旨を理解してくれる書店における間接購読者の購読費をくわえて、それだけで刊行されている。だから『試行』の存廃をきめるのは購読者でありそれ以外のものではない。原稿料なし。労力は有志の無料奉仕。また、たれも〈私財〉を投げうっているわけでもない。したがって、主要な内容上、経済上の変化があるときは、かならず直接購読者の意見を無視することはない。また、下手にわたし〈たち〉をオルグろうとしても、こと『試行』に関するかぎり無駄であり、じぶんの方が火傷するだけである。

寄稿の処理は、わたし（吉本）がやっており、べつに諸氏協議のうえ意図的に何かを特集したり、目途したりしたことはないし、これからもない。勘ぐりから他の寄稿者に迷惑がかかることもあるかもしれないから明確にしておきたい。『試行』に関するかぎりわたしが全ての責任を負っている。そして個々の寄稿の内容は寄稿者のものであり、どんな干渉もない。

第三三号

『試行』33号は刊行がおくれた。まだ、事務上で整備しなければならないことが流動しており、思うように刊行できなかった。

寄稿原稿は多くなり、歓迎すべき現象であるにもかかわらず、経済的な理由から、どうしても超えられないページ数が大きな枠としてあって、まったく水準に充分であるにもかかわらず、次号、次々号とまわさなければならない状態である。しかし、掲載すべき水準にあるものはかならず掲載する。

なお、寄稿される場合は、コピーをとって送稿して欲しい。また送り返してもらいたいという要望がたくさんあるが、それは多数のばあい手に負えない事務上の負担になる。原則的には寄稿原稿の処理は当方に一任していただく。ただし、寄稿された原稿は、掲載すると否とにかかわらず、創刊号から全部保存してあるし、これからも保存しておく。けれど、この処理は寄稿者に返稿する義務を当方が負うものでなく、したがってコピーをとって送稿してもらいたいという原則とはかかわりないことである。

まだ、若干の混乱があるが、雑誌『試行』に関する一切の刊行と事務の処理は、吉本方「試行社」であつかわれることになっており、単行本に関する事務処理は、会津若松市の川上春雄方「試行出版部」であつかわれることになっている。混同しないようにして欲しいと思う。

直接購読者と小売店の店頭での間接購読者との比率を直接購読者の方へ大きく傾けようとしてとられた事務的な処理は効を奏しつつある。それとともに購読者層の絶対数は増大しつつある。これからもこの原則は守りぬいてゆくつもりである。『試行』はマス・コミや出版業者から文字通り孤立にして無援であるが、まったく朗らかな孤立無援である。派手にぱっとページ数をふやすわけにゆかないので、残念といえば残念だが、所期の成果をあげずに朽ち倒れるわけにはいかないとすれば、このページ数の制約をも朗らかに甘受するより仕方がないとおもっている。

情況はあたかもおおきな壁に立ち塞がれているように感じられる。この壁を前にして右往左往しているのが政治と思想と文化の現状であるといえるかもしれない。『試行』はこの壁が、どういう成り立ち方をしているかを見極めつくしているとはいえないが、右往左往しないだけの道はつけてきたつもりである。壁をまえに立ちすくむことはあっても、逃げることはしない。いままで逃げなかったし、これからも逃げないだけの坑道は掘りつづけてきた。向う側に明るみがみえていることはないが、掘りすすんだ坑道は、きっとどこよりもすすんでいるはずである。そしてじりじりと前へゆくよりほかに方法はのこされていない。

『試行』は隔月刊をたてまえとしている。けれど手から口への賃仕事の合間に、有志の無料奉仕でやっているので、いつもおくれがちである。これは読者にたいして心苦しくて仕方がないが、拙速主義にしてもべつに実りがともなうわけでもないので許容して欲しい。ただ、刊行がおくれがちでも、事務処理は、一点一劃もゆるがせにしないほど厳密なつもりである。したがって、どんな事務上のミスでも遠慮なく、まめに申越してほしい。あらためて何度目かのお願いをする。

第三四号

『試行』34号は、少し刊行をはやめることができた。また、それとともに直接購読者と店頭購読者との比率は、ほぼ同数にまでこぎつけることができた。いまのところ『試行』にはドル・ショックの影響もムード不況の影響もかかわりない。ただ、読者はきっと雑誌一つ買うにも首をかしげるという状態はつづくとおもう。『試行』はただ内容の高度化によってそれに応えることに力を傾けるより仕方がない。

任意の漠然とした雑誌購読者層を想定すると、それらの読者は表現された中味に左翼的な言辞がつかわれていれば、それを左翼的な雑誌とかんがえ、革命的な言辞がつかわれていれば革命的な雑誌とかんがえるかもしれない。これは表現者にとっては程度に応じて真実であるだろう。しかし、表現の場である雑誌から〈自立〉的につくりだそうとする過程を包括させたうえでいえば、半分の真実でしかない。このばあい、まず、左翼的であるかどうかは雑誌の刊行のされ方自体にあり、表現者の自由な表現の願望を、主題を、問題を、自由に表現しうる場をつくれるかどうかにあり、その中味に左翼的言辞がバラまかれているかどうかということにはない。だから、どこで何をかこうと自分のかくものは自分のかくものであるという言辞にも、『新日文』のような無内容な一見左翼風の駄ボラしかかかれていない雑誌に逃亡して、左翼的言辞をロウする三下奴などにも、半分の存在理由しか認めないのだ。これがわからないで〈自立〉雑誌という概念がわかるものか。『試行』は、いつも経済的な基盤とスペースのバランスに患わされているくせに、なお依然として寄稿をもとめている。その寄稿はべつだん左翼的言辞だけをもとめているのではない。かれ個人にとっては少くとも不可避の主題を、かれなりに精いっぱいに表現した主要な仕事をもとめている。どんな左翼的言辞やラヂカルな言辞がばらまかれていても、ホマチ仕事などは一切拒否する。そんなものを掲載してくれる左翼文壇、論壇雑誌は、れっきとした出版社の雑誌にいくつでもある。どうぞそちらへ。

事務上のことで毎度の了解をもとめたい。雑誌がとどかないで、もどってくるものがいくつかある。住所変更があれば間違いなく通知してほしい。そうでないと戻ってきた雑誌を再送するメドは当方にはまったくない。また、雑誌が送付されないばあいは、直ぐに抗議あるいは注意をしてほしい。当方では、発送について少くとも三回はチェックして間違いをなくそうとしているが、どこに〈事故〉の原因があるかをつきとめるためにも是非そうして欲しいとおもう。いままでの例では、アルバイト的配達人の不精みたいなものと、アパート管理人の不注意みたいなものとが原因になっていることが、ほとんどである。

いうまでもないことだが、『試行』の存続が、いまのところ脅かされる徴候がないのは、たんに読者が増加しつつあるというよりも、直接予約購読者が増加しつつあり、また、間接の店頭読者にたいして直接予約購読者の比率が増加しつつあることに主な基盤がある。これから当分つづくムード不況に耐えるために直接予約購読を一層訴えたい。また、間接の販売は依然として意識的に抑制している現状であることをお知らせする。

店頭購読者への予告

読者の皆さん。

『試行』はここ数号にわたって、部数の増大にもかかわらず、全部数が売切れたとして（事実売切れています）、なお郵便代、諸雑費の額（約四〜六万円）だけ**赤字**となる状態で刊行されてきました。この**赤字**の理由は、寄稿者の増加からくる増ページによるもので、まったく歓迎すべき事態であるため、寄稿を制圧して意欲を削ぐことはできないものです。

　ところで、同時に、予約購読金を**先まで喰い込むこ**とができますので、さしあたってこの**赤字**は『試行』の刊行を続けるのには、まったく影響はなく、むしろ帳簿面では、ある時点で集計しますと**黒字増加という現象**を呈しています。

　しかし、担当者としては、みすみす**赤字**が予め判っている状態で雑誌を刊行するのは無責任であり、また、今後なお予想される増頁と、強固な持続性の重要さを考慮にいれて、**三十二号より定価二百円**と致したく存じます。引続き**三十一号でも**この値上げの**予告**は致しますが、この値上げを御了承願います。

直接購読者には、別にここ数号にわたる収支を報告し、意見を求めます。直接購読者の値上げ不賛成が過半数であったばあい、もちろん値上げは取消されることも、併せて御含み願います。

『試行』責任者

直接購読者の皆さん

雑誌 試行 は皆さんの有形無形の支持により三〇号までの発行をおわりました。内容上、経済上の重要な変更があるときは皆さんの見解を必ず問うという原則に随って下記の提案を行い賛否を問いたいと考えます。

提案の内容

一、雑誌『試行』三二号から左の値上げと変更を行う。

各冊…………定価・二〇〇円　送料・六五円
四冊予約…………一〇〇〇円　送料不要
二冊予約……………五〇〇円　送料不要

提案の理由

一、『試行』は現在まで十年近くのあいだ頑強に値上げを拒否してきました。したがって創刊当初は「高い雑誌」という印象をあたえ、現在では「安すぎる雑誌」という印象をあたえていると思います。現在なぜ「安すぎる雑誌」の発行が可能なのかについては、格別の秘訣があるわけでもなく、とくに著しい資金の蓄積があるからでもありません。単純に、皆さんの直接予約購読金を先まで喰い込んでいるからです。随って雑誌『試行』の刊行が十年近く持続されてきたのは、大部分皆さんの支持に依存しており、それ以外にどんな資金ルートも存在するわけではありません。

ところで、ここ数号のあいだに、とくに新らしい変化が生れています。

イ。寄稿原稿の質と量の増大。

ロ。直接、間接購読者の激増。

イは単純に今までもこれからも歓迎促進すべき事柄で抑制する理由がありません。ロは表面的にいえば経済的な基盤が強固になるということで歓迎すべきことにおもわれます。しかしこれは、現在の文化的な情況の全体とかかわることですが、購読者層の意識の拡散と稀薄化と相伴う現象のように思われます。直接購読者と間接の購読者からの通信、批判、事務上のコメントから把握される反響を、簡単な印象で要約すれば、「たしかに創刊当初にくらべれば、購読者層は激増している。しかし購読者層の手ごたえは、頁数の増加に比例するほどに確かでなく、輪郭が薄れている」というように言えます。この意味では、直接、間接購読者の激増は必ずしも歓迎すべきものだとは言えません。創刊当初の直接購読者（それはいまでも大部分が購読者の核心であり、また表現者、寄稿者への転化の核をなしていますが）ならば自明だと考えるはずの事柄についても、ひとつひとつ説明しなければ通じないという事態にしばしば遭遇します。そこで『試行』は、いつでも経済的基盤を強固にしなければならないという命題と、なによりも少数であっても手ごたえの確かな購読者にこそ読まれなければ雑誌刊行の意義は薄れるという命題のあいだの矛盾につき当っています。この矛盾はもちろんそれ自体では解決不可能なものです。

　そこで常に、「雑誌が継続して刊行できる限度で、できるだけ安く、できるだけ手ごたえの明瞭に把握できる読者にできるだけ質と量のおおきい内容を提供する」という点が、バランス点として撰ばれるということになります。これは経済的な基盤から言いかえると「現在の時点で打切れば赤字が残るとしても、直接予約購読金を先へ喰込めば、予約更新の各号ごとの循環、新規購読者の増加などによって雑誌刊行を継続するのにさしあたって困難はない」という点が撰ばれることになります。これが、郵送、通信費、事務用品の購買その他の諸雑費、また潜在的には事務、校正、荷造り、発送などの有志による無料奉仕の労力などを「赤字」として支出しながら雑誌を刊行するという事態で『試行』が刊行されてきた理由です。

　最新号について具体的な数字を掲げてみます。

　『試行』三〇号（最新号）印刷費……発行部数……3,800冊

　組代…750×195=146,250　表紙…5×700=3,500

　刷代…5,700×12=68,400　3,800×1=3,800

　　表紙…3×3,800=11,400　用紙…131,000

　製本…3,800×18=68,400　トレース図面11ヶ17,250

合計…450,000　但し地方送り梱包運賃は別

印刷費以外の主たる支出は次のように概算されます。

　主たる諸雑費…直接予約購読者数…概数約1,000人

　郵便切手代金…65×1,000=65,000

　通信発送費…12,900　封筒代…3×1,000=3,000

合計…80,900

印刷費と主たる諸雑費の総計

　450,000+80,900=530,900

これにたいし、三〇号に関する収入（見込も含め

て）は次のように概算されます。

主たる収入…直接予約購読者よりの収入

一年予約を一冊に換算して…1,000÷6=167

概数1,000人で…167×1,000=167,000

各定期予約小売店（および集団）購読者及店頭購読者よりの収入

（定価の75掛で取引、全部数が売れるとする）

112.5×2,800部＝315,000

合計…167,000+315,000=482,000

以上のように概算された収支を比較しますと、約五万円の赤字となります。

もちろん、これには有志の無料提供の「労力」、包装材料費、事務用品費などは省略されています。ところで、各号につき概数六〇人の予約更新者と概数五〇人の新規予約購読者があり、この額は約一〇万円となります。（これは一〇〇人が一年予約、残り一〇人が半年予約として計算）したがって、雑誌の刊行には差支えなく帳簿上は約五万円の収支増となります。しかし、実質上は約五万円の赤字であり、また予約更新新規予約の約一〇万円は一冊分に割りふれば約一万七千円の収入源としてしか寄与していません。以上の数値の概算から、実質的に赤字増加の傾向にありながら、雑誌の刊行が継続しうる理由が了解いただけるものと存じます。いいかえれば、直接予約購読制が『試行』刊行を継続するための不可欠の基盤をなしていることが、経済的な意味でも理解できると存じます。

ところで印刷所より次号（三一号）より値上げすべき旨の通知をうけています。

次号の見積書をとってありますが、組代値上げのため、三〇号と同頁として印刷費だけで五四万二千八百円、三二号（値上げ実施提案の号）で五七万円となります。

もちろん、なお直接予約購読者の増加も、部数の増加も見込まれますが、定価の値上げは、若干の頁数を抑制した上で、値上げ以前と同じ、またはそれ以下の意味しかもちません。いずれ抜本的な対策（例えば定価を一挙に二倍くらいに引上げ、部数を削減し、特別な場合をのぞき店頭売りを停止する等々）が必要になるかも知れませんが可能なかぎり安価で充実した内容を、直接予約購読制の基盤の上に確立するという方針を貫徹したいとおもいます。

値上げ実施に伴う事務処理上の提案

1。値上げ実施期日…三二号より

2。既予約購読入金者の処理

値上げ実施期日の三二号発行の時点で、三冊分および六冊分の入金済の場合は、簡単に三冊分を二冊分に、六冊分を四冊分にすれば値上げは相殺されます。

値上げ実施時に、一冊分、二冊分、四冊分、五冊分入金済の場合については、やや面倒な処理になります。これは次のように計算されます。

値上げ前の一冊分の金額…1.000÷6=167円
値上げ後の一冊分の金額…1.000÷4=250円
前後の一冊分の差額 250−167=83円

そこで、一冊、二冊、四冊、五冊入金済の分については約八〇円、または倍額の約一六〇円を新たに入金していただくことによって、値上げ相殺の処理にもってゆくことができます。例えば値上げ時に一冊分入金済の場合は、八〇円を入金していただければ値上げ後の一冊分になりますし、二冊分入金済の場合は、一六〇円入金いただけばそのまま二冊入金済とすることができます。以下同様です。そこで次のような提案をいたしたいと思います。

イ。この報告の末尾に当方より「貴方は〇〇円を切手にて送金になると〇〇号まで入金済」と通知しますから、値上げに賛成の場合は、賛成回答と一緒に、切手で該当額（八〇円またはその倍額）を送付して下さること。

ロ。切手で該当額の送付がない場合は、一律に一冊分を抹消すること。

（ロの処理は機械的なように思われますが実施の事務処理上、これ以外に実質的には処理不可能なほど煩雑になります）

この処理はいろいろ考えた末に、事務処理上比較的実行可能な最上の方法と思います。

次に以上の値上げの提案（値上げに伴う事務処理上の提案を含めて）の賛否の回答を処理するために必要な決定方法について当方の考えを申述べます。

一、本提案の送付日から回答に必要な日数（二週間、但し沖縄はそれ以上の日数とする）までに回答がないときは、当方に一任とみなす。

一、賛成が過半数に達したときは、値上げを実施することを値上げ反対者も承認する。

一、賛否の集計結果は経済上、事務上の都合で各個に通知しないが、最も新しい号（うまくいけば三一号、そうでなければ三二号）の後記に記載する。

一、値上げ反対者が過半数となり値上げが取止めとなった場合、賛成回答者が同時に封入した値上げ処理のための切手、金額は返送する。

一、値上げには賛成であるが、その他の事務処理の方法に反対である場合は参考意見として考慮する。

末尾に、値上げ賛成の場合に皆さんがやってくれるべき処理と、その提案の入金状態をお知らせします。

一、貴方は　　円（切手でよい）を送付下さることにより、

号まで入金済となります。

『試行』事務係

『試行』責任者

解題

解題凡例

一、解題は書誌に関する事項を中心に、必要に応じて校異もあわせて記した。

一、各項は、まず初出の紙誌ないし刊本名を記し、発行年月日および月号数（発行日が一日の月刊誌の場合は年月号数のみを記載）、通号数ないし巻号数、発行所名の順序で記した。次に初収録の刊本名、発行年月日、発行所名を記し、さらに再録の刊本を順次記した。再録の記載は原則として著者生前のものとした。著者の著書以外の再録については主要なものに限った。また初出、初収録の表題との異同がある場合はそれを記した。初出の表題や見出しが複数ある場合の言及は最小限にとどめた。

一、校異はまずページ数と行数、本文語句を表示し、そのあとに矢印で初出や単行本などとの異同を示した。初出や底本は［初］［底］などの略号を使用した。

例　五四四・4　賑やかな大衆の存在に根拠があるかぎり、賑やかな枯れ木も＝［初］←［底］賑やかな枯れ木も

これは「『死霊』考」の本文五四四ページ4行目で、底本の『詩的乾坤』では「賑やかな枯れ木も」となっていたのを、初出によって「賑やかな大衆の存在に根拠があるかぎり、賑やかな枯れ木も」と改められていることを示す。

この巻には、一九六九年から一九七一年にかけて発表された著作を収録した。ただし、一九七〇年に発表された『高村光太郎選集』解題の第六回は第一〇巻に、一九七一年に刊行された『心的現象論序説』、『源実朝』はそれぞれ第一〇巻、第一二巻に収録されている。また『序説』収録およびそれ以降の「心的現象論」の連載第一三〜二〇回が同期間に書き継がれている。

この期間の講演から、速記録の整理にかなりの意が注がれたものや、主題として書くかたちでは展開されなかったが著者自身によっても重要とみなされたと思われるもの、その後の著作へのつながりにおいて重要と思われるものなどの幾篇かを収録した。講演は講演月、ないし初出掲載誌のある場合は講演月と掲載月のあいだで配置した。

本巻をはさむ第九巻から第一二巻の重複する期間の背景に、生活史的には、文京区千駄木の自宅購入（一九六七年）、父・順太郎の死去（一九六八年）、江崎特許事務所の退職（一九六九年）、母・エミの死去（一九七一年）があり、社会的には、大学紛争（一九六八―一九六九年）、三島由紀夫の自決（一九七〇年）があった。

全体を四部に分ち、Ⅰ部には、四年ぶりに発表された詩二篇を、Ⅱ部には、『情況』を、Ⅲ部には、この期間

の主要な評論・講演・エッセイを、Ⅳ部には、推薦文やあとがきの類いを収録した。
　この巻に収録された著作は、断りのないものは著者生前の最新の刊本を底本とし、他の刊本、初出を校合し本文を定めた。引用文についてもできうる限り原文にあたって校訂した。

Ⅰ

島はみんな幻

『都市』（一九七〇年四月二五日　第二号、都市出版社発行）に発表され、『吉本隆明新詩集』（一九七五年一一月一日、試行叢刊第七集、試行出版部刊）に収録され、『吉本隆明新詩集第二版』（一九八一年一一月一日、試行叢刊第七集、試行出版部刊）に再録された。また『吉本隆明全詩集』（二〇〇三年七月二五日、思潮社刊）、『吉本隆明詩全集7』（二〇〇七年四月五日、思潮社刊）にも再録された。

五・10　字アキ↑［初］字アキなし
七・19　おぼえがない〉↑［初］おぼえがない
七・20－八・4　天ツキ↑［初］字下げ
一〇・6　かわっている》↑［初］かわっている

〈不可解なもの〉のための非詩的なノート

『ユリイカ』（一九七〇年五月号　第二巻第五号、青土社発行）に発表され、『吉本隆明新詩集』に収録され、『吉本隆明新詩集第二版』に再録された。また『吉本隆明全詩集』、『吉本隆明詩全集7』にも再録された。

一四・8－11　fatigue↑［初］fatigué

Ⅱ

情況

「情況」の連載題と連載番号のもとに、『文芸』に十二回にわたって連載発表された。各表題と月号数などは、第一回が「収拾の論理と思想の論理」（一九六九年三月号　第八巻第三号、河出書房新社発行）、第二回が「基準の論理」（同年四月号　第八巻第四号）、第三回が「機能的論理の限界」（同年五月号　第八巻第五号）、第四回が「機能的論理の位相」（同年六月号　第八巻第六号）、第五回が「機能的論理の彼岸」（同年七月号　第八巻第七号）、第六回が「非文学の課題」（同年八月号　第八巻第八号）、第七回が「修景の論理」（同年九月号　第八巻第九号）、第八回が「畸型の論理」（同年一〇月号　第八巻第一〇号）、第九回が「倒錯の論理」（同年一一月号　第八巻第一一号）、第一〇回が「異族の論理」（同年一二月号　第八巻第一二号）、第一一回が「集落の論理」（一九七〇年二月号　第九巻第二号）、第一二回が「芸能の論理」（同年三月号　第九巻第三号）であった。第一〇回と第一一回のあいだにひと月の休載があった。
　単行本の『情況』は、一九七〇年一一月二五日、河出

書房新社から刊行された。初出本文に対して「若干の加筆と訂正」が加えられ「あとがき」が付された。初出原題のうち第一回「収拾の論理と思想の論理」は「収拾の論理」に、第六回「非文学の課題」は「非芸術の論理」に改題され、第一〇回と第一一回の順序が入れ替えられた。

『吉本隆明全著作集㊫10』(一九七八年四月三〇日、勁草書房刊)に再録され、「収拾の論理」、「機能的論理の彼岸」、「修景の論理」、「芸能の論理」の章は『吉本隆明全集撰3』(一九八六年一二月一〇日、大和書房刊)に、「非芸術の論理」、「修景の論理」、「集落の論理」の章は『像としての都市』(一九八九年九月三〇日、弓立社刊)にも再録された。この項は『全著作集㊫10』を底本としたが、引用出典の年月の表示などは『全集撰3』にならって漢数字に統一した。

なお初出の「修景の論理」に掲載された「公園の新しい部分」という見出しの写真は単行本では省かれた。『全著作集㊫10』の解題によれば著者撮影とされるその写真を初出誌から上に再現しておく。

Ⅲ

内村剛介への返信

『試行』(一九六九年三月二五日　第二七号、試行社発行)に発表され、単行本未収録のまま『吉本隆明全著作集13』(一九六九年七月一五日、勁草書房刊)に収録された。初出では原題「情況への発言——二つの書翰——」のもとに「内村剛介／吉本隆明」の連名で、内村剛介の往信と著者の返信から構成されていた。収録にあたって副題が表題とされたが、本全集では表題のように改め、冒頭の宛名「内村剛介様」は本文からは削除した。『「情況への発言」全集成1　1962～1975』(二〇〇八年一月二三日、洋泉社刊)、『完本　情況への発言』(二〇一一年一一月一八日、洋泉社刊）にも初出題で再録された。なおこの往復書簡は、「六九年二月・いま何が問われているのか」の表題で内村剛介の『流亡と自存』（一九七二年八月三〇日、北洋社刊）にも再録された。

行動の内部構造――心的行動と身体的行動――

『看護技術』（一九六九年四月二八日　四月臨時増刊号第一五巻第五号、メヂカルフレンド社発行）に発表され、『詩的乾坤』（一九七四年九月一〇日、国文社刊）に収録された。

実朝論――詩人の生と死をめぐって――

『展望』（一九六九年九月号　第一二九号、筑摩書房発行）に発表され、『敗北の構造』（一九七二年一二月一五日、弓立社刊）に収録され、『語りの海　吉本隆明　②古典とはなにか』（一九九五年四月一八日、中公文庫、中央公論社刊）に再録された。一九六九年六月五日、一二日に新宿・紀伊國屋ホールで行われた筑摩総合大学公開講座での講演録であり、第一二巻に収録される『源実朝』の準備段階にあたる講演である。末尾にある「詩的年譜」は講演当日会場で掲示され、「「実朝論」資料」はガリ版刷の資料として配布されたものである。「詩的年譜」は初出にも収録された。

　初出の末尾に「（本稿は六月五日、十二日の講演を加筆整理したものです）」とあったが、単行本収録にあたっても全体的に多くの手直しがなされた。文庫版でも表記の変更などわずかな校訂がされているが、一部の誤記の訂正以外はおおむね単行本のままにした。本文および「詩的年譜」での実朝暗殺の年は「承久元年」を「建保七年」に改めた。また「「実朝論」資料」における歌の語句についての註は、本歌のあとではなく、実朝の歌のあとに統一した。

情況への発言――書簡体での感想――

『試行』（一九六九年八月二五日　第二八号）に発表され、『詩的乾坤』に収録され、『吉本隆明全著作集（続）10』に再録された。『「情況への発言」全集成1　1962〜1975』、『完本　情況への発言』にも再録された。

天皇および天皇制について

『戦後日本思想大系5　国家の思想』（一九六九年九月一〇日、筑摩書房刊）に「解説」として発表され、『詩的乾坤』に収録され、『吉本隆明全集撰5』（一九八七年一二月一〇日、大和書房刊）、『〈信〉の構造3　全天皇制・宗教論集成』（一九八九年一月三〇日、春秋社刊）に再録された。初出の刊本は著者の「編集・解説」によって構成されており、著者の執筆による収録作品についてのコメントは第Ⅳ部に収録した。

　単行本収録にあたって多少の手直しが加えられたが、誤植か手直しか紛らわしい箇所も多くあるので、初出によって改めた箇所など、気になる異同を掲げておく。

二九七・8　露呈させられた。↑［底］露呈させた。＝前行の「敗戦によって」は初出の「敗戦が」を直しており、それにともなって直すべき語尾の直しもれとみなした。

二九九・21　あくまでも仮定的な応えを↑［初］これはあくまでも仮定的な問いを発し、仮定的な応えを

三〇一・7　土着の種族の智恵＝［初］↑［底］土着の種族と智恵

三〇五・8　人民により＝［初］↑［底］人民より

三一八・19　現実的な政治的権限＝［初］↑［底］現実的な権限

山崎和枝さんのこと

山崎和枝著『地べたに霜柱のたつ理由』（一九六九年一二月一〇日、昭森社刊）の挟み込み「山崎和枝詩集「地べたに霜柱のたつ理由」刊行によせて」に発表された。著者のほかに、田村隆一、九谷元子、鈴木創、難波律郎が文章をよせた。単行本未収録のまま本全集に収録された。『吉本隆明資料集48』（二〇〇五年九月一日、猫々堂刊）にも収録された。

都市はなぜ都市であるか――都市にのこる民家覚え書――

『都市』（一九六九年一二月一五日　第一号）に発表され、『詩的乾坤』に収録され、『像としての都市』に再録された。

初出誌の著者作成のカラー口絵の略図および本文地図および吉田純撮影の写真は、著者撮影の写真18が加えられて『詩的乾坤』の口絵に収録された。（写真番号と地図の略号家屋番号は対応させられているが、写真14に該当する家屋の番号はない。）『像としての都市』では口絵略図と写真8と17が省かれて18が全景で掲載され、対応する地図番号17は該当写真がない＊印に変えられ、番号が繰り上げ修正されている。17番の略号は出窓になっているが、写真は低式二階様式の事例になっており、対応する家屋ではなかったと判断されたものかと思われるが、本全集では口絵略図と地図と写真は『詩的乾坤』の形のままにした。

色彩論

『敗北の構造』（一九七二年一二月一五日）に発表された。末尾の編集部作成の「講演メモ」によれば、一九六九年に行われた東京ＹＭＣＡデザイン研究所での一般教養講義の講演録であるが、講演の行われた月日、回数はわかっていない。講演内容は「心的現象論」での論述がふまえられており、とくに「心像論」の後半（『試行』一九六九年三月、八月　第二七号、第二八号）と「目の知覚論」（『試行』一九七〇年一月一日　第二九号）との関連がつよく、一九六九年の他の執筆・講演の時期などをにらむと、同年の秋以降に行われた講義と推測される。単行本の口絵に収録された著者の構成・解説による講義資料も口絵に再現した。

第Ⅲ節冒頭の「外円」と「内円」が底本では逆になっていたのを改め、口絵の「錯視表」との対応関係を文中

にカッコで補った。またごくわずかだが話し言葉の語句その他を改めた。

三五七・13 反射↑［底］発射
三六四・14、17 代表される↑［底］代表する
三七〇・18 外円↑［底］内円
三七〇・19 内円↑［底］外円
三八〇・1 なにかなどと↑［底］なにかなんと
三八四・10、20、三八五・1、5、11、16、三八六・4、6、7、10 視覚的直観像↑［底］視覚的客観像＝『心的現象論序説』の「Ⅶ 心像論」に基づいて校訂
三九一・17 そのなか↑［底］そんなか

新興宗教について

『高橋和巳作品集4』（一九七〇年一月三〇日、河出書房新社刊）に「巻末論文」として発表され、『詩的乾坤』に収録され、『〈信〉の構造 吉本隆明・全仏教論集成 *1944.5〜1983.9*』（一九八三年一二月一五日、春秋社刊）、『〈信〉の構造3 全天皇制・宗教論集成』に再録された。

三番目の劇まで

『映画芸術』（一九七〇年八月号 第一八巻第六号、大和書房発行）に発表され、『詩的乾坤』に収録された。単行本では省かれた「早稲田小劇場風俗図」を初出誌から復元した。

解説――平岡正明『地獄系24』――

平岡正明著『地獄系24』（一九七〇年八月一日、芳賀書店刊）の「解説」として発表され、『詩的乾坤』に収録された。初出原題では「解説」のみであったが、収録にあたって副題がそえられた。

情況への発言――恣意的感想――

『試行』（一九七〇年一〇月二〇日 第三一号）に発表され、『詩的乾坤』に収録され、『吉本隆明全著作集(続)10』に再録された。初出では原題「情況への発言」のもとに「(Ⅰ)恣意的感想」の表題で掲載され、そのあとに平尾良雄の「(Ⅱ)差別について」が掲載された。単行本収録にあたって表題のように改められた。『「情況への発言」全集成1 1962〜1975』、『完本 情況への発言』にも再録された。

思考の話

『数学セミナー』（一九七〇年一一月号 第九巻第一一号、日本評論社発行）に発表され、『詩的乾坤』に収録された。

南島論――家族・親族・国家の論理――

『展望』（一九七〇年一二月号 第一四四号）に発表され、『敗北の構造』に収録された。一九七〇年九月三日、一〇日に新宿・紀伊國屋ホールで行われた筑摩総合大学公開講座での講演録である。『吉本隆明全集撰5』、『〈信〉の構造3 全天皇制・宗教論集成』、『語りの海 吉本隆明 ①幻想としての国家』（一九九五年三月一八日、中公文庫、中央公論社刊）にも再録された。全集撰に収

録された唯一の講演であった。講演当日会場で配布された資料は、第Ⅳ部に収録した。
　初出末尾に「(本稿は筑摩総合大学公開講座の講演を整理加筆したものです)」とあったが、単行本収録にあたっても全体にわたって多少の手直しが加えられた。新たに校訂した箇所と初出に戻した箇所をあげておく。
四七一・5　〈威力〉継承↑［底］威力継承＝ここは前後に合わせた
四八〇・2　性的タブー↑［底］性的反撥
四八七・2　考え方との相違↑［底］考え方の相違
四八八・15　家族の共同性＝［初］↑［底］家族の共同体

文学における初期・夢・記憶・資質

『敗北の構造』(一九七二年一二月一五日)に発表された。末尾の「講演メモ」によれば、一九七〇年一一月二日に東京女子大学短期大学部で行われた第四回牟礼祭での講演録である。

情況への発言――暫定的メモ――

『試行』(一九七一年二月一五日　第三二号)に発表され、『詩的乾坤』に収録され、『吉本隆明全著作集㈸10』に再録された。『〈信〉の構造3　全天皇制・宗教論集成』、『追悼私記』(一九九三年三月二五日、JICC出版局刊)、『増補追悼私記』(一九九七年七月五日、洋泉社刊)、『追悼私記』(二〇〇〇年八月九日、ちくま文庫、筑摩書房刊)、『「情況への発言」全集成1　1962～1975』、『完本情況への発言』にも再録された。『〈信〉の構造3』での表題は「三島由紀夫の死」、『追悼私記』およびその増補版、文庫版での表題は「三島由紀夫　重く暗いしこり」であった。

　語句の表記は、原稿およびそれを参照したと思われる『全著作集㈸10』での表記を尊重した。また原稿から『全著作集㈸10』までと三つの版の『追悼私記』の末尾にあった執筆期日の記載を残した。

『死霊』考

『埴谷雄高作品集1』(一九七一年三月二五日、河出書房新社刊)に解説として発表され、『詩的乾坤』に収録された。収録にあたってかなりの手直しが加えられたが、誤植や組落ちが多く手直しと紛らわしいので、初出によって校訂した主要な箇所の校異を掲げておく。
五三三・4　予測もつかないということでも＝［初］↑［底］予測もつかないことでも
五三三・16　味覚とか触覚とか視覚とか＝［初］↑［底］味覚とか触覚とか
五三四・14　戦後の風俗的な解放感や安堵感＝［初］↑［底］戦後の風俗的な安堵感
五三四・9　自己の存在を抹殺してしまえばよいことになる。しかし、三輪与志には自己を抹殺しようとする＝［初］↑［底］自己の存在を抹殺しようとする
五三六・2　たしかめるためならば、＝［初］↑［底］た

しかめるならば、

五三六・4　あずけることだけが＝［初］↑［底］あずけることが

五三六・10　影の世界＝［初］↑［底］世界

五三六・11　みている〉ものの世界＝［初］↑［底］みているもの〉の世界

五四四・4　賑やかな大衆の存在に根拠があるかぎり、賑やかな枯れ木も＝［初］↑［底］賑やかな枯れ木も

詩的喩の起源について

『現代詩手帖』（一九七一年七月号　第一四巻第七号、思潮社発行）に発表され、『敗北の構造』に収録され、『語りの海　吉本隆明　③新版・ことばという思想』（一九九五年五月一八日、中公文庫、中央公論社刊）に再録された。単行本末尾の「講演メモ」によれば、一九七一年五月二日に新宿・紀伊國屋ホールで行われた日本現代詩人会主催の第二十一回H氏賞授賞記念「五月の詩祭」での講演録である。単行本収録にあたっても手直しが加えられた。

南島の継承祭儀について――〈沖縄〉と〈日本〉の根柢を結ぶもの――

『映画批評』（一九七一年九月一〇日　九月号　第二巻第九号、新泉社発行）に発表され、『敗北の構造』に収録され、『〈信〉の構造3　全天皇制・宗教論集成』、『語りの海　吉本隆明　①幻想としての国家』に再録された。単行本末尾の「講演メモ」によれば、一九七一年六月二一日に新宿厚生年金会館小ホールで行われた無明舎・早稲田映画ゼミナール主催の講演録である。単行本収録にあたっても手直しが加えられた。本文および「南島論」を参照して図表にルビをふるなどの校訂をした。五五八ページの図表の表題の末尾には初出以来「（I）」とあったが削除した。

情況への発言――きれぎれの批判――

『試行』（一九七一年一〇月二〇日　第三四号）に発表され、『詩的乾坤』に収録され、『吉本隆明全著作集㊫10』に再録された。『「情況への発言」全集成1　1962〜1975』、『完本　情況への発言』にも再録された。初出と単行本の副題は「ぎれぎれの批判」であった。

五七一・17　曰く、サンカ部落、↑［初］曰く天皇一族、曰くエタと俗称されてきた部落。曰く、サンカ部落、＝単行本での組落ちの疑いも残るが、すべての刊本のままとした。

書物の評価

『出版ダイジェスト』（一九七一年一一月一日　第七〇〇号、梓会出版ダイジェスト社発行）に発表され、『詩的乾坤』に収録された。『背景の記憶』（一九九四年一一月一〇日、宝島社刊）とその文庫本（一九九九年一一月一五日、平凡社ライブラリー、平凡社刊）、『読書の方法――なにを、どう読むか――』（二〇〇一年一一月二五日、

光文社刊）とその文庫本（二〇〇六年五月一五日、知恵の森文庫、光文社刊）に再録された。

感性の自殺――井上良雄について――

梶木剛編『井上良雄評論集』（一九七一年一一月三〇日、国文社刊）の三編の「解説」の一つとして発表され、『詩的乾坤』に収録され、『〈信〉の構造2　全キリスト教論集成』（一九八八年一二月二五日、春秋社刊）に再録された。初出の他の「解説」二編は平野謙「プティ・インテリゲンツィアの道」と梶木剛「井上良雄の行程」であった。

Ⅳ

内村剛介について

内村剛介編『現代ロシヤ抵抗文集』（一九七〇年七月刊行開始、勁草書房刊）の「内容見本」の「刊行によせて」の推薦文。著者のほかに鮎川信夫、井上光晴、半沢弘、松田道雄が文章をよせた。本全集にはじめて収録された。『吉本隆明資料集24』（二〇〇二年七月三〇日）にも収録された。

竹内好さん

竹内好対談集『状況的』（一九七〇年一〇月三〇日、合同出版刊）に収録された竹内好と著者の対談「思想と状況」（『文芸』一九六八年一〇月号）の冒頭によせられた無題の文章。末尾に「（吉本隆明　七〇年七月）」とあった。表題をつけて本全集にはじめて収録された。なお『吉本隆明全著作集14』（一九七二年七月三〇日、勁草書房刊）収録の同対談の解題に全文が掲載された。『吉本隆明資料集50』（二〇〇五年一一月五日）にも「対談「思想と状況」まえがき」の表題で収録された。

『埴谷雄高作品集』推薦のことば

『埴谷雄高作品集』（一九七一年三月刊行開始、河出書房新社刊）の「内容見本」の「推薦のことば」によせられた無題の文章。著者のほかに椎名麟三、高橋和巳、竹内好、武田泰淳、野間宏、平野謙、本多秋五、三島由紀夫が文章をよせた。表題をつけて本全集にはじめて収録された。『吉本隆明資料集24』にも「埴谷雄高」の表題で収録された。

鮎川信夫自撰詩集を推す

鮎川信夫著『1937―1970　鮎川信夫自撰詩集』（一九七一年一二月一五日、立風書房刊）の裏表紙に発表された。本全集にはじめて収録された。『吉本隆明資料集50』にも収録された。

『国家の思想』編集・解説関連

『戦後日本思想大系5　国家の思想』（一九六九年九月一〇日）に発表された各収録作品冒頭に付されたコメント。『読書の方法――なにを、どう読むか――』とその文庫本に収録された。

「戦後日本思想大系」は「現代日本思想大系」を継ぐシ

リーズで構成が形式的にも踏襲されているが、巻末の「執筆者略歴」と「「国家の思想」関係年表」は、作成に編者の関与は少なかったと見て収録しなかった。

「南島論」講演資料

一九七〇年九月三日、一〇日の「南島論」講演の際に、新宿・紀伊國屋ホール会場で配布されたガリ版刷の資料。上、下に分けてそれぞれの日に配布され、見出しの番号に重複があるがそのままとした。本文に合わせてルビをふるなどの校訂をした。本全集にはじめて収録された。

現代名詩選

『ユリイカ』（一九七〇年一二月号　第二巻第一三号、青土社発行）の鮎川信夫・大岡信・清岡卓行・著者による「共同討議現代詩100年の総展望」の末尾に添えられた資料「討論者四氏による現代名詩選」の「吉本隆明選」。本全集にはじめて収録された。『吉本隆明資料集15』（二〇〇一年七月一五日）にも「共同討議」とともに収録された。

戦後名詩選

『ユリイカ』（一九七一年一二月号　第三巻第一四号）の鮎川信夫・大岡信・清岡卓行・著者による「共同討議戦後詩の全体像」に添えられた「討論者四氏による戦後名詩選」の「吉本隆明選」。本全集にはじめて収録された。『吉本隆明資料集16』（二〇〇一年八月二五日）にも「共同討議」とともに収録された。

増補版のための覚書

『初期ノート増補版』（一九七〇年八月一日、試行叢刊第一集、試行出版部刊）に発表され、『吉本隆明全著作集15』（一九七四年五月二〇日、勁草書房刊）に収録され、『初期ノート』（二〇〇六年七月二〇日、光文社文庫、光文社刊）に再録された。

『試行』後記

第二七号（一九六九年三月二五日、試行社発行）、第二八号（同年八月二五日）、第二九号（一九七〇年一月一日）、第三〇号（同年五月五日）、第三一号（同年一〇月二〇日）、第三二号（一九七一年二月一五日）、第三三号（同年七月二五日）、第三四号（同年一〇月二〇日）に「後記」として発表された。第二七〜二九号は『吉本隆明全著作集5』（一九七〇年六月二五日、勁草書房刊）に収録された。第三〇号以降は本全集にはじめて収録された。初出の末尾に「（吉本記）」の署名があった。初出を底本とした。『吉本隆明資料集28』（二〇〇三年二月一〇日）にも収録された。

店頭購読者への予告

『試行』（一九七〇年五月五日　第三〇号）に囲み記事として掲載された。本全集にはじめて収録された。『吉本隆明資料集28』にも収録された。

直接購読者の皆さん

B４サイズの半紙二枚に横組でタイプ印刷され、『試行』第三〇号発行後、直接購読者に配布された値上げ提案の文書。第三〇号までの一冊の定価は一五〇円であった。本全集にはじめて収録された。横組の数字はすべて算用数字だが、数値計算の箇所以外は漢数字に直し、数字の誤記は正した。『吉本隆明資料集49』（二〇〇五年一〇月一五日）にも収録された。

（間宮幹彦）

吉本隆明《よしもとたかあき》全集《ぜんしゅう》11　一九六九―一九七一

二〇一五年一二月二五日　初版

著　者　吉本隆明

発行者　株式会社晶文社

東京都千代田区神田神保町一－一一
郵便番号一〇一－〇〇五一
電話番号〇三－三五一八－四九四〇（代表）
〇三－三五一八－四九四二（編集）
URL http://www.shobunsha.co.jp

印刷・製本　中央精版印刷株式会社

ISBN978-4-7949-7111-1　printed in japan